사람은 모두 예술가다

황봉구

1948년 경기도 장단에서 태어났다. 시집 『새끼 붕어가 죽은 어느 추운 날』 『생선가게를 위한 두 개의 변주』 『물어뜯을 수도 없는 숨소리』 『넘나드는 사잇길에서』, 짧은 산문집 『당신은 하늘에 소리를 지르고 싶다』, 여행기 『아름다운 중국을 찾아서』 『명나라 뒷골목 60일 간 헤매기』, 음악 산문집 『태초에 음악이 있었다』 『소리의 늪』, 회화 산문집 『그림의 숲』, 예술철학 에세이 『생명의 정신과 예술—제1권 정신에 관하여』 『생명의 정신과 예술—제2권 생명에 관하여』 『생명의 정신과 예술—제3권 예술에 관하여』, 산문집 『바람의 그림자』 등을 썼다.

ARCADE 0008 CRITICISM 사람은 모두 예술가다

1판 1쇄 펴낸날 2020년 2월 20일
지은이 황봉구
펴낸이 채상우
디자인 최선영
인쇄인 (주)두경 정지오
펴낸곳 (주)함께하는출판그룹파란
등록번호 제2015-000068호
등록일자 2015년 9월 15일
주소 (10387) 경기도 고양시 일산서구 중앙로 1455 대우시티프라자 B1 202호
전화 031-919-4288
팩스 031-919-4287
모바일팩스 0504-441-3439
이메일 bookparan2015@hanmail.net

ISBN 979-11-87756-62-0 03810

값 25,000원

사람은 모두 예술가다

황봉구

이른 새벽
어스름을 헤치고
빛이 다가와 눈을 켜다

붉다

하늘에서
하루가 또 내림에
시간이 한없이 젖어 들다
적셔 드는 글자들을 아프도록 건져 모으다

스스로 밝으리라

멀리 바라보이는 바다 건너
숨어든 어둠이
손짓한다

2019. 7. 6.

차례

사람은 모두 예술가다

1.

예술이 넘쳐 난다. 예술이 곳곳에 시내처럼, 개울처럼, 강물처럼 흐른다. 예술의 구름이 전 지구를 뒤덮고 있다. 인류가 문화를 창출하고 생활 세계를 가득 메우며 살아가고 있는 것처럼 예술은 인간의 손에 창출되어 거대한 바다를 형성하고 있다. 예술은 바다이며 우주이다. 그 세계의 영역은 무한대로 확대되고 있으며 그 깊이는 측정할 수 없다. 그것은 아직도 형성의 과정에 있으며, 예술은 과정 그 자체로 흐르고 있다. 예술은 그 과정의 흐름에서 인간에게 거꾸로 잉여가치를 부가하며 인간의 삶을 더욱 풍성하게 만들고 있다. 삶이 풍성하다 함은 그 삶이 끊임없이 단절되지 않고 이어지고 있으며 그 모습이 영원히 빛나는 태양처럼 밝게 빛을 발하고 있다는 의미다.

예술은 문화의 핵심이다. 인류는 생존을 위한 더 나은 수단으로 문화를 만들어 냈다. 인류의 생존은 문화를 탄생시켜 이를 이어 가고 문화는 그 자체로 새끼를 낳으면서 인류의 생존을 이어 가도록 돕는다. 한 걸음 더 나아가 문화는 가치를 창조하여 생존에 잉여를 부가하고 생존은 잉여를 흡수함으로써 새로운 종으로 진화하고 있다. 인류는 우주에서 스스로 창출한 문화의 영향을 가장 많이 되돌려받아 진화의 속도를 한층 높인 생명체다. 인간은 역(易)의 세계에서 살아가고 있다. 문화에 둘러싸여 삶과 생존을 이어 가며 호흡하고 있는 이 현실 세계가 바로 역(易)이다. 역은 물리적 우주 세계와 인류가 창출한 무형의 우주 세계를 모두 지칭한다. 역은 지속한다.

"낳고 낳음을 이어 가는 것이 역이기에(生生之謂易)" 역은 그 흐름이 중단되거나 소멸되지 않는다. 역은 다름이 아닌 생활 세계로 인간들이 실제로 삶을 이어 가는 시간과 공간 그리고 모든 가능한 상상의 영역이다. 역은 '하나'인데 그 하나는 둘이기도 하다. 바로 음과 양이다. 음과 양은 총괄적 개념이며 역의 세계는 모두 대대(對待)로 작동하고 있지만, 이들은 본디 '본생(本生)'으로 하나이며 하나로 지속하고 있다. 그 하나는 헤아릴 수 없이 수많은 하나로 이루어지며 그 최초의 갈림으로 드러난 두 개의 하나가 바로 음과 양이다. "하나는 음이요 하나는 양인데 그것을 일러 도(道)라 하며, 그것을 이어 가는 것이 선(善)이고, 그것을 이루어 가는 것이 성(性)이다(一陰一陽之謂道, 繼之者善也, 成之者性也)." 이때의 도와 성은 우주의 본체다. 그것은 본생이기도 하다. 이들은 모두 하나를 일컫는 개념이며, 현재 숨을 쉬며 살아가고 있는 모든 생명체는 각기 하나로서 존재하고 있다. 당신도 하나, 나도 하나, 저들도 모두 하나다. 부분의 합으로서 더 큰 부분도 하나요, 부분들의 총합도 하나다. 전체도 하나다. 그 하나들은 각기 전일하다. 그 하나들의 세계에 문화가 있고 예술이 흐른다.

문화는 인류의 독점물이 아니다. 지구에서 진화의 역사를 살펴보면 종들끼리 공유하는 문화가 전혀 없다고 할 수는 없지만 개념상의 문화 그 자체로만 볼 때 생명체들 중에서 특히 생물들은 나름대로 문화를 구축한다. 이때의 문화는 포괄적으로 문명이라는 개념을 포함한다. 문명과 문화는 혼동되어 쓰이지만 정확히 구분을 짓는다면 문명은 물리적 세계에 비중을 두고, 문화는 무형의 세계를 강조한 개념이다. 지구상에서 인류 이외에 문화를 구축하는 종들은 여럿 존재한다. 가장 그 강도가 낮은 것은 식물군이다. 예를 들어 꽃을 피우는 식물들은 그 현란한 색과 조합으로 동물들을 유혹한다. 그것은 그들의 생존과 번식을 위해 불가결한 선택이다. 다윈의 자연선택 이론은 예술의 기원까지도 거론한다. 생존을 위해 만들어 낸 꽃들의 아름다움이나 달콤한 진액인 꿀은 진화에 의하여 더욱 다양성을 획득하고 이는 낳고 낳음을 이어 갈 수 있도록 한다. 곤충들의 세계도 비슷하지만 더 복잡하다. 개미들이 군락을 이루고 정교한 개미집을 구축하여 삶의 지속을 도모하는 것도 문화 행동이 틀림이 없다. 그 개미집의 구성, 유지와 확장 등은 모두 일정한 규칙을 따른다. 그들은 사회조직을 구성하며 거기에는 계급이 있고, 군대가 있으며 중심을 이루는 여왕개미가 있다. 이를 지키기 위한 질서와 의무가 주어져 있다. 그들에게는 나름대로 언어도 있다. 인간의 언어와 다를 뿐이지 그것은 서로 소통하기 위해 충분할 정도로 기능을 발휘한다. 공중을 날아다니는 새들도 문화를 향유한다. 그들은 둥지를 만드는데 한마디로 그것은 작품이다. 새마다 서로 다른 모습의 둥지를 틀지만 대체로 그것은 둥근 형태로 이루어진다. 어떤 것은 세세하기 이를 데 없어서 동그란 항아리 모양의 둥지는 인간의 눈에 무척 아름답게 보인다. 그들의 눈에도 아름답게 보일까. 아름다움이라는 개념은 우선 인간이 사용하는 것이니 이를 옆으로 밀어 놓는다 하더라도 분명 그 둥지를 만드는 새들에게 어떤 느낌이 있음이 틀림이 없다. 그것은 암수를 포함한 그 종의 새들이 모두 공유하는 문화일 것이다. 아마도 그들끼리 통하는 어떤 언어로 그것을 예술이라 부르고 있을지도 모르겠다. 바다에서 회유하는 멸치 떼나 정어리 떼도 문화를 갖는다고 말할 수 있다. 고래는 현재 지구상에서 가장 커다란 몸집을 갖고 있는 동물이다. 그들은 언어를 지니고 있다. 그들이 내뱉는 소리는 인간이 들을 수 있는 음파보다 그 대역이 훨씬 넓어 초음파까지 포함한다. 바닷속 아주 멀리서도 그들은 상대의 소리를 듣는다. 혹등고래가 새끼를 거느리며 그 먼 거리를 회유하고, 때가 되면 서로 무리를 이루어 깊은 바다에서 거품을 뿜어 둥근 원형의 그물을 형성해서 그 안의 정어리나 청어 떼를 포획하는 데 그것은 바로 사회·문화적 행동이다. 이러한 문화는 대를 물려 전승된다. 동물의 세계에서 암놈을 중심으로 무리를 이루어 물을 찾고 먹이를 찾아 행동하는 것도 어떤 원칙과 질서 등이 있다. 사자나 누우나 물소들이 모두 그렇다. 가뭄이 닥치면 늙은 암코끼리는 경험을 통해, 선대로부터 물려받은 학습된 지식을 통해 무리를 이끌고 샘을 찾아 먼 길을 떠나 생존의 위험을 극복한다. 지금껏 사람들은 인류를 만물의 영장으로 부르며 이러한 동물들의 모든 행태가 그저 본능에서 기인한 것으로 치부했다. 본능은 인간이 지성을 앞세우고 편의적으로 분류한 동물의 능력 중의 하나일 뿐이다. 그러한 본능은 문화의 바탕이요, 시작이다. 지성이라는 것도 이러한 본능의 지력(知力)들을 분류한 것에 속할 뿐이다. 이러한 원초적 문화가 더욱 진화하여 그 강도를 높이고 질적인 변화를 구축한 것이 바로 인류의 문화이다. 에드워드 윌슨은 이를 본능에서 '후성적 알고리듬(epigenetic algorithm)'으로의 전환이라고 말한다. 이는 '후성규칙(後成規則)'이라고 불리는데 인류가 생존과 번식을 위해 터득한 경험의 집합체로 일종의 어림법이기도 하다. 위험이 닥쳐왔을 때 이러한 '어림법(rules of thumb)'은 빠른 판단과 행동을 가능하게 해 주고 생존을 더 확실하게 이어 가도록 해 준다. 결과적으로 이러한 "후성규칙들은 문화적 변이들과 조합들이 발생할 수 있도록 열려 있다."[1]

문화를 구성하는 요소를 크게 나누어 보면 한쪽 면에서 그것은 법

---

1 에드워드 윌슨, 『통섭, 지식의 대통합』, 최재천 외역, 사이언스북스, 2005, p.336.

과 관습 그리고 제도 등이 해당된다. 이것들은 인류를 비롯한 사회적 동물들이 사회생활을 영위하기 위해 필수적이다. 사회는 모든 개체들의 관계망을 구성한다. 그 관계는 생존과 번식을 이어 가는 데도 적용된다. 인간이나 모든 생명체는 관계의 존재들이다. 인간의 관계로 구성되는 사회가 그 원만한 존속을 위해 요구한 것이 바로 법이요, 관습이고, 이를 뒷받침하는 제도다. 대체로 이러한 법과 관습 그리고 제도는 닫혀 있다. 그것은 움직임이나 변화를 거부한다. 사회를 유지하기 위해 기존의 법이나 관습은 잘 지켜져야 함이다. 이를 어기는 것은 사회에 해악이므로 개체가 이를 위반하면 사회로부터 상응하는 제재를 받는다. 사회에서 도태되거나 추방되고 심지어는 죽음을 맞이한다. 고대 그리스 아테네의 도편제(陶片制)는 그 본보기다. 특정한 종의 사회는 크게 보아 우주의 전체 생활 세계 내에서 일부 영역에 불과하다. 본생의 세계는 본질적으로 끊임없이 변화하며 흐르고 있다. 그 흐름에는 정해진 방향이나 목적은 존재하지 않는다. 이런 상황에서 새로운 환경의 변화가 이루어질 때, 기존의 사회제도를 고수하게 되면 생존의 위험에 처할 수 있다. 변화가 불가피하다. 이를 가능하게 하는 것이 문화의 또 다른 한쪽 측면이다.

　이 측면의 문화에서 대종을 이루는 것은 예술이다. 사람들은 보통 예술을 종교, 철학 그리고 과학과 더불어 인류의 문화를 이끌어 가는 원동력의 하나로 간주한다. 엄밀히 말하면 예술은 종교와 철학 그리고 과학 모두를 거느린다. 이들은 모두 예술을 이루는 자양분이다. 예술의 힘과 흐름을 더욱 가속화시켜 주는 것이 바로 이들이다. 종교의 신비함과 영원성이 예술의 영감을 불러일으키며, 철학의 사유하는 힘은 예술에게 지성적인 지평을 넓혀 준다. 과학은 예술에게 형상화에 필요한 실제적 수단을 알려 주며 또한 우주 만물의 실체적 구성을 밝혀 줌으로써 예술에 새로운 느낌과 상상력을 선사한다. 이들의 도움 속에 예술은 무한하게 깊어지고 확대된다. 예술에는 멈춤이 없다. 그것은 예측을 불허한다.

예술과 문화가 생명체로서 호흡을 하는 곳이 역인데, 바로 그 역을 이루고 있는 것이 음과 양이다. "음과 양은 그 자체로 예측을 불허하며 이를 일러 신이라 한다(陰陽不測之謂神)." 신(神)은 바로 생명의 움직임이다. 우주 본체인 본생은 생명이며 그것은 끊임없이 움직인다. 그 움직임을 뒷받침하는 힘이 정(精)이다. 정과 신, 합해서 정신은 우주 본체인 본생의 본질이며 이것이 우주의 생활 세계인 역을 이끌어 가고 있다. 예술은 역에서 움트고 생성되며 무한으로 성장한다. 예술은 바로 정신의 작용이기도 하다. 역은 전혀 규정되거나 한정되지 않으며 이를 이끌어 가는 움직임이 신(神)이라 한다면, 예술 역시 바로 신에 의해 그 움직임을 가지며 끊임없이 흘러간다. 예술을 뒷받침하는 것이 바로 신이며, 신은 예술의 본질이기도 하다. 예술은 바로 생명의 움직임이다. 그것은 우주의 열려진 공터에서, 모든 생명체가 살아가고 있는 생활 세계의 한가운데 공터에서 빛을 발하고 있다. 그 빛의 흐름이 바로 신이다. 하이데거를 원용한다면 역의 한가운데 "열려진 장(ein offene Stelle)"이 있으며 거기에는 "어떤 밝음(Lichtung)"이 있다. 모든 '존재자들'이, 다시 말해서 모든 생명체들이 이 '열려진 중심'을 감싸고 있다. 실제로는 존재자들이 이 빛을 감싸고 있는 것이 아니라 이 열려진 중심이, 그리고 이를 이끌어 가고 있는 힘과 움직임이 이 존재자들 모두를, 생명체 모두를 에두르고 있다.[2] 그것은 바로 본생이다. 모든 생명체를 둘러싸고 있는 열려

---

2 마르틴 하이데거, 『예술 작품의 근원』, 오병남·민형원 역, 예전사, 1996, p.64.

진 중심의 힘과 흐름은 정신으로 나타난다. 그것은 생명의 흐름이요 움직임이고 변화다. 신의 생동하는 움직임이야말로 모든 생명체가 지니는 생명력의 원천이다. 이를 더욱 밝게 드러내는 것이 바로 신명(神明)이다. 열려진 중심의 어떤 밝음이 끊임없이 흐르고 변모하면서 빛을 발하는 것이 바로 신명이다. 신명은 신이 밝게 드러남이다. 신명이 나야 생명체들도 새로운 움직임으로 힘을 내서 그 생명력을 한층 강화한다. 이러한 과정이 바로 예술이다. 예술은 생명체들이 신명을 내서 낳고 낳음을 더욱 강하고 굳건하게 이어 가는 흐름인 모든 과정을 총괄해서 지칭하는 개념이다. 예술은 유희의 속성을 지니는데 신나게 놀아 대는 것이 그 속성의 하나라면 그 신은 바로 생명의 움직임에 다름이 아니다. 이러한 예술의 움직임을 더욱 강화시키는 부속 기능들이 철학이나 종교 그리고 과학 등이라 할 수 있다.

인류는 무수한 생명체들 중에서 이러한 예술적인 소양을 가장 풍부하게 발달시킨 종이다. 다른 종들과 달리 인류가 창출하고 향유하는 문화와 예술의 강도가 가장 높고, 그 밀도는 가장 촘촘하고 면밀하다. 그 흐름의 범위도 우주 세계 전체를 관통하며, 이를 뒷받침하는 지력으로써 지성이라는 것도 다른 생명체에서는 찾아볼 수 없을 만큼 고도로 진화했다. 이 우주 세계의 무수한 생명체의 종들 중에서 스스로 창출하고 발견한 예술의 발전에 따라 그 스스로가 거꾸로 다시 진화의 속도를 높이게 된 것은 아마도 인류가 최초 유일의 종일 것이다. 예술은 이제 그 자체가 생명체로서 인간에게 흡입되어 인간과 공생하며 공존한다. 생물의 진화의 초기에 미토콘드리아가 세포와 결합하여 새로운 생명체로 공생하며 기능한 것에 버금간다. 예술은 더 이상 인간에게 타자가 아니라 인간 자체가 탄생하면서부터 지니는 선천적 요소가 되었다. 인간은 현실적 개체이며 이 개체

속에는 다른 현실적 개체인 예술이 관계를 맺으며 침투하고, 인간은 이에 의해 예술을 지닌 새로운 종으로 진화를 하고 있다. 따라서 예술은 이제 생명의 힘과 움직임에 의해 형상되는 우주 만물의 자연스러운 현상이 되었다.

예술은 생명의 힘에 의해서, 생명의 흐름을 따라서 일어나는 우주의 모든 작용과 현상을 느끼거나, 그리고 이를 이미 개체 안에 내재하고 있는 인간이 그 내면적인 움직임을 감지하면서, 안과 밖의 느낌들이 서로 상응하면서, 인간이 주체로서 이러한 느낌들을 구체적 형상으로 드러내는 모든 과정을 일컫는다. 이러한 과정이 인간에 의해 시공간에서 형상화된 결과물이 바로 예술 작품이다. 작품이란 구체적 형상을 지닌 어떤 실체를 포함하여, 예술의 과정에서 일어나는 모든 행위들이다. 과거에는 예술 작품은 형상을 지닌 것만으로 국한되었다. 그러나 현재 모든 인간은 예술의 과정에서 살아가고 있으며 그 과정 자체가 어느 경우에든 예술의 결과물로서 간주될 수 있다. 그 결과물은 고정되어 멈춰 있는 것뿐만 아니라 예술 과정의 흐름 그 자체일 수 있다. 과정이 실재(reality)이며 그 과정(process)이 전체이다. 인간을 예술적 존재라고 부르지만 실제로 인간은 그 자체가 예술을 본성의 하나로 거느리고 있다. 예술적인 측면의 언어로 이야기한다면 인간의 모든 행동과 존재 그 자체가 이미 예술이며, 그들의 움직임과 행동이 남겨 놓는 궤적이나 흔적의 결과물이 예술 작품이다. 사람들은 이러한 예술 작품에 대해 이러쿵저러쿵 가치 평가를 한다. 그 평가의 기준을 꿰뚫어 보면 바로 그 예술 작품이라고 일컬어지는 것들이 지닌 생명의 강도, 신명의 강도와 순도에 따른 차이라 할 수 있을 뿐이다.

2.

예술이 넘쳐 난다. 곳곳에 흐르고 있다. 우리의 생활 세계에 이미 예술은 한없이 침투하여 미치지 않는 곳이 없다. 이제 예술은 만인에 의하여 공유되고 있다. 현시대에 인간의 물질문명은 점차 고도화되었다. 그 변화의 속도도 점점 빨라지고 있다. 현재를 살아가는 모든 인간은 언제나 일상적으로 예술을 접한다. 친목회 모임으로 어디 야유회라도 가면 춤도 추고 노래도 함께 부른다. 스마트폰을 들여다보면 갖가지 영상이 소리와 함께 흘러나와 눈과 귀를 자극한다. 집이나 사무실의 컴퓨터와 들고 다니는 노트북에서 원하기만 하면 아무 때고 동영상을 볼 수도 있고 온갖 그림들의 사본을 볼 수 있다. 수많은 미술관에서 수시로 전시회가 열려 회화는 물론이고 조각이나 설치미술까지 감상할 수 있다. 문자로 된 책은 곳곳에 넘쳐흘러 사람들은 아무 때고 이를 펼치고 소설을 읽거나 시를 감상한다. 스마트폰으로 각자 좋아하는 시나 음악을 비롯한 동영상을 발견하면 채팅방이 있는 카카오톡으로 공유한다. 세계 각지에서 콘서트가 열리고, 영화관이 도시 곳곳에 설치되어 있어 어두컴컴한 환경에서 인간은 집중적으로 오감을 즐긴다. IT 산업은 인터넷에 유튜브라는 공간을 만들어 냈다. 상업성이 농후하지만 이에 대해 그렇게 신경 쓸 것이 없다. 오늘날 유튜브는 세계 구석구석 맹위를 떨치고 있다. 지구에 사는 인류가 이렇게 정보를 또는 예술 작품을 동시에 함께 공유하며 감상한 적이 없다. 이러한 현상은 특정 계급이나 일부 제한된 사람들에게만 허용되는 것이 아니다. 인간이라면, 성인으로서 감상할 능력을 지니고 있다면 누구나 이러한 기회를 선택하여 능동적으로 향유할 수 있다. 과거에 예술은, 굳이 억지로 지칭한다면 고급예술이라고 불리는 예술은 그것을 접하거나 즐길 수 있던 계층에 한

정되었다. 18세기 바흐는 교회에 소속되어 있었으며 그 교회에 참
배하는 사람들만 그의 음악을 들을 수 있었다. 모차르트는 궁정에서
만 연주되는 음악에서 탈피하여 일반 시민들을 위해 오페라도 작곡
했지만 그의 삶은 곤궁했다. 서양의 음악은 대체로 궁정이나 귀족들
의 살롱, 또는 부를 쌓은 신흥 시민의 저택에서만 이루어졌다. 한국
의 경우도 소위 말하는 정악(正樂)은 궁중이나 일반 사대부만이 즐길
수 있었던 터다. 그 정악을 연주하는 사람들은 주로 악사들로 귀족
계급인 양반이 아니었다. 그림도 마찬가지다. 서양에서 그것은 주로
일종의 길드라 불리는 전문 그림쟁이들에 의해 그려졌으며, 그 수요
처는 귀족들이었다. 동아시아에서 그림은 화원에 소속된 화인들이
나 그림을 좋아하는 귀족 사대부들의 여기(餘技)로만 그려졌다. 사군
자(四君子)를 칠 수 있는 자들은 모두 양반이었다.

이러한 역사는 전통의 그림자로 남아 현시대를 살아가면서도 많
은 사람들이 예술을 어떤 특정한 부류의 사람들만이 즐기는 예외적
인 현상으로 받아들이는 경향이 있다. 예술 또는 예술가라는 단어를
일반인들이 접할 때 느끼는 일종의 거리감이 이를 반증한다. 아무개
가 시인이라고 하면 그 사람이 새삼스레 보인다. 누구를 뛰어난 화
가라고 하면 부러움의 시선으로 바라본다. 어떤 사람이 작곡에 종사
하거나 노래를 잘 부르는 성악가라면 이 또한 선망의 대상이다. 보
통 사람들은 할 수 없는 일을 그들이 하고 있으며 그들은 남다르게
뛰어난 재능의 소유자라고 생각한다. 이는 모두 지금껏 인간 사회가
예술을 경원시하거나 실제로 이를 자유롭게 마음껏 향유할 여력이
없었기 때문에 일어난 현상이다. 고대부터 중세 그리고 근대에 이르
기까지 인간 사회는 계급사회가 주를 이루었으며 그것은 폐쇄적이
고 억압적이었다. 그러한 시공간에서 예술은 특정한 인간들에 의해

서만 창출되었으며 오로지 일부 제한된 사람들만이 그 작품들을 접할 수 있었다.

현재 예술은 보편화되었다. 누구나 예술 작품의 홍수 속에서 살아간다. 주위가 온통 예술 작품으로 넘쳐 난다. 현대인의 하루 일상을 보자. 아침에 일어나 출근 준비를 하며 그는 TV를 틀어 뉴스를 보거나 또는 오디오로 음악을 튼다. 영상이 움직이고 음악이 흐른다. 집 안의 벽에는 사진이나 그림 원본 또는 사본이 걸려 있다. 옷장에는 멋있는 옷들이 가득하다. 의상도 이제는 예술이다. 패션이라는 것이 모두 예술이다. 아침 식사를 거르기도 하지만 그렇지 않다면 여러 가지 부엌 도구를 통해 요리를 한다. 요리 도구들도 모두 예술적이다. 요리도 이제는 예술이라고 해야 할 것이다. 요리에 대한 갖가지 정보가 난무하지만 그중에서 하나를 택할 수 있다. 요리법도 스마트폰이나 컴퓨터에 무진장으로 널려 있어 손가락만 움직이면 모든 정보 취득이 가능하다. 출근을 위해 거리로 나서면 온통 예술의 바다가 펼쳐진다. 지하철이나 버스를 타도 음악이 흘러나온다. 음질이 마음에 차지 않으면 직접 이어폰을 귀에 꽂으면 된다. 거리 곳곳이 잘 정비되어 있다. 도시의 건축이나 구성도 이미 예술이다. 거리에는 곳곳에 광고판이 넘쳐 난다. 사람들의 이목을 끌어들이기 위한 광고들은 이미 예술의 단계로 접어들었다. 시뮬라크르 시대에 걸맞게 광고는 예술의 일부를 복사판이나 또는 자체의 창의적 아이디어와 작업을 통해 현재의 삶을 대변한다. 업무 활동을 하면서도 수시로 예술을 접한다. 의도적으로 미술관에 갈 수도 있고 영화관에 갈수도 있다. 저녁에 잠을 청하기 전에 열린 공간과 시간은 오로지 선택만을 기다리고 있다. 예술 작품들이 이미 주어져 있어 우리의 선택을 기다리고 있다.

어떻게 이런 일들이 일어났을까. 우선 외적인 상황부터 검토해 보면 몇 가지 이유를 파악할 수 있다. 첫째, 근대 교육제도의 보편화다. 교육을 받을 수 있는 것은 이제 국민의 가장 중요한 기본권의 하나다. 세계의 모든 나라가 이러한 제도를 받아들이고 있으며 세계의 시민들은 모두 이를 당연한 권리로 인식한다. 히말라야 산간 오지에도 학교는 있으며 그곳에 사는 주민들은 가난과 상관없이 자녀들을 학교에 보낸다. 교과과정에는 대체로 예술 관련 과목들이 반드시 들어간다. 국어, 문학, 음악, 미술, 그리고 공예 등이 그렇다. 모든 학생들은 어려서부터 이러한 교육을 통해서 각자가 지닌 예술 소양을 일깨우거나 깊고 넓게 함양한다. 한 특정 분야에서 소질이 있거나 재능을 보이는 어린이는 앞으로 더 고급스런 예술 과목으로 공부의 방향을 바꾸도록 권고된다. 앞서 이야기한 대로 예술은 특정인의 전유물이 아니라 모든 인간이 태어나면서도 선천적으로 지니고 있는 인간의 본질 속성이다. 이를 언제 어떻게 무엇으로 드러내느냐 하는 물음만 남는데 그것은 개체 자신의 부단한 노력과 개인에게 주어진 환경에 따른다. 둘째로, IT 산업의 도래와 그 질적 고도화다. IT는 Information Technology의 준말로 정보 기술을 의미한다. IT는 새로운 문명 기기를 창출하고 새로운 시공간을 탄생시켰다. 컴퓨터와 인공지능(Artficial Intelligence)이 생겨났으며 인터넷 공간이라는 무한 공간이 생활 세계에 새로 발생했다. 과거에는 상상을 할 수 없을 정도로 방대한 지식의 정보가 컴퓨터에 축적되고 있다. 기기의 발달로 어느 순간 어느 곳에서 발생하는 모든 사건이나 현상, 또는 예술 활동까지도 생생하게 복사되어 저장될 수 있다. 사람들은 손가락으로 자판만 두들기면 그러한 장면을 복사판일지라도 생생하게 접할 수 있다. 음악의 경우를 보면 20세기 초에 녹음기와 축음기가 발명되더니 그것은 LP Player와 CD Player로 발전한다. 이제는 컴퓨터와 스마트폰으로 모든 것을 들여다볼 수 있을 정도로 진화했다. 예를 들어, 베토벤의 피아노 소나타는 서양에서 특정 시간, 제한된 공간에서, 극히 일부의 사람들만 향유할 수 있는 음악이었다. 악보의 보급을 통해 널리 퍼지기는 했지만 이 또한 악보를 읽고 연주할 수 있는 능력, 피아노라는 악기 그리고 이를 보관하거나 연주할 수 있는 여유의 공간을 가진 자들에게만 허용되는 음악이었다. 지금 동아시아 한국의 남해라는 외진 곳에 사는 나는 마음대로 베토벤의 피아노 소나타를 즐긴다. 옛사람과 달리 베토벤의 32개 소나타 전부를 내 마음대로 취사선택하며 감상할 수 있다. 음향 기기도 날로 발전하여 고급화가 이루어져 있다. 눈앞에 독주곡이나 실내악뿐만 아니라 교향곡이나 합창곡 등이 널려 있다. 신천지가 열린 셈이다. 인터넷의 발달로 무수한 음악 사이트가 개설되어 있다. 어떤 사이트는 무려 수만, 수십만의 곡을 내장하고 고객에게 서비스하고 있다. 거기에는 모든 종류의 음악이 들어 있다. 음악의 장르를 가릴 것이 없이 모두 들어 있다. 민속음악이나 희귀 자료까지 섭렵할 수 있다. 인간이 살아가는 생활공간이 예술의 한 분야에 불과한 음악에 의해서도 빈틈이 없을 정도로 꽉 채워져 흘러가고 있다. 셋째, 정치적으로 민주화된 시대, 그리고 경제적으로 부유하고 풍요로운 시대가 예술의 보편화에 기여를 하고 있다. 여기서 민주화의 진정한 의미를 논할 수는 없다. 다만 분명한 것은 예술이 인간의 기본권으로 취급될 만큼 인간은 평등하며 모든 인간은 예술을 자유롭게 향유할 수 있다는 정치철학이 세계의 보편성으로 자리를 확고하게 잡았음이다. 고대 전제군주나 왕정에서도 예술은 숨을 쉬고 있었다. 다만 그 강도가 현재를 살아가는 이 시대만큼 미치지 못하거나 여러 제약 조건이 많았다. 경제적으로 21세기는 가장 부유한 시대다. 유럽에서 시작된 산업혁명을 시작으로 인류의 경제적 발전이 끊임없이 이루어져 현재의 풍요에 이르렀다. 엄밀히 말하면 인류가 종으로 그 첫걸음을 내디딘 이래로 인류는 경제적으로 수많은 시련을 겪으며 시행과 착오를 거쳐 현재의 상태로 발전시켰다. 경제 제도나 이에 따른 인간들의 관습이나 행태도 자연선택을 거쳐 진화를 하고 있다. 20세기에 마르크스주의를 포함하는 사회주의와 자본주의의 대립과 갈등을 굳이 세세하게 언급할 필요는 없다. 예술은 본디 '-주의(ism)'라는 개념, 또는 독단과는 거리가 멀다. 예술이 특정 이념의 산물이라거나 그러한 이념에 충실해야 한다는 이야기도 배격되어야 한다. 예술에는 한정된 영역이나 이미 주어진 원리나 규칙 같은 것은 존재하지 않는다. 굳이 차이를 지적한다면 사회주의 정치체제는 목적을 위해 예술을 선별했다. 나치와 같은 전체주의에서도 마찬가지였다. 자본주의는 예술을 상업성의 도구로 전락시켰다. 상업적으로 득이 되느냐에 따라 예술을 판단할 뿐이다. 상업성의 난무는 경제적 이해관계를 목적으로 예술을 이용하고 거느린다. 그것은 예술에 치명적일 수 있다. 현재도 인간은 여러 가지 정치체제를 시험하고 있다. 유럽에서는 지금까지의 여러 정치 이념이 혼종된 새로운 정치체제가 가동 중이다. 일종의 사회민주주의로 자본주의에 사회주의를 가미한 것이다. 그동안 역사적 상황을 개괄해서 본다면 예술의 근간을 위협하고 뒤흔드는 숱한 역사적 사건에도 불구하고, 현재 지구상에서 그 어느 시대보다 예술이 자유롭게 흐르고 있으며 사람들은 예술을 기본권의 하나로 누리면서 최고로 즐기고 있다는 사실을 부인할 수 없다. 여기에는 아직도 지역이나 사회 상황별로 편차가 크다. 여러 가지 모순도 내포하고 있다. 예술이 후성규칙처럼 본성으로 내재화하며 끊임없이 진화를 하고, 인간의 정치사회도 그렇게 진화의 흐름을 지속하고 있다면, 미래의 예술은 가늠하기 어려운 상태로 흘러갈 것이다.

3.

예술이 넘쳐 난다. 곳곳에 흐르고 있다. 사람이라면 누구나 할 것 없이 예술을 즐기고 있다. 인간에게 주어진 오감은 타고난 것이다. 그 오감을 통하여 인간은 자연에서 일어나는 모든 현상을 감지하고 희로애락을 느낀다. 눈이 무지개를 바라볼 때 아름다움을 느낀다. 꾀꼬리 소리가 들려오면 그 소리에 귀를 쫑긋 세우고, 밤에 소쩍새가 구성지게 줄기차게 소리를 내면 인간은 나름대로 그것을 울음으로 해석하고 처연해진다. 입과 혀는 맛있는 음식을 보거나 맛을 보게 되면 쾌락의 순간을 갖는다. 촉감도 마찬가지다. 섹스를 하거나 춤을 추거나 부드러운 물질에 몸이 닿으면 우리는 짜릿한 쾌감을 만끽한다. 이러한 오감을 바탕으로 예술은 이제 역사의 흐름과 함께 인간의 내재적인 속성으로 변모했다. 예술에 대한 인간의 능력은 오감을 종합하고 이를 주무르는 지성을 더해 그 자체로 선천적인 능력으로 진화했다. 예술 감성은 이제 태어나면서부터 인간이 타고나는 선천적인 능력이다.

예술은 인간이 생명체로서 생명을 드러내는, 다시 말해서 맹자나 왕수인이 말한 대로 '활발발(活潑潑)'하게 신명을 드러내기 위한 형상화 과정이라고 한다면, 생명체로서 모든 인간이 예술을 태어날 때부터 지니는 것은 필연이다. 고대에서부터 지금껏 인류는 이러한 사실을 착각하고 있었다. 예술은 생명체인 모든 인간에게 선험적으로 주어져 있다. 그것은 재능 있는 자들이 신(God)의 계시를 받아, 신의 부름을 받아 어떤 영감에 휩싸여 만들어지는 것이 아니다. 고대 그리스 시대부터, 특히 플라톤은 시는 신의 지시에 의해 부름을 받은 자가 창작하는 것이라고 주장했는데 이는 전혀 사실이 아니다. 시는 개체가 부딪치며 느끼는 현실의, 주어진 현재의 표현이다. 많은 사람들이 시를 지음에 어떤 순간적인 영감을 이야기한다. 그럴 수 있을지도 모르겠다. 분명한 것은 하이데거가 파헤친 것처럼 인간은 일상에 '빠져 있다가, 처해 있다가, 내던져 있다'가 어느 순간 '현존재(Dasein)'로 돌아와 '본래적인' 인간으로 돌아와 서 있음이다. 그것이 바로 '시 짓기(Dichtung)'의 순간이다. 인간은 언어를 가진 여러 종의 하나이다. 인간은 언어로 문자로 소통하고 뜻을 표현한다. 시는 그런 소통과 표현 방법 중의 하나일 뿐이다. 이런 면에서 시 짓기의 순간은 누구에게나 주어진다. 인간이면 누구나 시를 읊을 능력을 갖는다. 중국 고대의 『시경』은 공자가 백성들의 노래들로부터 채취한 무수한 작품들 중에 삼백 수를 간추려 만든 것이다. 시인이라는 차별화된 개념이 존재하지 않았다. 무용은 인간이 사회생활을 시작한 순간부터 존재하는 예술이었다. 춤과 몸짓은 바로 생명의 몸짓이 아닌가. 이러한 몸짓에는 음악이 없을 수가 없다. 음악이라는 것은 파동이다. 우주의 속성 자체가 파동이다. 소리도 파동이며 빛도 파동이다. 대지가 꿈틀거리며 화산 폭발을 하고, 지진이 일어나며 빙하와 홍수 속에 패이고, 바다가 융기하여 산맥을 이루는 것이 모두 파동이다. 그 파동을 그 몸으로 소지한 인간이 생명체로서 몸짓이라는 파동에 맞추어 소리를 내며 춤을 추는 것은 필연이다. 이러한 파동이 예술화될 때, 우리는 이를 율파(律波)라고 부른다. 율파는 모든 예술의 본질이다. 그것은 흐름이요, 생동(生動)이다. 회화도 마찬가지다. 율파를 느끼고 이를 드러내려는 사람들은 예나 지금이나 끼적

거리거나 그려 낸다. 회화나, 조각, 그리고 건축에 이르기까지 이 모든 예술 작품은 우주에서 메아리치며 되돌아와 인간의 마음에 내재화된 율파가 구체적 형상으로 밖으로 드러난 것이다. 이러한 율파는 만인에 의해 공유된다. 수만 년 전에 그려진 프랑스 라스코 동굴이나 스페인 알타미라 동굴에서 발견된 그림들은 인간의 그림을 통한 표현이 인간의 역사를 문자로 기록하기 훨씬 전부터 존재하고 있음을 입증한다. 20세기 피카소의 그림과 원시시대의 동굴 그림에서 그 생성되는 과정에는 어떤 차이점이 있을까.

이제 우리는 예술이 인간의 기본권의 하나라고 주장한다. 평등이나 자유처럼 그것은 인간이 태어나면서부터 당연히 향유해야 할 기본 권리로 인식한다. 그동안 예술은 특이하게도 재능이 있는 자들에 의해 창조되고 또 이를 향유할 수 있는 여력이 있는 계층의 전유물로 여겨져 왔다. 인간의 평등권이 무수한 투쟁의 역사를 통해 보편화된 것처럼 인간 사회의 민주화에 동반하여 이러한 예술의 기본권이 보편화되고 새롭게 인간의 선험적인 권리로서 새롭게 인식되고 있다. 인간의 성(性)이 본체라면 그 속성에는 무수한 기본권이 속해 있다. 인간 사회가 이룩한 문화를 가능하게 하는 중요한 한쪽 측면이 법과 관습 그리고 제도라고 앞서 이야기했다. 국가 사회가 만드는 법 중에서 최고의 지위를 갖는 것은 헌법이다. 근대국가에서 대두되어 현재 모든 나라가 헌법을 제정한다. 한국도 마찬가지다. 한국의 헌법은 인간의 존엄성을 보장하고 행복추구권을 인정한다. 헌법이 열거하는 인간의 기본권은 자유권, 평등권, 참정권, 청구권, 사회권 등이 있다. 자유와 평등은 인간이 인간으로서 현실 세계에 태어나는 순간에 이미 주어져 있다. 자유와 평등은 어찌 보면 인간 사회에서 이야기하는 것 이상으로 이미 궁극적 실체인 성체(性體)에 이미 포함되어 있다고 할 수 있다. 우리는 이러한 인간의 기본권에 한 가지를 덧붙인다. 바로 예술권이다. 자유와 평등이 인간 사회에 살아가는 인간들에게 후천적으로 주어지거나 쟁취된 것이 아니라, 본디부터 우주의 궁극적 실재의 속성으로 간주되는 것만큼, 예술권도 역시 성체가 갖는 본질 중의 하나다.

이제 모든 개체로서, 생명체로서 한 나라를 이루는 모든 국민은 예술권을 갖는다. 그것은 누구에 의해 주어지는 것이 아니라 타고난 권리이다. 예술에 대한 이러한 권리에는 어떠한 제한이나 제약도 있을 수가 없다. 예술이 무엇인가 그리고 어떠해야 하는가 하는 구체적 규정도 있을 수가 없다. 예술이 한정될 수 있는 경우는 예술의 근원인 생명 자체가 위협을 받거나 생존이 불투명할 때 이루어질 뿐이다. 그것은 인간이 종 자체의 존속에 위험을 느낄 때만 가능하다.

4.

예술이 넘쳐 난다. 곳곳에 흐르고 있다. 과거에 비하면 그것은 홍수와 같다. 중국 당나라 시대에 문화가 융성했다고 전해진다. 지금껏 전해 내려오는 당시(唐詩)는 수만 수에 이른다. 청나라 강희제 때 수집 편찬한 『전당시』에는 무려 5만 수에 가까운 시들이 실려 있다. 당나라 시문학의 융성은 현종 때의 평화와 연관이 있다. 현종은 앞선 태종과 고종의 치국으로 당나라가 최전성기를 구가할 때 등극했다. 나라가 평안해야 예술이 흥성함이다. 더구나 군주인 현종은 예술적 소양이 풍부했다. 현종은 음악과 무용에도 조예가 깊어서 현재 일부만 전승되는 『예상우의곡(霓裳羽衣曲)』도 직접 창작했다고 전해진다. 이러한 현종이 양귀비에 빠져 정사를 소홀히 하고 이 틈을 타서 안녹산이 반란을 일으킨 고사는 유명하다. 그때까지 당나라의 문화는 절정을 이루었다. 무수한 시편들이 쏟아져 나왔다. 그중에서 지금껏 우리는 이백이나 두보를 비롯한 상당히 많은 시인들의 이름이나 작품을 기억하고 감상한다.

멀리 갈 것 없이 현재의 한국을 바라보자. 예술의 모든 부분에서 융성함이 돋보인다. 한국의 역사에서 이처럼 예술이 흥성할 때가 있었던가. 한민족의 예술에 대한 잠재력이 숨어 있다가 때를 만나 폭발해서 드러나는 것일까. 분명하게 이야기할 수 있는데, 이는 한국만의 현상이 아니라 세계 대부분의 나라에서, 의식주의 기본적인 문제가 해결되고 소위 말하는 민주정치가 실현되어 자유와 평등 등이 보장되는 모든 나라에서 나타나고 있다. 앞서 말한 대로 예술이 기본권의 하나로 인식되는 시대에 나타나는 공통적인 현상이다.

예술이 폭발하면서 무수한 예술가들이 나타나고, 헤아릴 수 없이 많은 예술 작품들이 창작되고 있다. 어떤 사람들이 예술가일까. 통상적인 개념으로 문인, 화가, 조각가, 음악가 등을 떠올릴 수 있다. 이들은 다시 세분화된다. 문인은 시인, 소설가, 수필가, 비평가 등이고, 음악가는 작곡가, 성악가, 연주가, 지휘자 등으로 나뉜다. 이제 이러한 구분은 편의상 개념에 불과하다. 그러한 개념은 예술이 어느 특정 세계의 것으로 치부되었을 때의 일이다. 우리가 익숙한 이러한 명칭들이나 구분법은 모두 서구 문화에서 비롯된다. 동아시아의 전통문화는 이와 사뭇 다르다. 서양에서 지금껏 예술가는 하늘에 의해 그 재능이 부여되고, 예술 작품은 신의 영감이 깃들어 있다고 생각되었다. 예술은 천재에 의해서 이루어지는 것이었다. 이러한 생각은 19세기에 이르러 체계화되고 20세기를 넘어서도 여전히 영향을 미치고 있다. 플라톤은 『파이드로스』에서 시인에 대해 이야기하고 있다. 당시 시는 현재 예술이라고 불리는 다른 장르와 달리 최고의 지위를 누리고 있었다. 플라톤은 시인에게는 무사(Mousa) 여신들로부터 유래하는 신들림과 광기가 있다고 말한다. 심지어 광기에는 두 가지가 있는데 인간 질병에서 비롯되거나 신의 영감을 받는 경우라고 주장한다. 이러한 생각은 서구에서 수천 년 간 지속된다. 근대 롬브로조(Lombroso)의 『천재론』은 이를 잘 보여 주고 있다. 그에 의하면 슈만은 우울증에 걸리고 정신병원에서 생을 마감했다. 보들레르는 과대망상에 걸려 있는 미치광이에 가까웠다.

예술에서 천재론을 본격적으로 체계화하며 주장한 사람은 칸트다. 예술은 기예(技藝)다. 예술은 기술을 바탕으로 한다. 그 기술에는 사람들이 준수하는 일정한 규칙이 있다. 천재는 어떠한 규칙도 요구되지 않는 특정한 것을 새롭게 만들어 내는 능력이다. 천재는 또한 미감적 이념(Idee)을 생각하고 찾아내는 것이 보통 사람과 다르다. 사람들은 개념(Begriff)을 갖는다. 그러한 개념은 상상력과 관계된다. 이러한 개념의 상상력은 그 원본적인 표상을 지니는데 그것이 바로 미감적 이념이다. 이러한 이념을 가능하게 하는 것이 바로 천재의 상상력과 지성이다. 이는 가르치거나 배워서 되는 일이 아니다. 칸트는 지금껏 예술론에서 가장 중요시하는 창의성(creativity)과 독창성(originality)을 주창한다. 그것들은 천재가 지닌 본원적 속성이기도 하다. 기존의 어떠한 규칙에도 해당하지 않는 새로운 것을 만들어 내는 것이 바로 창의성이다. 이는 당연히 원본성 또는 독창성과 직결된다. 새롭다는 것은 그때까지 어느 누구도 보여 주지 않은 그런 것이다. 굳이 말한다면 천재(genius)는 그 본래의 뜻처럼 어떤 수호신에 의해 부여된 것이기도 하다. 칸트에게 예술은 이렇게 신이 허용한 대로 새롭게 발견한 규칙을 갖고 신 또는 이데아를 모방하는 것이다. 그의 주장에는 플라톤의 그림자가 어른거리고 있다. 쇼펜하우어는 이를 더 극단화시키고 있다.

이데아는 오직 객관에 몰입해 버린 순수 관조에 의해서만 파악된다. 그리고 '천재'의 본질은 바로 그러한 월등한 관조의 능력에 있다. 그런데 관조는 자신과 그의 관계에 대해 망각을 필요로 하기 때문에, 천재성이란 바로 가장 완전한 '객관성', 즉 자기 자신 곧 의지로 향하는 정신의 주관적 방향과는 다른 정신의 객관적 방향이다. 따라서 천재성이란 순전히 직관적으로 행동하고 직관에 몰입할 수 있는 능력이며, 본래 의지에 봉사하기 위해서만 존재하는 인식을 이러한 봉사로부터 떼어 놓는 능력, 즉 자기의 관심, 의욕, 목적을 안중에 두지 않고, 자신을 한순간 완전히 포기하고 순수 인식 주관으로서 분명한 세계의 눈이 되는 능력이다. 그리고 이것이 일시적인 것이 아니고 영속적이며, 또 필요한 만큼 사려하는 것으로서 파악된 것이 예술로서 재현된다.[3]

쇼펜하우어의 말은 고대 그리스의 플라톤의 주장에서 한 발자국도 더 나아가지 못했음을 보여 준다. 이데아는 실재(reality)다. 그것은 실체로서 영원불변한다. 인간은 이데아의 불빛이 비추는 동굴에서 어른거리는 형상들의 세계에서 살아가고 있기 때문에 실재를 파악하지 못하고 있다. 실재를 파악하기 위해서 순수 관조가 요청되며, 이러한 관조는 오로지 주관적 방향이 아니라 나를 벗어난, 다시 말해서 신의 계시와 같은 객관적인 것으로 이는 직관에 의해서만 성취된다. 이러한 능력은 범인에 의해서 이루어질 수는 없으며 오직 천재에 의해서만 가능하다.

---

3 쇼펜하우어, 『의지와 표상으로서의 세계』, 권기철 역, 동서문화사, 1978, p.238.

이러한 서구적 전통은 21세기에도 여전히 강하게 영향을 미치고 있다. 서구의 문화가 세계화되어 동아시아에서 살아가는 우리도 알게 모르게 그러한 사상의 그림자에 붙들려 있다. 무엇보다 두 가지 현상을 지적할 수 있다. 첫째, 리얼리티(reality)라는 개념의 홍수다. 이 개념을 바탕으로 하는 리얼리즘(realism)은 한국의 최근 예술 역사에서 하나의 사건이었다. 최근 수십 년 간의 예술계를 지배해 온 화두는 단연 리얼리즘이다. 그것은 한국의 특수한 정치사회의 현실과 맞물려 이념주의로 발전하며 예술계에서, 나아가서 한국 지식인이나 그들에 의해 민중이라고 지칭되는 대중에게 무소불위의 힘을 발휘했다. 영어의 리얼리즘이 번역되어 사실주의라 하지만 한국어로 사실주의는 오히려 19세기 말 유럽의 미술사를 설명하기 위한 개념으로 전락하고, 그것은 오로지 원어 발음 그대로 리얼리즘이라고 말해야만 하는 어떤 정치적 특징을 지닌 새로운 개념이요, 나아가서 모든 예술 개념들의 원형으로 작동하는 이데아가 되었다.

플라톤 이후 지금껏 서구의 예술은 이데아의 진정한 재현(represen-tation)에 매달려 왔다고 해도 과언이 아니다. 동아시아 전통 회화에 익숙한 사람들에게 세잔느의 그림들은 커다란 감흥을 전혀 일으키지 않는다. 그의 그림들이 높게 평가되는 이유는 바로 재현의 문제를 그때까지 볼 수 없었던 새로운 기법과 각도로 씨름해서 새로운 형상들을 창출했기 때문이다. 그러한 평가는 어디까지나 서구 중심적인 기준과 생각일 뿐이다. 칸트의 천재론과 일치하는 사람이 바로 세잔느다. 이러한 재현의 개념들이 정치와 사회운동과 결부될 때, 예술 활동이 현실 사회의 변화와 개혁을 요구하며 참여할 때, 그것들을 구체적인 예술 형상으로 나타내려는 움직임이 바로 리얼리즘이다. 여기서 한국의 현대 예술사에서 커다란 비중을 차지하는 리얼리즘에 대해 더 이상 자세히 거론할 필요는 없다. 그것은 예술과 현실을 하나로 인식해야 한다는 기본 취지에서 벗어나 오로지 리얼리즘에 기초하여 예술 활동을 해야 한다는 미명 하에 예술의 목적과 방향을 설정하고 그렇지 않은 예술을 전적으로 배척했다. 특히 한국의 최근 역사에서 그것은 군사독재와 자본주의 병폐에 대한 반동으로 일어난 정치사회운동과 맞물려 맹위를 떨쳤다. 이들은 더 나아가서 동구 사회주의 정치체제를 이상적인 모델로 삼고 예술을 이념주의의 덫으로 몰고 들어갔다. 그들이 강조하는 현실의 인식과 달리, 이미 동구 사회주의는 그 내부적인 근본 모순을 수습하지 못하고 붕괴하고 있었다. 이러한 인위적 과정은 본디부터 환하게 열려 있는 예술의 본질에 거스르는 것이었다. 한국의 리얼리즘 운동은 한국의 예술 사회사에서 한 획을 그은 커다란 사건이 틀림없지만 동시에 한 마디로 지나간 흐름이다. 무시하거나 간과할 수 없지만 그렇다고 미래의 예술에서 따르거나 모방할 정도의 가치를 갖지 않는다. 그것은 생명의 우주에서 무수한 생명체들이 명멸하는 것처럼 세계의 흐름 속에 한국이라는 특정 정치사회에서 특기할 만한 하나의 사건으로 기록될 것이다.

동아시아 예술 전통에서 재현의 문제는 크게 중시되지 않았다. 대상을 있는 그대로 사실적으로 재현하는 작품은 평가에 있어서 가장 하위에 속했다. 당나라의 장언원(張彦遠)은 그림을 평가하는 기준으로 자연(自然), 신(神), 묘(妙), 정(精), 근세(謹細) 등을 거론하는데, 리얼리티와 관련된 세세함이나 기술은 가장 낮은 단계를 차지한다. 동아시아의 예술에서 최고의 평가는 생명과 연관된다. '자연(自然)'은 서구적 개념인 nature가 아닌 '절로 그러함'의 의미다. 사혁(謝赫)이 내세운 기운생동(氣韻生動)이나 종병(宗炳)의 창신(暢神) 그리고 송대 황휴복(黃休復)이 주장하는 일기(逸氣), 소동파가 말하는 신사(神似), 명대 서위(徐渭)의 사형이열영(舍形而悅影), 청나라 석도(石濤)가 주장하는 일화(一畵) 등은 모두 생명과 정신에 근거를 둔다. 이때의 정신은 또한 서구적 의미의 지성이 아니라 생명의 힘과 움직임을 말한다. 예술에는 어떠한 한정된 규칙이나 원칙이 존재하지 않는다. 예술은 그냥 열려 있는 공터에서 방향을 정하지 않고 흐른다. 생명의 흐름이 바로 그렇다. 예술이 이제 특정 이념주의와 같은 제한된 가두리에 갇혀 자칭 일부 예술인들에 의해 길러지고 지배되는 일은 지양되어야 한다.

둘째로, 사람들은 여전히 예술, 예술가, 예술 작품을 일상적인 것과 차별화하여 색다르게 바라본다. 문화의 대종을 이루는 철학이나 과학 또는 종교 등에 대해서는 아무런 선입견 없이 현실 세계를 살아가면서 접하는 것, 또는 사람들 자신과 더불어 항시 존재하고 필요한 것으로 간주하면서, 예술 세계는 이와 달리 문이 있어서 그 문을 열고 들어가야 하는 것으로 생각한다. 그 문을 두드리는 것조차 그리 쉬운 일이 아니라고 판단한다. 예술은 오로지 재능이 있는 자들만의 세계라고 지레짐작한다. 이는 여전히 우리 사회에 서구적 사상의 영향이 강하게 미치고 있음을 반증한다. 서구에서 예술가는 언제나 현실과 대립되는 사람이다. 현실은 리얼리티의 가상에 불과하기 때문이다. 천재가 그렇다. 그는 현실 세계에 적응하지 못하고 세상은 그를 쉽게 받아들이지 못한다. 예술가는 언제나 현실과 맞서서 싸운다. 그는 비정상이다. 비현실적이다. 그들은 시대를 앞서간다고 이해되기도 한다. 서구의 이원론이 예술에도 깊이 스며들어 있다. 이데아와 현상, 신과 인간, 정신과 물질 등이 그렇다. 인간은 신이 될 수 없다. 정신은 언제나 물질에 우선한다. 이러한 대립과 모순이 천재 또는 예술가의 삶과 그들의 작품을 통해 극명하게 드러난다. 근래 한국문학계에서 '예술가소설'이라는 개념이 등장했다. 과거에는 보지 못했던 개념이다. 이러한 소설의 주인공은 예술가다. 그들은 언제나 이원화된 세계에서 분열되어 있다. 현실과의 갈등 속에 삶을 살아가며 그들의 이상을 발현하기 위해 몸부림친다. 예술가가 현실 사회와의 투쟁과 갈등을 헤쳐 나가며 피력하고 보여 주는 행동과 말들이 소설의 줄거리를 이룬다. 한마디로 이들 주인공은 일반인과 거리가 있다. 이는 아마도 독일의 문학 전통의 영향을 받은 듯하다. 독일 소설 문학의 대강은 주로 교양소설(Bildungsroman)이다. 발전소설(Entwicklungsroman)이라고도 불리는데 이는 주인공이 성장해 가는 이야기를 바탕으로 하기 때문이다. 중세 서사시 『파르치팔(Parzival)』이나 괴테의 『빌헬름 마이스터의 수업 시대』 등이 대표적인데 20세기 토마스 만이나 헤르만 헷세의 작품들도 대체로 이에 속한다고 할 수 있다. 우리는 말할 수 있다. 지금껏 서구의 사유는 이원화를 기초로 한다. 이의 영향을 받아 서구 사회는 언제나 대립과 갈등 속에 시달리며 그들의 역사는 이들을 조화시키고 통합하려는 과정을 보여 준다. 그들의 예술도 이를 반영한다. 교양소설의 주인공은 끊임없이 이러한 대립을 지양하고 융합의 길을 모색한다. 헤르만 헤세의 소설 『지와 사랑』은 두 주인공 나르시스와 골드문트의 대조적인 삶을 그려 낸다. 나르시스는 정신세계를 대변하고, 골드문트는 현실과 욕망의 세계를 드러낸다.

동아시아 사유는 일원론의 경향이 주를 이룬다. 대대와 합일의 사상이 전통을 잇는다. 『장자』의 「제물론」에서 공중을 날아다니는 대붕과 쓰르라미는 서로 몸집과 하는 짓이 모두 다르지만 그들이 처한 존재론적 또는 심적 경계(境界, realm)는 제일(齊一)하다. 이때 경계라는 개념은 일종의 관념적 영역으로 하나의 생명체로서 개체가 살아가며 거느리는 영토를 가리킨다. 서구의 사유는 언제나 분석적이다. 그것은 사회와 사람들을 나누며 차별화한다. 세계와 현상이 복잡해질수록 그들은 더 예리하게 파악하고, 분별하고, 분석하고, 인식하고, 해석한다. 인간 사회도 마찬가지이며 사람들은 일반인 전체로 뭉그러뜨릴 수 있는 것이 아니다. 지성의 차별화 작업을 통해 예술가는 일반인들과는 다른 종류의 사람들로 매겨진다. 분명하게 말하지만 예술가소설은 한국의 전통적인 양식이 아니며 이 땅에서 발현하는 무수한 소설 중의 한 부류에 불과하다. 박경리의 대하소설 『토지』에는 무려 700명이 넘는 등장인물이 등장한다. 이들은 당시 현실 사회의 모든 가능한 인물상들을 망라한다. 작가는 이들 모두를 따스한 눈길로 감싸고 있다. 부처님의 눈길이다. 소설에서 일부 중요 역할을 하며 작품의 처음부터 말미까지 등장하는 몇 사람이 있기는 하지만 굳이 주인공들이라고 말하기가 어려울 정도로 그들의 역할은 축소되어 있다. 이는 서양 문학작품의 전통과는 매우 다르다. 서양 문학은 전통적으로 영웅과 천재의 이야기를 주로 다룬다. 그들이 예술가다. 『토지』에서 예술가는 다름이 아닌 700명 모두다. 부처님의 눈길에 중생은 모두 불성을 지니고 있어 누구나 언제든 그것을 드러내어 부처가 될 수 있다. 우리가 굳이 예술가라고 지칭할 때, 그것은 700명 중에서 예술을 실제 형상으로 드러낸 일부 인물들만을 가리킨다. 소설의 주역을 이루는 여러 사람들 중의 한 사람인 김길상이 소설의 후반부에 관음상을 그려 내는데 그것은 보는 이로 하여금 형언할 수 없는 감동을 불러일으킨다. 길상이 바로 예술가로 드러남이다. 그럼에도 작품에서 길상을 예술가로 부르는 경우는 한 번도 나타나지 않는다.

예술은 예술가만을 위해 존재하는 것이 결코 아니다. 예술이나 예술가가 사전에 정해져 있는 것도 아니다. 우리의 이웃들이 모두 예술가다. 우리 모두 태어날 때부터 예술을 향유하고 있다. 그것이 구체적인 모습으로 모두 드러나지 않았을 뿐이다. 모든 인간에게 불성이 자재하듯 예술성도 자재한다. 무명에서 벗어나 깨달음에 이르는 것처럼, 모든 사람은 일상의 생활에서 어떤 계기가 주어지면 내면에 잠재해 있던 예술이 기지개를 켜면서 인간이 지닌 여러 표현 수단을 통해 형상화로 진전된다. 그것이 바로 예술 작업이요 그 결과물이 예술 작품이다. 동시에 이러한 과정을 겪으며 종사하는 자가 바로 예술가다. 대승불교에서 일심개이문(一心開二門)은 하나의 마음이 두 개의 문을 가지는데 그것은 바로 진여와 생멸이며 이들은 둘이면서 하나다. 마찬가지로 예술가와 일반인은 둘이되 하나다.

5.
예술 작품이 넘쳐 난다. 곳곳에 널려 있다. 일상생활을 영위하면서 사람들은 온통 예술 작품들에 의해 둘러싸여 살아간다. 극단적으로 말하면 인간의 오감에 의해 감지되는 인공적인 모든 것들이 예술 작품이라 해도 과언이 아니다. 개념을 무한대로 확대하면 우주 전체와 이를 구성하는 무기물을 포함하는 모든 생명체와 그것들이 드러내고 만들어 내는 모든 현상이 예술 작품이기도 하다. 자연이 빚어내는 산과 들 그리고 바다, 이들의 천변만화하는 모습은 그 자체가 예술 작품이다. 개념의 영역을 한껏 좁혀 인위적인 결과물들만으로 한정한다 하더라도 예술 작품의 범위는 그야말로 광대하다. 그러한 작품들이 대상으로, 우리의 눈과 귀를 자극하고 심지어는 상상 속으로도 침투하여 예술 작품은 이제 인간이 지닌 본원적인 기능에 의해 산출된 사물로서, 그리고 생명체로서 지구 생활 세계의 어느 곳이든 널려 있다.

예술에는 장르라는 것이 본디 존재하지 않는다. 인간의 지성은 언제나 좀 더 쉽게 그리고 정확하게 현상을 파악하기 위해 언제나 구분하고 나눈다. 분류는 지성 활동의 커다란 부분이다. 이렇게 지성들이 예술을 가시적인 구역으로 나눈 것들이 장르다. 이에 따라 기존의 예술 작품 개념으로만 좁힐 때, 사람들은 흔히 말하는 문학, 음악, 미술, 공예, 건축, 조각 등을 만나게 된다. 사람들은 다시 문학이나 음악 등의 분야에서 이를 세분화한다. 나아가서 이를 제도화하여 정치적·사회적인 의미까지 부여하면서 관리한다. 이는 기득권을 형성하며 폐쇄적인 경향을 갖게 된다. 소위 예술가들이 나날이 쏟아내는 작품의 수는 이미 헤아릴 수 없이 많아서 사람들이 감당하지 못할 만큼 엄청나게 불어나고 있다. 한국이라는 땅에서 매일 얼마나 많은 수의 시 작품이 만들어지고 있을까. 이는 좀 정리되어야 하지 않을까. 그럴지도 모른다. 하지만 이는 어떠한 이유에서라도 위험한 생각이다. 그것은 예술의 본질에 반한다.

이 땅에는 소위 문단(文壇)이라는 보이지 않는 세계가 있다. 문단은 시인이나 소설가를 비롯한 기성 문인들의 사회다. 분명하게 말하지만, 문단이라는 것은 수구적 사회조직이다. 예술가들이, 문인들이 기존 사회에서 어떤 특정의 위치를 점하기 위해 그들만의 집단을 폐쇄적으로 만들어 놓은 것이 바로 문단이다. 수많은 사람들이 등단을 하기 위해, 문단의 문을 열기 위해 애를 쓰고 있다. 문단에 등단을 해야 작가로서 인정을 받는다고 생각한다. 이름을 얻어 전업 작가로 살려면 문단의 암묵적 지원이 있어야 한다. 정부의 문화 육성 지원에도 이러한 문단의 추천은 영향을 발휘한다. 상업적 출판계는 무명의 작가에게 어떠한 위험도 걸고 싶지 않다. 한마디로, 기존의 문단이라는 것은 신기루이며 그것은 기득권을 지닌 문인들이 현실적 이해관계에 사로잡혀 얽어 놓은 허구요, 불필요한 조직이다. 일부 대형 출판사들은 권력적 문인들을 중심으로 이념적 경향을 공공연하게 드러내기도 하며 그것을 강요하기도 한다. 그것은 중세 서구에서 형성된 기술자들의 길드(guild)와 마찬가지다. 얼토당토않은 기이한 현상이다. 시문학의, 그리고 예술의 본질은 환한 공터에 열려 있어 빛을 발하며 우리에게 손짓을 한다. 우리의 삶과 존재 자체가 이미 이러한 빛이 비추는 공터에 둘러싸여 있다. 현재를 살아가는 생명체로서 존재자라면 누구나 이러한 빛을 받고 있다. 빛에 쬐인 사람들이 그들이 내면에 지닌 예술성을 언어 형상으로 드러내기만 하면 그것이 바로 문학작품이며 예술 작품이 된다. 문단에 등단한 문인들의 작품이나 등단하지 않은 작품에 가치를 부여하며 가르는 선은 존재하지 않는다. 더구나 무리하게 선을 그으며 그 잣대가 특정 이념주의라면 그것은 그야말로 예술의 본질에 역행한다. 누구나 시를 쓰고 소설을 끼적거릴 수 있다. 수필이라는 것이 본디 느끼는 대로 생각하는 대로 쓰는 것이라면 사람들의 일상은 바로 수필 쓰기와 같다.

음악도 마찬가지다. 소위 대학에서 음악과 관련되어 작곡과나 성악과 등이 있지만 그들은 기존의 체제에 적응하여 서구의 클래식이나 전통 국악에 국한되어 있다. 이것들은 음악의 세계에서 보일 듯 말듯 극히 협소한 부분에 불과하다. 새로운 소리들이, 음악들이 우후죽순으로 솟아나며, 상상을 못할 정도로 거칠고 빠르게 다양한 변화를 일으키는 현재라는 시간의 급류 속에서, 클래식이나 국악은 이미 생동과 생기를 상실한 과거의 잔재에 불과할 뿐이다. 지금 이 순간에, 트로트, 블루스 등을 비롯한 대중가요에서부터 록 메탈이나 팝, 그리고 힙합이나 재즈에 이르기까지 얼마나 많은 노래와 곡들이 창작되고 불리거나 연주되고 있을까. 그림은 또한 어떤가. 화단이라고 일컬어지는 유령의 세계는 그 실체가 무엇일까. 유아원에서 아기들이 몸 놀려서 만들어 내는 그림부터 유치원이나 초등학교에서 대학교에 이르기까지 미술이 교육 과목으로 채택되면서 무수한 그림들이 쏟아져 나온다. 행정단위 구역마다 설치된 문화원에는 중년과 노년의 남녀들이 그림을 배우고, 음악도 배우며, 도자기를 만들고 구워 내려고 구슬땀을 흘리고 있다. 이들이 빚어내는 작품들의 수는 가히 짐작하기 어렵다. 도시의 건설이나 재정비하는 과정에서도 예술은 끼어든다. 어찌 보면 도시계획을 입안할 때부터 사람들은 예술을 의식하거나 의식하지 않아도 이미 그들이 지닌 천성적인 예술성, 인간의 기본권으로 인식되는 예술권을 지니고 이를 발휘하고 있음이 틀림없다. 조각이나 건축 그리고 설치미술을 포함하는 조경에 이르기까지 예술 과정이 아닌 것이 없으며 건설된 도시와 거리는 이러한 예술 구조물로 가득하다.

사람들은 이렇게 무수하게 쏟아져 나오는 예술 작품들에서 선택을 하게 된다. 서점을 방문하면 시 작품들이나 소설 또는 에세이집들이 서가를 가득 메우고 있다. 인터넷의 발달로 자판만 두드려도 무수한 시를 만난다. 음악이나 회화는 말할 것도 없다. 공연장이나 연주회에 참석하여 생음악을 즐길 수도 있지만 대부분의 사람들은 문명의 이기인 기기들을 통하여 원하기만 하면 장소와 시간을 가리지 않고 음악을 듣거나 회화의 사본을 감상할 수 있다. 생음악과 사본인 녹음에 차이가 있을 수 있지만 그것은 소리의 질이나 분위기의 차이일 뿐이다. 그것은 그리 중요하지 않은 시대가 왔음이다. 회화는 말할 것도 없다. 회화 진본을 보려면 발품과 막대한 비용을 지불해야 한다. 고흐의 그림을 본격적으로 살피려면 암스테르담에 있는 고흐 미술관을 찾아가야 한다. 우리는 현대를 시뮬라크르의 시대로 살고 있다. 그렇다고 플라톤 식의 이데아론이나 홀로그램 우주론을 이야기하려는 것이 결코 아니다. 음악이야말로 복사가 아니면 불가능한 예술이다. 작곡가는 떠오르는 상상을 악보로 옮긴다. 일차 복사다. 그것을 연주하는 것은 2차적인 복사다. 연주된 소리는 테이프에, 시디에 그리고 녹화기에 복사되어 저장된다. 3차적인 복사다. 이것들은 다시 플레이어를 통해 또는 스마트폰이나 컴퓨터 기기에 의해 감상자의 귀로 흘러들어 간다. 이들 음의 조합들과 재생은 이미 감상자의 오감이 판단하고 정리한 제4차의 복사품이다. 현대인들이 향유하는 예술은 대부분 복사를 통해 이루어진다. 인간의 기본권으로서 예술권을 이야기할 때, 이를 뒷받침하는 힘이 바로 복사와 복제의 기술이다. 그것은 예술과 예술 작품을 보편화하고 일반 대중이 함께 공유하는 데 크게 이바지한다.

일반인들이 이러한 사본들을 선택할 때에, 어떠한 기준이 있을까. 선택은 선호도와 평가를 수반한다. 수많은 예술 작품 속에서 무슨 까닭으로 특정 작품을 더 좋아하고 비용을 지불하며 선택을 할까. 선택하는 기준과 원인을 더 이야기하기 전에 대중의 선택을 돕는 것들이 있다. 우선 여론이다. 매스미디어의 발달은 사람들로 하여금 해당 작품에 대한 정보를 풍부하게 제공한다. 무엇보다 예술의 세계에는 비평가들이 존재한다. 비평가들도 예술가다. 그들의 역할은 무엇일까. 베토벤의 현악사중주 Op.133「대푸가(Grosse Fugue)」는 본디 현악사중주 Op.130의 6악장으로 작곡된 것이다. 하나의 작품에서 각 악장은 유기적으로 연결되어 있다. 그런데 마지막 악장인 6악장이 당시의 사람들에게는 너무 변칙적이고 비정상이었다. 곡에 매듭을 지어야 할 악장이 짧지도 않고 장대한 구조를 이루는 데다가 그 내용은 감당할 수 없을 만큼 뜨겁고 치열했다. 사람들은 이해를 할 수가 없었다. 기존의 형식과 내용을 벗어난 파격적인 모습에 그들은 당황했다. 당시의 평론가들은 이 악장을 중국어만큼이나 이해할 수 없고 유럽인들이 야만으로 치부하는 무어인들이나 연주할 수 있는 곡이라고 평했다. 사람들의 성화에 못 이겨 결국 베토벤은 이 문제의 악장을 떼어 내 별도로 독립시키고 새로운 악장을 만들어 첨부했다. 이렇게 새롭게 구성된 현악사중주 Op.130은 완전히 밋밋한 음악이 되어 버렸다. 5악장 「Cavatina」의 절절한 호소에 이어 6악장에서 치열하고 높은 꼭대기로 홀로 걸어가며 무한한 긴박감을 주던 음악의 구성이 사라져 버렸다. 평론가들이 대중의 기호에 영합하여 잘못을 저지른 것이다.

평론가는 통상적으로 해당 예술에 정통해서 높은 안목과 식견을 가진 사람이다. 비평을 통해서 예술 작품의 이해를 도모하며 작품의 분석으로 일반 감상자들에게 길잡이 노릇을 한다. 나아가서 전체 예술계의 경향을 파악하며 앞으로 나아갈 길까지 내놓을 수도 있다. 그렇다고 이들이 제시하는 시류적인 기준이 본질적으로 그 자체로 펄펄 살아서 흘러가는 예술의 끊임없는 변신에 언제나 상응하는 것은 아니다. 예술의 흐름에 어떤 지표나 방향이 있을 수 없다. 현재의 예술은 기존의 흐름을 반드시 따르지도 않는다. 앞으로의 예술이 어떨 것인가 하는 이슈는 평론가들도 정확히 예견할 수 없다. 이런 상황에서 기존의 평론가들이 예술의 흐름을 오도하는 경우가 자주 일어난다. 회화에서 인상주의 화파의 대두는 이러한 사례를 극적으로 보여 준다. 프랑스 화단을 지배해 온 아카데미의 살롱전에서 번번이 낙선을 하던 화가들이 있었다. 구태의연한 아카데미에 반발하여 그들은 1874년 독자적으로 전시회를 열었다. 어느 미술 평론가가 조롱조로 이야기한 것이 계기가 되어 그들에게 인상주의라는 이름이 붙여졌다. 이 새로운 화가들의 이름은 지금 듣기만 해도 모든 사람이 알 수 있을 정도의 유명 화가들이다. 마네, 모네, 세잔느, 피사로, 르느아르 등이다. 예술은 시대를 앞서가는 것일까. 그렇다면 사람들은 어떻게 예술 작품의 진가를 알아볼 수 있을까. 도대체 예술 작품의 평가 기준은 무엇인가. 어떤 작품이 걸작이라고 칭해질 때, 어떠한 가치가 내재하기에 사람들은 이를 걸작이라고 부를까.

지금껏 사람들은 이러한 물음에 답하기 위해 노력해 왔다. 미학(Aesthtic)이라는 학문 분야까지 나타나 이를 연구의 대상으로 삼고 있다. 미 또는 아름다움이 무엇인가 하는 것 자체가 어렵기 짝이 없는 물음이다. 동서양 어디에서나 역사의 과정을 거치면서 미에 대한 새로운 기준이 제시되었다. 사람마다 견해가 다르다. 아름다움의 본질적 속성으로서 사람들은 칸트가 주장하는 창의성과 원본성을 원용한다. 앞에서 이미 말했지만 이러한 특징은 천재론과 연결되며 신과 인간이라는 이원론을 내재한다. 예술이 끊임이 없이 새로움을 찾아야 한다는 점은 생명의 특질과 관련이 있으므로 평가할 만하지만 엄밀히 말해서 완전한 의미의 새로운 창의성과 독창성은 불가능하다. 화이트헤드의 말처럼 모든 현실적 존재는 다른 현실적 존재와 결합하고 합생함으로써 가능한 존재의 삶을 이어 갈 수 있다. 과거와 단절된 완전한 새로움은 존속할 수가 없다. 현대에 이르러서도 지나칠 정도로 창의성과 원본성을 강요함으로써 문제점이 발생하고 있다. 그것은 어디까지나 칸트의 생각이요, 이를 따르는 서구적 경향에 불과하다. 시뮬라크르 시대에 이는 불가능하다. 끊임없는 변화와 개혁은 필요하다. 그것은 생존의 몸부림이기도 하다. 생명의 흐름은 멈추지 않고 무작정 흐르고 있기에 예술 작품에 있어 어떤 고정된 규칙이나 원칙은 새로운 작품의 탄생을 가로막는다. 원칙이 생겨나 그것이 고정되면 생명은 그 흐름을 멈추게 된다. 작품도 마찬가지다. 새로운 작품이라는 것은 앞에 먼저 있었던 작품들을 흡수해서 삶을 이어 간다. 그것이 바로 자연스러운 흐름이다. 서양음악사에서 최고의 천재라 불리는 모차르트는 바흐를 비롯한 바로크 음악이 없었다면 존재하지 않았을 것이다. 바흐 자체가 이미 당시 서구에서 내려오는 모든 음악을 집대성한 사람이다. 그들은 형식과 내용에 있어서 전통을 그대로 도입해서 사용한 것이 많다. 표절은 약간의 문구나 악보 등을 그대로 베끼는 것만을 가리키는 것이 아니다. 그런 세세한 것보다 더 큰 표절은 형식의 답습이나 차용이다. 우주의 참모습 중의 하나는 모든 사물이나 현상이 반복과 차이의 산물이라는 점이다. 그런데도 앞서 존재한 작품들의 일부를 그대로 복사하거나 모방을 하면 사람들은 그것을 표절이라 한다. 표절은 예술의 세계에서 최고의 악으로 치부된다. 정말 그럴까. 이는 플라톤의 이데아라는 이념이 지금껏 지배하는 사회에서나 가능한 이야기다. 모방은 실재에 미치지 못하고 허상에 불과하며 전혀 가치가 없다는 판단에 따라 그 자체가 모방인 예술 작품을 다시 모방하는 표절은 금지되어야 함이다.

　동아시아 예술 전통에는 표절이라는 개념이 없다. 그것은 모방을 뜻하는 '방(倣)'일 뿐이다. 특히 회화에서 방은 예술의 여러 가지 작업 형태 중의 하나이다. 앞서의 화가가 남겨 놓은 작품을 본떠서 그림을 그리는 것이 바로 방이다. 방은 있는 그대로 복사하는 것처럼 원본을 베끼는 것이 아니다. 그림에는 화법이 있고 법도가 있으며, 화의(畵意)도 있다. 중국의 회화에서 산수화는 대종이다. 오대(五代)

와 송대(宋代) 초기의 동원(董源)과 거연(巨然)은 산수화의 화법을 완성한 조종으로 간주된다. 원(元)의 사대가는 황공망(黃公望), 오진(吳鎭), 예찬(倪瓚), 왕몽(王蒙) 등을 가리키는데 이들 역시 산수화의 모범적 사례로 후대 화가들이 그들의 화법을 따랐다. 이러한 이야기들은 실제로 명 말 동기창(董其昌)이 산수화를 남북종(南北宗)으로 나누는 데 연유한다. 거론된 화가들은 모두 그가 남종화로 분류한 사람들이다. 동기창은 자신이 이미 서예와 회화에서 일가를 이룬 사람이었다. 그의 영향으로 많은 예술인들이 거의 맹목적으로 남종화의 화법을 따르기 시작했다. 동기창은 그 스스로 남종화의 대가들을 임모했다. 그의 작품 제목들 중에는 '방' 자로 시작하는 것이 상당히 많다. '방고산수도(倣古山水圖)'라는 제목의 여러 책이 있으며, 방거연(倣巨然), 방동원(倣董源), 방대치(倣大痴) 등의 작품들이 여럿 있다. 대치는 황공망의 호다. 방은 임모(臨摹)로 시작한다. 임모는 모작(模作), 방작(倣作), 임작(臨作) 등으로도 불린다. 이 모든 것들이 옆에 놓고 베낀다는 의미다. 임모의 진정한 의미는 원본을 그대로 흉내 내어 있는 그대로 그려 낸다는 것이 아니다. 첫째로는 위대한 화가의 필법이나 화법을 연구하여 자기만의 새로운 법을 확립하기 위함이요, 둘째로는 그 화가의 화의 또는 정신 자세를 배우고 익히려함이다. 셋째로는 기존의 그림을 모사하되 새로운 변화를 가미함으로써 전혀 색다른 그림을 창출하는 것이다. 마치 서양의 음악가들이 다른 사람의 악곡 주제를 변주하여 새로운 작품을 만드는 것과 동일하다. 그럼에도 방의 그림에는 폐단이 없을 수 없다. 의도는 좋지만 결과적으로 앞선 유명 작품들을 아무런 변화 없이 거의 베끼는 수준에 머무르기 때문이다. 청대(淸代) 초기의 석도(石濤)는 이를 엄정하게 비판했다. 법고창신(法古創新)의 진정한 의미는 고인(古人)의 법도를 참고로 숙지하되 그 마음의 흐름을 배워야 함이며, 이를 통해 나 자신의 화법을 세우는 일이다. 그는 화어록에서 "내가 나가 됨은 스스로 내가 존재하고 있음에 있다(我之爲我, 自有我在)"[4]라 갈파한다.

예술 작품을 만들어 내려면 기술이 필요하다. 기술은 난이도에 따라, 느낌에 따라, 취미와 선호도에 따라, 그리고 무엇보다 재료의 선택에 따라 다양하다. 인간의 손짓과 발짓은 이미 그것 자체가 기술이다. 이러한 기술적인 몸놀림에 여러 재료와 도구가 덧붙어 기술은 발전되어 왔다. 사람들은 이러한 기술을 익힌다. 그것은 많은 노력과 시간을 요구한다. 따라서 앞선 예술가들의 작품을 가능하게 한 여러 가지 기술을 익히는 것은 필연이다. 이런 면에서 모방은 필수 과정이다. 칸트가 주장하는 창의성과 원본성은 모두 이러한 모방을 기초로 해서 이루어진다. 현재 예술을 하는 사람들 사이에서 표절을 금기시하는 것은 재검토되어야 한다. 표절의 의미를 엄밀하게 다시 검토해서 대폭 축소해야 한다. 우리는 주장한다. 소위 표절을 통해서라도 예술의 아름다움에 접근하여 이를 향유하고 감상자 또는 작품 제작자 자신이 예술의 흥취를 일깨워 즐겼다면 그것 자체가 예술적 의의가 있으며 그것 또한 능동적 예술 활동이다. 다만 세인들이 말하는 가치 평가에 따라 그러한 작품들의 등급을 최하위로 매기고 등한시하는 것은 별개의 일이다.

표절과 모방을 이야기했지만 예술 작품에 대한 가치 평가의 기준은 무엇인가 하는 물음은 여전히 남아 있다. 엄청나게 복잡한 물음이고 이에 대한 답을 연구하는 것이 학문으로 발전되어 왔다. 나는

---

4 石濤,『苦瓜和尚畫語錄』: 葛路,『中國繪畫理論史』, 강관식 역, 미진사, 1997, p.428에서 재인용.

단순하게 고대 동아시아에서 '미(美)'라는 단어의 어원에서 그 기준을 따른다. 미(美)는 양(羊)이 커다랗다(大)는 뜻이다. 옛날 제사를 지내기 위해 희생물로 양을 바치는데 크고 기름져야 했다. 이런 양들은 제사에도 쓰일 만하지만 실제로 그것은 먹음직스럽고 맛도 훌륭하다. 인간의 욕망을 가장 잘 채울 수 있는 것이 커다란 양이었음이다. 예술은 인간의 기본적인 욕망을 채운다. 욕망은 생명체가 생존하기 위한 요청의 드러남이다. 뒤집어 이야기해서 생명의 표현이 잘 나타난 것이 미다. 미는 생명을 형상화하여 구체적으로 드러냈을 때 갖춰지는 무형의 개념적 표상이다. 예술은 바로 이러한 생명의 정신을 표현하는 작업에 다름이 아니다. 생명의 힘과 생명의 생생한 움직임이 바로 정신이며, 이러한 정신 작용에 의거해서 예술 작품이 이루어진다.

6.

이러한 정신의 흐름에는 어떠한 목적이나 방향도 설정되어 있지 않다. 주어져 있는 규칙도 없으며 사전에 정해진 것은 아무것도 없다. 예술이 이러한 정신 작용에 의해 이루어지는 과정이라면 예술이나 예술 작품에는 어떠한 규정이나 법칙도 존재하지 않는다. 마찬가지로 평가 기준이 정해져 있는 것도 아니다. 예술 작품이라는 것이 본디 생명체인 인간이 지닌 예술성을 드러내는 것이므로 자칭 예술 작품이라는 모든 것은 그 자체로 예술을 표현하는 예술 작품이다. 평가하는 데 붙박이 기준이 있을 수 없다. 무엇보다 예술 작업은 정치·사회와 연결된다. 예술가는 시대의 정치적·사회적 현실을 직시하여 이를 작품에 연관시킨다. 정치·사회를 떠나서 예술은 존재할 수 없다. 어떤 형태로든 모든 예술 작품에는 작가가 살고 있던 시대의 정치·사회의 모습이 투영되어 있다. 정치·사회의 현실적인 운동이 내세우는 어떤 목적이나 이념은 전혀 별개의 문제다. 예술가들은 그들 나름대로 그들의 제한된 작업과 작품에 유의미한 목적이나 방향을 설정할 수 있다. 얼마든지 가능한 일이다. 그럼에도 이는 예술의 근본 정신과 구속적인 상관관계를 갖지 않는다. 예술은 본디 방향이나 목적이 없이 그냥 열려 있기 때문이다. 문제는 그들이 그들의 목적과 방향을 유일한 것으로 정해 놓고 거기에 부합되지 않는 타인들의 예술 작업이나 작품을 비난하고 파기하며, 나아가서는 전체주의 시대에 일어나는 것처럼 금지하고 해당 예술인들을 배척하거나 탄압할 때 발생한다. 예술에서 이러한 정치적 편향성은 배제되어야 한다. 시대의 경향에 따라, 그리고 시대의 정치를 이끌고 있는 권력자들이나 일부 권력 매체의 영향으로 평상시에 일반인들이 예술 작품을 선택할 때 이러한 편향성은 부지불식간에 작동한다. 이러한 편향성은 정치적이다. 예술 활동의 흐름에 정치라는 강물이 흘러든다. 정치 활동은 예술의 흐름을 불러들여 그 몸집을 키운다. 인간은 본디 그 밑바닥부터 정치적이다. 모든 예술 작품에는 정치적 그늘이 들락날락한다. 이를 전면으로 내세우는 것들이 있는 반면에 이를 철저히 부정하며 순수예술을 주장하는 것도 있다. 하지만 순수예술이라는 것도 실제로 정치를 의식하고 정치를 배제하려는 정치적 그림자를 갖는다. 모든 예술 활동은 이러한 영향에서 완전히 벗어나 자유로울 수 없다. 그럼에도 그것은 정도의 차이일 것이다. 예술은 정치의 영향을 받되 이를 일부로 흡수하여 녹여 버린다. 정치가 예술에 스며들지만 예술은 정치를 삼킨다. 예술 작품의 선택에 있어 인간의 모든 판정에는 강도가 따른다. 그 강도는 예술성의 느낌에서 일어나는 강과 약의 차이일 뿐이다. 일반인의 판단 강도는 약할 뿐이다.

동아시아에서 유가의 전통은 실사구시(實事求是)를 중시한다. 사실과 현실을 있는 그대로 직시하고자 한다. 조선 후기에 실학자들이라고 칭해지는 사람들은 정치화된 성리학의 가상적이고 허구적인 면에서 탈피하여 현실을 있는 그대로 바라보며 문제점을 파악하고 이를 해결하는 방책을 제시하려고 노력했다. 하지만 이들도 역시 근본적으로 유가의 그늘에 머무른다. 대동사회(大同社會)와 같은 이상향을 추구하는 유가의 정치적인 목적에서 떠나지 않기 때문이다. 동아시아에서 예술의 역사를 논하려면 『논어』를 배제할 수 없다. 고대에서 공자만큼 시와 음악에 정통하고 나름대로 가치 평가의 기준을 역설한 사람이 없기 때문이다. 대표적인 것이 그의 예악론(禮樂論)이다. 예와 악은 동전의 양면이다. 『예기(禮記)』「악기(樂記)」에 보이듯, 예(禮)는 절(節)과 서(序)이며 구별과 차이다. 악(樂)은 화(和)와 동(同)이다. 예는 다름을 인식하고 절제하며 서로 공경하게 만든다. 공동체로서 살아가는 인간들이지만 서로 차이가 있음을 인정하고 존중함이다. 악은 화를 통해 동일함을 자각하고 서로 친하고 어울리며 사랑하는 것이다. 그는 인간의 완성을 통해 이상적인 정치사회를 구현하고자 한다. 수신제가치국평천하(修身齊家治國平天下)는 대표적인 그의 강령이다.

수신(修身)이 시발점이요, 기초다. 이때의 신(身)은 육체인 몸만을 지칭하는 것이 아닌, 전체로의 나(我)를 가리키며 그것은 생명체로서의 개체다. 수신을 통해 개체로서의 자기를 이루어 가는데(成), 이를 뒷받침하는 공자의 모토 중의 하나가 바로 「태백」에 나오는 "시로 흥하고, 예로 서며, 악으로 이루어 간다(興於詩, 立於禮, 成於樂)"라는 구절이다. '흥어시(興於詩)'는 인간이 본디부터 예술적 소양을 갖고 있음을 가리킨다. 흥은 느낌이다. 흥은 그 예로써 예술의 구체적 형상의 하나인 시와 같은 것에 의해 일깨워지는 것이다. 공자의 의도는 시문학을 강조하려는 것이 아니라 인간의 정치와 예술 같은 모든 활동의 기반에는 느낌이 있음을 지적함이다. 느낌이야말로 『주역』에서 언급했듯이 인간을 포함한 모든 생명체의 시작이다. 이는 화이트헤드가 말하는 현실적 존재의 이루어 감을 처음부터 가능하게 하는 '느낌(feeling)'에 상응한다. '입어예(立於禮)'는 정치적·사회적인 인간이 개체의 구성원으로 '바로 섬'이다. 예(禮)는 정치의 바탕을 이루며, 사회를 구성하고 이끌어 가는 모든 현실적 개체들이 서로 엮고 엮이며 살아갈 때 지켜야 하는 어떤 법도를 가리킨다. '성어악(成於樂)'은 예술로 이루어 감이다. 이때 악은 음악만을 지칭하지 않는다. 아마도 현대적 의미의 예술이라는 개념이 구체적으로 설정되지 않은 춘추시대에 음악이 가장 대표적으로 드러난 예술 형태이기 때문에 음악을 전면으로 내세웠을 것이다. '성(成)'은 이루어 감이다. 그것은 끝남이 아니라 지속적으로 흐르고 있는 이루어 감이다. 완성(完成)이라는 단어는 끝남이요 마침이다. 공자의 말은 인간의 완성을 의미하는 것이 아니라 그 과정을 가리킨다. '성어악'은 인간이 예술을 통하여 완성의 길을 걸어가고 있음을 뜻한다. 현대를 살아가는 우리의 해석을 따른다면, 예술성은 인간의 본성으로서 인간은 태어나면서부터 예술의 길을 걸어가도록 지향하고 있음이다.

『논어』「술이」 편에는 "도에 뜻을 두고, 덕을 지키고, 인에 의지하며, 예에 노닌다(志於道, 據於德, 依於仁, 游於藝)"라는 말이 나온다. 여기서 도(道)와 덕(德)은 윤리(morality)만을 의미하는 것이 아니라 정치와 사회윤리 전반의 본체를 가리킨다. 도는 우주 만물과 현상의 궁극적 실재이며 실체이다. 덕은 그 쓰임으로의 드러남이다. 인간의 존재와 삶에 지향점을 제시하는 것이 바로 도와 덕이다. 이를 바탕으로 사람은 인을 밑바탕으로 해서 살아가야 한다. 인은 '어질다'라는 뜻이지만 그 의미는 포괄적이며 사랑을 포함한다. 마지막 구절인 '유어예(游於藝)'는 이 문장을 총괄한다. 예(藝)는 노는 것이다. 놀 때는 신명(神明)이 난다. 신명이야말로 인간이 생명체로서 생명을 이어감을 가능하게 한다. 신(神)은 생명의 움직임이며 그것이 밝게 드러남이 바로 명(明)이다. 공자의 시대에 예는 육예로서 예(禮), 악(樂), 사(射), 어(御), 서(書), 수(數)를 가리킨다. 지금으로 말하면 예(禮)는 정치와 사회윤리이며, 악(樂)은 예술의 일부이고, 활쏘기로의 사(射)와 말과 수레 몰기의 어(御)는 스포츠라 할 수 있고, 서(書)는 교양이며, 수(數)는 실용적 과학이다. 예(藝)는 현대적 의미로 예술로 확대 해석될 수 있다는 점을 감안할 때, 위의 문장에서 '예술에서 노닌다'라는 문구가 마지막에 나열된 것은 바로 예술이 궁극적으로 인간 사회의 정치와 사회윤리, 교육, 철학, 종교 그리고 과학까지 모두 총합적으로 망라하고 있음을 가리킨다. 성(成)은 과정이지만 유(游)는 노는 것이다. 이때의 유는 한편으로 흐름에 맡겨 그 속에서 즐거움을 느끼며 논다는 뜻이다. 성도 흐름이지만 그것은 노력을 뜻한다. 유는 그냥 흐름에서 헤엄을 치듯 유유자적하게 맡긴다는 의미다. 도가적이기도 하다. 이미 공자는 『논어』 「옹야」에서 "그것을 아는 사람은 그것을 좋아하는 사람만 못하고, 그것을 좋아하는 사람은 그것을 즐기는 사람만 못하다(知之者, 不如好之者. 好之者, 不如樂之者)"라고 말한 바 있다. 21세기는 예술의 시대다. 서구 문화사를 기준으로 말한다면, 18세기까지는 종교의 시대였다. 19세기와 20세기는 산업화와 과학의 시대였다. 21세기에 들어 인간 사회는 인간의 참모습을 가장 가까이 드러내고 실현하고 있다. 인간이 지닌 본성의 여러 모습 중에서 예술은 인간이 인간임을 보여 주는 가장 중요한 특징이라 하겠다. 이미 이천오백 년 전에 공자는 이러한 사실을 꿰뚫고 있다. 예술은 인간이 인간임을 실감하게 하는 가장 커다란 즐거움을 선사한다.

현실의 사회를 살아가면서 모든 예술 활동은 정치와 사회윤리의 영향을 받는다. 예술 활동은 다방면에서 여러 모습으로 나타나는데 사람들은 이를 여러 가지로 구획하고 나누어 음악, 미술, 문학 등등으로 분별한다. 우리는 조심스럽게 지적한다. 언어로 이루어진 문학 예술은 여러 부류의 예술 활동 중에서 그 예술적 강도가 가장 미약한 것에 속한다고. 이는 문학의 수단을 이루는 언어의 표현력에 기인한다. 언어는 인간들 개체끼리 서로 소통하기 위한 도구다. 또한 나아가서 인간이 사유하고 상상하는 데 필수적 요소다. 그것은 지성을 필요로 하고 지성을 다시 구성한다. 그것은 인간이 생명체로서 최초로 갖는 느낌 이후에 의식과 인식의 과정을 통해 형성된다. 구체적으로 현시된 언어는 제한이 많다. 언어는 일종의 약속된 지시이며 명령이다. 그 지시와 명령은 약속한 사람들이 소속된 사회에서만 통용된다. 한국인은 프랑스어를 배우지 않으면 그 뜻을 알 수가 없다. 배운다 하더라도 태어날 때부터 습득한 사람과는 그 감도에서 차이가 난다. 말라르메와 발레리의 시가 아무리 좋다고 평가되어도 타 언어권에 소속된 사람은 프랑스어를 모국어로 사용하는 사람이 갖는 감상력을 따라갈 수가 없다. 따라서 프랑스 문학작품은 번역된다 하더라도 한국인에게 예술 작품으로서 생명력에 제한이 있게 된다. 이미 그 생명의 강도를 한참이나 상실한 상태가 된다.

더 깊이 이야기한다면, 동일한 언어를 사용하는 언어사회권에서도, 언어는 지시와 의미를 지닌 명령어이기 때문에 그 의미는 그 언어의 발성을 듣는 이에 따라 해석을 달리하게 된다. 정치적 견해가 다르게 되면 똑같은 언어라도 그 해석에 차이가 날 수 있다. 이런 면에서 정치가 예술에 스며들고 예술이 정치를 삼켜 녹인다 해도 그 정도에 분명히 차이가 발생하게 된다. 문학예술에서 언어의 본질이 갖는 특성 때문에 정치는 제대로 삼켜지지 않는다. 인간의 삶은 본디 정치사회, 종교, 예술, 과학, 철학 등 여러 분야가 나뉠 수 없을 만큼 유기적으로 얽히고설킨 상태로 살아간다. 다만 개체에 따라 그 어느 한 가지에 쏠리는 경향을 갖는데 이러한 경향은 강도의 차이를 가질 뿐이다. 언어로 이루어지는 문학은 본질적으로 이러한 정치적 성향이 가장 잘 드러내는 예술이며, 예술이 정치적 프로파간다로 이용당할 때 가장 잘 활용되는 예술 분야가 바로 문학이기도 하다.

예술은 느낌을 바탕으로 한다. 느낌은 언어 표현 이전의 상태다. 그것은 직각(直覺)과 관련된다. 직각은 느낌을 통한 깨달음인데 이때의 깨달음이란 어떤 인식이 아니라 빛이다. 그것은 분석과 구성이 아니라 순간순간을 흘러가는 느낌에서 어느 한순간의 느낌의 매듭일 뿐이다. 느낌에도 정도(degree)가 있다면 직각은 그 강도(intensity)가 가장 강한 느낌에 해당한다. 예술성이 인간 본성의 하나라면 그것은 언어 이전의 것이다. 언어로 변환되어야만 예술이 파악되거나 현현하는 것이 아니라, 예술을 표현하기 위한 하나의 방법으로 언어가 있을 뿐이다. 언어 이외에도 예술의 표현에는 여러 가지 수단이 동원된다. 소리가 있고 몸짓이 있다. 현대에는 기술의 발달로 색을 포함한 빛도 활용된다. 예를 들어, 소리를 요소로 하는 음악은 문학에 비해 정치적 성향이 한결 낮다. 음악에서도 의례에 사용되는 음악이나 행군을 돕거나 사기를 도모하는 음악도 있다. 종교음악은 음악이 어떤 특정 목적을 지니고 사용되는 대표적 사례라 할 수 있다. 그럼에도 불구하고 음악은 문학에 비해서 정치적 요소가 매우 낮게 드러난다. 그것은 음 자체가 언어와 달리 지시적이거나 명령적일 수 없기 때문이다. 그것은 느낌과 관련되며 사람을 놀라게 하거나 흥분시키거나 슬프게 하면서 인간의 오감을 자극한다. 이러한 오감은 종으로서 인간이라면 모두 갖는다. 하나의 소리에 대한 느낌은 프랑스인이나 한국인이나 차이가 거의 없다. 하나의 음을 듣는 느낌의 능력은 인간이 모두 동일하다. 그 소리를 듣고 나서 어떠한 느낌을 갖고 그것이 겉으로 어떻게 드러나느냐는 전혀 별개의 문제다. 이런 면에서 음악이나 무용은 그 예술성의 순수 강도에서 문학보다 우월하다. 다만 인간은 환경의 지배를 받는다. 또한 그가 처한 현실에 따라, 무엇보다 그가 살아온 환경이나 교육 여건에 따라, 그리고 그가 지닌 여러 성향이 각기 드러나는 강도에 따라, 여러 예술 형태에서 한두 가지에 더 경도하게 된다. 정치 성향이 강하고 현실에서 참여적인 활동을 중시하는 사람에게 문학은 음악보다 한결 더 강한 느낌을 제공하며 동시에 실제로 더 유용하다.

왕양명은 철학에서 지행합일(知行合一)을 강조한다. 철학이 지(知)에만 머무르면 한계를 지닌다. 철학은 궁극적으로 인간의 삶과 생활 세계에 빛을 부여하거나 더 밝게 함이다. 그것은 오로지 지(知)를 바탕으로 행동으로 실천에 옮겨야 함이다. 지 중에서도 왕양명이 이야기하는 양지(良知)는 인간의 본체로 간주된다. 그것은 타고남이다. 마찬가지로 예술도 궁극적으로 인간의 삶에 빛을 던져 주는 것이라면 그것은 행동과 실천이 요구된다. 이런 면에서 문학은 다른 예술 분야보다 더 강하게 동기부여를 가능하게 한다. 예술은 목적이나 방향이 정해져 있지 않다. 그럼에도 현실의 사회적 삶을 이어 가는 생명체로서 인간은 예술이 부닥뜨리는 여러 현실적 사건과 문제를 피할 수 없다. 피해서도 안 된다. 예술이 생명의 이어 감을 촉진하는 것만큼이나 인간의 다른 문화적 요소인 정치를 비롯한 모든 분야도 생명의 이어 감에 필수적이기 때문이다. 이런 면에서 인간은 현재를 살아가며 예술이란 무엇인가 하는 물음을 새삼스럽게 끊임없이 던지며 그 자체가 예술인 흐름 속에서 살아간다.

한편으로 아주 쉽게 생각해서, 대부분의 사람들은 작품의 선택에 있어 그냥 호불호를 좇는다. 그냥 좋고 나쁨이다. 샘플을 경험해서 그들의 오감에 좋으면 그만이다. 평론가가 이야기하는 비평에도 귀를 세우고 얼핏 듣고 읽어서 그 내용이 좋아 보이면 선택한다. 앞서 이야기한 대로 선택의 기준은 느낌이다. 지성적인 판단도 작용을 하지만 무엇보다 중요한 것은 오감이다. 느낌이다. 이러한 느낌은 원초적이고 선입견이 없다. 그 느낌은 인간이 존재로서 갖는 최초이며 원초적 느낌에 연결된다. 생명으로의 숨결이 느껴지면 그러한 느낌은 대체로 좋다. 생명을 이어 가고 생생하게 살아감에 도움이 되는 것이라면 그 느낌은 좋다고 판단된다. 경험과 지성은 그러한 느낌에 종속되며 일종의 부가 기능에 해당할 뿐이다. 결론적으로 이야기해서 예술 작품에 가치 평가의 기준이 있다면 그것의 궁극적 귀결은 생명이다. 생명체로 생명을 이어 감에 모든 가치가 들어 있다. 예술 작품이 이에 준하여 작동을 하면 할수록, 그것이 '활발발'하게 생명의 약동을 더욱 힘차게 한다면 그것의 평가 강도는 최고에 이른다.

7.

예술이 넘쳐 난다. 곳곳에 흐른다. 예술 작품들이 일상을 살아가는 사람들을 에워싸고 있다. 사람들은 예술의 세계에서 호흡하며 삶을 이어 간다. 예술은 이제 생명체인 인간의 유전자로 작동한다. 사람의 눈길이 닿는 것, 손길이 닿는 것 그 모두가 이미 예술 작품이

된다. 이런 면에서 사람들은 호흡이 가빠진다. 넘쳐 나는 예술의 홍수 속에서 헤엄을 잘 쳐야 한다. 사람들은 이를 타개하기 위해 선택하고 폐기하며 되살리기도 한다. 지구와 우주 속에서, 생활 세계 속에서 생명체가 그 숨을 이어 가기 위해서 효율성도 필요하다. 이에 따라 앞서 말한 생명성의 강도에 따라 선택과 평가를 하게 된다. 예술 작품의 강도가 낮으면 저급 또는 하급이라 하고, 강도가 높으면 고급 또는 상급이라고 자리매김한다.

사람들은 살아가면서 그들이 부딪히며 경험하는 작품들에 등급을 매긴다. 세간에 흔히 말하는 대중예술, 저질 예술, 키치(kitsch), 팝아트 등으로 불리는 것들은 모두 저급한 것으로 분류된다. 고급예술은 엘리트 계층에 속하는 전문 예술인에 의해 창작된 것으로 아카데믹하거나 고상한 것으로 분류되어 높은 가치를 부여받는다. 사람들은 저급이라고 판단되는 예술 작품들을 통틀어 키치라 부르기도 한다. 소위 예술인들 중에서 많은 사람들이 키치라고 부르는 작품에 예술이라는 말을 붙이는 것을 거부한다. 그것들은 예술 작품이 아니다. 키치는 예술이 아닌 것이다. 정말 그럴까. 무엇이 키치이고 무엇이 진정한 예술 작품일까. 일반 대중은 헷갈린다.

지금 우리는 고도로 발전된 기술의 시대에 살고 있다. 기술에 의한 복제는 컴퓨터가 놓여 있는 집 안 데스크에서도 이루어진다. 손가락 몇 개만 놀리면 수많은 사진을 무제한으로 복사하여 원하는 사람들에게 아무런 제한 없이 전송할 수 있다. 음악이나 동영상은 스트리밍을 통해 무제한으로 공유된다. 유튜브는 이제 전 세계인이 공유하는 공동의 시공간이 되었다. 수많은 웹사이트가 생겨나고 상업적으로 비용만 지불하면 언제든 지구상에 존재하는 음악의 음원에 접근할 수 있다. 그렇게 재생되는 음악은 복제 음악으로서 예술에 속할까 아닐까. 이런 물음은 이미 우문에 속한다. 공장에서는 대량 생산에 의해 엄청난 수의 복제품이 쏟아져 나온다. 금속으로 만들어진 금형 하나만 제작하면 플라스틱을 필두로 원하는 재료로 마음껏 필요한 수량만큼 복제품을 만들 수 있다. 사진이 예술이라면 그것은 복제의 예술이다. 디지털카메라가 발명되고 스마트폰 촬영이 가능한 이 시대에 매일 아마도 수억 장의 사진이 찍힐 것이다. 그중에서 어떤 사진이 예술 작품일까. 이러한 물음은 이미 산업혁명을 통한 기술의 발전과 더불어 예견되어 왔다.

흔히 말하는 이발소 그림을 보자. 이발사인 주인은 그냥 그가 좋아하는 그림을 구득해서 한쪽 벽에 걸어 놓았다. 이미 이런 이야기를 하는 사람들의 머리에는 이발을 직업으로 하는 사람에 대한 차별 의식이 깔려 있다. 계급의식이다. 예술은 엘리트들의 전유물이며 이발사에게는 어울리지 않는다. 어떤 그림은 유화를 그리는 데 쓰는 물감이 아니라 그저 페인트로 칠해져 있다. 대충 그린 것으로 판단될 수 있다. 그림은 캔버스가 아니라 유리판에도 그려지고 시골 동네 골목의 후미진 담벼락에도 그려진다. 그림의 프레임도 그저 각목을 잘라 엮은 것일 수 있다. 모든 것이 천박하다. 사람들은 천박함이 무엇을 뜻하는지 정확히 모르지만 그냥 남들이 천박하다고 하니까 그렇게 느낄 뿐이다. 단호히 말하지만 이발소에 걸린 그림도, 빈민가 뒷골목의 벽에 그려진 것들도 모두 예술 작품이다. 그것을 만들어 낸 사람은 물론이고 그것이 그럴듯해서 이를 선택하여 걸어 놓은 사람에게도 그것은 이미 예술 작품의 기능을 발휘하고 있다. 그것들은 높은 담장이나 건물에 둘러싸여 인간의 접근이 제한된 밀폐 공간에서 겨우 숨을 유지하는 소위 명화보다 훨씬 더 생생하고 활력이 넘쳐 난다. 무엇보다 그런 그림을 보고서 이런저런 생각을 하며 그것이 천박하다는 둥 그럴듯하다는 둥 생각을 시작하는 사람도 이미 예술의 세계에 들어서 있음이다. 이러한 이야기가 궤변일까. 이미 20세기에 들어서 수많은 예술인들이 이에 대해 물음을 제기해 왔다. 그들은 실제로 작품도 남기면서 물음을 던졌다.

마르셀 뒤샹(Marcel Duchamp, 1887-1968)은 젊어서 입체파 화가로 분류되었다. 그의 1912년 작품인 「계단을 내려오는 누드」는 걸작이다. 지금 보아도 입체파가 무엇을 의미하는지 그의 그림이 일목요연하게 보여 준다. 실제로 그림의 역사에서 입체파의 등장은 당시 기술의 발전을 통해 대중을 파고들며 일반화되고 있던 사진과 영화의 영향을 받았다고 할 수 있다. 영화의 동영상은 실제로 필름 한 장 한 장이 수없이 연결되어 흐름으로써 제한된 시력을 지닌 인간의 눈을 착각하게 만든다. 더 정확하게 말하면 역설적으로 영화는 그동안 인간 시각의 능력의 한계 때문에 대상이 지닌 사실적 측면을 간과하는 착각의 시각을 교정하고 일깨운다. 흐르는 움직임을 시공간에서 단절하여 고정시킴으로써 영화의 필름은 만들어진다. 뒤샹의 그림은 바로 이러한 인간의 한계를 부각시킨다. 인간이 바라보는 사물 대상은 본디 착각일 수 있다. 그것은 대상의 진정한 모습을 보여 주지 않는다. 서구 예술의 근본적인 물음인 재현의 문제가 여기서도 나타난다. 인간이 보고 판단하는 형상은 실제로 공간에서 여러 각도의 상들이 집합된 것이고, 시간적으로는 수시로 변한 상들의 조합이다. 뒤샹의 대상에 대한 물음, 이러한 대상을 그림으로 재현해 내는 과정과 그 결과에 대한 뒤샹의 물음은 깊어지고 마침내 그는 파격적인 결론에 도달한다. 그는 1917년에 남자 소변기를 하나 구해서 거기에 '샘(fountain)'이라는 제목을 달고 변기에는 'Mutt'라는 가짜 서명을 해서 뉴욕의 전시회에 출품한다. 결과는 뻔해서 그의 작품은 거부당한다. Mutt는 멍청한 사람이라는 뜻이라 하는데, 이 또한 도발적이다. 웃기는 것은 뒤샹이 출품하려 한 전시회에 그는 심사 위원이었다. 익명으로 출품한 것이다. 작가가 소변기를 제작한 것이 아니다. 그 당시까지 모든 예술품은 해당 작가에 의해 만들어져야 한다. 뒤샹은 레디메이드 제품을 그저 '선택하고', 이를 예술 작품이라고 주장한다. 생떼일까. 지금 그의 작품은 서구 예술사에서 한 획을 그은 사건으로 높이 평가된다. 이 글을 현재 쓰고 있는 나도 헷갈리기는 마찬가지다. 그는 그 당시까지 예술가들이 평가하는 미라는 것에 대해 회의를 품고 있었다. 예술가들은 아름다움을 발견하거나 선택한다. 이를 형상화한다. 그들은 이미 예술에 대하여 어떤 선입감을 갖고 있는 것은 아닐까. 대상은 언제나 말이 없다. 선택은 선택하려는 자의 몫이다. 어느 누군가가 하나의 대상을 선택하는 순간에 이미 그 대상은 예술 작품이 아닐까. 아름다움을 선택해서 형상화한 것과 무엇이 다를까. 무엇보다 뒤샹의 소변기는 아무 곳에서나 쉽게 발견할 수 있는 것과 별반 차이가 없는 것인데, 그것이 예술 작품이라고 전시되어 있는 상황에서 무엇을 느끼고 무엇을 생각할까. 감상자는 스스로 지금껏 생각해 왔던 예술에 대한 개념을 새삼스럽게 반추하며 물음을 제기할 것이다. 그렇다면 이 작품은 그 어느 작품보다도 예술의 세계 속으로 감상자를 끌어들인 것이 아닐까. 여기서 뒤샹의 작품을 옹호하려는 것은 결코 아니다. 우리의 물음은 일상의 작품들을 키치라고 비하하는 것에 대하여 그것들도 분명히 예술 작품이라고 에둘러 변명하기 위함이다.

발터 벤야민은 이미 1930년대에 기술복제의 시대가 내도하고 있음을 인식하고 사진과 영화의 등장으로 예술의 개념과 현상이 급격히 변하고 있음을 간파하고 이를 자세히 분석하고 있다. 그는 영화의 등장이 새롭고 혁신적인 의미를 예술에 부여하고 있음을 인정하면서도 본질적으로 우려의 시선을 표명하고 있다. 그 역시 예술 작품을 논함에 있어서 서구의 전통 개념인 원본성이나 독창성의 테두리를 벗어나지 않는다. 그는 복제품의 한계성을 지적한다.

아무리 완벽한 복제라 하더라도 거기에는 한 가지 요소가 빠져 있다. 그 요소는 시간과 공간에서 예술 작품이 갖는 유일무이한 현존성, 일회적 현존성이다. 예술 작품은 그것이 지속되는 동안 역사에 종속되기 마련인데, 예술 작품의 이러한 역사성을 결정하는 것이 바로 위에 말한 예술 작품의 현존성이다. (중략) 어떤 사물의 진품성이란, 그 사물의 물질적 지속성과 함께 그 사물의 역사적인 증언적 가치를 포함하고 또 그 사물의 원천으로부터 전수되어질 수 있는 사물의 핵심을 뜻한다. (중략) 복제에서 빠져 있는 예술 작품의 유일무이한 현존성을 우리는 분위기(Aura)라는 개념을 가지고 다음과 같이 요약해서 말할 수 있을 것이다. 즉 예술 작품의 기술적 복제 가능성의 시대에서 위축되고 있는 것은 예술 작품의 아우라다.[5]

모든 예술 작품은 역사의 흐름과 궤를 같이한다. 작품에는 반드시 역사성이 들어 있다. 그 역사성을 결정하는 것이 바로 작품의 현존성이다. 둘도 아니고 복제된 것도 아닌 "유일무이한 현존성, 일회적 현존성"이다. 예술 작품으로서 진품이라는 것은 "역사적인 증언적 가치를 포함하고" 있어야 한다. 이는 어떤 면에서 근래 자주 거론되는 예술의 '사건'과 연관되는 말이기도 하다. 사건은 역사의 흐름

---

5 발터 벤야민, 『발터 벤야민의 문예이론』, 반성완 편역, 민음사, 1983, p.200, p.202.

에서 오로지 일회성을 갖는다. 과거의 사건을 다시 되풀이하는 것도 아니며 앞으로도 재발하는 그런 것이 아니다. 그것은 당시의 정치사회를 비롯한 예술 경향 전반의 아우라를 대변한다. 벤야민은 아우라를 이렇게 설명한다.

우리는 자연적 대상의 분위기를 아무리 가까이 있더라도 어떤 먼 것의 일회적 나타남이라고 정의 내릴 수가 있다. 어느 여름날 오후 휴식의 상태에 있는 자에게 그림자를 던지고 있는 지평선의 산맥이나 나뭇가지를 보고 있노라면, 우리는 이 순간 이 산, 이 나뭇가지가 숨을 쉬고 있다는 느낌을 받는다. 이러한 현상을 우리는 산이나 나뭇가지의 분위기가 숨을 쉬고 있다고 말할 수 있을 것이다.[6]

그의 설명은 종교적 경험을 기반으로 함이 틀림없다. 유대인으로서 전통 유대 의식에도 깊은 관심을 갖고 있었기에, 종교적 체험이야말로 "아무리 가까이 있더라도 어떤 먼 것"을 느끼는 것이다. 한편으로 그가 기술하는 산과 나뭇가지가 숨을 쉬고 있는 아우라는 그것을 굳이 종교적 절대자의 그림자와 연관 짓지 않는다면 동아시아의 예술에서 거론하는 기운(氣韻)이나 일(逸) 또는 신(神)의 개념과 일맥상통할 수 있다. 이러한 개념들은 더 깊이 들어가면 결국 생명의 힘에 의한 생명의 흐름과 움직임에 도달할 수도 있다. 하지만 그는 신앙과 유물론의 갈등 사이에서, 당시 전체주의와 파시즘에 저항하며 이의 돌파구로서 마르크스주의에 경도되어 있었던 상황에서 이러한 생명 개념에 이를 수는 없었다. 그는 다만 기술복제 시대에 사는 대

---

6 발터 벤야민, 『발터 벤야민의 문예이론』, p.204.

중이 이러한 먼 것을 가까이 놓고 싶고, 또는 이를 지속적으로 소유하고 싶은 욕망을 갖고 있음을 지적하고 있다. 벤야민의 비판적 시각과 달리 우리는 말할 수 있다. 예술가와 대중을 포함한 모든 인간들은 생명체로서 생명을 지니고 있으며, 그 본질적인 속성으로서 예술성을 지닌다. 진품이나 복제품에 상관없이 이를 맞닥뜨리거나 소유하게 됨으로써 한 개인에 내재하고 있는 예술성이 흥기하여 어떤 감흥을 갖게 되는데 바로 이것이 예술의 존재 의미다. 아우라라는 것은 결국 느낌이요, 힘이다.

과거에는 이러한 아우라는 폐쇄적이고 개인적이었다. 화가는 어떤 특정한 시간과 공간에 '먼 것'을 일시적으로 '가까이' 마주한다. 느낌이 치솟는다. 그것은 혼자만의 은밀함으로 가득하다. 개성적이라 불리는 개인만의 독특한 상황에 그 먼 것이 충만하다. 순간이 영원과 연결된다. 그것은 실재(reality)일지도 모른다. 그는 이를 대상화하여 재현하기 위해 화폭에 옮긴다. 그 결과물을 감상하며 대중은 그 화가의 느낌을 연상하거나 유추하여 상상한다. 대중이 평소 모르고 있는 어느 시공간의 대상을 극적으로 재현해 보여 줌으로써 화가와 그의 작품들은 대중에 다가서며 느낌을 공유할 수 있다. 동시에 그는 예술가로 분류되며 아이러니컬하게 대중과 거리를 갖는다. 일상을 사는 일반인과 차별화된다. 기술의 복제는 이러한 전통적 예술의 세계를 밑바닥부터 흔들어 놓았다. 판화 기술의 고도화와 더불어 무엇보다 사진술이 등장하고 동영상까지 가능한 영화가 나타났다. 본디부터 열려 있는 세상이, 살아서 숨을 쉬는 역(易)이, 그것의 다양한 드러남이요 형상화인 예술이 드디어 기지개를 펴면서 숨을 가쁘게 내뿜기 시작했다. 미의 전통적 개념도 해체되기 시작했다. 산업혁명으로 비롯된 기술의 발전은 가속도를 높이고 있었으며, 예술 분야에서도 기존의 전통 개념에 의문을 던지고 새로운 길을 찾는 흐름이 한층 강해졌다. 인상파의 대두는 이러한 변화의 서막이다. 서구 회화사에서 20세기 들어 19세기 말에 세잔느가 열어 놓은 커다란 흐름에 무수한 화파들이 등장한다. 기존의 형식이 해체되고 새롭게 바라보는 숱한 이미지들이 화폭에 명멸하기 시작했다. 이렇게 빠르게 흘러간 변화들을 모두 사건이라고 기술한다면 아마도 회화사는 사건의 나열일 것이다.

그중의 하나가 추상표현주의(Abstract Expressionism)이다. 20세기 중반에 이르러 잭슨 폴록(Jackson Pollock)이나 데 쿠닝(Willem de Kooning)이 등장하는데 이들의 그림은 이미 초현실주의나 칸딘스키의 추상화 등을 벗어나 완전히 전혀 다른 신천지를 열었다. 폴록은 전통 회화의 기준에 따르면 재능이 하나도 없는 형편없는 화가에 해당될 것이다. 전통 회화의 제작에는 숙련된 기술이 요구된다. 그것은 엄청난 노력과 시간을 소요한다. 이러한 과정에 아랑곳하지 않고 그는 물감을 화폭에 흘리고 쏟아붓거나 이를 멋대로 흩뜨리거나 하면서 오로지 그 순간, 그가 느끼는 대로 무정형의 이미지들을 채운다. 그것이 전부다. 그 그림에는 대상의 전통적인 재현의 이슈는 완전히 사라진다. 그림이 무엇일까 하는 물음까지도 해소한다. 그냥 거칠고 단순하며, 해방된 자유로움이 충만하고, 작가의 가쁜 숨결만이 생생하게 전달되어 온다. 그것은 작가의 개성적이고 은밀한 아우라가 아니라, 또는 어떤 의도와 의미가 내재된 것이 아니라, 그냥 느낌 그 자체이며, 그것은 작가와 대중이 쉽게 공유할 수 있는, 실제로 이 모든 사람들이 본디 갖고 있는 그런 것이다. 폴록이 자유롭게 물감을 다루고 붓질을 해서 만들어 낸 하나의 작품은 벤야민이 지적한 것처럼 일회적 현존성과 역사성을 지니고 있음이 틀림없다. 하지만 진품이 아닌, 축소된 사진으로 책에 인쇄된 그림을 바라보는 것만으로도 우리는 충분하게 폴록의 아우라를 공유할 수 있다. 강도에 차이는 있을지라도 느낌은 동일한 흐름에 참여한다.

기존 예술 개념의 해체는 현대 회화에서 잭슨 폴록의 추상표현주의 작품 이후에 걷잡을 수 없을 만큼 그 전선이 확대된다. 야스퍼 존스(Jasper Johns)가 그린 「세 개의 국기(Three flags)」는 추상표현주의와 다르게 오히려 작가 개인의 표현을 회피한다. 그것은 일반인에게 친숙한 관습적이고도 비개성적으로 획일화된 대상을 드러낸다. 그림을 그리는 방법도 전통 회화처럼 정교하게 그려 고도의 기술이 필요하다. 역설적으로 그의 그림들은 다시금 예술이 무엇인가 하는 물음을 제기한다. 이러한 흐름은 라우쉔베르그(Rauschenberg)와 리히텐슈타인(Lichtenstein) 등을 거쳐 앤디 워홀(Andy Warhol)에 이르러 정점을 찍는다. 그는 벤야민이 일찍이 우려하던 대로 상업자본주의가 넘쳐나는 세상에서 있는 그대로, 보이는 그대로, 심각함이 없이, 예술이라는 선입감이 전혀 없이, 사람들이 흔히 접하고 친숙한 대상을 무제한으로 '생산해 냈다.' 그가 선택한 대상은 통조림 깡통, 포장 상자 또는 콜라 병 등이다. 그는 심지어 공장과 같은 작업실을 차리고 수많은 조수 또는 직원을 거느리며 작품들을 대량생산하기도 했다. 그는 대중의 아이돌이라 할 수 있는 케네디나 리즈 테일러 등을 실크스크린에 대량으로 찍어 냈다. 그가 1962년에 그린 그림 「25가지 색으로 채색된 마릴린 먼로」는 널리 알려져 있다. 인공적이고 진부하며 사소하기 짝이 없는 대상들로 채워진 그의 작품에는 더 이상 작가 자신의 주체 의식이나 사상 같은 것은 있을 수 없다. 하지만 앤디 워홀이야말로 예술의 역설을 그대로 보여 주고 있지 않을까. 왜 우리는 그의 작품들을 예술이라고 판단하고 있을까.

얼마 전에 제프 쿤스(Jeff Koons)라는 미국 작가의 「풍선 강아지(Balloon Dog(Orange))」라는 작품이 생존 작가 중에 최고의 경매가에 낙찰되었다는 뉴스를 접했다. 그는 어린아이들이 갖고 노는 풍선에 아이디어를 얻어 풍선으로 만든 강아지 모습을 스텐리스 스틸로 된 거대한 조형물로 재탄생시켰다. 무려 3m가 넘는 크기이다. 이 작품은 오렌지색이지만 그는 이미 숱한 풍선 강아지를 만들어 내어 판매한 터였다. 이런 종류의 작품들은 그의 공장에서 100명이 넘는 직원들에 의해 제작이 이루어진다. 공동 작업이요, 일종의 집체창작이다. 그에 대한 평가는 극과 극을 달린다. 그의 작품을 굳이 예술 작품이라고 한다면 그것은 고급예술에 상대적으로 저급한 예술일까. 그동안 예술 세계는 그 본질이 생명의 흐름인데도 불구하고, 예술가들 자신이 생명의 세계에서 특이한 종인 것처럼 차별화하고 사회에서 특별한 지위를 차지하는 것처럼 호도하고 있지 않았을까. 이미 말한 것처럼 저급과 고급을 나누는 것은 크게 의미가 없지만 굳이 어떤 기준을 선택한다면 그것은 생명의 강도에 차이가 있음이다. 생명의 힘과 움직임이 강하게 넘치면 넘쳐 날수록, 그것이 '활발발'하게 마치 물고기가 물속에서 뛰어놀 듯, 물 찬 제비처럼 생명의 기운이 강하게 흐른다면 그것은 예술의 높은 경계에 도달한 것이 아닐까.

쿤스 작품에 대한 물음은 한국이라는 땅에서 현재를 살아가는 우리에게도 적용된다. 소위 말하는 팝아트 또는 대중예술이라는 불리는 것들이 매스미디어 매체에 넘쳐 난다. 컴퓨터나 스마트폰에도 무진장으로 저장되어 있으므로 원하기만 하면 선택하여 재생할 수 있다. 근래 TV 연예 프로그램에 「미스 트로트」라는 제목의 오디션 프로그램이 방영되었다. 종합 편성 채널의 하나에서 방영한 것인데 높은 시청률을 기록했다. 노래를 부르는 사람들은 당연히 모두 전업 가수가 아닌 아마추어이다. 이들의 노래에 수많은 사람들이 환호했다. 필자도 그중의 한 사람이다. 그들의 노래가 지나간 세월에 대한 향수를 자극해서일까. 이때의 감정은 예술적 가치가 낮은 싸구려 느낌일까. 더구나 원곡을 부른 가수들도 대중 가수들로 치부되는 형국에 이를 복제해 부르는 노래는 어떤 가치가 있을까. 또 다른 TV에서는 「슈퍼밴드」라는 음악 경연 프로를 방영했는데 그것은 놀랍게도 록 메탈이나 팝 뮤직을 주제로 하고 있었다. 출연하는 사람들이 임의적으로 스스로 형성하는 밴드들에게 일렉트릭 기타를 중심으로 바이올린이나 피아노, 심지어는 신디사이저 기기 등 모든 가능한 악기들이 수용되고, 드럼을 비롯한 타악기류에는 갖가지 인공적 음향 장치들이 허용되었다. 밴드들은 이미 널리 알려진 곡들을 연주할 수도 있고, 자기들이 자작한 곡을 노래하거나 연주할 수 있었다. 그들의 자작곡들은 수준 이상이었다. 참신함이 넘쳐 났다. 예술의 시대를 살아가는 젊은이들의 재기와 숨었던 예술 본성이 폭발하고 있었다. 슈베르트의 「겨울 나그네」나 말러의 가곡, 또는 서구의 무수한 오페라에 나오는 아리아, 혹은 한국의 소위 가곡이라 불리는 노래들만이 고급예술에 속하는 음악일까. 물음의 답은 간단하다. 아니다. 시대를 살아가면서 훈련과 반복을 통해야만 제대로 파악되는 그런 노래들은 오히려 생명력에서 이미 뒷전으로 물러나 있다. TV에서 멋들어지게 그리고 흐드러지게 읊어 대는 노래들은 이미 생생하게 살아서 기술 문명의 도움으로, 기술복제의 힘으로 안방에 늘펀하게 앉아 시간을 즐기는 사람들에게 더 감동적으로 전달되고 있다. 그것이 바로 예술의 과정을 더 적나라하게 보여 주는 것이 아닐까.

인기를 끄는 영화는 순식간에 천만 명이 넘는 관객을 동원하여 제작자에게 커다란 부를 안겨 준다. 영화 「국제시장」은 2014년 개봉되어 한국에서만 천오백만 명 가까운 관객을 동원했다. 한국전쟁을 배경으로 서민들의 애환을 그려 내어 상업적으로 성공한 이 영화는 일부 정치적 식견을 달리하는 예술인들에 의해 비판받았다. 그러한 정치적 이념에 의한 비판은 오히려 그 시대를 살아온 사람들을 이해하려는, 예술의 가장 기본적인 감정이입에 부족함이 있었던 것은 아닐까. 이 대중적인 영화와 2011년 제작된 벨라 타르(Bela Tarr)의 「토리노의 말(Turin Horse)」에는 예술적으로 어떤 차이가 있을까. 두 시간이 넘는 상영 시간에 흑백필름으로, 그것도 단순한 스토리에, 언어로 이루어지는 대사는 거의 사라지고, 무대배경도 극소화되어, 미니멀 효과가 극대화되어 있는, 일종의 허무주의적 이념을 드러내는 작품이 더 고급화된 예술일까. 며칠 전, 이 글을 마무리하는 시점에 봉준호 감독의 영화 「기생충」이 황금종려상을 수상했다. 세계 유수 영화제에서 최고의 작품상을 받은 이 영화의 예술성은 어떤 것일까. 비현실적일 정도로 반전에 반전을 거듭하며 펼쳐지는 스토리의 전개는 바로 작금의 우리 현실을 적나라하게 실감 나게 보여 주면서도 긴장을 최고도로 높이며 우리 마음에 짙은 느낌의 흔적을 깊게 파놓는다. 예술이 느낌과 그 표현의 과정이라면 「기생충」이야말로 예술성이 풍부한 작품이 틀림이 없다. 작년 2018년에 영국의 전설적인 록밴드 퀸을 다룬 영화 「보헤미안 랩소디」도 엄청난 관객을 동원했는데, 록 마니아들은 한 번이 아니라 수차례 관람을 했다고 한다. 이러한 현상은 어떻게 풀이해야 할까. 아마도 예술의 세계에서 기득권을 확보한 계층들에게 그것은 시간을 할애할 만큼 예술적 가치를 지니지 않은 저급한 영화일지도 모른다. 젊은 애들이나 보는 영화일까. 지금 전 세계에서 인기를 끌고 있는 방탄소년단(BTS)의 활동에 대해서 이 글을 쓰는 사람은 얼마만큼이나 이해하고 있을까? 국적을 달리하는 무수한 젊은이들이 열광하고 있다. 그들이 갖고 또 내뿜는 열기도 분명 사람들의 것인데 당신은 얼마나 이에 공감하거나 그 흐름 속에 함께할 수 있을까. 우리가 예술에 대한 물음에 답을 구하려 할 때 겸허해져야 하는 이유다. 예술의 세계는 무한히 열려 있다. 그것은 우주다. 그 앞에서 개체는 어떠한 편견이나 이념 같은 것은 몽땅 옆으로 밀어 놓거나 버리고 가슴을 최대한 활짝 열어 놓아야 하지 않을까. 동시에 예술은 멀리 있는 것이 아니라 바로 우리 곁에 숨을 쉬고 있으며, 그보다도 우리가 예술의 흐름 속에 얹혀 함께 흘러가고 있는 것이 아닐까. 우리의 살아가는 모습 그 자체가 이미 예술이 아닐까.

중국 명 말에 곤곡(崑曲)이라는 희곡이 크게 발달되었는데 이는 일종의 종합예술이었다. 당시에 이러한 형태의 예술은 모든 대중이 즐기는 예술형식이었다. 그것에는 고급과 저급의 구분이 존재하지 않았다. 이는 잡극이라 불리는 중국 희곡의 전통이기도 하다. 그것은 서구의 오페라에 비견되는데, 희곡, 음악, 무용, 미술, 의상, 무대 등이 한껏 어우러져 있다. 곤곡의 규모나 구성은 서양에서 바그너의 뮤직드라마라 불리는 「니벨룽겐의 반지」를 훌쩍 넘는다. 바그너의 이 작품은 공연 시간이 약 16시간이나 소요되지만 곤곡에서 최고의 걸작으로 알려진 탕현조(湯顯祖, 1550-1616)의 「모란정(牡丹亭)」은 며칠 간 공연을 해야 하는 작품이다. 바그너 같은 예외도 있지만, 서구의 오페라는 대체로 작곡가가 이야기를 직접 쓰지 않고 대본을 선택하고 이를 재편성하여 작곡한다. 모든 곡은 작곡가가 직접 작곡하여 원천성을 갖는다. 「모란정」은 사뭇 형편이 다르다. 대본은 탕현조가 직접 썼다. 그것 자체만으로도 걸작이다. 하지만 그가 희곡에서 채택한 노래, 즉 곡패(曲牌)들은 새로 창작된 것들도 있겠지만 많은 곡들이 기존의 것들이나 또는 작품 분위기에 맞춰 이를 변주하여 수정한 것이다. 그 곡패에 맞춰 가사를 새롭게 써서 넣었을 뿐이다. 더구나 그 가사들이라는 것도 대부분 작가 자신이 새롭게 지은 것이기는 하지만 여기저기 표절 투성이다. 지금 기준으로 하면 믿을 수 없을 만큼 표절의 달인이다. 과거의 유명 시인들이나 사인(詞人)들이 만들어 널리 알려진 것들 중에서 멋있는 구절을 마음껏 따와서 제멋대로 새롭게 조합을 했다. 한마디로 어물전이나 백과사전처럼 망라되어 있다. 시중에 널리 회자되고 있는 무수한 곡패들 중에서 작품의 스토리에 어울리는 곡패를 선정하는 작업은 소리에 조예가 깊었던 작가 자신에 의해 이루어졌겠지만 전문 노래꾼들의 도움도 있었을 것이다. 어떻든 간에 음악의 곡조는 탕현조 홀로 창작한 것이 아니다. 일종의 집체창작이라 할 수 있다. 동아시아 음악의 대부분이 그렇듯이 작곡가의 이름이 보이지를 않는다. 그럼에도 지금 그 노래를 들으면 가사의 내용을 모른다 하더라도 엄청난 감동을 선사한다. 대중이 즐겨 부르는 노래에서 곡을 채집했다는 것은 그만큼 생명력이 강하다는 반증이다. 그 옛날, 공자가 채집하여 정비한 『시경』도 마찬가지였다. 분명한 것은 탕현조가 살았던 시대에, 현재 서구적 개념의 예술이라는 것은 존재하지 않았다. 당연히 고급과 저급의 구분도 있을 수가 없었다. 세상을 흔히 살아가는 숱한 평범한 백성들이 사랑하고 좋아하면 그것이 바로 최고의 예술이었다. 팝아트가 대중과 영합한다고 저급한 것일까. 그렇게 분류해서 고급예술을 생산한다고 자처하는 사람들이야말로 생명의 흐름에 역행하는 것은 아닐까.

두 해 전, 남쪽 광주에서 어느 여인이 난소암으로 세상을 하직하면서 자식들에게 유서를 남겼다. 향년 78세였다. 뉴스에 보도된 대로 그 유서는 세상 사람들의 심금을 울렸다.

자네들이 나를 돌보아 줌이 고마웠네

자네들이 세상에 태어나 나를 어미라 불러 주고
젖 물려 배부르면 나를 바라본 눈길에 참 행복했다네……
지아비 잃어 세상 무너져,
험한 세상 속을 버틸 수 있게 해 줌도 자네들이었네

병들어 하느님 부르실 때,
곱게 갈 수 있게 곁에 있어 줘서 참말로 고맙네……

자네들이 있어서 잘 살았네
자네들이 있어서 열심히 살았네……

딸아이야 맏며느리, 맏딸 노릇 버거웠지?
큰애야…… 맏이 노릇 하느라 힘들었지?
둘째야…… 일찍 어미 곁 떠나 홀로 서느라 힘들었지?
막내야…… 어미젖이 시원치 않음에도 공부하느라 힘들었지?

고맙다 사랑한다 그리고 다음에 만나자

(2017년 12월 엄마가)

—「자네들이 내 자식이었음을 고마웠네」

여인은 시인이 아니었다. 정확히 말해서 그녀는 잠재적으로 얼마
든지 시로 표출될 수 있는 소양을 지닌, 생명체로서 인간이 당연히

타고나는 예술성의 소유자였지만 기존의 소위 문단이라는 세계와는 거리가 먼 사람이었다. 그녀의 글은 이미 기성 문단에서 흔히 쏟아져 나오는 작품들에 비해 전혀 손색이 없다. 그 느낌이 무엇보다 생생하게 강하다. 삶의 숨결이 느껴진다. 생명체가 태어나서 살아가고 떠나감을 이 짤막한 글에 있는 그대로 모두 보여 준다. 시 작품을 평가함에 있어서 더 무엇을 논해야 하는가. 그녀는 시인이었다. 본디 시인으로 태어났음이다. 시라는 무명 속에 삶을 살았지만 그녀에게 예술의 드러남은 과정이며 필연이었다. 그녀는 모든 다른 사람처럼 예술가로 태어나 그것을 뒤늦게야 드러냈음이다.

시문학 작품에서 한 가지 예를 더 든다. 5.18 광주는 한국 역사의 뼈아픈 한 단면이다. 그것은 그 이후에 시대를 살아가는 사람들에게 각인되고 체화되어 앞으로 흘러갈 역사에도 커다란 영향을 미칠 것이다. 광주항쟁 27주년을 기념하는 모 문학 행사에 참가한 고등학생의 작품이 대상을 받았다. 제목은 「그날」이다.

나가 자전거 끌고잉 출근허고 있었시야

근디 갑재기 어떤 놈이 떡 하니 뒤에 올라타블더라고. 난 뉘요 혔더니, 고 어린놈이 같이 좀 갑시다 허잖어. 가쟌께 갔재. 가다 본께 누가 뒤에서 자꾸 부르는 거 같어. 그라서 멈췄재. 근디 내 뒤에 고놈이 갑시다 갑시다 그라데. 아까부텀 머리에 피도 안 마른 놈이 어른한티 말을 놓는 거이 우째 생겨 먹은 놈인가 볼라고 뒤엘 봤시야. 근디 눈물 반 콧물 반 된 고놈 얼굴보담도 저짝에 총구녕이 먼저 뵈데.

총구녕이 점점 가까이와. 아따 지금 생각혀도…… 그땐 참말 오줌

지릴 뻔했시야. 그때 나가 떤 건지 나 옷자락 붙든 고놈이 떤 건지 암튼
겁나 떨려불데. 고놈이 목이 다 쇠갔고 갑시다 갑시다 그라는데잉 발이
안 떨어져브냐. 총구녕이 날 쿡 찔러. 무슨 관계요? 하는디 말이 안 나
와. 근디 내 뒤에 고놈이 얼굴이 허어애 갔고서는 우리 사촌 형님이오
허드랑께. 아깐 떨어지도 않던 나 입에서 아니오 요 말이 떡 나오데.

고놈은 총구녕이 델꼬 가고, 난 뒤도 안 돌아보고 허벌나게 달렸재.
심장이 쿵쾅쿵쾅 허더라고. 저짝 언덕까정 달려가 그쟈서 뒤를 본께
아까 고놈이 교복을 입고 있데. 어린놈이······

그라고 보내 놓고 나가 테레비도 안 보고야, 라디오도 안 틀었시야.
근디 맨날 매칠이 지나도 누가 자꼬 뒤에서 갑시다 갑시다 해브냐.

아직꺼정 고놈 뒷모습이 그라고 아른거린다잉······
　　　　　　　　　　　　—정민경(시를 지을 당시 경기여고 3학년), 「그날」

구어체로 쓴 이 작품은 언뜻 보면 사건의 기술이요 나열에 불과
하다. 기존의 서정시라는 테두리에 갇혀 전통적 형식과 시적 소재
를 구태의연하게 주장한다면 작품으로서 문제점을 지닌다. 호소력
과 생명의 활력을 중시한다면 이 글은 시 작품으로서 훌륭한 가치
를 갖는다. 호소력과 생명은 역사의 흐름에서 시를 짓는 이가 역사
를 마주하면서 느낌을 언어로 표현할 때 획득된다. 그것은 벤야민이
주장하는 현존성이기도 하다. 고등학생이 쓴 글이어서, 사투리로 쓴
것이어서, 또는 역사관이나 정치관이 달라서, 이 작품을 저평가하는
것은 있을 수 없는 일이다. 무엇보다 서투르고 미숙하더라도, 또는

소위 말하는 키치라 하더라도 우리는 그것이 호소력과 생명력을 지 녔으며 삶의 존재들이 갖는 역사성과 현존성을 생생하게 표현하고 있다면 그것 자체가 예술 작품이라고 생각한다. 이미 우리는 인간의 모든 활동이 예술이라고 과감하게 주장을 한 터다. 이리 생각하면 위의 이야기들은 괜스레 덧붙여 이야기하는 것에 불과하다. 읽고서 느낌이 있다면 그것은 이미 예술 작품으로 현존함이다.

8.

예술이 넘쳐 난다. 예술 작품이 홍수처럼 밀려온다. 어떻게 보면 인간의 문명으로 인해 생태 환경에 변화가 온 것처럼, 인간들은 스스로 지금까지의 생활 세계를 예술 세계로 탈바꿈시켰다. 예술성을 본성의 하나로 갖도록 진화된 인간들은 그들이 모여 사는 사회를 예술의 사회로 변화시키고 그들이 사는 세계를 예술의 흐름으로 가득 메웠다. 그 사회를 구성하는 모든 인간들은 각기 개체 하나하나가 모두 예술의 흐름의 일부로서 그들 자신이 바로 예술이다. 그들은 유한한 인간으로 시간 속을 흐르고 있으며 그들이 맞닥뜨리는 대상들의 세계와 함께 예술화되는 삶을 살아간다. 그들의 삶에 일어나는 모든 행위와 흔적들이 예술의 드러남이다. 인간의 삶은 과정으로서 그 과정이 바로 예술로 현존하며 흘러간다. 예술은 과정이며 흐름이다.

이때 선과 악의 구별은 존재하지 않는다. 악을 부정하는 것이 아니라 악의 부재가 선일 뿐이다. 악은 선의 부재이며 선의 보이지 않는 그림자일 뿐이다. 다시 말해서 악은 언제나 선의 일부로 흡수되어 녹아내리며 선은 미와 함께 항시 우주를 채우고 있다. 그것은 인간이 만들어 낸 예술 세계에 충만하다. 선은 어디서나 언제나 항시 존재한다. 예술 세계에서는 악이 지속적으로 버틸 자리가 없다. 선이 일시적으로 부재하여 악이 발생하지만 그것은 선이 무명(無明)의 상태에 있을 경우다. 예술 세계의 흐름은 예술의 과정을 통하여 악의 세계를 소멸로 이끈다. 완전한 사라짐이 아니라 그 강도가 최하로 낮춰지며 선의 햇빛에 가리게 된다. 악의 도사림이 언제 다시 튀어나올지 모르지만 선으로 가득한 예술 세계는 이를 최대한 밀봉하고 선의 세계를 지속한다. 인간이 예술을 필요로 하는 이유이기도 하며 이미 진화를 거듭한 인간의 세계는 이러한 예술이 선천적으로 주어질 정도로 진화하고 있다. 예술은 선의 세계에 속하며 인간이 본디부터 선한 것처럼 예술은 본디부터 선한 속성을 갖는다. 예술이 어느 경우에 악을 다룬다 하더라도 그것은 선을 그려 내기 위함이다. 이는 마치 대승불교에서 불이법문(不二法門)이나 일심개이문(一心開二門)을 말하는 것과 같다. 불법은 둘이 아니라 하나다. 일심은 진여문(眞如門)일 수 있고 생멸문(生滅門)일 수도 있지만 그것은 본디 하나다. 생멸문은 진여문이 가려져 있을 뿐이다. 훈습(薰習)에 의해 그것은 진여의 모습을 드러낸다. 무명의 생멸문은 자성(自性)을 지닌 여래장(如來藏)의 진여문의 다른 모습일 뿐이다. 모든 사람은 전식득지(轉識得智)하여 일여(一如)의 경계, 즉 깨달음을 이룰 수 있음이다. 소승불교에서 아라한(阿羅漢)은 최종적으로 깨달음에 이른 사람을 가리킨다. 대승불교에서 아라한은 중간 단계에 불과하다. 그것은 더욱 정진해서 보살의 경계로 진입해야 한다. 보살승(菩薩乘)이다. 아라한은 성문승(聲聞乘)이나 연각승(緣覺乘)의 단계에 머무를 뿐이다. 모든 사람을 깨달음의 경계로 인도하는 것이 바로 대승의 취지다. 누구나 부처가 될 수 있음이다. 관세음보살은 부처이지만 부처의 세계로 가지 않고 이승으로 내려와 모든 중생을 함께 깨달음의 경계로 이끌려고 노력한다. 얼마나 바쁜지 손이 천 개이며 얼굴도 열한 개다. 곳곳으로 고개를 돌려 바라보기에는 한계가 있기 때문이다. 대승의 선종은 말한다. "교외별전, 불립문자, 직지인심, 견성성불(敎外別傳. 不立文字. 直指人心. 見性成佛)." 모든 인간은 불성을 타고난다. 책으로, 고승의 말씀으로 전해지기도 하지만 그것 말고도 본디 마음에서 그것을 깨달을 수 있다. 굳이 문자로 그 뜻을 말할 이유가 없다. 사람의 마음을 곧바로 들여다보고 그 본디 마음을 바라보기만 해도 부처를 이룰 수 있음이다. 예술도 마찬가지다. 사람은 태어나면서 예술성을 마음에 지닌다. 예술가는 그것을 깨우치기만 하면 된다.

선은 아름다움이기도 하다. 선과 미는 생명의 드러남을 인간이 구분하여 말하는 언어적 의미에 불과하다. 선과 미는 생명을 공유하는 두 가지 나타남이며 그것은 나무 한 그루에서 뻗어 나온 가지들이다. 아름다움이 무엇인가를 묻게 되면 우리는 대답한다. 그것은 생생불식(生生不息)이라고. 낳고 낳음이 멈추지 않는다는 뜻이다. 낳고 낳음을 이어 가는 것이 바로 도이기도 하며 역이기도 하다. 도는 우주 본체로서 인간은 생명체로서 이를 본디 따르고 있음이다. 우주 세계에서 살아가며 존재하는 모든 생명체는 도를 따른다. 그것은 아름답다. 인간도 생명체의 하나로 전혀 예외가 아니다. 인간의 삶은 아름다우며, 나의 삶도 착하고 아름답고, 타인의 삶도 또한 그렇다. 우주의 모든 생명체와 인간에게 이런 차이는 존재하지 않는다. 마찬가지로 모든 인간은 이런 점에서 차이가 전혀 없다.

고대 동아시아의 장자는 이미 이를 깨닫고 제물론을 갈파하고 있다. 『장자』 「소요유」 첫머리부터 그의 말은 현대를 살아가며 이를 읽는 이로 하여금 깨달음의 빛을 던진다. 우리가 예술과 관련하여 장자의 이야기를 다시 귀 기울여 듣는 이유이기도 하다.

북극 바다에 물고기가 있다. 이름을 곤이라 했다. 곤은 커서 몇 천 리나 되는지 알 수 없었다. 변하여 새가 되기도 하는데 그 이름을 붕이라 했다. 붕의 등은 몇 천 리나 되는지 알 수가 없었다. 힘을 내 날아오르면 마치 하늘의 구름을 가로지르는 것 같다. 바다가 크게 움직이면 남극 바다로 옮겨 갈 수 있게 된다. 남극 바다란 하늘바다이다. (중략) 붕이 남극 바다로 옮아갈 적에는 물이 튀는 것이 삼천 리나 되고 날갯짓으로 회오리바람을 일으켜 올라가는데 9만 리나 된다. 여섯 달을 가야 쉰다. (중략) 매미와 작은 새가 웃으며 말했다. "우리가 일어서기로 작정하고 날아가면 느릅나무 가지에 앉는다. 때로는 이르지도 못하고 땅에 떨어지기도 한다. 어찌해서 9만 리나 가야 남극에 이르는가?" (중략) 작은 지혜는 큰 지혜에 미치지 못하고, 짧은 삶은 큰 삶에 미치지 못한다. 어떻게 그러함을 아는가? 아침 버섯은 아침과 저녁을 알지 못한다. 쓰르라미는 봄과 가을을 알지 못한다. 이들은 짧은 삶이다. (중략) 작은 연못의 메추라기가 웃으며 말했다. "저것은 어디로 갈까? 나는 펄쩍 뛰어올라 가도 몇 길도 되지 않아 내려와 쑥대 사이에 있게 된다. 이렇게 나는 것도 또한 날아다님의 지극함이다. 그런데 저 붕새는 어디로 가려고 할까?" 이는 작음과 큼의 분별이다.[7]

이 문장을 읽을 때, 처음에는 영웅과 범인, 천재와 둔재, 위인과

---

7 『莊子』,「逍遙遊」. 北冥有魚, 其名爲鯤. 鯤之大, 不知其幾千里也. 化而爲鳥, 其名爲鵬. 鵬之背, 不知其幾千里也. 怒而飛, 其翼若垂天之雲. 是鳥也, 海運則將徙於南冥. 南冥者, 天池也. (중략) 鵬之徙於南冥也, 水擊三千里, 搏扶搖而上者九萬里. 去以六月息者也. (중략) 蜩與學鳩笑之曰:「我決起而飛, 搶楡枋而止, 時則不至而控於地而已矣, 奚以之九萬里而南爲?」(중략) 小知不及大知, 小年不及大年. 奚以知其然也? 朝菌不知晦朔, 蟪蛄不知春秋, 此小年也. (중략) 斥鴳笑之曰:「彼且奚適也? 我騰躍而上, 不過數仞而下, 翱翔蓬蒿之間, 此亦飛之至也. 而彼且奚適也?」此小大之辯也.

소인 등의 구별을 떠올리게 된다. 그러나 더 깊이 읽거나 『장자』 전편을 관통하는 맥을 파악하게 되면 전혀 그런 의도로 쓴 것이 아님을 알게 된다. 일찍이 위진(魏晉) 시대 곽상(郭象)이나 승려였던 지도림(支道林)은 이를 정확하게 해석하고 있다.

소요라는 것은 지인(至人)의 마음을 밝히는 것이다. 장자가 커다란 도를 이야기함에 있어 그 뜻을 붕새와 메추라기에 기탁한 것이다. 붕새는 삶을 영위하는 길이 광대하여 몸 밖에서는 갈 바를 모른다. 메추라기는 가까이 있으면서 먼 곳을 비웃지만 나름대로 마음속에서 긍지를 갖는다. 지인은 하늘의 올바름(正氣)을 타고서 흥이 고조되어 무궁에 노닐며 방랑한다. 사물은 사물일 뿐이지 사물에 상대적으로 사물이 되는 것이 아니다(物物而不物於物). 즉 거닐고 있을 뿐이지 내가 무엇을 얻는 것이 아니다. 아득히 깊게 느끼지만 하는 것이 없다. 질주하지 않지만 빠르다. 즉 그렇기에 거닐고 있어도 이르지 않음이 없다. 이것이 바로 소요다.[8]

하늘과 땅은 만물 전체의 이름이다. 하늘과 땅은 만물을 몸으로 하며, 만물은 반드시 '스스로 그러함(自然)'을 정도(正道)로 한다. 자연이라는 것은 작위 없이 스스로 그러함이다. 그러므로 커다란 붕새는 높이 날 수가 있고 연못의 새는 내려갈 수가 있으며 춘목은 오래 살 수

---

8 郭慶藩 撰, 『莊子集釋』, 中華書局, 1982에서 재인용. 支氏逍遙論曰: 夫逍遙者, 明至人之心也. 莊生建言大道, 而寄指鵬鷃. 鵬以營生之路曠, 故失適於體外; 鷃以在近而笑遠, 有矜伐於心內. 至人乘天正而高興, 遊無窮於放浪. 物物而不物於物, 則遙然不我得; 玄感不為, 不疾而速, 則逍遙靡不適. 此所以為逍遙也. 支氏는 支道林(314-366)을 지칭한다. 東晉의 고승으로 이름은 遁이다. 郭慶藩 撰, 같은 책.

있고 아침의 버섯은 짧을 수 있으니 무릇 이 모든 것이 절로 그러함이 할 수 있는 바요, 어떤 작위적인 것이 그렇게 할 수 있는 것이 아니다. 작위함이 없이 스스로 그럴 수 있는 것은 정도를 행하기 때문이다. 그러므로 하늘과 땅의 정도를 타는 것은 바로 만물의 본성에 순응하는 것이다. 육기(六氣)의 변화를 다스린다 함은 바로 변화의 길에서 노니는 것이다. 이와 같이 간다면 어디를 간다고 해서 끝남이 있겠는가. 만나면 탈 뿐이니 또한 어찌 의존함이 있다고 하겠는가. 지극한 덕을 지닌 사람이 대상과 나를 하나로 하는 것이 바로 소요다. 아직도 의존함이 있는 경우, 즉 비록 열자가 경묘하다 할지라도 아직 바람이 불지 않아 움직일 수 없는 것처럼 반드시 의존하는 바를 얻은 이후라야 소요를 하게 된다. 하물며 커다란 붕새에 있어서랴. 오로지 물명(物冥)(도)과 함께하며 커다란 변화를 따르는 자만이 의존함이 없이 언제나 (도와) 통할 수 있다고 하지만 어찌 혼자서만 스스로 통할 뿐이겠는가. 또한 의존함이 있음을 따르는 자도 그 의존하는 바를 잃지 않도록 하고, 의존하는 바를 잃지 않으면 바로 커다란 도와 통하게 된다. 그러므로 '의존함이 있음(有待)'이나 '의존함이 없음(無待)'을 나는 구별할 수 없다. 사물들이 각기 그 본성에 맞게 머무르면 천기는 절로 성하고 이를 받아도 알지 못하니 나는 그것들을 구별할 수 없다. 무릇 의존함이 없음(無待)은 여전히 부족함이 있는 것인데도 의존함이 있음(有待)과 구분될 뿐이니 하물며 의존함이 있는 것들의 크고 세밀함에 있어서랴.[9]

---

9 郭象, 『莊子注』. 天地者, 萬物之總名也. 天地以萬物為體, 而萬物必以自然為正, 自然者, 不為而自然者也. 故大鵬之能高, 斥鷃之能下, 椿木之能長, 朝菌之能短, 凡此皆自然之所能, 非為之所能也. 不為而自能, 所以為正也. 故乘天地之正者, 即是順萬物之性也; 御六氣之辯者, 即是遊變化之塗也; 如斯以往, 則何往而有窮哉! 所遇斯乘, 又將惡乎待哉! 此乃至德之人玄同彼我者之逍遙也. 苟有待焉, 則雖列子之輕妙, 猶不能以無風

예술가는 한마디로 일반인들에게 상대적으로 존재하는 어떤 특정한 부류를 지칭하지 않는다. 어느 사람이든 다른 사람에게 상대적일 수 없다. 사람은 사람일 뿐이다. 예술가도 사람이며 그렇게 불리지 않는 사람도 사람이다. 모든 사람들은 모두 성체(性體)를 지니는데, 그것은 천연(天然)이며 자연(自然)을 본질로 하고 있음에 공통성을 지닌다. 사람들에게 어떤 구별이 있을 수 없다. 예술을 빌미로 사람을 각기 상대적으로 구별함은 예술의 본질에 어긋난다. 예술은 바로 인간이 타고나는 천연의 것이다. 그것은 자연으로서 절로 그러함이다. 의문을 가질 이유가 없다. 모든 사람이 바로 예술가다.

시로 마무리한다.

봄날 아침

문득

세찬 불길에
가슴을 데이다.

—시집『넘나드는 사잇길에서』

2019년 5월 30일

<hr>

而行. 故必得其所待, 然後逍遙耳, 而況大鵬乎! 夫唯與物冥而循大變者, 為能無待而常通, 豈[獨]自通而已哉! 又順有待者, 使不失其所待, 所待不失, 則同於大通矣. 故有待無待, 吾所不能齊也; 至於各安其性, 天機自張, 受而不知, 則吾所不能殊也. 夫無待猶不足以殊有待, 況有待者之巨細乎! 郭慶藩 撰, 『莊子集釋』에서 재인용.

맑은 날씨에 새벽부터 어둠을 깨트리고 불덩이처럼 타오르는 태양을 바라보다. 그 뜨거운 빛이 세상 구석구석을 빠트림이 없이 비춘다. 모든 사람들이 이 빛을 맞으며 깨어나 빛 속에서 살아간다. 예술이 온 누리를 비춰 모든 사람들이 바로 예술의 빛 속에서 살아가는 것처럼……

열린 예술과 닫힌 예술

1.

예술은 열려 있다. 예술은 무형의 개념이므로 열려 있음은 당연하다. 열려 있어야 예술이라 할 수 있으므로 닫힌 예술은 있을 수 없다. 닫힌 상태라면 그것은 이미 예술이 아니기 때문이다. 개념으로서의 예술이 열려 있다고 말하기 전에, 그 개념이 가리키고 있는 실체로서의 예술 그 자체도 언제나 열려 있는 상태다. 예술의 본질은 모든 느낌을 아름답게 발현시키는 과정 그 자체다. 인간을 포함한 모든 만물이나 인간의 생활 세계와 우주 현상은 느낌을 본디 지니고 있으며, 그 느낌을 아름답게 드러내고 있다. 그 느낌의 아름다움을 인간이 발견하고 드러내는 과정이 바로 예술이다. 모든 사물이, 모든 현상이, 인간의 생활 세계 전체가 이러한 아름다움을 뿜어내고 있다. 느낌이 있고, 그것은 아름답다. 우주 만물의 생성과 변화, 그 자체가 느낌이다. 느낌이 만물을 낳는다. 그 느낌은 낳고 낳음을 지속하며, 낳고 낳음의 흐름은 아름답다. 그 아름다움은 인간이 개체로, 주관적인 자아를 지닌 주체로, 이를 인식하기 전에 이미 존재한다. 그것은 그렇게 스스로 절로 있음이다. 그 아름다움이 존재하는 곳에는 열림과 닫힘의 언어가 필요하지 않다. 그냥 그러한 상태만 있을 뿐이다. 열림과 닫힘에는 이미 인위적인 요소가 배어 있다. 이 단어들은 작위적이다. '열다'는 주어와 목적어를 지녀야 의미가 완성된다. '닫다'도 마찬가지다. 누군가가, 또는 무엇인가가 움직임을 통하여 무엇인가를 젖히거나, 없애거나, 밀어 놓아 막힌 공간을 트이게 만든다. 그것이 '열다'이다. '닫다'는 그 반대의 동작이다.

아름다움은 열려 있음이다. 그것은 세 가지 의미의 열려 있음이다. 첫째로, 아름다움 그 자체는 인간과 무관하게 이미 우주에 그냥 그렇게 있음이다. 본디 '절로 그러하게(自然)', 있는 그대로, 아름다움은 인간의 손길이나 의식이 미치지 않더라도 거기에 그렇게 있다. 그러한 상태를 인간의 의식이나 언어로 표현할 때 열려 있다고 표현한다. 아무런 규정이나 한정 없이 그대로 있는 상태다. 인간과 굳이 연관 지어 말한다면 그것은 무위의 상태다. 인간이 처음으로 그러한 상태에 의식을 지니고 개재할 때 그것은 열려 있다고 표현된다. 이때의 열려 있다 함은 인간을 기준으로 하여 무위, 무작, 무목적, 무방향의 상태를 가리킨다. 둘째로, 인간에게 사물의 아름다움은 대상의 아름다움이다. 그것이 인간의 의식으로 들어가 자리를 잡을 때, 그 아름다움이 열려 있다는 뜻이다. 아름다움은 본디 그렇게 절로 있으며, 어떤 면에서 인간의 눈길을 기다리고 있다. 기다리고 있다는 것 자체가 이미 인간이 상대적으로 존재하며 바라본다는 뜻이다. 바라보는 눈길의 강도에 따라서 그 눈길이 의식으로 변환할 때 차이가 나타난다. 여러 가지 다른 눈길들에도 그것은 가만히 그대로 있다. 서로 다른 눈길들은 나름대로 그것을 바라본다. 자유롭고 평등하다. 기회는 공평하게 주어진다. 이때까지 아름다움은 사물이 본디 지닌 아름다움이다. 그것이 바라보는 눈길의 주체가 느끼는 아름다움으로 전이된다. 사물의 아름다움과 인간 주체의 아름다움이 서로 상응하게 된다. 이런 과정을 거치는 아름다움은 주체가 아닌 어떠한 타자의 영향도 받지 않는다. 그것은 동일한 대상이라도 서로 다른 주체에 의해 서로 다르게 나타날 수도 있다. 그것은 강도의 차이일 수 있다. 열려 있다 함은 사물의 아름다움은 동일한 것이지만 이를 바라보고 느끼는 개별적 주체마다 다르게 현상할 수 있기 때문이다. 그러한 과정에는 어떤 규칙이나 전제 조건도 없다. 생명체인 인간은 본디 느낌을 갖는다. 그 느낌이 눈에 바라보이는 느낌과 맞물리고 이것들이 낳는 아름다움은 바라보는 개체의 것이 된다. 이 과정에는 정해진 길이 없다. 바라보는 인간의 의식에 자리를 잡은 아름다움은 천태 만별일 수 있다. 바로 그러한 상태가 열려 있음이다. 열려 있는 아름다움이 열려 있는 마음으로 들어가 환하게 열려 있음이다. 셋째로, 인간은 본디 본생을 지닌 생명체로서 원천적으로 느낌을 지닌다. 그 느낌은 낳고 낳음을 통해 지속되는데 그것은 아름다움으로 드러난다. 생명체로서 낳고 낳음을 이어 가는 인간은 아름다움 그 자체다. 그러한 아름다움은 내재적이며 초월적이다. 인간은 밖의 대상만을 바라보는 것이 아니라 그 눈길은 안쪽으로도 향한다. 그 눈길에 띄는 것이 바로 인간의 마음이 지닌 아름다움이다. 마음은 느낌으로 가득하다. 그 느낌은 아름다움을 지닌다. 그 아름다움은 원초적이며 태생적이다. 유전으로서 본래적이다. 그것은 아무런 사회적 규제나 선입감이 없는 상태다. 그것은 열려 있다. 마음이란 본디 티 없이 열려 있음이다. 열린 마음은 본디부터 환하게 열려 있는 아름다움을 지니고 있음이다.

아름다움에는 닫혀 있음이 없다. 닫혀 있음은 열려 있음의 부재다. 열려 있음은 본디 그렇게 있다. 열려 있음은 그 스스로 닫혀 있음의 상황으로 변하지 않는다. 그럴 수가 없다. 그럼에도 아름다움이 닫혀 있다는 것은 이미 바라보는 눈길이 작용하기 때문이다. 닫혀 있음은 보이지 않음이다. 바라보는 눈길의 역량에 따라, 강도에 따라, 그것은 희미하거나 또는 보이지 않게 된다. 보이지 않음은 순전히 인간을 기준으로 한다. 눈에 보이지 않는 사람에게 그것은 바로 닫혀 있음이다. 주위에서 아름다움이 있다고 말하는데, 그의 눈에 보이지 않는다면 그것은 그 아름다움이 그에게만 닫혀 있음이다. 이때 그 아름다움은 그것을 바라보는 인간의 지각에 새겨지지 않는다. 인간은 느낌과 의식을 지니는데, 이를 통하여 사물이나 대상을 인식하고 판별한다. 그 기초가 되는 것은 느낌이다. 그 느낌은 언제나 바라보이는 대상에 의해 한정된다. 인간의 느낌이 갖는 최대의 강도는 어디까지나 그 대상이 지닌 전체 강도의 일부에 불과하다. 직관을 통한 바라봄이라 하더라도 그것은 대상 전체를 있는 그대로 모두 파악할 수 없다. 그 일부만을 느낄 때 그 느낌의 강도는 미약하다. 이때 그 대상이 본디 지닌 느낌이 인간에게 제대로 전달될 수 없다. 아름다움이 닫혀 있다는 것은 그만큼 바라보는 자의 느낌의 강도가 대상이 지닌 전체 느낌의 아름다움에 상응하지 못한다는 의미다.

인간은 본디 유전자로서 예술성을 갖는다. 예술을 유전인자로 지니고 태어난다. 이러한 예술 유전자는 인간이 갖는 느낌의 아름다움에 어떤 한계가 있음을 이미 시간의 경험을 통해 파악하고 있다. 상실되는 아름다움을 최대한 방지하기 위해 유전자는 어떤 규칙을 스스로 아로새긴다. 예를 들어, 철 따라 피어나는 꽃들은 그 색깔과 향기로 벌을 불러들이고 낳고 낳음을 이어 간다. 낳고 낳음을 통해 생명을 이어 간다. 그것은 선(善)이요 또한 아름다움이다. 그것은 꽃들의 느낌이요, 아름다움이다. 인간은 경험을 통해 꽃만 보면 아름다움을 느끼게 된다. '꽃은 아름답다'라는 명제가 성립하며 그것은 언제나 참이 된다. 그렇게 인간의 마음에 아로새겨진다. 아름다움에 상응하는 인간의 느낌이나 지각이 '후성규칙(後成規則)'으로 고정화되어 다음 세대로 계속해서 전승된다. 개체로의 인간이나 그러한 인간들이 모여 사회를 이루고 있는 현실도 모두 아름답다. 그럼에도 그 아름다움의 발현은 주어진 여건이나 그것을 지닌 사람의 강도에 따라 다르게 나타난다. 여건이 전혀 도움이 되지 못하고, 게다가 그 느낌의 강도가 극히 미약하게 되면 아름다움은 발현될 수 없다. 이때의 아름다움은 막히고 닫혀 있는 상태다.

본디 열려 있는 인간은 그 자체로 이미 아름다움을 지닌다. 아름다움을 지니고 태어난다. 아름다움을 뜻하는 한자 미(美)는 본디 상형문자로 '커다란 양(羊+大)'을 가리킨다. 고대에 제사에 바치는 희생물이 양이다. 제사에 바칠 만한 것은 대체로 크다. 커야 쓸 만하고 또 먹음직스럽다. 잘 자라난 양은 보기도 좋다. 건강한 놈들은 새끼도 잘 낳는다. 종을 이어 갈 수 있도록 번식이 왕성하다. 이런 놈을 잘 골라 바쳐야 제사를 행하는 사람들에게도 이롭다. 제사를 받는 하늘, 또는 어떤 힘 있는 것은 인간의 그런 바람을 수용하고 그에 대한 답을 베푼다. 가족 또는 종족의 안녕과 번창을 보장한다. 그것은 낳고 낳음의 이어 감을 담보한다. 낳고 낳음을 이어 가는 것이 바로 역(易)이고, 낳고 낳음이 그치지 않는 생생불식(生生不息)이야말로 아름다움이요, 착함이다. 크고 건강한 희생양은 아름답기도 하지만 보기도 좋다. 인간의 모든 희망과 기원을 충족시키는 제물이니 참으로 착하기도 하다. 좋은 것이 역시 좋다. 아름다움은 바로 착함이기도 하다. 아름다움은 좋은 것이다. 고대 동아시아 문화권에서 미(美)와 선(善)은 서로 상통하는 동의어나 마찬가지로 사용되어 왔다.

2.

예술은 열려 있다. 우리가 살아가는 현재의 예술적 현실 세계도 환하게 열려 있다. 동서의 문화가 혼융의 단계를 넘어서서 이제 인류 전체 본원의 예술성을 공유하며 예술의 과정을 구성하고 있다.

현재를 살아가는 우리에게 동과 서의 획일화된 구분은 크게 의미가 없다. 예술의 세계에는 그냥 글로벌한 흐름만이 있을 뿐이다. 무수한 갈래들이 있지만 그것들이 모여 인류의 예술이라는 커다란 흐름을 만들어 내고 있다. 돌이켜 보면 이러한 흐름을 이루기까지 예술의 역사에는 무수한 기후변화가 있었다. 흐름은 여전히 현재진행형이다. 글로벌 흐름이라 하지만 그 안에서 서로 다른 커다란 줄기들이 부딪히고 있다. 현실적으로 서양의 미학이 현대를 살아가는 우리의 지식을 점하고 있다. 그것은 16세기 이후 서세동점(西勢東漸)의 역사와 궤를 같이한다. 지금 서양의 패권이 지구를 뒤덮고 있는 상황에서 그들의 문화는 세계화라는 명목으로 이 땅에서 살아가는 사람들의 의식 깊숙이 자리를 확고하게 잡았다. 진·선·미는 서구 문화의 토대를 이루는 세 가지 덕이다. 그것들은 과학과 철학, 종교와 도덕, 예술 등에 각기 상응한다. 여기서 진의 항목은 동아시아 문화와 그 역사의 궤를 뚜렷이 달리한다. 진(眞, truth)은 통상 진리(眞理)라고 불린다. 19세기 일본인들이 새롭게 번역어를 만들 때, 당시 일본 유학계를 지배하고 있는 성리학의 리(理)와, 참 또는 성(誠)이라는 의미의 진을 합쳐 놓은 것이다. 서양에서 진리는 대상과 이를 바라보는 인식이 일치하는 것을 의미한다. 서양철학의 근간을 이루는 플라톤 철학은 이데아와 현상을 대립시키고, 이데아만이 진실한 세계이며 현실은 이것이 비치는 허상이라고 주장한다. 한편으로 기독교가 내세우는 절대자 신도 이와 유사한 생각을 뒷받침한다. 신의 세계는 인간의 세계와 동일하지 않다. 신이야말로 영원성을 담보하는 진리다. 인간은 언제나 끊임없이 신의 세계로 향해 걸어가지만 그 끝에 도달하기는 어렵다. 현세적 죽음만이 내세적 영원으로 이어질 수 있을 뿐이다. 서구의 예술은 이러한 철학이나 신앙의 세계를 벗어날 수 없었다. 그들의 철학과 종교는 이원론을 굳혀 놓았고, 지금까지도 서양의 문화는 이원론을 극복하기 위해 몸부림치고 있다.

서구적 의미의 진이라는 개념은 동아시아 사상사에서 크게 돋보이지 않는다. 우리말에서 진에 어울리는 단어는 '참'이다. 참은 거짓이 아닌 것을 가리키지만 그 본디 뜻은 '썩 좋다'라는 의미다. 썩 좋은 것은 거짓일 리 없음이다. 참은 참말이라는 말로 일상생활에 자주 쓰인다. 참말은 진짜임을 확인하는 것이다. '정말'과 통하는 말이다. 정말은 '정(正)'과 '말'이 합해져 있다. 정은 올바르다라는 뜻이다. 이렇게 보면 참은 서구적 개념의 진보다는 오히려 도덕적 의미를 지니면서 선에 가깝다. 한자에서 진은 진리(truth)와는 거리가 있다. 진은 『설문해자(說文解字)』에서 "선인이 모습을 바꿔 하늘로 오르다(僊人變形而登天也)"라고 풀이되어 있다. 『장자』에 무수히 등장하는 진인(眞人)은 참된 인간이라기보다 신선이라는 의미가 더 강하다. 신선의 삶에서 유추되어 성실이나 충실이라는 의미가 더해지고, 그것은 근대에 이르러 서구적 의미의 진리를 덧붙인다.

서양과 동아시아의 이러한 차이는 예술이 예술 작품으로 형상화되어 가는 방향을 가늠하게 한다. 진리를 강조하는 문화에서 예술은 필연적으로 재현을 최고의 이상으로 간주한다. 예술가가 눈앞의 현실적 대상이나 또는 내면의 상상력을 바탕으로 하는 어떤 대상을 예술 작품으로 표현할 때 그 기준은 과연 그것이 이데아와 같은 참된 모습에 얼마나 다가섰는가 하는 것이다. 한마디로 진리의 재현(representation)이다. 대상과 인식이 일치해서 나타나는 모습이다. 그러한 예술 작품은 대체로 정태적이다. 정태적이라 함은 대상이나 현상의 흐름이 멈춰 고정되고, 이를 작품화하기 전에 작가의 분석과 판단이 선행되어야 한다는 이야기다. 이때 예술가는 느낌을 정태적으로 단면화한다. 흐름을 절단해서 그 평면을 읽는다. 그것은 고정되어야 한다. 멈춰 정지해 있는 것이라야 제대로 분석되고 판단된다. 작가는 그 결과물을 화면에 옮긴다. 문자화되는 언어도 정태적이다. 그것은 본디 동태적인 대상이나 현상의 흐름에서 멀리 벗어나 인간들이 정한 의미로 가득 차 있는 언어 문자로 옮겨진다. 그것이 드러난 것이 시요, 산문이다. 이렇게 보면 서양의 예술에서 미를 뒷받침하는 것은 바로 진이기도 하다. 미와 진은 직접적인 상관관계를 갖는다. 최고의 아름다움은 재현이 성공했을 때, 진리에 다가섰을 때 이루어진다. 작품이 재현에 성공했는가 여부의 판단 기준은 또 별개의 문제다. 예술의 과정에서 꼬리를 물면서 분석과 판단 그리고 규정의 작업이 연속된다.

동아시아에서 작품이 지니는 미의 기준은 다르다. 우리는 여기서 조심스럽게 지적한다. 작품 평가에서 미를 최고의 기준 개념으로 내세우는 것은 어디까지나 서구의 영향을 받았기 때문이다. 본디 동아시아에서 예술 작품을 평가하는 척도는 미가 아니라 미라는 개념의 추출을 가능하게 하는 보다 더 원천적인 느낌의 강도다. 느낌이 먼저 있으며, 그 느낌은 아름답다. 작품이 이를 바라보는 사람의 느낌을 가장 강도 높게 뒤흔들 때, 그 작품은 최상이다. 동아시아에서 작품의 가치를 대체로 '품(品)'으로 나누는데 상품, 중품, 하품 등이다. 상중하는 느낌에서 강도의 차이를 나타낸다. 느낌을 최고조로 올리는 것이 바로 상품이다. 미는 이러한 느낌의 결과물들 중의 하나에 불과하다. 느낌은 주관적일 수 있다. 이에 비해 서구적 개념의 미는 객관적이고 외적이다. 그것에는 어떤 절대적인 기준치가 있을 것이라고 추측된다. 그러한 미의 기준이 무엇인가 연구하는 미학이 생겨난 이유이기도 하다. 무수하게 서로 난립하는 각 개체들의 미를 넘어서 총괄하는 어떤 절대적 미가 있을 것이다. 그것은 아마도 이데아나 신의 경계에 존재할지 모른다. 동아시아에서 미는 느낌의 무수한 양상들 중의 하나다. 느낌은 개체의 느낌일 수도 있지만 그것은 또한 우주 근원의 느낌일 수 있다. 그 느낌이라는 것은 흐름이요, 움직임이다. 바로 생명의 움직임이 흐르면서 드러내는 것이다. 작가는 생명체로서 본생을 갖는다. 우주의 일자인 본생의 느낌은 개체로서 일자인 작가의 느낌과 동일하다. 그 느낌이 현실에서 드러나는 양태는 천변만화다. 미는 그중에서 여러 가지 항목들 중의 하나일 수 있다.

무엇보다 동서양의 차이를 크게 나누는 것은 바로 예술 작품과 비예술 작품의 구분이다. 예술인가 아닌가 하는 문제는 서구 예술계를 언제나 뒤흔든다. 특정 작품을 놓고 저것은 인위적으로 만들어진 것이지만 예술 작품이라 할 수 없다고 규정짓는다. 이렇게 규정짓기 위해서 갖가지 기준을 내세운다. 사람마다 시대마다 그것은 다르다. 동아시아는 전혀 다른 양상을 보인다. 인위적으로 가공된 것은 모두 예술 작품으로 분류될 수 있다. 다만 거기에는 강도의 차이가 있을 뿐이다. 그 강도가 거의 영에 가까울 수도 있다. 그것은 작가의 예술성이 거의 덮여 있는 상태에서, 은폐되어 제대로 드러나지 않은 상태에서 제작되었기 때문이다. 인간은 누구나 유전적으로 예술성을 지니고 태어나는데 그것은 여건의 변화나 개인의 노력에 따라서 발현되는 강도가 다르다. 본디부터 예술성을 지닌 인간이 인위적으로 만들어 내는 것은 모두 예술 작품으로 분류된다. 문화라고 지칭되는 것이 바로 예술이요, 문화의 흐름이 예술의 흐름이다. 문화를 구성하는 현실적이고 실제적인 사물이 또한 예술 작품이다.

동아시아 예술 작품의 평가에 있어서 으뜸이 되는 상품(上品)은 생명의 움직임을 얼마나 생생하게 표현했는가의 여부다. 우주의 본체는 본생이다. 우주 만물과 모든 현상은 본생의 현현이다. 모든 생명체가 바로 각기 본생이기도 하다. 본생은 우주의 근원적 하나를 가리키면서 동시에 이를 이루는 모든 생명체 하나하나를 가리킨다. 본생은 전체이며 개별이다. 본생은 정신(精神)을 지니는데 이때 정신은 생명의 힘(精)과 움직임(神)을 의미한다. 예술 작품은 바로 본생이 지닌 이러한 정신, 그중에서도 신을 드러내야 한다. 그 신은 생명의 움직임이다. 신은 또한 느낌을 거느린다. 신은 느낌의 수많은 양태로 발현된다. 신이 존재하면 그곳에는 느낌이 있다. 신명(神明)은 생명의 움직임이 환하게 드러나는 것인데 이는 바로 느낌이 최고조로 활성화되어 표면화되는 상태다. 서구적 개념인 지성은 지(知)나 지(智)로 표현되는데 이들은 어디까지나 정신에 부속되는 속성일 뿐이다. 이러한 생명의 움직임을 강조하는 문화 사상은 동아시아 예술의 근간을 이루어 왔다. 예를 들어 회화 작품의 가치는 이러한 움직임의 강도에 따라서 달라진다. 위진남북조 시대의 사혁(謝赫)은 기운생동(氣韻生動)을 육법(六法)의 최우선으로 꼽는다. 종병(宗炳)은 창신(暢神)을 주장한다. 창신은 생명의 움직임을 활짝 펴서 드러낸다는 뜻이다. 그것은 신명과 통한다. 예술 작품은 신명을 드러내야 함이다. 당의 장언원은 자연(自然), 신(神), 묘(妙), 정(精), 근세(謹細) 등의 오등(五等)을 화론으로 정립한다. 다섯 가지 품에서 하위 세 가지인 묘, 정, 근세는 거꾸로 서구 예술에서 가장 중시하는 항목이다. 재현이 제대로 이루어지려면 정이 요청되고 근세가 기본 여건으로 갖춰져야 한다. 여기서 정은 생명의 힘이 아니라 정밀하게 잘 짜여 있음을 의미한다. 근세는 세밀하고 정확함을 뜻한다. 원근법이나 명암은 서구의 화법에서 빼놓을 수가 없다. 그것은 그림을 사실적이게 한다. 착시일 수 있지만 화면에 그려진 대상은 그것이 인식된 상태에 가까워지며 그만큼 재현의 노력이 성과를 얻는다. 이에 비해 동아시아 화법은 사뭇 다르다. 서구의 기준으로 보면 그것은 비논리적이고 비이성적이다. 대상이 인식과 일치하지 않는다. 예를 들어 부감법(俯瞰法)은 서구의 예술인들에게 얼토당토 상상도 할 수 없는 화법이다. 평면인 화폭에 대상이 지닌 모든 입체감을 쏟아 넣는다. 지극히 비논리적이다. 겸재 정선의 「금강산전도」는 360도로, 공중과 아래에서 바라본 모든 장면을 한꺼번에 화폭에 펼쳐 놓는다. 아마도 정선은 말할 것이다. 그가 그린 금강산이 실재에 더 가까운 것이라고. 서구에서 대상과 인식의 일치를 말할 때, 그것은 단면적이고 일시적이며 순간의 고정이다. 그것은 국부적이다. 하나의 대상이나 현상을 제대로 파악할 수 없다. 정선에게 인간이 어느 대상을 인식하는 것은 시간의 흐름이 경험이 되어 총체적으로 누적된 것이다. 금강산 자체도 하나의 생명체로 흐른다. 그것은 변화무쌍하다. 이름도 계절 따라 다르다. 봄에는 금강산(金剛山)이요, 여름에는 봉래산(蓬萊山), 가을에는 풍악산(楓嶽山), 겨울에는 개골산(皆骨山)으로 불린다. 그만큼 모습이 시간을 따라서 다양하게 변하기 때문이다. 그가 경험한 금강산이 그때마다의 장면으로 시간성을 지니고 자신의 머리에 축적되고 종합되어 그 자체로 마음에 이미 그려져 있다. 그가 그려 낸 금강산은 마음에 자리 잡은 금강산이며 그것이야말로 실재의 금강산에 가장 근접한 상태다. 이러한 화법은 서구에서는 20세기에 들어서야 일부 성취된다. 입체파가 바로 그렇다. 입체파는 하나의 대상을 360도 돌아가며 바라보며 위아래 모든 방향에서 쳐다본다. 전체를 움직이는 부분으로 나누고 다시 전체로 취합한다. 앞의 전체와 뒤의 전체는 다르게 나타날 수 있다. 흐름이기 때문이다. 그것은 여러 각도에서 부분으로 나뉜다. 나뉜 것들이 다시 하나의 이차원 평면에 취합된다. 결국 그러한 작업은 모두 화가의 마음에서 이루어진다. 하나의 대상은 자연 상태 그대로의 대상이 아니라 이미 마음에 자리를 잡고 화가의 느낌과 지성적인 작업을 통해 재탄생한다. 동아시아 회화 작품의 평가에서 눈에 보이는 현실 세계의 재현은 전혀 중요치가 않다. 이러한 전통은 일관되게 지속된다. 장언원이 으뜸으로 간주하는 자연은 'nature'가 아니라 절로 그러함이며 그것은 노자가 말하는 '도법자연(道法自然)'에서의 자연이다. 이때의 자연은 모든 인위적인 요소가 배제된 상태를 가리킨다. 예술이 인간의 것이라면 과연 그것이 가능할까? 노자의 도는 우주의 궁극적 실체이다. 무형이다. 무형의 도가 자연을 본뜬다는 것은, 도가 '스스로 그러함'의 자연을 따름인데, 그것은 아마도 물음으로 살아가는 인간에게 물음이 존재하지 않는 상태, 카오스가 아니라 있는 그대로의 태초의 모습을 가리킬지도 모른다. 송대에 들어서 사격(四格)이 거론된다. 그것은 신(神), 묘(妙), 능(能), 일(逸)이다. 능은 여기서 기교를 말한다. 서구적 의미에서 테크닉(technique)이다.

3.

예술은 환하게 열려 있다. 송의 황휴복은 사격 중에서 '일(逸)'을 최고의 등급으로 자리매김한다. 일은 느낌이 보여 주는 여러 가지 상태 중의 하나다. 일은 한마디로 열려 있음이다. 일은 느낌의 상태다. 이 느낌은 흐름이요, 기운이다. 일기(逸氣)라는 말도 있다. 열려 있음이 앞으로 나선다. 빗장이 전혀 없이, 있는 그대로, 아무런 선제 조건 없이 그냥 환하게 열려 있음이다. 이때 일은 자유롭다. 활달하다. 막힘이 없다. 아무렇게나 움직인다. 제멋대로 흐른다. 일이라는 개념은 동서 예술의 차이를 가장 극명하게 보여 준다. 그것은 또한 서구의 예술이 닫힘의 성격이 강한 데 비하여 동아시아의 그것은 열림 상태를 가장 중시하고 있음을 드러낸다. 황휴복에게 일격이 무엇인가는 그 자체가 어려운 작업이다. 일은 규정되지 않는 그 무엇이다. 그것은 절로 그러함의 자연에 가깝다. 화가가 무엇을 "본뜨거나 모방해서 될 일이 아니다(莫可楷模)." 그것은 "그냥 마음의 뜻이 드러나는 대로 나온다(出於意表)."

동아시아 예술 작품에서 일격을 가장 잘 드러낸 것은 예찬(倪瓚)의 그림이다. 내가 살고 있는 남해의 집에 그의 작품 「용슬재도(容膝齋圖)」의 사본이 걸려 있다. 한마디로 그림이 열려 있다. 간략하기 그지없다. 이 그림은 마른 먹을 사용하고 절대준(折帶皴) 기법으로 바위와 산을 그렸다. 산수화는 대체로 사람의 모습을 그리되 풍경 속에 보일 듯 말 듯 집어넣는데 이 그림에는 그나마 인기척도 보이지 않는다. 적막하고, 고요하며, 한없이 쓸쓸하다. 무인모옥(無人茅屋)이 앞에 덩그러니 놓여 있다. 모옥은 초가집이다. 그림 제목의 용슬재는 바로 그 초가집이 사람의 무릎이 겨우 지나다닐 정도로 작다는 의미이다. 소식(蘇軾)이 이야기하는 소산(蕭散) 간원(簡遠)이 이미 이 그림에 잘 드러나 있다. 소산은 맑으며, 어떤 것에도 구애됨이 없이 잘 풀려 있는 상태다. 간원은 간략하고 멀다. 한마디로 그림이 복잡하지가 않다. 모자랄 정도로 단순하고 생략되어 있다. 이야말로 노자가 말한 대교약졸(大巧若拙)이다. 이 그림에는 일기(逸氣)가 넘쳐난다. 그것은 그냥 걸림 없이 멋대로, 하지만 차분하게 흐르는 느낌이다. 산수풍경이 실제로 어떠한가는 중요하지가 않다. 앞에 펼쳐져 있는 경물이 주는 느낌에, 다시 화가 자신의 느낌이 그림에 되돌려 기투(企投)된다.

저의 이른바 그림이라는 것은 자유로운 필치(일필)로 아무렇게나
그리는 것에 지나지 않으며, 형상을 비슷하게 그리려 하지 않습니다.
오로지 스스로 즐길 따름입니다.[1]

나의 대나무는 오직 가슴속의 일기를 그릴 뿐이니, 어찌 다시 그 닮
음과 아니 닮음, 잎의 무성함과 성김, 가지의 기움과 곧음을 비교하겠
는가? 혹 아무렇게나 쳐바르고 나면 잠시 후 다른 사람들이 보고 삼이
나 갈대로 생각할 터인데 내가 또한 대나무라고 강변할 수도 없으니
진실로 보는 사람이 무엇으로 보든 어찌할 도리가 없다.[2]

나는 동아시아 회화, 나아가서 한국 전통화에서 아름다움을 드러
내는 가장 중요한 항목 중의 하나가 바로 방일(放逸)이라고 생각한
다. 방일은 일을 구체화한 개념이다. 그것은 어느 것에도 얽매임이
없이 자유롭게 열려 있음이다. 제멋대로 할 수 있음이다. 열려 있음
은 아무것도 구속하는 것이 없음이다. 불교에서도 방일은 거론된다.
약간은 부정적인 의미로 사용되어 불법을 닦아 깨우치는 데 소홀함
을 지적하고 있다. 그럼에도 그 뜻은 우리가 말하려 하는 방일의 의
미를 내포한다. 방일은 여기서 불수(不修), 불습(不習), 불별수습(不別
修習), 불견작(不堅作), 불상작(不常作), 불근수습(不勤修習)의 상태를 가
리킨다. 닦지 않고, 배우지 않으며, 닦고 배움을 별도로 중시하지 않

---

1 倪瓚, 『淸閟閣集』, 卷10. 僕之所謂畫者, 不過逸筆草草, 不求形似, 聊以自娛耳. 葛路,
『中國繪畫理論史』, 강관식 역, 미진사, 1997, p.327에서 재인용.
2 倪瓚, 『倪雲林詩集』, 「書畫竹」. 余之竹聊以寫胸中逸氣耳. 豈復較其似與非, 葉之繁與
疏, 枝之斜與直哉? 或涂抹久之, 他人視以爲麻爲蘆, 僕亦不能强辨爲竹, 眞沒奈覽者何.
葛路, 『中國繪畫理論史』, p.327에서 재인용.

으며, 무엇을 함에 있어 확고함이란 없고, 또 일정하게 지키는 것도 없으며, 닦고 배움에 근면하지 않는다. 우리가 예술의 본질이 열려 있음이라고 말할 때, 바로 이를 제대로 작품에 드러내려면 바로 이러한 방일이 요청되는 것이 아닐까. 방일은 열려 있음이다. 정해져 있는 것이 없음이다. 들어가고 나오는 문도 없음이다. 텅 빈 공터만 있으나 그럼에도 그곳은 환하게 빛나고 있다. 아무나 쉽게 들어가서 휘저을 수 있다. 마음대로 걸어 다닐 수 있다. 제멋대로 행동할 수 있다. 규범이나 규제라는 단어는 저 멀리 보이지 않는다. 형식과 내용이라는 이분법도 사라진 상태다. 이는 생명이 열려 있기 때문이다. 모든 생명체는 본생을 지닌다. 본생은 본디 열려 있음이다. 본디 그곳에는 열려 있음이나 닫혀 있음 자체도 없다. 그냥 그대로 있음이다. 밝은 빛이 모이면 그것은 하양이 된다. 그냥 하얀 상태다. 빛의 삼원색은 빨강, 초록, 파랑이다. 이들 셋이 모이면 그것은 하양이 된다. 하양에서 모든 빛이 흘러나온다. 공터는 하양이다. 그곳에서 빛이 흘러나온다. 하이데거도 이와 비슷한 생각을 했다. 그에 의하면 인간이 살아가는 생활 세계는 존재자들로 가득 메워 있다. 그 한가운데 어떤 밝음이 있다.

존재자를 넘어서서 그러나 그것을 떠나지 않으면서 여전히 생겨나는 어떤 다른 것이 있다. 존재자 전체의 한가운데 어떤 열려진 장(ein offene Stelle)이 있다. 그리고 거기에 어떤 '밝음(Lichtung)'이 있다. 그 밝음은 존재자 쪽에서 볼 때 존재자보다 더욱 존재적(seiender)이다. 따라서 저 열려진 중심이 존재자에 의해 둘러싸여 있다기보다 오히려 이 밝은 중심(die lichtende Mitte) 자체가 마치 우리들이 알지 못하는 무(Nichts)처럼 뭇 존재를 에두르고 있다.[3]

『예술의 근원』에 기술된 하이데거의 이러한 생각은 그의 초기 주저인 『존재와 시간』에 이미 그 싹을 보이고 있다.

주위 세계가 스스로를 알려 온다. 거기에서 그렇게 빛나게 되는 그것은 (중략) 그 모든 확정과 고찰 이전에 '거기에' 있다. 그것은 둘러봄에 그때마다 이미 열어 밝혀져 있다. '열어 밝힘(erschließen)'과 '열어 밝혀져 있음(Erschlossenheit)'은 (중략) "훤히 열어 보임", "훤하게 열려져 있음"을 의미한다. '열어 밝힘'은 따라서 간접적으로 추론에 의해서 획득함과 같은 어떤 것을 의미하지 않는다.[4]

'세계는 빛이 난다.' 그것은 이미 '열어 밝혀져 있기' 때문에 빛을 낸다. 앞에서 이미 지적했듯이 '열려 있다'라는 말은 사람이 관련되어 있음을 말한다. 사람이 없이, 열려 있기 전에 우주 만물은 그냥 그대로 거기에 있다. '자연(自然)'이다. 절로 그러함이다. 사회적이고 관계적인 존재자인 인간은 생명체이지만 자기가 숨 쉬며 살아가는 세계를 대상으로 둘러보게 되고, 자신이 세계 내부에, 그 안에 존재함을 인식하고, 세계가 열려 있음을 깨닫게 된다. 열려 있음은 하양이며 그 하양은 수많은 빛으로 갈래를 치며 주위를 수놓으면서 밝힌다.

하이데거는 수천 년 동안 서구 사상을 지배해 온 실재와 가상, 또는 이데아와 현상, 신의 세계와 현실 세계 등의 구도에서 벗어나 존재와 존재자 그 자체를 탐구한다. 일상의 세계에 '내던져져(geworfen)', '빠져 있는(verfallen)' 상태에서 벗어나 현존재, '거기-있음

---

3 마르틴 하이데거, 『예술 작품의 근원』, 오병남·민형원 역, 예전사, 1996, p.64.
4 마르틴 하이데거, 『존재와 시간』, 이기상 역, 까치, 1998, p.109.

(Da-Sein)'의 존재를 되돌아본다. 이러한 존재자들 한가운데 '어떤 열려진 장'이 있다. '거기에 어떤 밝음이 있다.' 하이데거는 20세기 초반에야 이러한 사유에 도달했다. 이에 비해 동아시아의 사유는 애초부터 이와 유사한 생각으로 가득하다. 장언원이 내세우는 예술 작품의 요건 중에 맨 앞이 자연이고 그다음이 신이다. 자연은 절로 그러함이다. 절로 그러함은 열려 있음이다. 물음이나 언어 이전에 이미 열려 있음이다. 이미 그러함이다. 거기에는 신이 깃들어 있다. 신은 생명의 움직임이다. 하이데거는 존재를 지닌 존재자를 운위한다. 그것은 개별 사물의 '있음'이면서 동시에 생명체다. 생명을 지니고 있는 존재가 바로 생명체다. 존재, 또는 있음(being)은 그 자체가 생명체이며 생명을 지닌다. 그것은 언제나 빛을 낸다. 바로 신명(神明)이다. 한편으로 하이데거는 여전히 데카르트적 사고의 방향에서 완전히 탈피하지 못한 상태다. 일상의 사람(man)에서, 세계에 빠져 있음에서 어느 날 자기 앞으로 돌아와 섬으로써 '거기-있음(Da-Sein)'으로의 현존재를 발견하지만, 동아시아에서는 그러한 물음과 되돌아옴이 없다. 이성을 인간의 중심으로 내세우고, 그 이성이 갖는 인식 활동의 일부로서, 이성이 대립적인 세계를 향해 던지는 물음 자체가 성립하지 않는다. 그러한 물음은 이미 주체와 객체의 이분법적인 사고방식이기 때문이다. 나라는 자아를 포함한 우주 만물과 모든 현상은 열려 있다. 장자가 말하는 '심재(心齋)'의 경계다. 그것은 물아양망(物我兩忘)이요, 물아일체(物我一體)이다. 무엇보다 장자가 '오상아(吾喪我)'를 이야기할 때, 오(吾)는 있음 그 자체이지만 아(我)는 의식화된 자아를 가리킨다. 그것은 자아를 잃은 상태의 있음일 뿐이다. 열려 있음에는 어떠한 경계선도 없다. 여러 경계가 서로 가로지르며 관통한다. 무엇보다 여러 경계는 하나에서 갈려 나왔다. 각각의 경계는

본디 본생인 하나로의 경계와 동일하다. 열려 있음이라는 인간의 단어 이전에 이미 그렇게 있다. 거기서 빛을 발견하고 그것이 열려 있음을 확인하는 것은 한계를 지닌 인간의 몫이다.

4.

예술은 열려 있다. 예술에는 문이 없다. 자연에는 어떠한 문도 없다. 문은 인간이 만든 것이다. 예술은 놀이에서 비롯된다. 놀이는 유희다. 인간은 예술이라는 유전자를 이미 몸에 지니고 태어나기에 여건이 주어지기만 하면 놀이를 한다. 놀이는 홀로 노는 것일 수도 있지만 대체로 관계를 지닌 여러 개체가 함께 어울린다. 모든 개체들은 예술 유전자를 갖고 있으므로 상대에 의해, 분위기에 자극받아 놀이 충동을 갖는다. 그 놀이에는 원초적으로 아무런 제한도 없다. 놀이가 제약을 받게 되는 것은 오로지 인간이 사회를 구성하고 살아가기 때문이다. 사회는 모임으로서 약속이 필요하다. 놀이는 이러한 약속의 규제를 받게 된다. 놀이는 열린 공간을 선호한다. 탁 트이고 열린 공간에서 놀이는 한층 숨이 가빠진다. 우리 민속놀이가 대체로 마당놀이인 이유이기도 하다. 마당은 휑하니 뚫린 공간이다. 주위에 막힌 돌담이 없으면 더 좋겠지만 담으로 둘러싸여 있다 하더라도 최대한 그 안의 너른 공간을 모두 활용한다. 그 중심에서, 에워싸고 있는 눈들의 빛이 총총하게 모이는 마당의 한가운데서 놀이는 시작된다. 놀이를 하는 사람들과 이들을 둘러싸고 쳐다보며 흥겨워하는 사람들 사이에는 아무런 칸막이도 없다. 그 관계는 그냥 조건 없이 열려 있음이다. 흥이 더 북받치면 주위의 구경꾼은 놀이의 무리로 뛰어들어 갈 수 있다. 함께 어깨춤을 덩실덩실 출 수 있다. 지치면 다시 빠져나오면 된다. 이러한 놀이에는 주체와 객체가 없음이다. 그들 사이에 어떤 문이나 가림막도 없다. 놀이를 가능하게 하는 공터에도 어떤 문이나 칸막이도 없다. 주어진 공간은 구획되지 않는다. 차별화나 구별은 없다. 이런 놀이들은 대체로 세세한 계획이 없다. 기획을 하지 않는다. 그냥 한바탕, 한판, 한차례 놀아 보는 것이다. 신이 나면 공간과 시간은 확대된다. 참여 인원이 많은 경우에도 그렇게 된다. 고무줄처럼 탄력이 크다. 사전에 정해지는 어떤 규칙 같은 것은 전혀 요구되지 않는다. 갈 데까지 간다. 기예가 출중한 사람들을 중심으로 연예가 이루어지겠지만 크게 개의치 않는다. 그것은 강도의 차이일 뿐이다. 신이 나는 것은 누구나 마찬가지만 사람 따라 신명의 강도가 크거나, 그것을 멋지게 드러내는 기예의 숙련도에 차이가 있을 뿐이다.

예술은 열려 있다. 예술은 문을 갖지 않는다. 예술에는 성채(城砦)가 세워질 수 없다. 하나의 성(城)은 갖가지 용도의 문을 갖는다. 문은 드나드는 것이다. 들기도 하고 나가기도 한다. 든다는 것은 안으로 향함이요, 나간다는 것은 밖으로 향함이다. 안과 밖이 이미 구분된다. 칸막이가 쳐져 있다. 사회적 생명체인 인간은 무리를 지어 살아간다. 홀로 살아갈 수는 없다. 생명을 이어 가기 위해서는 타자를 필요로 하고, 그 타자는 복수가 되며, 타자들이 모여 관계를 구성하고 사회를 이룬다. 이러한 사회는 지켜져야 한다. 또 다른 사회의 공격으로부터 방어를 해야 하며, 사나운 동물들로부터도 목숨을 잃지 않도록 해야 한다. 무리들에게 집단생활이 요청되고, 이들이 거주하는 지역은 한정된 공간으로 축소되어 두껍고 높은 성벽이 그곳을 에두른다. 해자도 두른다. 안과 밖이 성립된다. 안과 밖을 소통케 하는 것이 바로 문이다.

문은 인위적이지만 사람은 태어나자마자 문을 드나든다. 인간의 무리가 성을 쌓은 것처럼 태곳적 삼황오제의 하나인 유소씨(有巢氏)는 인간들이 안전하게 살 수 있도록 나무 위에 집을 짓는 방법을 처음으로 사람들에게 가르친다. 집은 제한되고 폐쇄된 공간이다. 그곳을 드나들려면 문이 필요하다. 이처럼 문은 집에도 있고 읍성에도 있다. 문은 더 진전되어 인간이 소유하는 것을 보관하기 위해 만든 모든 제한된 공간에 설치된다. 소유하려면 문을 열어야 한다. 마음에도 문이 생긴다. 문이되 보이지 않는 문이다. 들어가려면 문이 열려야 한다. 문은 여는 것뿐만 아니라 닫는 기능을 갖는다. 여기에 모순이 발생한다. 문을 설치한다 함은 일정한 영역을 둘러막아 외부와 단절시킨다는 의미다. 문 하나를 사이에 놓고 내부와 외부가 양립한다. 성문 밖에는 외적이 득실거린다. 해충도 많고 무서운 짐승들도 많다. 밖으로 나가면 안 된다. 밖은 위험하고 어둡다. 불빛이 없다. 사람들은 성 안에 안주하기를 선호한다. 겉과 밖은 적대적이 된다. 문만 걸어 잠그면 된다. 문에 빗장을 채워 스스로를 분리한다. 문을 열려면 열쇠가 필요하다. 자물쇠는 열쇠 없이는 딸 수가 없다. 그것은 공간을 지배하는 자의 몫이다. 이로써 문을 여는 열쇠는 현실에서 쟁탈의 대상이요, 마음에서는 물음의 시작이다. 이는 어떤 면에서 인간의 비극이요, 불행이다.

문은 이제 실제 기능을 지닌 문에서 진전하여 인간의 사유의 한 모퉁이를 자리 잡는 개념이 된다. 옥스퍼드 영어 사전을 보면 문(door)의 두 번째 풀이는 "접근, 승인 또는 나가는 수단, 특정한 목적을 향한 수단, 적절한 시점이나 기회 등(a means of access, admission, or exit; a means to a specified end; a suitable occasion, an opportunity)"이라고 쓰여 있다. 문의 의미가 상징적으로 진화했음이다. 그것은 '열리다, 보이다, 깨닫다, 도달하다, 밝히다, 발견하다, 찾다' 등의 의미를 포괄적으로 다양하게 지닌다. 프랑스 소설가 앙드레 지드의 「좁은 문」에서 사촌인 알리싸와 제롬의 사랑은 가슴을 아련하게 한다. 이 때 좁은 문은 바로 천국으로 들어가는 문이다. 마태복음 7장 13-14절에 좁은 문이 나온다. "여러분은 좁은 성문으로 들어가시오. 멸망으로 인도하는 문은 넓고 길은 널찍해서 그리로 들어서는 사람들이 많습니다. 생명으로 인도하는 성문은 좁고 길은 비좁아서 그것을 찾는 사람들은 적습니다." 사람들은 그 좁은 문을 찾을 수 있을까. 좁은 문에 도달할 수 있을까. 서구적 사고로는 불가능하다. 문을 열면 다른 문이 나오고, 그 문을 어렵게 열면 또다시 육중한 문이 앞을 가로막는다. 시시포스의 신화처럼 그것은 쳇바퀴 돌 듯 죽음에 이를 때까지 계속되는 작업이요, 순환이다.

동아시아의 문의 개념도 한껏 복잡하게 그 지층을 두텁게 하고 있다. 문을 가리키는 한자 문(門)은 두 개의 문짝을 좌우로 달아 이를 열거나 닫는 것을 상형한다. 문은 공간을 구획한다. 이에 비롯되어 문은 문중(門中)을 가리킨다. 씨족이나 가족 친척 등을 망라한다. 또는 어떤 특정인을 중심으로 한 파벌을 의미하기도 한다. 추상적으로는 건곤(乾坤) 즉 하늘과 땅을 뜻하기도 하는데 그것들이 바로 생활 세계를 뜻하는 역(易)의 문이기 때문이다. 사전을 보면 문은 관건(關鍵)을 의미하기도 하는데 그것은 문빗장과 자물쇠로 사물의 핵심이나 중요 요소를 뜻하기도 한다. 문에 기초하여 다양한 한자가 파생한다. 문(聞)은 듣는 것인데, 이는 문을 사이에 두고 '밖에서는 안을 들을 수 있고, 안에서는 밖을 들을 수 있기'에 만들어진 글자다. 문(問)은 물음이다. 문 사이에 입이 있다. 문을 앞에 두고 소리를 내야 안에서 들어주고 문을 열어 준다. 간(間)은 사이를 뜻한다. 본디 한자는 한(閒)이다. 그것은 문 사이로 달빛이 흘러들어 옴을 나타낸다.

문짝 사이에 틈이 있기 때문이다. 『설문』에 간을 사이를 뜻하는 극(隙)이라고 풀이한 이유다.

예술은 열려 있다. 예술에는 닫힘이 없다. 문이 없기 때문이다. 인간은 그럼에도 문이 없이는 삶을 이어 갈 수 없다. 모든 것이 문을 통과해야 존재가 가능하다. 인간이 문명을 건설하고 문화를 발전시켜 오는 과정에는 예술과 문의 갈등과 투쟁이 존재한다. 문명과 문화는 사회적 생명체인 인간의 필수적인 생활 세계이며 그것은 문의 구조로 이루어져 있다. 예술은 유전자로서 생명체에 부여되어 있는 것인데 그것은 본질적으로 열려 있다. 문이 없다. 문을 거부한다. 열린 예술은 닫힌 사회 문화와 싸움을 벌인다. 동시에 이런 과정을 거치면서 문화는 더 섬세하게, 더 넓고, 더 깊게 발전한다. 그것은 투쟁의 산물이기도 하다. 본디 문화는 예술을 낳고, 예술은 문화를 발전시킨다. 그것들은 상극일 수 없다. 서로 조화와 균형을 꾀한다. 인간은 슬기롭다. 문이 갖는 이중적인 요소를 잘 배려하여 삶에 실제적인 도움이 되도록 한다.

우리 전통 한옥에 들어열개문이 있다. 일명 벼락치기문이라고도 한다. 과문일지 몰라도 다른 문화 세계에서 발견되지 않는 독특한 형식이다. 석조 건물을 위주로 하는 서양의 건축에서는 상상도 하지 못할 일이다. 한옥은 담으로 둘러싸여 일견 폐쇄적이다. 이때 벽을 두르는 문을 들어 올리게 되면 공간이 확 트이게 된다. 대체로 추위와 바람을 막기 위해 대청마루에 이런 문들이 설치된다. 담양 소쇄원의 누각인 광풍각은 중심을 이루는 별채다. 그것은 정자이면서 동시에 살림방으로도 쓰일 수 있다. 사방의 벽이 모두 문으로 둘러싸여 있다. 날이 좋으면 이를 모두 활짝 열어 처마 밑에 매단다. 사방이 트이고 환하다. 시원하다. 문이 변신을 한 것이다. 문은 이때 폐쇄되거나 고정된 것이라는 개념을 넘어서 무한한 변신을 도모한다. 문이 스스로 탈바꿈을 하고 무한 공간으로 진입한다. 제주도 전통 가옥의 대문은 정낭이라 불린다. 화산암으로 돌담 울타리를 두르고 한곳을 틔워 놓는다. 그 빈 공간에 통나무 몇 개가 덩그러니 걸려 있다. 그저 커다란 통나무가 가로질러 놓여 있다. 통상적인 문의 모습이 아니다. 그것은 문이라는 하나의 부호에 불과하다. 문이되 열려 있음이다. 보통 세 개로 이루어지는데 그것들의 서로 다른 조합은 기호를 이루고 각 기호는 집 안의 상태를 가리킨다. 통나무가 평행을 이루며 확고하게 설치되어 있으면 그것은 주인이 멀리 출타 중이라는 뜻이다. 한쪽으로 세 개가 느슨하게 내려놓여 있으면 주인이 집에 있다는 표시다. 전체적으로 그것은 안이 휑하니 보이면서 열려 있다. 문이되 역설적으로 열려 있음을 최대한 보존하는 그런 문이다. 그것은 경계를 구분하는 기능만 갖는다. 문이 지닌 본디 뜻대로 어떤 문이 있어 닫혀 있는 것이 아니다. 소쇄원에는 계곡을 따라 기다란 담장이 세워져 있다. 담장이라면 당연히 일정한 공간을 구분하고 할애해서 막아야 한다. 그것이 사각형이든 원형이든 담은 연결되어 일정 공간을 확보한다. 안과 밖을 드나드는 문이 설치된다. 그런데 소쇄원의 담은 그냥 길이로만 남는다. 한곳에서 구부러져 계곡을 넘어가지만 그것으로 끝이다. 문이 없다. 이러한 담은 담이라기보다 경계의 구분을 지시한다. 서로 다른 경계가 있음을 가리키지만 그 경계 간에 울타리를 완벽하게 쌓아 경계를 확연하게 구분 짓지 않는다. 언제든 다른 경계로 넘어 들 수 있음이다.

5.
예술은 열려 있다. 그것에는 문이 없다. 경계가 구성될 수는 있다. 예술의 그러한 경계는 담이 없다. 문도 없다. 언제든 서로 드나들 수 있다. 경계(境界)는 하나의 영역(realm)을 가리킨다. 경계선은 서로 다른 경계를 구분 짓는 선이다. 담과 문이 있는 경계는 폐쇄적이다. 문중, 문벌 등은 친족, 특정 학파나 종파 또는 세력 있는 귀족의 무리 등을 가리킨다. 이때의 문은 폐쇄적이다. 일방통행으로만 열려 있다. 그것도 자격 있는 것만이 통과할 수 있다. 서로 넘나드는 것을 위험스럽게 생각한다. 현대를 살아가는 우리는 온갖 형태로 수많은 파벌이나 계열화된 무리들이 예술 세계에 똬리를 틀고 외부인의 접근을 가로막고 있음을 발견한다. 동아리 형태도 있고, 동인들의 모임도 있다. 소위 원로라는 사람을 중심으로 사제지간의 관계를 형성하며 무리를 확대하는 경우도 다반사다. 중진이나 원로들은 서로 야합하며 이합집산이 이루어지기도 한다. 이해관계를 극대화하기 위해서 계파를 형성하기도 한다. 이들은 모임이나 협회를 구성해서 진입의 장벽을 쌓기도 한다. 인간은 사회적인 생명체다. 사회생활을 통해 더 안정되고 강인한 삶을 구축하고 싶어 한다. 그것은 본능이기도 하다. 예술도 유전인자가 드러내는 활동이라 한다면 그 예술의 주체가 되는 예술가들도 나름대로 사회적 이해관계를 도모하여 더욱 활기찬 예술 활동을 이어 가도록 노력하는 것은 필연이다. 유유상종이다. 인간의 무리들이 사회를 구성하고 무리의 존속을 위해 성채를 쌓아 외족의 침입에 대비하듯이, 이러한 예술인들의 모임은 점차 방어적이고 보수적으로 변화하게 된다. 그들은 그들의 예술 세계에 통용되는 수많은 준칙을 만들어 낸다. 심지어는 그러한 준칙을 가능하게 하는 바탕인 사유까지도 통제한다. 이때 예술의 자유로운 흐름은 제한을 받는다. 한편으로 이러한 집중도는 하나의 흐름 갈래를 더욱 세차게 하고 또 심화하며 확대시킬 수 있다. 그것이 더 확산되면 그 시대를 특징 있게 규정할 수 있는 광범한 흐름이 되기도 한다. 여러 갈래의 흐름들을 모두 합해 커다란 강을 이룰 수 있다. 시대의 조류라 할까. 흐름을 타고 있는 예술가는 현실적인 삶을 이어 가며, 사회적 개체임을 망각하지 않는다. 그러한 개체에게 사회가 만들어 놓은 욕망의 찌꺼기가 덕지덕지 달라붙는다. 예술 과정을 거친 예술 작품은 명성의 도구가 되고, 경제적 이득을 가져다줄 수 있다. 스스로도 모두 예술가의 잠재성을 지닌 대중이 그 작품에 환호하게 되면 그 작품의 예술가는 사회 내에서 새로운 위상을 획득한다. 거기에는 권력과 부와 명성이 모두 따라온다. 이때, 예술과 예술가와 작품 사이에는 갈등이 일어나게 된다.

계파와 계열을 이루는 파벌이 부정적으로 흘러갈 때, 그것은 폐쇄적이 된다. 문을 걸어 닫는다. 그 안에서 이루어지는 예술은 흐름이 멈추게 된다. 재생과 복사만이 있을 뿐이다. 예술은 본질적으로 과정이며 흐름이다. 이를 역행하는 파벌의 시공간에서는 모방에 의한 무수한 재생산만이 횡행한다. 그들은 규정을 만든다. 규정은 법칙이 된다. 나누고 제한하며 설정한다. 그 무리에 속하는 예술가들은 이를 배워 숙지해야 하며 또한 작품으로 실천해야 한다. 서양의 중세 시대에 길드가 바로 그런 조직 사회다. 그 사회의 법칙을 어기거나 거부하면 불이익이 돌아오거나 탈퇴된다. 가장 모범되게 작품을 생산한 작업자에게는 커다란 상이 주어지며 직위가 부여된다. 무리를 이끄는 지도자가 된다. 무리에는 계급도 설정된다. 원로와 신인 등이다. 원로는 경험의 축적에 의해 테크닉이 가장 뛰어날 수 있다. 예술 작품을 이루어 내는 것은 테크닉만이 아니다. 젊은 신인은 작품의 가치에서 원로를 얼마든지 뛰어넘을 수 있지만 대체로 그러한 경향을 보이면 원로를 중심으로 하는 무리들이 부정적 반응을 보인다.

새로움은 용납되지 않는다.

　계파의 지속은 이념을 산출한다. 계파가 성립되는 초기에 그 계파의 주된 생각을 이루는 경향이나 특징은 이념화된다. 그것은 새로운 것일 수 있다. 참신하다. 그동안 보지 못했던 것이 나타난다. 사람들은 갈채를 보낸다. 이에 동조하는 예술가들이 무리를 지어 참여한다. 작품으로 그들의 생각을 표현한다. 더 나아가 평론가를 필두로 무수한 일반 감상자들이 소감을 피력한다. 하나의 세계가 형성된다. 그 세계의 바탕을 이루는 이념은 공고히 되고 더 나아가 그것은 이념주의로 진전한다. 서로 다른 무수한 이념의 탄생은 인간 사회 문화의 발전의 원동력이다. 그것은 생명의 움직임이 보여 주는 무수한 양상의 하나다. 이러한 움직임에는 언제나 빛과 그림자가 따른다. 어둠이 있고 밝음이 있으며, 부정과 긍정이 공존한다. 본디 생명의 느낌이 그렇다. 그것은 부정적인 것과 긍정적인 것을 모두 지니지만 생명을 낳고 낳는 흐름으로 귀속되면서 부정적인 것은 배제된다. 낳고 낳음이 선이기에, 그것이 바로 도이며 하나이므로, 낳고 낳음을 가로막거나 저해하는 것은 절로 배제되고 축출되기 마련이다. 이념의 빛과 그림자 중에서 이념이 이념주의로 진전되는 것이 바로 그림자의 몫이다. 그것은 어둠이다. 어둠은 빛의 부재다. 이념주의는 이념이 신념으로 진전되어 강화된 것이다. 이념이 울타리를 두르고 성채를 쌓아 안으로 들어가 강고하게 자리를 잡는 상태가 바로 이념주의다. 하나의 이념주의는 그들의 성채에서, 그들의 세계와 우주에서, 그들의 모든 상상의 범위 내에서, 그것 자체가 윤리적으로 선하다. 이념주의를 충실하게 지켜 나가는 것이 바로 선이다. 이러한 울타리 안에서 살아가는 이념주의는 밖을 모두 적대시한다. 그들은 밖의 세계를 거부하고, 그것과 싸우면서 그들 자신의 영역을 넓히려 한다. 이념주의는 그것의 기원을 망각한다. 예술의 흐름이 이념이 되고, 그 이념이 이념주의로 진전되며, 이념주의가 폐쇄된 세계를 구축하고 외부와 단절되거나 그것과 싸움을 벌인다는 사실이 잊혔다. 이때, 예술은 예술의 본질을 상실하고 비극의 길을 걸어간다. 예술이 예술의 모습을 잃어버리고 예술이 아닌 어떤 괴물로 변한다. 이는 부정적 돌연변이이며 아마도 진화의 길에서 도태될 것이 틀림없다. 예를 들어 20세기 전반의 소비에트 공화국의 사회주의 리얼리즘이 그렇다. 그 리얼리즘은 19세기 후반 프랑스 쿠르베의 회화나 플로베르의 문학에 연유한 것이지만, 공산주의 혁명을 거치며 정치화된 이념주의로 탈바꿈되었다. 현실의 참모습을 고발하는 정신은 사라지고 이미 주어진 이념주의에 복종하는 것만이 남았다. 인간은 현명하다. 사회주의 리얼리즘은 붕괴되었다. 현재를 살아가는 우리는 사회주의라 해도 수많은 양태의 변질된 사회주의가 여기저기 모습을 바꾸며 인류 사회의 발전에 기여하려고 애쓰는 모습을 발견할 수 있다. 소비에트 사회주의는 예술에 앞서는 정치적 강령이었으며 예술 활동은 이를 피할 수 없었다. 쇼스타코비치의 작품들이 이를 잘 보여 준다. 이러한 이념주의에 내면적으로 항거했던 쇼스타코비치가 말년에 쓴 현악사중주는 이념주의에 시달리는 인간의 고뇌를 극명하게 표현하고 있다. 이념에 얽매이는 것은 인간의 원초적 굴레일까. 이념주의로 인한 갈등이 이들 불후의 걸작들을 탄생하게 했다면 그것은 아이러니컬한 이야기일까.

예술은 열려 있다. 본질적으로 갇힘을 싫어한다. 갇힘의 상태에서 예술은 질식한다. 화이트헤드의 개념을 따른다면 예술은 현실적 존재(actual entity)다. 무수한 현실적 존재들이 모여 군집을 이루어 형성하는 것이 예술이다. 현실적 존재들은 생성과 소멸을 거듭한다. 소멸은 완전히 폐기되는 것을 의미하지 않는다. 하나의 현실적 개체는 다른 현실적 개체에 스며든다. 복수의 개체들이 결합(nexus)을 한다. 그리고 합생(concresence)을 만들어 내며 만족(satisfaction)을 이룬다. 만족은 종결이나 완성이 아니라 또 하나의 현실적 개체로 시점(始點)을 이루어 다시 과정으로 진입한다. 현실적 존재는 열려 있다. 느낌의 상태에서 그것은 부정적 파악(prehension)을 배제한다. 생성의 이어짐이 이루어진다. 모든 현실적 존재는 관계망을 구축한다. 서로 얽히고설킨다. 예술이 바로 그러한 특성을 지닌다. 예술은 흐름이다. 아무런 둑이 없다. 예술이 융성하여 밀도가 높으면 그것은 저절로 밀도가 성기거나 낮은 곳으로 흐른다. 예술의 이동이다. 인류 문화의 역사에서 이러한 흐름은 전체 지구 세계의 문화를 발전시키는데 크게 기여했다. 예술은 끊임없이 움직인다. 옆의 움직임과 상응하여 결합하기도 하고 퇴짜를 놓기도 한다. 분주하게 활동하는 예술은 다른 예술과 연합하거나 결합하여 새로운 예술을 창출한다. 예술에는 무수한 경계가 있다. 서로 다른 예술은 각기 독자적인 특징을 지닌 경계를 이루며, 이러한 경계들 사이에는 담이 없이 서로 영향을 주고받는다. 나아가서는 서로 결합을 하고 새로운 경계를 확충하며 열어 놓는다.

열린 예술은 관계망의 산물이다. 열린 예술은 무수한 관계로 촘촘히 수놓아져 있다. 예술의 세계는 마치 우주의 그것과 같아서 그것은 별자리(constellation)들로 이루어진다. 우주 공간 내에서 수많은 별자리를 만들어 내는 것이 바로 관계망이다. 관계망의 일부가 하나의 별자리를 이룬다. 관계의 선을 그어 대는 각 꼭짓점을 어떻게 연결하는가에 따라 그 별자리의 모습과 이름은 달라질 수 있다. 경우의 수는 무한이다. 그것들은 다양하다. 밝은 것도 있고 희미해서 잘 보이지 않는 것도 있다. 인간의 육안으로는 발견되지 않는 것도 있지만, 그것들 중에 어떤 별은 폭발을 해서 갑작스레 환하게 빛나며 존재를 알리기도 한다. 그것은 조용한 세계에서 사건이 될 수 있다. 예술은 이런 모든 별들을 수용한다. 특정한 관계에 얽매이지 않는다. 우주 만물의 모든 관계는 열려 있음이다. 예술은 생명의 지속이라는 면에서 동일성을 지니지만 그것이 시간의 흐름을 타면서 보여 주는 것은 천차만별이다. 마치 하나인 본생이 우주 만물을 형성하지만 그 만물이 각기 하나의 본생임을 보여 주는 것과 같다. 예술은 이런 면에서 어떠한 차이라도 긍정하고 받아들인다. 예술은 존재, 즉 있음 그 자체를 받아들인다. 그러한 있음으로의 존재들은 다양성을 지니고 있으므로, 불규칙한 변화와 불예측성을 모두 받아들인다. 예술의 새로움은 이러한 흐름에서 일어난다.

예술은 국경선을 갖지 않는다. 예술은 막힌 담을 싫어한다. 예술이 갇혀 오래 지속되면 그것은 예술이 아닌 것으로 변모된다. 사람들은 이러한 사실을 곧잘 망각한다. 예술의 세계에서 동아리를 만들어 똬리를 틀고 이질적인 요소를 배척하거나 타자들을 홀대하는 것은 예술의 본질에 어긋난다. 무엇보다 이러한 행위를 하거나 생각을 지닌 예술가들은 그들의 작품이 편향적이고 보잘 것이 없게 된다. 예술은 숨김이 없음이다. 예술은 우주 만물이나 현상이 지닌 느낌이나 아름다움을 들춰내어 형상화한다. 그것들을 활짝 열어 보여 준다. 폐쇄되고 고정된 사유를 지닌 예술가의 작품은 예술의 이러한 본질을 역행하고 있다. 따라서 그들의 작품은 예술적 강도가 가장 낮게 된다. 예술이 예술일 수 있는 이유는 그것이 순수하기 때문이다. 여기서 순수하다 함은 예술은 오로지 생명의 이어 감을 최고의 선과 덕으로 간주하기 때문이다. 예술에 굳이 윤리가 있다고 강변한다면 그것은 오로지 낳고 낳음을 이어 가는 우주 생명의 흐름이다. 이조차도 순수예술은 표명하지 않는다. 그런 것이 이론화되어 주장된다면 그것은 또 다른 언어와 개념의 강제일 수 있다. 우리는 말할 수 있다. 낳고 낳음을 이어 가는 것은 그냥 자연이라고. 본디 절로 그러한 것이라고. 예술이 바로 그렇다.

6.

예술은 열려 있다. 예술은 흐름이며 과정이므로 이를 막을 수도 없다. 인위적으로 막음 장치를 하더라도 틈만 있으면 뚫고 나가거나, 담이 있더라도 넘쳐흘러 기어이 담을 무너뜨리고, 막힌 만큼에 비례하여 더 거세게 흘러간다. 인간의 논리적인 지성은 이러한 예술을 인간의 규범에 맞게 절단하고 구획을 나누고 싶어 한다. 이성이 이해를 해야 함이다. 예술에서 가장 오래된 개념인 내용과 형식의 구분이 대표적이다. 내용과 형식은 안과 겉, 질료와 형상, 정신과 육체, 신과 인간 등의 이원론에 근거한다. 그것은 플라톤이나 아리스토텔레스부터 데카르트를 거쳐 현재에 이르기까지 서구의 모든 문화와 사상을 관류한다. 예술이 구체적으로 형상화된 예술 작품은 이러한 사고방식에 의해 형식과 내용으로 절단된다. 동아시아도 근대화 과정에서 서구 문화를 받아들이면서 이러한 이원화가 쏟아져 들어왔으며 그것은 아직도 근본적 비판 없이 무작정 통용되고 있다. 인간의 지성은 또한 무수한 경계를 지닌 예술을 구획정리하여 기호화한다. 장르라는 개념이 유용한 수단이 된다. 문화의 역사는 바로 예술의 역사다. 스페인 알타미라 동굴의 벽화는 이미 예술이다. 고대 인간들이 사용하던 기물이나 도구들도 모두 예술품으로 간주된다. 인간의 문명사회가 고도로 발달되는 것에 비례하여 인위적인 소산물은 그 범위가 확대된다. 예술은 이런 분야를 모두 포함하지만 지성은 이를 분류하기 시작한다. 예술 분야의 가장 기초적인 나눔에는 무용, 음악, 서예, 회화, 문학 등이 자리를 잡는다. 여기에 조각이나 건축, 공예가 덧붙여지고, 의상이나 설치미술로 확대된다. 실제로 이렇게 획일화된 구분은 의미가 없다. 그것은 전적으로 편의상 그렇게 나눔이다. 지성은 언제나 움직이는 덩어리를 붙들어 고정시키고 평면으로 절단한다. 그러한 구분은 시대마다 다르고 지역 문화마다 입장을 달리한다.

이미 지적한 것처럼 예술은 느낌과 감각 의식에서 일어나며, 그것은 인간이 지닌 유전자에서 비롯된다. 인간이라면 누구나 예술의 흐름에 이미 참여하고 있음은 인간의 삶과 생명이 그렇게 되어 있기 때문이다. 그 흐름에는 어떠한 장벽도 없으며 사전에 주어지는 방향도 없다. 그냥 흐르고 있을 뿐이다. 예술을 분야별로 구획정리하는 것은 순전히 편의상 이루어진다. 장르도 마찬가지다. 고대 중국에서 시(詩)는 포괄적인 범위의 문학이다. 고대부터 당에 이르기까지 시는 일반적으로 통용되는 이름이었다. 그 시(詩)는 한(漢)이나 당(唐)에서 융성했다. 시대의 흐름에 따라 시가 여러 모습을 보이자 사람들은 변화된 양태에 따라 새로운 이름을 붙였다. 송(宋)대에는 사(詞)가 발달했다. 원(元)은 산곡(散曲)이라는 장르를 새롭게 보여 준다. 놀랍게도 이들은 모두 본디 음악이다. 사와 산곡은 모두 정형화된 노래다. 노랫말이 시다. 실제로 이 음악을 들을 때, 그 노래는 교묘할 정도로 정형시 형태를 가진 노랫말의 전개와 어울려 듣는 이에게 갖가지 느낌을 선사한다. 가사의 내용을 파악하지 않더라도 그 선율은 아름답게 들린다. 노랫말은 그 내용과 리듬 형식에서 선율에 완전히 부합되어 음악을 풍부하게 하고 그 느낌을 한층 고양시킨다. 실제로 음악 없이 가사를 읽어도 우리는 그 시가 지닌 멋진 운율에 감탄을 하게 된다. 시는 본디 읊조릴 수 있도록 만들어진다는 사실을 상기하게 한다. 중국의 전통 역대 시들은 시 낭송에 잘 어울린다. 지금껏 그들은 종종 시 낭송회를 열어 시가 지닌 이러한 아름다움을 만끽한다. 우리는 이 모든 양식의 시문학을 시라고 말한다. 시가 이중적인 의미를 지녔음이다. 문학을 연구하는 사람들은 가사의 내용과 그것들이 보여 주는 정형시 형태와 운율의 반복을 중시한다. 현재 많은 문학인들이 음악을 거의 들어 보지 않은 상태에서 이러한 시들을 시로만 연구한다. 마찬가지로 음악인들은 노래의 가사를 이루는 문학적 표현과 구성에 크게 주의를 기울이지 않는다. 탕현조(湯顯祖)의 「모란정」이 불후의 예술 작품으로 평가받는 이유는 바로 문학과 음악, 무용 그리고 연희 등이 완벽하게 녹아들어 완전히 새로운 종합예술 작품을 이루어 냈기 때문이다. 이 작품은 여러 개의 장르로 절단되어서는 제대로 감상될 수 없다. 절단된 시와 서사 또는 노래나 춤만으로 이 작품의 아름다움을 온전하게 파악할 수는 없다. 「모란정」은 그 자체로 하나의 살아 있는 생명체다. 그 생명체의 아름다움은 그것 전체로 감상자에게 전달되어야 한다.

현대 한국문학은 급격한 시대의 변화를 따라서 짧은 기간 내에 엄청나게 많은 주름을 형성하고 그것들은 잔주름부터 깊은 협곡에 이르기까지 다양한 층을 만들어 낸다. 주름과 지층이 뒤틀리며 산맥도 융기한다. 일반 대중이 이를 정확히 파악하여 감당하기가 어려우므로 무수한 평론가들은 이들 산맥이나 협곡을 횡단하거나 절단하여 갖가지 이름을 붙이고 나름대로의 의미를 부여한다. 평론가들의 이런 작업 과정은 복잡한 양상을 보인다. 동아시아의 오랜 전통이나 개념에 서구의 것들이 침투하여 그것들을 밀어내거나 포섭해서 문학의 양식이나 형태들이 새롭게 분류되고 정리된다. 이런 작업을 통해서 한국의 근대문학은 어떤 면에서 서구 문학의 전통보다 더 광범위한 영역과 깊이를 갖추게 되었다. 이는 한국의 문학에 새로운 가능성을 무한하게 열어 놓는다. 그러나 이를 드러내 보이기 위해 사용된 분석의 도구들은 모두 서구의 획일화된 개념과 방법이다. 이 때문에 혼선이 빚어지고 중구난방의 문학 이론들이 난립한다. 문학 연구자들이나 평론가들은 여전히 서구의 유명 논객이나 이론을 서로 경쟁적으로 답습하고 인용을 한다. 그래야만 인정을 받는다고 생각한다. 그 이론들이 틀렸다는 것이 아니라 예술 본연의 개별적·독자적·현실적 창조의 흐름이 처음부터 막혀 있거나 한정되고 있다는 점이 상황을 심각하게 만든다. 아직껏 이러한 유아적 단계와 혼란한 모습에서 탈피를 하지 못하고 있는 것이 우리 문학의 현실이다.

시문학은 산문과 구별되는 형식으로 간주된다. 이러한 구별은 모호하다. 시문학은 문학 이론보다 더 빠르게 진화를 거듭하여 이제 무수한 모습을 지닌 생명체로 태어났다. 그것은 아직도 진행 중이며 어떻게 변화를 보여 줄 것인가는 아무도 모른다. 이러한 진화는 이미 산문과 시의 구획을 모두 무너뜨린 지 오래다. 시는 본질적으로 시상(詩象)이다. 상(象)은 고정될 수 없다. 그것은 가변적이므로 언어화할 수 없는 것임에도 어쩔 수 없이 그 현상을 기호로 가리키기 위해 채택된 언어일 뿐이다. 시 작품은 상(像)이다. 상(像)은 가변적이며 흐르는 상(象)이 구체화하여 문자화된 것을 가리킨다. 그것은 이미 활자화되어 고정되어 있는 작품이다. 여기서 시상은 그저 '시적(詩的)'인 상을 가리킨다. 우주 만물이나 현상의 느낌과 그 움직임이 바로 시적이다. 시적인 것은 아름답다. 우주의 본원적 느낌과 움직임이 본디 아름답기 때문이다. 또한 그것은 열려 있음이다. 인간이 지칭하는 특정 형식으로 옭아맬 수가 없다. 이러한 시들이 현실로 그 모습을 드러내 보일 때 이를 두고 서정시나 산문시, 자유시 등등으로 구분하는 것은 시의 본질에 전혀 어울리지 않는다. 특히 우리 시문학계에서 서정시라는 단어는 시 일반을 모두 가리키는 의미로 두루 널리 그리고 당연하게 쓰인다. 서정과 시의 결합어인 이 단어는 근대화 과정에서, 특히 일본의 영향을 받은 상태에서 주조된 개념이다. 서구의 시론을 받아들일 때, 서사시(epic)와 구분되는 서정시(lyric)를 번역하며 만들어진 단어다. 그것은 시 일반을 전체로 의미하기에는 뚜렷한 한계를 지닌다. 서정(抒情)이라는 낱말을 떼어 내고 우리 본연의 언어인 시로 환원되어야 한다.

예술은 열려 있다. 무한하게 열려 있다. 예술의 장르는 그 열려 있는 공간을 구획하고 이름을 붙인다. 본디 우주는 무한이지만 인간의 우주는 인간의 지력(智力)이 미치는 한도 내에서의 우주다. 과학의 발전과 더불어 인간의 지력에 의해 파악될 수 있는 공간의 크기가 확대되었다. 인식되는 만큼 그것들은 인간의 생활 세계 내로 산입된다. 생활 세계는 지금도 그 부피를 확대하고 있는 중이다. 예술의 시공간이 바로 실제 우주 세계와 닮아 있다. 예술에서 장르는 그 종류를 확대하고, 또 세분화 작업을 통해 장르의 새로운 이름들이 무수히 생겨난다. 우주에서 새로운 공간을 발견하는 것처럼, 인간은 예술에서 새로운 변화와 공간을 찾아낸다. 장르의 확대는 외적인 공간 확대와 내적인 세부화라는 두 가지 방향으로 이루어진다. 우주물리학에서 양자역학은 미시적 방향이다. 천체물리학은 거시적 방향이다. 예술 장르에서 설치미술이나 빛을 이용하는 조명이나 빛놀이는 전혀 새로운 장르다. 도시를 전체적으로 조망하고 가꾸는 도시 건축도 새로운 예술이라 할 수 있다. 이러한 예술은 외적인 공간 확대라 할 수 있다. 내적인 세부화는 모든 장르에서 이루어진다. 하나의 장르가 발전하면 할수록 그것은 몸을 불리면서 여러 가지 서로 다른 아이들을 거느린다. 각각의 아이들은 다시 자식들을 낳게 되고 이런 후손들은 모두 하나의 장르로서 자리매김을 한다.

현대음악은 어지러울 정도로 흐름이 세분화되고 있다. 서구의 기준을 따라서 현대화라는 허울 좋은 과정을 거친 동아시아의 음악은 우선 크게 음악과 전통음악을 가른다. 전통음악은 바로 현대 이전에 이 땅에서 내려오는 모든 음악을 총칭한다. 음악은 이미 모든 면에서 서양의 기준이 모든 자리를 꿰찬 상태다. 그중에서도 교과서적으로 대종을 이루는 것은 소위 클래식이라는 서양음악의 갈래다. 모든 음악대학에서 가르치는 것이 바로 이 클래식 음악이다. 국악을 가르치는 곳도 많이 생겨나기는 했지만 여전히 역부족이다. 그것은 그냥 국악과라는 별칭의 이름을 얻었을 뿐이다. 인도의 경우는 우리와 달리 반면교사이다. 인도인들에게 음악하면 그들의 음악이며 서양음악은 어디까지 서양음악이라는 별개의 이름으로 불린다. 우리 음악계의 기형적인 현실과 달리 세계의 흐름은 음악 예술의 본질을 따라 무서울 정도로 빠르게 그리고 다양하게 변화하고 있다. 진화의 속도가 가파르다. 현실 세계의 흐름은 인간이 지정하는 양식과 규칙을 따르지 않는다. 전체 서양음악에서 클래식이 차지하는 비중은 점점 낮아지고 축소되고 있다. 그야말로 우리가 익숙하게 듣는 클래식 음악이라는 것은 서양에서도 그냥 전통음악이다. 지금 클래식 음악은 일부 세계에만 남아서 흐른다. 클래식에서 현대음악이라 불리는 것은 난해하기가 도를 넘친다. 그 음악에는 인간의 지성이 빽빽하게 그물망처럼 펼쳐져 있다. 음악은 느낌의 흐름인데, 이를 듣는 사람의 느낌은 그 지정된 통로를 걷지 않으면 길을 잃기가 쉽다. 클래식 현대음악의 악보를 보면 그 어지러움은 극에 달한다. 온통 지시 기호로 가득하다. 대부분의 지시 기호는 작곡가가 창안한 것들이다. 소위 새로움을 전개하기 위해 창안한 것이다. 느낌보다 지적 판단과 훈련 습득의 과정이 요구된다. 예술 유전자를 지닌 모든 인간들은 그러한 흐름에 본능적으로 거부 반응을 갖는다. 결국 그러한 음악이 갖는 흐름의 세기는 미약해져서 물줄기가 보일 듯 말 듯하다. 음악의 물줄기는 이미 다른 곳으로 뻗쳐 나가고 있다. 그곳은 대중이 숨을 쉬는 곳이다. 생활 세계의 대부분의 공간을 점유하는 숱한 사람들의 공간이다. 사람들은 클래식에 대한 미련이 남아서 이곳에서 행해지는 음악을 차별화하여 대중음악이라고 한다. 그것은 실제로 그냥 음악이다. 대중이라는 접두어를 붙일 이유가 전혀 없다.

20세기 서양에서, 클래식이라는 세계 밖에서, 새로운 흐름들이 터져 나온다. 흑인들의 노래에서 비롯된 재즈가 있다. 포크송에 비견될 팝도 등장한다. 록 메탈도 나타난다. 록 메탈에서 기타라는 악기, 교향악단에서는 사용되지 않고 그저 민속음악에서만 쓰이던 기타가 전면에 나선다. 기술의 진보와 더불어 기타 소리를 다양하게 변환시키거나 증폭하면서 갖가지 종류의 기타가 만들어진다. 선율이나 리듬 그리고 베이스를 관장하는 기타가 각기 다른 과정을 거치면서 발달한다. 타악기는 말할 것도 없다. 원하는 대로, 멋대로 온갖 종류의 타악기를 쓰면 된다. 이들의 음악은 또한 열린 공간에서 다수의 관중을 상대로 생생하게 현장의 열기를 전달한다. 울긋불긋 쏘아 대며 쏟아지는 빛도 한몫한다. 청중 또는 관중도 갖가지 소리와 몸짓을 토해 내며 전체 음악의 일부를 구성한다. 이미 전설이 되어 버린 지미 헨드릭스(Jimmy Hendrix)는 「Hey Joe」를 연주하면서 기타의 현을 혓바닥으로 훑는다. 수구적 고전음악의 세계에서는 꿈에도 상상할 수 없는 일이다. 음악의 이러한 변화와 발전은 장르의 외적 확대에 속한다. 반면에 이러한 음악들은 내적으로 다시 세분화되는 흐름에 동력을 얻는다. 록 메탈의 경우, 그것은 Alternative Metal, Progressive Metal, Art Rock, Post-Metal, Progressive Rock 등을 비롯해 헷갈릴 정도의 무수한 이름으로 갈래를 친다. 엄밀히 말해서 이들 세부 장르를 구별하는 기준은 모호하다. 다중적인 이름을 얻기도 한다. 그것들은 서로 얽히고설켜 있다. 새로운 장르의 명칭과 설정은 어디까지나 분류하고 구획하여 이를 인식하고 파악하려는 인간 지성의 흔적이다. 그것은 앞서 멋대로 흘러가는 음악의 흐름이 남긴 자취를 언제나 뒷북을 치며 좇아가면서 검증하고 조사하며 나누어 이름을 붙인다. 이로 보면 장르는 필요악일 수 있다. 록 메탈과 그 세부적인 가지들은 그냥 흐름에서 생겨났을 뿐이다. 절로 그렇게 되었을 뿐이다. 그것은 바로 예술의 본질과 일치한다. 흐름은 그냥 열려 있는 곳으로 제멋대로 흐를 뿐이다.

전혀 새로운 형태의 예술이 등장하는 경우도 있다. 대표적인 사례가 바로 영화이다. 그것은 인간의 기술 문명이 탄생시킨 결과물이다. 에디슨이 활동사진을 처음으로 발명했을 때는 19세기 후반이다. 그것은 전기의 사용과 대중화, 사진기의 발명 등, 당시 급격하게 이루어진 산업화와 기술 발전을 토대로 이루어진다. 축음기의 발명을 바탕으로 나중에 소리의 재생까지 합쳐져 그야말로 영화는 눈앞에서 생생하게 모든 가능한 세계를 재현한다. 이차원 평면의 회화와는 전혀 다른 양상으로 영화 화면은 이차원임에도 현실의 입체감과 현장감을 살려 내면서 동시에 인간의 뇌에 경험으로 축적된 과거 현실을 모두 짧은 시간 내에 압축적으로 보여 준다. 나아가서 그것은 상상의 세계를 적나라하게 보여 줄 수 있다. 공상소설보다 더욱 그럴듯하게 상상의 세계를 눈앞에 펼쳐 보인다. 영화의 탄생은 장르의 외적 확대를 훌쩍 뛰어넘는 완전히 새로운 세계의 출현이다. 또한 컴퓨터의 등장은 이제 예술 개념을 뿌리째 흔들어 놓고 있다. 컴퓨터의 등장으로 새로운 예술의 탄생 가능성이 고조되고 있다. 대표적으로 게임이 그렇다. 게임은 이미 예술이 되었다. 게임만큼 인간의 오감을 건드리며 동시에 지적인 기능까지 종합적으로 요구하는 놀이는 없다. 예술은 놀이를 바탕으로 한다. 게임은 놀이다. 컴퓨터 게임은 놀이이면서 이제 예술이다. 집 안에서, 그리고 무수한 PC방에서 젊은이들이 놀이에 몰두하고 있다. 전통적인 예술 놀이인 문학처럼 정태적인 예술 장르는 뒷전이다.

예술 세계의 역사에서 21세기의 최대 변화와 핵심 사건은 바로 컴퓨터와 스마트폰의 일상화일 것이다. 그것들이 있는 곳에는 언제나 언어와 영상, 그리고 소리가 있다. 컴퓨터는 예술이 은폐되어 잠을 자고 있는 우주 현실의 모습을 거의 무제한으로 보여 준다. 인간의 기억용량을 훌쩍 뛰어넘는 가능성으로 컴퓨터를 통한 예술 작품의 무한한 창의적 발견이 눈앞에 열려 있다. 스마트폰의 발명과 일용품으로의 등장은 한마디로 인류의 일상을 송두리째 엎어 놓고 있다. 세계가 예술화되고 있다. 인간의 생활 세계 그 자체가 예술이라고 한다면 바로 스마트폰이나 컴퓨터가 그러한 주장을 뒷받침한다. 예를 들어 유튜브는 하나의 웹사이트를 넘어서 예술의 흐름을 더욱 다양화시키고 있다. 예술을 유전자로 지닌 인간에 걸맞게 그것은 만인에 의한 만인의 예술에 부합하게 진화하고 있다. IT 산업의 발전과 AI의 등장은 미래의 예술을 변형시킬 것이 틀림이 없다. 로봇의 예술이라는 개념이 가능할까. 예술은 인간만의 것일까. 물음은 현재 진행형이다. 인공지능도 지능이 아닐까. 인공지능을 지닌 로봇이 자동으로 그려 내는 그림이나 만들어 내는 음악은 어떤 예술일까. 아마도 그때에 이르면 예술이라는 것이 무형의 생명체로 살아가며 인간이나 기계를 모두 통제하고 있지 않을까.

기계문명이 급속도로 그 걸음을 빨리하고 있는 상황에서, 그것을 창출한 인간 사회는 역설적으로 보수적 관념에 매여 변화가 더디다. 예술 분야도 마찬가지여서 예술에 대한 고정된 편견이 예술의 장르를 한정시킨다. 무엇보다 예술은 인간 사회의 다른 분야보다 더 자유롭고 무한한 가능성의 흐름인데도 그것에 종사하거나 감상하는 사람들은 배타적일 정도로 보수적인 관념에 젖어 있다. 우리는 예술이라는 개념의 확대를 통하여 기존의 생활 세계에서도 새로운 예술 분야의 설정이 가능하다고 생각한다. 예술은 느낌과 감각 의식의 산물이다. 인간이 지닌 감각은 크게 다섯 가지다. 시각, 청각, 후각, 미각, 촉각 등이다. 지금껏 모든 예술은 시각과 청각의 범주를 벗어나지 않았다. 이에 비해 인간의 문화는 다섯 가지 감각을 바탕으로 해서 발전해 왔다. 나는 후각을 바탕으로 하는 향료나 향수, 또는 음식도 모두 예술 작품이라고 생각한다. 음식은 어떤 면에서 종합예술이다. 그것은 기본적으로 미각을 바탕으로 하는 예술이다. 동시에 나머지 다른 네 감각도 모두 포함한다. 먹음직스럽다는 것은 시각이요, 지글지글 끓는 소리부터 침샘을 자극하는 것은 청각이요, 맛있는 음식은 멀리서부터 코를 자극하는데 그것은 후각이다. 또한 말랑말랑하다든지, 딱딱하다든지, 물기가 없는 것 등은 모두 촉각이다. 모든 인간은 예외 없이 유전자로 예술성을 갖고 태어난다고 할 때, 그러한 예술성이 은폐되지 않고 표면으로 발현하여 이루어지는 과정이 예술이라고 할 때, 예술 과정의 현실적 조형물이 예술 작품이라고 할 때, 음식물이야말로 가장 대표적인 예술 작품이다. 더욱 중요한 것은 인간으로 존재한다면, 그 어느 누구도 음식과 떨어져 그 존재를 지속할 수 없다는 사실이다. 그만큼 음식이라는 예술은 모든 예술 중에서 가장 보편적일 수 있다. 우리는 예술가를 보통 사람들과 다른 특이한 사람이라고 전혀 생각하지 않는다. 누구나 예술인이요, 예술가로 불릴 수 있다. 숨어 있는 예술성을 밖으로 드러내기만 하면 된다. 이런 면에서 인간은 거의 대부분이 예술가임이 틀림이 없다. 어린아이가 아니라면 음식을 만들지 않는 사람은 없기 때문이다.

예술을 장르로 자꾸 세세하게 나누는 것은 현대의 인간이 과학의 시대에 따라 미시적으로 사물과 현상을 잘게 나누어 파악하는 경향에 연유한다. 현미경의 발명은 우리의 시각으로는 현실적으로 불가능한 세계를 새롭게 보여 준다. 고도로 발달된 현대물리학은 입자가속기를 발명하여 빛의 입자를 깨트려 분석하는 데까지 이르렀다. 사물의 근원을 캐기 위해서다. 이러한 작업들도 나중에 예술로 분류될지 모른다. 현미경으로 바라보이는 대상들은 얼마나 아름다운가. 그것의 조형은 신비롭기까지 하다. 한편으로 이러한 미시적 흐름과 달리 예술은 전체적으로 종합되는 방향으로 발전되어 왔기도 하다. 장르의 구분은 인위적이다. 사람은 하나의 장르만을 탐닉하지 않는다. 여러 가지 분야를 한데 버무린 것이 더 커다란 즐거움을 주기도 한다. 연극이나 영화, 중국의 전통 희곡, 음악에서의 오페라나 뮤지컬 드라마 등이 그렇다. 결론적으로 이야기해서 장르의 구분은 엄밀할 수도 없고, 본질적으로 크게 의미를 가질 수도 없다. 그것은 인위적이며 언제든 바뀌거나 사라질 수 있다. 무엇보다 장르로의 고착은 예술이 본디 열려 있음에 모순된다. 열려 있는 예술은 장르와 그 장르의 세세한 원칙이나 규칙을 고집하는 예술가를 거부한다.

7.

이 글의 제목은 열린 예술과 닫힌 예술이다. 지금껏 닫힌 예술이 무엇인가를 자세하게 서술하지 않았다. 이유는 간단하다. 닫힌 예술은 열린 예술의 부재이기 때문이다. 열린 예술이 있는 곳에는 닫힌 예술이 존재하지 않는다. 예술이 열려 있다 함은 이미 닫힌 예술은 예술이 아니기 때문이다. 굳이 닫혀 폐쇄적인 그 무엇을 예술이라 지칭한다면 그것은 아마도 예술의 강도가 갖는 차이에서 비롯될 것이다. 예술의 강도가 거의 영에 가까울 정도로 낮다면 그것은 닫힌 예술이라고 불릴지 모른다. 더 긍정적으로 생각한다면 우리가 통상 어떤 작품을 보면서 저것은 예술이 아니다라고 말할 때, 그 작품은 그렇게 평가하는 사람에게 예술의 강도가 가장 미약하게 비쳤을 것이다. 예술은 느낌의 흐름이요, 움직임이다. 그 움직이며 흐르는 느낌이 작품을 감상하는 사람에게 충분히 전달되지 않는다면, 그리고 평가하는 사람의 느낌이 이에 상응하여 흐르지 않는다면 그것은 작품의 느낌이 약하거나 또는 감상하는 사람의 느낌의 방향이 다른 곳에 머물러 있기 때문이다. 사람마다 판정은 천차만별이다. 사람은 생명을 지닌 생명체로 열려 있다. 또한 그 생명체가 본디 갖고 있는 예술성도 열려 있다. 애초부터 텅 비어 있음이다. 텅 비어 있되 그것은 무한 공간이다. 예술이라는 무한 공간에 여닫이와 같은 문이 설정되어 있지 않다. 새로 문을 설치할 수도 없다. 문을 만들어 칸막이를 하더라도 예술의 무한 공간은 그 칸막이로 지정되는 모든 영역을 조그만 모래알과 같은 귀퉁이로 흡수할 것이다. 예술은 열려 있으며 흐름이다. 그 흐름은 생명의 흐름과 동일하다. 그것에는 아무런 방향도 정해지지 않았으며 어떠한 목적도 사전에 주어지지 않는다. 열린 예술에는 열린 흐름만이 있다. 닫힌 예술은 그냥 추상화된 언어일 뿐이다.

8.

예술은 열려 있다. 예술은 도와 상통한다. 도는 열려 있다. 도는
규정될 수 없다. 『노자』 제1장은 이를 극명하게 보여 준다. 열려 있
다 함은 이름을 붙여 딱지를 붙이는 명명(命名), 한계를 정하고 의미
를 부여하는 어떤 규정이나 원칙도 거부한다. 도는 생활 세계를 포
함하는 우주 전체의 궁극적 실재로서 무한한 가능성으로 그냥 열려
있다. 그것은 인간의 언어로, 기표에 불과한 언어 문자로 기술될 수
없다. 그것은 음양을 낳고, 음과 양은 대대(對待)의 관계를 이루며 우
주에서 만물의 낳고 낳음을 이어 간다. 『주역』에서 이를 도라고 부르
고 그것을 이어 감이 선(善)이라 한 까닭이다. 예술은 도와 상통하고
도에서 비롯된다. 우리는 우주의 궁극적 실재를 본생이라고 지칭한
다. 본생은 그야말로 본원적인 생명을 가리킨다. 우주는 생명이다.
그것이 바로 도다. 도에서 비롯되는 예술은 그 자체로 생명이요, 생
명체인 인간에게 본디 내재적으로 주어져 있다. 우리는 열린 예술을
지지한다. 거기에 정치나 사회의식, 또는 이념 등이 들어와 똬리를
틀 수는 있다. 그럼에도 그 똬리들이 철옹성으로 변질해서 다른 이
질적 요소의 흐름이나 진입을 배제하는 것에 전적으로 반대한다. 예
술은 배타적일 수 없다. 제한된 인간 세계, 그 좁은 세계의 한 부분
을 점하는 이념주의나 그것에 대한 윤리적 충실성은 모두 예술의 본
질에 반한다. 그것들은 단호히 배격되어야 한다. 인간은 현명하다.
이미 오래전에 『회남자』는 이와 유사한 생각을 늘어놓는다. 그것은
도를 풀이하고 있지만 예술이 도와 상통한다면 한 번쯤 귀를 기울여
읽을 만하다.

먼저 예술가는 어떤 사람이어야 하는가를 생각해 볼 수 있다. 예술가는 예술가이기 이전에 사람이다. 무엇보다 모든 사람은 예술성을 유전자로 몸에 지닌다. 사람은 예술성을 가진 상태로 세상에 태어난다. 『장자』와 『회남자』는 진인(眞人)을 거론한다. 이때 진인은 신선에 버금간다. 동아시아 사상의 특징은 인간과 신이라는 절대 구분을 허용하지 않는다. 인간은 누구나 성인이 되고 신선이 될 수 있다. 만인은 모두 부처가 될 수 있다. 부처는 석가모니 한 사람만이 아니라 무수히 많다. 여기서 우리는 진인을 예술가로 이해할 수 있다. 우주는 혼돈으로 시작된다. 그것은 서양의 카오스와는 전혀 다른 개념이다. 그것은 텅 비어 있으며 순수하다. 모든 가능성을 내포하고 있지만 한정되어 있지 않다. 인간의 지성으로도 절단되거나 평면화될 수 없다. 『장자』「응제왕」의 우화는 이를 여실히 보여 준다. 남해의 제왕 숙(儵)과 북해의 제왕 홀(忽)은 중앙의 제왕 혼돈(渾沌)에게 평소의 은덕을 갚기 위해 숙의한 끝에 사람처럼 7개의 구멍을 뚫어 준다. 하루에 하나씩 일곱 개의 구멍을 뚫자 마침내 혼돈은 죽어 버린다. 혼돈은 우주의 궁극적 실체로서 하나이며 태일(太一)이라고 불린다. 태허(太虛), 태소(太昭), 태초(太初) 등의 여러 이름으로 불리는데 그것은 텅 비어 있음, 환하게 밝음, 궁극적인 시작 등의 의미를 가리킨다. 태일은 하나(oneness)이지만 무한하게 열려 있음이다. 열려 있기에 모든 가능성을 열어 놓는다. 열림이 지속된다. 모든 생명체가 이러한 열림에서 비롯된다. 모든 사물은 각기 절로 그러함의 자연으로 생성된다. 사물이 타자로의 다른 사물을 낳는 것이 아니다. 하나의 사물이 다른 하나의 사물 위에 군림하지 않는다. 열려 있음이다. 진인은 이렇게 열려 있는 존재다. 형상을 지니지 않은 사람을 일러 진인이라 할 때, 그것은 바로 진인이 열려 있음을 말한다. 인위적

으로 규정되거나 한정되지 않은 상태의 사람으로, 그냥 열린 흐름의
상태로 존재함을 의미한다. 바로 예술가의 상태와 동일하다. 예술가
는 우주의 근원인 태일과 몸을 같이한다. 예술가는 그 자신이 하나
이며 하나에서 갈려 나왔음으로 그 하나가 무한하게 열려 있는 것만
큼이나 열려 있어야 한다. 삶과 죽음을 지속하며 존재하지만 그것은
생명체의 속성이며 바로 하나가 드러내 보이는 속성일 뿐이다.

예술은 열려 있음이다. 예술은 본디 무형이며 무음(無音)이고 무미
(無味)이다. 예술은 본디 하나로 태일에서 비롯된다. 태일로서 본생
의 흐름이 시작된다. 그것은 생명의 흐름이다. 예술은 그 흐름을 타
면서 무형에서 형상을 이루어 간다. 『회남자』, 「원도훈」은 "무형은 사
물의 시조이다. 무음은 소리의 본원이다(夫無形者, 物之大祖也; 無音者, 聲
之大宗也)"라고 말한다. 무음에서 소리를 만들어 간다. 무미에서 맛
과 향취를 만들어 간다. 도가에서 말하는 무는 수학적 무의 영이 아
니다. 무는 어떤 있음이다. 다만 인간의 지성이 미치는 한도 내에서
의 온갖 현실적 모습을 던져 버리거나 벗어난 그 무엇이다. 무에서
유가 나온다 하는 이야기는 그래서 가능하다. 예술의 근원인 이러한
하나는 어떠한 인위적 규정도 적용되지 않는다. "컴퍼스로 잴 수 없
고, 곱쇠로도 잴 수 없다(員不中規, 方不中矩)." 심지어 그것은 뿌리조차
없다. 들뢰즈의 리좀(rhizome)은 뿌리에서 벗어나 새롭게 뻗어 나가
는 덩굴줄기이며 선을 따라 흐른다. 탈출이지만 뿌리로부터의 탈출
이다. 예술은 이와 달리 그냥 "혼돈이지만 하나인(大混而爲一)" 그 무
엇에 산다. 그 하나는 "하늘과 땅을 품어 담고 있어 도로 들어가는
관문이 된다. 고요하고 어두우며 가려져 있고 컴컴하며, 순수한 덕
만이 홀로 존재한다(懷囊天地, 爲道開門. 穆忞隱閔, 純德獨存)", "유는 무에
서 생겨나고 실체는 텅 빈 것에서 나온다. 천하가 하나의 세계라 하

면 모든 이름과 실체는 함께 있음이다(有生於無, 實出於虛, 天下爲之圈, 則 名實同居)". 그것은 바로 예술의 생성과도 같다. 예술은 무형인 하나 에서 유형의 예술 작품을 빚어낸다. 그것은 예술이 열려 있기에 가 능하다. 본디 열려 있음인 태일을 모태로 하는 예술은 그 자체로 열 려 있기에 무한한 변형을 가능하게 하는 과정을 겪으며 예술 작품을 발견해 낸다.

예술은 열려 있다. 예술의 본원은 도다. 예술이 그러하다면 예술 의 진수를 제대로 실현해 내는 예술가는 도와 통하며 진인에 다가 선다. 그 깨달음은 멀리 있는 것이 아니라 작품을 통해 발현된다. 그 작품들은 열려 있는 예술이 형상화된 것이므로 작품들 자체도 모두 열려 있다. 작품은 그 자체로 열려 있는 생명체가 된다. 그것은 생명 의 흐름에 어울려 함께 흐른다.

도는 '하나'가 정립하여 만물이 생겨남이다. (중략) 이런 까닭에 하 나의 생김새는 온 누리에 미친다. 하나가 풀리면 하늘과 땅을 뒤덮는 다. 하나가 온전하면 순수하구나 통나무 같다. 하나가 흩어지면 혼란 스럽구나 흙탕물 같다. 흙탕물 같지만 천천히 맑아지고 텅 비어도 천 천히 채워진다. 담담하구나 심연 같다. 떠도는구나 뜬구름 같다. 없어 도 있는 것 같고, 사라져도 존재하는 것 같다. 만물의 총합이니 모든 것들이 하나의 구멍에 늘어서 있다. 모든 현상의 뿌리이며 모든 것이 하나의 문에서 나온다. 그 움직임은 모습이 없으며 변하고 화합이 마 치 생명의 움직임 같다. 그 나아감에는 자취가 없으며 언제나 뒤이면 서도 앞이다.[5]

---

5 『淮南子』, 「原道訓」. 道者, 一立而萬物生矣. (중략) 是故一之理, 施四海. 一之解, 際

2019년 6월 26일

아침의 붉은 해와 붉은빛은 마음에만 불을 지피더니 곧바로 사라
졌다. 비가 억수같이 내린다. 장마의 시작이다. 빗소리, 계곡의 물소
리를 들으며 글을 마치다. 얼마 남지 않은 삶에서 온갖 회색빛 느낌
이 함께 씻겨 내려갔으면 좋겠다.

天地. 其全也, 純兮若樸. 其散也, 混兮若濁. 濁而徐清, 沖而徐盈. 澹兮, 其若深淵. 汎
兮, 其若浮雲. 若無而有, 若亡而存. 萬物之總, 皆閱一孔. 百事之根, 皆出一門. 其動無
形, 變化若神. 其行無迹, 常後而先.

예술 작품은 어떻게 생겼을까
— 생김새, 패턴과 문리(文理)

1. 들어가며

예술은 생명의 정신 작용이 빚어내는 과정이며, 예술 작품은 그 결과물로 하나의 생명체다.[1] 예술이 무엇인가 하는 단순 물음에 짧게 정의를 내렸지만, 예술은 전혀 규정될 수 없다. 생명을 본체로, 생명의 작용을 그 본질로 하는, 예술이라는 개념은 무형이며 그것은 어떤 특정한 사물이나 현상을 지칭하지 않는다. 그것은 기하학적 도형으로 일정하게 분할되거나, 딱딱한 고체처럼 일정한 형상을 갖거나, 시계의 초침처럼 일정한 숫자나 시간을 가리키지도 않는다. 그것은 수학에서의 공리나 정의처럼 명약관화하게 이해되는 것도 아니다. 그것은 살아서 움직인다. 그것은 물컹물컹 느낌의 덩어리일 뿐이다. 그 덩어리는 모든 가능한 기하학적 도형을 내포한다. 그것에는 과거와 현재 그리고 미래의 순간순간이 앞뒤로, 그리고 제멋대로의 속도로 포개어져 지속되고 천변만화하며 흐른다. 분명한 것은 예술은 인간의 것이며 인간이 향유한다. 무엇보다 그것은 생겨나고, 생기게 되는, 일정한 시공간을 점유하게 되는 과정이고, 또 구체적 실체를 지닌 결과물로 귀결된다. 과정의 끊임없는 흐름 속에서 일정 시점에 특정 공간을 점하며 하나의 매듭을 짓는데, 그 매듭이 바로 예술 작품이다. 그 매듭은 종결이 아니며 흐름의 선을 계속 흘러간다. 그 흐름 속에는 무수히 생겨난 매듭들이 생명체로서 호흡

---

1 황봉구, 『생명의 정신과 예술—제3권 예술에 관하여』, 서정시학, 2016, p.17.

을 하면서 함께 살아간다. 과정은 본디 방향이 없지만 흐름의 일부
는 매듭을 짓기 위해 대상을 지향한다. 그것은 바로 생명과 생명체
다. 대상으로서, 우주에 현존하는 모든 것들은 생명을 지닌 생명체
다. 이러한 대상을 향한 지향성을 지속 가능하게 하는 것은 또한 우
리의 정신 작용이다. 정신(精神)은 바로 생명의 힘과 생명의 움직임
을 의미한다. 이 정신은 서구적 개념의 관념적인 것이 결코 아니다.
정신은 생명이 지닌 기(氣)와 그것의 흐름이다. 지성이나 이성 등은
정신이 드러내는 여러 가지 능력의 하나에 불과하다. 정신의 흐름이
맺힌 것들이 바로 생명체인데 우리 인간은 그러한 생명체의 하나다.
예술 과정의 작용을 이끄는 것은 정신이다. 생명의 힘과 움직임이
응결되고 수축되어 인간이 인식할 수 있는 시공간의 그 무엇으로 매
듭지어지는 것이 바로 예술 작품이다. 모든 예술 작품은 이미 그 자
체로 생명체다. 생명체는 생명으로 충만하거나, 생명이 내재해 있다
는 것을 의미한다. 예술은 생명을 지향하며 이를 표현한다. 예술은
보이지 않는 무형의 생명을 생명체라는 구체적 현실로 드러내어, 인
간이 인식할 수 있는 실체적 사물로서의 결과물을 산출해 내는 작업
과정이다.

　예술이라는 정신의 작업 과정을 거치게 되면, 예술 작품이 생겨
난다. 예술 작품은 '생겨남'이다. '생기다'는 '만들어 내다' 또는 '창작
하다'라는 의미와 조금 다르다. 칸트가 예술에서 독창성과 창의성을
규명한 이후, 사람들은 예술 작품을 모두 창작이라는 개념과 결부시
키고 있다. 창작은 주체를 갖는다. 자아를 지닌 예술가가 주체가 되
어 능동적으로 무엇인가 새롭게 만들어 내는 것이 창작이다. 없었던
것을 새로 창출한다는 것이 아니다. 과거부터 내려오는 흐름의 줄기
에서 변용이나 변형을 찾아내어 새로운 느낌을 지닌 작품을 만들어

낸다는 의미가 강하다. 들뢰즈가 리좀을 거론할 때, 그것은 선을 타고 흐른다. 기존의 뿌리들이 점유하고 있던 영역에서 벗어나 새롭게 뻗어 나가는 선형의 줄기에 새로운 영토를 창출한다. 시간이 흐르면 이 영토는 재영토화되어 다시 또 다른 도주가 요청된다. 새로운 선의 흐름과 새로운 영토는 바로 예술의 창작과 작품이다.

동아시아의 문화 영토는 그 빛깔을 달리한다. '생기다'라는 단어는 능동과 수동의 중간에 서 있다. 『조선말대사전』에서 '생기다'의 뜻풀이는 "1) (없었던 것이) 새로 생기다. 2) 자기의 것으로 새로 가지게 되다. 3) 어떤 일이 일어나다. 4) 됨됨이가 어떻게 되어 있다"로 기술되어 있다. 생기다는 자동사다. 목적어를 지니지 않는다. 따라서 이 단어는 주체가 목적을 취하는 행동을 하지 않음을 가리킨다. 능동적인 요소가 약화되어 있지만 그렇다고 수동적인 것도 아니다. 그 움직임도 선형이 아니다. 기존의 영토가 부정되는 것은 결코 아니지만 그 이동은 기하학적 도형이나 선형을 따르지 않는다. 도주나 탈주도 하지 않는다. 생명체 자체는 언제나 움직이고 흐르며 무한 공간을 시도 때도 없이 떠돌기 때문에 탈주라는 개념은 전혀 어울리지 않는다. 민들레나 할미꽃 꽃씨는 여러 번 자체로 탈바꿈을 하다가 마침내 바람을 타고 무한 공간으로 떠오른다. 올해 개울가에 무성히 피어나던 민들레는 내년에 소나무가 울창한 산기슭이나 건넛마을 어느 영감의 배추밭에 꽃을 가득 피울 수 있다.

『장자』「소요유」편에 나오는 열자(列子)는 도인이지만 여전히 유대(有待)의 단계에 머물러 있다. 유대란 무엇인가에 의지하고 있음이다. 완전한 무대(無待)에 이르지 못하고 있다. 왜냐하면 바람이 불어야 하늘을 소요할 수 있기 때문이다. 그러나 곽상이 지적한 것처럼 유대와 무대에 무슨 차이가 있겠는가. 리좀의 도주선도 그 선이 하나의 점에서 그어지는 것이라면 그 선의 가능한 숫자는 무한이다. 이는 라이프니츠가 이미 지적한 것이다. 이러한 선 긋기의 가능성은 어디까지나 평면에서 이루어진다. 들뢰즈가 내재성의 평면을 거론하는 이유다. 동아시아의 '생겨남'은 이차원이 아니라 삼차원, 사차원으로 확대된다. 그어지는 선형을 따라 이동하는 것이 아니라 갖가지 크기의 덩어리들이 무한 방향으로 진퇴를 거듭하기도 하고 뒤집어지기도 하면서, 무엇보다 장재(張載)가 말한 것처럼 '굴신(屈伸)'을 되풀이하면서, 어느 지점, 어느 시점에서도 무한 방향의 가능성을 품은 채로 흐른다. 그것은 그냥 맡긴 채다. 바람에 불려 움직인다. 그것은 바람에 의지하는 것이 아니라 바람이 절로 나타나서 그렇게 되기 때문이며, 빗물도 있고, 지구의 중력으로 이슬의 무게를 버티지 못하고 절로 제자리 근방에 떨어지기도 한다. 아무래도 좋다. 모든 현상이 절로 그러함이다. 바로 자연(自然)이다. 수동이 아니라 절로 그러하기 때문에 수동과 능동의 분계선을 모르는 채로 움직인다. 일정한 영토에 기점을 둔, 일정한 선을 따라 움직임이 이루어지는 것이 아니라, 임의의 공간과 시점에 아무렇게나 멋대로 새로운 영토와 새로운 생명체가 생겨난다. 매듭을 짓는 영토화의 가능성은 온 우주에 가득하다. 서구적 창조는 새로운 변화를 보여 주는데 그 변화의 최대치는 액화(液化)이다. 고체가 녹아들 때. 그 액체는 평면의 땅 위에서 높은 곳에서 낮은 곳으로 흐른다. 골이 패여 있으면 그 길을 따라간다. 막히면 고인다. 기다림에 차올라 둑이 무너져야 다시 흐른다. 동아시아의 변화는 기화(氣化)다. 그것의 흐름은 기하학적으로 나눌 수가 없다. 그것은 무한 공간에 방향 없이 온 곳에 스며든다. 보이지 않지만 충만하다.

예술 작품은 분명히 어느 특정한 예술가의 작업 과정을 거쳐야 생긴다. 이때 생기다는 간접적으로 무엇인가가 개재해 있다는 의미다. 생기다의 사전적 의미 두 번째 그대로 "자기의 것으로 새로 가지게 되다"이다. 예술 작품이 생기다라는 것은 예술가가 하나의 작품을 자기 것으로 새롭게 가진다는 것이다. 생기기 위해 개재하는 그 무엇인가는 주체로서 드러나는 예술가임이 분명하지만 그 역할이 대폭 축소되어 있다. 예술가가 창조하는 것은 무에서 어떤 유가 아니다. 그것은 이미 무엇인가가 주어져 있음이다. 그것은 바로 생명체다. 그 생명체가 본질로서 내포하고 있는 것은 생명이다. 그 생명은 '본생(本生)'으로서 우주의 모든 생명체가 똑같이 공유하고 있는 실재이며 본체다. 그것은 힘을 지니고 언제나 움직이고 있다. 바로 정신이다. 정신이 모든 생명체에 내재해 있다는 이야기다. 극단적으로 이야기해서 바위 같은 무기 물체도 정신을 지니고 있다. 다만 그 강도에 차이가 있을 뿐이다. 작품이 예술 작품일 수 있는 이유는 바로 모든 작품이 이러한 생명 정신을 함유하고 있으며 그것이 어떤 '생김새'를 갖고 드러나 있기 때문이다.

이런 의미에서 생기다는 첫째로, 예술가가 우주 만물과 그 현상에서 새삼스레 어떤 특정한 생명의 기운을 느끼고 이를 발견한다는 뜻이다. 부처의 원음(圓音)처럼, 지아친토 셀시(Giacinto Scelsi)가 언급한 것처럼 우주는 소리로 가득 차 있다. 그 소리들은 파동으로서 율파(律波)를 지닌다. 악곡을 만든다는 것은 우주에서 율파를 지닌 소리에 어떤 생김새를 발견하고, 인간이 인식할 수 있는 소리들과 짜임새를 다른 사람이 아닌, 셸시 자신이 발견했다는 이야기다. 다시 말해서 셸시가 우주의 특정한 소리들, 율파를 지닌 소리들을 자기 것으로 새로 가진다는 뜻이다. 둘째로, 생기다는 '자연(自然)'이다. '절로 그러함'이다. 생기다의 또 다른 사전적 의미는 '어떤 일이 일어나고 있다'이다. 인간과 무관하게 우주 만물과 현상은 생겨나고 있다. 그것의 원인에 대해 인간들은 숙고하고 갖가지 사유를 시작하지만, 그것들은 실제로 저절로 생겨나고 있음이다.

모든 예술 작품은 생김새를 지닌다. 생기다의 마지막 사전적 의미는 "됨됨이가 어떻게 되어 있다"이다. 됨됨이가 어떠하다는 것은 바로 생김새다. 그 생김새는 우주 만물의 생김새와 닮아 있다. 생명을 공유하고 있기 때문에 생김새의 닮음은 필연이다. 우리가 예술 작품의 평가를 논할 때, 그 가치척도에서 가장 중요한 것은 작품의 생김새에 생명체로서의 생김새가 있느냐 여부다. 생김새는 자연이지만 그것은 인간에게는 인간의 지성에 의해 인식되어야만 생김새로 유효하다. 우주의 생김새를 제대로 파악하는 것은 쉬운 일이 아니다. 파악된 생김새가 맞는 것인지 아닌지도 실제로 모른다. 왜냐하면 그 생김새라는 것이 오로지 인간의 제한된 감각기능에 의존하고 있기 때문이다. 청각은 초음파를 들을 수 없으며, 시각은 자외선이나 감마선 등을 인지할 수 없다. 이런 이유로 예술 작품은 어쩔 수 없이 인간의 손길을 거쳐 변형될 수밖에 없다. 생김새는 인간의 인식 범위 이내로 한정된다. 그 생김새가 미흡하다 싶으면 인간은 변형을 가한다. 새로 생김새를 짜서 맞춘다. 그것은 '짜임새'라 불린다.

됨됨이를 뜻하는 생김새는 외형적인 요소만을 의미하지 않는다. 그것은 관계성을 지닌다. 하나의 개체는 다른 개체와 연관을 맺으며 생겨나고 또 변화하며 성체(成體)로 이루어 간다. 우주의 생명체는 모두 관계성의 산물이다. 관계성이 어떠한 양상을 지니는가는 자의적이고 임의적이다. 모든 관계성은 발생하는 그때마다 다른 것과 차이를 갖는다. 그러한 차이에는 가치가 부여될 수 있다. 그 관계성이 인간의 생활 세계와 관련을 갖게 되면 그것은 가치를 갖는, 어떤 윤리성을 지니게 된다. 어떤 개체 또는 생명체로서 그 사람이 생활 세계의 관계망 속에서 어떻게 '생겼나'가 드러난다. 이때의 생기다는 속어로 '생겨 먹다'를 가리킨다. 관계로서 생김새는 필연적으로 우주의 근원적 실체이자 원리인 도와 덕에도 직결된다. 생김새의 짜임새를 뜻하는 한자어 리(理)가 형이상학적 의미를 지닌 개념어로 진화한 까닭이기도 하다.

이 글에서 우리는 과정의 결과물인 예술 작품 자체의 생김새, 그 것의 속성으로서 모양새와 짜임새를 다룬다. 그것들은 지금껏 널리 쓰이는 형식이라는 개념과 관련이 있다. 우리는 형식이라는 개념에 약간의 거리감을 갖는다. 예술의 역사에서 형식과 내용이라는 이분법은 언제나 고정된 개념으로 수많은 담론을 양산해 왔다. 그것은 이원론적이다. 아리스토텔레스가 말한 사원인, 즉 질료인, 형상인, 운동인, 목적인 등은 언제나 예술 작품의 이론에서 첫머리를 장식한다. 작품에서 질료는 내용이요, 형상은 형식이다. 그것은 고정된 틀로의 개념이다. 그 개념들은 본질적으로 원인을 지니는데, 이를 완정된 개념으로 성립시키기 위해 운동인과 목적인이 필요하다. 그 원인들은 앞서의 또 다른 원인들이 요청되며 이렇게 거슬러 올라가게 되면 궁극적으로(ultimately) 제일의 부동자(不動者)나 신(God)에 이르게 된다. 서구의 사유는 언제나 선형으로 이루어진다. 곡선이 무수히 나타나지만 그것들은 곧바로 곧은 직선으로 환원된다.

원인들을 하나하나 따져서 올라가는 과정에는 하나의 개체, 즉 선형의 줄기에서 하나의 점이 영토화되어, 그 한정된 영역에 그것 자체로 독립성을 지닌 개체가 존재한다. 그것은 개별 존재로 전체성을 지녀야 한다. 개체의 전체성을 이루게 하는 것이 바로 형식이라 할수 있다. 이때 형식은 잘게 나눌 수 없다. 형식이 하나의 완전한 개체를 이루지만 전체를 구성하는 조그만 부분체들은 별도의 형식을 독립적으로 지니지 않는다. 부분체들을 굳이 개념어로 부른다면 그 것은 패턴이다. 패턴이 모여 커다란 패턴을 이루는데, 그 과정에서 일정하게 고착화된 모양새를 지닌 패턴을 떼어 내 이를 형식이라 부른다. 부분 형식들이 모두 모여 하나인 별도의 형식을 구성하는 것이 아니다. 이때의 독립되고 완전한 형식은 전체성을 지닌다. 그것은 다른 형식과의 연대 관계가 없다. 직선의 한 부분만을 하나의 점으로 점유하기 때문이다.

라이프니츠에 이르러서야 전체성에 유기체적인 성질을 부여하는데 라이프니츠는 이러한 개체를 모나드로 부른다. 모나드는 비물질적이다. 모나드는 분할되지 않으며 부분이 없다. 그럼에도 모나드는 그 안에서 지각과 욕구를 지니며, 단순성 안에서 다원성을 갖는다. 라이프니츠 이전까지, 형식이라는 개념은 공간적인 구조물이 갖는 어떤 틀을 가리켜 왔다. 그러한 형식은 항시 분석이 가능한 것이었으며, 논리적 사유에 합당한 것이었다. 그렇지 않으면 그 작품은 형식의 통일성을 상실하고 혼돈스럽고 예술적 가치가 낮은 것으로 간주되었다. 그리스 비극의 삼일치 법칙은 형식의 전형이다. 이때 하나의 작품은 하나의 형식을 지니며 그것은 하나의 모나드가 된다. 근대에 이르러 예술 작품이 복잡성을 지니고 다양한 내용과 표현을 갖게 되면서 형식을 이루는 요소들이 한껏 다층적인 면모를 갖게 된다. 본디 형식은 완전체로서 어디까지나 하나의 모나드이며 분할될 수 없다. 근대에 이르러 전체성을 지닌 개별 작품은 하나의 형식 안에 무수한 모나드를 품는다. 하나의 형식이 수많은 모나드를 지니게 된다. 라이프니츠에게서 중심이 되는 모나드는 무수한 모나드에 의해 감싸여 있음이다.[2] 그것은 유기체의 성격을 지닌다. 이는 하나의 형식이 무수한 형식으로 구성되어 있거나 나누어진다는 의미가 아니다. 시대의 복잡성을 반영하여 하나의 예술 작품은 개체 단자이며 분할되지 않는 여러 모나드가 모여서 통일성을 지닌 하나의 형식으로 발전한다. 서구의 예술 작품에서 형식은 고체화된 하나의 틀로서 그것은 완벽성을 추구한다. 이를 가능하게 하는 것이 바로 형식의 통일성이다. 부분을 이루는 모나드들이 통일성을 통해 전체를 이루어 총체성을 갖는다. 이는 한편으로 작품 평가의 기준이 되기도 한다. 이때 각 모나드는 개별 형식이 아니라 어떤 생김새를 지니고 다른 모나드들과 관계의 그물망을 만들게 된다. 작은 생김새들을 거느리는, 커다란 그물망의 생김새를 우리는 그 작품의 형식이라고 부르게 된다. 라이프니츠의 유기체 철학 내지 생성 철학의 면모는 순전히 동아시아의 영향을 받은 것이다. 18세기 이후에 나타나는 서구의 예술 문화의 다양한 발전은 라이프니츠에 힘입은 바가 크다.

예술 작품이 하나의 생명체로 살아서 움직이는 것이라면, 고정된 틀을 지닌 형식 개념은 생명체를 이해하는 데 부족하다. 여기서 우리는 모나드를 대체하는, 모나드의 의미를 일부 지니지만 그것과 대비되어 형식이라는 뜻을 풍기는, 영어의 패턴이라는 말을 떠올린다.

---

2 라이프니츠, 『자연과 은총의 이성적 원리』, 윤선구 역, 아카넷, 2010, pp.228-229. 자연 안에는 모든 것이 충만되어 있다. 도처에, 끊임없이 그들의 관계를 변화시키는 고유의 활동을 통하여 실제로 서로를 구별하는 단순한 실체들이 존재한다. 그런데 (예를 들어 동물과 같은) 복합된 실체의 중심이 되고 그의 단일성 원리를 이루는 각각의 단순한 실체 또는 탁월한 모나드는, 이 중심 모나드가 그것들에 의하여 일종의 중심처럼 그의 외부에 있는 사물들을 표상하는 성질들에 의하여 이 중심적인 모나드의 고유한 육체를 이루는, 무수히 많은 다른 모나드들로 복합된 집단에 의해 둘러싸여 있다. 이 육체가 단지 전체로서뿐만 아니라 감지될 수 있는 가장 작은 부분까지도 기계인, 일종의 자동기계 또는 자연적인 기계를 형성하는 경우 그것은 유기체적이다.

패턴이라는 단어는 우리말에서 모양, 형태, 형식, 틀, 생김새, 짜임새 등으로 번역될 수 있다. 그것은 폭넓게 유동적으로 쓰인다. 패턴의 기초를 이루는 것은 우리말에 '-것', '-짓', '-꼴' 등이며, 이들을 덧칠하여 모양새를 나타내는 것은 '-새', '-결', '-깔' 등이다. 이것들을 정리하여 특정한 것을 추출해 내는 것이 바로 패턴이다. 예술 작품에서 패턴이라는 말을 사용할 때, 그것은 형식에 비해 훨씬 원초적으로 작품이 내재적으로 지니고 있는 어떤 느낌에 다가선다.

"패턴이란 유동하고 변화하는 복잡한 요소들이 어떤 일정한 규칙과 추상화를 통해 구성되어 통일된 집합체로 밖으로 드러난 것이다."[3] "유동하고 변화하는 복잡한 요소들"은 우주 만물과 그 현상을 가리키는데, 그것들은 바로 생명의 힘과 움직임에 의해 끊임없이 변화하며 흘러가고 있다. "일정한 규칙과 추상화"는 바로 인간의 인식 작용을 나타낸다. 앞에서 말한 것처럼 인간의 지성은 우주에서 "일정한 규칙"을 발견하는데, 여기에는 인간이 지닌 지성의 작용으로써 '추상화'가 요청된다. 추상화의 틀이 바로 패턴이다. 지성의 특성에 맞추어 유동하는 우주 만물은 일시적으로 정지되어 패턴화된다. 패턴은 멈춘 상태의 우주 현상을 기하학적으로 그려 낸다. 패턴을 찾아냄으로써 지성은 우주 만물의 '생김새'를 파악하고자 한다. 추출된 패턴이나 그 결합물들은 특정한 생김새를 지닌다. 그것들은 독립된 개체로 부분이거나 전체가 된다. 화이트헤드의 현실적 개체처럼 수많은 현실적 개체가 서로 '합생'을 해서 '만족' 그 자체의 우주 구성 요소를 획득하게 되는데 그것이 바로 '통일된 집합체'이다. 통일된 집합체 자체는 또 하나의 현실적 개체가 된다. 예술 작품은 바로

---

3 황봉구, 『생명의 정신과 예술─제3권 예술에 관하여』, p.511.

통일된 집합체로서 그것은 유기체적인 구조를 지닌다. 살아서 움직이고 있음이다. 통일된 집합체로서 작품은 생김새를 지니며, 통일된 전체를 부분으로 나누게 되면, 각 부분 역시 나름대로의 개별 생김새를 지닌다. 이때의 생김새는 패턴에 상응하지만 동시에 패턴을 하나 또는 복수로 거느리는 유기체적인 조합일 수 있다. 예술 작품은 생김새로 이루어지며, 생김새들의 총합이고, 총합된 작품은 생명체로 그것은 또 하나의 생김새를 지닌다.

이 글은 패턴 또는 '생김새'는 어떻게 생겨나는 것일까 하는 의문을 탐구한다. 생김새의 마지막 종점인 예술 작품 자체의 구체적 생김새를 이야기하는 것이 아니다. 더 거슬러 올라가 원천적으로 예술이 생겨나는 과정과, 그것을 일반화하여 인간의 사유가 우주 만물과 그 현상에서 읽는 생김새와 그것의 형성 과정을 검토한다. 영어에서, 그리고 현대 한국에서 흔히 쓰는 패턴이라는 낱말도 생김새와 동격으로 이해하고 탐구한다. 동아시아의 한자 문화권에서는 오래전부터 '문리(文理)'라는 말을 써 왔다. 이 개념어는 한층 그 영역을 넓혀 문과 리로 분화되더니, 리의 경우는 형이상학의 개념으로까지 진전되었다. 리가 철학 개념으로 진행되어 가는 것만큼, 한편으로 리는 예술의 영역에서 작품을 생기게 하는 중요한 요소로 자리를 잡아 왔다. 이러한 개념들을 규명하는 작업에는 가이드라인이 없다. 이곳저곳을 기웃거릴 것이다. 난삽함과 모호함을 피할 수가 없다. 그래도 이 글에서 어떤 생김새와 짜임새가 읽혀지면 좋겠다.

2. 느낌과 상(象)

예술은 대상을 필요로 한다. 그 대상이 무형이든 유형이든, 내적이거나 외적이거나, 예술은 과정이며, 일차적으로 현실 세계의 시간성과 공간성을 지닌 어떤 대상을 근거로 한다. 그 대상의 범위는 우주적이다. 우주 만물과 온갖 현상을 비롯해서 인간의 사고가 지닐 수 있는 모든 상상과 개념을 포함한다. 대상의 이러한 무한정성은 이차적으로 현실 세계를 넘어서는 또 다른 무한 가능성을 내포한다. 자연스럽게 우리는 현실 세계를 포괄하고 있는 우주와, 현실 세계를 낳은 우주의 모습, 무엇보다 이러한 우주의 원초성을 생각하게 된다. 도대체 현실 세계는 어떻게 해서 생겨났을까. 예술에서 생김새와 패턴 또는 문리를 이야기하게 되면 그 대상이 되는 현실 세계의 생성에 대한 물음을 피할 수가 없다. 생김새는 어떤 무엇이, 언제, 어떻게 생겨났는가의 과정과 결과이기 때문이다.

여기서 우주론을 기초적으로 거론하는 것은 예술의 생성은 우주론과 직결되기 때문이다. 먼저 검토되어야 하는 것은 생성과 창조의 차이다. 창조는 어떤 주체가 있어 우주 만물을 새롭게 만들어 내는 것이다. 새롭게 태어난 그 무엇은 그 자신이 창조의 주체일 수도 있고 타자일 수도 있다. 그들은 창조주 또는 창조자로 불린다. 무(無)에서 유(有)를 창조한 것이 아니라, 유에서 유, 다시 말해서 있음에서 있음이 도출된다. '있음'은 존재와 그 무엇을 가리킨다. 그 최초의 있음은 신이나 절대자일 수 있다. 그들은 인간이 생각할 수 있는 궁극적 한도의 처음부터 존재한다. 지금껏 예술가는 창조자로 간주되어 왔다. 그들 역시 있음에서 새로운 있음을 만들어 낸다. 신과 예술가는 모두 창조의 주체이지만 그 성격이 다르다. 한편으로, 생성은 창조를 포함할 수 있지만, 신이라는 주체가 없다. 창조는 능동이지만 생성은 능동과 수동을 모두 갖는다. 생성은 '생겨나고 이루어짐이다'이다. 무엇이 그 무엇에 의해 생겨날 수도 있고, 그 원인에 대한 물음이 생략되거나 불필요해서 그 무엇이 절로 생겨날 수도 있다. 그것은 절로 이루어짐이다. 동아시아에서는 이를 '자연(自然)'이라고 한다. 자연의 자구 풀이는 '스스로 까닭'이다. 자연은 무형이며 실체를 거론하기 이전의 그 무엇으로서 개념적 실재다. 노자가 말한 '도법자연(道法自然)'에서의 자연이다. 서구에서 아리스토텔레스는 일찍이 '부동의 동자(unmoved mover)'를 이야기했다. 부동의 동자 개념은 궁극적 실체로 귀결된다. 그것은 원인과 효과로 이루어진다는 창조의 고리를 거슬러 올라갈 때, 마지막으로 남는다. 그것은 동시에 최초 또는 원초의 그 무엇이 된다. 결국 그것은 신을 요청한다. 신은 절대자로서 목적과 의지를 지닌다. 우주 만물은 바로 신의 의지와 신의 목적에 따라 신에 의해서 창조된다. 신은 궁극적 실재이며 실체이다. 동아시아에서 자연은 서구에서의 궁극적 실재인 실체를 갈음한다. 실체는 아리스토텔레스에게 주어로서 다른 주어의 술어가 될 수 없는 것이며, 데카르트는 실체를 스스로 외에는 다른 원인을 필요로 하지 않는 것으로 규정한다. 스피노자는 일자(一者)로서의 신을 실체로 규정한다. 사물들은 개체로서 이러한 신을 내재하고 있다. 신은 의지와 목적을 지니고 있다. 스피노자에게 만물은 신을 내포하고 있으므로, 만물의 존재와 형성은 이미 신의 뜻대로 결정되어 있다. 동아시아의 '자연'에는 이러한 한정성이 없다. 그것은 열려 있고 방향이 없다. 자연은 개념이다. 그것은 창조주인 신을 필요로 하지 않는다. 아마도 자연은 인간이 사유할 수 있는 궁극적 경계에 자리한 무형의 개념으로서 우주 전체를 조망하며 동시에 내재적으로 포괄하는 그 무엇이다. 그것은 또한 '본생(本生)'의 본질로 간주될 수 있다. 본생은 본원적 생명으로 모든 것의 시작이며 끝이다. 본생의 본질이 바로 자연이기도 하다.

현대에는 신이 부정된다. 과학의 발전으로 유물론이 지배적이다.

누군가 신은 죽었다고 외쳤지만 신은 죽은 것이 아니라 본디 없었다. 유물론은 어디까지나 눈앞의 현실 세계를 근거로 한다. 유물론이 봉착하는 것은 우주 생성에 대한 물음에 명확한 답을 구할 수 없음이다. 인간의 사유가 논리적 체계로 구성되는 세계에 머물 때, 그것은 궁극적 일자를 설정하지 않고는 실타래처럼 펴져 있는 우주 만물의 존재 근거를 밝혀낼 수가 없다. 이런 모순을 해소하기 위해 유물론자로서 들뢰즈는 카오스를 거론한다. 카오스는 비실체적이며 개념적인 것으로, 논리적으로 규정되지 않는 그 무엇이다. 그것은 인간에게 불가피하게 생각되어지는 그 무엇이다. 그것은 지성을 지닌 인간에게 두려움이다. 인간이 인간인 이유는 지성을 지닌 탓인데, 지성은 그것의 작용과 기능을 시작할 어떤 디딤돌이 필요하다. 디딤돌이 있어야 그것을 최초의 시점(視點) 또는 시점(始點)으로 해서 무한 방향으로 시각을 이리저리 돌리며 우주 만물을 파악하거나 인식할 수 있음이다. '내재성의 평면'이 설정되는 이유다. 내재성(immanence)은 그 자체로 모호하다. 원인을 따지지 않는, 본디 그렇게 있는 것이 내재성이다. 자연의 개념에 가깝다. 우주의 시작은 혼돈으로 이루어진다. 혼돈은 지성의 밖에 있는 초월적인 것이므로, 지성은 혼돈을 가로지르며 절단하는 내재성의 평면을 개념으로 설정한다. 그 평면은 아직 어떠한 '주름(pli)'이나 지층이 형성되지 않은 채로 순수하고, 울퉁불퉁한 것이 전혀 없이 '고르며(plane)', 시공간을 구체화하는 무한 가능성을 내포하고 있다. 그 평면은 고착화된 것이 아니며, 그것의 세계는 열려 있고 또 흐르고 있다. 그것은 움직임의 세계다. 다만 그것은 그 외연이 최대치로 확장된, 인간의 의식화된 지성의 세계 내에 국한된다. 바로 지성이 무한이며, 그것이 내재성의 평면을 생산한다. 초월적 혼돈이 지성에 의해 절단되어 갈라질 때, 그것은 초월성을 잃고 우주의 현재성으로 회귀한다.

예술은 대상을 필요로 하지만 그것의 성격은 어디까지나 과정이며 흐름이다. 예술은 흐름의 과정이다. 그 흐름 속에 어떤 부분이 어떤 시점에 매듭이 지어져 구체적인 생김새가 짜임새를 통해 현상으로 드러나는 것이 바로 예술 작품이다. 예술의 형성 과정을 이야기하려면 결국 우주론으로 되돌아가야 하는데, 이는 예술이 우주의 가장 원초적인 실재와 그것이 지닌 힘과 움직임에서 비롯되기 때문이다. 본생인 우주로부터 온갖 생명체가 생겨난다. 이때 생명체라 함은 무기물을 포함한 우주의 모든 가능한 현실태를 포괄한다. 은하수의 무수한 별들, 돌멩이나 바람, 그리고 짐승이나 벌레 등은 모두 생명체다. 쉽게 이야기해서 생명체라는 개념은 화이트헤드의 현실적 개체에 갈음한다. 이러한 생명체의 시작과 과정은 모두 느낌과 상(象)으로 이루어진다. 태허나 태초, 또는 혼돈으로 지칭되는 우주의 시원(始元)은 실재이며 그 속성으로 느낌을 갖는다. 느낌은 우주의 본질을 구성한다. 느낌에서 상이 비롯되며 상(象)은 어떤 구체적인 모습을 지닌 형(形)으로의 상(像)으로 변화하며 우주 현상을 만들어 낸다.

예술은 무한에서 시작하여 무한으로 흘러간다. 그 흐름에는 정해진 방향이 없다. 예술은 흐름의 과정에서 무수한 발자취를 남기며, 예술의 역사는 앞으로도 끝이 없이 기술이 될 것이다. 우주가 지닌 예술의 잠재성은 그 자체로 무한이며, 예술 작품의 다양성도 무한으로 특정한 경계를 지니지 않는다. 예술 작품이 어떤 것인가, 또는 어떤 것이어야 하는가 등의 물음은 성립할 수 있지만 그 답은 확정적일 수 없다. 무용, 음악, 회화 그리고 문학 등으로 나뉘는 것은 시대를 살아가는 인간 사회의 공통적인 편의성에 의거할 뿐이다. 장르를 통한 문학의 유형화도 일시적이며 기준이 있을 수 없다. 예술은 기화(氣化)의 흐름인 구름처럼 도대체 종잡을 수 없는 그 무엇이다. 그것의 시작은 본생에서 비롯되며, 예술은 정신, 즉 생명의 힘과 움직임을 통하여 끊임없이 유동하면서 어떤 매듭을 생기게 하는데 그 매듭이 예술 작품이며, 그것 또한 하나의 생명체로 살아간다. 생명의 힘과 움직임이 일으키는 최초의 것은 바로 느낌이다. 지성적인 의식 이전의 느낌은 만물 형성의 시작일 뿐만 아니라 바로 예술 작품이 만들어지는 원천이기도 하다.

느낌이 있으며, 느낌이 상을 이룬다. 상은 구체적으로 상(像)이 되면서 어떤 생김새를 지닌다. 구체적이라는 것은 바로 짜임새를 뜻한다. 모든 생김새는 짜임새를 갖는다. 짜임새를 통해 생김새를 이루고, 생김새와 짜임새가 합쳐 모양새를 만들어 낸다. 굳이 덧붙인다면 생김새는 패턴 또는 문리(文理)이고, 짜임새는 리(理)로서 구성의 흐름이나 결이며, 모양새는 문(文)으로서 겉으로 드러나는 전체적인 양상을 가리키며 형식에 상응한다. 짜임새는 분할될 수 없지만, 생김새는 무수하게 분할될 수 있으며, 동시에 무수하게 변형되어 몸집을 불릴 수도 있다. 형식을 나눌 수 없다는 것은, 형식은 어떤 사물이나 현상이 시공간으로 고정되고 또 한정되어 이미 결과물로의 특정한 상태를 가리키기 때문이다. 그 상태가 나누어지면 바로 그 상태가 지닌 형식도 사라지게 된다. 생김새가 형식을 구성하며 또한 역으로 형식의 집합이 생김새를 형성하기도 한다. 이런 면에서 생김새는 분할이 가능하다. 나누어진 생김새도 생김새이며 복합적으로 커진 생김새도 생김새다. 생김새의 이러한 속성은 생김새를 뜻하는 문리(文理)의 리(理)가 나중에 형이상학적 개념으로 발전되어 우주의 근본 원리를 의미하게 되는 이유이기도 하다.

우리는 생김새를 생김새, 패턴 그리고 문리로 구분하여 다양한 각도로 기술하고자 한다. 이 세 가지 개념어들은 동일하면서도 서로 차이를 갖는다. 입체파의 그림들이 그렇듯이 하나의 본체를 놓고 보는 시각이 다르고, 서로 이질적인 언어와 개념으로 헤쳐 놓아서 결과적으로 나중에 하나의 그림을 얻고자 함이다. 이들 세 가지 개념을 따져 보기 전에, 이들 개념의 근원이 되는 느낌과 상을 먼저 다룬다. 이를 위해 동서양의 대표적인 담론들을 간략하게 검토한다.

2.1. 화이트헤드

화이트헤드의 유기체 철학은 신(God)을 다시 살려 내고 있다. 화이트헤드의 신은 전통적인 신에 비해 그 성격이 판이하다. 우주는 과정이다. 과정의 실재로서 '현실적 개체(actual entity)'[4]가 우주를 구성한다.

'현실적 개체'—'현실적 계기(actual occasion)'라고도 불린다—는 세계를 구성하는 궁극적인 실재적 사물(real thing)이다. 보다 더 실재적인 어떤 것을 발견하기 위해 현실적 개체의 배후로 나아갈 수 없다. 현실적 개체들 간에는 차이가 있다. 신은 하나의 현실적 개체이며, 아득히 멀리 떨어져 있는 텅 빈 공간에서의 지극히 하찮은 한 가닥의 현존도 현실적 개체이다. 그런데 비록 그 중요성에 등급이 있고 그 기능에

---

4 actual entity: 『과정과 실재』를 오영환이 처음으로 번역하면서 현실적 존재라는 용어를 사용하였다. 이는 실존철학에서의 존재(Being)와 혼동되므로 존재 대신에 개체라는 단어를 쓰기로 한다. 'actual entity'는 현실 세계에서 드러나는 모든 어떤 것들 중의 하나(real thing)이며 동시에 개체로서 전체이다. 이는 어떤 면에서 라이프니츠의 모나드적인 성격도 지닌다. 따라서 여기서부터 현실적 개체라는 용어를 사용한다.

차이가 있기는 하지만, 현실태가 예증하는 여러 원리에서 볼 때 모든 현실적 개체들은 동일한 지평에 있는 것이다. 궁극적 사실은 이들이 하나같이 모두 현실적 개체라는 것이다. 그리고 이 현실적 개체들은 복잡하고도 상호 의존적인 경험의 방울들(drops of experience)이다.[5]

현실적 개체는 합생(concrescence)의 과정을 갖는다. 합생이란 다자(many)가 하나(one)로 진입하여 통일을 이루는 것이다. 그 과정이란 현실적 개체가 이루어지는 과정에 다른 현실적 개체와, 현실적 개체의 변형이라고 할 수 있는 영원한 객체가 참여하는 것이다. 영원한 객체는 현실적 개체가 주체적 형식을 상실했을 때, 쉽게 말해서, 생명을 잃고 소멸하면서 남기는 잔여물이다. 돌아가신 아버지, 역사의 기억들, 현상세계의 빛이나 색깔이나 소리 등이 모두 영원한 객체들이다. 그것들은 현실적 개체의 합생 과정에서 임의로 선택된다. 무수한 현실적 개체들이 파악(prehension)을 통해 결합체(nexus)를 이루며 또 하나의 현실적 개체로 합생해 나가는 것이 우주의 현실태다.

이러한 모든 과정을 화이트헤드는 창조성으로 규정한다. 서양의 철학 전통에서 완전히 벗어날 수 없는 화이트헤드의 고심이 묻어나는 개념인 창조성은 결과적으로 신을 버릴 수 없었다. 그는 신을 다시 끌어들인다. 하지만 그것은 무소불위의 절대적인 존재가 아니라 개념의 보완적 존재로 설정된다. 우주는 창조성으로 충만하다. 이러한 창조성을 특징짓는 신은 개념적 존재의 성격을 지닌 현실적 개체로 간주된다. 신은 우주를 구성하는 무수한 현실적 개체의 하나로

---

5 화이트헤드, 『과정과 실재』, 오영환 역, 민음사, 2007, p.78.

간주된다. 신은 이러한 "창조성의 원생적 사례(aboriginal instance)"일 뿐이다. "신은 모든 창조에 앞서(before) 있는 것이 아니고, 모든 창조와 더불어(with) 있다."[6] 화이트헤드의 말을 빌리자면, 현실적 개체로서 신과 세계는 서로를 필요로 한다. 신은 개념적이므로 "모든 정신성의 무한한 근거이며, 물리적 다양성을 추구하는 비전의 통일이다. 세계는 완성된 통일을 추구하는 유한한 것들, 곧 현실태들의 다양성이다."[7] 양자는 새로움을 향한 창조성에 속해 있다. "신은 원초적으로 일자이다. 과정에서 신은 결과적 다양성을 획득하고, 원초적 성격은 이러한 다양성을 그 자신의 통일성 속에 흡수한다. 세계는 원초적으로 다자, 즉 물리적 유한성을 지닌 다수의 현실적 계기들이다. 과정에서 세계는 결과적 통일성을 획득하는데, 이 통일성은 하나의 새로운 계기로서, 원초적 성격의 다양성 속으로 흡수된다. 따라서 신은, 세계가 다자이면서 일자인 것으로 간주되어야 하는 것과 정반대의 의미에서, 일자이면서 다자인 것으로 간주되어야 한다."[8] 마지막 문장은 동아시아 철학을 연상케 한다. 우주 만물과 현상은 모두 하나인 태일(太一)에서 비롯된다. 태일은 우리의 개념으로는 본생이다. 본생은 하나이지만 다수로 나타난다. 그 다수는 각기 또 다른 하나의 본생이기도 하다. 모든 생명체는 본생이다. 다수의 생명체의 총합은 수학적인 합이 아니라 그 자체로 하나의 본생을 이룬다. '하나'는 원초적 본원이며 현재를 관통하는 그 무엇이다.

화이트헤드의 유기체 철학은 그것 자체로 하나의 현실적 개체로

---

6 화이트헤드, 『과정과 실재』, p.650.
7 화이트헤드, 『과정과 실재』, p.659.
8 화이트헤드, 『과정과 실재』, p.660.

나타난다. 그것은 과거부터 내려오는 서구의 모든 철학 전통이나 당대에 그가 섭렵했던 무수한 담론, 즉 현실적 개체들을 파악하며 통합해서 합생의 과정을 통해 새로운 현실적 개체로 그 모습을 드러낸다. 그 과정에서 신까지도 창조성을 근거로 새로운 평가를 내리며 현실적 개체로 산입시킨다. 이는 서구의 사유가 유물론과 유심론 등으로 양분되어 온 고질적인 병폐를 수습하기 위한 시도이기도 하다. 여기서 우리가 주목하는 것은 창조성을 이루어 가는 신의 존재가 아니라, 현실적 개체의 생성과 소멸의 과정이다. 화이트헤드는 우주를 구성하는 실체의 기본단위로서 현실적 개체(actual entity), 또는 현실적 계기(actual occasion)라는 개념어를 사용한다. 현실적 개체는 현실 세계에 존재하는 사물인 어떤 것이지만 끊임없이 유동하는 그 무엇이다. 그것은 일자(一者)이면서 다자(多者)이다. '현실적 개체'라는 단어에서 'entity'를 '존재'로 번역한 것은 문제의 소지가 있다. 여기서 개체(entity)는 하이데거가 사용하는 존재(being)가 아니다. 그것은 어떤 결합체로서 하나를 이루고 있는 그 무엇이다. 예를 들어 회사 법인이나 국가도 entity이다. 이들은 통일성을 지닌 개체임이 분명하지만 결합체(nexus)다. 그것은 무수한 현실적 개체들이 함께 공재(共在, togetherness)하는 결합체다. 그것은 형상을 지니지만 무형이기도 하고 유형이기도 하다. 그것은 물리적이기도 하고 개념적이기도 하다. 현실적 개체는 스스로를 형성하는 과정에서 다른 무수한 현실적 개체를 파악하면서, 그리고 영원한 객체를 임의로 선택하면서, 합생의 과정을 거치며, 다른 현실적 개체들과 연계하여 결합체를 이루어 사회를 구성하고 질서를 갖는다. 현실적 개체는 소멸하지만 그것은 무에로의 소멸이 아니다. 사라지지만 다른 현실적 개체로 진입하면서 과정으로 살아남거나 또는 영원한 객체로 남게 된다. 화이트헤드는 개체가 현실에서 어떻게 구체적으로 드러나는가, 다시 말해서 개체가 갖는 생김새에 대해 직접적으로 언급을 하지 않는다. 그가 말하는 현실적 개체는 어떤 관념적인 것이 아니라 우리의 세계와 우주에서 마주하는 현실적인 사물들이다. 사물로서 현실적 개체는 생김새 또는 패턴을 지닌다. 그것은 또한 문리(文理)이기도 하다. 현실적 개체들의 결합체는 군집이나 사회(society)를 이루게 되는데 그것들 또한 생김새를 갖게 된다. 모든 사회는 일정한 생김새를 보여 준다. 그것은 과정의 길에 존재한다. 언제나 유동적이다. 우리가 화이트헤드를 이야기하는 것은 바로 모든 생김새는 그가 말하는 흐름의 과정에서 나타나는 현실적 개체, 그리고 그것들의 사회와 직접적인 연관을 맺고 있기 때문이다.

합생의 과정은 파악으로 이루어지는데 이 파악이 바로 느낌(feeling)이다. 일상적 용어로 쓰이는 단어가 절묘하게 철학적 개념어로 변용되고 있다. 이는 의도적이면서도 화이트헤드 철학의 진면목을 보여 준다. 서구 철학사는 어떤 면에서 인식론의 발달사로 간주되어도 무방하다. 서구 철학의 난점은 모두 이에서 비롯된다. 경험론이나 관념론은 인식론의 갈래를 이룬다. 이런 상반된 방향을 지닌 철학이라도 관념성을 극단적으로 지니게 되면 서로 공통점을 지니는데 그 결과물이 바로 유심 철학이다. 경험론에서 조지 버클리가 그러하며, 관념론에서 칸트가 그러하다. 화이트헤드는 이를 뛰어넘는다. 그가 다루는 것은 의식 이전의 과정들이다. 로크나 흄의 경험론에서 거론하는 대상인 사물, 감각과 지각, 인상 그리고 이차적으로 발생하는 관념 등을 분석하는 것이 아니라, 성립된 주체인 인간 이전에, 인간을 포함하는 모든 사물과 현상이 갖는 어떤 주체적 성향 이전에 발생하는 과정을 느낌의 다양성을 통해 면밀히 검토한다.

의식을 지닌 인간, 즉 의식을 지닌 주체성을 확보한 인간도 결국 이러한 과정의 산물로 현실적 개체의 하나에 불과하다.

우리는 이 글에서 예술 형성 과정의 생김새 또는 패턴을 이야기한다. 생김새와 패턴은 어떤 형상이 지닌 본질이다. 형상이라고 할 때, 이는 반드시 겉으로 드러난, 우리의 시각을 포함한 감각을 통해 인지할 수 있는 어떤 연장적 사물만을 뜻하는 것은 아니다. 형상은 총체적이며 구조적이다. 형상의 내적 원리가 바로 현실적 개체의 과정이다. 이는 발생론적으로 우주 사물을 따져 보는 것이다. 개별적인 생김새 또는 패턴이 모여 하나의 패턴을 이루고, 다시 이러한 이차적 패턴들이 모여 또 하나의 패턴을 구성한다. 이러한 움직임은 전체성을 지향하며 지속된다. 매듭지어진 하나의 예술 작품은 그 자체로 또 하나의 패턴이다. 여기서 이러한 움직임의 원리를 탐구하기 위해 화이트헤드의 현실적 개체라는 개념을 거론하고 있다. 그의 느낌 이론은 바로 예술의 생성과 발전 과정에 다름이 아니다. 예술 작품은 짜임새를 지니며, 이 짜임새가 이루어 내는 것이 생김새다. 그 생김새는 모두 느낌에서 비롯된다. 느낌의 이론은 바로 형상을 구성하는 내적 원리인 현실적 개체의 합생 과정과 그것이 개체로서 최종적으로 이루게 되는 개체로서의 완전성과 통일성을—이러한 상태를 화이트헤드는 '만족'이라고 부르고 있다—다룬다. 만족은 종료가 아니다. 그것은 과정에서의 한 매듭에 불과하다. 그 매듭은 또다시 더 큰 매듭으로 흐른다. "한마디로 현실적 개체 하나하나는 '느끼는' 과정(a process of feeling)이다."

느낌의 이론은 의식을 언급하지만 그것 자체를 본격적으로 다루지 않는다. 의식이나 지성의 작용 이전의 상황을 과정으로 서술한다. 어찌 보면 불교에서 말하는 12연기에서 처음의 무명(無明)이나

146

두 번째 행(行)의 단계에서부터 시작되어 이루어지는 것들이 바로 느낌이다. 이는 불교 유식론에서 주장하는 여덟 가지 식(識) 중에서 앞의 전육식(前六識)을 모두 포괄한다. 마지막 여섯 번째 식(識)은 로크의 이차적 관념에 해당되지만 화이트헤드는 이를 느낌의 과정에서 최종적인 결과의 상태로 본다. 유식론에서의 제7식 말나식이나 제8식인 아뢰야식은 화이트헤드와 거리가 멀다. 유식론은 한마디로 '만법유식(萬法唯識), 심외무별법(心外無別法)'이다. 풀이하면 '우주 만물이나 현상은 오로지 식(識)을 통해서만 가능하며, 마음 밖으로는 어떠한 사물이나 현상도 있을 수 없다'라는 뜻이다. 그는 이러한 유식론을 포함한 유심론이나 선험적 관념론을 거부한다.[9] 화이트헤드의 느낌은 구체적으로 어떤 것일까.

느낌이란 우주의 일부 요소들을, 그 느낌의 주체의 실재적인 내적 구조를 이루는 구성 요소로 만들기 위해 사유화(私有化)하는 것 (appropriation)을 말한다. (중략) 느낌은 합생 과정에 있는 자신의 한 주체의 구조 속으로 다른 사물들을 짜 넣는 작용인이다. 느낌들은 결합체를 구성하며, 이 결합체를 근거로 하여 우주는, 새로운 합생에 의해 항상 쇄신되는 자신의 통일성을 확보하게 된다. 우주는 항상 일자이다. 왜냐하면 우주는 그것을 통일하는 하나의 현실적 개체를 입각점으로 삼지 않고서는 개관될 수 없기 때문이다. 그리고 직접적인 현실적 개체는 본질적으로 새로운 것들인 느낌들의 자기 초월체 (superject)이기 때문에, 우주는 항상 새롭다. 느낌의 본질적인 새로움은 그 주체적 형식에 속하는 것이다. 최초의 여건, 그리고 객체적 여건

9 화이트헤드, 『과정과 실재』, p.45.

인 결합체조차도, 다른 주체에 속한 다른 느낌에 제공된 적이 있었을 지도 모른다. 그러나 주체적 형식은 직접적인 새로움이다.[10]

앞서 화이트헤드의 느낌은 의식 이전의 과정을 다룬다고 이야기 했다. 인식론에서 주체는 항시 중요하다. 인식은 의식을 요구하며, 인식의 주체를 설정하지 않고서는 인식의 과정을 설명할 수 없다. 화이트헤드는 이를 뛰어넘어 주체적 형식이라는 말을 도입한다. 그 것은 유기체 철학의 현실적 개체가 우주의 창조성 안에서 능동적으로 과정을 진행하는 것을 지칭하기 위해 어쩔 수 없이 표현되는 개념이다. 창조적인 능동의 과정이 바로 주체적 형식의 모양새를 갖는다. '자기 초월체(superject)'라는 새로운 개념어도 마찬가지다. 주체적 형식을 지니고 합생을 통해 만족에 이른 현실적 개체를 주체(subject)로 규정하지 않고 자기 초월체라고 부르는 것은 현실적 개체는 순전히 과정에 불과한 것이기 때문이다. 일시적으로 만족에 이르러 주체가 되지만 그것은 다른 현실적 개체로 다시 진입하여 다른 현실적 개체가 갖는 주체적 형식으로 흡수된다. 현실적 개체는 느낌들의 결합물인데, 현실적 개체가 다른 현실적 개체로 진입하는 것은 바로 느낌들이 다시 새로운 현실적 개체를 만들어 감이다. 이런 느낌들의 결합은 언제나 새롭고 새로운 개체를 이루기 때문에 자기 초월체이다. 생성하면서 주체가 되어 가고, 주체이면서 사라진다. 완전히 없어지는 것이 아니라 사라진다. 다른 현실적 존재로 진입되거나, 주체적 형식이라는 능동성이 배제되는 경우에는 주어진 여건으로서 영원한 객체가 되어 존속하기 때문이다. 주체이면서 동시에 주

---

10 화이트헤드, 『과정과 실재』, p.461.

체를 초월한다. 초월체이므로 이를 포괄하는 개념어로 자기 초월체를 사용하고 있다.

인식론은 주체로서 의식을 지닌 인간이 감각이나 지각을 통하여 사물이나 관념을 인지하는 과정을 분석하는 담론이다. 의식이 여러 단계로 분화되면서 인식론은 매듭을 풀지 못하는 복잡한 그물망을 이루게 된다. 화이트헤드는 불교에서처럼 의식 이전의 상태와 과정을 다룬다. 이는 의식을 부정하는 것이 아니라 의식이 산출되기 전에 이루어지는 과정을 분석함으로써 의식을 더 구체적으로 규명하기 위한 작업이다. 인간은 의식을 지닌다. 의식을 통해 외적 대상이나 내적 관념을 파악하고 인식한다. 화이트헤드는 물체와 정신 등의 이원화를 극복하려고 한다. 그 역시 물리적 극과 정신적 극을 언급하고 있지만 그 두 가지 모두를 느낌으로 통합하고 있으며, 우주를 구성하는 현실적 개체의 창조적 진전과 합생 과정에서의 '창조적 충동'을 가리키기 위해 일종의 객어(客語)로 느낌을 사용한다. 개념적 느낌이란 로크가 말하는 관념(idea)에서 다른 관념을 창출하는 것에 비견된다. 흄으로 말하면 인상(impression)에서 관념을 창출하는 것이다. 이 모든 과정을 의식의 작용으로 보지 않고 의식 이전의 느낌으로 서술하고 있다. 현실적 개체는 물리적인 극과 정신적인 극의 양면성을 지니고서 끝없이 합생의 과정을 거치며 우주를 창조적으로 구성한다. 이때 의식은 두 느낌의 종합이다. 현실 세계에서 여러 가능태들은 구체적으로 통합의 과정을 거치며 현실태들로 드러난다. 이러한 현실태들은 구체적 양상을 지닌다. 이때의 양상이란 형상을 의미하지만 형상은 하나의 통일성을 지닌 것으로 이해될 뿐이며, 그것은 현실적인 개체로서 현실 세계에서 끊임없이 유동하고 있다.

생김새와 패턴은 이러한 유동성을 지닌 현실적 개체가 드러내는 형상으로부터 그 구성 요소를 추출해 낸 것이다. 그 구성 요소는 다름 아닌 느낌에 의해 파악된다. 일반적으로 어떤 사물이나 현상에서 일정한 패턴이나 생김새를 추출해 내는 것은 지성이나 의식의 작용으로 이해된다. 이런 통상적인 생각 때문에 간혹 예술의 생성 과정에서 혼선이 빚어진다. 현실적 세계에서 대상을 지각하고 그것을 어떤 생김새나 패턴으로 인식하는 것은 분명 의식 작용을 지닌 지성에 의해서 이루어진다. 그것은 결과의 단계만 짧게 규정한 것이다. 결과는 과정의 귀결이다. 화이트헤드가 지적한 것처럼 의식은 느낌의 결과물이다. 물리적 느낌과 개념적 느낌의 종합이다. 예술은 이러한 느낌의 과정에서 잉태된다. 논리와 합리가 지배하는 지성의 작용으로는 미처 그 가능성을 읽지 못한 어떤 파격적인 예술 작품이 눈앞에 새롭게 드러날 때, 사람들은 보통 영감을 끄집어내거나, 예술혼을 거론하고, 예술 정신을 운위하며 작품을 분석한다. 축적된 경험이나 기존의 사유 방식으로 점철된 지성은 밝은 의식 밑에 흐르는 의식 이전의 과정을 소홀하게 다룬다. 의식 이전의 순수 느낌으로 이루어지는 과정은 언제나 새로움을 창출하며 새로움을 지속하고 있다. 예술 과정의 시작은 느낌이다. 그 느낌은 현실적 개체들이 이루어 가는 과정에서 불쑥 생성되며, 그것은 막연하지만 어떤 이미지나 상(象)이다. 이미지나 상은 느낌이 진행되는 과정에서 파악되는 것이며 이들을 바탕으로 구체적 형상(形狀)이나 모습으로 나타나는 상(像)이 도출된다. 여기서부터 어떤 주체적 형식이 요구된다. 그러한 이미지나 상들은 생김새와 패턴을 생기게 하고, 예술 과정의 주체인 예술가는 이를 파악해서 짜임새를 지닌 작품으로 형상화한다. 어느 예술 작품이 가치 평가에 있어서 특출하다는 것은 예술가가 그 자신이 하나의 현실적 개체로서 파악하는 과정에서 파악의, 다시 말해서 느낌의, 강도를 크게 발휘하여 생김새와 패턴을 지닌, 또 하나의 현실적 개체인 예술 작품으로 구현한 것을 말한다.

2.2. 도가(道家)

동아시아 사상에서 우주론과 관련된 언급이 가장 자주 보이는 것은 도가다. 『노자』와 『장자』가 그 주를 이루며 『회남자』가 본격적으로 이를 다룬다. 도가는 물음을 묻지 않는다. 물음을 두려워하거나 거부하거나 싫어하는 것이 아니다. 물음 자체의 존재를 인정하지 않는다는 의미가 아니다. 오히려 인간의 물음이란 과연 무엇인가 물음을 한다. 직접적인 물음을 피하거나 물음에 맞서지 않는다. 서구처럼 물음을 따라 사다리를 타듯이 인과관계를 거슬러 올라가지 않는다. 선형이나 기하학적인 사유는 도가에게 어울리지 않는다. 노자에게 원초적 시작, 시작 이전의 가능한 모든 시작은 도로부터 비롯된다. 그 도는 또한 '하나'이기도 하다. 여기서 하나는 수학적 헤아림이 아닌, 모든 것을 하나로 아우르는 개념적 하나다. 개념적이지만 그것은 수학적 추상의 개념에 따른 면적과 부피를 갖지 않는 하나가 아니다. 그것은 수학적으로 재단할 수 없는 덩어리다. 그 하나가 어떻게 존재하게 되었는지에 대해서도 세세하게 논리적인 물음과 답이 없다. 그 하나는 그냥 '자연(自然)'이다. 하나가 모든 것을 낳는데, 그 하나는 도일 수 있다. 그 도는 우주의 궁극적 본체이며 실재일 수 있다. 그 도가 본받아 따르는 것이 바로 자연이다. 여기서 자연은 서구의 nature가 아니다. 이는 순전히 개념으로서, 태양계의 혹성인 지구상에 존재하는 현실 세계 전체를 지칭하는 사물적인 의미를 전혀 지니지 않는다. 자연은 '절로 또는 스스로 그러함'이다. 이는 자기 이외의 원인을 필요로 하지 않는 어떤 절대자를 가리키는 것과는 차이가 있다. 원인 자체를 설정하지 않고, 그저 있는 그대로 받아들인다는 의미가 강하다. '도법자연(道法自然)'이라는 노자의 말이 이를 보여준다. 도나 자연이 구체적으로 무엇인가 하는 물음은 성립할 수가 없다. 물음은 언어로 이루어지는데, 그것들은 언어 이전의 것들이기 때문이다. 어찌 보면 자연은 인간에게 상대적으로만 존재하는 개념일 뿐이다. 우주 만물은 그냥 그대로 말없이 존재하는데, 인간이 이를 상대적으로 쳐다보고 의식하며 무엇인가 규정하면서 만들어 낸 개념이 바로 자연이다. 우주 만물이나 현상은 언어 이전의 것인데, 그것들이 인간의 의식과 언어로 들어와서 자리를 잡는다. 그렇게 언어로 나타난 그것들에 인간은 언어로 된 물음을 던지지만 언어로 이루어지는 답을 구할 수 없다. 답을 구할 수 없으므로 인간은 그러한 상황 자체를 개념적 언어인 자연이라 부른다. 그냥 저절로 그러한 것이다. 이런 면에서 자연은 개념적 실재다.

『노자』의 첫 문장들, "도를 도라고 할 때 언제나 도가 아니다. 이름을 이름이라고 할 때 언제나 이름이 아니다. 무는 하늘과 땅의 처음을 이름하고, 유는 만물의 어머니를 이름이다(道可道, 非常道. 名可名, 非常名. 無, 名天地之始, 有, 名萬物之母)"[11]는 인간의 지성과 언어의 한계를 명확하게 꿰뚫고 있다. 그럼에도 불구하고 원초적 시작을 언급하지 않을 수 없다. 인간의 정신 작용 중에서 가장 선행하는 것은 느낌이다. 노자도 마찬가지로 느낌을 거론하고 있다. 『노자』제1장에서 첫 구절을 따라 나오는 문장이 이를 보여 준다. "그러므로 언제나 무에서 그 묘함을 바라보려 하고, 언제나 유에서 그 '끝으로 돌아감'[12]

---

11 "無, 名天地之始, 有, 名萬物之母"에서 無名과 有名으로 붙여 읽을 수 있다. 왕필이 대표적이다. 여기서는 띄어서 읽는 것을 선택한다.

을 바라보려 한다. 이 두 가지는 같은 곳에서 나와 다른 이름을 지니며, 그 같음을 어둡다고 한다. 어둡고 또 어두우니 모든 묘함의 문이다(故常無, 欲以觀其妙, 常有, 欲以觀其徼. 此兩者, 同出而異名, 同謂之玄. 玄之又玄, 衆妙之門)." 욕을 '장(將)'으로 이해하는 주장을 따르면 그것은 무엇을 하려고 하는 것이다. 욕은 느낌이다. 욕은 통상적으로 욕구, 욕망 등의 의미를 지니지만 그 처음은 하고자 하는 어떤 느낌을 가리킨다. 우주 창생에 있어 그것은 인간적인 느낌이 아니라 우주 일반의 어떤 지향성을 가리킨다. 이 지향성은 어떤 특정한 방향이나 목적을 지니는 것이 아니라, 그저 원심력처럼 튀어 나가며 확산하려는 힘이다. 이 지향성은 움직임을 수반하며, 원초의 움직임은 느낌으로 시작한다. 느낌은 파악이며 지향이다. 노자의 무는 수학적인 영이 아니다. 무는 유의 부재일 뿐이다. 이러한 무에는 느낌만 있을 뿐이지 의식이나 지성은 아직 성립되지 않은 상태다. 『장자』 「제물론」에 나오는 '오상아(吾喪我)'의 경계다. 어느 무엇인가로 나는 존재하지만 의식을 지닌 나는 사라지고 없다. 천인합일의 경계에서 우주 만물을 함께 느끼는 상태다. 오상아의 경계에서 '천뢰(天籟)'를 들을 수 있다. 유에서는 이러한 느낌들이 종합되어 생기는 고차원의 의식으로 진전된다. 처음의 순수 느낌들을 통하여 우주의 원초적인 그 무엇을 파악하고, 구체화된 의식을 통하여 우주 만물 또는 도의 순리를 이해하고 그 '끝으로 돌아감'을 바라본다. 이 대목에서 화이트헤드의 '자기 초월체(superject)'와 '영원한 객체(eternal object)'가 연상된다. '바라본

---

12 徼에는 다양한 해석이 있다. 王弼은 徼를 歸終의 뜻으로 읽는다. 馬敍倫은 竅로 읽으며 空의 뜻으로 이해한다. 돈황본에는 曒로 되어 있다. 陳鼓應은 徼를 邊 또는 邊際로 해석한다.

다(觀)'는 주체적 형식을 요청한다. 앞에 나오는 관(觀)은 의식을 갖춘 후에 뒤에 나오는 관(觀)의 주체적 형식이 된다. 오상아를 포함하는 주체적 형식은 결국 존재의 사라짐을 맞이하는데, 그것은 무존재로의 완전한 소멸이 아니라 근원으로 다시 되돌아감이며, 그것은 영원한 객체처럼 변형된 존재로 지속된다. 의식 이전과 이후를 구분하지만 그것을 느낌의 변화로 이해하면서, 모든 개체 또는 존재가 생성과 소멸을 반복하며 그 근원으로 귀결됨을 깨달음이다. 이 모든 것들은 그 근원이 하나로 동일하다. 그 하나는 무이기도 하며 동시에 유이기도 하다. 무와 유는 서로 상대적인 양면성을 교환한다. 그렇지만 지성적으로 명약관화하게 분석되는 것은 아니다. 어쩔 수 없이 그러한 것들을 '묘(妙)'나 '현(玄)'으로 기술할 수밖에 없음이다.

도는 도대체 무엇일까? 어떻게 생겼을까? 화이트헤드라면 도를 "현실적 개체들의 과정이 보여 주는 어떤 생김새"라고 지칭할 것이다. "아득히 멀리 떨어져 있는 텅 빈 공간에서의 지극히 하찮은 한 가닥의 현존도 현실적 개체이다." 노자는 이런 물음을 하지 않는다. 물음이 있어도 답을 할 수가 없기 때문이다. 이름을 지을 수 없다는 것은 이미 인간의 지성이 갖는 인식의 한계를 초월하고 있다는 이야기다. 그것은 무형으로서 구체적 형상을 지니지 않지만 그럼에도 존재하는 그 무엇이다. 장자도 이를 지적하고 있다. "무시(無始)가 말했다. 도는 들을 수도 없다. 들을 수 있으면 도가 아니다. 도는 볼 수가 없다. 볼 수 있으면 도가 아니다. 도는 말할 수 없다. 말할 수 있으면 도가 아니다. 형상은 형상이 아님을 형상하는 것임을 아는가! 도는 당연히 이름할 수 없다."[13] 무상지상(無象之象)이다. '무시(無始)'는 의

---

13 『莊子』, 「知北遊」. 無始曰: 道不可聞, 聞而非也; 道不可見, 見而非也; 道不可言, 言

인화된 것이다. 시작이 없는데, 시작이 아직 나타나지 않은 상태에서 인간의 인식능력이나 언어가 무슨 의미가 있겠는가.

굳이 언어로 말해야 한다면 그것은 한마디로 '-것'이다.『노자』제14장은 이를 다시 되풀이한다.

눈으로 보아도 보이지 않으므로 이(夷)라 이름하고, 귀로 들어도 들을 수가 없으므로 희(希)라 이름하고, 손으로 잡으려 해도 얻을 수가 없으므로 미(微)라 이름한다. 이 세 가지는 물어서 따질 수 없다. 그러므로 섞여 하나가 된다. 그 위는 밝지 않고, 그 아래는 어둡지 않다. 이어지고 또 이어지는구나, 이름을 붙일 수가 없다. 사물이 없는 곳으로 돌아가니 모습 없는 것의 모습이라 한다. 사물이 없는 것의 형상은 어슴푸레 멍하니 헤아릴 수 없다고 한다. 그것을 맞이해도 그 머리는 드러나지 않고, 그것을 따라가도 그 뒤가 보이지 않는다. 옛날의 도를 쥐고서 지금의 있음을 다룬다. 옛날의 시작을 알 수 있으니 도의 벼리라고 한다.[14]

눈으로 보고, 귀로 들으며, 손으로 잡는 것은 불교에서 말하는 오식에 속한다. 안식(眼識), 이식(耳識), 비식(鼻識), 설식(舌識), 신식(身識) 등 다섯 가지를 통해 제6식인 의식(意識)에 도달한다. 이러한 감각 인식이나 오식에 의해 맺어진 관념이나 인상을 통해 이루어지는

而非也! 知形形之不形乎! 道不當名.
14『老子』第十四章. 視之不見, 名曰夷; 聽之不聞, 名曰希; 搏之不得, 名曰微. 此三者不可致詰, 故混而爲一. 其上不皦, 其下不昧. 繩繩兮不可名, 複歸於無物, 是謂無狀之狀. 無物之象, 是謂惚恍. 迎之不見其首, 隨之不見其後. 執古之道, 以御今之有. 能知古始, 是謂道紀.

인식은 도를 파악하는 데 전혀 쓸모가 없다. 굳이 이름을 붙여, 다시 말해서 언어로 표현해서, 이(夷), 희(希), 미(微) 등으로 부른다. 그것들은 서로 뒤엉켜 '하나'를 이룬다. 이때의 하나는 파악되지 않는, 전혀 인식되지 않는, 그 무엇을 뭉뚱그려 한 덩어리로 느끼는, 어떤 '-것'이다. 인간은 지성을 통해 우주에 빛을 쏜다. 빛이 닿는 곳마다 새로운 영역으로 인식되고 현실 세계로 포섭된다. 그러나 이 하나는 빛보다 앞서는, 빛을 동반하는 인식 이전의 그 무엇이다. 그 주위는 '밝지도 않고', '어둡지도 않다.' 빛이 가리키는 명암 이전의 상태이다. 모든 사물에 이름이 붙어 있지만 그것만은 이름이 없으니 구체적인 사물이라 할 수 없는 '-것'이다. 그럼에도 그것은 있음이다. '무상지상(無狀之狀), 무물지상(無物之象)'에서 상(狀)은 상(象)으로 읽힌다. 상(象)은 우주에 이름이 생기기 바로 전의 상태이며, 그것을 통해 구체적 이름 또는 사물이 드러난다. 장자가 빗댄 것처럼 상은 상이 없는 상을 가리키며, 도는 당연히 상이 없는 상이다. 그럼에도 무엇인가 '있으므로' 그것을 에둘러 기술하기 위하여 부분적이지만 이, 희, 일이라 하며, 이름도 붙일 수 없고, 빛으로 비출 수도 없고, 그저 "어슴푸레 멍하니 헤아릴 수 없다(惚恍)"고 한다. 이는 바로 느낌이다. 느낌은 상의 모태다. 느낌이 상을 낳는다. 그 상은 '-것'이다.

느낌은 예술에서 과정의 앞을 이룬다. 예술은 느낌으로 시작된다. 느낌에서 상이 비롯되는데 상은 예술 작품의 모태가 된다. 그 상이 빛이나 색채로 파악되면 그것은 회화의 소재가 되고, 그 상이 소리로 인식되면 음악의 대상이 되며, 그것이 언어로 읽히면 이를 바탕으로 문학이 이루어진다. '시(詩)는 시상(詩象)'[15]이라고 말하는 까

15 황봉구, 『생명의 정신과 예술—제3권 예술에 관하여』, pp.718-720.

닭이다. 모든 예술 작품은 생김새를 바탕으로 하고 또 생김새를 갖춘다. 이러한 상에서 흘러나오거나 추출되는 것이 바로 생김새이고, 문리(文理)이며, 패턴이다. 생김새가 드러나기 위해서는 어떤 주체적인 형식이 요구된다. 장자에 이르면 노자의 '이, 희, 일'과 '홀황'의 상태에 어떤 생김새를 파악하려는 움직임이 있게 된다. "어슴푸레 명하니 헤아릴 수 없"는 것이 '혼명(混溟)'[16]에서 솟아나 하이데거의 표현처럼 '열어 밝혀지며(aufschliessen)' 그 생김새를 드러낸다.

노자는 물음과 같은 인위적 지성의 작용을 거부하지만 장자는 물음을 제기한다. 물음은 근본적으로 논리와 체계를 요구하는 지성적인 작용이다. 장자는 노자를 부인하는 것이 아니라 귀결에 이르기 전에 물음의 과정을 거친다.

하늘은 움직이고 있는가? 땅은 제자리에 머무르고 있을까? 해와 달은 자리를 서로 다투고 있을까? 누가 이를 주관하고 있을까? 누가 이를 기강으로 잡을까? 누가 아무 일도 하지 않으면서 이를 추진하여 행할까? 생각하건대, 어떤 틀이 일어 어쩔 수 없이 그렇게 되는 걸까? 생각하건대, 그것은 움직이며 돌아다녀서 어쩔 수 없이 스스로 멈출 수 없는 것일까?[17]

물음은 답을 구한다. 장자의 답은 논리적 파헤침이 전혀 아니다. 모든 가능한 답은 철저할 정도로 개연성의 결과이며 그것들은 상대

---

16 『莊子』, 「天地」, 上神乘光, 與形滅亡, 是謂照曠. 致命盡情, 天地樂而萬事銷亡. 萬物復情, 此之謂混溟.

17 『莊子』, 「天運」, 天其運乎? 地其處乎? 日月其爭於所乎? 孰主張是? 孰維綱是? 孰居無事推而行是? 意者其有機緘而不得已乎? 意者其運轉而不能自止邪?

성을 지니므로 고정된 값이 될 수 없다. 장자가 구하는 답은 노자와 비슷한 결론에서 시작한다. "쳐다보아 볼 수 있는 것은 형체와 색깔이다. 귀를 기울여 들을 수 있는 것은 이름과 소리다. 슬프도다. 세상 사람들은 형체와 색깔 그리고 이름과 소리로써 저쪽의 정황을 이해하고자 한다. 무릇 형체와 색깔 그리고 이름과 소리는 결국 저쪽의 정황을 알기에 부족하다."[18] 이러한 생각은 각기 사유의 결론은 다르게 도달하지만 그 기초 사고에 있어, 플라톤의 이데아와 현실, 불교에서의 육식(六識)을 넘어서는 아뢰야식을 통한 깨달음, 데이비드 흄의 회의적 관념론, 후설의 현상학적 환원 등과 일맥상통한다. 인간의 지각과 판단으로는 저쪽, 실체의 정황을 파악할 수가 없다. 그것은 부단히 변화하고 생성의 과정에 있으며 생성과 소멸을 반복하고 있는데 시공간으로 규정하는 인간의 지성으로 이를 논하려 한다. 도대체 우주 만물이 지닌 커다란 뜻에 방향이 있을까? 만물에 어떤 짜임새나 생김새가 주어져 있을까? 인용문에 보이는 '강(綱)'은 근본 바탕이 되는 어떤 벼리 또는 생김새의 짜임새를 가리킨다. '기함(機緘)'은 직물을 짜는 베틀이나 물건을 묶는 줄로 우주 만물을 구성하는 어떤 틀, 다시 말해서 생김새를 의미한다. 그것은 문리이기도 하다. 문은 모양새이며 리는 짜임새로 어떤 질서를 나타낸다.

만물이 하나로 똑같으니 무엇이 짧고 무엇이 길겠는가? 도는 처음과 끝이 없으며 사물은 태어나고 죽으므로 그 이루어진 것을 믿어서는 안 된다. 한 번 비고 한 번 차니 그 형체를 정하지 않는다. 해가 가는

---

18 『莊子』, 「天道」. 故視而可見者, 形與色也. 聽而可聞者, 名與聲也. 悲夫世人以形色名聲爲足以得彼之情. 夫形色名聲果不足以得彼之情.

것을 막을 수 없고 시간은 멈추지 않는다. 사라지거나 멈춰 쉬기도 하며 채워지고 비우게 된다. 끝남은 바로 시작이 있음이다. 이것이 커다란 뜻의 방향을 말하고 '만물의 짜임새(萬物之理)'를 논하는 까닭이다. 사물이 생겨나는 것은 마치 말이 뛰는 것 같기도 하고 달리는 것과 같다. 움직이지 않으면서 변하지 않는 것은 없으며 시간 속에 있으나 자리가 바뀌지 않는 것은 없다. 도대체 무엇을 할 것인가? 무엇을 하지 않을 것인가? 그냥 스스로 변화하게 놓아둘 뿐이다.[19]

장자는 물음과 답을 정리하고자 한다. 정리를 하려면 지성이 필요하지만 그는 지성에 어떠한 가치도 부여하지 않는다. 그는 '천연(天然)'을 내세운다. 천연은 그 뜻을 더욱 강조하기 위해 노자의 개념인 자연에 가장 원초적이고 가장 순수하며 모든 가능성을 포괄하고 있는 '하늘(天)'을 덧붙인 것이다. 천연은 극도로 정화된 개념이기도 하다. 새가 부리로 우는 것, 바로 그것이 천연이다. 그것에 의문을 가질 이유가 없다. 천연은 인위와 대척점에 있는 개념이다. "물었다. 무엇을 하늘이라 하고 무엇을 사람이라고 합니까? 북해약이 대답했다. 소나 말이 네 개의 발을 가진 것을 하늘이라 한다. 말의 머리에 고삐를 달고 소의 코뚜레를 만드는 것을 일러 사람이라 한다."[20] 새들은 특정한 모습의 부리를 갖추고, 짐승은 네 개의 발을 가지며, 그

---

19 『莊子』, 「秋水」. 北海若曰; 萬物一齊, 孰短孰長? 道無終始, 物有死生, 不恃其成. 一虛一滿, 不位乎其形. 年不可擧, 時不可止. 消息盈虛, 終則有始. 是所以語大義之方, 論萬物之理也. 物之生也, 若驟若馳. 無動而不變, 無時而不移. 何爲乎, 何不爲乎? 夫固將自化.

20 『莊子』, 「秋水」. 曰: 何謂天? 何謂人? 北海若曰: 牛馬四足, 是謂天; 落馬首, 穿牛鼻, 是謂人.

들은 모두 배고픔이나 짝을 찾기 위해 신호로 소리를 내고 그 소리를 들을 수 있도록 청각을 지닌다. 현대 생물학은 다윈의 환경에 의한 진화론을 근거로 이를 설명한다. 갈라파고스의 핀치 새들은 주어진 환경의 먹이 변화에 따라 부리의 모양이 각기 다르다. 다윈은 이를 세세하게 분석함으로써 진화론을 구축하기 시작했다. 장자는 그런 분석적 사유를 요청하지 않는다. 그저 새가 부리로 우는 것을 그냥 그것대로 받아들이면 된다. 본디 그렇다. 그래서 천연이다. 어떤 면에서 천연은 진화를 내포하는데, 이는 우주 만물에 순응한다는 점에서 그렇다. 지성의 눈으로 보아 그것은 어리석고 어두운 결론이지만, 천지 만물과의 진정한 합일은 오로지 지성이 없어야 가능하다. 이러한 합일을 장자는 '대순(大順)', 또는 노자의 개념을 빌어 '현덕(玄德)'이라 칭한다.[21]

태초에 무가 있었으며 유도 없었고 이름도 없었다. 하나가 여기서 일어났는데 하나만 있었지 아직 형체는 없었다. 사물이 이에 생겨났는데 이를 일러 덕(德)이라 한다. 아직 형체가 되지 않은 것이 나누어지고 그 작업이 빠르게 이루어지며 쉬지 않았는데 이를 일러 명(命)이라 한다. 하나가 흘러 움직이며(留는 流) 사물을 낳고 사물은 생명체의 생김새(짜임새)를 이루는데 이를 일러 형(形)이라 한다. 형체는 생명의 기운을 보존하게 되고 모든 개체는 어떤 본틀을 갖는데 이를 일러 성(性)이라 한다. 성이 닦이면 덕으로 되돌아간다. 덕이 지극하게 되면 시초와 동일하게 된다. 동일하면 텅 비게 되고, 텅 비면 크게 된다. 이는 새가 부리로 우는 것과 같다. 새가 부리로 우는 것과 같다 함은 천

---

21 『老子』 65章. 玄德, 深矣, 遠矣. 與物反矣, 然後乃至大順.

지와 합일되는 것이다. 그러한 합일은 흐릿하고 어리석은 것 같기도 하고 어둡기도 한데 이를 일러 현덕이라 하며 대순(커다란 순응)과 같다고 하겠다.[22]

태초에는 아무것도 없는 무이지만 이 무는 인간의 지성을 기준으로 할 때의 무다. 그것은 완전한 무가 아니라 무엇인가 어떤 것이 있음이다. 그것을 헤아리게 될 때, 그것은 하나다. 수학적인 하나가 아니라, 시작으로서 무엇인가의 하나다. 인간이 인식할 수 없으며, 굳이 '명석판명(distinct and clear)'하게 밝혀낼 것도 아니므로, 그것은 그저 두루뭉술하고 흐릿하며 덩어리이기도 하고, 혼돈이기도 하다. 한마디로 '대혼(大混)'이다. 그것은 도의 본체일 수도 있다. 그것은 시작부터 모든 가능성을 내포하고 있다. 도에 무한하게 잠재된 가능성을 덕이라 한다. 덕은 도의 쓰임이며, 도의 드러남이기도 하고, 도가 쌓아 올리는 공(功)이기도 하다.

위의 인용문들 중에서 주목하는 것은 "커다란 뜻의 방향(大義之方)", "만물의 생김새(萬物之理)", "흘러 움직이며 사물을 낳고 사물은 생명체의 생김새를 이루는데 이를 일러 형(形)이라 한다(留動而生物, 物成生理謂之形)"라는 구절들이다. 우주는 그 생성 과정에서 본디 아무런 목적도 없고, 정해진 방향도 없이 흘러가지만 그럼에도 어떤 커다란 지향성을 지닌다. 지향은 운동을 촉발하고, 만물은 결과적으로 어떠한 생김새를 드러내게 된다. 이때 생김새라는 것은 짜임새를 포

---

22 『莊子』, 「天地」. 泰初有無, 無有無名. 一之所起, 有一而未形. 物得以生謂之德. 未形者有分, 且然無閒謂之命. 留動而生物, 物成生理謂之形. 形體保神, 各有儀則謂之性. 性修反德, 德至同於初. 同乃虛, 虛乃大. 合喙鳴, 喙鳴合, 與天地爲合. 其合緡緡, 若愚若昏, 是謂玄德, 同乎大順.

함하며 어떤 결을 지닌다. 여러 결이 모여 생김새를 갖게 되며, 생김새들은 짜임새를 통해 만들어진다. 또한 짜임새들의 과정을 거쳐 커다란 생김새를 이루게 된다. 우주 본체인 하나는 유동하며 사물을 낳는데 그러한 사물들, 다시 말해서 생명체들은 생김새를 이루어 가며 그것을 형상이라고 부른다. 이러한 생김새를 이루어 가는 것에 대해 장자는 논리적인 지성이 연관되는 것을 거부하고 이를 천연이라 생각한다. 그럼에도 불구하고 우리는 장자가 말하는 천연에 어떤 흐름의 과정이 있음을 간파한다. 태초 또는 태허 → 무유(無有) → 덕(德)과 명(命) → 형(形(理))과 성(性) → 반덕(反德) → 태초 또는 태허(太虛(大虛)) → 합일 → 천연의 현덕(玄德) 또는 대순(大順) 등으로 흐름은 지속된다. 반복이 아니라 끊임없는 변화에 의한 나아감이다.

형(形), 리(理), 성(性)과 같은 생김새가 이루어졌을 때, 다시 이를 천착하고 규명하여 우주 만물의 얼개를 파악해야 하는데, 장자는 생성된 생김새로부터 천연을 도출하고 반덕(反德)이나 귀일(歸一), 그리고 합일을 이야기하고 있다. 장자의 이러한 사유 양태는 반지성적이며 동아시아 사상의 흐름에 결정적인 영향을 끼쳤다. 서양이나 동아시아 모두 우주 생성의 시초에 혼돈이라는 개념을 설정하고 있지만, 그 양상이 사뭇 다르다. 서양의 혼돈을 가리키는 단어 Chaos는 희랍신화에 나오는 가장 원초적 신들 중의 하나이며, 그 뒤를 따라 지구(Gaia), 저승(Nether Abyss), 사랑(Eros) 등의 신이 나타나고 이들로부터 다시 어둠(Darkness)과 밤(Night)이 나온다. 대체로 서양에서의 혼돈은 부정적이고 지성에 의해 파악되어야 하는 그 무엇이다. 동아시아에서의 혼돈은 '하나'이며, 모든 가능성을 잉태하고 있는 무유(無有)로서, 그것은 모든 생명체의 원천이 되고 있는 생명 그 자체다. 그것은 천연으로서 인간의 어떠한 인위나 개념으로도 손상되면 안

된다.

화이트헤드는 혼돈을 거론하지 않고, 현실적 개체를 출발점으로 해서, 신까지도 현실적 개체의 하나로 설정하여 우주론을 펼쳐 간다. 그의 느낌 이론은 주체적 형식이 결과적으로 요청된다. 주체적 형식은 결국 의식으로 연결되고 지성으로 귀결된다. 들뢰즈는 혼돈을 시초로 설정하지만 그것에 대해 의문을 지닌다. 그 의문은 지성적이고 논리적이어야 한다. 파악되지 않는 혼돈과, 빛을 갖는 지성을 연결하기 위해 그는 원초적인 있음으로 '내재성의 평면'이라는 구도를 개념으로 설정한다. 이 평면은 울퉁불퉁하지 않고 말끔하게 '고르다'. 오로지 지성만이 이러한 평면을 기점으로 해서 울퉁불퉁한 지층과 주름을 만들어 간다. 움직임과 흐름의 평면에 선을 긋고 기하학적 도형을 짜 넣으며 그 위에 입체적인 틀을 구성하는 것은 지성이다. 여기서 내재성이란 어찌 보면 동아시아의 자연 개념에 근접한 것이지만 그 뜻은 근본적으로 다르다. 내재성은 지성의 작용과 전개를 합리화시키기 위해 혼돈과 지성 사이에 고육지책으로 끼워 넣을 수밖에 없는 그 무엇이다. 그것은 화이트헤드의 '원초적 개념적 실현인 신'에 갈음한다. 천연은 이에 반해 물음과 지성 없이 그냥 받아들여야 하는 '대순'의 상태다. 『장자』에 나오는 다음의 우화는 이를 극명하게 드러내고 있다.

남해의 황제는 숙이고, 북해의 황제는 홀이며, 중앙의 황제는 혼돈이라 한다. 숙과 홀이 언제인가, 혼돈의 땅에서 서로 우연히 만났다. 혼돈이 그들을 잘 대접했다. 숙과 홀은 혼돈의 은덕을 갚을 방법을 궁리하였다. 말했다. "사람들은 모두 일곱 개의 구멍으로 보고 듣고 먹고 숨 쉬고 있는데, 오로지 혼돈만이 홀로 이것들이 없습니다. 시험 삼아 그에게도 구멍을 뚫어 봅시다." 그리고 매일 혼돈의 몸에 한 구멍씩 뚫었는데, 7일이 되자 혼돈은 죽고 말았다.[23]

일곱 개의 구멍은 두 개의 눈, 두 개의 귀, 두 개의 콧구멍 그리고 입이다. 이들은 인간의 모든 감각기관을 망라한다. 그것은 감각을 가능하게 하며 이를 통해 인간은 의식을 갖게 되고 인식을 시작한다. 이를 바탕으로 지성이 생겨나며 그것은 우주를 재단한다. 혼돈은 우주의 시작이며 모든 가능성을 포괄하고 있다. 그것은 인간에게 두렵거나 알 수 없는 그 무엇이 아니라 그냥 받아들이면 되는 천연이다. 굳이 그것을 초월적인 것이라고 할 이유도 없다. 인간이 살고 있는 생활 세계의 모든 것이 그것으로부터 생성되어 드러나고 있기 때문이다. 혼돈과 현실 세계는 포개어져 있거나 겹쳐 있다. 그것들은 모두 하나다. 하나에서 나와 하나로 돌아간다. 인간이 지성으로 혼돈을 분석하고 나누고 헤아릴 때, 그것은 혼돈의 모든 의미를 상실한다. 혼돈은 그냥 혼돈일 뿐이다. 태초는 그냥 태초일 뿐이며, 굳이 이름하여 혼돈, 대혼, 태허, 태극, 태일, 태청, 혼명(混溟) 등으로 부르지만 모두 동일하며, 인간들에게 여러 이름으로 불릴 뿐이다.

장자는 동아시아 예술 정신의 보고다. 반지성적이고 무위를 주장하는 장자가 어떻게 치열한 지성적인 작업을 필요로 하는 예술 정신을 내포하고 있을까. 예술 정신에서 정신은 지성이나 인식 도구로서의 이성 등과 달리, 그 이전에 형성되어 있는 생명체의 본질이며 능

---

23 『莊子』, 「應帝王」. 南海之帝爲儵, 北海之帝爲忽, 中央之帝爲混沌. 儵與忽時相與遇於混沌之地, 混沌待之甚善. 儵與忽謀報混沌之德, 曰: 「人皆有七竅以視聽食息, 此獨無有, 嘗試鑿之.」 日鑿一竅, 七日而混沌死.

력이다. 정신의 정(精)은 생명의 힘이며, 신(神)은 그 힘을 바탕으로 생명이 움직이는 것이다. 지성보다 앞서며 본원적이다. 정신을 지닌 본원적 생명을 우리는 본생이라 부르는데, 그것은 도(道)로 모습을 드러낼 수 있다. 덕은 도의 쓰임이다. 바꿔 말해서 도에 입각하여 덕을 지니게 되면 생명이 넘쳐 나고, 생명체로서 예술 작품은 생명을 부여받고 그 삶을 살아간다.

생명이 우주에서 드러남이나, 도가 현현함은 모두 덕으로 현화하는데, 인간은 또는 예술가는 그 덕을 지녀야 본체인 생명에 이르게 되며 제대로 된 작품을 만들어 낼 수 있다. 이때 덕은 느낌으로 매개된다. 도는 덕의 한 양태인 느낌으로 충만하며, 덕이 구체적으로 드러난다 함은 바로 이러한 느낌이 상(象)을 이루고 있음이다. 이러한 상은 생김새를 지니며, 그 생김새가 짜임새를 통해 드러나게 되면 그것은 결국 인간이 인지할 수 있는 현실적인 상(像)으로 변전된다. 예술 작품은 바로 생김새를 지닌 상(像)이다. 장자는 이러한 과정을 모두 관통하는 경계를 기술하고 있다.[24] 예술 과정에서 순수 느낌은 지성이나 인식 작용 이전의 것이다. 그러한 느낌은 우주의 본원적인 실상에 다가서 있다. 그 느낌은 생김새를 낳는다. 『장자』의 다음의 글에서 '왕덕지인(王德之人)'은 바로 예술 과정에 몸을 얹고 있는 사람과 다름이 아니다. 그는 느낌의 심연에서 생명을 접하며, 그 생명을 느낀다. 모든 인간은 예술가의 잠재성을 지니지만 굳이 일상적인 사람들과 별개로 예술가로 부르는 이유는 그들에게서 이러한 느낌의 강도가 강하게 드러나고 있기 때문이다. 생김새를 갖추어 가는 느낌의 과정이 바로 예술이다. 그 느낌이야말로 예술의 본원이며 또

---

24 황봉구, 『생명의 정신과 예술―제3권 예술에 관하여』, 제3장 제3절 참조.

한 생김새를 지닌 예술 작품을 현현하게 한다. 무엇보다 그 느낌을 잉태하고 드러내는 것은 바로 생명이다.

도는 깊구나 그 모습이, 맑고 깊구나 그 깨끗함이. 쇠나 돌도 도를 바탕으로 하지 않으면 울릴 수 없다. 그러므로 쇠나 돌은 소리가 있지만, 두드리지 않으면 울리지 않는다. 만물은 누가 그것을 그렇게 정해 놓았는가? 큰 덕을 지닌 사람은 소박하고 세상일을 떠나 있어 세상일에 능통한 것을 부끄러워한다. 본원에 입각하여 그의 지혜는 생명의 움직임과 통한다. 그러므로 그의 덕은 광대하다. 그의 마음이 먼저 드러나면 사물이 그것을 따른다. 그러므로 모든 형상은 도가 아니고는 생성되지 않으며, 모든 생성은 덕이 아니고는 밝혀지지 않는다. 형상을 보존하며 생성을 다하고, 덕을 세우며 도를 밝히니 큰 덕을 지닌 사람이 아니겠는가? 넓고도 넓구나, 홀연히 드러나고 갑자기 그렇게 움직이니 만물이 그를 따르는구나! 이런 사람을 일러 큰 덕을 지닌 사람이라 한다. 바라보아도 캄캄하고 들어도 소리는 없는데, 캄캄한 가운데 홀로 밝음을 보고, 소리 없는 가운데 홀로 화음을 듣는다. 그러므로 깊고 또 깊어 만물을 가능하게 하고, 생명이 움직이고 또 움직여 생명의 힘을 가능하게 한다. 그러므로 그는 만물과 더불어 접해 있으며, 지극한 무에 있어 그가 구하는 것을 얻고, 그때그때 시의에 따라 무엇이든 응하여 자리 잡으니, 혹은 크기도 하고 작기도 하고, 길고 짧기도 하며, 가깝거나 멀다.[25]

---

25 『莊子』,「天地」. 夫子曰: 夫道, 淵乎其居也, 漻乎其清也. 金石不得, 無以鳴. 故金石有聲, 不考不鳴. 萬物孰能定之! 夫王德之人, 素逝而恥通於事, 立之本原而知通於神, 故其德廣. 其心之出, 有物探之. 故形非道不生, 生非德不明. 存形窮生, 立德明道, 非王德者邪! 蕩蕩乎, 忽然出, 勃然動, 而萬物從之乎! 此謂王德之人. 視乎冥冥, 聽乎無聲.

2.3. 『주역』

느낌과 상은 흐름이다. 그 흐름은 전혀 예측 불가다. 한자 주역(周易)에서 역은 본디 의미가 흐름과 변화이다. 흐름은 그 자체로 변(變)과 화(化)다. 변은 겉모습이 달라짐이요, 화는 곤충의 탈바꿈처럼 속까지 달라짐이다. 역은 역이되 변역(變易)이다. 역은 동시에 생활 세계를 지칭하며 우주 만물과 그 현상을 모두 아우르면서 인간의 삶과 그 상상력이 가장 멀리 미치는 곳까지 포함한다. 생명체로서 인간은 스스로 삶을 살아가면서 그 삶이 이루어지고 있는 역의 이러한 흐름의 연원을 파악하고, 또 그 생김새를 제대로 이해해서 현실에 반영하며 동시에 미래에 다가올 일을 미리 알고자 한다. 미래를 예측하기 위해 점을 친다는 것은 이러한 과정이 모두 필요하다. 근거가 없이 그냥 점괘만 보고 판단하는 것이 아니라 점괘를 해석할 때, 우주론과 같은 철학의 바탕이 있어야 하는 이유다. 『주역』이 점괘의 해설을 넘어서 결과적으로 우주와 생명을 논하게 된 이유이다. 유가의 경전 중에서 우주론을 가장 많이 읽을 수 있는 것은 『주역』이다. 특히 『주역』의 경을 풀이하고 해설하는 십익(十翼), 그중에서도 『주역』의 형성 과정과 그 총체적인 의미를 서술하고 있는 「계사전」은 동아시아 형이상학의 원초적인 보고라 할 수 있다. 『주역』은 모두 64괘로 이루어져 있는데 그 첫 장은 건괘로 시작된다. 건괘 단전(彖傳)은 말한다.

크도다, 으뜸 되는 건이여! 만물이 이로부터 시작하고 이내 하늘을

冥冥之中, 獨見曉焉; 無聲之中, 獨聞和焉. 故深之又深而能物焉; 神之又神而能精焉. 故其與萬物接也, 至無而供其求, 時騁而要其宿, 大小長短修遠.

통괄한다. 구름이 떠다니고 비가 내리니 온갖 생명체가 흘러가며 형상을 이룬다. 커다란 밝음이 끝나고 시작하며 여섯 자리가 때에 맞춰 이루어 가니 때를 타고 여섯 마리 용이 하늘수레를 몬다. 건의 도는 변하고 화하니, 각기 모든 생명체가 성(性)과 명(命)을 바로 하고, 커다란 조화를 보존하고 합하니, 이내 이롭고 곧바르다. 먼저 온갖 생명체를 내놓으니 온 세상이 모두 편안하다.[26]

우주 만물의 시작과 형성은 하늘로부터 시작한다. 하늘을 뜻하는 말은 천(天)이지만 괘상을 지칭하는 뜻으로서의 하늘은 건(乾)으로 불린다. 건원(乾元)은 개념어로 북송의 주돈이가 말하는 태극에 갈음한다. 주돈이의 태극은『주역』을 기초로 해서 도가나 음양오행가의 영향을 받아 설정된 개념이지만 이미 이보다 훨씬 오래전에『주역』은 장기간에 걸쳐 형성되면서 도가의 영향을 받았다. 도가의 혼돈이나 태일 또는 태허는 여기에서 '건원(乾元)'이다. 우주 만물이 이를 '밑거름으로 하고 시작한다(資始)'. '품물유형(品物流形)'은 온갖 생명체가 흐르며 형체를 이루어 감이다. 위 문장에서 물(物)은 생명체로 해석된다. 우주에서 우주 자체를 포함하여 생명체가 아닌 것이 없다. '대명종시(大明終始)'는 태양이 뜨고 지는 것으로 이해된다. 여섯 자리가 때에 맞춰 이루어 감은 바로 육효(六爻)의 작용이다. 이 모든 것이 하늘의 길에서 이루어지는 변이요 화다. 위 문장은 단전(彖傳)이다. "단은 상을 말하는 것이고 효는 변화하는 것을 말한다."[27] 이 과정에

---

26 『周易』,「乾卦」. 彖曰: 大哉乾元, 萬物資始, 乃統天. 雲行雨施, 品物流形, 大明終始, 六位時成, 時乘六龍以御天. 乾道變化, 各正性命, 保合大和, 乃利貞. 首出庶物, 萬國咸寧.

27 『周易』,「繫辭傳 上」. 彖者, 言乎象者也. 爻者, 言乎變者.

서 모든 생명체는 각기 개체로서 성(性)과 명(命)을 '절로 그러하게' 지니게 된다. '대화(大和)'는 보존된다. 그것은 음양이 서로 어울려 우주에 따스한 기운을 불어넣고 있는 상태를 의미한다. 모든 것이 이롭고 올바르다(利貞). "세상이 모두 편안한 것(萬國咸寧)"은 당연하다.

건괘 단전은 우주 최초에 비구름이 몰아치며 만물이 생겨나는 것을 언급하면서도 그 전체적인 상황을 조화롭고 평안한 것으로 그려내고 있다. 서구 철학에서 우주의 시원인 카오스는 극히 혼란스럽고 두려우며 무섭고 부정적이기 때문에 그것은 밝은 빛인 인간의 지성을 요청한다. 도가에서 혼돈은 태일(太一)이나 태청(太淸)으로 불리기도 하는데, 복잡하지 않고 '하나 됨'을 이루고 있으며, 맑고 순수함이 지극한 무위자연의 상태를 가리키면서, 어떠한 인위적 요소도 요청하지 않는다. 동아시아 철학은 생성의 철학이며 유기체의 철학이다. 그것은 끊임없이 흐르고 변화하며 전진하며 생성과 소멸을 거듭한다. 그것은 받아들이며 순응하고 조화롭고 긍정적이다. 건괘는 바로 원(元), 형(亨), 이(利), 정(貞)이다. 으뜸이며, 통하고, 이로우며, 올곧다. 우주의 이러한 원초적 상황을 기술하고 있는 건괘 단전은 두 가지 핵심 요소를 품고 있는데, 그 하나는 움직임으로서 느낌이며, 다른 하나는 느낌으로부터 빚어내는 상(象)이다. 만물의 형상과 그 변화의 흐름은 상으로 드러난다. 상의 본질은 움직임이다. 움직임은 느낌을 조성하는데 대화(大和)와 함녕(咸寧)은 모두 느낌의 상태를 가리킨다.

성인(聖人)은 느낌에서 비롯하여 상을 드러낸다. 『주역』에서 성인은 여러 복합적인 의미를 지니는데, 그 한 가지는 우주의 오묘한 작용을 기술하기 위해 일종의 매개자 또는 기술자(記述者)로 불러오는 객체로서의 성인이다. 그것은 특정한 상태의 인간을 가리키지 않으며 개념적으로 보통의 사람들과 달리 최고의 능력을 지니고 있는 인간의 이해와 언어로 기술한다는 뜻이다.

> 천하의 지극히 깊은 면을 말하나 싫어할 수 없다. 천하의 지극한 움직임을 말하나 혼란스러울 수가 없다. 그것을 헤아린 후에 말을 하고, 그것을 따져 보고 나서 움직이니, 헤아리고 따져 봄으로써 그 변화를 이루어 간다.[28]

천하의 지극히 깊은 면이나 천하의 지극한 움직임은 바로 느낌이다. 이런 느낌이 있어야 통하게 된다. 느낌을 통한다는 것은 헤아림이다. 헤아려 보고(擬), 따져 보고(議), 그 변화를 이루어 가는 것은 모두 느낌의 작용이다. 움직임, 헤아림, 따져 봄 등은 지성의 작용이 전혀 아니다. 그것은 화이트헤드의 파악에 해당된다. '싫어할 수 없고, 혼란스러울 수 없다는 것'은 부정적 파악은 배제된다는 이야기와 같다. 이런 작용의 결과로서 말과 구체적인 움직임이 드러나고 바로 그것들을 상으로 파악하게 된다. 상은 느낌으로 파악된 것이다. 느낌과 상은 언어나 구체적 개념 이전의 것들이다. 이때의 상은 이미지의 원초적 형태라 할 수 있다. 그것은 순수 우리말로 '-것', '-짓', '-꼴'이다.

> 공자가 말했다. "책으로는 말을 다하지 못하고, 말로는 뜻을 다하지 못한다." 그렇다면 성인의 뜻은 드러나지 않는 것인가? 공자가 말했다.

---

28 『周易』, 「繫辭傳 上」. 言天下之至賾而不可惡也, 言天下之至動而不可亂也, 擬之而後言, 議之而後動, 擬議以成其變化.

"성인은 상을 세워 그 뜻을 모두 드러내고, 괘를 설정하여 그 실정(實情)과 생김새를 모두 드러내고, 글을 붙여 그 말을 모두 드러내며, 변하고 통하여 그 이로움을 다하고, 두드리고 춤을 추어 그 생명의 움직임을 다한다." (중략) 모양이 바뀌어(化) 그것을 마름질한 것을 달라짐(變)이라 한다. 따라가며 행하는 것을 통(通)이라 하고, 들어 드러내어 세상의 백성들에게 시행하는 것을 일(事業)이라 한다. 이러므로 상은 성인이 천하의 깊은 면을 보고 그 겉으로 드러나는 모습을 헤아리면서 그 사물이 그래야 함을 본뜨니 그런 까닭에 상이라 부른다.[29]

인용한 본문에서 '정위(情僞)'를 실정과 생김새로 번역하였는데, 위(僞)는 바로 생김새를 뜻한다. 이는 순자가 말하는 위(僞)로서 문리를 뜻한다.[30] 바뀌고(化), 달라지며(變), 서로 연관이 있어 통하며, 들어 드러내어 행하게 되는 것은 일인데, 이것들을 아우르는 어떤 것은 현실적 개체로서 그것의 드러남 또는 원초적 이미지가 바로 상이다. 이 상은 또한 목적적인 성격도 지니는데(象其物宜), 이는 화이트헤드의 긍정적 파악을 통한 창조적 전진에 비견될 수 있지만, 동아시아 사상은 처음부터 우주 만물을 구성하는 모든 개체들이 서로 관계성을 지니며, 이것이 인간의 생활 세계에서는 어떤 윤리적인 성격으로 변전되고 있음을 예시한다. 「계사전」 하편에서도 이와 비슷한 문구가 다시 나타난다.

---

29 『周易』, 「繫辭傳 上」. 子曰: 書不盡言, 言不盡意. 然則聖人之意, 其不可見乎? 子曰: 聖人立象以盡意, 設卦以盡情僞, 繫辭以盡其言, 變而通之以盡利, 鼓之舞之以盡神. (중략) 化而裁之謂之變, 推而行之謂之通, 擧而錯之天下之民, 謂之事業. 是故, 夫象, 聖人有以見天下之賾, 而擬諸其形容, 象其物宜, 是故謂之象.

30 『荀子』, 「禮論」. 故曰: 性者, 本始材朴也; 僞者, 文理隆盛也.

옛날 포희씨가 임금 노릇을 할 때다. 우러러 하늘에서 상을 관찰하고 굽어보아 땅에서 본뜬 법칙을 관찰했다. 새와 짐승의 무늬 그리고 함께 땅의 마땅함을 관찰했다. 가까이는 자기에서 취하고, 멀리는 사물에서 취하였다. 이에 처음으로 팔괘를 만들었으니 이로써 신명의 덕에 통하고 이로써 만물의 실상을 분류하였다.[31]

포희씨는 고대의 성인이다. 성인은 인간이 상상할 수 있는 한도 내에서 가장 완전한 능력을 지닌 사람이다. 그는 절대자 신이 결코 아니며 어디까지나 현실 세계에 몸을 담고 있는 사람이다. 그는 '신명의 덕'에 통해 있으므로 상을 읽을 수 있고 만물의 실상을 분류할 수 있다. 신명은 생명의 움직임이 밝게 드러남이며 덕은 그 작용이다. 느낌과 상은 모두 생명에서 비롯된다. 우주의 본원은 생명으로서 본생이다. 그 생명은 힘을 지니고 움직이며, 부단히 변화한다. 이에 따라 느낌이 일어난다. 느낌으로 이루어지는 것들을 헤아려 나타나는 것이 상이다. 성인은 바로 이렇게 지극한 생명의 힘(至精)과 지극한 생명의 움직임(至神) 그리고 지극한 변화(至變)에 통하고 있다. 이 세 가지를 관통하는 속성은 또한 심(深), 기(幾), 신(神)이다. 심은 아득히 어둡고 깊은 현덕(玄德)이며, 기는 희미하고 잘 보이지 않지만 어떤 조짐 또는 낌새와 기미를 가리킨다. 신은 본질적 속성으로서 움직임이다. 이러한 속성이야말로 바로 느낌이다. 순수하고 원초적인 느낌은 어둡고 희미하며 어떤 낌새를 갖고 있으면서 언제나 움직이고 있다.

---

31 『周易』,「繫辭傳 下」. 古者包犧氏之王天下也, 仰則觀象於天, 俯則觀法於地, 觀鳥獸之文, 與地之宜, 近取諸身, 遠取諸物, 於是始作八卦, 以通神明之德. 以類萬物之情.

역에는 성인이 되는 길이 네 가지가 있다. 말을 하는 사람은 글귀를 존숭하고, 움직이는 사람은 변화를 존숭하고, 물건을 만드는 사람은 상을 존숭하고, 점을 치려는 사람은 점을 존숭한다. 따라서 군자가 장차 무엇을 하거나 행동을 하려 할 때 (점으로) 물음을 하되 말로써 하니 그 명을 받음이 메아리가 울리는 것과 같다. 멀고 가까움이나 어둡고 깊은 것을 가리지 않으니 마침내 다가올 일들을 알게 된다. 천하의 지극한 생명의 힘(至精)이 아니라면 어떻게 이런 상황을 함께할 수 있을까? 셋이나 다섯으로 변하여 그 수를 이리저리 뒤섞고 그 변화에 통하여 마침내 천하가 모습을 이루어 간다. 그 수를 끝까지 다하면 마침내 천하의 상을 정하게 된다. 천하의 지극한 변화(至變)가 아니라면 어떻게 이런 상황을 함께할 수 있을까? 역은 생각이 없음이다. 역은 하는 일이 없음이다. 고요하게 그저 그렇게 있으며 움직이지 않다가 느낌이 있어 마침내 통하여 천하가 이로 말미암게 된다. 천하가 생명의 움직임에 지극하지(至神) 않다면 어떻게 이런 상황에 함께할 수 있을까? 역은 성인이 그로써 깊이를 끝까지 다하고 조짐을 밝혀내는 것이니 오로지 깊이(唯深)가 있기 때문에 천하가 지향하는 것에 통할 수 있다. 오로지 조짐(唯幾)이 있기 때문에 천하의 일을 달성할 수 있게 되며, 오로지 생명의 움직임(唯神)이 있어 서두르지 않아도 빠르고, 가지 않아도 이를 수 있다. 공자가 말씀하시기를 역에는 성인이 되는 길이 네 가지가 있다 하였는데 바로 이를 말함이다.[32]

32 『周易』,「繫辭傳 上」. 易有聖人之道四焉, 以言者尙其辭, 以動者尙其變, 以制器者尙其象, 以卜筮者尙其占. 是以君子將有爲也, 將有行也. 問焉而以言, 其受命也如響. 無有遠近幽深, 遂知來物. 非天下之至精, 其孰能與於此. 參伍以變, 錯綜其數. 通其變, 遂成天下之文; 極其數, 遂定天下之象, 非天下之至變, 其孰能與於此. 易, 無思也, 無爲也, 寂然不動, 感而遂通, 天下之故, 非天下之至神, 其孰能與於此. 夫易, 聖人之所以極

느낌과 상은 그것 자체로 예술을 잉태하고 있다. 인간의 현실 세계에서 그것의 흐름이 예술의 과정이다. 모든 느낌과 상은 궁극적으로 생명에서 비롯된다. 생명이 빚어내는 우주의 모든 것이 생명을 지닌 생명체다. 그 생명은 힘과 움직임을 본원적으로 지니고 있으며 그것들의 작용과 움직임에서 느낌이 생기고, 성인은 이로부터 상을 추출한다. 성인은 다름 아닌 인간 일반이다. 상이 형용을 갖추며 생김새를 드러내는데 그것이 바로 괘다. 『주역』의 64괘는 우주 만물과 모든 현상을 갈음한다. 예술가는, 흩어지는 빛을 모아 한 점에 쏘아 대면 그곳에는 높은 열이 만들어지고 불꽃이 일어나는 것처럼, 일반 현실 세계에서 느낌과 상의 경계로 건너가고, 그곳에서 언어나 감각 이전의 느낌을 접하며, 우주와 만물 현상의 본원인 생명의 힘과 움직임을 직각으로 체득한다. 얻어진 느낌과 상으로부터 그는 그것들의 생김새를 읽는다. 생김새는 짜임새를 요청하고, 짜임새를 포함하는 새로운 생명체의 생김새가 생겨난다. 그 새로운 생명체가 바로 예술 작품이다. 예술 작품은 예술가가 우주 만물에서 발견하고 읽어내는 괘상(卦象)들의 집합이며 동시에 전일적인 생김새를 지닌다.

3. 생김새, 짜임새 그리고 모양새

우주 만물과 모든 현상은 생김새를 갖는다. 그것은 무형과 유형을 가리지 않는다. 생김새는 마음의 상상이나 존재하는 그 모든 것에 적용된다. 그것은 안과 밖을 가리지 않는다. 안으로 관념(idea)이나 인상(impression) 또는 감각이라 할 수 있는 느낌이나 감정도 생김

深而研幾也, 唯深也, 故能通天下之志. 唯幾也, 故能成天下之務. 唯神也, 故不疾而速, 不行而至. 子曰, 易有聖人之道四焉者, 此之謂也.

새를 지닌다. 밖으로는 모든 사물이나 동식물 그리고 어떤 사건이나 현상도 생김새를 드러낸다. 생김새는 생김이라는 명사형에 '-새'가 붙은 말이다. 생김은 생기다의 명사형이다. 이미 이야기한 것처럼 생기다의 의미는 "1) (없었던 것이) 새로 생기다. 2) 자기의 것으로 새로 가지게 되다. 3) 어떤 일이 일어나다. 4) 됨됨이가 어떻게 되어 있다"로 풀이된다. 없었던 것이, 존재하지 않았던 것이 생겨난다. 아무렇지도 않은 상황에서 어떤 일이 일어난다. 그렇게 생겨난 것들이나 현상들은 생김새로서 어떤 됨됨이를 속성으로 내재하고 있다. 그 됨됨이를 이루어 내는 것은 짜임새이며, 그 짜임새들이 갖추어져 겉으로 드러나는 생김새를 모양새라고 한다.

'-새'는 어미다. '-새'는 행동이나 움직임과 관련되어 있다. 행동성을 가진 명사형에 붙어 차림새, 걸음새, 앉음새, 갖춤새 등으로 쓰인다. 행동성을 가지지 않는 일부 명사 말에도 붙는다고 했으나 실제로 머리새, 모양새, 차비새 등의 단어는 움직임의 결과나 움직임이기 직전의 상황을 가리키고 있다.[33] '-새'는 한마디로 움직임을 나타낸다. 우주 만물은 움직이며 흐른다. 느낌과 상은 이러한 움직임이나 흐름을 파악하는 원초적 단계에서 발생한다. 이는 『주역』에서 말하는 '품물유형(品物流形)'에 해당된다. 느낌과 상은 파악의 과정을 거쳐 의식화된다. 의식은 지성의 요소다. 원초적 느낌으로 생기는

---

33 사회과학원 언어연구소 편, 『조선말대사전』, 동광출판사, 1992. "-새: [뒤붙이] (주로 '-ㅁ'형으로 된 행동성을 가진 명사뿌리에 붙어) 상태나 모양, 모습의 뜻을 나타낸다. 생김새, 차림새, 걸음새, 앉음새, 흐름새, 갖춤새, 거둠새. 2. (행동성을 가지지 않는 일부 명사말뿌리에 붙어) 모습이나 됨됨이 또는 행동의 솜씨의 뜻을 나타낸다. 머리새, 모양새, 차비새. 3. (행동성을 가진 명사말뿌리에 붙어) 정도나 수량의 뜻. 먹새, 쓰임새".

그 무엇이 의식의 활동을 통하여 파악되고 관념과 인상이 생겨나며 그것들은 언어로 변환되어 규정된다.

생김새는 이러한 과정을 모두 포괄한다. 생김새는 이미 의식화된 상태의 그 무엇이다. 의식을 이루고, 지성의 작용을 거쳐 어떤 관념이나 인상을 생기게 하며, 이로부터 다시 더 복잡한 관념을 창출하고, 이러한 관념들이 집합이나 공유를 거쳐 생각과 사유를 빚어낸다. '-새'를 특정 단어에 붙인다는 것은 이미 의식이 작동하고 있음을 나타낸다. 인간의 사유는 호기심으로 가득해서, 원초의 우주 생성에서 일어나는 모든 일의 경과와 그때 일어나는 의식 이전의 느낌이나 상에 대해서도 어떤 일정한 생김새를 부여하려고 애를 쓴다. 느낌의 파악이 아니라 논리를 앞세우는 사유를 통한 파악이다. 앞과 뒤를 구분하고, 먼저와 나중을 구별하며, 크고 작음 그리고 부분과 전체를 가려내고자 한다. 무엇보다 됨됨이를 파악하려 하는데 그것은 『주역』 건괘에서 말하는 원, 형, 이, 정이나, '각정성명(各正性命)'과 같은 개념을 추출하게 된다. 그들은 우주 만물의 됨됨이, 즉 생김새의 의미를 풀이하는 개념들이다.

3.1. 일자성과 다원성

생김새는 하나에서 시작되어 다원성을 지닌다. 우주의 궁극적 시원인 태초나 태허도 어떤 생김새를 지닌다. 이때의 생김새는 일원론적이다. 우리가 주장하는 우주의 궁극적 실재인 본생도 실체로서 어떤 생김새를 지닌다. 이 본생은 생명의 근원으로서 본생에서 비롯되는 모든 생명체는 그들 또한 생명으로의 본생을 지닌다. 당연히 모든 생명체는 생김새를 지닌다. 그 생김새는 안과 밖의 구분이 없다. 됨됨이인 생김새와 겉모습인 생김새는 나뉘는 것이 아니라 본디 하나의 생김새를 지닌다. 생김새는 서구의 이원론적 의미를 벗어나 있다. 초월적이라는 말이 아니라, 본디 이원론과는 아무런 연관이 없다는 뜻이다. 우리말의 생김새는 이미 형식과 내용, 또는 정신과 육체 등을 모두 포괄한다. 됨됨이와 겉모습이라는 단어는 생김새를 풀이하는 서술어들인데, 그것들은 나뉘지 않는다. 순수 우리말로서의 생김새는 절묘함을 넘어서 한민족이 옛날부터 일원론적 사유를 지니고 있음을 보여 준다. 생김새들은 관계성을 지니는데, 생겨남 자체가 이미 어떤 관계를 지니면서 이루어지고, 그 생겨남은 다시 흐르면서 무수한 생겨남과 관계를 맺게 된다. 생김새가 복합적으로 또 다른 생김새들을 생겨나게 한다. 이런 면에서 우리가 현재 현실 세계에서 접하는 무수한 생김새들은 그 하나하나가 다시 무수한 생김새들로 분할될 수 있다. 생김새는 하나이면서 나뉨이 가능하다. 형식처럼 그것은 고정된 틀이나 개념이 아니기 때문이다.

생김새는 '일자성(一者性)'을 지닌다. 그것은 우주적이다. 생김새는 우주의 탄생부터 모든 사물이나 현상에 적용되기 때문에 보편적이다. 예를 들어, 절대자 신은 스피노자에 의하면 모든 우주 만물에 이미 들어 있다. 이러한 내재성을 가리키는 신은 일자성을 지닌다. 어디든 다 통용된다. 일자성이라는 개념은 언제나 그렇듯이 수학적으로나 과학적으로 일목요연하게 정리되어 분석되지 않는다. 두루뭉술하지만 우리가 분명하게 느끼는 그 무엇이다. 생김새는 일자성을 지닌 개념이다. 인간의 느낌이나 의식이 상상할 수 있는 한계로 닿을 수 있는 모든 영역에 존재하는 것은 모두 생김새를 갖는다. 거시적으로 무한 확대가 되는 우주가 그러하며, 미시적으로 무한 축소되는 원자나 입자가 그러하다. 그것은 절대자 신이 창조한 것이 아니라 그냥 주어져 있음이다. 생김새의 일자성은 보편성이나 일반화와 그 의미가 다르다. 일자성은 하나에서 비롯되어 다원성으로 나아가지만, 보편성 또는 일반성은 다수성에서 하나로 귀결된다. 예를 들어, 언어는 류(類)와 종(種)이다. '나무'는 수많은 종류의 식물들 중에서 커다란 기둥을 중심으로 크게 자라나서 줄기와 잎을 갖는다. 대부분의 풀들도 줄기와 잎을 갖지만 나무와 다르다. 나무에는 헤아릴 수 없이 수많은 특정 이름들을 가진 나무들이 있다. 소나무나 은행나무 등의 개개의 나무는 개별자다. 나무는 이 모두를 총칭하는 단어다. 이 나무들을 모두 한데 묶어 나무라고 이름을 붙이는데 바로 그것이 일반화된 보편자다. 일반화된 것은 그 속성이 보편성을 지닌다. 보편성은 개념이지만 그것은 작은 것이나 부분에서 시작되어 더 큰 집합으로 확대되며 다시 일반화된다. 나무와 풀은 합쳐서 식물이라고 부른다.

일자성은 전일성을 지닌다. 일자는 본디 전일하다. 쪼개지거나 부분으로 나누어지지 않는다. 일자성은 이미 존재해 있거나 먼저 주어져 있음이다. 라이프니츠의 모나드는 일자성이나 전일성을 갖는다. 모나드는 나뉘지 않는 단자다. 그것은 비물질적이다. 그럼에도 라이프니츠는 동물이나 인간과 같은 현실의 실체는 하나의 중심 모나드를 수많은 모나드들이 감싸고 있는 것으로 이해하고 있다. 생김새는 모나드와 달리 유형의 사물과 무형의 관념을 모두 아우르며, 단자인 생김새들의 집합도 하나의 생김새로 간주한다. 생김새는 부분으로 나뉘지 않지만 하나의 작품으로서 생김새는 그 안에 무수한 하나이며 각기 그 자체로 전체인 생김새들을 포괄하고 있음이다.

3.2. 생김새의 생겨남

예술 작품은 생김새를 지닌다. 생김새를 기초로 해서 예술 작품이 만들어진다. 예술은 생김새의 과정을 구체적으로 구현한다. 느낌에서 비롯되는 상(象)은 생김새를 빚어내고, 그 상은 다시 형상을 지닌 상(像)이라는 현실화된 그 무엇을 새로 생기게 한다. 상(象) 또한 생김새이며, 상으로서의 예술 작품 또한 생김새를 갖는다. 예술은 과정으로서 우주의 원초적 상태에서 시작되지만, 현재에 살고 있는 예술가는 이러한 원초적 느낌을 직각적으로 되살리는 능력을 지니고 상(象)을 파악하며 작품으로서 상(像)을 빚어낸다. 예술 작품이 생김새를 지녔다 함은 그것이 없었던 상태에서 무엇인가 새로운 존재로 나타났다는 의미가 아니다. 서양에서 예술은 창조이며, 이러한 창조과정에서 본원성이나 창의성이 강조된다. 동아시아에서 예술 작품은 생김새를 지니며 이러한 생김새는 창조되는 것이 아니라 발견된다. 새롭다라는 의미에서 창조나 발견은 거의 동일하다. 한 시대가 발견하지 못하는 것을 후대에서 발견하며, 다른 사람들이 발견하지 못하는 것을 특정 예술가는 느낌을 통하여 발견하며, 여기에 짜임새를 부가하고 모양새를 만들어 새로운 생김새를 지닌 작품을 선사한다. 이러한 느낌에 도달하고 또 그것으로부터 무엇인가 아름다움을 발견하려면, 우주 만물의 모습 그대로의 세계로 진입해야 한다. 인위적 요소를 가급적 최대한 배제하고 본디 순수한 경계로 들어가야 한다. 우리는 이를 합일의 경계라 하며, 이는 동아시아 예술 이론에서 중요한 개념이다. '자연합일'은 잘못된 언어 조합이다. 이때의 자연은 서구의 nature이며, 올바른 표현은 '천인합일(天人合一)'이다. 이때 천(天)은 하늘을 가리킬 뿐만 아니라 본디 천이라는 개념이 품고 있는 '그냥 그러함'의 자연이다. 전일성을 지닌 보편자로서의 하늘과 그 하늘의 본질인 자연에 합일하는 것이 바로 천인합일이다.

의식화된 언어 개념으로 생김새는 상(象)에서 비롯된다. 상은 아직 구체적인 언어로 적시되기 전의 모든 것을 포괄한다. 우주 만물과 현상이 역(易)인데 그 역은 상과 괘로 풀이된다. 상은 우주 전반을 세세하게 구체적으로 드러내는 그 무엇이다. 상은 느낌에서 나오는데, 상은 도대체 무엇일까? 상은 '것'이다. 언어로 규정되기 전의 그 무엇을 굳이 언어로 상이라고 표현하듯이 '것'은 말로써 무엇인가 드러내기 전의 그 무엇을 굳이 말로 가리키고 있다. '것'은 사투리로 '거시기'라는 말에 가깝다. 거시기는 확실하게 한정하여 규정할 수 없는 미지의 상태에 있는, 알 수 없는 무엇이다. 분명히 무엇인가 있기는 한데, 꼭 집어 말할 수 없는 것이 바로 거시기다. '것'이 바로 거시기다. '것'의 사전적 의미를 읽어 본다. "것은 의존명사로 어떤 사물을 낱낱의 이름 대신 포괄적으로 이르는 말"이다.[34] 이러한 풀이는 너무 간단하다. 북한에서 발간된 사전은 '것'을 명확하게 규정하고 있다. 여러 가지 복합 의미가 있지만 그중에서 첫 번째로 "물건, 현상, 성질, 상태 등을 추상적으로 대상화하여 나타낸다. 내 것, 입을 것, 먹을 것" 등이라는 풀이와 두 번째로 "(이, 그, 저, 요, 고, … 등의 대명사와 함께 쓰이어) 앞에서 말한 대상을 직접 가리킨다"는 풀이가 중요하다.[35] 이로 보아, '것'은 사물의 모든 것, 사물에 대하여

---

34 김무림, 『한국어어원사전』, 지식과 교양, 2015.

35 사회과학원 언어연구소 편, 『조선말대사전』. "것: 1. (체언의 속격형이나 그 밖의 규정어와 함께 쓰이며) 물건, 현상, 성질, 상태 등을 추상적으로 대상화하여 나타낸다. 내 것, 입을 것, 먹을 것. 2. (이, 그, 저, 요, 고, … 등의 대명사와 함께 쓰이어) 앞에서 말한 대상을 직접 가리킨다. 3. 문장에서 두 개 이상의 단어로 표현된 내용을 묶어서 하나의 문장론적 단위로 만든다. 4. 사람이나 생물체를 낮추어 가리키는 뜻을 나타낸다. 제까짓 것, 너따위 것. 5. (ㄴ, 는, 리, 던 형의 규정어 뒤에서 접속형이나 종결형으로 쓰이어) 앞에서 이야기한 내용에 대하여 단정하거나 확신하는 뜻을 나타낸다. 6. (ㄹ 형의 규정어 뒤에서 접속형이나 종결형으로 쓰이어) 앞에서 이야기한 내용에 대하여 추측의 뜻을 나타낸다. 내일은 비가 올 것이다. 7. ㄹ것 형으로 쓰이어 강한 요구나 명령의 뜻을 나타낸다. 다시는 그런 일이 없을 것."

인간이 상상할 수 있는 그 모든 상태, 성질과 현상을 가리킨다. 또한 대명사로 모든 방향과 거리에 있는 것을 가리킨다. 그것은 안과 밖의 구분이 없어서 느낌의 구체적인 설명부터 마음의 감정이나 그리고 감각이 느끼는 모든 대상과 사물을 모두 망라한다. 한마디로 우주에 있거나 벌어지거나 또는 우주의 과거나 미래에 상상할 수 있는 모든 것들을 포괄적으로 가리킨다. 언어는 의식화된 것이다. 느낌이나 상은 언어 이전의 것들이다. 느낌이나 상을 표현하기 위해, 구체적인 언어로 적시하기 직전에, 언어이지만 언어의 기능이나 한정성을 최소화하여, 기표의 무의미성을 최대한 억제하면서, 의식이지만 거의 무의식에 가까울 정도의 희미한 강도를 지닌 상태에서, 처음으로 무엇인가를 감지할 때 생겨나는 말이 바로 '것'이다. 그것은 언어라기보다 인간의 느낌을 표현하는 감탄사에 가까운 것으로 그냥 최소의 음소만을 갖는다. 따라서 '것'은 느낌과 상이 이루어 내는 어떤 생김새를 표현하는 최초의 언어 단어이다. 한마디로 생김새는 '것'이다. '것'을 어렵게 생각할 이유가 없다. 그것은 어떤 형이상학적 의미를 지닌 그 무엇이 아니다. 노자가 도를 서술하기 위해 이(夷), 희(希), 미(微)를 굳이 사용했듯이 '것'은 그냥 그 무엇으로 희미하고 흐리멍덩하고 두루뭉술하고 막연한 그 무엇이다. 그것은 『주역』에서 "역은 생각이 없음이다. 역은 하는 일이 없음이다. 고요하게 그저 그렇게 있으며 움직이지 않다가 느낌이 있어 마침내 통하여 천하가 이로 말미암게 된다. 천하가 생명의 움직임에 지극하지(至神) 않다면 어떻게 이런 상황에 함께할 수 있을까?(易, 無思也, 無爲也, 寂然不動, 感而遂通, 天下之故, 非天下之至神, 其孰能與於此)"라는 글귀에 합당한다.

위의 한문 문장에서 사(思)와 위(爲)는 모두 인위적인 요소들이다. 그런 인위적인 요소들이 없는 상태에서 느낌이 이루어진다. 그것은 생명의 움직임이다. '것'을 나타내는 생김새는 바로 이런 느낌의 움직임이 이루어 내는 최초의 그 무엇부터 생겨나는 그 모든 것들을 지칭한다. 생김새나 '것'은 어떤 면에서 서구의 단어인 이미지에 상응한다. 예술을 논하게 되면 언제나 이미지라는 단어를 피할 수 없다. 그것의 개념은 역사의 과정을 거치면서 너무 복잡하게 얽히고설켜서 모호하기 짝이 없다. 사람들은 이미지라는 단어에서 임의대로 자기가 원하는 대로 의미를 읽는다. 베르그손은 이미지를 새로운 개념으로 설명한다. 그가 가리키는 이미지 또는 지각은 생김새의 '것'과 유사하다. 주관적 요소가 최대한 배제된 상태가 바로 '순수 지각'이다. "실로 이 순수 지각은 실재로부터 있는 그대로 떼어 낸 단편과 같은 것이어서, 다른 물체들의 지각에 자신의 신체에 대한 지각 즉 자신의 정념들을 혼합하지 않는 존재, 자신의 현실적 순간의 직관에 다른 순간들의 직관 즉 그것의 기억들을 혼합하지 않는 존재에 속할지도 모른다."[36] "사람들이 우선 놓아야 하는 것은 순수 지각, 즉 이미지다. 그리고 감각들은 이미지가 그것들로부터 제작되는 재료이기는커녕 반대로 이미지에 섞인 불순물처럼 나타난다. 그것들은 우리가 우리 신체로부터 다른 모든 물체들로 투사한 것이기 때문이다."[37] 베르그손이 가리키는 순수 지각 또는 이미지, 생김새의 '것', 그리고 상(象)이라는 한자 기표가 가리키는 언어 이전의 상은 모두 유사한 뜻을 지닌다. '것'과 '상'은 언어를 수반하는 의식화 바로 직전의 단계에서 빚어지는 것을 추후에 새삼스럽게 언어로 규정한 말이다. '것'과 '상'은 생김새를 갖는다. 그 생김새를, 의식을 통한 지성이

---

36 앙리 베르그손, 『물질과 기억』, 박종원 역, 아카넷, 2005, p.385.
37 앙리 베르그손, 『물질과 기억』, p.388.

작동하여 하나씩 분할하며 특정한 언어와 개념으로 한정한다.

'것'은 움직임이다. 생김새는 고정된 것이 아니라 움직임을 지닌다. 만물은 유동하고 있으므로 그것을 드러내는 어떠한 표식도 그 움직임을 함의한다. 움직임을 품고 있는 것을 구체적 행동으로 다시 나타내는 말이 '짓'이다. 짓의 사전적 의미[38]를 더 확대하면 그 움직임은 사람에게만 적용되는 것이 아니라 인간과 관계되는 모든 것, 결국 우주 만물의 모든 생명체와도 연결된다. '짓거리'도 여기에 해당된다. 짓거리는 짓을 구체적으로 사물화나 어떤 현상으로 나타내는 말이다. 짓이 행동이나 움직임을 직접적으로 표현하는 말이라 하면, 이를 보완하는 단어로 '꼴', '티' 등도 '것'의 범주에 포함된다. 이들은 움직임의 결과로 나타나는 생김새를 가리킨다. '-듯', '-둥'도 '것'과 연관이 있다. 이들은 완전한 의식화가 되기 전의 모호한 상태의 생김새를 말한다. '-새', '-결', '-깔' 등도 모두 생김새나 됨됨이와 직접적으로 관련이 있는 말들이다.

'것'을 비롯하여 '것'의 범주에 들어가 있는 단어들은 대체로 단음절이다. 최소의 음소로만 구성된다. 이는 의식화되기 직전의 그 무엇인가를 드러내기 위해 필연적으로 그 상태에 가장 가까이 근접하기 위함이다. 각성 상태에 있는 사람들은 구체적인 기표를 갖는 말을 쓴다. 각성이 되지 않은 상태에서, 의식을 잃은 상황에서 사람들이 내뱉는 어떤 소리는 그냥 그 자체로 소리가 되어 우리에게 전달된다. 기표는 소용이 전혀 없다. 언어로 표현될 수 있지만 언어라기

---

38 사회과학원 언어연구소 편, 『조선말대사전』. "명사: 1. 버릇처럼 하는 어떤 동작이나 행동. 2. (어떤 동작이나 행동)을 홀하게 이르는 말. 자네 무슨 짓을 했나? 불완전명사: 1. 몸이나 몸의 일부를 놀려 움직이는 동작. 손으로 하는 짓. 2. (좋지 않은 행위나 행동)의 뜻, 어리석은 짓: 뒤붙이로 쓰인다: 고개짓, 눈짓, 손짓."

보다 그냥 느낌의 드러남이다. 언어학적으로도 '것'은 기의와 기표의 구별을 넘어선다. 랑그(langue)와 파롤(parole)의 구분도 이를 충분하게 반영하지 못한다. '것'은 발화라고 번역되는 파롤에 가깝지만 그것은 이미 언어 자체의 구조에 앞서는 어떤 소리 그 자체다. '것'은 그냥 소리로서 모든 언어활동을 지칭하는 디스쿠르(discourse)에 속하지 않는다. 이러한 소리는 종족이나 지역의 언어의 구별을 넘어서 모든 인류에게 통용된다. '것'을 그냥 그대로 발음할 때, 예를 들어 거, 그, ㄲ, 으 등으로 반복적으로 발음할 때, 모든 인간들은 즉시 그 소리를 느끼고 그것을 뜻을 지닌 구체적인 말로 알아들으려 애를 쓰게 된다. 신음으로 내뱉는 말, '것'은 무엇인가를 가리키는데, 그것은 우주의 모든 가능한 사물과 현상을 포괄한다. '것'은 소리로 가득 찬 우주의 소리이되 바로 인간의 소리다.

생김새는 바로 이 순간부터 생겨난다. 예술 과정에 참여하는 사람은 그 최초의 느낌과 상이 생김새로 변환되는 것으로부터 시작한다. 굳이 예술가라는 단어 대신에 사람이라고 하는 것은, 인간은 태어나서부터 모두 예술가의 잠재성을 타고나기 때문이다. 예술 과정에 참여하는 것은 이를 실현하기 위함이며, 예술의 향유는 이제 인간의 기본권의 하나로 확인된다. 사람이 주체로 참여하는 예술 과정의 결과물인 작품은 생김새를 지닌다. 생김새로부터 시작한 작품도 결국 우주에서 생김새를 지닌 하나의 생명체가 된다. 이러한 생김새는 창작되는 것이 아니다. 그것은 발견되는 것이다. 예술의 특성을 본성의 하나로 지닌 사람은, 누구나 할 것 없이, 어느 순간에 느낌을 갖게 되며, 그 느낌이 빚어내는 생김새를 발견하게 된다. 그것은 어떤 직각을 통해 이루어진다. 그때의 생김새는 그냥 '것'이다. 그것을 구체화하는 것은 바로 그 느낌을 발견한 사람의 몫이다. 느낌을 직각으로 파악하고 그것을 구체화하여 현현시키는 데 비로소 지성의 작용이 요청된다. 그 느낌의 강도와, 직각을 통한 생김새의 파악 강도, 생김새의 명암이나 구체화의 강도 등을 인간적인 도구를 사용하여 형상으로 사물화하는 정도에 따라 예술 작품은 새로운 생명체로의 생명성이 두텁거나 약해진다. 이러한 강도는 결과적으로 예술 작품의 가치 평가의 척도가 된다.

3.3. 생김새와 율파(律波)

생김새로부터 시작하는 예술의 과정은 어떻게 전개될까. 생김새는 최초의 의식화된 단위다. 그것에는 느낌이 여전히 살아 있다. 느낌은 의식화 이전의 원초적 상태다. 그 느낌은 『주역』에서 말하는 "고요하게 그렇게 움직이지 않다가, 느낌이 있어 마침내 통하니, 만물이 비롯된다(寂然不動, 感而遂通, 天下之故)"에서 말하는 그 느낌이다. 느낌은 흐른다. 우주의 궁극적 실재이며 근원인 본생은 생명으로서 끊임없이 흐르며 움직인다. 우주 만물이 느낌을 지니며 흐른다. 인간도 생명체로서 흐르고 있으며 느낌을 갖는다. 느낌과 느낌이 만난다. 하나의 느낌은 다른 하나, 또는 다른 무수한 느낌들과 관계를 맺는다. 동아시아의 우주론은 유기적이다. 두루뭉술하지만 생명체들은 모두 개체로서 서로 관계를 갖는다. 그것들은 얽히고설키며 우주를 구성한다. 결합하고, 구성하며, 끊임없이 변화하면서 새로운 모습을 보여 준다. 개체들은 서로 호환적으로 갖는 관계성으로 얽혀 있으며 그것들은 생성과 사라짐의 흐름 속에 이합집산을 하며 떠내려가고 있다. 화이트헤드가 말하는 실재(reality)로서 현실적 개체들(actual entity)의 과정(process)은 바로 개체들이 서로 갖는 관계성을 중시하는 동아시아의 사상에 그 뿌리가 있다고 할 수 있다. 하나의 현실적 개체는 다른 개체와 관계한다. 결합하고(nexus), 합생(concrescence)하며, 만족(satisfaction)을 이룬다. 현실적 개체들이 사라지고 또 생성된다. 그러한 과정은 모두 흐름이다. 흐름은 지속된다. 흐름과 흐름이 서로 섞이거나 부딪치며 관계한다. 이러한 흐름이 인간의 흐름과 맞부딪쳐 연관을 맺게 될 때, 생명체로서 의식을 지닌 인간은, 이러한 과정에 어떤 짜임새가 있음을 발견하게 된다. 흐름의 과정에서 이루어지는 매듭을 생김새로 의식하며 인식하게 되고, 그러한 매듭들의 생성 과정에 어떤 짜임새가 있음을 알아차린다. '율파(律波)'는 이러한 흐름의 짜임새를 드러내는 여러 가지 요소 중의 하나다. 율파는 일정한 모습을 지닌 파동을 의미한다. 우주의 흐름은 한마디로 파동이다. 진동이기도 하다. 움직임이 있으며 그 움직임은 울리고 있음이다.

현대물리학은 우주가 이러한 파동으로 이루어져 있음을 밝히고 있다. 뉴턴의 물리학은 정적이었다. 사물이나 대상을 고정된 것으로 인식한 상태에서 그것들의 역학적 관계를 분석한다. 20세기 들어, 아인슈타인은 빛이 입자로 구성되어 있음을 밝힌다. 허블은 우주가 무한으로 빠르게 확대되며 움직인다고 주장한다. 슈뢰딩거는 파동역학을 발견한다. 하이젠베르크는 불확정성원리를 주창한다. 빛은 입자를 갖는데 그것은 광자로 불린다. 그것은 질량이 없는 상태임에도 운동과 힘을 지닌다. 그것의 일정한 위치와 운동량을 정확하게 측정할 수는 없다. 그것은 오로지 확률일 뿐이다. 현대물리학은 거시적 이론과 미시적 이론이 교차한다. 그것들은 서로 떼어 낼 수 없는 관계를 갖는다. 모두가 우주론이며 동시에 원자론이다. 거시적으로 우주와 그것을 이루는 은하들은 모두 생김새를 갖는다. 미시적으로 분자나 원자, 더 깊이 들어가서 양성자나 중성자, 전자 그리고 소립자까지 모두 하나의 생김새다. 그 모든 것들이 흐름이요, 움직임이며, 힘을 갖는다. 그러한 생김새들이 짜임새를 드러낸다. 그 짜임새가 파동으로 모습을 보인다. 파동의 어떤 결이나 모양은 짜임새를 이룬다. 생김새는 짜임새를 지니며, 짜임새는 어떤 결을 보여 주는데 우리는 그것을 '율파'라고 부른다. 그것은 생명의 흐름으로서 파동이다. 모든 생명체는 파동을 갖는다. 모든 현상 역시 파동을 보여 준다. 소리도 파동이요, 빛도 파동이다. 물의 흐름도 파동이다. 고정된 물체라고 생각되는 사물도 깊숙이 들여다보면 원자로 이루어지고 그 원자는 파동을 갖는다. 놀랍게도 그러한 파동들은 어떤 일정한 모습을 보여 주는데 원자의 진동수가 그러한 예에 해당한다. 세슘 원자는 일정한 시간, 아주 짧은 시간에 엄청난 수의 진동을 한다. 그것의 일정함은 통상적인 상상을 넘어선다. 세슘 원자의 진동수를 바탕으로 한 원자시계가 탄생한 까닭이다.

율파는 모든 사물과 현상에 적용된다. 율파를 지니지 않은 현상은 없다. 그것은 우주의 파동인 느낌과 인간의 파동인 느낌이 부딪히며 발견된다. 생명의 흐름에는 방향도 없고 목적도 없다. 그것은 불확정의 세계다. 그럼에도 인간의 느낌은 무엇인가를 읽어 낸다. 우주는 관계성으로 이루어져 있다. 인간은 느낌과 의식을 통하여 그 관계성의 위치와 구조, 그리고 그것들이 지닌 방향과 에너지 등을 분석하려 한다. 정해진 것이 아무것도 없음에도 인간은 끊임없이 무엇인가 일정함과 규칙을 발견하거나 부여하려 한다. 생김새를 파악하고 그것이 지닌 짜임새를 드러내며 결과적으로 하나의 모양새를 만들어 낸다. 그것은 바로 예술의 과정이기도 하다. 율파는 짜임새를 이루는 여러 가지 속성의 하나다. 율(律)은 『설문』에서 "고루 널려 있음(均布)"이라 했다. 『이아(爾雅)』에서 "그것은 악기를 치는 소리의 율동이 고루 형평을 이루고 있는 것(坎律銓也)"이라고 풀이된다. 단옥재는 이를 천하 만물이 하나로 똑같지 않음에도 이에 어떤 틀을 부여하여 동일한 하나로 귀결시키는 것이며, 그 때문에 고루 널려 있다는 의미를 지닌다고 풀이한다. 만물의 흐름에는 어떠한 일정함도 없다. 정해진 것이 없음이다. 그럼에도 사람들은 그것으로부터 파동으로서 어떤 율파를 추출해 낸다. 율파라는 개념은 리듬을 내포한다. 우리는 이 글에서 예술을 이야기하고 있다. 예술은 여러 가지 장르를 지니지만 장르 구분 없이 모든 예술 작품은 율파를 갖는다. 예술작품은 그 자체가 생명체로 율파를 지닌다.

문학은 리듬 이론을 중시한다. 리듬의 본보기는 정형시에 나오는 운(韻, rhyme)이다. 라임은 둘 또는 그 이상의 여러 단어들의 끝부분에 나타나는 상응 효과를 말한다. 각운(脚韻)이 대표적이다. 리듬의 영어 사전 의미는 "하나의 행동, 과정, 모습, 서로 대치되거나 다른 조건, 또는 사건들 등등이 갖는 시간이나 공간에서 반복되는 어떤 규칙성이다." 고대 그리스의 서사시나 과거 유럽의 모든 시들도 운율을 지닌다. 소네트(sonnet) 같은 것이 그렇다. 근대 이전의 동아시아의 모든 시들도 일정한 운율의 규칙을 따랐다. 시(詩), 사(詞), 곡(曲)이 모두 그러하다. 심지어는 원나라 이후에 발달된 잡극(雜劇)과 같은 희곡에도 이러한 운율이 반영되었다. 현대에 이르러 이러한 리듬 이론에는 커다란 변혁이 이루어진다. 리듬이 갖는 의미의 외연이 대폭 확장된다. 리듬은 시에만 적용되는 것이 아니라 모든 장르의 문학작품에도 내재해 있음이 밝혀진다. 리듬이 구체적인 라임(rhyme)이나 각운 등으로만 이루어지는 것이 아니라 시 자체가 지닌 내재율을 비롯하여 모든 장르의 문학작품도 그 자체적으로 여러 가지 형태의 리듬을 지닌다고 주장된다. 이때의 리듬은 바로 율파에 다름이 아니다. 문학작품은 그것이 문학이면서 동시에 하나의 새로운 생명체로 율파를 지닌다. 생명체는 흐른다. 그 흐름에는 율파가 드러나며 작품이 지닌 리듬은 바로 이러한 율파를 반영한다. 현대 언어학에 기초한 문학 이론 연구자들은 한 걸음 더 나아가 인간의 언어로 이루어지는 모든 언어활동인 디스쿠르(discourse)에 리듬이 존재한다고 주장한다. 이때의 리듬은 고정적인 구조가 아니다. 정형 시에서 운위되는 그런 표면적으로 드러나며 일정하게 형식화된 그런 리듬이 아니다. 리듬은 관계성을 갖는다. 모든 리듬은 관계성의 산물이다. 하나의 현실적 개체가 다른 개체와 관계를 가지며 드러내는 것이며, 그것은 그때마다의 상황에 따라 가변적이다. 흐름은 언제나 일정하지가 않다. 인간이 느낌과 의식으로 읽어 내려는 흐름과 움직임이 율파로 그 모습을 보이지만 그것은 어디까지나 인간의 몫으로 변형된 것이다. 그 본질은 무정형이다. 앙리 메쇼닉(Henri Meschonic)은 소쉬르의 이론을 근거로 해서, 리듬이 가변적 체계임을 주장한다. 그것은 네 가지 요소를 갖는다. 고정되고 획일화된 의미를 지닌 단어들이라도, 그것들이 발화하는 순간의 언어들의 조합과 구성을 이룰 때, 그것들은 단지 그때 일회로 끝나는 특정 발화에 속한다. 그때의 단어는 사전(辭典)에 정해진 의미와 동일한 것이 아니다. 그것은 발화의 순간에 가변적인 일종의 가치이며 체계로 새롭게 드러난다. 리듬은 단어 한 마디에서 이루어지는 것이 아니다. 그것은 단어들의 조합인 문장이나 문장들의 구성이며 언술인 디스쿠르에서 비롯된다. 이때의 리듬은 서로 상관적이거나 가변적이다. 이때 그것들은 하나의 작동 기능을 갖는다. 움직임이다. 그것은 보격(步格)을 지닌다. 리듬은 또한 임의적이고 자의적이다. 제멋대로다. 보격은 프로조디(prosodie)인데 그것은 자음과 모음의 반복되는 어떤 조직적인 계열을 의미한다.

그것은 반복이지만 일정하지 않다. 불규칙적이다. 모든 것은 관계를 구성하고 드러내는 차이에서 비롯된다. 기표로서 동일한 단어이지만 그것들은 문장 내에서 관계와 상대성을 지닌 것으로 일회적으로 쓰일 때 리듬을 갖추며, 그 리듬을 구성하는 프로조디는 정해진 것이 없이 불규칙한 짜임새를 갖는다. 리듬은 이러한 보격과 함께 템포와 강세를 지닌다. 한마디로 모든 언술은 리듬을 지닌다. 언술의 구체적인 드러남인 문학작품도 당연히 모두 리듬을 갖는다.

이러한 리듬 이론은 문학에만 해당하는 것은 전혀 아니다. 문학에서 분석되는 리듬의 개념이 일률적으로 예술의 모든 분야에 적용될 수는 없다. 그럼에도 문학에서 비롯된 리듬이라는 용어가 다른 예술 분야, 특히 음악이나 무용에서 거론되고 있다. 음악의 리듬은 문학의 리듬과 분명 서로 다른 생김새와 짜임새를 갖는다. 음악의 리듬은 앞서 말한 율파에 해당된다. 율파는 원초적이다. 문학에서 리듬이라 일컬어지는 것은 이미 언어화라는 과정을 겪은 상태의 율파다. 기표와의 관계를 떠날 수 없는 인위적 요소가 강하다. 이에 비해 음악을 이루는 소리와 소리를 이루는 음은 그것 자체가 생명의 본질인 흐름과 움직임의 느낌에 한층 다가서 있다. 문학작품은 언어 문자로 드러나는데 문자는 기표로서 일정한 시대와 공간에 사는 사람들끼리 정한 약속으로 만들어지는 기표다. 그것은 인위적이고 고착화되어 있다. 소리는 이와 달리 느낌의 원초적 생김새를 그냥 있는 그대로 전달한다.

생김새는 의식화된 첫 단계에서 인간의 의식이 구성하는 어떤 상(像)이다. 그것은 본디 느낌에서 비롯된다. 예술가는 이를 최대한 보존하거나 변형하거나 확대한다. 기초단위의 생김새가 반복이 되면 그것은 율파로서 리듬이 된다. 생김새가 느낌에서 비롯된다면 그 생김새는 느낌의 흐름이 지닌 생명의 힘과 움직임을 지닌다. 그것의 반복이 리듬이라면, 리듬은 다름이 아닌 생명의 힘이 움직이는 어떤 규칙성에 불과하다. 그러한 규칙성은 본디 그러한 것이 아니라 인간의 지성에 의해 부여되어 파악되는 것이다. 오로지 인간의 감각과 의식을 통해서만 통용되는 특수한 경우다. 생김새는 정형화된 것이 아니라 생명의 흐름에서 순간적인 매듭이 지어질 때 드러나는 모습이다. 이러한 생김새들은 서로 차이를 지닌다. 동일한 것은 없다. 되풀이하지만 되풀이되는 것에는 차이가 드러난다. 그것은 인간에게 정형화된 하나의 모습으로 되풀이되는 것처럼 보일 뿐이다. 실제로 원초적 리듬에는 아무런 정형이 없다. 음악에서의 모든 리듬은 차이를 지닌다. 상대적이기도 하다. 그것은 규칙도 없으며 제약도 없다. 그것은 무한정으로 퍼져 나간다. 그것은 빛처럼 입자이며 동시에 파동이다. 이를 이루는 무수한 입자들은 느낌들이다. 느낌들이 얹혀 있는 파동은 생김새의 출렁임이며 흐름이다. 인간들은 온갖 지성적인 능력을 동원하여 이러한 파동을 규격화하고 재단한다. 그렇게 결과적으로 드러난 것을 율파라고 부른다. 서양의 음악은 율파를 규격화한다. 율파의 간섭과 선택을 통한 화음을 찾아낸다. 이때 화음을 이루기 위해 쌓이는 음들은 본원적인 생김새가 거의 숨겨진다. 기계적인 화음이나 이러한 화음들의 구성을 통해 새로운 생김새들이 발견된다. 이에 비해 동아시아 음악이나 인도 음악은 음 하나를 우주를 이루는 하나의 독립적인 생김새로 간주한다. 그 생김새가 생명의 흐름을 따라 마음껏 헤엄칠 수 있도록 허용한다. 음 하나가 파동을 지니며 흘러간다. 그 하나의 음은 우주를 이룰 수 있다. 서구 클래식 현대음악가인 지아친토 셀시의 작품들은 이러한 생각을 반영한다. 그는 인도 음악의 영향을 크게 받았다. 1959년, 그는 서구 음악사에서 기념비적인 작품 「Quattro Pezzi(su una nota sola)」를 발표한다. 제목은 "오직 한 개의 음으로 된 4개의 곡"이라는 뜻이다. 25명의 연주자를 대상으로 하는 이 작품은 모두 4개의 악장으로 구성되는데, 각 악장은 단지 한 개의 음으로만 전개된다. 전통적인 화성이나 멜로디의 전개 등은 보이지 않는다. 하나의 악장은 오로지 하나의 음으로만 지속되는데 다만 그 음의 미분적인 변동만이 흐름을 보여 줄 뿐이다. 이는 전적으로 인도 또는 동아시아 음악의 모습이다. 그 흐름에는 길고 짧음, 강함과 약함, 떨림의 차이, 색깔의 묻어남 등이 나타나며 그것은 하나의 율파를 보여 준다. 우주에서 일어나는 빛의 파동이나 소리의 파동이 바로 그렇다.

인간의 감각은 제한된 능력만을 지니고 있는데, 예를 들어 자외선이나 감마선, 초음파나 극초음파 등을 인지할 수 없다. 주파는 소리가 일 초에 몇 번 진동하는가를 나타내는 수치다. 인간은 일정한 범위 내의 주파수만 들을 수 있다. 고주파나 저주파는 인간의 가청한계를 넘어선다. 이런 것들을 도외시하고 인간은 그들의 감각 능력이 허락하는 한도 내에서 이들을 파악하고 그것에 일정한 규칙, 반복이나 높음이 낮음, 약하고 강함 등을 구분하여 이를 율파 또는 리듬이라고 부른다. 리듬은 연속적인 파동의 흐름에서 일정 부분을 떼어내어 그것이 지니고 있는 생김새를 파악하여 정형화시킨 것으로 시공간을 점유하는 하나의 단위다. 리듬은 생김새가 지니는 양태이며 일종의 짜임새다.

시간성의 음악에서 리듬은 중요한 요소다. 시간을 지니면서 모든 악곡은 직접적으로 생김새의 반복과 변형, 또는 리듬을 나타낸다. 그러한 반복과 변형은 시간과 함께 공재하지만 그것은 동일성의 유지가 아니라 비동일성을 본질로 한다. 비동일성이라 함은 모든 반복

192

은 각각이 고유하며 서로 차이를 지니고 있음을 의미한다. 서양음악에서 소나타 형식이라 불리는 악곡들은 일정한 모양새를 나타낸다. 그 생김새는 여러 개의 개별적인 생김새를 지닌다. 세부의 생김새는 그 안에 마디와 절 등의 생김새들을 지니며, 그것들은 겹치거나 반복을 통해 제1주제나 제2주제를 갖는다. 주제들은 반복되거나 변형을 통해 전개된다. 이러한 생김새들이 소나타라는 짜임새를 거쳐 작품으로서 모양새를 이루고 하나의 생김새를 드러낸다. 기본이 되는 마디와 절을 이루는 음들의 구성은 흘러가며 리듬을 형성한다.

이때의 리듬은 질서에 다름이 아니다. 생김새는 질서의 특성을 보여 주는데 이는 근본적으로 질서의 본성을 지닌 짜임새라는 과정을 갖기 때문이다. 다른 예술 분야도 비슷한 특성을 드러낸다. 무용에도 생김새와 짜임새가 있으며 이들은 리듬을 지닌다. 하나의 춤사위는 무소(舞素)인데 이의 반복과 그 흐름은 무용의 리듬이다. 그것은 '짓'을 요소로 갖는 생김새로 이루어진다. 회화나 조각은 '꼴'을 요소로 하는 생김새를 지니는데, 모든 꼴은 움직임을 내포하고 있으면서 리듬을 탄다. 회화의 리듬은 꼴을 지닌 생김새의 흐름이다. 중국 명나라 말기의 화가 서위(徐渭, 1521-1593)의 작품들은 생명의 율파가 넘쳐 난다. 그 파동을 리듬이라 한다면 그것은 생명의 근원적 리듬이다. 그의 대표작들 중에 『잡화권(雜花卷)』(30×1053.5㎝)과 『사시화훼권(四時花卉卷)』(32.5×795.5㎝)에 나오는 형상들은 모두 생생하게 생명체의 생김새를 드러낸다. 『잡화권』에서 늙어 가지가 꺾인 매화나무, 파초, 엉켜 있듯이 주렁주렁 열린 포도 잎과 열매, 국화, 연잎 등은 수묵으로만 그렸는데도 보는 이의 호흡을 긴장케 한다. 『사시화훼권』은 눈이 덮인 고목, 눈의 무게에 휘어진 대나무, 소나무와 솔가지와 솔잎, 포도나무와 국화 등을 그리고 있다. 눈에 덮인 고목과 대나무는 여전히 강하게 생명을 버티고 있다. 겨울에 저항하는 것이 아니라 겨울을 긍정하고 함께 흐른다. 생명의 흐름이 강하게 느껴진다. 포도나무의 잎과 줄기 그리고 열매가 뒤엉켜 있음은 포도라는 생명체의 강인함과 풍성함을 그대로 드러낸다. 그림에 나오는 형상들이 멈춰 있는 것이 아니라 숨을 쉬며 흐르고 있다. 흘러가며 변화하는 봄·여름·가을·겨울도 동시에 드러내는 그림은 그 자체로 시간과 함께 흘러가고 있다. 보는 이도 강하게 그런 흐름을 공유한다. 감상자도 그러한 흐름을 지닌 생명체이기 때문이다. 그 흐름이 바로 파동으로 율파이며, 회화의 리듬이다.

앞서 이미 자세하게 언급을 한 것처럼, 문학에서의 리듬은 대표적으로 운(韻, rhyme)이지만, 문학에는 리듬을 형성하는 다양한 요소들이 있다. 구절이나 행, 문단, 더 크게는 장이나 부 그리고 권이나 편 등도 단위 요소가 된다. 더욱 중요한 것은 시나 소설 같은 문학작품에 내재되어 있는 리듬으로서, 그것은 작가가 신명에 휩싸여 전개하면서 구성하는 힘과 흐름에 나타난다. 힘과 흐름의 단위가 생김새다. 일차적으로 시의 의미의 전개, 소설의 스토리의 전개 등에서 힘의 흐름으로 생김새가 엿보인다. 특히 장편이나 대하소설 등에서 보듯이, 단위 이야기로의 생김새들이 모여 커다란 생김새의 소설을 구성하고, 커다란 생김새들은 독립성을 지니고 있으면서도 그것들끼리 서로 직간접적인 연관을 주고받고, 또다시 작품으로의 완결성을 추구하며 커다란 생김새들의 집합체인 생김새를 만들어 낸다. 마지막 생김새는 바로 작품의 모양새로 드러나는데 그것을 우리는 형식이라 부른다. 유의할 점이 있다. 모든 형식은 생김새에 속한다고 말할 수 있지만 모든 생김새가 형식이 되는 것은 아니다. 형식은 고정되어 더 이상의 변화를 기대할 수 없지만, 생김새는 그 자체가 흐름으로 가변적이며, 하나의 생김새는 흘러가면서 불특정의 다른 생김새들과 결합하여 새로운 생김새를 창출한다. 이차적으로 생김새의 리듬은 우주에 흐르는 느낌을 간취한 작가의 내면에서 분출하고 있는 생명의 힘과 흐름이다. 이것이야말로 작가가 몸을 담고 있는 예술 과정의 흐름을 지탱하게 한다. 그것은 지속이다. 천인합일의 경계에서 순간을 지속으로 만드는 힘과 흐름이 솟구치는데, 그 흐름의 생김새는 리듬을 탄다. 리듬이 강하게 울릴 때, 작가는 작품을 형상화시키는 작업을 가속화하게 된다. 형상화를 가능하게 하는 밑바탕은 짜임새의 발견이며 예술가의 작업은 바로 짜임새를 갖추려는 노력이다. 짜임새를 이루는 가장 중요한 요소가 바로 리듬이다. 이러한 리듬은 느낌에 직접 연결된다. 리듬은 감상자로 하여금 감상자 속에 숨어 있던 유사한 느낌을 살아 깨우게 한다. 예술에 대한 감동은 다름이 아닌 느낌이라는 전류의 상통이다.

3.4. 『토지』의 생김새

박경리의 대하소설 『토지』는 이러한 특성을 여실히 보여 준다. 작품 『토지』는 생김새의 이합집산이 작가의 힘과 흐름에 맞춰 잘 드러난다. 그러나 많은 평론가들이 하나의 완결된 작품으로서 통일성을 논하면서 그 긴장의 흐름에 의문을 표시한다. 앞의 1, 2부의 박진한 긴밀도와 극적인 효과에 비해 5부까지 이어지면서 뒤로 갈수록 이야기의 전개가 산만하여 작품으로서의 통일성을 떨어뜨린다고 이야기한다. 이렇게 보는 견해는 여러 가능한 시각들 중의 하나일 뿐이다. 먼저 통일성이라는 단어의 개념을 보면 이는 과거로부터 지금까지 나뉘어 있던 부분들이나, 또는 아래에 퍼져 있는 부분들이 모여서 앞으로 그리고 위로 상승하며 집합체를 이루어 하나의 생김새를 만드는 성질을 말한다. 산만하게 퍼져 있는 것들이 구심점을 향하여 조여들 듯이 모인다. 또는 아래에서 나뉘어 있던 무수한 것들이 위로 올라가며 하나로 수렴된다. 고대 그리스 비극으로부터 비롯된 삼일치 법칙도 이에 해당된다. 그것은 시간으로 하루 안에 일어나는, 장소로서 한곳에서 발생하는, 행동으로서 하나의 플롯을 구성하는 것 등의 통일이다. 인간 생활 세계의 복잡다단한 이야기들이 극적인 초점에 맞춰 수렴되며 그 긴밀도를 한층 높인다. 하나의 중심으로 밀도 있게 모여든 모든 것들은 마침내 상승 작용을 일으킨다. 그것들의 최종 종착지는 대체로 신과 운명이다. 가장 완성도가 높은 작품은 밀도가 가장 촘촘한 통일성을 지닌다. 이를 따르는 사람들은, 보고 읽는 자들로 하여금 손에 땀을 쥐도록 긴장을 부여하고 그만큼 그 이야기는 진실성을 획득한다고 주장한다.

이로 보면 『토지』는 전혀 이러한 통일성을 지니지 않은 작품이다. 작품의 구성 자체가 이미 통일성을 저해하고 있다. 이 작품은 모두 5부로 구성되어 있다. 각 부는 또한 다섯 편을 지니고, 각 편은 여러 개의 장으로 짜여 있다. 나뉘어 있는 장은 이 작품의 최소 단위이다. 최소 단위인 장은 하나의 생김새일 수 있지만 또한 그렇지 않을 수도 있다. 하나의 장이 여러 개의 생김새를 지닐 수 있는 까닭이다. 우리는 그것을 기초 생김새라 부를 수 있다. 긴밀도가 높다고 평가되는 1부와 2부는 가장 많은 장들로 엮인다. 특히 1부는 1편 19장, 2편 22장, 3편 21장, 4편 20장, 5편 18장으로 가장 촘촘한데 그만큼 이야기는 박진감 있게 펼쳐진다. 이에 비해 5부는 1편 6장, 2편 5장, 3편 6장, 4편 6장, 5편 7장으로 1부에 비해 비교가 안 될 만큼 극히 느리고 완만하다. 1부는 여러 사건들이 중첩되며 빠르게 진행되는 스토리 위주로 되어 있지만 5부는 사건의 스토리는 거의 없이 그저 대화로만 전개된다. 생김새들을 엮어 나가는 짜임새가 흐트러져 있다. 산만한 짜임새가 이루어 내는 마지막 매듭으로의 모양새, 즉 마지막 드러나는 생김새도 밀도 있게 맺혀 있지 않다. 1부나 5부나 모두 각기 다섯 편으로의 커다란 생김새를 지녀서 동일한 짜임새를 따라가고 있지만 각 편은 완전히 서로 다르게 장으로 나타나는 작은 생김새들을 갖는다.

시각을 달리해서 『토지』를 바라보게 되면 전혀 다른 맥락을 읽을 수 있다. 이 작품은 박경리라는 작가 개인의 모든 것이 들어 있다. 작가는 하나의 현실적 개체이지만 그는 다원적 요소를 품고 있는 하나다. 우주를 품에 안고 있는 하나다. 작품은 이 하나에서 시작된다. 그 하나가 지니고 있는 다원적 요소들이 하나씩 모습을 드러낸다. 드러나는 하나 역시 하나로서 그것은 다시 다원적인 요소를 갖는다. 『토지』는 작품으로서 전일성을 지닌다. 동시에 전일성을 지닌 박경리라는 작가 개인의 드러남이다. 전일성은 전일한 성격이다. '전일하다'는 '오로지 한결같이 하나임'이다. 이 작품에서 전일성은 구체적으로 무엇을 가리키는 것일까. 그것은 생명이다. 우주의 궁극적 생명은 본생으로서 그것은 생명체로의 우주 만물 모든 개체에 들어 있다. 분할되거나 쪼개져 나뉜 것이 아니라 개별 생명체가 모두 한결같이 완전하게 본생을 지니고 있음이다. 생명체들의 통합이나 통일이 본생이 아니다. 하나가 다원적이라는 말은 바로 이런 의미를 함축하고 있다. 본디 하나인 생명은 하나에서 여러 가지로 퍼져 나간다. 그 하나는 위에서 아래로 내려온다. 그 하나가 나뉘어 둘이 되고 셋이 되는 것이 아니라 그 하나는 둘이기도 하고 셋이기도 하다. 두 개의 하나, 세 개의 하나다. 생명의 흐름은 끊임없이 지속된다. 생명이 생명을 낳고 또 살아가며 생명을 낳는다. 낳고 낳음이다. 『주역』

에서 말하는 "낳고 낳음이 쉬지 않는다(生生不息.)"이다.

작가는 3부를 열면서 이례적으로 '자서'를 붙인다. 작가 자신의 이야기처럼 1부와 2부는 한 획을 그으며 마침표를 찍는다. 아마도 이것만 갖고도 세간에서 말하는 소위 훌륭한 작품이 될 수 있을 터였다. 1, 2부의 높은 밀도는 그만큼 작가 자신이 엄청난 긴장과 압박 속에 살고 있었다는 방증이다. 겉으로 드러난 빙하는 전체 크기의 극히 일부에 불과하다. 작가는 이 시점에 울음을 터트린다. 편안해진다. 1부와 2부는 빅뱅의 순간과 그것이 "구름이 떠다니고 비가 내리니 온갖 생명체가 흘러가며 형상을 이룬다(雲行施雨, 品物流形)" 하는 기간을 기록한 것이다. 뒤를 이어 3부에서 5부는 "각기 모든 생명체가 성(性)과 명(命)을 바로 하고, 커다란 조화를 보존하고 합하니, 이내 이롭고 곧바르다. 먼저 온갖 생명체를 내놓으니 온 세상이 모두 편안하다(各正性命, 保合大和, 乃利貞. 首出庶物, 萬國咸寧)"에 갈음한다.

자서 1979년 11월 29일 아침: 쥐벼룩이란 미물과 싸운 석 달 동안 나는 하나님을 늘 가까이 느낀 것 같다. 내 마음에 진실로 원망이 없었으니까. 짐짝들이 어질러져서 창고가 된 집, 약을 뿌려서 폐가 같은 마룻바닥에 주질러앉아 걸레질을 하며 방성통곡한 까닭은 혹독한 쥐벼룩의 가해(加害)도 가해려니와 6년 세월 참고 참았던 것이 둑이 터진 듯, 그러나 울면서 나는 어리광 부리는 아이 같은 나를 느꼈다.

토지의 제1부와 제2부는 그 나름대로 일단 구두점이 찍힌 것이라 할 수 있다. 그러나 제3부는 일제시대 중반기에서 자를 수밖에 없었다. 쓰면서 제4부로 넘어간다 하더라도 그 시대와 인간들이 작품 속에 온전히, 파탄 없이 담겨질 수 있을 것인가 회의도 느낀 것이다.[39]

하나인 본생이 수많은 본생으로 확산되는 시점을 과학에서는 빅뱅이라고 부른다. 어떤 대폭발이 우주의 시초다. 밀도가 극도로 높아 있었기 때문에 폭발과 확산의 과정이 초기에는 뜨겁고 격렬했다. 현재의 우주가 감당하지 못할 정도였을 것이다. 그 상태가 바로 1부와 2부라 할 수 있다. 3부부터 혼돈의 상태는 만물을 이루면서 모든 생명체는 성(性)과 명(命)을 이루고 조화를 갖춘다. 그 경계선상에서, 2부와 3부가 갈리는 곳에서 작가는 눈물을 흘린다. 그 눈물은 서러움일까. 스스로 원망이 없었다 하니 그것은 아닐 터다. 북받쳐 오르는 깨달음, 그리고 인간적 괴로움이 극대화되다 못해 이를 초월하며 들어서는, 그리고 다시 이 모든 것을 받아들이는, 마치 부처가 아뢰야식을 거쳐 만법을 긍정하며 해탈에 이르는, 어떤 순수한 경계에 발을 디디며 숨 쉬고 있음을 절실히 마음으로 깨달은 것이 그 이유가 아닐까. 작가가 언급한 하나님은 아마도 동아시아에서 말하는 천(天)이나 한민족 고유의 하느님을 지칭하는 것이겠지만 굳이 그렇게 한정할 이유는 없을 것이다. 기독교의 하느님이나 회교도의 알라나 또는 부처님이라 해도, 아니 옥황상제라 해도 무슨 상관이 있으랴. 중요한 것은 작가가 그러함을 받아들인다는 것이다. 어리광 부리는 아이처럼 편안해지는 것이다. 여기서부터 작품을 이루는 생김새들이 밀도가 약해지며 희미해진다. 스토리가 아니라 말이 많아진다. 예수나 부처처럼 말씀이 생겨난다. 우주 곳곳에 퍼져 나가는 생명체와 그 모습들에 대해서 할 말이 많아진다. 그것들은 바로 생명이 드러나는 양상들이다. 우주의 생김새들이다. 예술에서 천인합일의 경계가 중요하다고 앞서 언급한 것처럼 작가는 하늘과 어리광 부리는

---

39 박경리, 『토지』, 3부 맨 앞.

아이, 순응하며 받아들이는 생명체의 하나로 생명을 호흡한다. 명말의 이지(李贄)가 '동심설(童心說)'에서 주장했듯이 하늘, 어린아이, 생명의 본질 등은 천인합일의 경계다. 이를 깨닫는 순간의 울음은 씻어 냄이며 순수함의 발견이다. 이제 앞서의 상황에 구두점을 찍고 편안한 마음으로 이야기한다. 대하소설의 대하처럼 계곡을 급히 흘러내리던 물들이 모여 커다란 강을 이루고 유유히 흘러간다. 그 유속은 느리다. 한없이 느리다. 느림의 아름다움이 빛을 발한다. 그 강물을 이루고 있는 것들은 소설에 나오는 인물들의 대화다. 인물들은 모두 주격을 지닌 개체로서, 생명체로서, 본생을 지닌 현실적 개체들로 자기들의 이야기와 생각을 풀어 간다. 작가가 객관화시킨 인물들이 아니라 소설 속의 모두가 주체가 되어 떠들어 대며 이야기한다. 4부에서 소지감은 다음과 같이 느낀다. "저녁 바람은 찼다. 그러나 산속은 생명의 진동으로 충만돼 있는 것 같았다. 죽은 산이 회생하는 소리, 산짐승, 날짐승, 벌레들의 입김, 땅이 부풀고 까부라지는 소리, 물줄기가 뻗는 소리, 움이 트는 소리, 소지감은 숲속을 바라본다. 이 비밀의 뜻을 누가 아는가."[40] 이것이야말로 『장자』 「제물론」에 나오는 인뢰(人籟), 지뢰(地籟), 천뢰(天籟)를 말하는 것이 아닐까. 『토지』 후반부에는 이런 소리들이 충만하다. 작가 자신이 이 모든 소리들을 귀에 담고 있다. 이 소리들은 모두 우주 생명의 숨결 소리다. 이 소리들이 작가의 가슴을 거쳐 이입된 작품에는 소리와 말씀들이 가득 차 있다. 그 소리들은 모든 생명체들이 각기 떠들어 대는 이야기들이다.

작품 『토지』의 전일성을 이루는 것은 바로 생명과 그것을 지니고

---

40 박경리, 『토지』, 4부 1편.

있는 생명체들이다. 작품 전체에 생명에 대한 언급이 무수히 넘쳐난다. 하나로서, 본생으로서, 생명은 우주를 가득 채우고 있다. 작품에는 수백 명이 넘는 인물들이 등장한다. 단일 문학작품으로 특이한 점이지만 우주에 널린 생명체들을 생각한다면 이렇게라도 해야 실상에 다가설 것이다. 또는 작가가 미물이나 모든 사람에게도 생명을 느끼며 따스한 눈길을 보내며 그들을 발견했을 것이다. 여기서 작품의 주요 인물인 길상이의 생각과, 임명희와 여옥의 대화 중에서 임명희의 생각을 읽어 본다. 그들의 생각은 작가의 생각이며 우주를 꽉 채우고 있는 모든 생명체들이 지니고 있는 생각이다. 이때의 '생각'은 우주의 전일성에서 뿜어 나오는 생명의 입김이다.

길상은 아침에 사랑 뜰에서 잡풀을 뽑았다. 풀을 뽑으면서 뒷걸음질을 치는데 돌담에 세워 놓은 대막대기가 길상의 머리를 치고 넘어졌다. 썩어서 시꺼멓게 된 대막대기였다. 머리를 만지며 대막대기를 치우려 하는데 이상한 것이 눈에 띄었다. 대막대기의 여기저기 구멍이 난 곳에서, 갈라진 틈 사이에서 개미 떼가 마구 쏟아져 나오는 것이 아닌가. 대막대기 마디 속에 개미집을 지었던 모양이다. 징그럽게 떼 지어 나오는 개미들 속에 두드러지게 큰 놈이 보였다. 여왕개미다. 길상은 조심스럽게 본시대로 돌담에다 대막대기를 기대어 놓았으나 왠지 마음이 꺼림칙하였다. 마당에 나가떨어진 개미의 수도 수월찮지만 대막대기의 마디 하나하나가 다 독립된 방이라면 그 여왕개미에서부터 졸개에 이르기까지 제집을 찾아 무척 헤맬 것 같았다. 언제였던가. 한번 철쭉 옆에 놓인 돌을 들어낸 일이 있었다. 돌 밑은 개미집이었다. 하얀 쌀알 같은, 쌀알보다 훨씬 작았지만 개미 알이 수북이 쌓여 있었다. 어리석은 개미들은 사람의 두 눈 두 개가 지켜보고 있는 것도 모르고 미친 듯이 알을 물어 나르며 감추려고 기를 쓰는 것이었다. 길상은 알을 깨어 보면 그 속에 무엇이 들어 있을까 하는 생각이 들었다. 궁금 증과 호기심에서 그의 손가락은 거의 알 무덤 쪽으로 갈 뻔했다. 손끝에 알이 뽀도독 뭉개어지는 괴상한 감각이 전신을 타고 지나간다. 그러나 순간 살생계(殺生戒) 생각이 났다. 욕망을 누르며 길상은 돌을 제자리에 놓아두고 손을 털며 일어섰다. 손끝에 알이 뽀도독 뭉개어지는 감각은 그냥 남아 있고 가슴은 떨리었다. 길상은 그 일을 생각할 때마다 기분이 좋지 않았다. 해당화 잎에 다닥다닥 붙은 진딧물이나 송충나방이 까 놓은 연옥색 빛깔의 알을 보면 영락없이 그때의 좋지 않은 기분이 되살아나서 얼른 피하곤 하는데 여전히 손끝에 이상한 감각이 남는다. 문질러 주고 싶은 욕망이 강할수록 겁이 나고 불쾌해지는 것을, 지금 길상이 그 생각을 하는 것은 달구지에 실려 가는 계란 꾸러미 때문인지도 모른다.[41]

길상은 무심히 들어넘길 수 없는 새 울음소리를 들었다. (중략) 그 울음소리를 길상은 이틀 동안이나 들었다. (중략) 울음소리를 따라갔더니 높이가 팔을 뻗으면 닿는 솔가지에 걸레 꼴이 된 꾀꼬리 새끼 한 마리가 앉아서 우는 것이었다. (중략) 손에 잡힌 새는 필사적 반항을 시도했으나 며칠을 굶었음이 분명한 그에게 나부대 볼 만한 힘은 없었고 나는 능력도 없었고 다만 무섭게 큰 소리로 울부짖었다. 손바닥에 전해지는 따끈한 온기와 앙상한 뼈의 감촉, 길상의 가슴은 두근두근 뛰었다. (중략) 그런데 하나의 생명을 지켜 주기 위해 무수한 살생을 자행하게 되는 것은 어느 경우에 있어서도 마찬가지 일이거니와 한

---

41 박경리, 『토지』, 1부 3편.

마리의 꾀꼬리 새끼를 키우기 위해선, 날개가 상한 한 마리의 벌(蜂)을 위해 슬퍼하던 길상도 매일 살상을 하지 않으면 안 되었다. 그리고 하찮은 미물에게조차 각기 다른 성정이 있는 것을 알았다. 여치란 놈도 그 성정이 각기 다른 성싶었다. 아주 지독히 반항하는 놈이 있었다. 새 주둥이 속에서도 결사적인 투쟁으로 먹지 못하고 내뱉은 일이 빈번이 있었는데 이럴 때는 여치의 목을 비틀 수밖에 없다.

"나무아미타불!"

목이 비틀린 여치를 새 입에 넣어 주고 다시,

"극락왕생하여라."

하는 것이다. 지렁이를 꼬챙이로 자를 때도 손끝에 전해 오는 생명의 꿈틀거림.

"나무아미타불! 극락왕생하여라."[42]

(여옥과 명희의 대화 중에서 명희의 생각) 위태로운 계절이었다. 수풀 밑은 성글고 제법 환하게 트였는데 푸른 잎새들이 나뭇가지에 매달려 있다는 것은, 다정다감한 봄바람은 제아무리 광기를 부려도 그것은 생명에의 환희인 것을, 투철한 가을 하늘 저 멀리서 쉬고 있을 바람, 음흉스럽고 냉정한 건가. 생물의 물기가 말라 가는 것을 기다렸다가 단숨에 치고 들어와 만산의 낙엽을 보자는 겐가. (중략) 동사하고 아사하고 뭇 생명은 신음하며 죽어 간다. 동장군은 다시 와라, 중얼거리며 얼음도끼를 휘두르는 걸까. 그 잔인한 계절을 앞두고 사람들은 고상하게 사색의 계절이니 풍요의 계절이니 하고 말한다. 벼룻집을 반듯하게 고쳐 놓고 먼지를 탈탈 털면서 앙증스럽게 나뭇잎 떨어지는 것이

---

42 박경리, 『토지』, 2부 1편.

슬프고 귀뚜라미 우는 소리가 슬프고, 보기가 좋아서 듣기가 좋아서, 떨어지고 울기 때문에 달콤하게 슬퍼한다. 혹 저승길을 생각하고 슬픈 사람이 있을지도 모른다. 그러나 저승을 믿는 사람도 없고 안 믿는 사람도 없다. 마른 잔디에 물을 부으면 큰애야 작은애야 어서 물 받아라! 하는 풀잎들의 외침을 믿는 사람은 더더구나 없다. 생명은 인간의 것이요 죽음도 인간의 것이라고만 믿는 사람들, 그러나 호호백발도 죽음을 절하(切下)하려고만 든다. 불당에서도 성당에서도 대부분 기복(祈福)의 대상이기에 신을 인정하게 되고 구원을 청하기 위하여 신을 인정한다. 기복과 구원의 소망이 어찌 인간만의 것이랴. 생과 사가 어찌 인간만의 것이랴. 억조창생이 어찌 인간만을 이름이랴. 모든 창조물은 인간을 위해서만이 탄생되고 창조된 것은 아니다. 모든 것을 위하여 모든 생명은 탄생되고 창조된 것이니 인간이라고 해서 어찌 연륜의 계절이, 겨울이 없을까 보냐. 이 이치에서 벗어난 사람도 없고 이 이치를 극복한 사람도 없을 터인데 인간들은 무엇을 사색하며 무엇에 도전한다는 겐가.[43]

위의 인용문에 대해 굳이 설명을 덧붙일 필요가 없다. 생명체로서 인간이 역시 생명체인 우주와 우주를 구성하는 뭇 생명체와 관계를 지니며 살아가고 있는 상황과 그 느낌을 서술한 것이기 때문이다. 작가도 느끼고 나도 느끼고 당신도 느낀다. 3부부터 생명체들의 대화가 빈도를 높여 가며 전체 작품의 흐름을 이끌어 간다. 사건은 거의 없거나 그리 중요하지 않다. 해도사는 강쇠와 소지감과의 대화에서 말한다.

---

43 박경리, 『토지』, 4부 2편.

날짐승 들짐승 벌레며 초목 미물에 이르기까지, 물속에서 기고 헤엄
치는 목숨들, 생을 받은 억조창생 그 수없는 것의 명운이 어찌 그다지
도 신묘하게 같지 아니한지, 연이나 각기 다르되 각기의 순환, 운동은
한결같이 같으니 그 조화가 대체 무엇일꼬. 운동은 시간의 연속이라,
하면은 유구한 시간을 돌아서 사람이 되는 시점(時點)이 있고 짐승이
되는 시점이 있고 초목이 되는 시점이 있고, 재앙의 자리 홍복의 자리
도 번갈아서 오고 가는 것, 그것이 법일진대 그 법을 짜 놓은 존재는 대
체 무엇일꼬. 조물주라고도 하고 창조주라고도 하고 신이라고도 하고.

　그 조물주 무자비함이야말로 목숨 속에 깃들여진 원초의 두려움
이요 슬픔이라. 허나 그 무자비함이 공평한 것을 어쩌랴. 여지없는 순
환은 선악의 인(因)으로써 과(果)로 통하고 물(物)의 정연함과 더불
어 영(靈) 또한 정연하니 오늘과 같은 말법(末法)의 시대도 새 법의 도
래를 준비하는 것으로 보아야 옳고 정연한 순환에 따라 말법은 썩어서
새것의 살이 되고 피가 되어 흔적 없이 되는 것이, 병든 목숨이 죽어서
썩어 없어지는 것과 무엇이 다르리. 하여 우주는 나요 나는 우주라, 홍
복도 내 자신의 것이요 재앙도 내 자신의 것이며 벌레인들 내 자신 아
니라 못하리. 날짐승 들짐승도 내 자신이며 간 사람도 내 자신이며 오
는 사람도 내 자신, 모든 것은 일체요 또한 낱낱이라. 일체가 같은 것
이라면 낱낱은 다른 것, 이 무궁무진함을 어찌 인간이 헤아리고 가늠
하리.[44]

　작품 『토지』는 하나의 모양새를 갖는다. 그 모양새는 흔히 형식이
라고 불린다. 모양새는 생김새 중의 하나다. 생김새들이 이합집산하

44 박경리, 『토지』, 5부 1편.

는 흐름에서 일순간 맺어지는 어떤 매듭이 형식이다. 종결이 아니라 매듭일 뿐이다. 작품도 생명체로 거대한 생명의 흐름에 실려 있기 때문이다. 최초의 생김새는 느낌과 상에서 비롯된다. 작가의 마음 안에 어떤 느낌이 상으로 변하고 이를 파악하여 드러내는 생김새가 바로 소설의 시작이다. 처음으로 나타난 최초의 생김새가 여러 개의 생김새로 퍼져 간다. 하나가 여럿을 열어 놓는다. 위에서 아래로 내려온다. 그 하나와 위는 바로 생명이다. 생명은 힘과 운동을 지닌다. 그것들이 무수한 생김새를 이루어 나간다. 아래로 내려갈수록 그 짜임새는 허술해진다. 널리 그리고 깊게 퍼지기 때문이다. 생명의 본질인 전일성은 유지된다. 따라서 작품 『토지』는 서구 문학처럼 주인공, 특정한 장소와 인물을 제한된 시간 안에 설정하는 삼일치 법칙을 따르거나 한정된 시공간을 점유하지 않는다. 스토리가 분산되어 있으며 '사건'은 드러나지 않는다. 뭉게구름과 적란운은 폭풍우를 동반하지만 가을의 새털구름은 엷게 하늘을 뒤덮는다. 긴장과 클라이맥스가 모호하다. 이는 통일성을 획득하는 것이 아니다. 통일은 부분이나 나뉘어 있는 것들이 한데 모여 전체를 이룬다. 그것은 시간이 흐를수록 밀도를 높이고 공간을 좁힌다. 그러나 작품 『토지』는 통일성보다는 전일성을 갖춘다. 생김새의 밀도는 엷어지고 그 공간은 마냥 퍼져 나간다.

『토지』를 전문적으로 연구해서 이 작품의 학문적 평가를 궤도에 올려놓고 토지학회의 창립에 적극적으로 관여한 최유찬은 작품을 백두대간에 비유한다. 하나는 백두산이다. 그것은 일종의 빅뱅 또는 거대한 화산 폭발이었다. 그것이 커다란 등줄기를 이루며 아래로 퍼져 내려온다. 처음에는 험준함이 하늘을 치솟았다. 그 흐름도 급했다. 중간중간 무수한 봉우리들이 생겨난다. 그것들은 다시 가지를 친다. 조그만 봉우리들도 나타난다. 점차 산세는 완만해지고 무한으로 확대되는 산등성이들과 들판이 펼쳐진다. 그 전체는 한반도와 만주로서 하나의 생김새를 갖춘다. 모양새는 험준함과 완만함이 곁들여져 있다. 그 짜임새는 강한 줄기의 흐름이 점차 완만한 유속으로 넓게 확산된다. 강과 유가 드러난다. 『주역』의 글귀처럼 "강함과 부드러움이 서로 옮아가며 변과 화를 낳는다(剛柔相推而生變化)." 그 변과 화는 작품에서 무수한 인물과 사건으로 드러난다. 역으로의 생활세계가 이루어진다. 밑으로 내려갈수록 그 흐름은 완만해지고 넓어진다. 이야기는 서두르지 않고 넓고 깊게 흘러간다. 백두대간에 흘러내리는 물은 수많은 계류들이 합해 천천히 압록강, 대동강 그리고 한강이나 다른 여러 강줄기가 되어 천천히 바다에 이른다.[45]

---

[45] 이 단락에 대하여 최유찬의 의견을 타진하였는데 그는 다음과 같이 두 차례에 걸쳐 답을 보내왔다. 오해 없이 정확하게 그의 견해를 이해하기 위해 전문을 옮긴다.

*첫 번째 서신: 『토지』는 그 전체가 백두산입니다. 개마고원으로 장백산맥으로 백두대간으로 뻗어 내린 장엄한 모습이 백두산의 전경입니다. 그런데 그 모양을 조금 더 자세히 살피면 『토지』는 몇 개의 단락을 통해서 백두산의 장엄상을 보여 줍니다. 그 첫 단계가 천지입니다. 『토지』는 무와 유의 관계로 사건을 전개해 나갑니다. 동학혁명은 묘사되지 않고 뒷부분의 소소한 일상사에 대한 묘사를 통해 혁명의 모습이 드러나고 다른 부들도 그와 같은 무와 유의 관계가 반복됩니다. 하여튼 그렇기 때문에 『토지』의 서장은 백두산의 천지에 해당되고 거기서는 하늘의 만상이 천지 물에 비칩니다. 저는 이것을 보편의 세계라고 생각하고 있습니다. 구체적인 형상은 미약하지만 그 천지에 비친 하늘의 모습은 이 세계의 진리를 보여 주는 것입니다. 그것을 빅뱅이 터져 나간 자리라고 해도 크게 무리는 없으리라 생각합니다. 이 무의 자리에서 『토지』 1부는 시작됩니다. 그런데 1부는 다른 부에 비해서 엄청난 억압과 긴장으로 표현되어 있고 그렇기 때문에 거기에서 펼쳐지는 사건들은 백두산 장군봉의 기암괴석들과 같이 일대 장관을 형성합니다. 문재인 대통령과 김정은 위원장이 회담하던 장소에 펼쳐져 있던 병풍의 그림을 생각하면 1부의 형상이 지닌 특성을 짐작할 수 있습니다. 그런데 문재인 대통령은 개마고원을 트랙킹하고 싶다는 뜻을 밝혔습니다. 소설에서 2부는 바로 이 개마고원의 형상에 상당합니다. 백두산 정상을 떠받들고 웅장하게 펼쳐져 있는 모습이지요. 3부는 이제 천지에서부터 개마고원, 태백산맥으로 줄기줄

강은 하류에서 거대한 흐름이 되어 모든 것을 포용한 채로 천천히

기 뻗어 내린 백두산의 전경을 하늘에서 조감한 모습입니다. 작품 전체가 비잉 도는 듯한 느낌을 주는 것은 동아시아 전체가 부감법에 의해 조명되기 때문에 독자들에게는 그런 느낌이 드는 것입니다. 이제 백두산은 남녘의 평야들과 바다로 펼쳐지고 있습니다. 이런 지역의 형상들은 지평선, 평면과 같은 형상을 지니게 되는데 그 모습은 지루하게 느껴지기 쉽습니다. 하지만 여기에 변화가 있는데 『토지』는 이제 외적 형상을 벗어나 내면으로, 깊이로 들어갑니다. 4부와 5부가 담론들로 채워지는 것은 그 정신적 깊이를 형상화하기 위한 방책인 것입니다. 그리고 그 정신적 깊이에서 일대 전환, 변화가 마련되고 있습니다. 1, 2부에서 외적 형상이 플롯의 통일 형태를 취하는데 반해서 4, 5부에서는 관심의 통일이 나타나게 되는데 식민지의 억압을 견디면서 생을 영위하는 사람들의 정신, 내면 속에서 형성된 힘들이 통일되기 시작하는 것입니다. 그러므로 앞에서는 사건들의, 행동의 통일이 작품을 추동하는 힘이었다면 4, 5부에서는 담론의 통일, 정신성이 사건을 추동하는 힘이 되는 것입니다. 이 정신성의 통일이 형성되어 가는 모습은 작중인물들이 너나없이 내뱉는 단말마, "일본 놈은 망할 것이다", "일본 놈 망해라" 하는 무수히 반복되는 말씀들 속에서 찾아볼 수 있습니다. 그러므로 『토지』가 조성하는 백두산의 장엄상은 웅대하기도 하고 깊기도 합니다. 그것이 무수한 고난을 견디면서 자신을 영적 존재로 키워 온 한민족의 정신을 바탕으로 일구어진 변화라는 것을 알면 『토지』가 길기만 한 작품이 아니라는 것을 절로 깨우칠 수 있습니다. 작품의 공간이 넓어지고 깊어졌을 뿐만 아니라 거기에 등장하는 사람들의 존재, 정신 자체가 넓어지고 깊어진 것입니다. 그 두 가지를 동시에 파악할 때 『토지』의 형상을 백두산으로 포착하는 일의 가치는 배가된다 하겠습니다.

*두 번째 서신: 답장을 보내고 나니 미진한 데가 있었다는 생각이 들었습니다. "일본 놈 망해라" 하는 조선 민족의 말씀들이 통일되어 해방을 가져왔다는 말을 들으면 천박하기 그지없다고 생각할 수 있습니다. 그러나 박경리 선생이 그런 분이 아니라는 것은 우리가 잘 알죠. 조선 민족의 삶을 유린한 것, 소망을 좌절시킨 것이 일본인인 것은 사실입니다. 그러나 조선 민족은 복수를 통해서 원한을 갚는 일본인과 달리 자신의 좌절된 소망에서 생기는 한을, 원한을 삭힙니다. 이 삭힘이 조선 민족의 예술에 바탕이 되었다는 것은 우리가 잘 아는 사실입니다. 인간적으로 성숙하는 것이죠. 길상이 조성하는 관음상은 대자대비의 상징입니다. 큰 슬픔이 없이 어찌 큰 사랑이 있겠느냐 하는 것이 관음상 조성의 취지일 것입니다. 제가 『토지』를 샤머니즘과 연결시키는 것도, 유교의 흠(欽), 성(誠)이기도 하고, 인류의 크나큰 사랑이기도 한 그것을 나타낼 말이 없기 때문에 우회한 것에 지나지 않습니다. 박경리 선생은 우리 사회 일각에서 흔히 손쉽게 사용되는 생명 사상이 휴머니즘이라고 했습니다. 그러면 당신의 생명 사상은 무엇일까요. 그것은 우주 만물의 생명에 대한 경외라고 생각합니다.

흘러간다. 최유찬은 길상이 관음상을 조성한 사실을 지적한다. 또한 동아시아 유가 사상의 핵인 흠(欽)과 성(誠)도 언급한다. 관세음보살 또는 관자재보살은 대자대비의 상징이다. 그는 이미 부처의 경계에 들어서지만 중생을 제도하여 함께 깨달음에 이르기 위해 그 단계를 잠정적으로 미루고 있는 보살이다. 중생은 모든 인간, 모든 생물, 우주 만물의 모든 구성물, 다시 말해서 우리의 생명체 개념에 상응한다. 돌멩이 하나라도 생명체가 아닌 것이 없다. 부처가 제행무상이나 제법무아 등을 통해 열반의 해탈에 이르지만 이는 모든 것을 무로 돌리는 부정이 아니다. 해탈에 이르게 됨으로써 그는 만법(萬法)을 받아들인다. 만법이란 모든 생명체와 그것들이 우주에서 빚어내는 모든 현상을 포괄한다. 마음은 전일성을 지닌다. 일심(一心)이다. 그 마음이 해탈의 경계에 이른다. 공이되 공이 아니며, 생멸을 갖되 진여인 만법을 긍정함으로써 해탈의 진정한 맺음이 달성된다. 하나의 마음이 두 개의 문을 갖는다. 일심개이문(一心開二門)이다. 이러한 긍정을 거쳤기에 부처는 대자대비에 이른다. 만법을 긍정하고 받아들이는 만큼 그는 모든 것의 이웃이 되고 모든 것의 실정에 귀를 기울이고 관심을 갖고 돌본다. 관세음보살은 바로 이러한 부처가 현세에 나타난 것이다. 그는 중생을 제도하여 해탈과 성불(成佛)의 경계로 인도하기 위해 그들과 함께 같은 수레를 탄다. 대승(大乘)이다. 그저 바쁘기 한이 없다. 얼굴이 십일면(十一面)인 이유다. 손이 천 개인 까닭이기도 하다.

최유찬이 이야기하는 흠(欽)은 『서경』에 나오는 요 황제의 말이다. 성(誠)은 『중용』의 핵심 사상이다. 성은 송대 유학의 장재에 이르러 본격적으로 탐구되며 그것은 도체(道體)와 동격인 우주의 궁극적 실체인 성체(誠體)로 진전되기도 한다. 조선의 이황(李滉)이 성(誠)과 경

(敬)을 강조한 것은 잘 알려진 사실이다. 『토지』라는 작품의 거대한 흐름이 마침내 우주의 궁극적 실재로 귀결된다. 작가가 이러한 깨달음 속에 이미 들어서 있음이다. 굳이 그것을 작품에 언급할 이유도 없다. 소설에서 무수히 등장하는 수많은 인물들이 '하나같이' 긴 사설을 늘어놓는다. 그들에게 '하나같이' 온 힘을 다해 귀를 기울이는 부처처럼 작가도 그들로부터 들은 이야기를 '하나같이' 정성껏 소설에 옮겨 놓고 있다. 작가의 마음과 자세는 온통 성과 경으로 충만하다. 작가 자신의 '하나같은' 생김새가 지닌 본질이 바로 성과 경 또는 대자대비의 긍정이다. 작품의 짜임새는 이미 이러한 사실을 흠뻑 담아 보여 주고 있다.

본디 하나가 독립된 무수한 하나로 열릴 때, 그것은 무한한 시공간과 함께 전개되고 또 펼쳐진다. 하나가 하나를 낳고 또 하나를 낳는다. 그 하나들은 복수가 되고 우주를 구성한다. 그 하나들은 하나같이 하나다. 낳고 낳음이 지속된다. 생명으로의 전일성에는 아무런 변화가 없다. 이런 상황에서 인물들의 설정은 전혀 제한이 없으며 무한 전개가 가능하다. 『토지』에서 서희나 길상 등이 주인공으로 거론될 수 있지만 그리 쉽게 결론 낼 일이 아니다. 작품을 이루는 각 생김새마다 서로 다른 성격의 인물들이 주인공 자리를 꿰차기 때문이다. 우리의 현실 세계가 바로 그렇지 아니할까. 이용과 월선의 애틋한 사랑은 그것 하나로 한 편의 절절한 드라마가 되고도 남는다. 김개주와 김환은 한민족 역사의 소용돌이를 에둘러 모두 감당한다. 이로 보면 서희와 길상의 역할은 작품 분량에서 그리 크지 않다. 생김새를 이루는 주요 강줄기에 해당할 뿐이다. 하나의 생김새로서 『토지』라는 작품은 무수한 생김새들을 품고 있으며 각 생김새에서의 주인공은 모두 다른 인물이다. 작품에 등장하는 무수한 인물들 모두가 하나로서 의의를 지니고 있음이다. 이러한 전일성을 파악하지 못하면『토지』를 읽고 나서 그 작품을 산만하다고 이야기하게 된다. 핵심을 놓치는 것이다.

여기서 우리는 모양새를 지닌 것을 완결된 작품이라 부르기는 하지만 실제로 그것은 매듭이며 아직도 변형과 확대의 가능성을 내포한다. 하나의 작품은 작가와 작가가 속해 있는 사회, 그리고 그 시대가 끊임없이 변하며 흘러가면서 남기는 어떤 흐름에서 일시적으로 나타난 매듭에 불과하다. 작품『토지』의 경우는 해방의 순간에 매듭이 맺히며 그것은 또 다른 시작점이기도 하다.

작품의 요소를 이루는 무수한 형상들은 순간적으로 한꺼번에 튀어나오는 것이 아니라 시간이 흘러감에 따라 예술가의 의도가 반영되며 서로 연관을 맺으며 쌓아진다. 이는 바로 생김새들의 짜여 나감이다. 예술가는 단수의 생김새만을 다루는 것이 아니라, 복수의 느낌새로부터 시작할 수 있다. 또는 처음의 생김새가 변형되며 새로운 생김새가 나올 수도 있다. 이러한 생김새들을 서로 섞거나 배열하거나 변형시키는 것이 바로 예술가의 작업이며 그 작업의 양태를 우리는 짜임새라 부른다. 짜임새는 생김새들을 어떤 방향으로 구성하는 과정에서 드러나는 어떤 '-결'이다. 나무나 돌의 결을 따라 목수나 석수가 작업하듯이 예술가는 생김새의 결을 따라 작업한다. 생김새들은 이러한 결들을 따라 더 복잡한 생김새를 생겨나게 한다. 그 결들이 바로 짜임새다. 짜임새를 거쳐 나오는 것은 어떤 틀을 이루게 되는데 그것이 모양새다. 모든 예술 작품은 흐름의 과정에서 일순간 매듭을 지으며 어떤 모양새를 갖게 되는데 그것은 작품으로서의 생김새이며 틀이다. 그 틀은 통상적으로 예술형식이라 불린다. 모양새는 바로 형식이다.

생김새는 수학적인 단위가 아니다. 그것은 나뉠 수 있지만 사과가 여러 개의 조각으로 나뉘듯이 분할된다는 의미가 아니다. 라이프니츠가 우주의 존재로서의 개체들을 설명하면서 하나의 중심 모나드를 감싸고 있는 무수한 모나드들을 언급했듯이, 작품으로의 생김새는 그것의 짜임새를 갖고 있는 무수한 생김새들로 나뉠 수 있다. 음악을 빗대어 말한다면 동아시아 음악이 그렇다. 이들 음악의 특징 중의 하나는 헤테로포니(heterophony)로 이루어진다는 점이다. 서구 음악은 화성이 중요하다. 여러 개의 음이 중첩되어 쌓여서 동일한 순간에 하나의 음을 만들어 내는데 그것은 바로 쌓인 음들의 조화이다. 화성의 전개로 선율이 이루어지지만 선율은 나열된다. 변주도 가능하고 다른 선율이 이어지지만 그 선율의 기본은 변함이 없다. 하나의 악곡을 하나의 선율이 지배한다. 푸가의 경우는 여러 성부로 나뉘어 선율을 되풀이하며 포갠다. 이에 비해 시나위 합주를 보면 각 악기들이 제멋대로 나름대로의 음과 선율을 배열한다. 하나의 악곡에 참가하는 악기마다 기회만 생기면 자기들 원하는 대로 새로운 음과 선율을 보여 준다. 하지만 전체로 조화를 깨트리지는 않는다. 모두 마당 한판을 논다. 개개 악기는 하나의 생김새이며, 모든 악기들이 각기의 생김새로 모여 한판을 조화롭게 구성한다. 한판의 생김새를 이루기 위해 하나의 악기, 또는 한 사람의 연주자는 별도의 생김새를 전개한다. 그것 자체로 독립적이지만 전체의 생김새를 이루는 하나의 생김새다. 생김새들이 모여 최종적으로 하나의 판, 일회성으로의 하나이며 작품인 생김새를 이룬다. 그것은 통일성이 아니다. 서구의 악곡은 각 악기들이 함께 연주하며 부분을 사전에 정해진 대로 따른다. 악곡은 온통 지시로 점철되어 있다. 그러한 규정들을 잘 지켜야 통일성을 획득하고 온전한 작품으로 기능한다. 시나위는 통일성이 아니라 전일성을 추구한다. 생김새가 단위이며 생김새들이 모여 하나의 생김새인 악곡을 이룬다. 이 악곡은 전일성을 갖는데, 이 전일성을 가능하게 하는 구성단위의 작은 생김새도 그 자체로 전일성을 지닌다. 최종적으로 완성되는 작품은 하나의 생김새로 그 모습을 드러내는데 그 모습이 바로 형식으로의 모양새다. 생김새는 수리적인 단위가 아니며 유기체적인 단위로서 무한 변용의 가능성을 지니고 있다. 그 생김새의 모습과 특성은 바로 우주의 그 것과 다름이 없는데, 그것은 바로 생명의 힘과 움직임이 드러내는 것과 일치한다.

4. 패턴

4.1. 패턴의 생성

예술은 그 과정에서 패턴과 리듬을 생성한다. 예술 작품을 창작하는 사람들은 그들이 표현하고자 하는 대상들로부터, 다시 말해서 모든 사물이나 현상이 본디 지니고 있는 패턴과 리듬을 찾아내어, 작가 자신에게 내재되어 있는 패턴과 리듬으로 상응하게 하여 조화를 이루게 하면서 이를 형상화한다. 작품은 바로 그 형상화된 그 무엇이다. 대상들은 우주의 모든 가능한 사물이나 현상, 그리고 인간의 마음에 현시되고 있는 모든 상상력의 가능한 상들을 포함한다. 그러한 상들은 거의 무한정으로 넓고 깊고 다양하다. 동아시아에서는 이러한 모든 우주 현상을 역(易)이라는 말로 집약한다. 역은 현재 우리가 살아가고 있는 우주를 총체적으로 지칭한다. 그 역은 우주의 원초적 상태와 현재를 포괄한다. 서구에는 역에 일치하는 개념이 없다. 동아시아에서 역이라 불리는 단일 개념이 서구에서 분화되어 카오스와 우주, 이데아와 현상, 암흑세계와 생활 세계 등의 개념들을 이룬다.

카오스는 우주의 시작이다. 이때 카오스는 고유명사인 동시에 혼란스럽다라는 뜻을 이중으로 지닌다. 동아시아의 혼돈이 태화(太和)로도 불리는 것과 다르다. 역과 마찬가지로 카오스는 느낌으로 파악되며 관념(idea)이나 인상(impression)으로 진전된다. 주체적 형식이 요청되며, 결국 인식의 주체와 그것이 지닌 지성이 설정되고, 이들의 작용으로 카오스는 파악된다. 이때의 파악은 지성에 의한 장악으로써, 지성의 눈길이 닿을 수 있음을 뜻한다. 그 눈길이 닿은 최대 범위가 바로 카오스의 현실 세계이며, 결국은 카오스에서 미지 부분은 그대로 남겨 둔 채, 인간의 능력이 닿는 한도 내에서의 카오스가 된다. 이곳에서 특정한 주체 이외에 실체로서 무수한 주체들이 존재하며 이들의 집합이 우주 만물과 현상을 이룬다. 하나의 주체는 다른 주체 또는 우주 만물의 개별적 존재들이 지니고 있는 어떤 이미지를 읽게 된다. 이미지를 통해 개체들은 서로 파악하고 관계를 지니며 또 다른 주체로의 개체를 생성한다. 이때 개체에게 현현되는 이미지는 느낌과 상(象)으로 빚어지는 상(像)이며 관념이나 인상에 해당된다고 하겠다. 이 이미지는 어디까지나 느끼고 있는 개체의 능력 범위 한도 내에서 이루어진 것이며, 그것은 대상이 본디 지니고 있는 순수 이미지와는 분명 차이가 있다. 또한 이미지로의 상(像)은 느낌의 단계가 요청하는 언어 이전의 어떤 무엇을 굳이 언어로 가리키는 상(象)과 구별되어야 한다.

이미지는 시공간에서 고정되고 제한된 그 무엇을 가리키는 것이 아니다. 그것의 본질은 느낌과 상의 구체적 드러남이며 그 속성은 운동과 변화다. 그것은 끊임없이 흐른다. 그 흐름의 변화를 인간은 인식하고자 한다. 인식하기 위해서 그것은 고정되고 멈춰야 한다. 인간들이 통상적으로 인식하고 있는 이미지는 멈춰 공간화된 상태다. 그것은 어떤 나타냄으로써, 일시로 빌려 오는 일종의 객형(客形)일 뿐이다. 지성에 의해 고정되고 한정하여 멈추게 한다는 것은 그로부터 어떤 일관성이나 특성을 파악하고자 함이다. 이미지가 지니고 있는 특성이나 일관성, 그리고 전체성이 패턴이다. 생김새이며 문리(文理)에 상응한다. 그 이미지는 단수이기도 하고 복합적이기도 하다. 그것은 본디 동적인 것이므로 리듬도 추출할 수 있다. 이렇게 추출된 패턴과 리듬은 어디까지나 개연성의 모습일 뿐이다. 지성은 인간의 것으로 그 능력에는 한계가 있기 때문이다. 그것에는 수학적이거나 물리적으로 확인될 수 있는 정형이 있는 것이 아니다. 가장 근사(近似)하게 이를 파악하려는 주체가 그렇게 생각하고 있을 뿐이다.

4.2. 패턴의 의미와 특성

패턴은 과연 무엇일까. 흐르고 움직이는 만물과 현상에서 인간의 지성은 무엇인가 시공간으로 한정된 어떤 모양이나 규칙을 추출해 내기를 원한다. 베르그손이 지속의 개념을 발견하고 시공간에서 이미지의 본질을 재규정하였지만 본디 인간의 지성은 어떤 고착되고 정지해 있는 사물이나 현상을 대상으로 가져야만 제대로 작동할 수 있다. 이때 그러한 대상들이 구체적으로 어떤 일정한 양상을 드러내게 되는데 이를 패턴이라고 부를 수 있다. 감각을 포함해서 모든 인식과 지적인 작용을 포괄하는 의미에서, 지성은 우주 만물과 마음에서 패턴을 추출해 내는 능력이다. 이미 언급했듯이, "패턴이란 유동하고 변화하는 복잡한 요소들이 어떤 일정한 규칙과 추상화를 통해 구성되어 통일된 집합체로 밖으로 드러난 것이다."

패턴의 의미는 광의적이다. 그것은 불확실성과 개연성이 넘쳐 나는 우주 현상에서 어떤 규칙과 법칙이나 일정한 평균치를 찾아냈을 때, 그것을 하나의 단위로 간주하고 모양을 부여하여 재단한 것이다. 그것은 질서이기도 하다. 인간은 언제나 우주 현상에서 정합체(整合體)를 찾아내어 구성한다. 예술은 패턴을 지니며 그 패턴들은 질서를 갖춘다. 바흐의 음악, 예들 들어 그의 『평균률곡집』이나 『푸가의 기법』 등이 높은 예술적 가치를 지니고 있다고 평가되는 이유는 그 작품들이 생명체로서 갖는 패턴의 질서가 조화와 균형을 완정하게 이루고 있기 때문이다. 예술 과정을 통한 작품의 형성은 바로 질서를 지닌 패턴을 찾아냄이며, 그 완성도는 그 패턴의 강도, 즉 조화와 균형의 강도가 얼마큼이나 높은가에 달려 있음이다.

패턴이 질서라는 속성을 갖는다는 것은 중요하다. 그것은 고대 중국의 문리(文理)라는 개념과도 상통한다. 여기서 문은 문학의 문이 아니라 본디 뜻인 무늬를 가리킨다. 문리에서 리(理)는 질서로 이해될 수 있다. 생김새의 속성인 짜임새와도 결은 근본적으로 다르지만 서로 대응하는 개념이다. 질서는 인간의 논리적 사유를 바탕으로 한다. 수학적이기도 하다. 이런 면에서 문리는 서양의 논리적 패턴에 미흡하지만 어느 정도 그 결을 따라가고 있다. 질서의 의미를 함축하는 리는 도가(道家), 특히 장자가 말하는 절로 그러하며 또한 그렇게 유지되어야 하는 혼돈의 순수 상태를 정면으로 부정하고 저해한다. 서구의 사유 방식은 질서가 없이는 더 이상 진전될 수 없다. 그들은 이를 위해 공리와 정의를 찾아낸다. 그것은 연역적으로, 논리적으로, 그리고 수리적으로 전개된다. 어떠한 우주 현상에 접하더라도 그들은 지성을 통해 그것을 읽어 내고자 노력한다. 없거나 희미하게 나타나면 그들은 스스로, 인간 위주로 질서를 부여한다. 질서는 우주 만물이 본디 지니고 있는 것이 아니라 인간의 지성과 사유가 발견하거나 요청하는 것이다. 이는 고대 중국에서 인간을 중심으로 하늘과 땅을 모두 하나로 인식하는 경향과 비슷하다. 인간은 우주의 중심에 서서 하늘과 땅의 조화를 읽어 낸다. 하늘, 땅 그리고 인간은 삼재(三才), 삼극(三極), 삼원(三元) 등으로 불리는데 이들이 함께 어울리고 질서를 가져야 만물이 화평하다. 생김새는 이에 비해 철저할 정도로 비정형이며 무규칙이고 무방향이다. 제멋대로이며 되는 대로 굴러가고 흐른다. 그것은 모양새와 짜임새를 거느리지만 그것은 그냥 주어져 있음이다. 이는 질서를 중시하는 유가보다 도가에 가깝다. 도가에서 말하는 문자 그대로 '자연'이다. 한국의 전통 예술에서 그 아름다움의 가치가 '방일(放逸)'에 역점이 두어지는 이유이기도 하다. 예를 들어 중국의 문화 사상을 지배해 온 것은 유가이며 그들의 건축물의 배열은 질서 있게 사합원(四合院)이 주를 이루지만 한국의 전통 건축은 거의 대부분이 일관성이 없다. 부석사의 가람 배치가 그렇듯이 중구난방이다. 오로지 그것이 지향한 것은 주위의 땅과 하늘과의 조화였을 뿐이다.

전통적으로 기하학적 사유가 발전한 서구에서 들뢰즈가 우주에서 패턴을 찾아내고 그것을 평탄한 평면으로 시작하는 것은 우연이 아니다. 그가 내재성의 평면에서 시작하는 지층과 주름 등은 패턴의 집합체라 할 수 있다. 카오스에서 우주가 생성되고 만물이 형성되며 다양한 현상이 이루어질 때, 지성이 이를 파악하기 위해서는 무엇보다 질서정연한 보편성을 찾아내야 한다. 보편성은 모든 개별적인 것들이 교집합으로 공유하는 그 무엇이다. 차이는 존재하지만 수렴되며, 반복이나 동일성을 공유하는 것을 기준으로 해서 한 가지로 분류되는 것을 의미한다. 그 무엇을 접점으로 해서 무수한 개별자들은 서로 관계를 지속하며 동시에 그들만의 집합이나 통일을 이룩하게 된다. 우리는 그 무엇을 보편자라고 부른다. 보편자가 거느리는 집합체나 통일체는 하나의 거대한 패턴이 된다. 근대 과학이나 철학에서 인과(因果, cause and effect), 필연과 우연, 멱함수 법칙 등을 거론하는데 이러한 개념들 역시 사유가 갖는 일종의 패턴이다. 최근에 이야기하는 멱함수 이론과 같은 것도 우주로부터 인간의 지성이 새롭게 추출한 또 하나의 패턴이다. 모든 현상을 패턴화하는 것은 한마디로 지성의 작용이 갖는 본질적 특성이다. 어떤 면에서 과학은 패턴의 발견과 나열이며 그 조합의 전개다. 이때 패턴의 짜임새를 이루는 법칙이나 중심이 되는 보편자는, 예를 들면, 수학의 공리나 상대성의 원리 같은 것들이다. 철학의 근간을 이루는 개념도 패턴화의 과정을 거친다고 말할 수 있다. 사유의 흐름이 일정한 패턴을 지닌 일정한 인식들로 이루어지지 않는다면 개념의 생성이나 그 작용은 있을 수 없기 때문이다.

패턴(pattern)은 영어이면서, 현대 한국어에서 이를 그대로 사용하는 외래어다. 사전적 의미를 보면 ① 모방이나 본보기로서 제시되는 형태, ② 옷을 만들기 위해 디자인된 모형, ③ 예술 작품의 디자인이나 형식, ④ 자연적이거나 우연히 만들어지는 형상, ⑤ 사람이나 집단 또는 단체 등에서 관찰되는 특성이나 행동 경향 등을 나타내는 어떤 본보기 등이다.[46] 통상적으로 보아 그것은 어떤 틀, 형식, 구조 등의 의미를 내포한다.

위키피디아에서 패턴의 항목을 찾아보면 보다 자세한 기술이 보인다.

---

46 *Dictionary Merriam Webster.*

-패턴은 사람이 만든 인공의 디자인이나 실제 세계에서 우리가 알아볼 수 있는 규칙성이다. 패턴의 요소들은 예측할 수 있는 방식으로 되풀이된다. 하나의 기하학적 패턴은 기하학적 모양으로 구성된 일종의 패턴이며 특히 벽지의 문양처럼 되풀이된다.

-우리 오감 중의 어느 감각이라도 직접적으로 패턴을 관찰한다. 반대로 과학이나 수학 또는 언어에서 추상적인 패턴은 오로지 분석에 의해서만 관찰될 수 있다. 실제로 직접적인 관찰은 시각적 패턴을 보는 것을 의미한다. 그것은 자연이나 예술에서 널리 퍼져 있다. 자연에서 시각적 패턴은 때때로 카오스적이고 결코 정확히 되풀이되지 않으며 가끔 프랙털도 포함한다. 자연적인 패턴은 나선형, 굽은 형태, 파동, 거품, 타일, 균열 그리고 회전이나 반사로 인한 대칭으로 만들어진 것들을 포함한다. 패턴은 그 기초가 되는 수학적 구조를 갖는다. 참으로, 수학은 규칙성의 탐구로 보일 수 있다. 그리고 어떠한 기능의 결과도 수학적인 패턴이다. 과학에서도 이와 비슷하게 모든 이론들은 이 세계의 규칙성을 설명하거나 예측한다.

-예술과 건축에서 장식과 시각적 모티프는 바라보는 사람에게 하나의 선택된 효과를 주기 위해 고안된 패턴을 형성하기 위해 연결되거나 되풀이된다. 컴퓨터 공학에서 하나의 소프트웨어의 디자인 패턴은 프로그래밍에서 일련의 과제들에 대한 잘 알려진 해결 방법이다. 패션에서도 패턴은 여러 가지 비슷한 옷을 만들어 내기 위해 사용되는 원형이다.

패턴에 대한 사전적 풀이와 위의 인용문에는 패턴의 몇 가지 특성이 드러난다. 첫째로, 패턴은 규칙성을 보여 준다. 패턴은 그것 자체로 하나의 단위를 이루지만, 동시에 패턴은 하나 또는 여러 개의 단위가 일정하게 조합을 이룬다. 그 단위는 기하학적 모양으로 크기와 넓이, 길이와 높이를 지니기도 하고, 내적인 감정에서는 강도(強度, intensity)일 수 있으며, 리듬에서는 강약일 수도 있다. 밖으로는 그것은 색채의 조합일 수도 있다. 어둠과 빛의 섞임일 수도 있다. 또한 그것은 시간에서 길이를 나타내기도 한다. 이런 모든 요소들이 이합집산을 하는 과정에서 사람은 규칙성을 읽어 내는데 그것이 바로 패턴이다. 둘째로, 반복성이다. 반복성은 시간과 공간 모두에서 일어난다. 사다리는 마름모꼴이나 사각형의 되풀이다. 그것은 공간적이다. 이에 비해 일 년은 사계절로 이루어지며 그것은 해마다 되풀이된다. 이것은 시간적이다. 일정한 공간에, 일정한 시간에 반복되는 것으로부터 패턴이 추출된다. 셋째로, 패턴은 예측성을 지닌다. 규칙성과 되풀이를 통하여 사람의 인지능력은 시간적으로 다음에 일어날 일을 예견하거나 추측할 수 있다. 넷째로 패턴은 수학적 특징을 지닌다. 앞에서 언급된 규칙성, 반복성 등은 이미 수학적 개념이다. 패턴은 모든 현상에서 지성이 수학적으로 재단한 것이다. 가장 대표적인 것이 음악의 악곡인데 서양음악에서 모든 악곡은 수학적 구성으로 이루어진다. 혼란스럽고 파악되지 않은 외부 현상이나 마음의 감정 등을 일정하게 수학적으로 재단하여 이를 다시 수학적으로 배열한다. 음표와 음가, 마디와 절, 악장 등은 모두 수학적으로 분해가 가능하다. 악곡의 조성까지도 수학적으로 가치 분석되는 일정 높이의 기준 음을 근거로 구성된다. 예를 들어 서구 음악은 전통적으로 이러한 수학적 패턴을 철저히 준수하는 반면에, 한국의 전통음악은 수학적 패턴을 바탕으로 하되 최소화되어 있으며, 어떻게 파격이나 일탈을 허용하는가에 따라 그 표현이 다르게 된다. 비유하자면 서양의 음악 창작은 레고 놀이이며, 한국음악은 진흙 덩이 놀이다. 다섯째로 그것은 선택적이다. 선택적이라 함은 개연성과 관계된다. 패턴은 개연성의 결과물이다. 사람들의 지각은 개체에 따라 서로 다르게 작용한다. 한 가지 현상에서 보는 시각에 따라 여러 개의 서로 다른 패턴들이 추출될 수 있다. 시각의 취향에 따라 전혀 다른 패턴이 발견되기도 한다. 여섯째로 패턴은 카오스적인 면도 있다. 이는 프랙탈과 같은 비유클리드적인 형태의 전개를 말한다. 프랙탈은 비정형으로 시작되며 자기 모방을 거쳐 새로운 패턴을 창출한다.

4.3. 패턴과 패러다임

패턴과 유사한 개념으로 패러다임이 있다. 패러다임은 토마스 쿤이 처음 사용한 개념어다. 그는 근대 역사에서 과학혁명을 이야기하기 위해 패러다임이라는 말을 쓰는데 기존의 패러다임에 변화가 생겨 새로운 패러다임이 나타나는 것을 과학혁명이라고 부른다. 패러다임은 본디 '모형(model)', '패턴'이라는 말에서 전용한 것이다.[47] 이들 단어는 패러다임과 차이를 지닌다. 패러다임은 광의적이다. 동시에 패턴과 달리 역사의 시대성을 지닌다. 쿤은 과학의 역사에서 하나의 시대를 지배하고 있는 기본 패러다임이 있으며 당대의 모든 과학은 이를 충실히 따른다고 주장한다. 역사에서 코페르니쿠스의 지동설이나 뉴턴의 만유인력 법칙, 또는 아인슈타인의 상대성원리 등은 과학의 역사를 새로 쓰게 하고, 한 시대를 풍미하는 새로운 패러다임이 되었다. 이 패러다임에 맞춰 모든 과학 분야가 새로 실험을 하고 결과를 추출하며 새로운 과학 사실을 발견해 나간다. 한 시대에 기존의 패러다임이 지배하고 있는 과학을 '정상 과학'이라 부른

---

47 토머스 S. 쿤, 『과학혁명의 구조』, 김명자 역, 까치, 1999, p.49.

다. 새로운 패러다임은 새로운 발견으로 시작된다.

발견은 이상(異常, anomaly)의 지각과 더불어 시작되는 것으로서, 다시 말해서 자연이 정상 과학을 다스리는 패러다임-유도의 예상들을 어떤 식으로든 위배했다는 것을 인식하는 것으로부터 시작한다. 그것은 다음 단계로 이상 현상의 범위를 다소 확장시켜 탐사하는 것과 더불어 지속된다. 그리고 그것은 그 이상이 기대치가 되도록 패러다임 이론이 조정되는 경우에만 종결된다.[48]

이러한 발견에 "관찰과 개념화, 사실과 이론에의 동화, 이 두 가지가 발견 과정에 밀접하게 얽혀 있다면 발견은 하나의 과정이며 시간이 소요되어야만 한다."[49] 이러한 과정을 거쳐 새로운 패러다임은 정상 과학으로 진전하여 확산되며 시대를 사는 모든 사람들이 받아들이게 된다. 패러다임은 시대를 횡으로, 평면으로 크게 절단한다. 그 평면에서 사람들은 과학에서 새로운 진보를 향하여 나아간다.

패턴은 이러한 패러다임과 다르다. 그것은 하나의 규칙이나 모형에 가까운 말이다. 패턴은 구성 요소가 될 수 있는 데 비해 패러다임은 중심이나 지지대가 되는 일정한 면적을 지닌 평면이다. 패러다임은 현재 과학 이외의 모든 분야에서도 차용되어 쓰이는 개념이 되었다. 그렇다면 예술에서도 패러다임을 이야기할 수 있을까. 패러다임은 결과물이다. 쿤이 지적한 것처럼 결과는 언제나 원인을 불러오는 것이라고 이야기할 수 있다. 의미의 차이가 분명히 있지만 굳이 예술

---

48 토머스 S. 쿤, 『과학혁명의 구조』, p.90.
49 토머스 S. 쿤, 『과학혁명의 구조』, p.93.

에서 패러다임에 상응하는 것을 찾으라 하면 일종의 문예사조라 할 수 있을 것이다. 크게 보아 낭만주의나 고전주의 등이나, 건축양식에서 르네상스, 바로크나 로코코 양식 등이 해당되고, 작게는 회화에서 인상파, 입체파, 추상주의 등을 거론하는 것에 비견될 것이다.

우리는 이러한 사실보다 패턴이나 패러다임 등의 서구적 개념에서 어떤 새로운 특징을 읽을 수 있다. 새로운 패턴이나 패러다임은 대체로 "거의 예외 없이 아주 젊든가 아니면 그들이 변형시키는 패러다임의 분야에 아주 새롭게 접한 사람들"[50]에 의해 발견된다. 한마디로 기존의 패러다임에 물이 들지 않았거나 아웃사이더로 사는 사람들에 의해 발견이 이루어질 가능성이 크다. 하지만 그들 역시 외계에서 날아온 사람들이 아니며, 기존의 것에 몸을 담고 있다가 의문을 표시했을 뿐이다. 그들은 들뢰즈의 리좀 현상에 속한다. 리좀은 기존의 뿌리 확산에서 탈출하여 새로운 선을 따라 새로운 영역을 개척한다. 새로운 영토를 구축하며, 다시 재영토화된 것에서 도주하여 선을 따라 전진한다. 이로 보아 알 수 있듯이 서구는 선을 따라 흐른다. 그들의 사유 패턴은 주로 두 가지 방식을 따르는데 하나는 연역이요, 다른 하나는 귀납이다. 연역은 공리와 같은 기존의 점에서 시작된 선을 따라간다. 선을 이탈하면 안 된다. 선은 새롭게 무한히 뻗어 나갈 수 있지만 그 근원은 어디까지나 처음 시작한 점이며, 지나온 궤적은 새로운 선을 위한 모태다. 연역은 대체로 논리적이며 이론적이다. 귀납은 무수하게 서로 다르게 널려 있는 점들로부터 공통점을 추출하여 하나의 점으로 귀결시킨다. 귀납은 대체로 현실에서의 관찰과 실험을 동반한다. 이들 방식은 언제나 그렇듯이 아

---

50 토머스 S. 쿤, 『과학혁명의 구조』, p.136.

래에 있는 무수한 것으로부터 위에 있는 하나의 점으로 상승한다. 패턴과 패러다임은 이러한 과정의 양태를 따라 발견되고 추출된다. 이는 '생김새'와 다른 차이를 지니게 된다. 생김새는 그 시작과 형성에 있어 시작점이 없고 또 방향이 없다. 패턴은 수학적이고 논리적이며 척도에 의한 일정한 값을 갖는다. 그것은 기하학적 배열이며 구성적이다. 또한 평면성을 지닌다. 생김새는 모호하다. 그것은 덩어리다. 입체적이기도 하다. 비논리적이며 예측을 불허하는 값을 언제나 제멋대로 보여 준다.

4.4. 패턴과 카오스

패턴의 발견과 구성은 지성의 능력이 보여 주는 특징이다. 지성은 언제나 무수한 패턴들을 그물망으로 조합하거나 엮어서 지성이 갖는 지각과 인식 그리고 사유를 진행시키고 그 결과물을 만들어 낸다. 이때의 패턴은 지성이 늘 중요한 무기로 갖추고 있는 개념과 어떻게 다를까. 패턴이나 개념은 모두 일종의 유형화된 그 무엇이다. 서구에서 사유의 시작은 신이다. 패턴이나 개념 역시 신이나 플라톤의 이데아를 그 출발점으로 삼지만 들뢰즈는 이를 받아들일 수 없다. 그는 카오스를 설정한다. 신을 부정하는 유물론자답게 들뢰즈는 카오스를 신의 자리에 위치시키지만 이에 대해 긍정과 부정의 시각이 교차하고 있다. 근원적 실재로서 간주된다면 그것은 긍정적이지만, 그것이 전혀 파악될 수 없는 그 무엇이라면 그것은 부정적이다. 인간은 현상세계를 넘어서는, 또는 초월하는 어떤 그 무엇을 인정할 수 없다. 그 이유는 단순하다. 인간의 지각과 지성은 그것을 확인할 수 없기 때문이다. 그럼에도 원인과 효과라는 수리적 인과론에 익숙한 지성은 현상세계를 낳게 한, 또는 현상세계를 가능하게 하는 그 무엇을 어쩔 수 없이 상상적으로라도 추리하게 되고 그 무엇인가 있었거나 있음을 가정하지 않을 수 없다. 신이 사라진 상황에서, 그것은 무엇인지 모르는, 혼란스러운, 그 무엇이다. 그것을 들뢰즈는 혼돈, 즉 카오스라 지칭하고 있다. 지성적인 인간에게, 사유하는 사람들에게 혼돈은 그저 막연히 안개 같은 개념으로서 앞에 나타나는데, 혼돈 자체를 우리의 지성은 받아들일 수 없다. 그것은 무엇이다라고 정의되어야 하며, 사유의 대상으로서 끌어내려져야 한다. 이런 면에서 카오스는 들뢰즈에게 부정적인 측면이 강하다. 그는 카오스가 있다고 생각되는 "천상을 찢어 내기를 원한다". 카오스는 일종의 '저승' 세계이다. 이러한 인식은 동아시아의 사상과는 근본적으로 차이가 난다.

카오스는 지성에 의해서 재단되어야 한다. "카오스는 그것을 재단하는 구도들에 따라서 세 딸을 갖는다. 예술, 과학, 철학, 이것이 곧 사유 혹은 창조의 형식들로서의 카오이드들(Chaoïdes, 재편된 카오스들)이다. 즉 우리는 카오스를 재단하는 구도들 상에서 산출된 현실들을 카오이드라고 지칭하는 것이다. 이러한 세 구도들의 접합(단일성이 아닌), 그것이 곧 두뇌이다."[51] 이때의 두뇌는 바로 지성이다. 세 가지 구도 중에서 철학은 개념을 요청한다. 먼저 예술과 과학은 어떠한 구도를 가질까.

예술은 카오스가 아니라, 비전이나 감각을 내어주는 카오스의 구성이다. 따라서 예술은 조이스의 말대로 하나의 카오스적 우주론

---

51 질 들뢰즈·펠릭스 가타리, 『철학이란 무엇인가』, 이정임·윤정임 역, 현대미학사, 1995, p.300.

(chaosmos), 즉 구성된 카오스를 구축한다. 예술은 카오스의 가변성을 재편된 카오스의 다양성으로 변형시킨다. 예를 들면 엘 그레코의 진회색과 초록의 대화재, 터너의 황금빛 불길, 스타엘의 붉은색 화염이다. 예술은 카오스와 투쟁한다. 그러나 그것은 가장 매력적인 인물, 가장 매혹적인 풍경(바토)을 통해서조차 카오스를 감지할 수 있도록 하기 위해서이다. (중략) 예술은 카오스의 한 조각을 틀 안에 고정시켜 감지 가능해진 구성된 카오스를 형성하거나, 그로부터 다양성으로 재편된 카오스적 감각을 끌어낸다. 그러나 과학은 그것을 좌표 체계 안에 고정시켜, 지시 관계가 부여된 자연으로서의 카오스를 형성함으로써, 그로부터 우연적 기능과 재편된 카오스적 변수들을 끌어낸다. (중략) 창조란 카오스의 가변성을 재단할 수 있는 어떤 구도상에서 발현되는 미학적 다양성들 혹은 과학적 변수들이다.[52]

철학은 예술이나 과학과 다른 구도를 갖는다. "바로 감각적 다양성도 기능적 변수들도 아닌 세 번째 경우가 확증하는 바로서, 철학에 나타나는 그대로의 개념적 변주들이다."[53] 철학은 개념들의 변주다.

하나의 개념은 분리 불가능한 변주들의 집합으로, 이 집합은 카오스의 가변성을 재단하여 그것에 일관성(현실)을 부여하는 내재성의 구도상에서 산출되거나 구축된다. 따라서 개념이란 재편된 카오스의 전형적인 상태이다. 그것은 사유가 된, 일관된 카오스에 정신적인 카오스적 우주를 되돌려준다. 또한 끊임없이 카오스와 대결하는 것이 아니라

---

52 질 들뢰즈·펠릭스 가타리, 『철학이란 무엇인가』, p.295, pp.297-298.
53 질 들뢰즈·펠릭스 가타리, 『철학이란 무엇인가』, p.298.

면, 사유하다라는 것이 무엇이겠는가?[54]

카오스는 '절로 그러한(自然)', 순수한 시작이 아니다. 카오스는 지성에 의해서 출발점으로 요청된 그 무엇이며, 바로 그 점 때문에 그것은 파악되지 않은 상태이다. 어떤 면에서 부정적일 정도로 두렵고 혼란스럽다. 지성은 "카오스의 가변성을 재단하여" 현실성을 부여하는 것으로서 "내재성의 구도", 즉 그가 즐겨 말하는 '내재성의 고른 평면'으로 절단되어야 한다. 그것이 진정한 사유의 출발점이다. 내재성은 어느 무엇이 어떤 것을 그 자체 내에 본디 지니고 있는 것이다. 그것은 그 무엇의 외부에 있는 초월적인 것과 대비된다. 그러나 들뢰즈가 말하는 내재성은 결국 플라톤의 이데아의 변형에 불과하다. '고른 평면'은 아무것도 존재하지 않았던 원초의 상태를 묘사한 것이다. 울퉁불퉁한 주름과 지층 그리고 지층의 습곡이 평면으로부터 진행된 현실 세계이다. 사유가 "카오스와 대결"한다는 것은 바로 이러한 순수 평면을 설정하는 것이다. 그것이야말로 "천상을 찢어 내는" 것이다. 이때 개념은 절단의 작업 과정에서 필요한 것들이다. 그것은 카오스 속에 난립하거나 혼란스러운 그 무엇들을 연역이나 귀납이라는 방식을 통해 재단하여 유형화, 즉 패턴화시켜 구축하는 어떤 집합이다. 정리한다면, 패턴은 드러나는 통일적 양상이며, 개념은 이러한 통일적 양상을 사유의 언어로 정립하여 일정한 의미를 지닌다.

이 글에서 패턴을 이야기하는 것은 예술 분야에서 패턴이란 무엇인가를 천착하기 위해서다. 위의 들뢰즈의 글에서 주목되는 것은 카오스를 재단하는 세 가지 방법 중의 하나인 예술이다. 그에 의하

---

54 질 들뢰즈·펠릭스 가타리, 『철학이란 무엇인가』, p.299.

면 개념을 주축으로 한 철학과 달리, 예술은 의미를 지닌 개념을 창출하는 것이 아니라 카오스를 감지 가능한 카오스로 재편한다. 가변성이 무한한 카오스를 인간의 지각과 지성이 파악할 수 있는 다양한 카오스로 변형시킨다. 이를 위해 예술가는 카오스의 한 부분을 떼어 내 틀 안에 고정시켜야 한다. 카오스를 지성의 틀 안에 끌어들여 지성이 파악할 수 있는 위치에 설정해야 한다. 들뢰즈가 언급했듯이 어떤 면에서 그것은 '카오스와의 투쟁'이다. 카오스는 무수히 부분으로 쪼개진다. 그것은 무수한 다양성을 지닌 여러 개의 기하학적 도형으로 나뉜다. 그런 것들이 패턴일 수 있다. 그것들의 조합과 전개가 예술 작품을 형성한다. 이러한 사유 방식은 언제나 동아시아의 그것과, 우리가 앞서 기술한 생김새의 이론과는 근본을 달리한다. 『장자』 「응제왕」의 우화가 이를 여실히 보여 준다. 혼돈을 의인화시켜 인간의 경계로 끌어들이는 작업을 벌이는데 이를 위해 일곱 개의 구멍을 뚫는다. 하루에 하나씩 뚫어 나가자 7일째 되는 날, 혼돈은 그만 죽어 버린다. 일곱 개의 구멍은 바로 인간의 감각을 통해 지성을 뒷받침하는 가장 중요한 기관(organ)들이다. 지성이 우주의 원초적 본원인 태화의 혼돈을 죽인다. 지성이 바로 그 지성을 가능하게 하는 것을 죽인다. 지성은 인위(artificial)다. 서구에서 예술은 기술(Art)이라는 단어에서 유래되었는데 그것은 언제나 도구와 숙련된 솜씨를 필요로 한다. 감각보다 지성의 역할이 크다. 예술을 뒷받침하는 것은 바로 지성이다. 이렇게 보면 예술의 근원이나 예술이 중점을 두는 곳도 동아시아와 서구는 다른 면을 취하고 있는 것이 분명하다. 극단적으로 이야기해서 동아시아에서 생김새를 형성하는 것은 '생명의 힘과 움직임(精神)'에서 비롯되는 느낌이나 상이다. 반면에 서구의 패턴은 고도로 정련되고 수학화되어 즉물적인 면을 지닌 지성에 의해 철저하게 논리적으로 추출된다. 덧붙일 것은 동아시아에서 생명의 힘과 움직임인 정신은 지성을 그 능력의 하나로 거느리고 있음이다. 정신과 지성은 동격이 아니다. 정신은 생명을 지닌 생명체의 근원적인 속성이며, 생명체는 정신을 지녔기 때문에 힘을 지니고 움직이며 그 생명을 이어 간다. 지성은 그러한 정신이 드러내는 한 가지 모습에 불과하다.

4.5. 패턴과 생김새

다른 동물들도 지성을 지니지만 그 강도가 아주 미미해서 보잘 것이 없다. 인간만이 고도의 지성을 지니며 그것은 시간이 흐를수록 그 끝을 모를 만큼 강도를 높여 가고 있다. 동아시아의 현자들은 오래전에 문제점을 이미 터득하고 있었다. 카오스라는 개념도 다르지만 본원적인 것과 각을 세워 투쟁하지도 않았다. 그것을 알려는 노력도 하지 않았으며 그냥 최선의 선택은 직각을 통한 깨달음이었다. 직각을 통한 깨달음은 통상적인 지성의 활동을 넘어서는 것이었다. 베르그손이 말년의 저서 『도덕과 종교의 두 원천』에서 거의 유사하게 도달한 직각, 그리고 불교 유식론의 제8식인 아뢰야식이 바로 그러한 깨달음이다. 아뢰야식은 인간의 모든 지성을 포괄하는 전육식(前六識)에 포함되지 않는다. 그것은 감각이나 지각, 또는 그것들의 종합인 지성의 과정을 통하지 않고 그냥 직접적으로 닿는 일종의 느낌이다. 이때의 느낌은 오감에 의한 느낌을 포함하는 광범위한 것으로 생명체가 우주에서 개체로 존재하는 사실 그 자체를 가리킨다. 오감에 의한 느낌이 위로 올라가거나 궁극적 깨달음과 같은 느낌이 아래로 내려가면서 의식화의 단계로 진입할 때, 그것은 생명의 힘과 움직임인 정신의 작용을 받는다. 정신에 의해 느낌은 변형되어 구체적으로 형상화를 이룬다. 바로 생김새다. 이때 그것의 범위는 최소화된다. 그것은 아무런 목적이나 방향도 없는 상태다. 그것은 단위로 하나이지만 다원성을 지니고 있으며, 그것들의 유기적인 전개가 우주 만물을 이루어 나간다. 생명체에게 느낌이 주어지는 것처럼 생김새도 절로 솟아난다. 이에 비해 패턴은 명확히 지성의 산물이다. 지성이 쌓아 가는 경험물들이 축적되고 이를 지성이 분석하고 파악하여 규정을 한다. 지성은 인간의 것이 특출하며 그것에 의해 재단된 패턴은 규칙화되어 기하학적 매듭을 짓고, 이를 재단하는 과정에서 목적성이나 방향성까지도 획득한다. 그것은 지성이 그렇게 변화를 가하기 때문이다.

결과로 나타난 패턴은 분할이 가능하다. 작은 패턴들이 모여 커다란 구조의 패턴을 이룰 수 있다. 작음과 큼의 규모는 한정되지 않는다. 이는 패턴이 상대적이기도 하지만 마음의 상상에서 빚어지는 패턴의 경우가 더욱 그렇다. 지성에 의해서 패턴들은 통일성을 지향한다. 이는 생김새가 전일성을 지니는 것과 대비된다. 패턴은 이미 주어져 있는 현실 세계를 기초로 해서 이루어진다. 우주 만물이 널려 있으며 무수히 서로 다른 자연현상이 발생하고 있는 상태에서, 지성은 패턴을 추출한다. 이때의 패턴은 지성의 작용을 받아 규격화된다. 인간의 지성적인 능력이 허용하는 한도 내에서 가능한 모든 구별 방법을 구체화한 것이다. 그것은 일종의 레고나 벽돌에 비유된다. 레고 놀이는 여러 가지 기하학적 도형의 모습으로 만들어진 단위의 틀로 조합과 구성을 이루어 간다. 벽돌도 다양한 크기와 재질, 그리고 모양까지 갖춘다. 이런 벽돌로 조그만 집에서 시작하여 거대한 성이나 도시도 건설할 수 있다. 서로 다른 패턴의 벽돌을 어떤 방식의 패턴으로 구성하는가에 따라서 집이나 마을 또는 도시의 패턴도 결정된다. 하나의 패턴이 작은 패턴들로 분할될 수 있다는 것은 도시 건설의 과정을 살펴보면 된다. 패턴의 진행과 팽창은 그 끝이 없다. 매듭이 있지만 그것은 중간의 결산에 불과하다. 집, 마을, 도시 등이 매듭의 패턴들이다. 예술은 과정으로서 흐름이다. 과정의 결과물이 예술 작품이다. 구체적으로 말해서 흐름이 중간중간 매듭을 짓고 다시 흘러가는데, 그 매듭들이 예술 작품들이다. 이런 면에서 예술 작품은 끝맺음의 완성이 아니고, 흐르는 패턴들의 일시적인 종합이며, 예술 작품은 그 자체로 다시 흐름의 강에 편승하여 함께 흘러간다. 그것들은 흘러가며 다른 예술의 과정들을 만나게 되는데 하나의 예술 작품이 지니고 있는 무수한 패턴들은 그것이 유형이든 무형이든 간에 다른 예술의 흐름에 영향을 준다.

지성은 무형이나 유형을 가리지 않고 작용하며 패턴을 발견한다. 무수한 패턴들이 우주를 구성한다. 지성을 지닌 "고등 유기체의 특징은 부정적 파악에 의해서 그 환경 내의 무관련적인 우유성(偶有性)을 제거하고, 체계적 질서의 온갖 다양성에로 광범위한 주의(massive attention)를 끌고 가는 데에 있다."[55] 원초적 평면에서 출발한 진행(progress)은 무수한 지층과 주름을 형성해 가며 전진을 되풀이한다. 그것이 걸어가는 길에는 숱한 패턴이 흔적으로 널려 있다. 지층과 주름 자체가 이미 패턴이다. 지성은 이런 작업을 지속한다. 수많은 패턴들의 진행으로부터 지성은 마지막 궁극적인 실재를 이루는 패턴을 찾아내고자 애를 쓰게 된다. 그것은 종합이요, 상승이다. 패턴의 무한대의 반복이 끝내 도달하는 것은 아마도 절대자 신이거나 이데아이거나 카오스일 것이다. 신은 그렇게 해서 탄생한다. 신은 궁

---

55 화이트헤드, 『과정과 실재』, p.607.

극적 패턴을 추구하는 인간이 마지막으로 요청하면서 주어진다. 지성의 작용과 요청에 의해서 설정되었지만 지성은 이를 거꾸로 실재로 받아들인다. 만물은 신에 의해 창조되었음을. 이때 역설적으로 패턴은 신이 아니다. 신의 아래에 패턴들이 깔린다. 패턴은 신에 의해 창조되었음이 명약관화하다. 이런 결과는 패턴을 발견하고 만들어 내는 지성의 자기모순이기도 하다. 이러한 과정은 순환이며 모순이다. 사유의 전개가 부메랑으로 되돌아온다. 화이트헤드는 이러한 모순을 꿰뚫고 있다. 그는 신을 부정하지 않고 하나의 현실적 개체로 간주하면서 동시에 "개념적 경험(conceptional experience)"이라고 부른다. "현실적 개체는 세계를 구성하는 궁극적인 실재적 사물(real thing)이다. 보다 더 실재적인 어떤 것을 발견하기 위해 현실적 개체의 배후로 나아갈 수 없다. 신은 하나의 현실적 개체이며, 아득히 멀리 떨어져 있는 텅 빈 공간에서의 지극히 하찮은 한 가닥의 현존도 현실적 개체이다. 이 현실적 개체들은 복잡하고도 상호 의존적인 경험의 방울들(drops of experience)이다."[56]

패턴은 인간의 지성에 의해 발견되는 것인 만큼, 패턴에는 당연히 가치 평가가 뒤따른다. 패턴의 과정을 살펴보면 그것은 개별적인 사실로부터 공통점을 추출하는 것으로부터 시작되므로 패턴은 개연성을 지닌다. 개연성은 확정이 아니다. 실상에 가장 가까이 있는, 가장 근사한, 그래서 가장 미적으로 가장 강도가 높은 것일 뿐이다. 그것은 오류의 가능성을 언제나 내포한다. 과학에서 패턴은 수학적으로 논리적으로 정합성을 획득해야 하며, 현실의 세계에서 무수한 실험을 통하여 합당한 것임이 증명되어야 한다. 그렇게 함으로써 그것

56 화이트헤드, 『과정과 실재』, p.7.

은 개연성을 넘어 확정적인 지점에 더 가까이 전진한다. 어느 시대에, 이러한 수준으로 올라간 패턴은 패턴들의 집합이며 동시에 패턴의 기준을 만들어 내고, 이것은 패러다임이라고 불린다. 가치 평가는 시대를 넘어서는 절대적인 것이 아니다. 시대가 흐르며 패러다임이 바뀌고 패턴에 대한 가치 평가는 달라진다. 예술에서도 마찬가지다. 패러다임의 운명은 과학과 예술에서 길을 달리하는데, 과학에서 앞서의 것이나 옛날의 패러다임은 폐기되거나, 대폭 축소 조정되거나, 부분으로 전락한다. 반면 예술에서 지나간 패러다임은 은폐되거나 미약한 강도의 호흡을 지속한다. 시대의 흐름이 지속될 때, 옛것은 어느 순간 갑자기 고개를 내밀고 그 강도를 높여 재탄생할 수도 있다. 예술의 근원적 본질은 변함이 없는데, 예술의 가치 평가는 그 속성이 표면적이며 유동적이기 때문이다. 르네상스는 그리스의 예술 패턴과 패러다임이 부활한 것에 바탕을 둔다. 예술에서 패턴은 과학처럼 수리화될 수 없다는 특징을 갖는다. 과학은 생명의 힘과 움직임(이때의 정신은 물질을 생성하는 에너지의 원천으로 우주 생성의 힘과 움직임을 의미한다)이 흐르는 과정에서 시공간으로 드러나는 것을 결과물로 취급한다. 이에 비해 예술은 흐름의 과정 그 자체를 다룬다. 정형화된 결과물이 아니고 과정의 흐름이기 때문에 논리적으로 모호한 면이 없을 수 없다.

동아시아 회화에서 기운생동(氣韻生動)을 이야기하며 신운(神韻)을 논할 때, 그것은 생김새 또는 문리(文理)임이 분명하지만 수치화할 수 없다. 논리를 벗어난 막연한 것이지만 화가는 분명 신운을 지닌 어떤 무형의 생김새를 발견하고 그것을 화폭에 쏟아 넣는다. 서구에서 역사적으로 대체로 회화 작품의 가치 평가는 실재성(reality)의 강도와 그 표현력을 기준으로 한다. 드러나는 현상을 분석하고 평가하며 음미하는 지성의 역할이 크다. 반면에 동아시아 회화에서는 사형취상(捨形取象)을 중시한다. 원초적 느낌이나 직각이 중시된다. 형(形)은 구체적으로 사물화된 모습이며 상(象)은 앞서 여러 번 강조하였듯이 형상화 이전의 느낌과 상이다. 그것은 다름이 아닌 정신의 드러남으로서 생명의 힘과 움직임의 변용이다. 예술 문화가 가장 융성하였던 중국 당나라 때, 리얼리티와 직결되는 '근세(謹細)'는 가장 가치 평가가 낮은 항목으로 취급되었다. 상대적으로 절로 그러함의 의미를 갖는 '자연'은 최고의 미적 개념이었다. 서구에서 리얼리티는 현실적인 것으로서 그것은 예술이나 철학뿐만 아니라 사회적·정치적 의미로도 강하게 확산되었다. 동아시아의 예술에서 리얼리티는 문자 그대로 사실성에 국한되며, 그것은 '능(能)'이나 '묘(妙)' 등과 함께 평가 기준의 하위 범주에 속한다.

서양 회화사에서 쿠르베는 사실주의의 대가로 거론되며 20세기에 이르도록 커다란 영향을 미쳤다. 세잔느가 치열하게 추구했던 리얼리티와 그의 작품들은 20세기 전반을 풍미했던 수많은 화파들의 원천이다. 만일 그들의 그림이 동아시아에서 이루어졌다면 과연 그들은 어떤 평가를 받았을까. 아마도 회화사에서 거의 이름을 남기지 못했을 것이다. 리얼리티를 가능하게 하는 '근세(謹細)'는 거의 무시되었다. 동아시아 예술 평가에서 가장 상위를 차지하는 기준으로 문리는 '자연'과 더불어 '신(神)'이나 '일(逸)' 등이었다.[57] 신과 일은 생명의 정신을 지향하며 그것은 방향이 없고 무규칙이며 패턴의 본질에 역행하는 개념이다. 따라서 동아시아 회화에서 패턴을 논한다는 것은 좀 무리가 있다. 이 글 앞서의 항목으로 생김새를 거론한 이유

57 황봉구, 『생명의 정신과 예술―제3권 예술에 관하여』, 제2장 제3절, pp.197-237.

다. 이때의 생김새는 느낌새나 짜임새 그리고 모양새를 거느린다. 모양새는 형식에 가까운 것이지만 동시에 그것은 패턴이라는 개념에도 근접한다.

4.6. 패턴과 형식

예술은 패턴의 과정을 거치며, 예술 작품은 형식을 지닌다. 패턴의 조합이나 결합체가 형식이며, 그 형식은 하나의 거대한 패턴일 수 있다. 하나의 형식은 일시적으로 완성된 매듭으로의 결과물이며 다시 여러 개의 형식으로 나뉠 수 없다. 패턴은 유동적인 요소로 무한대로 확장될 수 있으며 동시에 분할이 가능하다. 하나의 패턴은 여러 개의 패턴으로 나뉠 수 있음이다. 형식은 하나의 작품을 갖는다. 형식이 조성되었다 함은 이미 예술의 과정이 어느 시점과 공간에서 멈추어 매듭을 지으며 그 현실적인 모습을 드러냈음이다. 패턴의 근원적인 본질이 유동성과 변화라 한다면, 그것들의 조합인 형식 또한 본질적으로 흐름이다. 그것은 끊임없이 변화할 수 있는 것이지만 동시에 작품이라는 생명체가 겉으로 드러내는 모양새이기도 하다. 패턴도 집합체이며 또한 형식도 집합체다. 패턴이나 형식이나 모두 현상에서 일정한 규칙과 추상화를 통해 추출된 것이다. 그러나 형식은 시간이 흐를수록 고착화되는 경향을 보인다. 서구 고전음악에서 소나타 형식이라 일컬어지는 것은 이미 예전의 형식으로 거칠게 나타난 것이 시간이 흐르면서 완정된 모습으로 갖추어졌음을 의미한다. 중국 당나라 때 문학에서 오언절구나 칠언율시는 이미 각운이나 자구의 규격화가 이루어진 형식을 지칭한다. 이러한 형식은 변화에 저항한다. 반면에 패턴은 규칙이나 질서에 의해 추출된 것임에도 그것은 상대적으로 열려 있다. 내외적인 변화에 민감하게 반응하며 그 모습을 달리한다. 패턴의 요소는 벽돌과 같아서 그것은 언제든지 임의로 무수한 형상을 만들어 낼 수 있다. 형식은 패턴이 쌓아 올린 일종의 조립품이다.

예술 작품에서 형식은 무엇일까. 사람들은 왜 통상적으로 예술 작품을 내용과 형식으로 나누어 설명하는 것일까. 내용과 형식의 이분법은 언제나 문제점을 야기한다. 아리스토텔레스가 주장하는 사원인(四原因) 중에서 내용은 질료에, 형식은 형상에 해당되지만 이는 언뜻 정신과 물질이라는 데카르트적인 이분법을 연상케 한다. 더구나 운동인이나 목적인을 거론하게 되면 상황은 사뭇 달라진다. 질료와 형식은 사물 또는 생명체를 이루고 있는 것으로 하나의 생명체는 이미 질료와 형식으로·분석되기 이전에 어떤 생김새를 지니고 있는 개체(entity)다. 더구나 운동인이나 목적인과 같은 추상적 요소들은 별도로 있는 것이 아니라 그 개체가 지니고 있는 속성에 불과하다. 하나의 개체를 인간의 지성이 여러 면으로 들여다보며 분해하고 구성하는 것일 뿐이다. 이미 메를로-퐁티가 이러한 문제점을 인식하고 몸을 물질이나 형식이 아닌 의식하는 몸으로 기술하고 있다. 그러나 그의 신체 현상학은 여전히 난점을 지니고 있는데, 그 출발점이 그 자체가 대상이 되는 몸과 주체적인 의식으로부터 시작하기 때문이다. 동아시아에서 일찍부터 하나라는 관념이 중시되었다. 그 하나는 수학적인 하나라기보다는 덩어리로서 일종의 entity이며 현실적인 것이었다. 나(我)의 풀이는 몸(身)이기도 하였는데 그것은 형해로서의 몸체가 아니라 나와 형해가 하나로 되어 있는 어떤 실체로서의 하나다. 『대학』의 수신제가(修身齊家)에서 신은 바로 몸이 아니라 모든 것을 아우르는 하나로서의 나(我)인 실체다. 그 신은 생명체로 하나다. 마찬가지로 예술 작품은 하나의 생명체로, 그리고 하나의 덩어리를 지닌 실체로 존재한다. 그것은 생김새를 지닌다. 이때 생김새라 함은 마음과 몸을 가르지 않는 실체의 현존을 말한다. '생겨먹다'의 생김새다. 마음과 몸을 가릴 것이 없는 그런 개념이다. 생김새를 굳이 분석적으로 풀이한다면 그것은 모양새와 짜임새를 지닌다. 모양새와 짜임새는 나뉨이 아니라 본디 하나인 생김새의 여러 단면들을 보여 줄 뿐이다.

우리는 우주 만물을 생명체로 간주한다. 그것은 생명을 지니고 있으며 끊임없이 흐르며 변화한다. 이때 각각의 생명체는 생김새를 갖는 개체로서 그 모양새를 드러내는데, 형식은 바로 모양새로 인간의 감각이 감지할 수 있는 어떤 것이다. 생명체는 본디 유동하므로 규정될 수 없는 것이지만 인간은 감각을 바탕으로 지성이 제한된 범위 내에서 그 모양새를 추출한다. 나는 한때 "형식은 내재적인 어떤 힘이나 기운을 포함하여 그것이 겉으로 드러나서 움직이는 것을 인간의 제한된 인식능력으로 시간화·공간화하여 개념상으로 정립하는 외면적 형체까지 아우르는 것이며, 그것은 음양이나 정중동처럼 언제나 하나로서 얼굴만을 달리한다"[58]라고 정의한 적이 있다. 이는 당시에 형식을 이해함에 있어 통상적으로 운위되는 고정된 틀로서의 개념보다 예술 작품에서 형식이 본디 원천적으로 갖춰야 하는 당위로서의 형식을 상정한 결과물이다. 이제 형식이라는 개념어와 달리 우리는 생김새와 모양새라는 새로운 개념어를 사용한다. 이는 기존의 형식 개념과 사뭇 다른 의미를 갖는다. 패턴은 과정인 예술에서 요소로서 끊임없이 작동하고 변화하며, 구성과 조합을 반복하고, 첨가되거나 삭제되기도 하면서 부침을 겪는다. 형식은 이와 달리 패

---

58 황봉구, 『생명의 정신과 예술―제3권 예술에 관하여』, p.383.

턴을 그 구성 요소로 거느리지만 그 패턴들은 형식을 규정하기 위하여 시공간적으로 확정된 것이며, 형식 자체도 과정의 결과물로서 시공간을 점유하며 모양새를 지닌다. 그것은 움직이지 않는 틀이다.

예술 작품의 형식은 과정에서 하나의 매듭을 지으며 모양새로 드러난다. 모든 형식은 대체로 특정한 이름을 갖는데, 이는 이미 그 형식이 예술품으로 충분한 가치 평가를 받고 있기 때문이다. 그 가치가 미(美)라고 하면 하나의 형식은 여러 가지 가능성 중에 그 작품에 가장 적합하거나 강도가 높은 미를 지니고 있다. 형식을 이루는 패턴이나 패턴들의 조합이 미를 지니기 때문이며 패턴의 통일체인 형식은 정형화된 통일성의 미를 갖는다. 오언절구나 칠언율시는 당시에 최고로 평가받는 아름다움을 지니고 있기 때문에 하나의 규칙이나 틀로 고착화된 형식에 붙여진 이름이다. 그 형식은 시대가 흐르면서도 살아남을 수 있다. 다만 시대를 따라 새롭게 발굴된 형식에 비해 그 강도가 상대적으로 약화될 수는 있다. 한편으로 형식의 파괴나 해체도 있을 수 있다. 이러한 심각한 변형의 과정을 겪은 것은 마침내 다른 이름으로 불리는 형식이 되기도 한다. 형식이 파괴되는 이유는 예술가가 자신을 포함한 우주 현상에서 새롭게 발견하고 느끼는 생명의 새로운 흐름을 기존의 주어진 형식이 감당하지 못하기 때문이다. 하나의 형식이 소멸하고 새로운 형식으로 진입한다. 마치 화이트헤드의 현실적 개체가 과정으로 진행하는 것에 비견된다.

음악에서 예를 들어 본다. 서구 음악에서 현악사중주는 하이든이나 모차르트에 의해 하나의 완정된 형식으로 형성된다. 그것은 두 개의 바이올린, 비올라 그리고 첼로로 구성되는 사중주이며, 보통 3개의 악장을 지니는 전통적 소나타에서 한 걸음 나아가 모두 4개의 악장으로 조합을 이룬다. 보통 알레그로, 안단테, 스케르초, 피날레 등의 순서가 된다. 악장의 길이도 대체로 관습적인 비율을 따른다. 스케르초는 마지막을 향하여 건너가는 다리 역할을 하므로 그 길이가 가장 짧다. 베토벤은 말년의 작품들에서 이러한 형식을 허물어뜨린다. 전체 악장의 구성도 비정상적이고, 하나의 악장을 전개하는 방식도 매우 예외적이다. Op.131의 현악사중주는 무려 7개의 악장으로 구성된다. 그것들의 전개 또한 파상적이다. 특히 4악장의 구성과 전개는 가히 파격적이다. 그것은 Andante ma non troppo e molto cantabile — Andante moderato lusinghiero — Adagio — Allegretto — Adagio ma non troppo e semplice — Allegretto 등으로 전개된다. 베토벤 이전의 어느 누구도 한 개의 악장을 이리 복잡하게 전개하지 않았다. 또한 Op.130의 현악사중주에서 마지막 6악장 「대푸가(Große Fuga)」는 도시 어떻게 된 노릇인가. 당대의 사람들은 이를 도저히 이해할 수가 없었다. 결국 대중의 요청에 못 이겨 베토벤은 이 괴상하고 거창한 악장을 별도로 떼어 내고 통상적인 피날레 악장을 다시 작곡해서 산입할 수밖에 없었다. 베토벤에게 「대푸가」는 조용하게 서정적으로 노래하는 듯이 연주되는 다섯째 악장 「카바티나(Cavatina)」에 이어 필연적으로 요구되는 것이지만 사람들은 이를 받아들이지 못했다. 새로운 표현이 이미 대중에게 고착화되고 익숙한 기존의 형식과 마찰을 불러온 것이다. 베토벤에게 형식과 내용은 분리될 수 없었다. 예술의 본질은 생명을 드러냄이다. 생명은 고정되거나 규정되는 것이 아니다. 그것은 방향이 없이 언제나 흐른다. 그것이 지닌 흐름의 양상이나 강도에 따라 그것이 드러내는 예술의 과정도 변화를 따라간다. 베토벤이 발견하고 느꼈던 것은 생명의 새로운 모습이었다. 그것은 당연히 새로운 형식의 짜임새와 모양새를 가진 것이어야 했다. 이때 기존 형식의 현악사중주는 겉치

레에 불과하다. 네 개의 악기로 구성되었을 뿐이지 그가 작곡한 말년의 사중주들은 이미 그 이름에 맞는 형식을 거부한 작품들이었다. 이렇게 보면 이 작품들은 형식을 지녔으되 이미 형식을 깨뜨리며 새로운 이름을 기다리고 있음이다. 우리는 이때 이러한 새로운 모양새를 거대한 패턴이라고 부를 수 있다. 베토벤이 발견하고 이루어 낸 복잡한 패턴들의 조합인 결과물로의 하나의 거대한 패턴은 이미 형식을 넘어선다.

동아시아 중국의 시문학을 또 하나의 예로 짚어 본다. 시문학의 형식 중에서 대표적인 것들은 시(詩), 사(詞), 곡(曲)이다. 당은 시, 송은 사, 원은 곡을 중심으로 시문학이 융성하였다. 당나라의 시가 원숙기에 이르러 형식에 새로운 조짐이 일어났으니 그것은 노래를 강조하는 것이었다. 시를 이루는 패턴들 중의 하나인 운율의 음악성이 더욱 강조된 것이 바로 사다. 송대에 이르러 사는 곧바로 곡패(曲牌)를 이루고 하나의 곡패 아래에 무수한 시인들이 붙인 서로 다른 노랫말들이 들어선다. 시의 형식이 흐트러지면서 새롭게 나타난 패턴은 새로운 형식을 요청한다. 그것이 정형화된 것이 바로 사(詞)가 된다. 원나라 곡(曲)의 형성도 마찬가지의 과정을 겪는다. 그것은 산곡(散曲)으로 불리는데 그 짜임새는 더욱 흐트러져 흐른다. 그렇다고 시와 사가 사라지는 것이 아니라 이 모든 형식들은 문학의 세계를 더욱 풍성하게 만들며 병존한다.

결론적으로 이야기해서, 패턴과 조합된 패턴들은 형식을 일구어 낸다. 패턴의 변화와 새로운 구성은 새로운 형식을 요청한다. 하나의 거대한 패턴은 그 자체로 형식일 수 있다. 또한 패턴은 기존의 고착화된 형식을 넘어설 수 있다. 형식은 시공간에서 붙박이된 것으로 대체로 이름을 지니지만 그 본질은 패턴과 마찬가지로 유동성을 지닌다. 패턴은 유형과 무형의 것일 수 있으며 그것은 무한 상상의 관념일 수도 있다. 형식은 대체로 유형의 성격을 지니며 인간이 오감으로 감지하고 지성으로 분석되거나 판단될 수 있다.

4.7. 패턴과 진화

패턴은 유기체적이다. 그것은 조직화의 과정을 거친다. 패턴은 겉으로 모양새를 갖지만 그 본질은 항상 진행되고 있는 현재형이다. 패턴은 서로 흐트러져 있는 요소들로부터, 전에는 보지 못했던 것을, 새로운 시각으로 발견하여 정형화한다. 산만하게 어지럽게 널려 있는 개별자들로부터 어떤 관계성을 발견한다. 그 관계성은 서로의 진행에 영향을 주며, 결과적으로 관계된 것을 변형시키거나 새로 낳거나 또는 소멸시키거나 한다. 이 관계성은 갑과 을이라는 두 개에만 국한되는 것이 아니라 하나의 점에서 무수한 직선을 그려 낼 수 있듯이 그것의 접합을 통한 관계성은 무한이다. 관계성이 선을 따라 매듭들을 지으며 일정한 네트워크를 이룰 때, 그것은 하나의 새로운 사물로 생명체가 된다. 이러한 관계성을 따라 만물은 유동한다. 만물 현상의 패턴이 유기체의 특성을 갖는다는 것은 이를 말함이다.

패턴은 언제나 흐르고 변화하기 때문에 그것은 진화한다. 모든 생명체와 그것들의 집합은 패턴을 지닌다. 생명체들은 진화하므로 패턴들 역시 이를 따라 진화하고 있음은 명백하다. 다윈이 주장하는 진화의 원리 중에서 가장 중요한 것은 자연선택이다. 패턴에도 자연선택이 적용될 수 있을까. 인류의 예술사에서 수많은 패턴들의 부침이 기록된다. 완전히 소멸되어 그 잔존의 흔적도 찾을 수 없는 것들이 있지만 그럼에도 그러한 것들이 있었기에 현존하는 패턴들이 살아 있다. 화석화된 패턴들도 있다. 또는 눈에 띄는 변화가 거의 없이 오래된 모양새를 유지하고 있는 패턴들도 존재한다. 예술의 패턴에도 가치 평가가 작동한다. 예술은 흐름이기 때문에 부단히 변화하는 것은 필연이지만, 한 시대를 관류하는 패턴은 어디까지나 당대 사람들의 취향이나 선호도를 따른다. 인류의 역사는 수많은 시대를 거쳐왔다. 시대의 가치 평가 기준도 달라졌을 것이다. 거기에는 근원적인 가치 기준이 있을 수 있다. 여기서 패턴을 거론하고 있는 것은 예술의 과정을 설명하기 위함이며, 예술은 과정이며 생명 정신의 표현이다. 패턴의 원천적인 본질은 바로 생명의 힘과 그 움직임이 보여주는 어떤 생김새다. 힘과 움직임인 정신의 강도에 따라 패턴은 그 흐름의 역사에서 부침을 겪으며 영고성쇠를 갖는다. 힘과 움직임의 강도를 유지하기 위해, 더욱 고양하기 위해, 패턴은 새롭게 변화한다. 시대를 따라 패턴들이 다르게 나타나는 이유는 바로 생명 정신이 지닌 다양성의 확대와 축소, 그리고 이를 받아들이는 인간 지성이 바라보는 측면이 다르기 때문이다.

현대에 이르러 예술의 패턴은 그 다양성에서 최고조의 수준에 이르렀다. 생명의 본질이 방향성이 없이, 그리고 목적성이 없이 무한대의 크기를 지니기 때문에, 예술을 수행하는 직접적인 도구인 지성은 이를 최대한 받아들이며 예술의 폭과 깊이를 확대하고 있다. 이러한 무한 확대의 가능성 앞에서 예술의 과정은 그 자체로 모험일 수 있다. 새로움을 보이는 진화의 자연선택은 기존의 생명체에게 위협이 될 수 있지만 살아남는 생명체에게 그것은 존속을 위해 필연이다.

진화는 부작용을 수반하기도 한다. 패턴의 특성 중에서 규칙성이나 수학적 속성은 가장 중요하다. 인류가 현재 이룩한 현대 문명은 과학과 수학의 발전에 힘입은 것이다. 이러한 학문들은 지성을 바탕으로 이루어진다. 지성은 기능과 능력으로써 패턴을 추출한다. 지성이 수학과 과학을 발견하고 발전시키지만 동시에 이들 학문은 지성을 더욱 고도화시킨다. 순수 느낌과 달리 지성은 지속적으로 자기 몸집을 불리고 있다. 인간의 지성은 어떤 면에서 제어 장치가 없이 마구 무한대로 질주하고 있다. 그것은 생명체로의 인간이 생체적인 면을 소홀히 한 채, 즉물적인 성향만을 추구하고 있음을 의미한다. 우주는 진화하고 있다. 인간도 마찬가지다. 한편으로 인간의 지성은 이러한 진화를 거스르고 있다. 일종의 역진화(逆進化)라 하겠다. 인간 자신의 생체적인 진화는 더디기가 한이 없는데, 지성의 발전은 빛의 속도이기 때문이다. 또한 본래 인간의 진화는 인간을 둘러싸고 있는 다른 생명체들과 관계를 주고받으며 진행되는데, 지성은 유아독존으로 타자의 영향을 받기에는 이미 지나치게 독단적이다. 지성은 상대적으로 점점 느리게 느껴지는 진화를 원하지 않는다. 진화의 기본 원리인 자연선택도 마음에 들지 않는다. 지성은 일종의 역진화를 선택한다. 자연적 진화를 거부하고 그것을 도외시한 채 스스로 정한 선택과 방향으로 빠르게 전진한다. 지성은 심지어 자기를 초월하고자 한다. 이를 위해 지성은 인공지능을 창출한다. 생체의 제한된 능력에 한계를 느끼고 지성은 새로운 방향으로 길을 찾고 있음이다. 지성의 이러한 작업에서 기초를 이루는 것이 바로 패턴이다. 인공지능은 인공적인 시스템을 구축해야 하는데 이에 선행해야 하는 것이 기계적 패턴의 인식이다. 패턴이 추출되어야 정형화를 얻을 수 있고, 그것은 수학화되고 기계화되며, 무수한 패턴들이 조합을 이루고, 축적된 패턴의 조합들은 시스템을 구성한다. 그렇게 이루어진 인공 시스템은 어떤 미래의 순간에 유기체적인 성격까지 획득해서, 스스로 자가발전을 이루며, 스스로 작동할 수 있을지도 모른다.

지성은 그래도 긍정적이다. 지성의 특출한 장점은 스스로를 되돌아볼 수 있음이다. 맹자가 "만물이 모두 나에게 있으니 스스로를 되돌아보아 정성을 지니면 즐거움이 그보다 큰 것이 없다(萬物皆備於我矣, 反身而誠, 樂莫大焉)"라고 말한 것처럼 지성은 다가오는 위험을 예견하고 이에 대처할 능력을 지니고 있다. 지성은 생명을 지닌 생명체의 속성이다. 자기 부정을 하며 생명을 거스를 수가 없다. 지성은 이를 깨닫고 방법을 찾아 생명의 순리에 적응하며 스스로의 존재를 지속시킬 것이다.

5. 문리(文理)

5.1. 문리

고대 중국에서 생김새와 패턴에 상응하는 개념은 문리이다. 생김새는 모양새와 짜임새라는 속성을 지닌다. 문리가 하나의 단어로 생김새라 하면 문은 모양새이며 리는 짜임새에 비견된다. 모양새와 짜임새를 속성이라고 함은 생김새는 그것 자체로 전일성을 지니며 부분을 지니지 않기 때문이다. 모양새와 짜임새는 생김새의 부분이 아니다. 생김새가 여럿 모여 또 다른 생김새를 구성할 수는 있지만 그 생김새들은 모두 동일성을 지니며 각기 하나로 전일성을 지니기 때문이다. 문리는 결합어로 생김새에 상응하지만 그것은 애초에 하나의 실체 또는 실정과 관련하여 생겨난 개념에서 리가 점차 문과 분화되어 독립된 개념으로 진전된다. 문은 모양이나 형체로서 기(氣)가 현실에서 드러나는 모습이다. 리는 기가 흐르는 과정에서 생성되는 무수한 형체를 구성하는 짜임새라 할 수 있다. 이러한 짜임새는 패턴의 개념과도 상통한다. 문리는 예술과 과학을 포함하여 철학에 이르기까지 공통적으로 사용되는 개념이지만, 철학에서의 리는 초기에 사물을 바탕으로 하는 개념에서 시작되어 후에 형이상학적인 가치 개념까지 내포한다. 생김새나 패턴과 달리 문리는 하나의 개념어일 수 있지만 그것은 개별적인 개념인 문과 리를 속성으로 거느린다. 하나의 개념어로 문리는 미완성이며 아직도 그 의미를 형성하고 있다. 서구 철학이 주를 이루는 현대에서 그들의 근원적인 문제점 중의 하나인 이원론이 극복될 수 있는 가능성은 동아시아의 문화 사상에 풍부하게 잠재되어 있다. 문과 리는 현재 나뉘어 거론되는 개념이지만 이들은 본디 전일성을 지닌 하나에서 파생된 개념들이다. 문과 리의 완전하고도 유기적인 통합이 요청되는 것이 아니라, 이미 그것들이 갈래 개념으로 분화되기 전의 실체를 규명한다면 이원화를 넘어서는 어떤 궁극적인 '하나'를 발견하게 될 것이다.

이 글에서 예술의 문리를 이야기하려 하지만 실제로 문과 리는 동아시아 사상의 역사에서 거의 모든 분야를 관통하고 있는 개념들이다. 이는 중국을 중심으로 하는 동아시아의 우주론과도 직결된다. 문리는 바로 우주의 탄생과 우주 만물의 형성 그리고 이를 인식하는 인간의 지성적인 삶과 상관관계를 갖는다. 특히 리는 기와 더불어 동아시아 철학에서 가장 중요하게 자리 잡은 개념이다. 우리는 여기서 리에 대한 성리학의 철학적 고찰이나, 송대 이후 형이상학적 의미로까지 진전된 리, 또는 조선 중기의 리기(理氣) 논쟁에 대한 서술을 피할 수는 없지만 이를 최소화할 것이다.

문과 리는 이미 춘추시대부터 개념어로 나타난다. 『논어』에 나오는 문이 그 예다. 리는 그보다도 늦게 나타나지만 이미 『주역』에서 그 모습을 보인다. 문리라는 말은 전국시대 말기 순자의 글에서 나타난다.

말한다. 본성은 본디 처음이고 그 바탕은 질박하다. 인위(人爲)는 모양새(文—드러나는 모양)와 짜임새(理—드러나는 결)가 융성함이다. 본성이 없다면 인위를 적용할 곳이 없고, 인위가 없다면 본성은 스스로 아름다울 수가 없다. 본성과 인위가 합한 후에야 성인의 이름이 이루어지며 천하가 하나를 이루는 공적도 이에서 이루어진다. 말한다. 하늘과 땅이 합하여 만물이 생성되고 음양이 만나 변화가 일어난다. 본성과 인위가 합해서 천하가 다스려진다. 하늘이 만물을 생성하지만 만물을 판별할 수는 없다. 땅은 사람을 싣고 있지만 사람을 다스릴 수는 없다. 우주 가운데 만물이 생성하고 사람이 속하지만 성인을 기다린 후에야 분별이 있게 된다.[59]

문을 겉으로 드러나는 모양으로, 모양새로 옮기고, 리를 드러나는 결로, 짜임새로 번역했지만 미흡하다. 리를 결이라고 했지만 그것은 유형에만 국한된 것이 아니라 보이지 않는 내적인 것에도 적용된다. 모양새와 짜임새를 합하면 문리이며 이는 생김새다. 영국 학자인 그레이엄은 이 문장에서 문을 culturing, 리를 patterning으로 옮기고 있다.[60] 문과 리라는 한자는 평소에 그 의미에 대해 물음을 가질 이

---

59 『荀子』, 「禮論」. 故曰: 性者, 本始材朴也; 僞者, 文理隆盛也. 無性則僞之無所加, 無僞則性不能自美. 性僞合, 然后成聖人之名, 一天下之功於是就也. 故曰: 天地合而萬物生, 陰陽接而變化起, 性僞合而天下治. 天能生物, 不能辨物也. 地能載人, 不能治人也; 宇中萬物生人之屬, 待聖人然後分也.

60 A. C. Graham, *Disputers of the Tao*, Open Court Publishing Company, 1989, p.251. "Our nature is the basic and original, the raw material; artifice is culturing and patterning, developing to the full. Without nature there would be nothing on which to impose artifice, without artifice nature is incapable of beautifying itself. Only after nature and artifice join is there achievement of the fame of perfect sagehood and success in unifying the world. Therefore it is said: When Heaven and earth join, the myriad things are generated; when Yin and yang

유가 없을 정도로 우리의 일상에서 친숙하다. 그럼에도 막상 문리의 의미를 규정하려면 난감하다. 아는 듯하지만 실제로 그 의미를 명확하게 천착하지 않기 때문이다. 이런 면에서 그레이엄이 번역어로 취한 단어들은 주목을 끈다. Culturing에서 어근인 culture는 본디 땅을 인간이 경작하는 것을 말한다. 황무지를 개간해서 사람이 쓸 수 있는 땅으로 바꾸는 것으로 인위적인 작업이다. 이런 말이 인간의 마음을 연마하거나 인간 사회를 조직화하는 것 등으로 그 의미를 넓혀 왔다. Culturing은 한마디로 문화 또는 문명화하는 것을 뜻한다. 위의 문장에서 위(僞)는 거짓이라는 의미가 아니라 인(人) + 위(爲)로 사람이 무엇을 하는 것이다. 인위다. 성(性)은 본연(本然)이다. 그것은 '본디 처음이고 그 바탕은 질박하다.' 황무지처럼 있는 그대로다. 그것을 사람의 손길로 다듬고 걸러 내는 작업을 통해 문, 즉 모양새를 지닌 것으로 만든다. 결과적으로 문은 겉으로 드러나는 모양새다. 그레이엄은 리를 패턴으로 옮기고 있다. 리가 왜 패턴일까. 동아시아 문화권에서 살아온 우리는 리가 역사적으로 걸어온 길을 생각하기보다 현시점에서 언어 발전의 마지막 단계에서 의미하는 것에 익숙하다. 리와 관련해서 먼저 떠오르는 것은 조선 시대 이황을 비롯한 성리학자들이 논구한 리다. 조선의 유학자들은 리와 기에 대해 철학적 논쟁을 펼쳐 왔다. 서구의 학자들은 이런 선입감이 없이 리라는 한자가 본디 지니는 의미에서 출발한다. 조셉 니담(Joseph Needham, 1900-1995)의 다음과 같은 지적은 매우 유효하다.

---

meet, the alterations and transformations arise; when nature and artifice join, the world is in order."

리라고 하는 말은 가장 오래된 사물의 '유형', 옥(玉)의 반문(斑紋), 근육의 섬유 조직과 같은 것을 의미하고, 후에 이르러 '원리'라고 하는 표준적 사서적(辭書的)인 의미가 첨가되었다는 것을 지적해 두는 것은 필요하다. 그 사실은 주희 자신에 의해서 확인되고, 그는 한 가닥의 꼰 실, 대나무의 나뭇결, 혹은 바구니로 짜인 대오리 등을 예로 들었다.[61]

순자가 이야기하는 리는 위에서 설명된 것처럼 사물의 구조나 결, 현상의 짜임새 등의 의미를 지닌다. 순자는 문과 리를 구분하며 동시에 그 둘을 통합해서 문리라는 개념을 설정한다. 문리는 인위적인 것으로, 인간의 것으로서, 우주 만물이 지닌 본연의 본성과는 다른 것이었다. 사람이 하는 일, 결과적으로 인간이 지닌 지성이 하는 일은 바로 위(僞)인데 그것은 우주 만물의 세계에 문리를 구축하여 드러낸다. 인용된 순자의 말에서 우리는 중국인의 '관련 사유'를 읽을 수 있다.[62] 고대 중국인들은 하늘과 땅이 기본적으로 우주를 형성하고, 음양이 만나 모든 변화를 일으킨다고 생각했지만, 더 중요한 것은 이 모든 것이 서로 연관을 지녔으며, 무엇보다 인간과 근본적인 관계를 구성한다고 생각했다는 사실이다. 만물의 생성과 변화는 인간에 의해서만 드러난다. 인간만이 인식을 하고 판별한다. 우리가 속해 있는 생활 세계는 물론이고 모든 우주의 생성과 변화가 인간에 의해서 분별되고 다스려진다. 이로 인해 인간은 하늘과 땅 그리고 인간으로 삼재를 이룬다. 하늘과 땅, 음양의 생성과 변화 등이 모두 관련 사유에서 비롯된 개념들이지만 인간이 이 모든 것들과 서로 관계

61 조셉 니담, 『중국의 과학과 문명 Ⅲ』, 이석호 외역, 을유문화사, 1988, p.170.
62 任鵬, 『禮樂, 身體與人文』, 미발간된 원고의 앞머리에 나오는 개념.

를 지니고 있는 현실적 개체라는 사실이 바로 관련 사유의 핵심이다.

본성을 지니고 있는, 또는 본성 그 자체일 수 있는 우주 만물과 사람이 인위적으로 이를 드러내고 인지하는 그 모든 것은 서로 뗄 수 없는 관계를 지닌다. 본성은 아름다움을 지니지만 그것의 드러남은 오로지 인위를 통해서만 가능하다. 또한 사람의 하는 일은 우주 만물에서 비롯된 것이므로 우주 만물이 존재하지 않는다면 사람의 일도 없다. 이 두 가지가 합해서 천하, 즉 생활 세계를 이루고 있는데 인간은 이를 파악하고 다스리려 한다. 통상적인 인간의 능력으로 보아 이는 쉬운 일이 아니다. 성인이 요청된다. 성인은 인간의 능력이 최대화되어 있다. 성인만이 이러한 세계를 능히 다스리고 판별할 수 있다. 순자는 미(美)라는 단어를 사용하고 있다. 우주 만물은 그 스스로 아름다움을 지니고 있지만 이를 드러내는 것은 바로 인간의 작업이다. 예술의 시작은 이렇게 이루어짐이다. 다시 말하면 예술이라는 과정은 문리를 우주 만물에서 찾아냄이다. 문리는 바로 모양새와 짜임새를 모두 거느린 생김새에 해당한다.

> 근본을 귀하게 여기는 것을 모양새라 하고, 그 쓰임에 친숙한 것을 짜임새라 한다. 두 가지가 합하여 모양새를 이루어 '커다란 하나'로 돌아간다. 이것을 '대륭'이라고 한다.[63]

인용문에서 순자는 모양새(文)와 짜임새(理)를 합한 것을 모양새(文)라 했지만 이때의 모양새는 생김새에 다름이 아니다. 생김새는 나뉘지 않는다. 그것은 전일하다. 커다란 하나로 돌아간다고 했는데

---

[63] 『荀子』, 「禮論」. 貴本之謂文, 親用之謂理, 兩者合而成文, 以歸大一, 夫是之謂大隆.

모양새와 짜임새는 하나인 생김새의 속성이며, 궁극적인 생김새가
바로 '커다란 하나'다.

예는 재물로 그 쓰임을 삼고, 귀천으로 그 모양새를 이루며, 많고 적
음으로 다름을 보이고, 두터움과 줄임으로 요점을 삼는다. 모양새와
짜임새는 번다하고 반면에 그 실정과 쓰임이 간략하면, 이는 예가 두
터움이다. 모양새와 짜임새가 적고 그 실정과 쓰임이 많으면, 이는 예
가 줄어들음이다. 모양새와 짜임새, 그 실정과 쓰임이 서로 안과 밖을
이루며 나란히 행해져 모아지는 것이 바로 예의 한가운데 흐름이다.[64]

예(禮)는 고대 중국에서 인간 사회를 조직하고 또 유지시키는 근
간이었다. 공자는 군자가 갖추어야 할 것으로 육예(六藝)를 거론하
는데 그 으뜸이 바로 예다. 순자는 예를 중시하되, 예의 지나침을 경
계하고 있다. 예의 본질이 무엇인가 물음을 하고 있다. 현실에서 예
를 행할 때 이를 실제로 드러나게 하는 것은 문리로 그것은 모양새
와 짜임새다. 예라는 특정 생김새를 제대로 갖추려면 그것을 이루는
모양새와 짜임새가 제대로 이루어져야 한다. 그것은 일종의 격식이
며 절차다. 그것이 너무 지나치게 되면 예를 치러 달성하려는 현실
의 목표가 빛을 잃게 된다. 겉치레가 지나치게 두터우면 안 된다. 그
렇다고 이를 너무 생략해서 현실적인 내용만 강조하는 경우에는 예
의 의미를 손상하게 한다. 생김새로서 문리는 바로 드러냄이다. 있

---

64 『荀子』, 「禮論」. 禮者, 以財物爲用, 以貴賤爲文, 以多少爲異, 以隆殺爲要. 文理繁, 情
用省, 是禮之隆也. 文理省, 情用繁, 是禮之殺也. 文理情用相爲內外表裏, 竝行而集, 是
禮之中流也.

는 그대로의 실정과 상태를 반영해야 한다. 이 두 가지가 나란히 잘 어울려야 예를 제대로 갖춘다고 할 수 있다. 실정과 드러나는 모양새가 다 갖추어야 되는 것이다.[65] 정(情)은 바로 실제 사정 또는 현실적인 내용이라 할 수 있으며, 문(文)은 겉으로 드러나는 모양새다.

예술은 정신의 흐름의 결과로서 생명체인 예술 작품을 드러내는 과정이다. 그 과정에서 이루어지는 작업이 바로 문리의 발견이요, 이를 드러냄이다. 문리는 전일성을 지닌, 하나의 생김새를 지닌 모든 우주 만물이 갖고 있는 속성이다. 모든 생명체는 하나의 생김새, 즉 문리를 지니고 있는데, 생김새 또는 문리는 문자 그대로 모양새와 짜임새를 그 속성으로 거느린다. 우주 만물이 절로 갖고 있는 그 문리를 읽어 내어 현실 세계 속으로 드러내는 작업이 바로 예술가가 하는 일이다. 모든 작품은 모양새를 갖는다. 그 모양새를 이루는 것은 바로 짜임새다. 짜임새가 있어야 모양새를 갖출 수 있음이다. 그렇다고 짜임새가 우선인 것은 아니다. 모양새 없이 짜임새 그 자체가 존재할 수는 없다. 이는 철학에서 리기(理氣)를 논할 때 무엇이 먼저인가 하는 물음과도 관련된다.

예술 작품은 문리를 갖는다. 그 문리는 시대에 따라 변화한다. 위에서 인용한 순자의 문장에서 그는 문리와 정용(情用)을 대칭점에 놓는다. 문리와 정용이 서로 조화를 이루어야 진정한 예를 달성할 수 있다고 주장한다. 이때 문리는 일종의 격식 또는 형식으로 간주될 수 있고, 정용은 실제 정황과 그 쓰임으로 이해될 수 있다. 엄밀히 이야기해서 문리와 형식은 다르다. 형식은 이미 고정된 그 무엇으로 이미 확정된 틀을 지닌다. 문리는 생김새이며, 이를 이루는 모

---

65 『荀子』, 「禮論」. 凡禮, 始乎脱, 成乎文, 終乎悦恔. 故至備, 情文俱盡.

양새와 짜임새로의 문과 리는 언제나 흐르며 변화한다. 생김새는 여러 번 강조하였듯이 그 자체로 생명체의 드러남이며 그것은 끝없이 흐르면서 변과 화를 이루어 간다. 새로운 짜임새가 발견되어 인식되면, 모양새도 바뀐다. 새로운 모양새가 드러나면 그것의 짜임새도 분명 새롭다. 베토벤의 후기 현악사중주는 기존의 형식으로 시작하지만, 그것들이 만들어 내는 작품은 이미 완전히 새로운 모양새를 보여 준다. 그 모양새를 이루는 세부적 음들의 흐름 또는 결, 다시 말해서 짜임새가 이전과는 전혀 다르기 때문이다. 그 작품들은 기존의 형식을 뛰어넘어 새로운 문리를 보여 준다. 중국의 명말 청초에 나타난 서위나 팔대산인의 대사의화(大寫意畵)들은 필묵을 바탕으로 평면의 백지에 그려 낸 것들이지만 이미 그것들은 이전과는 차원을 달리하는 모양새와 짜임새를 지닌다. 그보다도 모양새와 짜임새를 구분할 수 없을 정도로 혼연의 하나로서, 그 작가들만의 고유한 생김새를 창출하고 있다.

문리는 형식을 넘어선다. 새로운 문리가 나타난다는 것은 새로운 경향을 지닌 예술 작품들이 생산된다는 이야기다. 시간도 흐른다. 문리도 흐른다. 예술도 과정으로 흐른다. 그것들의 현실적인 결정체인 작품들도 시대의 흐름에 따라서 끝없이 새로운 생김새를 지닌 것으로 생성된다. 우리가 예술에서 문리를 탐구하는 이유다.

5.2. 문(文)

문리는 그 자체로 하나의 개념이다. 생김새에 해당되며 속성으로서 모양새인 문과 짜임새인 리를 거느린다. 그렇다면 문이라는 개념은 어떻게 생긴 것일까. 문은 현재를 살아가는 우리에게도 가장 흔히 쓰이는 말이다. 문은 통상적으로 글을 나타낸다. 문장이나 문학을 가리킨다. 문은 이보다 훨씬 다양한 의미를 지닌다. 문화나 문명에서 문은 인간화를 뜻한다. 문화(文化)는 생명체로의 모든 우주 만물이나 그것들이 일구어 내는 현상을 인간과 연관시켜 인간의 생활 세계와 그 구성원인 인간을 이롭게 하는 모든 현실적인 상황을 말한다. 문명(文明)은 문화를 바탕으로 일구어 내는 실제적이고도 물질적인 창출을 가리킨다. 글자를 있는 그대로 풀이하면 문화는 모양새로 바꿈이요, 문명은 모양새가 밝게 드러남이다. 이 단어들은 근대화 과정에서 일본인들이 서구의 개념인 culture와 civilization을 번역하기 위해 조립한 것이다. 이때 일본인들은 동아시아 사상에 젖어 있던 사람들이어서 그들의 머릿속에는 공자나 순자가 이야기한 문의 개념들이 자리 잡고 있었음이 틀림없다. 문은 무늬요 모양새이며, 그것은 분별 능력을 지녀 지성을 갖춘 인간이 인간을 중심으로 우주 만물을 읽어 내는 어떤 모양새를 가리키고 있다. 인간은 우주 만물의 구성원이지만 동시에 우주를 포괄하고 이를 다스릴 수 있는 지성적인 능력을 지녔다. 우주 만물과 그 현상을 인간 위주로, 순자가 말한 대로, 위(僞)를 통해 재편하여 인간의 생활 세계에 이롭게 구성하는 것이 바로 문이다. 인위 또는 작위를 통해 우주 만물을 다스리며, 그 다스리는 방법으로 나타나는 여러 양식이 바로 문이다. 그레이엄이 문을 culturing으로 번역한 이유이기도 하다. 인문학에서 인은 사람이요, 문은 바로 우주와 사람이 관련되는 그 모든 것을 가리킨다.

『설문해자』를 보면 문은 착화(錯畫)이다. 청의 단옥재(段玉裁, 1735-1815)는 이를 자세하게 풀이한다.

문은 무늬를 넣고(錯) 구획하는(畫) 것이다: 무늬를 넣는 것은 당연
히 섞는 것이다. 섞고 구획하는 것은 교대로 얽거나 무늬를 놓아 구획

하는 것이다. (옛날에) 말했다. 파랑과 빨강을 일러 문이라 했는데, 섞어서 무늬를 넣고 구획하는 것의 발단이다. 섞어 무늬를 넣고 구획 짓는다는 것이 문의 본래 의미다. 무늬를 밝게 드러낸다는 것이 '文+彡'의 본뜻이다. 그 뜻이 같지가 않다. 황제의 사관인 창힐이 새와 짐승의 발굽이나 걸음의 흔적을 나타낸 것이다. 개별적인 짜임새(理, 결)를 알면 서로 구별하거나 차이가 나게 할 수 있다. 처음에 글자나 매듭을 만들 때, 유사한 것들을 묶어 그 형태를 상형화했으니 그것을 문이라 한다.[66]

설명하는 문장에서 착(錯)은 '섞다, 무늬, 무늬를 놓다' 등을 뜻한다. 화(畫)는 구획하는 것이다. 나중에 그림이라는 의미도 갖게 된다. 구획을 해야 그림도 그릴 수 있다. 섞어 무늬를 넣고, 또 구획을 지으려면 "그 짜임새를 가를 줄 알아야 한다(知分理)." 이미 문은 리와 함께 나란히 생성되는 개념임이 여기에서도 나타난다. "유사한 것들을 묶어 그 형태를 상형화했다"는 것은 바로 글자를 만들었다는 것이며, 그 글자가 바로 문이라고 불리는 이유다.

『설문해자』를 지은 허신(許愼)은 후한(後漢) 때 사람이다. 이보다 훨씬 전에 이미 『주역』은 모양새로의 문이라는 글자 또는 개념이 어떻게 형성되고 사용되었는지를 자세하게 보여 준다. 역은 삼재의 하나인 인간이 하늘과 땅, 그리고 인간 세계가 어떤 관계를 갖는지에 대해 상세하게 탐구한다. 인간은 현실 세계에서 길하거나 흉한 온갖

---

66 文, 錯畫也; 錯當作(辶+昔), (辶+昔)畫者, (辶+交)(辶+昔)之畫也. 考工記曰, 靑與赤謂之文. (辶+昔)畫之一 也. (辶+昔)畫者, 文之本義. (文+彡)彰者, (文+彡)之本義. 義不同也. 黃帝之史蒼頡見鳥獸蹏迹之迹. 知分理之可相別異也. 初造書契, 依流象形, 故謂之文.

일에 시달리면서 생존을 위해 몸부림친다. 앞으로 다가올 미래가 두렵다. 이를 예측하여 대처하기 위해 점을 친다. 이를 위해 먼저 우주 만물의 현상을 정확히 읽어 내야 한다. "역 그리고 하늘과 땅은 평준함이 있어 하늘과 땅의 도를 짜고 묶는다. 우러러 '하늘의 모양새(天文)'를 바라보고, 굽어서 '땅의 짜임새(地理)'를 살핀다. 이렇게 해서 어둠과 밝음의 까닭을 알게 된다. 본디 시작이 있고 되돌아감은 끝이다. 그러므로 죽음과 삶의 이야기를 안다."[67] 천문지리(天文地理)라는 말이 보인다. 동아시아에서 옛날부터 천문지리에 통달한 사람을 현자라 부르는데, 천문은 하늘의 모양새요, 지리는 땅의 짜임새를 의미한다. 현자 중에서 최고의 경계에 도달한 사람이 바로 성인이다. 동아시아는 절대자 신의 개념이 없다. 신에 버금하는 존재가 바로 성인이다. 그는 현실적인 개체의 하나로 삼재 중의 인간을 대표한다. 성인이 성인인 이유는 바로 우주 만물의 현상을 제대로 파악하며, 인간 세계에 다가올 길흉을 정확히 예측하고, 이로 인해 무엇보다 인간이 마땅히 취해야 할 도리를 먼저 체득하고 일반 백성에게 알려 주기 때문이다. 역사상 가장 먼저 등장하는 인물이 바로 포희씨로 복희(伏羲)라고도 불린다. 복희는 실존 인물이 아니다. 여와(女媧)와 함께 전설적인 신인(神人)으로 간주된다. 그가 하는 일은 무엇보다 우주 만물을 제대로 읽어 내고 파악하는 것이다. 앞서 하늘의 모양새로 천문이 언급되었지만 지상에서 살아가는 생명체들도 분류하고 그 모양새를 읽어 내야 한다. 모든 생명체는 모양새를 갖는다. 그는 "우러러 하늘에서 꼴(象)을 관찰하고 굽어보아 땅에서 본뜬 법

---

67 『周易』, 「繫辭傳 上」. 易與天地準, 故能彌綸天地之道. 仰以觀於天文, 俯以察於地理, 是故知幽明之故, 原始反終, 故知死生之說.

칙을 관찰했다. 새와 짐승의 모양새를 관찰했다. 땅의 마땅함을 함께했다. 가까이는 자기에서 취하고, 멀리는 사물에서 취하였다. 이에 처음으로 팔괘를 만들었으니 이로써 신명의 덕에 통하고 이로써 만물의 실상을 분류하였다."[68] 인간은 우주 생명체의 하나로서 다른 생명체들을 바라본다. 어디까지나 상대적이지만 본디 서로 하나임을 깨닫는다. 하늘과 땅을 관찰함으로써 우주 현상을 읽는다. 동시에 인간이라는 하나의 생명체를 읽는다. 하늘과 땅의 마땅함, 마땅히 그러함을 인식한다. 이러한 우주 만물의 세계를 읽어 냄에 있어 바탕이 되는 것은 대상이 되는 사물들뿐만 아니라 이를 바라보는 나 자신도 포함한다. 이미 고대 세계에서 나를 읽고 우주를 읽어 그것들이 하나임을 깨닫고 있다. 나도 하나의 본생이며 우주도 그렇고 하늘과 땅도 모두 본생이다. 본생은 신명의 덕을 지닌다. 그것은 생명의 움직임이 밝게 드러남이다. 이를 통해 인간은 생명체로서 우주 만물이라는 생명체의 세계를 분류할 수 있게 된다.

복희는 또한 역의 팔괘를 만들었다고 전해진다. "역은 가는 것을 밝게 드러내고, 오는 것을 살핀다. 나타난 것을 미분하고, 어두운 것을 밝혀낸다. 열어서 이름에 값하고, 사물을 변별해서 말을 바르게 하며 말귀를 판단해서 모두 갖춘다. 그 이름을 부르는 것들은 작지만, 그 종류를 취함은 크다. 그 뜻은 원대하고, 그 말은 모양새를 지닌다."[69] 언(言)을 말로, 사(辭)를 말귀로 옮긴 것은 두 가지 모두 말이지만 굳이 구분한다면 언은 실제 떠들어 대는 말로, 사는 어귀를

---

68 『周易』, 「繫辭傳 下」. 古者包犧氏之王天下也, 仰則觀象於天, 俯則觀法於地, 觀鳥獸之文, 與地之宜, 近取諸身, 遠取諸物, 於是始作八卦, 以通神明之德, 以類萬物之情.
69 『周易』, 「繫辭傳 下」. 夫易, 彰往而察來, 而微顯闡幽, 開而當名, 辨物正言, 斷辭則備矣. 其稱名也小, 其取類也大. 其旨遠, 其辭文.

갖추어 글의 형태를 지닌 말로 이해했기 때문이다. 이러한 말귀는 결국 문자로 이루어지는 문장이 되는데, 말귀가 모양새를 지니고 그 모양새가 바로 상형문자와 같은 문자가 된다. 우리가 지금 사용하는 문자 또는 글로서의 문은 그 본디 의미가 바로 모양새이다.

모양새는 공간에서 형상을 드러내는 어떤 모습이다. 그것은 공간 적인 개념이다. 지성은 언제나 공간을 정지된 상태로 이해한다. 그 러나 이 글에서 문리를 이야기하며 문을 모양새로 해석할 때, 이것 은 전혀 고정된 그 무엇이 아니다. 하늘은 모양새를 지닌다. 우주 만 물과 현상 모두가 모양새를 지닌다. 이를 분류하니 팔괘가 된다. 우 주를 구성하는 팔괘가 늘어서니 그것으로부터 상(象)을 발견하게 된 다. 우주 팔괘에는 변화와 움직임이 끊이지 않으니 상은 바로 변(變) 과 동(動)의 속성을 갖는다. 모양새는 바로 상에 속한다. 상은 생김 새를 빚어내며 생김새는 그 속성으로 모양새를 갖는다. "역은 상이 다. 상은 바로 본뜸이다(易者, 象也; 象也者, 像也)."[70] 우리는 이 문장에 서 상(象)과 상(像)은 동일한 것이 아니라 서로 다른 의미를 지닌 것 으로 이해한다. 상(像)은 상(象)에서 도출되지만 동일한 것은 아니다. 우리가 예술을 이해함에 있어서 『주역』의 이런 글귀들은 매우 중요 한 의미를 지닌다. 문은 상(象)에서 비롯된다. 이것들의 참모습은 고 정된 것이 아니라 변화하며 움직인다. 문이 근간을 이루는 문학에서 '시는 바로 시상(詩象)'이다. 이는 문학에만 적용되지 않는다. 무용은 말할 것도 없고, 음악과 회화를 비롯한 모든 예술이 그 본질로서 상 (象)을 지닌다. 예술 작품은 이러한 상들을 '구체적인 형상으로 본떠

---

70 『周易』, 「繫辭傳 下」. 是故, 易者, 象也; 象也者, 像也. 彖者, 材也; 爻也者, 效天下之 動者也. 是故, 吉凶生而悔吝著也.

상(像)'으로 추출하는 것이다. 이와 관련하여 예술에서 형식과 내용을 다루는 것에 문제점을 발견하게 된다. 생김새와 패턴을 거론하면서 형식이라는 개념의 한계성을 지적했지만 형식은 대체로 고정된 것으로 먼저 주어지고 사람들은 이에 맞춰 작품을 이해하고 분석한다. 앞뒤가 뒤바뀌어 있음이다. 예술 작품의 형성과 형태를 다루면서 생김새를 이야기해야 한다. 그 생김새는 모양새와 짜임새를 속성으로 거느린다. 그 모양새와 짜임새는 바로 문리이기도 하다. 문리, 즉 생김새는 천변만변하며 움직이며 흐른다. "상은 이를 본뜸이요, 효와 상은 안에서 움직인다(象也者, 像此者也. 爻象動乎內)."

모양새가 지닌 두 번째 특질은 바로 도리 또는 도덕성이다. 마땅히 그래야 함이다. 모양새로의 문은 어디까지나 인간과 관계된다. 문은 우주 만물이 드러내는 것이지만 그것은 인간의 것이다. "상은 이를 본뜸이요, 효와 상은 안에서 움직인다"라는 글귀는 「계사전 하」의 첫머리에 보이는데 해당 문장을 모두 읽어 본다.

팔괘가 열을 이루니 상이 그 가운데에 있다. 팔괘에 따라 그것을 겹치니 효가 그 가운데에 있다. 강함과 부드러움이 서로 자리바꿈을 하니 변화가 그 가운데에 있다. 말을 붙여 이를 알리니, 움직임이 그 가운데에 있다. 길함과 흉함, 뉘우침과 한탄은 움직임에서 생기는 것이다. 강함과 부드러움은 근본을 세우는 것이다. 변함과 통함은 때를 좇아감이다. 길함과 흉함은 올바름이 이기는 것이요, 하늘과 땅의 도는 올바름을 보이는 것이다. 해와 달의 도는 올바름이 밝게 드러남이요, 천하의 움직임은 하나로 올바름이다. 무릇 건은 강건해서 사람들에게 보여 줌이 평이하고, 무릇 곤은 유순해서 사람들에게 보여 줌이 간략하다. 효는 이를 본받음이요, 상은 이를 본뜸이다. 효와 상은 안에서 움직이며, 길함과 흉함은 밖에서 드러난다. 이룬 업적은 변화에서 드러나고 성인의 마음은 그 말에서 드러난다. 하늘과 땅의 커다란 덕은 생명이라 한다. 성인의 커다란 보물은 그 자리함이다. 그 자리를 어떻게 지킬까? 인이라 말하겠다. 어떻게 사람들을 모이게 할까? 재물이라 하겠다. 재물을 다스리고 말을 바로잡으며 백성들이 그르게 되는 것을 막으니 의라 하겠다.[71]

우주 만물은 상을 지니고 있으며 그것은 변화와 움직임이다. 천지의 도라는 것은 바로 올바름을 보이는 것이다. 천하의 움직임은 하나로 올바름이다. 하늘을 상징하는 건은 강건하고 평이하며, 땅의 상징인 곤은 유순하고 간략하다. 괘의 효는 이를 본받음이요, 상은 이를 본뜸이다. 하늘과 땅의 도가 구체적으로 활용되며 덕으로 드러나는데, "최고의 덕은 바로 생명이다(天地之大德日生)." "나날의 새로움을 성대한 덕이라 하고 낳고 낳음을 역이라 한다(日新之謂盛德, 生生之謂易)." 도는 체요, 덕은 용이다. 도가 실제 현상에서 나타나고 쓰이는 것이 바로 덕이다. 우리가 일상의 생활에서 지녀야 하는 것은 바로 덕이다. 덕의 본체가 도이며, 도의 본질은 낳고 낳음이다. 그것은 바로 생명이요, 생명의 드러남이 생명체다.

모양새로서 문이 지니고 있고 또 실제로 드러내야 하는 것은 바로

---

71 『周易』, 「繫辭傳 下」. 八卦成列, 象在其中矣. 因而重之, 爻在其中矣. 剛柔相推, 變在其中矣. 繫辭焉而命之, 動在其中矣. 吉凶悔吝者, 生乎動者也. 剛柔者, 立本者也. 變通者, 趣時者也. 吉凶者, 貞勝者也. 天地之道, 貞觀者也. 日月之道, 貞明者也. 天下之動, 貞夫一者也. 夫乾, 確然, 示人易矣. 夫坤, 隤然, 示人簡矣. 爻也者, 效此者也. 象也者, 像此者也. 爻象動乎內, 吉凶見乎外, 功業見乎變, 聖人之情見乎辭. 天地之大德曰生, 聖人之大寶曰位. 何以守位, 曰仁; 何以聚人, 曰財. 理財正辭, 禁民為非, 曰義.

생명이다. 문은 상인데 그 상은 그냥 생긴 것이 아니라 모든 생명체가 갖는 어떤 마땅함을 드러내고 있다. 상은 상다워야 하는데 그것은 생명과 그것이 지닌 올바름을 제대로 드러내야 한다. "성인이 천하의 깊은 면을 보고 그 겉으로 드러나는 모습을 헤아려서 그 사물이 그래야 함을 본뜨니 그런 까닭에 상이라 부른다."[72] 역은 길흉을 예측하고 판단한다. 괘가 설정된 과정을 설명하면서 사물은 모양새를 지닌 것이며 그 모양새는 마땅히 모양새다워야 함을 역설한다.

역은 책이 되었는데 넓고 크게 모두 갖추어서 하늘의 도가 있고, 사람의 도가 있고, 땅의 도가 있으니 삼재를 겸하여 둘로 포개었다. 그러므로 여섯이 되니 이 여섯은 다름이 아니라 삼재의 도다. 도에는 변화와 움직임이 있으므로 효라고 말하였다. 효에는 부류가 있으므로 사물이라 말하였다. 사물은 서로 뒤섞인 것이므로 모양새라고 한다. 모양새가 들어맞지 않게 되면 길흉이 생겨난다.[73]

모양새는 그저 아무렇게나 생겨나지 않는다. 삼재의 변화와 움직임에 따라 여섯 가지 효가 상징하는 것처럼 부류가 있고 서로 관계된 사물들이 뒤섞이며 모양새를 드러낸다. 거기에는 "본연의 의당함이 있게 마련이다(象其物宜)." 그렇지 않을 때 흉함이 생긴다. 모양새가 어떠해야 하는가는 『논어』에도 기술되어 있다.

---

72 『周易』, 「繫辭傳 上」. 聖人有以見天下之賾, 而擬諸其形容, 象其物宜, 是故謂之象.
73 『周易』, 「繫辭傳 下」. 易之爲書也, 廣大悉備, 有天道焉, 有人道焉, 有地道焉, 兼三材而兩之, 故六. 六者, 非它也, 三材之道也. 道有變動, 故曰爻. 爻有等, 故曰物. 物相雜, 故曰文. 文不當, 故吉凶生焉.

극자성이 말하였다. 군자는 바탕을 지님으로 끝날 터인데 어찌 모양
새를 꾸밉니까? 자공이 말하였다. 참 딱하오. 선생님이 군자를 논하였
지만 네 마리 말이 끄는 수레도 하는 말(言)에는 미치지 못하오. 모양
새는 바탕과 같습니다. 그 바탕은 모양새와 같습니다. 호랑이와 표범
의 가죽은 개와 양의 가죽과 같습니다.[74]

바탕이 모양새보다 지나치면 거칠고, 모양새가 바탕보다 지나치면
화려하다. 모양새와 바탕이 잘 어우러져야 군자다.[75]

『논어』는 철저할 정도로 인간을 중심으로 하는 관련 사유를 바탕
으로 서술된다. 모든 것이 어떠한 인간이어야 하는가에 집중되어 있
다. 그만큼 인성에 대한 공자의 통찰은 깊고 넓다. 그는 예술에 대한
조예도 상당했는데 육예를 거론하고, 또한 음악에 정통했으며 문학
에도 『시경』을 편찬할 정도로 깊은 안목을 지니고 있었다. 예술은 인
간이 지닌 내면적인 덕성을 바탕으로 빚어진다. 지나친 겉치레로만
드러나는 것은 진정한 예술이 아니다. 인간만이 예술 활동을 한다.
그 인간의 안과 밖이 모두 드러난다. 아름다움을 지닌 예술 작품은
바로 안과 밖이 잘 어우러져 있다. 안과 밖이 하나다.

전국시대 말기의 순자도 비슷한 생각을 품고 있었다. 그는 예론
에서 예는 실제 사정을 잘 보여 주는 모양새를 지녀야 진정한 예라
고 갈파한다. 고대 중국에서 예(禮)는 크게 보아 예술에 해당하는 예

---

74 『論語』, 「顔淵」. 棘子成曰: 君子質而已矣, 何以文爲? 子貢曰: 惜乎夫子之說君子也,
駟不及舌. 文猶質也, 質猶文也. 虎豹之鞹, 猶犬羊之鞹.
75 『論語』, 「雍也」. 子曰: 質勝文則野, 文勝質則史. 文質彬彬, 然後君子.

(藝)의 중심을 이룬다. 예(禮)는 인간의 것이지만 순자는 관련 사유를
작동시켜 우주 만물이 예에 의해서 운행되고 있다고 주장한다. 소위
예악 사상도 이렇게 형성되었다. 예술의 대상은 실제 사물이거나 정
황이다. 실정(實情)이다. 예(禮)에서 실정과 그 실정을 드러내는 모양
새는 서로 조화를 이루어야 한다.[76] 마찬가지로 예술도 실정과 모양
새가 서로 균형을 잡아야 한다. 이러한 생각은 한나라 때 쓰인 『회남
자』에도 나타난다. 모양새는 사물이 드러내는 겉모습이지만 그것은
속사정을 그대로 반영한다. "모양새는 사물에 닿아서 생긴다. 느낌
은 가슴에 매여 있는데 밖으로 나오려고 한다. 모양새로 느낌을 없
애면 느낌을 잃고, 느낌으로 모양새를 없애면 모양새를 잃는다. 모
양새와 느낌은 짜임새가 통해야 하며 그런즉 봉황이나 기린이 나타
난다. 말하기를 지극한 덕은 먼 곳까지 품어 낸다 했다."[77] 모양새와
그 사물이 지닌 안쪽의 실제 사정은 서로 연관을 갖는다. "비단옷으
로 치장하고 묘당에 오르는 것은 모양새를 귀하게 여기는 것이다.
예식용 구슬을 앞에 놓고 예를 치르는 것은 바탕을 숭상함이다. 모

---

[76] 『荀子』, 「禮論」. 凡禮, 始乎脫, 成乎文, 終乎悦校. 故至備, 情文俱盡; 其次, 情文代
勝; 其下復情以歸大一也. 天地以合, 日月以明, 四時以序, 星辰以行, 江河以流, 萬物以
昌, 好惡以節, 喜怒以當, 以爲下則順, 以爲上則明, 萬變不亂, 貳之則喪也. 예는 간략
함에서 시작하여 모양새를 이루어 가며 마침내 기쁨에서 끝난다. 예가 완비되었음은
실정과 모양새가 모두 다 갖추어짐이다. 다음 상태는, 예에서 실정과 모양새가 서로
앞서는 것이다. 그 아래 상태는, 예에서 실정을 복원하여 커다란 하나로 되돌아감이
다. 예로써, 하늘과 땅이 합하고, 해와 달이 밝으며, 사계절이 차례로 오고, 별들이 운
행하며, 강과 하천도 흐르고, 만물이 번창하며, 좋고 싫어함이 절도를 이루고, 기쁨과
화남이 마땅하며, 예로써 아래가 되면 순응하게 되고, 그것으로 위가 되면 밝으니 만
가지 변화가 혼란스럽지 아니하다. 예에 어긋나면 모두 잃게 된다.
[77] 『淮南子』, 「繆稱訓」. 文者, 所以接物也, 情繫於中而欲發外者也. 以文滅情, 則失情;
以情滅文, 則失文. 文情理通, 則鳳麟極矣. 言至德之懷遠也.

양새가 바탕을 넘어서지 않는 사람을 일러 군자라 한다."[78] 모양새와 실정은 서로 통하는데 그것에는 짜임새가 있기 때문이다.

위진시대에 유협은 동아시아 문학사에서 문학 이론을 처음으로 집대성한 책을 펴내는데 바로 『문심조룡』이다. 그가 언급하는 문은 문학에서 시작하는 것이 아니라 고대로부터 내려오는 모양새로의 문을 근거로 한다. 이것은 문학뿐만 아니라 모든 예술 부문에 적용될 수 있는 이야기이기도 하다. 유협의 글에서 형문(形文)은 회화, 성문(聲文)은 음악, 정문(情文)은 문학을 가리킨다. 그의 주장은 예술 모두를 아우른다. 유협은 실정과 모양새를 거론하면서 짜임새(理)도 거론한다. 『회남자』에서 이미 언급되었듯이 실정과 모양새는 서로 통해야 하는데 그것은 바로 리가 있기 때문이다.

무릇 느낌이 움직이면 말이 그 모습을 취하고, 그 짜임새가 일어나면 모양새가 드러난다. 대개 언저리의 은미함이 결국 현현하는 것이며, 이렇게 내적인 것에 말미암은 것이 밖과 들어맞음이다.[79]

모양새를 세우는 도에는 그 짜임새가 세 가지가 있다. 그 하나는 형상의 모양새인데 다섯 가지 색이 그것이다. 두 번째는 소리의 모양새이며 다섯 가지 음이 그것이다. 세 번째는 느낌의 모양새인데 다섯 가지 성정이 그것이다. 다섯 가지 색이 섞여 옷 무늬를 이루고, 다섯 가지 음이 배열되면 순(舜)과 우(禹)의 음악이 되며, 다섯 가지 성정이

---

78 『淮南子』, 「繆稱訓」. 錦繡登廟, 貴文也. 圭璋在前, 尚質也. 文不勝質, 之謂君子.
79 劉勰, 『文心雕龍』 제27장 「體性」. 夫情動而言形, 理發而文見, 蓋沿隱以至顯, 因內而符外者也.

겉으로 드러나면 글과 문장이 된다. 이는 생명의 움직임이 지닌 짜임새가 보여 주는 숫자다.[80]

모양새가 제대로 갖추어지려면 그것에는 짜임새가 있어야 한다. 모든 실정은 짜임새를 드러내는데 그 짜임새로 모양새가 이루어진다. 예를 들어 그림은 다섯 가지 색이 있어야 하고, 음악은 다섯 가지 음이 있어야 하며, 문학은 다섯 가지 성정이 있어야 한다. 여기서 다섯이라는 수와 색, 음, 성정 등이 바로 짜임새를 이룬다. 다섯이라는 수를 특별히 언급하는 것은 음양오행설을 근거로 했기 때문이다.

현대 예술 이론에서 형식과 내용의 관계는 중요하다. 대체로 이에 대한 이론들은 모두 서구에서 비롯된다. 형식은 form이다. 그것은 무엇보다 '겉으로 드러나는 모습(visual appearance)'을 가리킨다. 이는 모양새로 문에 유비된다. 내용(content)에 해당되는 것을 굳이 찾는다면 그것은 '실정(實情)'에 비견된다. 형식과 내용은 안과 밖을 이룬다. 이 글에서 우리가 중점적으로 다루고자 하는 것은 형식과 내용이 아니다. 모양새와 짜임새를 이야기하며 이들의 종합개념으로, 이보다는 본디 하나의 개념으로 문리를 거론하고 있다. 내용을 의미하는 실정이 빠져 있다고 지적할 수 있다. 이렇게 말할 때, 우리는 이미 형식과 내용이라는 이분법을 의식하고 있다. 한마디로 실정은 생김새로, 문리로 이미 드러나 있다. 생김새가 바로 실정이기도 하다. 생김새가 이미 내용을 모두 보여 주고 있다.

---

80 劉勰, 『文心彫龍』 제31장 「情采」. 故立文之道, 其理有三: 一曰形文, 五色是也; 二曰聲文, 五音是也; 三曰情文, 五性是也. 五色雜而成黼黻, 五音比而成韶夏, 五性發而為辭章, 神理之數也.

형식과 문은 서로 다른 의미를 내포한다. 형식은 겉모습이지만 그 것은 고착화된 것이다. 지성이 작동하여 우주 만물과 현상을 재단하고, 이를 규정하고 확정한 것이다. 그것은 멈추어 있음이다. 문도 마찬가지로 지성이 만물을 분류하고 규정한 것이지만 그것의 참모습은 일종의 상(象)으로 언제나 흐르고 움직인다. 고대 문헌에서 실정과 문은 서로 부합되어야 한다고 강조한 것은 바로 이러한 면을 지적하고 있기 때문이다. 실정은 사물이나 현상의 실제 정황으로서 그 것은 동아시아 사상의 근저를 흐르는 유동과 변화를 따른다. 이에 부합하는 모양새로의 문도 또한 유동과 변화가 본질이다. 평면에 고정된 것은 구획하기가 쉽다. 그것은 형에 해당하는 form으로 끝난다. 그러나 유동하고 변화하는 것은 구획하기가 어렵다. 바로 문이 그렇다.

이러한 이유로 짜임새가 등장한다. 앞서의 인용문들에서 실정과 모양새는 짜임새로 통한다고 했다. 굳이 말한다면 형식과 내용은 짜임새로 통한다는 의미다. 생김새는 모양새와 짜임새를 속성으로 거느린다. 하나의 생김새는 여러 생김새를 거느릴 수 있다. 그러나 각각의 생김새는 모두 하나의 개체이며 분할될 수 없다. 생김새가 분할되지 않는다는 것은 바로 형식과 내용을 넘어서는 어떤 전일성을 지닌 생김새가 예술에는 존재하며, 그것은 형식과 내용이라는 단순 논리로 충분히 분석되지 않는다. 패턴이나 짜임새라는 개념이 요청되는 이유이기도 하다.

5.3. 리(理)

예술 작품은 생김새를 지닌다. 하나의 작품은 그것만의, 하나의 생김새를 갖는다. 그 생김새는 하나의 독립된 현실적 개체가 존재하는 모습 그 자체이며 그것은 모양새와 짜임새를 거느린다. 그것은 안과 밖을 나누지 않는다. 이미 위에서 언급했듯이 실정, 다시 말해서 실질과 그 실제적인 정황은 겉으로 드러나는 모습과 일치해야한다. 이 글은 예술 작품을 형식과 내용이라는 이분법으로 해석하는 것과 달리, 안팎이 하나인 생김새를 이야기한다. 그것은 속성으로 모양새와 짜임새를 갖는다. 문리는 생김새다. 모양새는 문이요, 짜임새는 리다. 이때 짜임새의 어근으로 '짜이다'라는 말은 능동도 아니고 수동도 아니며 그냥 주어져 있음이다. 무엇을 구성한다는 의미로 짜임을 해석하는 것이 아니다. 현실적 개체는 무에서 갑자기 생긴 것이 아니라 다른 현실적 개체들과 서로 연관을 맺으며 하나의 개체를 이룬다. 유기적 성격을 지녔다고 말할 수 있지만 엄밀히 말해서 이는 서구적 의미의 유기성을 지닌 생체를 뜻하는 것이 아니다. 유기적 생체뿐만 아니라 우주에 실재하는 만물은 무기물을 포함해서 모두 생명체로서 생명을 지니며 그것들은 각기 생김새를 갖는다. 생김새는 하나로서 전일성을 지니며, 하나의 생김새는 여러 생김새를 가질 수 있지만 그것들은 하나의 생김새가 나뉜 것이 아니다. 각기의 생김새는 모두 그것 자체로 전일성을 갖는 하나다. 생김새가 각기 다른 것처럼 생김새를 이루는 짜임새도 각기 다르다. 정이천(程伊川, 1033-1107)이 말한 것처럼 "리는 하나이지만 모두 다르다(理一分殊)." 하나의 예술 작품은 전일성을 지니며, 그것은 하나의 생김새를 가지면서 또한 그 생김새 내에 무수한 생김새를 거느릴 수 있다. 이 생김새들은 서로 연관성을 갖는다. 하나의 생김새는 무수한 생김새들의 군집일 수 있다. 이 생김새들이 얽히고설켜 하나의 생김새를 짠다. 이 생김새는 각기 하나의 짜임새를 갖는다. 작품이 갖는 생김새는 어떤 모습을 지닌 모양새를 갖추며, 사람들은 그 모양새로부터 짜임새를 읽는다. 그 짜임새는 모양새를 이루는 어떤 패턴이나 기본적 원리 등이다. 우리는 문리를 하나의 개념어로, 즉 모양새와 짜임새를 합하여 작품의 생김새로 이해할 수 있지만 동아시아의 철학자들은 리를 떼어 내어 그 의미를 확대 심화시킨다. 짜임새를 뜻하는 리가 인간의 사유 전반을 점유하는 개념으로 발전한다. 위에서 언급한 '리일분수'의 리가 그렇다.

이 글에서 리를 주로 짜임새로 번역하고 있지만 이는 임의적이다. 리라는 개념어의 의미는 광범위하고 깊어서 이를 우리말 한 단어로 콕 찍어서 말하기는 어렵다. 한국어는 한자 문화권에 속해서 이미 한자의 영향을 압도적으로 받아 왔다. 이미 우리의 선조들은 리라는 개념어를 번역하지 않고 리 자체로 받아들이고 사용해 왔다. 이제 새삼스럽게 다시 리의 의미를 천착하고자 이를 순수 한국어로 번역하는 것에는 '무리(無理)'가 따른다. 그럼에도 이를 다시 따져 보려는 것은 그동안 당연히 알고 있을 것이라는 생각에도 역시 엄청난 '무리'가 있음을 깨닫기 때문이다. 리라는 개념어는 서구인에게도 전혀 생소하다. 조셉 니덤은 이에 대해 고충을 털어놓고 있다. 그의 설명에 따르면 일찍이 서양에서는 리를 형상(form)이라고 번역했다. 그것은 아리스토텔레스의 철학에 근거를 둔 것이었다. 어떤 사람은 리를 자연의 '법칙(law)'으로 이해했다. 이러한 번역어는 잘못을 범하고 있었다. 니덤이 지적한 것처럼 리는 본래 사물의 유형이나 옥의 반문처럼 구체적 양상을 뜻한다. 어떤 사람은 리를 이성(Vernunft, reason)으로 옮겼다. "리는, 물질적 원리에 대한 이성적 원리이며, 물질을 창조하고 지배하는 원리"라고 이해했기 때문이다. 니덤은 이 또한 문제점이 있음을 말한다. "이성도 리의 번역으로 받아들이기 어려운 것이다. 즉 이성은 의식이나 더욱이 인격까지도 의미하고 있기 때문이며, 그것은 일신교의 개념이 침투된 문명에 있어서 우주의 조직력에 대한 용어로서는 매우 자연스러운 것이었지만, 동시에 의미의 심한 왜곡 없이는 리의 개념에까지 확대하는 것은 불가능한 것이다."[81] 그렇다면 니덤 자신은 어떤 번역어를 선택하였을까? 그는 리를 비교적 정확하게 이해하고 있었다. 리는 이성과 달리 '유형의 개념을 포함하고 있으며', 무엇보다 그것은 '생명력이 넘쳐 흐르는 기(氣)'와 직접적인 연관을 갖고 있는 것이었다. 니덤은 이를 유기체적인 관념이라고 생각한다. 리기(理氣)는 유기체 개념을 넘어서는 것으로 생각하는 우리와 차이가 있지만 이는 니덤이 라이프니츠 이래 서구 철학을 바탕으로 해석하고 있기 때문이다. 그는 앞서 나왔던 form이나 reason보다는 조직을 의미하는 Organization이라든가, 조직의 원리를 뜻하는 Principle of Organization을 선호하고 있다. 최종적으로 그는 리의 번역은 불가능하며 차라리 원어 그대로 'Li(리)'로 사용하기로 결정한다.[82]

이 글에서 리를 대체로 짜임새로 옮기는 것은 고대 중국에서 처음으로 리를 사용할 때, 그것이 지녔던 본원적 의미에 중점을 두었기 때문이다. 이는 예술의 형성이라는 이 글의 주제와도 부합된다. 하나의 단어, 하나의 개념어는 역사성을 지닌다. 새로운 의미가 무수하게 첨가된다. 리는 결과적으로 동아시아 철학에서 가장 중요한 개념어의 하나가 되었다. 그렇다면 리는 본디 무슨 의미를 가졌을까?

리는 옥을 다듬는 것이다. 『전국책』에 나온다. 정(鄭)나라 사람이 옥

---

81 조셉 니덤, 『중국의 과학과 문명 Ⅲ』, p.171.
82 조셉 니덤, 『중국의 과학과 문명 Ⅲ』, pp.172-173.

268

을 아직 다듬지 않은 것을 원석 덩어리라고 했는데 여기서 리는 자르고 나누는 것이다. 옥이 비록 대단히 단단하더라도 그것을 다듬어 광택의 결을 얻어 그릇을 만드는 데는 어려움이 없다. 이를 리라 한다. 천하의 한 가지 일이나 한 가지 사물이라도 반드시 그 실정을 헤아려서 서운함이 없는 데에 이르러야 안정이 된다. 이것이 바로 천리라 불린다. 이것이 바로 잘 다스린다고 하는 것이다. 이들은 확대된 의미다. 대진(戴震, 1724-1777) 선생은 『맹자자의소증』에서 말했다. 리는 살피는 것이며 그 낌새가 반드시 구획 지어 구별하는 것을 이름한다. 이런 까닭으로 이를 '분별하는 리'(分理)라 한다. 사물에 바탕이 있으니 몸매(肌理)라 하고, 살결(腠理)이라고도 하고, 생김새(文理)라고도 한다. 분별이 있으니 가지런함이 있음이며 혼란스럽지 않으니 이를 앞뒤가 정연한 짜임새(條理)라 한다. 정현(鄭玄, 127-200)은 『악기』의 주석에서 말했다. 짜임새는 분별이다. 허숙중(許叔重)(許慎)은 말했다. 분별되는 짜임새(分理)를 알면 서로 구별하거나 차이가 나게 할 수 있다. 옛날 사람들이 천리를 말하는 것은 무엇일까. 말했다. 짜임새는 참모습으로의 실정이 어긋나거나 잃은 것이 아니다. 진실한 실정은 얻지 못함이 없으니 짜임새가 얻어진다. 천리라는 것은 '스스로 그러함'(自然, 절로 그러한 모든 사물)의 분별적인 짜임새를 말함이다. 스스로 그러한 모든 분별적 짜임새로 나의 마음은 사람의 마음을 헤아려 다스림을 얻지 못함이 없으니 바로 이것이다.[83]

---

83 『說文解字』, 段玉裁 注. 理, 治玉也; 戰國策. 鄭人謂玉之未理者爲璞. 是理爲剖析也. 玉雖至堅, 而治得其鰓理以成器不難, 謂之理. 凡天下一事一物, 必推其情至於無憾而後卽安. 是之謂天理. 是之謂善治. 此引伸之義也. 戴先生孟子字義疏證曰, 理者, 察之而幾微必區以別之名也. 是故謂之分理. 在物之質曰肌理. 曰腠理. 曰文理. 得其分則有條而不紊, 謂之條理. 鄭注樂記曰, 理者, 分也. 許叔重曰, 知分理之可相別異也. 古人之言

『설문해자』에서 리는 옥을 다듬는 것이다. 이에 대한 단옥재의 주석은 면밀하다. 원석 덩어리를 다듬어 광택을 내기 위해 "자르고 나누는(剖析)" 것이 리다. 리는 이러한 실제적 의미에서 진전되어 확대된다. 옥을 다듬는 것처럼 현실 세계에서 어떤 일이나 어떤 사물이라도 그 실제 상태를 잘 헤아려서 아쉬움이 남지 않아야 안심이 되는데 그것이 바로 천리다. 한마디로 잘 다스린다는 뜻이다. 이때 천리는 하늘이 내린 리라는 의미보다 순리에 가까우며, 천은 본디 절로 그러하다는 천연(天然)이다. 리는 현상이나 사물을 잘 살피어 그것들의 움직임이나 모습에 구분이 있어 달리 드러남을 말한다. 이는 분별하는 리다. 한편으로 모든 사물들은 본질적으로 어떤 결이나 무늬 또는 갈피 등을 갖는데 살결이나 피부 결 등을 의미하는 한자에 리가 사용되는 이유다. 생김새로서 문리라고도 한다. 분별해서 가지런하여 혼란스럽지 않으니 그것을 정연한 짜임새(條理)라 한다. 우주 만물은 본디 그러함이다. 그것들은 본디 절로 그러한 짜임새를 갖는다. 이를 읽어 내야 한다. 그것은 천리이기도 한데 이를 터득하면 다스림을 지녀 평안하다.

단옥재의 주석은 철저할 정도로 실사구시(實事求是)를 바탕으로 한다. 옥을 깎고 다듬는다는 의미로부터 뻗어 나간 무수한 의미들 중에서 그는 성리학에서 말하는 '리'라는 관념적 개념에 대해 언급하지 않는다. 정이와 주희가 이룩한 성리학은 이미 명말 청초를 겪으며 엄청난 비판을 받으며 쇠퇴하고 있었다. 왕수인(王守仁, 1472-1528)을 시작으로 유종주(劉宗周, 1578-1645)와 그의 제자 황종희(黃宗羲, 1610-

---

天理何謂也. 曰理也者, 情之不爽失也. 未有情不得而理得者也. 天理云者, 言乎自然之分理也. 自然之分理, 以我之情絜人之情, 而無不得其平是也.

1695), 그리고 왕부지(王夫之, 1619-1692)를 거쳐 대진(戴震)에 이르면서, 리기이원론을 극복하고 사물과 현상의 실체를 중시하는 기론 중심의 사상이 주류를 이루었다. 고증학(考證學)이 크게 일어선 이유이기도 하다. 단옥재도 시대의 영향을 받아들였으며 그 자신이 고음운학(古音韻學)의 대가였다.

단옥재가 해석하는 리는 우리가 이 글에서 거론하고 있는 생김새와 모양새 그리고 짜임새, 패턴이나 문리라는 개념에 가깝다. 그럼에도 불구하고 앞으로 짜임새로의 리가 갖는 다양한 의미를 다시금 따져 보려고 한다. 이 글의 의도를 벗어나 성리학의 리를 천착하는 것이 아니다. 예술의 과정에서 생김새가 어떻게 이루어지는가를 검토하는 것이 이 글의 주제다. 생김새를 이루는 짜임새가 바로 리인데 이는 동아시아 사상사에 문리로 나타난다. 앞서 이미 언급한 대로 순자는 「예론」에서 "본성은 본디 처음이고 그 바탕은 질박하다. 인위(人爲)는 모양새(드러나는 모양)와 짜임새(드러나는 결)가 융성함이다. 본성이 없다면 인위를 적용할 곳이 없고, 인위가 없다면 본성은 스스로 아름다울 수가 없다"[84]라고 말한다. 노자와 장자처럼 인위를 적극 배제하고 무위의 도를 주장하는 것과 달리 우주 만물의 본연의 실체는, 또는 바탕은 사람에 의해서, 즉 인위에 의해서만 드러난다. 이는 예술에도 그대로 적용되는 말이기도 하다. 사람의 작용, 즉 사고와 행위가 있어야 예술 작품이 생겨날 수 있다. 우주 만물의 본성은 아름답다. 그것은 생생불식(生生不息)의 아름다움이다. 그 아름다움은 오로지 인위적으로만 드러낼 수 있다. 삼재의 하나로서 인간이

---

[84] 『荀子』, 「禮論」. 故曰: 性者, 本始材朴也; 僞者, 文理隆盛也. 無性則僞之無所加, 無僞則性不能自美.

개재되어야 함이다. 이 문장에서 리는 짜임새로 읽힌다. 짜임새이지만 그것은 단옥재의 해석처럼 '분리(分理)'로 분별하는 것이다. 짜임새라는 뜻은 어떤 결이나 무늬 또는 갈피를 발견하고 읽어 낸 결과물이다. 이러한 짜임새는 사람에 의해 다스림(理)을 거친다. 모든 만물은 사람의 개입이 있어야 그 진정한 모습을 드러낸다. 그것이 짜임새다. 『순자』에는 이런 글도 보인다.

하늘을 크다고 해서 그것만을 생각하기보다 어찌 사물을 길들여 그것을 통제하지 않을까. 하늘에 순종하며 그것을 칭송하기보다 어찌 하늘의 명을 통제해서 그것을 사용하지 않는가. 계절을 기다리며 그것에 의지하기보다 어찌 계절에 따라 그것을 부리지 않을까. 사물로 해서 그것을 많게 하기보다 어찌 능력을 찾아 그것들을 변화시키지 않는가. 사물을 생각하고 그것들을 사물로만 하는 것보다 어찌 사물을 다스려 그것을 잃지 않도록 하지 않는가. 사물이 생겨나는 까닭을 알기보다 어찌 사물이 그렇게 되어 가는 까닭을 알려 하지 않는가. 사람을 등한시하고 하늘만 생각하면 만물의 실정을 잃는다.[85]

여기서 리는 다스린다는 뜻으로 번역했지만 그것은 한편으로 짜임새를 파악한다는 의미로도 해석될 수 있다. 그레이엄은 이를 '패턴화'한다는 의미로 읽고 있다.[86] 패턴은 짜임새다. 사물의 참모습을

---

85 『荀子』, 十七 「天論」. 大天而思之, 孰與物畜而制之! 從天而頌之, 孰與制天命而用之! 望時而待之, 孰與應時而使之! 因物而多之, 孰與騁能而化之! 思物而物之, 孰與理物而勿失之也! 願於物之所以生, 孰與有物之所以成! 故錯人而思天, 則失萬物之情,

86 A. C. Graham, *Disputers of the Tao*, p.240. "Instead of contemplating things in their independence, Why not make them a pattern from which none escapes?"

파악한다는 것은 그 사물의 패턴을 추출해서 인식한다는 이야기다. 우주 만물과 현상의 패턴이나 짜임새, 또는 이 모두를 내포하는 생김새를 정확히 파악한다는 것은 결국 우주론과 같은 철학적인 여러 개념들을 관련지어야 한다. 예술 작품도 마찬가지다. 하나의 예술 작품은 하나의 생명체로서 그것은 본생으로의 생명을 지니고 숨을 쉬고 살아간다. 소품의 생김새를 지닌 작품도 그러하고, 대하소설이라 불리는 박경리의 『토지』도 그러하다. 이를 제대로 파악하기 위해서는 광범위하고 깊은 '관련 사유'가 요청되며 작품을 현실적 개체로 인식해야 한다. 그 개체는 생김새를 지니며 그것은 모양새와 짜임새를 지닌다.

5.3.1. 리와 도

도리라는 단어가 있다. 도와 리가 합성되어 있다. 도리는 크게 두 가지 의미를 갖는다. 첫째로, 그 사람은 부모에게 할 도리를 다했다고 할 때, 도리는 윤리적인 측면을 지닌다. 사람으로서 마땅히 해야 할 어떤 원칙이다. 그것은 우주 만물의 궁극적 본체인 도가 갖는 어떤 순리(順理)이다. 사람도 그중의 하나로 우주 만물의 도리에 순응해야 함이다. 두 번째는 방법이나 수단을 가리킨다. 어려운 일을 당했을 때 어떻게 할 도리가 없다는 것은 아무런 방법을 찾을 수 없다는 이야기다. 우주 만물의 도에는 어떤 짜임새나 질서가 있는 것처럼 모든 일에는 도리가 있음에도 그 짜임새의 실마리를 풀 수 없다는 의미다. 『한비자』 「해로」 편에 "(무기 등으로) 방비를 하지 않으면 반드시 해로움은 없게 된다. 하늘과 땅의 도리가 그렇다(不設備而必無害, 天地之道理也)"라는 문장이 나온다. 우주 만물은 절로 그러함이며 인간이 먼저 나서지 않으면 그것은 해로움을 끼치지 않는다. 도리는 도가 갖는 짜임새이며 흔히 쓰이는 말로는 도의 이치다.

사리(事理)라는 말도 있다. 사리에 맞게 일을 처리한다거나, 또는 어떤 사건이 일어났을 때 그것이 사리에 어긋난다고 이야기한다. 이 단어도 역시 「해로」 편에 나온다. "사려가 성숙해야 사리를 터득한다. 사리를 터득하면 반드시 성공을 이룬다(思慮熟則得事理, 得事理則必成功)." 사리는 어떤 일의 짜임새를 말한다. 모든 일에는 앞뒤 순서, 규모, 당위성, 중요도 등이 함께 어우러져 있는 어떤 짜임새가 있다.

도에는 리가 있다. 도는 길이요, 리는 짜임새다. 도는 동아시아 사상에서 가장 중요한 개념 중의 하나로, 도가는 물론 유가의 철학 사상에서도 중핵을 이룬다. 도가에서 도는 우주의 궁극적 본체이다. "도는 하나이며 이로부터 만물이 생겨난다(道者, 一立而萬物生矣)." 『회남자』는 한나라 때 만들어진 것으로 당시의 모든 사상이 혼합되어 있지만 도가가 중심이다. 「원도훈」은 도가 무엇인가를 기술하고 있다.[87] 요약하면 이렇다. 도는 무형이다. 모습이 없다. 그것은 만물의

---

[87] 『淮南子』, 「原道訓」. 夫無形者, 物之大祖也; 無音者, 聲之大宗也. 其子爲光, 其孫爲水. 皆生於無形乎! 夫光可見而不可握, 水可循而不可毀. 故有像之類, 莫尊於水. 出生入死, 自無蹠有, 自有蹠無而爲衰賤矣! (중략) 所謂無形者, 一之謂也. 所謂一者, 無匹合於天下者也. 卓然獨立, 塊然獨處, 上通九天, 下貫九野. 員不中規, 方不中矩. 大混而爲一, 葉累而無根. 懷囊天地, 爲道開門. 穆忞隱閔, 純德獨存, 布施而不旣, 用之而不勤. 是故視之不見其形, 聽之不聞其聲, 循之不得其身; 無形而有形生焉, 無聲而五音鳴焉, 無味而五味形焉, 無色而五色成焉. 是故有生於無, 實出於虛, 天下爲之圈, 則名實同居. (중략) 道者, 一立而萬物生矣. 是故一之理, 施四海. 一之解, 際天地. 其全也, 純兮若樸. 其散也, 混兮若濁. 濁而徐淸, 沖而徐盈. 澹兮, 其若深淵. 汎兮, 其若浮雲. 若無而有, 若亡而存. 萬物之總, 皆閱一孔. 百事之根, 皆出一門. 其動無形, 變化若神. 其行無迹, 常後而先. 무형은 사물의 시조이다. 무음은 소리의 본원이다. 그 자식이 빛이 되고, 그 손자가 물이 된다. 모든 것들이 무형에서 생겨난다. 빛은 볼 수 있으나 잡을 수 없고, 물은 만질 수 있으나 손상할 수 없다. 그러므로 형상을 지닌 것들이 있지만 물보다 존귀한 것은 없다. 생겨나며 죽게 되는 것은, 무로부터 유로 나아가고, 유로부

조상이다. 무형이란 하나를 일컫는다. 그것은 측정될 수 없다. 커다란 혼돈이기도 하다. 파악되지 않는 것이지만 그것의 쓰임으로써 덕을 드러내 보인다. 그것은 우주에 충만하다. 도라는 것은 하나가 세워지고 만물이 생겨남이다. 그 하나가 지닌 생김새(理)는 온 누리에 미친다. 이 문장의 리를 생김새로 번역했는데 그것은 짜임새를 속성으로 갖는다. 그 하나는 우주 만물의 현상과 관련하여 어떤 작용을 하고 있다. 그 작용들이 만들어 내고 구성하는 우주의 모습이 바로 짜임새다. 짜임새에 따라 우주는 천변만화를 이루며 모양새를 만들어 간다. 도가 생김새 또는 짜임새를 갖는다는 생각은 중요하다. 그것은 우주를 질서로 파악하려는 사고방식의 표현이기도 하다. 도에

터 무로 나아가는 것이니 사그라지고 보잘 것이 없게 된다. (중략) 무형이란 하나를 말한다. 하나는 천하에 맞설 것이 없다. 그것은 우뚝 홀로 서고, 편안하게 머물며, 위로는 온 하늘에 통하고, 아래로는 온 세상을 꿰뚫는다. 둥그렇지만 컴퍼스로 잴 수 없고, 네모이지만 곱쇠로 잴 수 없다. 커다란 혼돈이지만 하나가 된다. 나뭇잎이 쌓여 있지만 뿌리가 없다. 하늘과 땅을 품어 담고 있어 도로 들어가는 관문이 된다. 고요하고 어두우며 가려져 있고 컴컴하며, 순수한 덕만이 홀로 존재한다. 널리 베풀어지지만 이미 다함이 없고, 그것을 사용하는 데 열심히 하지 않는다. 이런 까닭에 그것을 바라보아도 그 형체를 볼 수 없고, 그것을 귀 기울여도 그 소리를 들을 수가 없으며, 그것을 만져도 그 몸을 얻을 수가 없다. 무형이나 유형이 생겨나고, 소리가 없지만 오음이 울리고, 맛이 없음에도 다섯 가지 맛이 이루어지고, 색이 없지만 다섯 가지 색이 이루어진다. 이러므로 유는 무에서 생겨나고 실체는 텅 빈 것에서 나온다. 천하가 하나의 세계라 하면 모든 이름과 실체는 함께 있음이다. (중략) 도는 하나가 정립하여 만물이 생겨남이다. 이런 까닭에 '하나의 생김새(一之理)'는 온 누리에 미친다. 하나가 풀리면 하늘과 땅을 뒤덮는다. 하나가 온전하면 순수하구나, 통나무 같다. 하나가 흩어지면 혼란스럽구나, 흙탕물 같다. 흙탕물 같지만 천천히 맑아지고 텅 비어도 천천히 채워진다. 담담하구나, 심연 같다. 떠도는구나, 뜬구름 같다. 없어도 있는 것 같고, 사라져도 존재하는 것 같다. 만물의 총합이니 모든 것들이 하나의 구멍에 늘어서 있다. 모든 현상의 뿌리이며 모든 것이 하나의 문에서 나온다. 그 움직임은 모습이 없으며 변하고 화합이 마치 생명의 움직임 같다. 그 나아감에는 자취가 없으며 언제나 뒤이면서도 앞이다.

는 리가 있음이다.

『한비자』의 「해로」편은 노자를 빌어 한비자 자신의 실질적이고 현실적인 생각을 피력한 글이다. 여기서 그는 도는 무엇인가, 도는 어떤 모습을 지니고 있는가, 도는 어떤 작용을 하는가 등에 대해 서술하고 있다. 간단히 이야기해서 도는 모습을 보이지 않으며, 규정될 수 없지만, 우주 만물의 모든 운행이나 변화는 도에 의해서 이루어진다.

도는 만물이 그저 그렇게 되어 있는 까닭이며, '만 가지 짜임새(萬理)'가 모여 있는 까닭이다. 짜임새(理)는 사물의 모양새(文)를 이룬다. 도는 만물이 이루어 가는 까닭이다. 말한다. "도는 만물을 짜는(짜임새 있게 하는, patterning) 것이다." 사물마다 짜임새가 있어 서로 범하지 않는다. 사물마다 짜임새가 있어 서로 범하지 않으므로 짜임새는 사물이 규정되도록 한다. 만물은 각기 다른 짜임새를 지닌다. 만물이 각기 다른 짜임새를 지님으로써 도는 본분을 다하고 만물의 짜임새를 모이게 한다. 그러므로 변화하지 않을 수 없다. 변화하지 않을 수 없으므로 늘 그러하게 지켜지는 것은 없다. 늘 그러하게 지켜지는 것이 없으므로 죽음과 삶 그리고 기질이나 성품이 있게 되고, 만 가지 지혜로 짐작하며 만 가지 일이 일어나고 사라진다. 하늘은 이로써 높고, 땅은 이로써 간직한다. 북두칠성은 이로써 그 위엄을 이루어 가고, 해와 달은 이로써 그 빛을 비춘다. 목화토금수는 그 자리를 늘 그렇게 갖고, 별들은 이로써 그 운행을 바로잡는다. 사계절은 이로써 그 변화의 기운을 다스리며 헌원씨는 이로써 사방을 차지하였다. 선인(仙人)인 적송(赤松)은 이로써 하늘과 땅과 더불어 함께하였다. 성인은 이로써 그 모양새와 특징을 이루어 간다. 도는 요와 순과 함께하여 지혜를 갖추게 하고, 접여(接輿)는 미치도록 했으며, 하(夏)의 걸왕(桀王)과 은(殷)의 주왕(紂王)은 멸망하게 하고, 은의 탕왕(湯王)이나 주(周)의 무왕(武王)은 크게 일어서도록 했다. 가까이 있으면서 사방의 끝까지 돌아다니고, 멀리 있으면서 늘 그렇게 내 옆에 있다. 어두우면서도 그 빛은 밝고도 밝고, 환하면서도 그것은 어둡고 어둡다. 그 공은 하늘과 땅을 이루어 가고 벼락과 천둥을 부드럽게 변화시킨다. 우주 가운데의 사물은 이에 의지하여 이루어 간다. 도의 실정(實情)은 규정되거나 형체를 갖지 않으며, 어느 때라도 부드럽고 약하지만 짜임새와 함께 아무 때나 서로 반응한다. 만물이 이로써 죽고 이로써 살아간다. 만 가지 일들이 이로써 잘못되고 또 이루어 간다. 도는 물에 비유할 수 있으니 물에 빠진 자는 그것을 많이 마심으로써 죽게 되고, 목이 마른 자는 그것을 적당히 마심으로써 살아난다. 그것을 검과 창에 비유한다면 어리석은 자는 분노에 싸여 휘둘러 목숨에 화를 불러오고, 성인은 폭군을 주살함으로써 복이 이루어진다. 그러므로 이로써 죽고 이로써 살며, 이로써 쇠하고 이로써 이룬다. 사람은 살아 있는 코끼리를 보기가 드물다. 그래서 죽은 코끼리의 뼈를 갖고는 그 모양을 만들어 내어 그 살아 있는 것을 상상한다. 여러 사람들은 그 상상한 것으로 모두 코끼리라고 말한다. 지금 도는 들을 수도 볼 수도 없으나 성인은 그 공을 바라보아 그 형태를 정해 바라본다. 노자는 말한다. "형상이 없는 형상이며, 사물이 없는 상(象)이다."

짜임새는 네모, 원형, 짧음과 길음, 조잡함과 아름다움, 견고함과 위태로움 등으로 나뉜다. 짜임새가 정해진 후에 도를 얻을 수 있다. 그 짜임새가 정해짐으로 존재와 사라짐이 있으며, 죽음과 삶이 있고, 번성함과 쇠퇴함이 있다. 사물은 한 번 존재하고 한 번 사라지며, 죽기도 하고 살기도 하고, 처음에는 번성하다가 나중에 쇠퇴하는 것은 늘 그렇다고 말할 수 없다. 오로지 하늘과 땅이 구별될 때 함께 생겨나고, 하늘과 땅이 소멸하고 흩어지더라도 죽거나 쇠퇴하지 않는 것을 늘 그렇다고 한다. 늘 그렇다는 것은 바뀜이 없거나 정해진 짜임새가 없다. 정해진 짜임새가 없음이 늘 그러한 곳에 있지 않다면 이는 도라고 할 수 없는 까닭이다. 성인은 그 어둡고 텅 빈 곳을 바라보고, 그 주위의 움직임을 사용해 굳이 그것을 도라고 한다. 그러나 그 정도로만 논할 수 있다. 따라서 노자가 말했다. "도는 도라고 할 때 늘 그러한 도가 아니다."[88]

여기서 우리가 주목하는 것은 리다. 바로 생김새 또는 짜임새다. 도에는 짜임새가 있음이다. 도와 리의 관계에 대해 한비자는 다음과 같이 정리한다. 첫째, "도는 만물이 그저 그렇게 되어 있는 까닭이

---

88 『韓非子』十八「解老」. 道者, 萬物之所然也, 萬理之所稽也. 理者, 成物之文也; 道者, 萬物之所以成也. 故曰: 『道, 理之者也』. 物有理不可以相薄, 物有理不可以相薄故理之爲物之制. 萬物各異理, 萬物各異理而道盡. 稽萬物之理, 故不得不化; 不得不化, 故無常操; 無常操, 是以死生氣稟焉, 萬智斟酌焉, 萬事廢興焉. 天得之以高, 地得之以藏, 維斗得之以成其威, 日月得之以恆其光, 五常得之以常其位, 列星得之以端其行, 四時得之以御其變氣, 軒轅得之以擅四方, 赤松得之與天地統, 聖人得之以成文章. 道與堯, 舜俱智, 與接輿俱狂, 與桀, 紂俱滅, 與湯, 武俱昌. 以爲近乎, 遊於四極; 以爲遠乎, 常在吾側; 以爲暗乎, 其光昭昭; 以爲明乎, 其物冥冥; 而功成天地, 和化雷霆, 宇內之物, 恃之以成. 凡道之情, 不制不形, 柔弱隨時, 與理相應. 萬物得之以死, 得之以生; 萬事得之以敗, 得之以成. 道譬諸若水, 溺者多飲之即死, 渴者適飲之即生. 譬之若劍戟, 愚人以行忿則禍生, 聖人以誅暴則福成. 故得之以死, 得之以生, 得之以敗, 得之以成. 人希見生象也, 而得死象之骨, 案其圖以想其生也, 故諸人之所以意想者皆謂之象也. 今道雖不可得聞見, 聖人執其見功以處見其形, 故曰: 『無狀之狀, 無物之象.』凡理者, 方圓, 短長, 麤靡, 堅脆之分也. 故理定而後可得道也. 故定理有存亡, 有死生, 有盛衰. 夫物之一存一亡, 乍死乍生, 初盛而後衰者, 不可謂常. 唯夫與天地之剖判也具生, 至天地之消散也不死不衰者謂常. 而常者, 無攸易, 無定理, 無定理非在於常所, 是以不可道也. 聖人觀其玄虛, 用其周行, 强字之曰道, 然而可論, 故曰: 『道之可道, 非常道也.』

며, '만 가지 짜임새(萬理)'가 모여 있는 까닭이다(道者, 萬物之所然也, 萬理之所稽也)." 둘째, "짜임새(理)는 사물의 모양새(文)를 이룬다(理者, 成物之文也)." 셋째, "도는 만물을 짜는(짜임새 있게 하는, patterning) 것이다(道, 理之者也)." 넷째, "만물은 각기 다른 짜임새를 지닌다. 만물이 각기 다른 짜임새를 지님으로써 도는 본분을 다하고 만물의 짜임새를 모이게 한다(萬物各異理, 萬物各異理而道盡. 稽萬物之理)." 다섯째, "도는 짜임새와 함께 서로 응한다(與理相應)." 여섯째, "짜임새가 정해진 후에 도를 얻을 수 있다. 그 짜임새가 정해짐으로 존재와 사라짐이 있으며, 죽음과 삶이 있고, 번성함과 쇠퇴함이 있다(理定而後可得道也. 故定理有存亡, 有死生, 有盛衰)." 일곱째, 상도(常道)는 늘 그렇다는 것인데, 그것은 변화도 없고 짜임새를 정함도 없다. 이 때문에 사람은 도를 구체적으로 규정할 수 없다.

한비자는 실제적이다. 응용에 밝다. 도는 체이며 덕은 용이다. 도는 우주의 본체라 할 수 있지만 덕으로의 리는 그 쓰임이다. 도는 궁극적 본체로서 변화 없이 영원한 것이지만 현실적으로 그것은 그 쓰임으로 드러난다. 그 쓰임이 바로 우주 만물의 천변만화하는 현상이다. 그 쓰임이 나타나는 양상이 바로 짜임새로 그것은 끝없이 흐르며 변화한다. 한비자는 한껏 리얼리티에 다가선다. 도가 짜임새를 갖고 있으며 그 둘의 관계는 떼어 낼 수 없는 밀접한 관계를 지닌다. 그것이 도라는 실재의 실제 모습으로 진정한 리얼리티라 할 수 있다. 한비자는 리가 무엇인가를 구체적으로 설명한다. 도는 우리가 살아가고 있는 현실 세계에서 이해되어야 한다. 그러므로 도의 용으로서 리는 인간 생활에서 접하는 사물이나 현상에서 드러나야 한다. 사물은 구체적인 모양새를 지닌다. 그 모양새는 짜임새인 리가 이루어 내는 것이다. 한비자가 짜임새는 사물의 모양을 이룬다고 할 때,

만든다는 말을 쓰지 않고 이루어 간다(成)고 한 것은 리는 과정에서
변화하는 것을 지칭하고 있기 때문이다.

 사물은 형태를 지니고 있는 것이며 쉽게 재단하고 쉽게 나눌 수 있
다. 어떻게 그것을 논하는가. 형태가 있으면 짧고 김이 있고, 짧고 김
이 있으면 작고 큼이 있다. 작고 큼이 있으면 사각형과 원형이 있고,
사각형과 원형이 있으면 견고함과 위태로움이 있다. 견고함과 위태로
움이 있으면 가벼움과 무거움이 있고, 가벼움과 무거움이 있으면 하양
과 검정이 있다. 짧고 김, 크고 작음, 사각형과 원형, 견고함과 위태로
움, 가벼움과 무거움, 하양과 검정을 일러 짜임새라 한다. 짜임새가 정
해져야 사물은 쉽게 분할된다. 조정에서 의론이 있은 후에야 의견이
세워지는데 그 의론을 저울질하는 사람은 그것을 알고 있다. 사각형이
나 원형을 그리려면 그림쇠를 지녀야 하고 그렇게 해서 세상 모든 일
은 그 형세를 이루어 간다. 세상 모든 일에 그림쇠가 없는 것이 없다.
의견을 거론하는 사람은 그림쇠를 미리 잘 갖추어야 한다. 성인은 만
물의 그림쇠를 몸에 지니는 데 힘을 다한다. 말한다. 감히 하늘보다 앞
서지 않는다. 하늘보다 앞서지 않게 되면 모든 일은 일이 되지 않음이
없고, 공을 쌓아 올려 공이 되지 않음이 없다. 그렇게 이끈 의론은 세
상을 뒤덮고, 원해서 높은 자리를 얻지 않음이 없게 된다. 어떻게 그렇
게 될까. 높은 자리에 있다는 것은 어떤 일이 잘 이루어 나가도록 하는
것을 말한다. 이런 까닭에 말한다. "감히 하늘보다 앞서지 않으니 모든
일을 잘되도록 할 수 있다."[89]

---

89 『韓非子』 十八 「解老」. 凡物之有形者易裁也, 易割也. 何以論之? 有形則有短長, 有短
長則有小大, 有小大則有方圓, 有方圓則有堅脆, 有堅脆則有輕重, 有輕重則有白黑, 短

짜임새는 사물을 이루어 가는, 이루는, 이루게 된, 어떤 성질, 모양, 상황, 원칙 등을 모두 아우른다. 목수가 나무를 깎아 무엇을 만들려면 필요한 것이 굽쇠나 그림쇠 또는 먹줄 등이다. 그래야 사각형이나 원형을 추출할 수 있고, 길이와 크기를 잴 수 있다. 그런 도구들이 과정으로 만들어 내는 것이 바로 짜임새다. 한비자는 법가로 불린다. 법가들은 인간을 중심으로 하는 현실 세계에 충실하다. 도와 리를 거론하면서 지나치게 관념적인 것을 지양한다. 현실적이고 실질적이며 객관적이다.

우주 만물이나 모든 현상에는 도와 리가 있다. 도와 리에 의해서 만물의 생성 변화, 흥망성쇠가 이루어진다. 그렇다면 예술과 예술 작품에도 도와 리가 있을까. 당연히 그렇다고 생각한다. 박경리의 『토지』에서 도는 무엇이고 리는 무엇일까. 도는 우주의 본체다. 작품 『토지』에서 도는 본생이다. 그것은 본원적이고 궁극적인 생명이다. 우주의 본체요, 실재다. 소설은 생명을 지닌 생명체들을 다룬다. 리는 생명체들이 이루어 내는 짜임새다. 바로 도와 리가 엮어 내는 것들이 이 작품의 주제다. 그것은 무위자연의 도일 수 있으며, 또한 역에서 말하는 것처럼 "하늘과 땅에서 가장 커다란 덕이 되는 생명(天地大德日生)"이기도 하다. 『토지』에서 무수한 인물들이 등장하는데 이들은 모두 생명체로서 그들은 서로 관계를 지니며 짜임새를 이루어 간다. 소설의 스토리들이 보여 주는 것이 바로 짜임새다. 이러한 짜

長, 大小, 方圓, 堅脆, 輕重, 白黑之謂理. 理定而物易割也. 故議於大庭而後言則立, 權議之士知之矣. 故欲成方圓而隨其規矩, 則萬事之功形矣. 而萬物莫不有規矩, 議言之士, 計會規矩也. 聖人盡隨於萬物之規矩, 故曰:『不敢爲天下先.』不敢爲天下先則事無不事, 功無不功, 而議必蓋世, 欲無處大官, 其可得乎? 處大官之謂爲成事長, 是以故曰:『不敢為天下先, 故能為成事長.』

임새들이 과정으로 흘러 작품『토지』는 생명체로서 하나의 모양새를
보여 준다. 이때『토지』전체는 전일성을 지닌, 하나의 생김새를 지
닌다. 우주는 짜임새를 지닌 도가 충만하다. 우주의 한 축을 이루는
등장인물들은 생명체로 서로 상응하며 짜임새를 이루며 흘러간다.
무엇보다 작가 박경리도 짜임새를 지닌 우주의 일부로서, 도를 지닌
우주를 가슴에 품고 그 짜임새를 읽고 있다. 작가의 내면에도 짜임
새가 있음이다. 작가라는 안과, 대상으로서의 등장인물들과 그 배경
들이 밖으로서, 서로 혼연일체가 되어 짜임새를 지닌 작품을 이루어
간다. 그것이『토지』라는 하나의 생김새다. 이 작품의 전반부는 스토
리에 밀도가 있으며 긴장감을 고조시키는 어떤 치밀한 구성이 있는
데 반하여 뒤로 갈수록 허술하고 산만하며 지나칠 정도로 대화가 많
다고 비판하는 것은, 문리를 터득하지 못한 것이다. 또한 짜임새와
모양새를 거느리는『토지』의 전일적 생김새를 파악하지 못했기 때문
이다. 그러한 평가는 오로지 아리스토텔레스적인 선입감이 작용하
고 있음을 보여 준다. 사원인(四原因)을 바탕으로 한 형식과 내용이
라는 기계적 이분법에 맞추기 때문이다. 작품『토지』에는 생명인 도
와 그것들이 드러내는 짜임새가 흘러가고 있다. 어떤 궁극적 목적이
있어 소설이 그에 의해 끌려가거나 짜 맞춰진 것이 아니다. 오로지
생명의 흐름만이 있을 뿐이다. 조셉 니덤이나 그레이엄은 리를 패턴
으로 이해하며 한 걸음 더 나아가지만, 그들도 어디까지나 리의 한
면만을 바라보고 있다. 리는 패턴을 내포하지만, 패턴이 독자성을
지니고 시공간적으로 규정된 것임에 비해, 리는 순전히 관련 사유의
산물로 '도와 상응'하면서 대대(對待)의 성격을 가지기 때문에 한껏
유동적이며 비정형이다. 또한 그것은 도의 드러남 또는 쓰임으로서,
모양새와 짜임새를 지닌 생김새를 운위할 때, 짜임새에 해당하여 생

김새의 속성을 이룬다. 이때 생김새는 도의 한 가지 모습이다. 모양새와 짜임새는 속성으로서 전체를 이루어 도를 드러나게 한다.

중국 명 말에 탕현조의 작품인 곤곡 「모란정(牡丹亭)」은 문학, 음악, 무용, 무대장치 등을 아우르는 종합예술 작품으로서 인류의 위대한 유산 중의 하나다. 모두 55장으로 이루어진 이 작품을 공연하기 위해서는 엄청난 시간이 소요된다. 2003년에 싱가포르에서 4일에 걸쳐 모두 24시간 공연을 했다는 기록이 있다. 통상적으로 이 작품도 『토지』처럼 대중이 좋아하는 몇 개의 장만 따로 떼어 내 공연을 한다. 이 작품 전체는 하나의 생김새를 완정하게 갖추고 있으며 동시에 전체로의 생김새는 그보다 작은 무수한 생김새들로 짜여 있다. 통상 일반적으로 공연되는 것은 바로 몇 개의 작은 생김새들이다. 작품의 짜임새들과 전체로 드러나는 모양새가 어우러져 작품이 지닌 전일성의 생김새를 파악하지 못한다면 「모란정」이라는 작품을 제대로 이해했다고 할 수 없다. 이러한 주장은 서구 예술에도 적용할 수 있다. 예술에는 서와 동의 구별이 있을 수 없기 때문이다. 이미 언급한 베토벤의 후기 현악사중주가 그러하고, 엄청난 규모를 보여 주는 바그너의 악극 「니벨룽겐의 반지」가 그러하며, 20세기 음악인 지아친토 셸시의 후기 작품들이 또한 그러하다. 셸시는 하나의 음만으로 악곡을 전개한다. 그것이 가능할까. 그의 작품은 듣는 이로 하여금 생명의 신비가 가득한 우주로 안내한다. 그는 주장한다. 우주는 소리로 충만한데 그 소리들 중에서 어느 한 음이라도 생명을 지니고 흐르면서 다양하게 변화하며, 이를 발견하고 듣는 자신의 마음에도 한 가닥 음이 상응하면서 이런저런 양태로 흘러가고, 결국 악곡도 생명체로서 이에 똑같이 어울리며 흐르기 때문에 그런 짜임새와 모양새로 드러날 수밖에 없다.

우주에는 그리고 인간이 살아가는 현실이나 생활 세계에는 도와 리가 충만하다. 예술 작품도 예외가 아니다. 우리가 예술에서 도와 리를 이야기하는 이유다. 도는 길이요, 리는 그 짜임새다. 길을 따라서 짜임새가 흘러간다. 도는 알 수 없는 것이지만, 짜임새를 통해 그 모습을 보이기에 우리는 이를 통해 도에 가까이 갈 수 있다.

5.3.2. 역과 리

예술 작품은 하나의 생명체다. 생명체라 함은 생명을 지니고 있기 때문이며 그 생명은 우주의 도로서 본생이다. 모든 예술 작품은 개체로서 각기 하나의 본생을 지니며, 그것은 도이기도 하다. 모든 작품은 도를 표현한다. 그 도에는 리가 있다. 짜임새가 있음이다. 짜임새들의 흐름과 모습이 우주 세계이며 그것은 역(易)이기도 하다. 역에는 리가 있다. 짜임새가 있다.

그 역이 지닌 짜임새들을 짜임새 있게 기술한 것이 바로 『역경』이다. 『역경』 첫머리 건괘의 정의는 원형이정(乾, 元亨利貞)이다. 으뜸이요, 통함이고, 이로움이며, 올곧음이다. 이미 하늘에 의미를 부여하고 있다. 하늘은 푸르고 허공이지만 인간에게 그것은 어떤 실재로서 "형이상의 도(形而上者謂之道)"를 지닌 것으로 다가온다. 사람들은 벌써 하늘을 어떤 가지런한 틀을 가진 것으로 이해한다. 그것이 바로 생김새이며 짜임새(理)다. 『주역』 전체가 어떤 짜임새를 바탕으로 작성된 것이다. 『역경』을 시작하는 건괘 첫머리의 단사(彖辭)는 이런 느낌을 강하게 준다.[90] 그것이 보여 주는 짜임새는 다중적이다. 먼저

---

90 『周易』, 「乾卦」. 彖曰: 大哉乾元, 萬物資始, 乃統天. 雲行雨施, 品物流形, 大明終始, 六位時成, 時乘六龍以御天. 乾道變化, 各正性命, 保合大和, 乃利貞. 首出庶物, 萬國咸寧.

조리 있게 전개하는 문장의 구성이 그렇다. 둘째로, 하늘로서 건이 왜 하늘인가를 보여 주는 우주 현실 세계의 짜임새들이 늘어선다. "만물이 이로부터 시작하고"에서 "하늘수레를 몬다"까지의 구절들은 역이 짜임새로 이루어졌음을 보여 준다. 여섯 자리는 바로 육효 (六爻)이기도 하다. 하나의 괘는 여섯 개의 효로 구성되는데, 이 여섯 개의 효가 서로 자리바꿈을 하여 모두 64괘를 만들어 낸다. 이 또한 짜임새. 셋째로, "건의 도는 변하고"부터 "온 세상이 편안하게 느낀다"까지는 건의 도를 통한 의미 창출이다. 그 의미는 짜임새를 지닌다. 성명(性命)과 대화(大和) 그리고 이정(利貞)이 거론되면서 만물이 등장한다. 넷째로, 도리가 부여되는 짜임새다. 모두 성명을 "바로하고", 대화를 "보듬으며", 이로써 "이롭고 올곧게 되어" 결국 우주가 편안하게 된다는 짜임새다.

이러한 역의 짜임새는 역이 어떻게 만들어졌는가를 살펴보면 더욱 뚜렷하게 드러난다. 역은 우주에 해당하지만 정확히 말해서 인간이 살아가고 있는 현실 세계와 그 세계를 둘러싸고 있는, 눈으로 보거나 생각할 수 있는 세계 모두를 아우른다. 우주는 인간을 떠나서도 존재하는 실재이지만 역은 인간이 있어야 성립하는 현실로의 실재다. 다시 말해서 역은 현실적 개체인 인간이 파악하고 이해하려는 세계다. 인간이 관계하고 있는 총체적 세계가 바로 역으로 불리며, 그 역을 파악하기 위해 인간에게 주어진 모든 자질을 총동원한다. 그 자질이란 본능이나 선험적 역량을 포함하며, 느낌에서 비롯되는 모든 지성적 능력도 거느린다. 그 결과물이 64괘로 구성되는 역이다. 천변만화하는 현실 세계의 모든 현상과 사물을 판단하고 또 그것들이 어떻게 변화를 이루어 갈까 하는 예측까지도 모두 망라하는 확정적인 틀이나 규정은 불가능하다. 64괘라는 제한되고 일정한 수

량으로 이를 재단하는 것에는 무리가 뒤따른다. 그럼에도 고대인들이 이를 믿고 점을 쳐서 길흉을 예단하려 하는 것에는 어떤 믿음이 있다. 그 믿음이 바로 역을 관통하고 있는 짜임새다. 그 짜임새는 인간이 선험적으로 지니고 있으며 경험적으로 한층 강화되고 있다. 그 짜임새가 현실 세계에 투영된다. 현실 세계도 본디 짜임새를 지니고 있음인데, 그것이 되돌아오는 반응에 인간의 짜임새도 상응하여 작동한다.

옛날에 성인이 역을 지었다. 남모르게 숨어 신명의 도움을 받아 시초(蓍草)를 만들었다. 하늘에서 3이라는 홀수와 땅에서 2라는 짝수를 취하여 수를 세우고, 음양의 변화함을 보아서 괘를 세우고, 강유(剛柔)에서 떨쳐 드러내어 효를 만들어 내니, 도와 덕에 조화하고 따르며 그 마땅함에 조리가 있었다. 그 조리를 끝까지 구하고 본성을 다하니 마침내 명에 이른다. 옛날에 성인이 역을 지었으니, 앞으로 성명(性命)의 조리를 따르고자 함이었으니 이로써 하늘의 도를 세워서 음과 양이라 말하고, 땅의 도를 세워 유와 강이라 말하고, 사람의 도를 세워 인과 의라 하니, 삼재를 겸하여 둘로 포개었기 때문에 역은 여섯 획이 되어 괘를 이루었다. 음으로 나뉘고 양으로 나뉘며, 유와 강을 번갈아 사용함으로 역이 여섯 자리가 되어 무늬를 이루었다.[91]

성인은 인간이 상상할 수 있는 최대치로 완성된 인간이다. 인간이

---

91 『周易』,「說卦傳」. 昔者聖人之作易也, 幽贊於神明而生蓍, 參天兩地而倚數, 觀變於陰陽而立卦, 發揮於剛柔而生爻. 和順於道德而理於義, 窮理盡性以至於命. 昔者聖人之作易也, 將以順性命之理, 是以立天之道曰陰與陽, 立地之道曰柔與剛, 立人之道曰仁與義, 兼三才而兩之, 故易六畫而成卦. 分陰分陽, 迭用柔剛, 故易六位而成章.

지닌 모든 역량의 궁극적 총합이다. 역은 바로 성인이 지은 것이다. 성인은 신명의 도움을 받는다. 신명은 생명의 움직임이 밝게 드러남이다. 우주는 생명으로 가득하다. 생명이 본체이기도 하다. 생명은 생명체를 낳는다. 그중의 하나가 바로 인간이다. 이때 신명은 어떤 믿음의 본체로 전의(轉義)된다. 천지신명에서의 신명으로 구체적 대상이 된다.[92] 지성의 한계를 지닌 인간이 이를 넘어서는 그 무엇을 파악하기 위해서는 도움이 필요하다. 그것이 바로 신명이다. 신명의 도움으로 점을 치는 시초 또는 댓개비를 만든다. 이로써 역을 구성하기 시작하는데, 몇 가지 바탕을 가져온다. 이러한 바탕의 구성이 바로 짜임새의 과정이다. 먼저 숫자를 가져온다. 하늘은 원형이다. 원은 지름을 가지며 지름에 의해 원은 두 개로 나뉘는 반쪽 둥근 선을 갖는다. 지름을 포함하여 선이 모두 셋이다. 땅은 네모난 것이므로 네 개의 선을 지니지만 대칭적이기 때문에 둘이다. 다음은 괘로서 그것은 음양을 따랐다. 건괘는 온전하게 곧은 선이 셋이다. 곤괘는 세 개의 선이 모두 각각 둘로 나뉜다. 모두 여섯 개의 선이 나온다. 음양처럼 우주의 또 다른 근본적 현상인 부드러움과 강함은 서로 자리바꿈하거나 뒤섞이는데 이러한 것은 여섯 선의 조합으로 나타낸다. 그것들이 바로 효(爻)다. 이런 작업을 통해 64괘를 구성한다. 이러한 작업이 논리적으로 타당한가는 별개의 문제다. 중요한 것은 짜임새를 추구하고 있음이다. 우주 현실 세계에는 짜임새가 있으며 이를 인간의 짜임새 있는 능력이 파악하고 있음이다.

공자가 말했다. 역이란 어떻게 지은 것일까? 역은 만물을 열고 일

---

92 황봉구, 『생명의 정신과 예술─제3권 예술에 관하여』, pp.61-72.

을 이루어 가고, 천하의 도를 망라하니 다만 그와 같을 따름이다. (중략) 성인은 이에 재계하여 신으로 그 덕을 밝힌다. 이렇기에 문호를 닫는 것을 곤이라 하고, 문호를 여는 것을 건이라 한다. 한 번 닫고, 한 번 열고 하니 변화라 하는 것이다. 가고 옴이 그치지 않으니 통한다고 하는 것이요, 나타나게 되니 상(象)이라 하고, 형상을 가지니 기물이라 하고, 만들어 그것을 사용하니 법(法)이라 하고, 이롭게 사용하며 드나드니 백성이 모두 그것을 사용하여 신(神)이라 한다. 그러므로 역에는 태극이 있다. 이는 양의를 낳는다. 양의는 사상을 낳고, 사상은 팔괘를 낳고, 팔괘는 길흉을 정하며, 길흉은 커다란 과업을 낳는다. 이런 까닭에, 상을 본뜸에 있어 하늘과 땅보다 큰 것이 없다. 변화하고 통함이 사계절보다 큰 것이 없다. 상을 드러냄이 뚜렷하게 밝은 것은 해와 달보다 큰 것이 없다. 숭고함에는 부귀보다 큰 것이 없다. 만물을 갖추어 쓰임에 이르도록 하고, 기물로 세워서 이루어 내어 천하를 이롭게 하니 성인보다 큰 것이 없다. 심오함을 탐구하고 은밀함을 찾아 깊은 것을 낚아내고 먼 곳에 도달하여 천하의 길흉을 정하고, 천하가 부지런히 움직이도록 하게 하니 시초나 거북 등보다 큰 것이 없다. 이런 까닭에, 하늘이 신물을 낳고, 성인이 그것을 본뜬다. 하늘과 땅이 변화하고 성인은 그것을 본받는다. 하늘이 상을 드리우니 길흉이 나타나며 성인은 그것을 상으로 드러낸다. 강에서 그림이 나오고, 낙수에서 글이 나와 성인이 그것을 본뜬다. 역은 네 가지 상이 있으니 역이 드러나는 까닭이다. 붙이는 말들은 알리기 위함이다. 길흉으로 그것을 정함은 판단하기 위함이다.[93]

---

93 『周易』,「繫辭傳」, 子曰, 夫易, 何為者也? 夫易, 開物成務, 冒天下之道, 如斯而已者也. (중략) 聖人以此齊戒, 以神明其德夫. 是故, 闔戶謂之坤, 闢戶謂之乾, 一闔一闢謂

공자가 말했다. "성인은 상을 세워 그 뜻을 모두 드러내고, 괘를 설정하여 그 실정(實情)과 인위를 모두 드러내고, 글을 붙여 그 말을 모두 드러내며, 변하고 통하여 그 이로움을 다하고, 두드리고 춤을 추어 그 생명의 움직임을 다한다." 건곤은 역이 모두 함축되어 있는 것인가? 건과 곤이 열을 이루고, 역이 그 중앙에 선다. 건과 곤이 무너져 없어지면 역을 볼 수가 없다. 역이 보이지 않으면 건과 곤은 조용히 쉬게 된다. 이런 까닭에 형이상의 것은 도라 불리며, 형이하의 것은 기(器)라 불린다. 모양이 바뀌어(化) 그것을 마름질한 것을 달라짐(變)이라 한다. 따라가며 행하는 것을 통(通)이라 하고, 들어 드러내어 세상의 백성들에게 시행하는 것을 일이라 한다. 이러므로 상은 성인이 천하의 깊은 면을 보고 그 겉으로 드러나는 모습을 헤아리고, 그 사물이 그래야 함을 본뜨니 그런 까닭에 상(象)이라 부른다. 성인이 천하의 움직임을 보면서 그 모이고 통하는 것을 관찰하고, 그것으로써 그 전례(典禮)를 행하며, 말을 덧붙여 그 길흉을 판단하니 이런 까닭에 그것을 효(爻)라 한다. 천하의 깊은 면을 끝까지 드러내는 것은 모두 괘에 있고, 천하의 움직임을 울리는 것은 사(辭)에 있으며, 모양이 바뀌어 마름질하는 것은 달라짐에 있고, 따라가며 행하는 것은 통함에 있으며, 생명의 움직임이 있어 밝게 드러남은 그 사람에게 있다. 침묵해도 그것을 이루어 가며, 말을 하지 않아도 믿음이 있으니 모두 덕행에 달려

之變, 往來不窮謂之通, 見乃謂之象, 形乃謂之器, 制而用之謂之法, 利用出入, 民咸用之謂之神. 是故, 易有太極, 是生兩儀, 兩儀生四象, 四象生八卦, 八卦定吉凶, 吉凶生大業. 是故, 法象莫大乎天地, 變通莫大乎四時, 縣象著明莫大乎日月, 崇高莫大乎富貴. 備物致用, 立成器以爲天下利, 莫大乎聖人, 探蹟索隱, 鉤深致遠, 以定天下之吉凶, 成天下之亹亹者, 莫大乎蓍龜. 是故, 天生神物, 聖人則之, 天地變化, 聖人效之. 天垂象, 見吉凶, 聖人象之. 河出圖, 洛出書, 聖人則之. 易有四象, 所以示也. 繫辭焉, 所以告也. 定之以吉凶, 所以斷也.

있다.[94]

역은 성인인 공자가 만들었다고 한다. 그가 역을 만드는 과정을
설명하는 「계사전」의 문장들은 또 다른 측면을 보여 준다. 그는 구체
적이다. 그가 읽어 내는 것은 변(變), 통(通), 상(象), 기(器), 법(法), 신
(神) 등이다. 세계로부터 그는 먼저 열고, 닫히며, 가고, 오는 변화와
통합을 읽는다. 그것으로부터 상을 추출한다. 구체적인 형상으로의
기(器, 사물)도 구별한다. 이들을 본떠 사용하는 법도 작성한다. 이런
모든 것들이 이 세상에 드나들며 사람들에게 작용을 하는데 그것을
신(생명의 움직임)으로 파악한다. 이런 현실적인 상황을 총체적으로 파
악하고 분류하기 위해서는 어떤 짜임새가 있는 상징물이 필요하다.
이로써 태극과 음양, 사상과 팔괘 등이 추출된다. "하늘이 신물을 낳
고, 성인이 그것을 본뜬다. 하늘과 땅이 변화하고 성인은 그것을 본
받는다. 하늘이 상을 드리우니 길흉이 나타나며 성인은 그것을 상으
로 드러낸다." 모든 과정이 짜임새로 이루어져 있다. 이는 우주 만물
이 짜임새로 이루어져 있으며, 인간 역시 그러하고, 인간을 대표하
는 성인은 말할 것도 없이 이러한 짜임새를 가장 강도 높게 지니고
또 체득하고 있으므로, 당연히 그가 하는 작업의 과정 역시 짜임새
를 따른다.

---

94 『周易』, 「繫辭傳」, 子曰: 聖人立象以盡意, 設卦以盡情僞, 繫辭以盡其言, 變而通之以
盡利, 鼓之舞之以盡神. 乾坤其易之縕邪? 乾坤成列, 而易立乎其中矣, 乾坤毁, 則无以
見易. 易不可見, 則乾坤或幾乎息矣. 是故, 形而上者謂之道, 形而下者謂之器, 化而裁之
謂之變, 推而行之謂之通, 擧而錯之天下之民, 謂之事業. 是故, 夫象, 聖人有以見天下之
賾, 而擬諸其形容, 象其物宜, 是故謂之象. 聖人有以見天下之動, 而觀其會通, 以行其典
禮, 繫辭焉以斷其吉凶, 是故謂之爻. 極天下之賾者存乎卦, 鼓天下之動者存乎辭, 化而
裁之存乎變, 推而行之存乎通, 神而明之存乎其人. 黙而成之, 不言而信, 存乎德行.

역의 위대함은 인간이 이를 짜 나감에 있어 물리적인 모습만을 읽은 것이 아니라 그것들이 함축하고 있는 무형의 의미를 파악한 데 있다. 그 무형의 의미도 어떤 짜임새를 지닌 것으로 읽힌다. 우주의 본체는 도이며 그것의 나타남은 덕이다. 역은 도와 덕을 지니고 있음이다. 성인이 역을 지음에 있어 바로 그 도와 덕에 따르고 조화를 이루어야 한다. 도와 덕은 어떤 의미(마땅함)를 지니고 있는데, 그것에는 짜임새가 있음이다. "그 짜임새를 끝까지 궁구하고 주어진 천성을 다하게 되면 끝내 하늘이 내리는 명에 이른다(窮理盡性 以至於命)." 우리가 흔히 사용하는 '사람으로서 할 일을 끝까지 다하고 하늘의 명을 기다린다(盡人事而待天命)'라는 구절도 이에 근거한다. 동아시아 사상이 위대한 점은 객관적 우주 세계를 사유함에 있어 언제나 인간을 중심으로 하되 관련 사유를 바탕으로 하며, 우주와 인간들이 엮어 내는 관계와 윤리 등을 반영한다는 사실이다. 인간의 짜임새가 우주의 짜임새와 통하고 서로 따르며 조화를 이루어야 한다. 역을 지음에 있어 성인은 바로 이러한 "하늘이 내린 본성과 명의 짜임새에 순응해야 한다(順性命之理)." 하늘의 도는 음과 양으로 세우고, 땅의 도는 강과 유로 세우며, 인간의 도는 바로 인과 의로 세워야 함이다. 인은 사랑이며, 의는 도의(道義)다. 인을 사랑이라 했지만 인의 본디 의미는 예의를 지니고 후덕해서 인자하고 어질다는 뜻이다. 이렇게 역은 여섯 가지 효를 지니고 괘를 이룬다. 모두 짜임새를 갖춘다.

예술은 인간의 것이다. 예술의 대상은 바로 역이다. 역은 인간이 개재하고 관련을 맺는 우주 전체를 지칭한다. 성인이 역을 지음에 있어 하늘과 땅을 비롯한 우주 만물의 모든 현상을 짜임새로 읽어 내듯이, 예술 작품을 지어내는 예술가 역시 삼재의 하나인 인간으로서 역을 읽는다. 역의 괘를 이루는 여섯 개의 효(爻) 중에서 아래 두 개는 땅이요, 맨 위 두 개는 하늘을 가리키고, 중간의 두 개는 사람에 해당된다. 이러한 인간이 역을 읽음으로써 역의 짜임새를 발견하고, 그에 감응하고 있는 자신의 짜임새를 느끼고 인식하며, 나아가 예술 작품에도 짜임새를 빚어 넣는다. 예술 작품은 생명체로서 하나의 생김새를 지니는데 그 생김새는 짜임새와 모양새를 거느린다. 마치 서구적 개념으로 작품은 형식과 내용을 갖는다는 말과 흡사하지만 근본적으로 다르다. 형식은 모양새에 해당될 수 있지만 내용은 짜임새가 아니다. 굳이 내용을 대응시킨다면 그것은 역 그 자체라 할 수 있다. 짜임새는 패턴에 상응하는 개념이지만 더 포괄적이고 본원적이다. 예술 작품은 하나의 생김새를 가지며, 그 생김새는 형식에 해당되는 모양새와 내용에 대응하는 역을 지니는데, 이 모두를 가능하게 하는 것이 바로 짜임새다. 그 짜임새는 과정이다. 과정으로서 흐른다. 유동적이기에 고정된 것이 아니다. 그것은 수학적이 아니며 어떠한 공리가 있는 것도 아니다. 과학의 실험과 관찰을 통해 규정될 수 있는 것도 아니다. 짜임새가 흐르는 것은 생김새와 모양새 모두가 흐르기 때문이다. 예술 작품은 순간적인 매듭에 불과하며 예술의 드러남의 양태가 무한하게 새로울 수 있음은 바로 이러한 생김새와 짜임새의 흐름 때문이다.

5.3.3. 리는 언어와 사유의 짜임새이다

하늘은 높고 땅은 낮으니 건과 곤이 정해진다. 낮음과 높음이 배치되어 귀함과 천함이 자리를 잡는다. 움직임과 고요함은 일정해서 강함과 부드러움이 결정된다. 방향이 있어 비슷한 것들이 모이고, 사물은 무리를 지어 나뉘며 길함과 흉함이 생긴다. 하늘에는 상을 이루어

가고, 땅에는 겉모습이 이루어지며, 변과 화가 나타난다. 이런 까닭에 강함과 부드러움이 서로 비벼 대고, 팔괘가 서로 섞인다. 그것들을 우레와 번개로 울리고, 바람과 비로 적신다. 해와 달이 움직여 가고, 한 번 춥고 한 번 덥다. 하늘의 도는 남성을 이루어 가고, 땅의 도는 여성을 이루어 간다. 하늘은 커다란 시작을 알고, 땅은 사물을 만들어 이루어 가게 한다. 하늘은 쉬움으로 알음을 지니고, 땅은 간단한 것으로 능력을 갖는다. 쉬우면 쉽게 알고, 간단하면 따르기가 쉽다. 쉽게 알면 친함이 생기고, 쉽게 따르면 공이 생긴다. 친하게 되면 오래갈 수 있고, 공이 있으면 위대할 수 있다. 오래갈 수 있으니 어진 사람의 덕이고, 위대할 수 있으니 어진 사람의 업적이다. 쉽고 간단하니 천하의 생김새를 터득한다. 천하의 생김새를 터득하니 그 중앙에 자리를 이루게 된다.[95]

위에 인용한 「계사전」의 구절들에는 전체를 관통하는 짜임새가 흐른다. 「계사전」은 주역 전체의 자초지종과 구성 원리, 이를 뒷받침하는 짜임새에 대해 서술하고 있기 때문이다. 이 짜임새는 몇 가지 특징을 지닌다. 첫째는 관계성이다. 관련 사유를 가능하게 하는, 역을 실제로 구성하는 현실 세계의 생명체들이 서로 지니는 관련성이다. 그것들은 현실적 개체이며, 하나의 개체는 독립적이지만 동시에

---

95 『周易』, 「繫辭傳」. 天尊地卑, 乾坤定矣. 卑高以陳, 貴賤位矣. 動靜有常, 剛柔斷矣. 方以類聚, 物以群分, 吉凶生矣. 在天成象, 在地成形, 變化見矣. 是故, 剛柔相摩, 八卦相盪. 鼓之以雷霆, 潤之以風雨. 日月運行, 一寒一暑. 乾道成男, 坤道成女. 乾知大始, 坤作成物. 乾以易知, 坤以簡能. 易則易知, 簡則易從. 易知則有親, 易從則有功. 有親則可久, 有功則可大. 可久則賢人之德, 可大則賢人之業. 易簡而天下之理得矣! 天下之理得, 而成位乎其中矣.

그것은 수많은 다른 개체를 내포하거나 또는 구성하는 일부가 되기도 하면서 생성과 소멸을 거듭한다. 둘째로, 비슷한 것끼리 한데 모으고 사물들을 무리 지어 나눈다. "유취요, 군분이다(方以類聚, 物以群分)." 셋째로, 대대(對待)와 합일(合一)이다. 넷째로, 질서와 조화다. 다섯째로, 그것은 마땅함이다.

위의 문장들은 구체적인 요소를 차례로 나열한다. 천지(天地), 높고 낮음(尊卑), 건(乾)과 곤(坤), 귀천(貴賤), 동정(動靜), 강함과 부드러움(剛柔), 길흉(吉凶), 하늘이 상(象)을 이루고 땅이 형태(形)를 이룬다, 변(變)과 화(化), 우레와 번개(雷霆), 바람과 비(風雨), 해와 달, 추위와 더위(寒暑), 남녀, 대시(大始)와 성물(成物), 이(易)와 간(簡) 등은 모두 서로 관계를 지니며, 대대를 구성하고, 서로 비슷한 것들이다. 그것들은 그래야 마땅할 만큼 가지런하게 질서를 이룬다. 마지막 이간(易簡)이 중요하다. 그것은 최종적인 짜임새이기도 하다. 역이 아무리 변화가 무상하고 복잡하더라도 그것은 하늘과 땅의 관계처럼 간단하고 평이하다. 만사가 그렇다. 쉽고 간편해야 따를 수 있고, 친할 수 있으며, 뚜렷한 결과를 남길 수도 있다. 무엇보다 오래 지속될 수 있다. 그렇게 되면 그것은 커다란 가치를 갖게 된다. 그것은 바로 성인들이 이룩하는 업적이기도 하다. 그것이 바로 쓰임으로의 덕이기도 하다. 쉽고 간편함이야말로 역, 바꿔 말해서 우주 만물의 근본 원리이며 짜임새다. 이러한 짜임새를 갖게 되면 만물의 가운데에 그 자리를 잡을 수 있다.

이러한 특징들은 결과적으로 동아시아인들이 지닌 사유의 짜임새에서 비롯된다. 그 짜임새가 역이 갖고 있는 짜임새로 위의 문장들이 지닌 속성들을 읽어 내고 있다. 언어는 생각의 표현이다. 당연히 그것은 사유의 짜임새를 따라간다. 언어와 사유는 짜임새를 갖는다.

언어와 사유의 모양새는 짜임새의 표징이다.

서구의 사유는 연역적이며 유클리드적이며 기하학적이다. 유비 (analogy) 개념이 중요하다. 하나의 공리가 개념으로 추출되면 그것을 바탕으로 실타래처럼 수많은 가능성이 도출된다. 하나의 명확한 원칙이나 법이 주어지면 그것으로부터 수많은 법칙이나 사례가 합리화되고 정당화된다. 과학에서는 이러한 연역법은 실험을 요청하고 추상적으로 도출된 것이 현실에서도 이루어지는가를 확인한다. 귀납법은 수많은 개별 사례들로부터 공통점이나 일치점을 찾아내어 그것을 하나의 법칙으로 규정한다. 귀납도 크게 보아 연역에 해당된다. 귀납으로 얻은 결론은 바로 기본 원칙이 되며 그로부터 연역이 실행된다. 이에 비해 한국이나 중국을 중심으로 하는 동아시아의 사유는 비유클리드적이다. 그들은 우주 만물을 처음부터 유동하는 것으로 인식한다. 평면의 기하학이 아니라 양의 대수학이 고도로 발달된 이유이기도 하다. 끊임없이 변화하고 유동하는 우주 만물에서 양의 크기, 예를 들어 시간의 길이나 거리의 원근 또는 강물의 불어남 등을 간파하는 것은 중요하며 이로부터 그들은 관련 사유를 통해 일정한 문리를 찾아낸다. 문리는 하나로 생김새이지만 그것은 모양새와 짜임새를 거느린다. 해와 달은 문이지만 그것들의 명암이 일정하게 변화하는 것은 리다. 봄, 여름, 가을, 겨울은 겉으로 드러나는 문이지만 그것들은 순환을 한다. 어김없이 반복해서 찾아온다. 이러한 반복이 바로 리다.

「계사전」에는 "한 번 음하고 한 번 양한 것을 도라 한다. 이를 이어 가는 것이 선이며, 이를 이루어 가는 것이 본성이다(一陰一陽之謂道, 繼之者善也, 成之者性也)"라는 문장이 나온다. 프랑스 사람인 마르셀 그라네는 이 문장에 당혹한다. 그것은 여러 가지 의미로 읽힐 수 있으므로 특정한 문장으로 번역하기가 지난하다는 것이다. "우선은 음, 다음은 양; 이쪽은 음, 저쪽은 양; 한때는 음, 한때는 양; 한쪽은 음, 한쪽은 양"으로 해석이 가능하다.[96] 서구의 언어는 품사가 명확하다. 그런 언어를 사용하는 그라네의 입장에서 이 구절은 모호하기 짝이 없다. 그것은 고립어인 한자의 특성이다. 품사가 정해져 있는 것이 아니라 그 글자가 문맥 속에 어디에 위치해 있는가에 따라서 결정된다. 문장의 전체적인 흐름과 앞뒤에 나오는 글자들과의 연관성을 따져 보아야 정확한 의미가 추출된다. 논리적으로 그라네가 제시하는 여러 경우의 해석은 모두 가능하다. 그러한 이해는 어디까지나 서구적 사유 패턴의 결과다. 중국인들은 그러한 구체적인 행위, 또는 의미가 아니라 음과 양이 서로 대대 관계에 있다는 것을 즉각적으로 파악한다. 대대는 서로 나뉘어 대척점에 있지만 본디 하나로 서로 상보 관계에 있다. 하나는 다른 하나가 있어야 완전성을 기할 수 있다. 다시 말해서 '일음일양'은 하나의 문리로서, 세세하게 나뉘는 것이 아니라 그것 자체로 하나가 되어 파악된다. 일음일양은 하나의 생김새를 말하고 있다. 그것은 그라네가 말하는 모든 경우를 내포한다. 한 번 음하고 한 번 양하다고 번역한 것도 그것의 한 측면에 불과하다. 언어의 구조는 언제나 그것을 사용하는 사람들의 사유의 짜임새를 규정한다. 그 역도 성립한다. 사유의 짜임새가 언어의 짜임새를 정한다. 언어를 구성하는 단어 하나, 개념 하나가 관련성을 지니고 있는 어떤 생김새의 표현이라면, 그것을 정확히 이해하기 위해서는 그와 관련된 다른 것들의 의미를 파악해야 한다. 이 모든 것들을 개별적으로 분리하는 것이 아니라 총체적인 연관성을 지닌

---

96 마르셀 그라네, 『중국의 사유』, 유병태 역, 한길사, 2015, p.132.

하나로 바라보아야 한다. 이때 개념의 생김새를 구성하는 여러 짜임새를 제대로 파악할 수 있게 된다.

대상적 세계의 사물이 의미적 연관에 선다는 것은 낱말의 기능과도 결부되고 있다. 낱말은 하나의 개념이지만 그 기능은 독립해서는 결정되지 않는다. 다른 낱말과의 배열 결합 속에서 비로소 결정된다. 바꾸어 말하면 다른 낱말과의 음성적, 의미적, 구문적 연관(문-文)에 있어서 구체적인 의미를 형성함으로써 결정된다. 그 특질이 언어를 통해 인식하는 대상적 세계에 각인되는 것이다. 말할 것도 없이, 거기에서는 존재 자체를 통해서가 아니라, 존재의 의미를 통하여 대상적 세계가 파악될 것이다.[97]

로렌초 베르니니(Gian Lorenzo Bernini, 1598-1680)는 르네상스 이후 바로크 시대를 풍미하던 위대한 조각가이며 건축가이다. 「트리톤의 분수」를 비롯한 그의 수많은 분수는 아름다운 조각으로 구성되어 있다. 「성녀 테레사의 환희」는 최고의 걸작으로 손꼽힌다. 그의 대표작 중의 하나가 바로 바티칸 대성당 앞 광장에 있는 주랑(柱廊)이다. 그것은 웅대한 성당 건물의 위압감을 중화시키고, 성당 앞 드넓은 광장을 공간 정리함으로써 안정감을 얻으려 구상했던 건축물이다. 이 주랑은 광장과 성당 구역의 경계를 설정한다. 동시에 경계 벽으로부터 사람들이 거부감을 느끼지 않도록 설계되었다. 베르니니는 이를 타원형 곡선으로 배치하면서 사람들이 마음대로 드나들 수 있게 회

---

97 야마다 게이지(山田慶兒), 『중국 과학의 사상적 풍토』, 박성환 역, 전파과학사, 2018, pp.139-140.

랑을 열린 공간으로 만들고 이를 주랑으로 처리했다. 기둥들이 질서 있게 일정한 간격을 지니고 늘어서 있다. 바흐가 그렇듯이 바로크의 조화와 균형은 여기서도 십분 발휘되었다. 웅장하면서도 우아한 기둥들과 그 지붕 위에 나란히 도열한 조각상들은 누구나 받아들일 수 있을 정도로 가지런하고 예측을 허용하는 아름다움이다. 그 아름다움의 패턴은 수학을 바탕으로 한다. 배열과 질서다. 일정한 크기와 길이, 그리고 면적을 벗어나면 전체적인 아름다움이 흔들린다. 구성하는 부분이 모두 수학적으로 완벽해야 한다.

음악의 경우도 그렇다. 바로크에서 고전으로 넘어가는 과정에서 많은 악곡의 형식이 완성된다. 소나타 형식이 그러하고, 협주곡이나 사중주나 삼중주와 같은 형식이 그렇다. 특히 악곡의 속도를 나타내는 문구가 정형화된다. 예를 들어 라르고, 알레그로, 안단테나 모데라토 그리고 비바체 등이 그렇다. 이런 속도 개념은 처음부터 임의적 요소가 많았으므로 이를 보완하기 위해 이미 베토벤 시절에 메트로놈이 도입된다. 알레그로는 일 분에 120-168박을 허용한다. 하나의 악장을 연주하는 데는 지휘자마다 그 길이에 차이가 난다. 악보에 적혀 있는 여러 지시 사항을 모두 이행하더라도 어쩔 수 없이 차이가 난다. 브루크너의 교향곡은 그 길이가 대부분 장대하다. 8번 교향곡 3악장 아다지오의 경우에, 카라얀은 26분이 걸린다. 첼리비다케(Sergiu Celibidache, 1912-1996)의 연주는 무려 35분이 소요된다. 이는 극단적인 경우다. 대체로 서양음악은 전체적으로 일탈을 허용치 않는다. 악보에는 조성, 음표와 그 길이, 화음을 위한 음표 쌓기, 음의 떨림이나 끊기, 빠르기, 셈여림, 마디, 절, 악절의 되풀이 등이 모든 가능한 변수를 방지하기 위해 세세하게 기재된다. 연주자는 악보에 지시된 것을 충실하게 따라야 한다. 현대음악의 경우 새로운 기보법이 넘쳐 나는데 연주자는 이를 잘 이해하고 악보의 의도를 잘 지켜야 한다.

동아시아는 어떨까. 중국의 건축의 배치 양식인 사합원은 배열과 질서를 잘 나타낸다. 반면에 한국의 영주에 있는 부석사를 보자. 더 이상의 말이 필요 없다. 가람 배치가 들쭉날쭉 일정하지가 않다. 배열이라는 개념을 도대체 갖다 댈 수가 없다. 배열을 통한 질서와 균형 또는 조화는 본디부터 고려하지 않은 것일까. 우리는 부석사에서 무량수전과 같은 개별 건물의 아름다움도 느끼지만, 무엇보다 가람이 앉은 전체 모양새가 멀리 바라보이는 산과 더불어 주위의 산등성이의 곡선들과 기가 막히게 잘 어울린다는 사실을 깨닫는다. 시야를 점하는 전체 공간에서 부석사는 인간의 건축물로 돌출되지 않으며 아무런 특정 공간도 점유하지 않는다. 주위 공간에 녹아든다. 건물들과 그 배치가 주위 자연과 모순되지 않고, 인간의 인위적 구조물이라는 사실조차 잊게 할 만큼 조화를 이룬다. 수학적이고 기하학적인 배열이 아니라 우주 만물의 짜임새와 상응하는 짜임새로 이루어진 것이 부석사의 가람 배치다. 한마디로 열려 있음이다. 열림은 무한으로 통한다. 조선 전기의 분청사기는 어떤가. 도자기에 수놓아진 무늬들은 도대체 가지런한 것이 없다. 들쑥날쑥하고 삐뚤어져 비정형이다.

시나위 음악은 이러한 특징을 한층 더 뚜렷하게 드러낸다. 시나위 음악이 미적으로 갖는 핵심은 "방일(放逸)의 미"다.[98] 방일은 멋대로 거리낌이 없이, 아무런 사전의 규정이나 제한 없이 물이 흐르는 것처럼 이곳저곳으로 아무렇게나 흘러가는 대로 내버려 두는 것을 의

---

98 황봉구, 『소리의 늪』, 서정시학, 2011, pp.41-47.

미한다. 시나위 합주를 들어 보면, 이때 시나위 합주라는 것도 특정 악기 구성을 말하는 것이 아니지만, 멋대로 구성이 흘러간다. 악곡의 구성과 전개가 사전에 정해진 악보를 따르는 것이 아니라 연주하는 그 자리에서 이루어진다. 대금이 흥을 돋아 힘주어 강하게 불어대는 곳에서 다른 악기들은 약한 소리로 임한다. 대금 연주자가 몸이 아파서 약한 소리밖에 내지 못할 때 다른 악기들은 그에 상응하여 적절히 소리의 강도에 변화를 주면서 전체 짜임새를 균형을 맞추며 이루어 간다. 악곡의 길이도 천차만별이다. 흥이 나면 그 길이는 몇 배로 늘어날 수 있다. 악곡을 구성하는 음 하나의 길이도 여음이 길게 드리운다. 덧붙이자면, 문학에서도 박경리의 대하소설『토지』도 이런 방식으로 접근해야 제대로 그 참 생김새를 읽을 수 있다.

윤이상은 한국인으로서 독일에 건너가 서양음악계에서 새로운 음악으로 인정을 받은 작곡가다. 그는 서구의 현대음악의 기법에 한국의 전통적인 음악 기법이나 개념을 접목한다. 예를 들면 한 음을 지속시킨다. 지속되는 음의 생김새는 다양하다. 한 음의 강약과 높이의 변화는 말할 것도 없고, 농현과 여음도 있다. 심지어는 묵음까지도 함축한다. 윤이상은 실제 작곡 과정에서 커다란 모순에 봉착한다. 한국의 시나위 음악에서 연주자는 자유다. 제멋대로다. 한 악기가 제멋대로일 때, 다른 악기들은 서로 유기적 관련을 의식하며 그에 맞춰 흐른다. 정해진 악보는 없다. 윤이상은 어쩔 수 없이 서양의 악보를 그들의 방식대로 작성해야만 했다. 서구인들에게 생소한 음악이므로 그들이 이해할 수 있도록 더 많은 기호들을 악보에 넣어야 했다. 이는 근본적으로 한국 전통음악과 상치되는 점이다. 윤이상의 작품들 중에서 실내악 특히 삼중주나 사중주 정도까지 그 완성도가 이해된다. 이에 비해 그의 교향곡은 그 구성이 너무 혼란스럽다. 엄청난 규모의 악기들에게 일일이 지시를 내려야 하는데, 이는 시나위 음악과는 극도로 거리가 멀다. 그 결과는 말할 필요도 없다.

리는 언어와 사유의 짜임새다. 모든 예술 작품은 리를 지닌다. 그 짜임새는 작품의 대상을 이루는 우주 만물이나 현상의 생김새, 작가의 사유를 이루는 짜임새, 작품의 모양새를 만들어 가는 짜임새 모두에게 공유된다. 하나의 작품에서 그것들은 분리되는 것이 아니라 하나의 일관된 짜임새를 갖는다. 결과적으로 그것은 겉으로 하나의 모양새를 드러낸다. 그런 모든 것들이 종합되어 최종적으로, 하나의 완성된 개체로서 존재하는 것이 작품의 생김새다. 생김새는 안팎이 나뉘지 않으며 그것은 전일성을 갖는다. 속성으로 모양새와 짜임새를 지닐 뿐이다. 동서양이 빚어내는 차이, 시대에 따른 변천, 작가마다 개성을 드러내는 차이 등은 서로 다른 짜임새와 이를 바탕으로 생성되는 생김새의 특성에서 비롯된다.

5.3.4. 리는 관계성의 산물이다

리는 언어와 사유의 짜임새다. 이러한 짜임새는 어디에서 비롯되는 것일까. 그것은 어떻게 생겨났을까. 동아시아의 우주관은 삼재를 기본으로 한다. 삼재는 하늘과 땅 그리고 인간이다. 언어와 사유는 인간에게 속한다. 그것들의 짜임새는 인간에게만 고유한 것이 아니다. 이미 언급한 것처럼 우주 만물은 짜임새를 지니고 있으며, 그것은 인간에게도 있다. 이들은 다른 것이 아니라 하나다. 우주 만물의 짜임새와 인간의 짜임새는 하나로서, 그것은 결과적으로 인간이 지닌 언어와 사유를 결정짓는다. 전일성을 지닌 짜임새이므로 그것은 서로 다른 곳에 위치하더라도 즉각 상응을 한다. 전류처럼 흐르는 것이다. 이러한 생각을 뒷받침하는 것들이 이미 우주 만물과 현상에 내재되어 있다. 실재인 우주의 본질이라고 할 수 있다. 동아시아 사람들은 이를 읽음으로써 짜임새의 전일성을 깨달았음이다. 집약하면 이렇다. 우주 만물은 서로 관계성을 지닌다. 그것들은 대대와 합일의 성격을 갖는다. 대대로서 둘이지만 그것은 전일성을 지닌다. 하나는 둘로 이루어져 있다. 둘은 1/2의 둘을 가리키지 않는다. 하나의 생김새는 두 개의 생김새가 될 수 있음이다. 또한 우주 만물은 '유취(類聚)와 군분(群分)'이다. 비슷한 부류끼리 모이고, 무리로 나뉜다. 마지막으로 이들은 총체적으로 질서와 조화를 이루어 균형을 갖춘다. 분석적으로 나누어 여러 항목들을 열거했지만 그것은 전일성을 지닌 우주 현상을 여러 면에서 바라본 것에 불과하다. 지금부터 리와 관계성, 리와 대대, 리와 류, 리와 질서 조화 등을 차례로 별도의 항목으로 기술한다. 먼저 짜임새인 리는 관계성의 산물이다.

짜임새는 언제부터 그 모습을 드러냈을까. 그것은 우주의 생성과 함께 한다. 『회남자』「천문훈」은 이야기한다. 먼저 '태소(太昭)'가 있었으며 그것은 텅 비고 탁 트여 있었는데, 이로부터 도가 시작되고 우주를 낳았다. 이어지는 글에서 우주 만물의 생성이 꼬리를 물고 나열된다.

하늘이 아직 형체를 이루지 못하고, 정말 아무런 모습도 없고, 아무런 모양도 없고, 아무런 형체도 없고, 아무런 형상도 없었을 때, 이를 일러 태초의 밝음이라 한다. 도는 텅 비고 탁 트인 것에서 시작되고, 텅 비고 탁 트인 것이 우주를 낳고, 우주는 기를 낳았다. 기는 안정되고 편안하였다. 맑고 밝은 양의 기운은 엷게 흩어져 하늘이 되었으며, 무겁고 탁한 것은 응어리져서 땅이 되었다. 맑고 미묘한 합은 오로지 쉬우나, 무겁고 탁한 것이 응어리지는 것은 정말로 어렵다. 그러므로 하늘은 먼저 이루어지고 땅은 그 후에 자리를 잡았다. 하늘과 땅이 생명을 이어받아 음과 양이 되었고, 음과 양은 생명을 오로지 하여 사계절이 되었다. 사계절은 생명을 뿌려 만물이 되었다. 양이 쌓인 뜨거운 기는 불을 낳고, 불의 기운이 있는 생명은 태양이 되었다. 음이 쌓인 차가운 기는 물이 되었고, 물의 기운이 있는 생명은 달이 되었다. 해와 달이 넘쳐 나서 생명이 된 것들은 다시 별이 되었다. 하늘은 해와 달과 별들을 받아들였고, 땅은 빗물과 먼지를 받아들였다.[99]

우주의 시작과 생성 그리고 그 전개를 서술하는 내용이 가지런하게 배열된다. 툭 떨어져 고립된 개체들이 아니라 서로 연관을 맺고 있으며, 그들은 앞뒤로 생성과 소멸의 과정을 갖는다. 그것들은 대비적 관계를 이룬다. 무형이 있고 유형이 있다. 채움이 있고 텅 빔이 있다. 하늘과 땅, 무겁고 가벼움, 음과 양, 태양과 달 등이 그렇다. 하나의 개체가 생성되기 위해서는 다른 하나의 개체가 맺어져야 한다. 이들 모두는 낳고 낳음의 연속이다. 관계의 사슬이기도 하다. 동아시아의 우주론에는 이미 인간의 사유가 지닌 짜임새가 투영되어 있다. 우주의 생성과 성장 과정은 혼돈이 아니다. 그 혼돈에는 이미 짜임새가 깃들어 있다. 사유의 짜임새는 이에 상응하여 우주를 읽는다. 『회남자』에는 도가와 유가 사상이 혼재되어 있다. 위의 문장은 아마도 『주역』의 영향을 받았을 것이다. 사유의 짜임새는 본질적으

---

99 『淮南子』, 「天文訓」. 天墜未形, 馮馮翼翼, 洞洞灟灟, 故曰太昭. 道始於虛霩, 虛霩生宇宙, 宇宙生氣. 氣有涯垠, 淸陽者薄靡而爲天, 重濁者凝滯而爲地. 淸妙之合專易, 重濁之凝竭難, 故天先成而地後定. 天地之襲精爲陰陽, 陰陽之專精爲四時, 四時之散精爲萬物. 積陽之熱氣生火, 火氣之精者爲日; 積陰之寒氣爲水, 水氣之精者爲月; 日月之淫爲精者爲星辰, 天受日月星辰, 地受水潦塵埃.

로 고착화된 것이 아니다. 그것은 유동적이다. 언제나 흐르며 변화한다. 우주 만물이나 그 현상, 다시 말해서 인간이 접하는 모든 현실 세계인 역도 흐르며 변화한다. 거기에는 생명의 힘과 움직임이 넘쳐난다. 모든 생명체들은 바로 이런 흐름 속에 서로 연관을 갖고, 주고받으며, 생성되고 사라지며, 낳고 낳음을 이어 간다. 하늘과 땅을 비롯한 우주가 보여 주는 최고의 덕이 바로 낳고 낳음을 이어 가는 것이다. 그것들은 그물망처럼 서로 얽히고설킨다. 모든 현실적 개체나 존재는 관계망이 성립될 때, 그 삶의 지속이 가능하다. 『주역』「계사전」에서는 "지극한 생명의 힘(至精), 지극한 변화(至變), 지극한 생명의 움직임(至神), 오로지 깊이(唯深), 오로지 조짐(唯幾), 오로지 생명의 움직임(唯神)" 등을 운위한다.[100] 이는 역의 본체와 그 속성을 모두 드러낸다. 인간 세계에서 미래에 다가올 길흉을 예단하기 위해서는 생명의 본질인 정(精)과 신(神)을 파악하고, 그것들이 어우러져 우주를 형성하고 변화를 끌어가는 것의 깊이와 조짐을 붙잡아 깨달아야 한다. 이 모든 것들이 분리되는 것이 아니라 전일성을 지닌 생명의 무한 가능태이므로 이를 총체적으로 그리고 유기적으로 바라보아야 함이다. 한마디로 관계성을 지닌 우주와 생활 세계를 파악해야 함이다. 무엇보다 역은 말이 없다. 하는 일이 없다. 인간의 사유를 기준하면 그렇다는 이야기다. 따라서 정상적인 사유를 넘어 유심(唯深)과 유기(唯幾)를 파악함으로써, 사유가 미처 도달하지 못했던

---

100 『周易』,「繫辭傳」. 無有遠近幽深, 遂知來物. 非天下之至精, 其孰能與於此. 參伍以變, 錯綜其數. 通其變, 遂成天下之文; 極其數, 遂定天下之象, 非天下之至變, 其孰能與於此. 易, 無思也, 無爲也, 寂然不動, 感而遂通, 天下之故, 非天下之至神, 其孰能與於此. 夫易, 聖人之所以極深而研幾也, 唯深也, 故能通天下之志. 唯幾也, 故能成天下之務. 唯神也, 故不疾而速, 不行而至.

무사(無思)와 무위(無爲)의 경계를 뚫고 내려가서 그 실정을 깨달아야 한다. 이때 정(精)과 신(神), 다시 말해서 생명의 힘과 움직임이 만들어 내는, "고요하게 그저 그렇게 있으며 움직이지 않다가 느낌이 있어 마침내 통하여 천하가 이로 말미암게 되는(寂然不動, 感而遂通, 天下之故)" 현상을 목격하게 된다. 이야말로 지극한 변화(至變)다. 이 글의 서두에 '느낌과 상'을 서술했는데, 이는 우주생성론에 있어 인과율을 포함하면서, 동시에 이를 극복하는 어떤 유기적 관계성을 이야기함이었다.

우주의 짜임새는 본디 아무런 소리도 없이 그저 그렇게 텅 비어 있고 아무런 움직임이나 낌새도 차릴 수 없는 '적연부동'의 상태이지만, 그럼에도 낌새(幾)로 움직임이 있으며, 흐름이 있다. 따라서 필연적으로 느낌이 일어나게 마련이다. 느낌이 있게 되면 응함이 있고 마침내 통하게 된다. 이때의 응(應)은 반응이요, 따름이요, 동시에 만물이나 현상으로서의 모든 대상의 출현이다. 그것들은 파악이 된 것이다. 이로써 인간이 처해 있는 우주 만물이 서로 통하는 것, 다시 말해서 서로가 이유가 되는 관계를 지니고 있음을 깨닫게 된다. 이 모든 것이 바로 도다.

역은 모두 64개의 괘로 구성된다. 이는 상경과 하경으로 보통 나누는데, 앞의 30괘를 상경(上經)이라 하고, 나머지 함괘(咸卦)로 시작되는 34개의 괘를 하경(下經)으로 부른다. 상경은 주로 천도에 따른 만물의 시작과 생성을 이야기하고, 하경은 인간과 관련된 것에 중점을 두었다고 한다. 하경의 단초를 함괘가 연다는 것은 의미가 있다. 함괘의 함(咸)은 감(感)을 뜻한다. 괘의 경은 "함은 형통함이다. 이롭고 올곧으니, 여자를 얻으면 길하다"라고 말한다. 이를 풀이하는 단전은 말한다.

함은 느낌이다. 부드러움이 위에 있고 강함이 아래에 있다. 두 가지 기운이 느끼고 응함으로써 더불어 함께 어울리며, 머물러 기쁨이 있고, 남자가 여자보다 아래로 함이다. 이로써 형통하고, 이롭고 올곧으니 여자를 얻으면 길하다. 하늘과 땅이 느낌을 지녀 만물이 변화하고 생성하고, 성인은 사람의 마음을 느끼게 하여 온 세상이 화평하다. 그 느낌을 바라보면 천지 만물의 실정을 볼 수 있다.[101]

일음일양(一陰一陽)이 태극을 이룬다. 음양이 인간과 관련해서 처음으로 이루어지는 것이 바로 남녀와 그들의 관계이다. 『주역』「계사전」에는 "건과 곤은 역의 문이다! 건은 양물이다. 곤은 음물이다. 음양이 그 덕을 합하고, 강함과 부드러움이 몸체를 지닌다. 이로써 하늘과 땅의 법칙을 체현하며, 이로써 신명의 덕에 통한다"[102]라는 글귀가 나온다. 하늘과 땅 그리고 음과 양의 짜임새는 우주의 본질적인 짜임새다. 도는 본체요, 덕은 용으로서 쓰임이다. 음양이 그 쓰임을 합한다. 그것은 하늘과 땅의 법칙을 드러냄이다. 그것은 또한 신명의 덕, 다시 말해서 생명의 움직임이 밝게 드러남이 널리 유효하게 쓰이고 있음이다. 인간이 처해 있는 현실 세계에서 그 짜임새가 가장 잘 드러나는 것이 바로 남녀의 화합이다. 그것은 하늘과 땅이 화합하는 기운을 그대로 순응하며 따른다. "하늘과 땅은 그 기운이 왕성하게 서로 화합하니, 만물이 변화하며 순박해진다. 남과 여

---

101 『周易』, 「咸卦」. 咸, 亨, 利貞, 取女吉. 彖曰: 咸, 感也. 柔上而剛下, 二氣感應以相與, 止而說, 男下女, 是以亨, 利貞, 取女吉也. 天地感而萬物化生, 聖人感人心而天下和平. 觀其所感, 而天地萬物之情可見矣.
102 『周易』, 「繫辭傳」. 乾, 陽物也; 坤, 陰物也. 陰陽合德, 而剛柔有體, 以體天地之撰(찬, 事의 뜻), 以通神明之德.

가 생명의 힘을 합치니 만물이 변화하며 생성한다(天地絪縕, 萬物化醇, 男女構精, 萬物化生)." 구정(構精)에서 정은 생명의 힘 또는 기운을 말한다. 구는 '갖추다. 맺다, 만나다, 합치다' 등의 의미를 갖는다. "두 가지 기운이 느끼고 응함으로써 더불어 함께 어울리며, 머물러 기쁨이 있음이다." 음양의 짜임새에 따라 남녀가 만나 그 타고난 생명의 기운을 합쳐 섞는다. 관계를 맺는다. 관계를 갖게 됨은 필연적으로 주어져 있다. 만물이 화생하는 것과 같은 짜임새다. 느낌이 있고, 움직임이 있으며, 이로써 만물이 생성된다. 만물과 모든 현상이 관계의 짜임새에 따라 생성되고 변화한다.

『근사록』에서 정이(程頤)의 말을 읽는다.

이천 선생이 말했다. 느낌이 있으면 반드시 응함이 있다. 움직임이 있으면 모두 느낌이 있게 된다. 느낌에는 반드시 응함이 있다. 응함으로 다시 느낌이 되고, 느낌이 있으므로 다시 응함이 있다. 그러므로 그치지 않는다. 느낌으로 통한다는 그 짜임새를, 도를 아는 사람은 말없이 그것을 바라보는 것이 좋다.[103]

우주를 지탱하며 구성하는 삼재, 하늘과 땅 그리고 인간은 서로 감응을 한다. 그 삼재가 빚어내는 삼라만상도 마찬가지로 감응을 한다. 그것은 바로 관계이며 통합이다. 인간이 향유하고 빚어내는 예술도 예외일 수 없다. 그것은 감응의 현상이 구체적으로 작품으로

---

103 朱熹, 呂祖謙 編著, 葉采 集解, 『近思錄集解』, 卷1. 伊川先生曰; 有感必有應. 凡有動皆爲感, 感則必有應. 所應復爲感, 所感復有應, 所以不已也. 感通之理, 知道者, 黙而觀之可也.

드러나는 과정이며 예술을 형성하기 위한 모든 요소는 서로 관계로 통한다는 의미이기도 하다. 예술 작품이 짜임새를 지닌다 함은 바로 이러한 감응 현상과 그 관계성을 짜임새 있게 나열하기 때문이다.

5.3.5. 리는 대대(對待)이다

짜임새는 관계로 드러난다. 리는 관계의 짜임새다. 관계의 짜임새에는 여러 가지 양상이 있다. 먼저 생각할 수 있는 것으로, 유비, 대비, 대척, 대칭, 대립, 유사 등이 있다. 이들은 개념적으로 관계의 양상을 드러낸다. 공간적으로 관계를 나타내는 것으로 안과 밖, 좌우, 상하가 있고, 시간적으로는 전후, 과거·현재·미래 등이 있다. 또한 존재와 그 상황을 나타내는, 무와 유, 존재와 비존재, 동(動)과 정(靜), 상승과 하강, 진(眞)과 위(僞) 등이 있다. 상태를 보여 주는 개념으로 부분과 전체, 분산과 통일, 생성과 소멸, 배출과 흡수, 명암이나 농도에서의 강도 차이, 반복과 변화 등을 이야기할 수 있다. 이렇게 보면 우주 만물의 현상에서 관계 아닌 것이 없다. 더 확대를 한다면 인간을 인간답게 하는 모든 정신적 활동인 예술, 철학, 과학이 이러한 관계를 탐구하고 있다.

관계를 탐구하는 동아시아의 사유는 한 가지 뚜렷한 특징을 드러내는데, 그것은 바로 대대와 합일이라는 개념이다. 대대(對待)에서 대(對)는 마주 봄이다. 그것은 대척일 수도 있고, 대립일 수 있다. 그것은 양립할 수 없을 정도로 적대적일 수도 있다. 대(待)는 '의존하다'라는 의미다. '돕다'라는 뜻도 있고, 무엇인가를 '기다려 맞이한다'는 뜻도 있다. 『장자』「소요유」에서 열자(列子)는 아직 무대(無待)의 경계에 도달하지 못했다고 할 때, 무대는 아무것에도 의지하거나 기대함도 없이 아무런 도움이 필요하지 않은 상태를 가리킨다. 이렇게 보면, 대대는 두 개가 마주하면서 서로 의지하거나, 상대를 기다려 완성에 이르거나, 존재의 의미를 가지기 위해서 상대가 요청되는 경우라고 할 수 있다.

우주는 짜임새를 갖는다. 그 짜임새는 대대의 양상으로 드러난다. 『노자』에 이런 구절들이 나온다.

천하의 모든 사람들이 아름다움이 아름다움이 되는 것을 알고 있다. 그런데 그것은 추함일 뿐이다. 모든 사람들은 선함이 선함이 되는 것을 알고 있다. 그런데 그것은 선하지 않음일 뿐이다. 있음과 없음은 서로 낳고, 어려움과 쉬움은 서로 이루어 가고, 긴 것과 짧음은 서로 모습을 이루며, 높음과 낮음은 서로 차오르며, 가락과 소리는 서로 어울리고, 앞과 뒤는 서로 따른다.[104]

일그러지면 온전해지고, 구부리면 곧아지고, 움푹 파이면 차오르고, 낡으면 새로워지며, 적으면 많이 얻고 많으면 미혹된다.[105]

크게 이루어진 것은 모자란 듯이 보이는데, 그 쓰임이 닳지 않기 때문이다. 크게 가득 찬 것은 텅 빈 듯이 보이는데, 그 쓰임이 끊임없기 때문이다. 크게 곧은 것은 구부러진 것 같고, 크게 정교한 것은 졸렬한 것 같으며, 크게 말하는 것은 더듬은 것과 같다.[106]

---

104 『老子』제2장. 天下皆知美之爲美, 斯惡已. 皆知善之爲善, 斯不善已. 有無相生, 難易相成, 長短相形, 高下相盈, 音聲相和, 前後相隨.
105 『老子』제22장. 曲則全, 枉則直, 窪則盈, 敝則新, 少則得, 多則惑. 김백겸 역.
106 『老子』제45장. 大成若缺, 其用不弊. 大盈若沖, 其用不窮. 大直若屈, 大巧若拙, 大辯若訥. 김백겸 역.

위의 문장들은 얼핏 보기에 비논리적이다. 분석적이고 수학적인 사고로 보면 그렇다. 우리가 짜임새를 이야기할 때, 언제나 강조하는 것이 짜임새의 본질은 수학적으로 재단할 수 없으며, 그것은 어떠한 규정이나 제한도 거부한다는 점이다. 짜임새는 유동하고 변화한다. 바로 이러한 짜임새의 특징이 노자가 말하는 상대적인 대대의 관계다.

장대년은 그의 『중국철학대강』에서 대대와 합일에 대해 서술한다. 대대는 우주적이고 필연적이며 보편성을 갖는다. 우주 만물과 모든 현상은 대대와 합일의 관계다. 구체적으로 대대는 서로 의존함이다. 이것은 저것에 서로 의존한다. 또한 서로를 포함한다. 대대는 서로 뒤바꿈을 하기도 한다. 이것과 저것은 서로 생성의 요인이 된다. 동시에 대대는 구별을 짓는다. 해와 달은 대대이지만 구별된다. 대대는 또한 하나에서 비롯된다. 대대는 둘(兩)과 하나의 관계다.[107]

우주의 짜임새가 갖는 속성은 바로 대대이다. 대(對)는 서로 맞서 있는 것이지만 그것은 대립이 아니라 상응이다. 대(對)는 대(待)를 본원적으로 요청하고 있다. 대(對)와 대(待)는 그 자체가 대대의 관계다. 하나는 다른 하나를 마중한다. 서로 마중물이 된다. 서로 돕는다. 서로 완성을 위한 디딤돌이 된다. 화이트헤드가 현실적 개체라는 개념을 설정하면서 파악과 결합 그리고 합생을 통한 만족을 이야기하지만 그는 파악에도 부정적인 요소가 있음을 인정하고 이를 과정에서 배제한다. 이는 서구적 개념으로 선택을 하고 나머지는 버린다는 이야기다. 대대의 개념에는 부정적인 파악이 없다. 본디부터 긍정만 있을 뿐이다. 만물이 대대의 관계이며 그것은 하나에서 비롯되었으

---

107 張岱年, 『中國哲學大綱』, 김백희 역, 까치, 2000, pp.253-255.

므로 모순이 있을 수 없다. 고대 동아시아 사람들이 어떠한 재난을 당하더라도 하늘을 원망하지 않고 순응하는 이유이기도 하다.

대대의 본질은 합일이다. 대대와 합일이라고 할 때, 이는 선행하는 대대가 합일로 귀결된다는 의미다. 되돌아옴이다. 대대와 합일은 동아시아 사상의 핵심 중의 하나다. 이때 합일은 본디 나뉘어 있는 두 개가 하나로 통합되거나 통일되는 것을 뜻하지 않는다. 본디 하나가 둘이므로, 합일의 진정한 의미는 귀일(歸一)이다. 본래의 하나로 돌아간다는 의미다. 본디 하나이므로, 그 하나가 둘이 되었을 뿐이므로, 그 둘은 동종의 뿌리를 갖는다. 둘은 마중물이며 서로의 존재를 위해 필연적으로 요청된다. 동아시아의 사유는 언제나 위에서 아래로 내려온다. 하나가 둘로 된다. 반면에 서구적 사유는 아래에서 위로 올라간다. 다수가 하나로 통일된다.

대대와 합일은 도가뿐만 아니라 유가에서도 중시되는 짜임새다. 장재를 보면 이런 점이 뚜렷이 읽힌다.

태화는 도라 이른다. 그 중심은 뜸과 가라앉음, 오름과 내림, 움직임과 고요함, 서로 감응함 등의 본성을 품고 있다. 이는 음양의 어울림, 서로 녹아듦, 또 더 좋거나 못함, 굽음과 폄의 시작 등을 낳는다. 그것이 올 때 그 조짐은 쉽고 간단하지만 그 끝은 넓고 크며 단단하고 고착되어 있다. 쉬운 것에서 알게 되는 것이 건(乾)이요, 간단한 것에서 법을 본뜨는 것이 곤(坤)이다. 흩어져 개별화되어 상(象)을 이룰 수 있는 것이 기(氣)이고, 맑게 통하나 상을 이룰 수 없는 것은 신(神)이다. 아지랑이나 음양의 어울림과 같지 않으면 태화라 이르기에 부족하다.[108]

---

108 張載, 『正蒙』, 「太和」. 太和所謂道, 中涵浮沈, 升降, 動靜, 相感之性, 是生絪縕, 相

두 가지가 서지 않으면 하나도 볼 수 없고, 하나를 볼 수 없으면 두 가지 작용도 모두 쉬게 된다. 두 가지의 본체란 허와 실, 움직임과 고요함, 모임과 흩어짐, 맑음과 흐림이니 그것들을 궁구하면 모두 하나다. 느낌이 있은 후에 통하고, 두 가지가 있지 않으면 하나도 없다. 그러므로 성인은 강함과 부드러움으로 근본을 세우고 건과 곤이 훼손되면 역을 볼 수가 없다. 떠도는 기가 어지럽게 돌아다니다가 합하여 질료를 이루면서 서로 다른 수많은 사람과 사물을 낳았다. 그 음과 양의 두 실마리가 돌고 돎이 그치지 않음이 천지의 대의를 세운다.[109]

태허는 기의 본체다. 기는 음과 양을 지니고 있어서 굽힘과 폄의 상호 느낌이 끝이 없다. 그러므로 신(생명의 움직임 또는 작용)이 느끼는 것도 끝이 없다. 그 흩어짐은 무수하게 많으니 생명의 움직임이 느끼는 것도 무수하게 많다. 비록 끝이 없다고 해도 실제로는 깊고 고요하다. 비록 무수하게 많다고 하나 실제로는 하나일 뿐이다. 음양의 기는 흩어져 여러 가지로 다르게 나타나나 사람은 그것이 하나임을 알지 못한다. 합하여 섞여 있으나 사람들은 그 다름을 보지 못한다. 형상이 모여 사물이 되고 형상이 무너져 원점으로 돌아간다. 그 돌아다니는 혼이 바로 변이되는 것이리라. 변이라는 것은 모이고 흩어지며 존재하고 사라짐이 겉으로 드러나는 것으로 풀이 썩어 반딧불이 되고, 참새가

盪, 勝負, 屈伸之始. 其來也幾微易簡, 其究也廣大堅固. 起知於易者乾乎! 效法於簡者坤乎! 散殊而可象為氣, 清通而不可象為神. 不如野馬, 絪縕, 不足謂之太和.

109 張載, 『正蒙』, 「太和」. 兩不立則一不可見, 一不可見則兩之用息. 兩體者, 虛實也, 動靜也, 聚散也, 清濁也, 其究一而已. 感而後有通, 不有兩則無一. 故聖人以剛柔立本, 乾坤毀則無以見易. 遊氣紛擾, 合而成質者, 生人物之萬殊; 其陰陽兩端循環不已者, 立天地之大義.

물속으로 들어가 조개가 되는 것처럼 앞과 뒤의 몸을 가리켜 말하는 것이 아니다.[110]

대대는 두 가지의 마중물을 의미하지만 그것은 하나다. 음양이 그러하고 건곤이 그러하다. 하늘은 형상으로 드러나 있는 것이고 건은 하늘을 지칭하는 개념이다. 땅은 형상이며 곤은 땅의 개념이다. 건곤은 역을 여는 문이다. 역은 현실 세계를 지칭하는 개념이며, 우주는 실제 모습이다. 이 모든 것이 본디 하나다. 만물이 하나에서 비롯되고 말미암는다. 그 하나는 태허라 불린다. 그것은 기의 본체이기도 하다. 장재는 한 걸음 더 나아가 우주의 짜임새가 바로 나 자신의 짜임새임을 깨닫는다.

본성을 알고 하늘을 알게 되면 음양과 귀신이 모두 내 몫 안에 있을 따름이다. 하늘의 본성이 사람에게 있음은 물의 본성이 얼음에 있고, 응결되거나 녹는 것이 다르다 해도 그것은 하나뿐이라는 것과 꼭같다. 빛을 받음에 크고 작음이 있고 어둠과 밝음이 있으나 그 비춤과 받아들임은 둘이 아니다. 하늘의 본원적 능력은 본래 나의 본원적 능력이니 돌이켜 보면 내가 잃어버렸을 따름이다. 위로는 하늘의 짜임새로 돌아가고, 아래로는 사람의 욕심에 따름인가![111]

---

110 張載,『正蒙』,「乾稱」. 太虛者, 氣之體. 氣有陰陽, 屈伸相感之無窮, 故神之應也無窮; 其散無數, 故神之應也無數. 雖無窮, 其實湛然; 雖無數, 其實一而已. 陰陽之氣, 散則萬殊, 人莫知其一也; 合則混然, 人不見其殊也. 形聚為物, 形潰反原. 反原者, 其遊魂為變與! 所謂變者, 對聚散存亡為文, 非如螢雀之化, 指前後身而為說也.
111 張載,『正蒙』,「誠明」. 知性知天, 則陰陽, 鬼神皆吾分內爾. 天性在人, 正猶水性之在冰, 凝釋雖異, 為物一也; 受光有小大, 昏明, 其照納不二也. 天良能本吾良能, 顧為有我所喪爾. 上達反天理, 下達徇人欲者與!

옛날에 하나를 얻은 사람들은 그 하나로써 다음과 같은 짜임새에 도달했다: 하늘은 하나를 얻어 맑았고, 땅은 하나를 얻어 편안하고, 하늘의 기운은 하나를 얻어 신령하고, 땅의 골은 하나를 얻어 빔으로 차고, 만 가지 것은 하나를 얻어 생겨나고, 제후와 제왕은 하나를 얻어 하늘 아래를 평안히 다스린다. 이는 모두 하나로써 이룰 뿐이다.[112]

장재의 이러한 깨달음은 중요하다. 이러한 생각은 거슬러 올라가면 맹자에 이른다. 말했다. "만물이 모두 나에게 갖춰져 있다. 스스로를 되돌아보아 성실하면 즐거움이 크지 않을 수 없다. 반드시 미루어 생각하고 이를 지켜 실천하면, 어짊(仁)을 찾는 데 이보다 가까운 것이 없다."[113] 동아시아 사상은 언제나 우주의 모든 짜임새에 인간을 결부시키며, 동시에 인간이 가져야 할 마땅함을 부여한다.

우리는 예술과 관련하여 짜임새를 거론하고 있다. 예술이 빚어내는 예술 작품의 생김새는 어떻게 이루어지는가를 살피기 위해, 그 생김새는 무엇인가를 탐구한다. 예술은 우주의 일부로 살아가는 인간들이 향유하는 생명의 과정으로 드러남이다. 그것은 짜임새를 지니는데 그것의 본질은 바로 마땅함이다. 그래야 함이다. 예술을 윤리와 굳이 맺으려 함이 아니다. 예술은 윤리의 본체인 도덕의 양상이다. 도는 본체요, 덕은 쓰임으로서 생활 세계에 두루 드러남이다. 윤리는 도덕이 생활 세계에서 구체적으로 드러나는 실천적 규칙이다. 예술은 아무런 제약이 없는 무한 양태라 주장한다 하더라도 그

---

112 『老子』 제39장. 昔之得一者: 天得一以清; 地得一以寧; 神得一以靈; 谷得一以生; 侯得一以爲天下貞. 其致之也. 김용옥 역.

113 『孟子』, 「盡心章句」. 萬物皆備於我矣. 反身而誠, 樂莫大焉. 強恕而行, 求仁莫近焉.

것은 악과 선이 대대의 관계에 있는 것처럼, 예술이 갖는 대대의 한 측면만을 이야기한다. 대승불교가 제행무상(諸行無常), 제법무아(諸法無我), 열반적정(涅槃寂靜)을 논할 때, 그것은 허무나 완전한 소멸이나 자유 등을 의미하지 않는다. 여래장자성청정심(如來藏自性淸淨心), 그것은 진정한 깨달음으로 오히려 만법을 긍정하고 받아들인다. 있는 그대로 수용하고 이를 바탕으로 대자대비를 일으킴이다. 이러한 깨달음의 바탕에는 대대의 관념이 자리를 잡고 있다.

예술의 과정에 참여하는 사람, 그보다도 예술은 모든 사람이 겪으면서 참여하는 과정이므로, 당연히 자칭 예술가라 말하고 싶은 사람은 우주와 자신의 짜임새가 동일함을 깨달으며, 역의 다음 글귀들을 읽어야 할 것이다.

해가 가면 달이 오고, 달이 가면 해가 오니, 해와 달이 서로 번갈아 옮아가며 빛을 생기게 한다. 추위가 가면 더위가 찾아오고, 더위가 가면 추위가 찾아오니, 추위와 더위는 서로 번갈아 옮아가며 세월이 이루어지게 한다. 가는 것은 굽힘이요, 오는 것은 폄이니, 굽힘과 폄이 서로 번갈아 느끼니 이로움이 생겨난다. 자벌레가 굽히는 것은 펴기 위함이요, 용이나 뱀이 움츠림은 자신을 보존함이다. 도의 뜻을 세세하게 다듬어 생명의 움직임에 들어섬은 그 쓰임에 이르는 것이며, 그 쓰임을 이롭게 하고 자신을 편안케 함은 덕을 숭상함이다. 이를 넘어서 가게 되면 알 듯 모르는 듯하게 된다. 생명의 움직임이 갖는 신묘함을 끝까지 다하여 변화를 알게 되니, 그 덕은 풍성하다. (중략) 군자는 은미한 것을 알고 밝게 드러나는 것을 알며, 부드러움을 알고 강함을 아니, 뭇 사내가 우러러본다. (중략) 하늘과 땅은 그 기운이 왕성하게 서로 화합하니, 만물이 변화하며 순박해진다. 남과 여가 생명의 힘을

구축하니 만물이 변화하며 생성한다.[114]

우주의 생김새는 대대의 속성을 갖는다. 예술도 예외가 아니다.
모든 예술가들은 우주의 짜임새가 갖는 대대와 합일을 마음속 깊이
체득하고 있다. 예술 작품의 평가에서도 이를 얼마큼 잘 구현하는
가는 중요한 항목이 된다. 서구에서 바흐의 음악은 최고의 미적 경
계에 도달한 것으로 간주된다. 그의 음악은 한마디로 조화와 균형
을 달성하고 있다. 그의 악곡들이 지닌 짜임새를 보면 대대의 성격
이 잘 드러난다. 푸가에서 성부를 달리하며 동일한 선율을 연주하여
대비하는 것이 그렇고, 그의 작품들이 대위법의 모범 사례라는 것도
그렇다. 서양의 악곡 형식에서 교향곡이나 실내악의 삼중주와 이중
주 등은 대체로 악장의 배열이 정해져 있다. 3악장 또는 4악장의 구
성으로 빠르게—느리게—스케르초—피날레 등으로 짜이지만 그 기
본은 '빠르게—느리게—빠르게'의 짜임새로 이루어진다. 셰익스피어
의 비극들은 그 사건들이 모두 대대로 점철된다. 괴테의『파우스트』
는 성과 속, 악마와 천사, 방황과 회귀, 영원과 현재 등이 모두 대대
이다. 도스토예프스키의 작품들도 대체로 대대의 성격을 뚜렷하게
보여 줌으로써 극적 효과를 달성한다. 서구 회화는 화면 전체를 빽
빽하게 채우는데, 원근법이나 명암의 조절을 통하여 사물 대상을 대
비시킨다. 이도 크게 보아 대대의 관계라 말할 수 있다. 앞서 언급

114『周易』,「繫辭傳」. 日往則月來, 月往則日來, 日月相推而明生焉. 寒往則暑來, 暑往
則寒來, 寒暑相推而歲成焉. 往者屈也, 來者信也, 屈信相感而利生焉. 尺蠖之屈, 以求
信也. 龍蛇之蟄, 以存身也. 精義入神, 以致用也. 利用安身, 以崇德也. 過此以往, 未之
或知也. 窮神知化, 德之盛也. (중략) 君子知微知彰, 知柔知剛, 萬夫之望. (중략) 天地
絪縕, 萬物化醇, 男女構精, 萬物化生.

한 베르니니의 건축물인 바티칸 광장 회랑도 대대의 개념을 실천한 것이다. 광장 전면에 위압적으로 우뚝 자리 잡은 성당 앞에, 이를 완화시키고 조화를 이루기 위해, 대대의 성격을 지난 타원형의 주랑을 열린 공간으로 대조적으로 세운 것이 전체적으로 아름다움을 준다. 동아시아의 예술도 마찬가지다. 회화에서 여백과 대상의 대대 관계가 드러난다. 묵의 강도를 조절하기도 한다. 묵화는 검은색 하나이지만 그것들의 천변만화는 모두 대대를 보여 줌으로써 가능하다. 문학작품에서도 시의 경우, 각운을 비롯한 운율이 대대를 보여 주며, 기승전결의 양태도 일종의 대대라 할 수 있다. 소설 『토지』도 이러한 대대의 흐름들이 드러난 것이며 그것들은 결국 전일성을 지닌 작품 『토지』의 분화라 간주된다. 영주 부석사의 가람 배치도 베르니니의 건물 배치와 상반된 것으로 보이지만, 그것은 다른 의미의 조화를 의도하고 있다. 가람이 주위의 경관을 해치며 들어선 것이 아니라, 주위의 전체 세계가 가람을 품고 있다. 불규칙하고 못생긴 돌과 바위를 이용해 쌓은 석축부터, 무량수전의 아미타불의 위치와 건물의 가구(架構) 등이 비정상이지만, 그것은 더 큰 안목으로 보았을 때, 결과적으로 전체인 하나의 조화와 균형을 최고치로 달성하고 있다. 전통음악 시나위의 구성과 전개 또한 철저할 정도 대대의 성격을 드러낸다. 그것의 연주 방식까지 놀랄 정도로 대대와 합일을 지향한다.

5.3.6. 리와 류(類)

리는 언어와 사유의 짜임새다. 그 짜임새에 따라 사람들은 사물 현상을 파악하고, 우주의 생성을 말하며, 무엇보다 우주 만물의 관계를 유추한다. 동아시아 사유의 특성 중에 서구의 그것과 가장 뚜렷하게 차이를 보이는 것이 바로 류(類)다. 비슷하거나 닮은 것들을 한데 묶는다. 현실적 개체가 우주 만물을 파악함에 있어 기초로 삼는 것이 바로 분류이다. 느낌으로 시작된 사유가 분류의 흐름을 따라간다. 분류는 부류, 종류, 품류, 갈래를 낳는다.

서구는 절대자 신으로부터 모든 것을 추출한다. 이와 비슷하게 서구의 사유는 공리를 기점으로 전개된다. 하나의 공리가 설정되면 이로부터 무수한 연역의 전개가 가능하다. 기하학은 이집트의 나일강 홍수 때문에 생긴 것이라 하지만 본디 이는 서구적 사유의 짜임새에서 비롯된다. 점과 선 등을 비롯한 공리는 기하학의 중추다. 이에 비해 동아시아는 양과 크기를 중시한다. 그것은 전체를 덩어리로 보고 나눈다. 분류가 이루어진다. 대수학이 발전한 이유이기도 하다.

우주론을 보면 이러한 차이가 뚜렷하다. 서구는 신에 의한 창조다. 동아시아는 태허로 시작한다. 한나라 때 만들어진 『회남자』는 초기 우주론을 집약한다.

텅 비어 어두운 것이 하늘이나 땅이나 마찬가지였고 혼돈은 질박한 상태였으며 아직 무엇이 만들어지거나 형성되지 않았는데 이를 일러 태일이라 한다. 모두 하나에서 나왔으나 각기 다르게 되었으니 새, 물고기, 짐승 등이 있으며 사물을 나눠 분리하는 것이다. 방향이 있어 비슷한 류로 구별되고, 그런 사물들이 무리로 나뉘어졌다.[115]

옛날 하늘과 땅이 아직 없었을 때 오로지 상들은 형체가 없었다. 어둡고 침침하며 넓고도 아득하여 흐릿하고 혼돈스러워 그 문을 알 수

---

115 『淮南子』, 「詮言訓」. 洞同天地, 混沌爲樸, 未造而成物, 謂之太一. 同出於一, 所爲各異, 有鳥, 有魚, 有獸, 謂之分物. 方以類 , 物以群分.

가 없었다. 두 가지 생명의 움직임이 있어 뒤섞이어 생겨나서 하늘을 다스리고 땅을 거느렸다. 너무나 커서 그 끝나는 바를 알 수가 없었다. 광대하기 이를 데가 없어서 멈추어 쉬는 곳을 알 수가 없었다. 여기서 구별이 생겨 음과 양이 되고, 흩어져서 팔극이 되고, 단단함과 부드러움이 서로 이루어지고, 만물은 형체를 갖추게 되었다. 번잡한 기운은 동물들이 되었고, 정순한 기운은 사람이 되었다. 그러므로 정신(생명의 기운과 그 움직임)은 하늘의 것이며 형해는 땅의 것이다.[116]

태허 또는 태일이 있었다. 그것은 텅 비어 있었고, 혼돈이지만 순수하고도 질박한 상태였다. 그 하나가 둘이 되고 셋이 되는데, 이는 류(類)로 나뉜다. '분물(分物)'이다. 방향이 있어 부류로 구별되고, 사물들은 무리로 나뉜다. 개별적인 현실적인 개체를 하나하나 따로 떼어 놓아 면밀히 살피고 분석하는 것이 아니다. 전체를 먼저 바라본다. 그 전체를 파악하기 위해 무엇보다 '쉽고 간략함(易簡)'을 도모한다. 이를 위해 유사한 것들끼리 묶는다. 하나가 음양을 이루고, 사상과 팔괘를 이루어, 64괘를 형성한다. 인용한 『회남자』의 글귀들은 『주역』의 영향을 받은 것이다.

하늘은 높고 땅은 낮으니 건과 곤이 정해진다. 낮음과 높음이 배치되어 귀함과 천함이 자리를 잡는다. 움직임과 고요함은 일정해서 강함과 부드러움이 결정된다. 방향이 있어 비슷한 것들이 모이고, 사물은

---

116 『淮南子』, 「精神訓」. 古未有天地之時, 惟像無形, 窈窈冥冥, 芒艾漠閔, 澒濛鴻洞, 莫知其門. 有二神混生, 經天營地, 孔乎莫知其所終極, 滔乎莫知其所止息, 於是乃別爲陰陽, 離爲八極, 剛柔相成, 萬物乃形, 煩氣爲蟲, 精氣爲人. 是故精神, 天之有也; 而骨骸者, 地之有也.

무리를 지어 나뉘며 길함과 흉함이 생긴다. (중략) 하늘은 쉬움으로 알음을 지니고, 땅은 간단한 것으로 능력을 갖는다. 쉬우면 쉽게 알고, 간단하면 따르기가 쉽다. 쉽게 알면 친함이 생기고, 쉽게 따르면 공이 생긴다. (중략) 쉽고 간단하니 천하의 짜임새를 터득한다. 천하의 짜임새를 터득하니 그 중앙에 자리를 이루게 된다.[117]

옛날 포희씨가 임금 노릇을 할 때다. 우러러 하늘에서 상을 관찰하고 굽어보아 땅에서 본뜬 법칙을 관찰했다. 새와 짐승의 무늬 그리고 함께 땅의 마땅한 도리를 관찰했다. 가까이는 자기에서 취하고, 멀리는 사물에서 취하였다. 이에 처음으로 팔괘를 만들었으니 이로써 신명의 덕에 통하고 이로써 만물의 실상을 분류하였다.[118]

공자가 말했다. 건과 곤은 역의 문이다! 건은 양물이다. 곤은 음물이다. 음양이 그 덕을 합하고, 강함과 부드러움이 몸체를 지닌다. 이로써 하늘과 땅의 법칙을 체현하며, 이로써 신명의 덕에 통한다. 그 이름을 부르는 것들이 잡다하지만 그 종류를 헤아림에 있어 벗어나지 않는다. 그것은 흥망성쇠하는 세상의 뜻일까? 역은 가는 것을 밝게 드러내고, 오는 것을 살핀다. 나타난 것을 미분하고, 어두운 것을 밝혀낸다. 열어서 이름에 값하고, 사물을 변별해서 말을 바르게 하며 말귀를 판단해서 모두 갖춘다. 그 이름을 부르는 것들은 작지만, 그 종류를 취함

---

117 『周易』, 「繫辭傳」. 天尊地卑, 乾坤定矣. 卑高以陳, 貴賤位矣. 動靜有常, 剛柔斷矣. 方以類聚, 物以群分, 吉凶生矣. (중략) 乾以易知, 坤以簡能. 易則易知, 簡則易從. 易知則有親, 易從則有功. (중략) 易簡而天下之理得矣! 天下之理得, 而成位乎其中矣.
118 『周易』, 「繫辭傳」. 古者包犧氏之王天下也, 仰則觀象於天, 俯則觀法於地, 觀鳥獸之文, 與地之宜, 近取諸身, 遠取諸物, 於是始作八卦, 以通神明之德, 以類萬物之情.

은 크다. 그 뜻은 원대하고, 그 말귀는 문채를 지닌다. 그 말은 세세하나 중이며, 그 일은 벌려 있으나 은미하다. 세상에 궁금함이 있어 백성들을 구하여 행하게 하고, 잃고 얻음에 따른 갚음을 밝힌다.[119]

위의 글들은 몇 가지 특징을 보여 준다. 첫째는 분류다. 둘째, 분류를 하되, 본디 실정이나 실상을 건드리지 않는다. 있는 모습을 그대로 받아들인다. 다시 말해 분석과 추상을 최대한 억제한다. 셋째, 마땅함을 부여한다. 그래야 함이다. 일본인 과학자 야마다 게이지는 "중국의 체계적인 과학 책과 기술 책은 모두 분류 원리에 따라 구성되어 있다"고 주장한다. 나아가서 분류는 일반화와 추상화를 억제하고 사물이나 현상의 다양함을 그대로 그 자체로 개별적인 것으로 파악한다. 실제 모습을 다치지 않고 의미만을 추려 냄이다.[120]

실제로 우리나라의 『동의보감(東醫寶鑑)』이나 중국의 『본초강목(本草綱目)』 등은 모두 부류에 의한 구성을 한다. 예를 들어 『본초강목』은 16부 60류로 구성된다. 청의 건륭 때 편수된 『사고전서(四庫全書)』는 모두 3,503종에 79,337권의 책을 자랑한다. 이 엄청난 규모를 정리한 방법이 바로 분류다. 모두 4부 44류로 구분하는데, 사부는 경(經), 사(史), 자(子), 집(集)이다. 경의 경우, 다시 역(易), 서(書), 시(詩) 등을 비롯한 모두 10개의 류로 구성된다.

---

119 『周易』, 「繫辭傳」. 子曰: 乾坤其易之門邪! 乾, 陽物也; 坤, 陰物也. 陰陽合德, 而剛柔有體, 以體天地之撰(찬, 事의 뜻)以通神明之德, 其稱名也雜而不越, 於稽其類, 其衰世之意邪! 夫易, 彰往而察來, 而微顯闡幽, 開而當名, 辨物正言, 斷辭則備矣. 其稱名也小, 其取類也大. 其旨遠, 其辭文. 其言曲而中, 其事肆(사, 베풀다)而隱. 因貳(이, 의심하다)以濟民行, 以明失得之報.

120 야마다 게이지, 『중국 과학의 사상적 풍토』, p.173.

이러한 분류법을 거슬러 올라가면 후한 때 허신(許愼)이 편찬한 『설문해자』의 구성 방식에 이르게 된다. 결국 언어와 사유의 짜임새에 도달하게 된다. 한자라는 문자는 바로 이러한 짜임새가 가장 극명하게 드러난 실례이다. 현재 수십만 자에 달하는 한자를 찾기 위해서 모든 자전은 총 214개의 부수(部首)를 기초로 한다. 허신의 분류법보다 더욱 진전되어 간략함을 이루었지만, 그것의 바탕은 『설문해자』이다. 허신은 자형(字形)과 자음(字音) 그리고 자의(字義)를 기본으로 기술한다. 이를 위해 육서(六書)를 고안한다. 그것은 상형(象形), 지사(指事), 회의(會意), 형성(形聲), 전주(轉注), 가차(假借) 등이다. 상형은 문자 그대로 모습 그대로를 본뜬다. 해는 日, 달은 月이다. 해와 달이 합하면 밝다. 일월의 합은 명(明)이다. 이는 회의다. 두 개의 뜻이 합친다. 지사는 어떤 일이나 현상을 상징적으로 흉내 낸다. 하나는 一, 셋은 三이다. 上과 下도 지사다. 형성은 소리와 의미를 합한다. 맑다라는 의미의 청(淸)은 물(水)과 푸르다(靑)가 묶인 것이다. 기둥이나 받침을 뜻하는 주(柱)는 나무(木)와 주(主)를 합한다. 전주는 한 가지 글자를 빌려 다른 의미를 부여한다. 음악이나 즐거움을 뜻하는 악(樂)은 요로도 읽힌다. 요산요수(樂山樂水)의 요(樂)가 그렇다. 惡도 마찬가지다. 그것은 악과 오로 읽힌다. 가차는 뜻은 다르나 음이 같은 한자를 빌린다. 호령한다는 영(令)은 쉽게 벼슬아치 현령(縣令)으로 바뀐다.

수많은 한자는 214개의 부수로 분류된다. 하나의 부수는 그 자체로 독자체(獨字體)이기도 하다. 인(人)은 사람이면서 부수로 인이 된다. 그것은 분류의 시작과 기초가 된다. 우주 현상이 이간(易簡)으로 정리되어야 인간은 파악이 가능하다. 한자 모두는 우주 만물과 현상을 모두 지칭한다. 새로운 것이 나타나면 다시 새로운 한자가 만들어질 것이다. 이 많은 한자들을 나누는 부수들 중에서 가장 빈번하게 사용되는 부수는 무엇일까. 그것들을 차례로 나열하면 艹(풀 초), 玉(구슬 옥), 水(물 수), 木(나무 목), 言(말씀 언), 心(마음 심), 扌(손 수), 金(쇠 금), 口(입 구), 絲(실 사) 등이다. 이들은 인간의 생활 세계에서 가장 중요한 것들이다. 이들의 짜임새가 바로 인간의 시야와 사유가 미치는 우주와 현실 세계를 구성한다.

예술가는 이러한 사유의 짜임새를 가장 잘 이해하는 사람이다. 모든 사람이 예술가일 수 있지만 예술가라고 굳이 이름을 붙이는 이유는 그들이 짜임새에 대한 느낌의 강도를 가장 크게 갖기 때문이다. 느낌의 강도에 따라 예술품의 표현력에 차이가 난다. 사건이나 현상이나 이를 이루어 가는 인물들은 모두 상징적으로 분류된다. 예술 작품에서 어느 사건은 생활 세계에서 일상적으로 무수히 발생하는 것들을 분류해서 대표적으로 내세운 것이다. 들뢰즈가 말하는 사건은 새로움을 지니는데, 이는 기존의 방식으로는 분류되지 않기 때문이다. 그것은 새로운 분류를 요청한다. 그래서 사건이 된다. 소설에 나오는 인물들은 분류된 사람들이다. 악한이나 성인이나 학자 또는 사랑하는 연인 등은 모두 인간 세상의 한 모습을 대변한다. 부류이다. 소설이나 영화에서 특정 인물들은 모두 작품화하기 위해 그 성격이 극대화된다. 예술가가 이해하는 생활 세계의 참모습을 드러내기 위해서는 분류 작업이 먼저 선행되어야 하며, 그렇게 나뉜 하나의 부류는 하나의 인물을 통해 극대화된다. 예술가는 우주 공간에, 생활 세계에 생명의 기운이 넘쳐흐르는 것을 느낀다. 그것이 드러나는 현상을 감성으로 체득하고, 이를 구상화(具象化)한다. 그것들이 바로 예술 작품이다. 예술 작품은 생김새를 지니며, 그 생김새를 이루는 짜임새는 분류를 바탕으로 형상화를 이룬다.

5.3.7. 리는 질서이며 조화이다

짜임새는 질서이며 조화이다. 그것은 언제나 균형의 상태를 지향한다. 치우침이 없다. 짜임새, 질서 그리고 조화와 균형 같은 개념들은 다자성(多者性)을 지닌다. 무수한 개체들이 서로 연관을 가지며 드러내는 어떤 양상이기 때문이다. 일자성(一者性)을 지닌 개체의 속성도 본디 다자성을 갖는다. 개체는 나뉘지 않은 단수의 존재이지만, 그 존재의 흐름에는 여러 다자들이 연관을 맺는다. 개체는 단수로만 순수하게 존재할 수 없다. 고립무원의 존재는 의미도 없으며 불가능하다. 개체가 존재하고 있음은 이미 다른 존재들이 더불어 있음을 의미한다. 이러한 관계성은 이미 우주의 짜임새에 어떤 마땅함, 또는 그렇게 되어 있어야 함이 부여되어 있음을 뜻한다. 그 다자들은 짜임새를 지니며 그것이 지향하는 것은 질서와 조화이다. 그러한 지향은 신과 같은 그 무엇에 의해 강제된 것이 아니라 본디 그러한 자연(自然)이다.

질서, 조화와 균형 등은 동아시아뿐만 아니라 서구의 문화에서도 뿌리를 이루는 근본 개념이다. 그것은 비례를 바탕으로 한다. 비례는 닮음이다. 그것은 수학적이고 또 연역적 사유를 중시하는 서양의 문화와 상통한다. 아마도 그것은 신의 의지를 반영한 상태일지 모른다. 르네상스를 비롯한 서구의 건축물이나 바흐의 음악 등이 높은 미적 평가를 받는 이유는 그것들이 비례를 바탕으로 해서 최고의 조화와 균형을 갖추고 있기 때문이다. 그것들은 한마디로 짜임새가 가지런하며 균형의 상태를 이루고 있다. 바흐의 푸가를 이용한 작품들은 마치 베르니니의 가지런한 회랑의 주열처럼 꼬리를 물고 이어지는 가지런함의 연속이 아름다움의 백미를 이룬다. 하나도 아름답지만 여러 개의 하나들이 서로 관련을 맺으며 표현되는 또 다른 하나는 최고의 아름다움이다. 이는 예술 작품에만 적용되지 않는다. 서구인들의 오랜 생활 문화에는 질서 의식이 깊게 자리를 잡고 있다. 독일인들은 그들의 문화 특징을 한마디로 '질서 상태를 유지하는 것(In Ordnung)'이라 말한다. 그들의 생활 행동 양식에 이러한 질서는 여실히 드러난다. 전쟁영화에서 패주하는 독일군들은 놀랍게도 언제나 질서 정연하게 행군을 한다. 비행기의 공격을 받으면 분산되어 흩어지다가도 다시 일어나 수습을 하고 대오를 맞춰 행군한다. 독일만 그런 것이 아니라 대체로 서유럽이 모두 그렇다. 프랑스 베르사유 궁전과 그 앞의 정원은 모든 것이 기하학적 배열을 이루고 있다. 질서와 비례의 극치다.

이러한 사실에도 불구하고 동아시아의 짜임새의 특징을 굳이 질서와 조화라고 강조하는 이유는 무엇일까. 그것은 대대의 관계에서 언급했듯이 다자성을 지닌 개체는 다자와 어울려 서로 상관관계를 지니고 있기 때문이다. 존재의 구성은 언제나 복합적으로 이해되기 때문이다. 개체는 짜임새를 이루는 전체의 범위 내에서만 유효한 존재가 된다. 그렇다고 개체가 전체의 부분은 아니다. 전체도 하나이며 모든 하나의 집합들도 하나로 간주된다. 동일한 하나다. 동아시아의 지성은 개체를 분리하여 그것을 분석적으로 인식하지 않는다. 개체를 이해하기 위해서는 그것이 갖는 다자성의 관계를 먼저 파악하고, 그 관계의 마땅함을 우선적으로 고려한다. 관계는 서구의 기하학적이고 수학적이거나 또는 원인과 효과의 인과율에 따른 합리성에 국한되지 않는다. 개체를 다자와의 관계로 인식하는 것은 우주 생성의 본질이 느낌과 움직임이기 때문이다. 감응(感應)과 상응(相應)이다. 적연부동(寂然不動), 감이수통(感而遂通)이다.

중국 사상에 정통한 영국의 조셉 니덤이 라이프니츠에 주목하고,

그가 중국의 영향을 받았음을 간파한 것은 서구 사상계에서 획기적이다. 라이프니츠의 모나드 이론은 유기체적 사유를 드러낸다. 당시 서구의 모든 학문은 여전히 그리스 이래 내려오는 전통에서 벗어나지 못하고 있었다. 라이프니츠와 동시대에 살면서 새로운 물리학을 발견한 뉴턴의 과학도 마찬가지였다. 이와 달리 예정조화설을 포함하는 라이프니츠의 모나드 이론은 이미 우주, 생물, 사회의 진화론을 비롯한 새로운 학문의 방향을 잉태하고 있었다.[121] "세계를 구성하고 있는 것으로 그가 생각하였던 여러 가지의 모나드는, 보다 고차원의 유기체의 부분으로서 관계하고 있으며, 분할이 불가능한 유기체였었다. (중략) 하나의 모나드는 외부에 의해서가 아니라 내부에서 이미 확립되고 있는 질서 혹은 조화에 의해서 단순히 관념적으로 다른 모나드에 영향을 미치는 것이다."[122] 이러한 사유는 분명히 동아시아의 관련 사유와 맥을 같이한다. 세계를 구성하는 모든 개체는 서로 유기적인 관계를 지닌다. 개체가 선행되지 않으며, 본디 하나가 둘이 되고 셋이 된 것처럼 개체는 본디 하나와 이에서 비롯된 무수한 다른 개체들과의 연관에서만 그 존재가 가능하다. 라이프니츠의 생애는 중국의 건륭제 시대에 해당된다. 당시 중국에는 수많은 선교사가 파견되어 중국의 문화를 서구에 알리는 데 첨병 역할을 했다. 그들은 이원론을 중심으로 하는 서구적 사유에 길들여 있었다. 그들은 우주생성론에서 태허를 어떤 고정된 공간과 관련지어 생각하고 있었다. 베르그손이 지속의 개념을 발견한 것은 19세기 말이다. 니덤은 지적한다. 이미 라이프니츠는 태허를 "공간과 부분을 수

---

121 조셉 니담, 『중국의 과학과 문명 Ⅲ』, p.320.
122 조셉 니담, 『중국의 과학과 문명 Ⅲ』, pp.208-209.

반한 실체로서가 아니라, 사물의 질서로 이해해야 할 것이며, 거기서 사물은 (패턴 속에서) 공존하고, 무한한 신으로부터 발생한 것이라고 생각되고, 또 거기서는 만물은 언제나 그 질서에 의존하고 있는 것"이라고 이해한다. 현대 프랑스 철학자 질 들뢰즈는 라이프니츠에 정통한데, 그는 우주의 시원을 혼돈으로 보고 그로부터 질서와 패턴을 추출하기 위해 내재성의 평면을 구축하고 그것으로부터 지층과 주름을 전개한다. 바로 라이프니츠의 사유와 맥을 같이한다.

니덤은 중국 사유의 핵심을 보여 주는 짜임새가 질서와 패턴임을 강조한다.

동격화 사고에서는 제 개념이 서로 포섭되는 것이 아니며, 패턴 속에 나란히 놓이며, 사물은 상호 간에 인과율의 작용에 의해서가 아니며, 일종의 '감응'에 의하여 영향을 준다. (중략) 중국 사상의 관건은 '질서'이며, 특히 '패턴'(이며, 여기서 처음으로 속마음을 털어놓는다면 '유기체')이다. 상징적 상관관계 즉 대응은, 모두가 거대한 패턴의 각 부분이 되었다.[123]

리(理)는 정식화된 법칙이 아니라 자연에 대한 질서와 패턴이다. 그러나 이것은 모자이크와 같이 죽은 것처럼 생각되는 패턴이 아니다. 그것은 모든 생물 또는 사물, 인간관계, 지고의 인간 가치에 구현되어지는 약동적인 패턴이다. 이 같은 약동적인 패턴은 '유기체'라는 용어에 의해서만 표현되어질 수 있다. 그리고 신유가의 철학은 사실 유기

---

123 조셉 니담, 『중국의 과학과 문명 Ⅲ』, p.389.

체의 철학이 되고자 노력하는 사상 체계였다.[124]

니덤의 이러한 생각은 새삼스러운 것이 아니다. 일본의 야마다 게이지도 비슷한 말을 하고 있다. 이 두 사람이 모두 서구적 의미에서 과학자들이라는 사실이 우리의 주의를 끈다.

중국인에게 있어서 자연의 세계, 유동적인 기와 그 작용 형태가 만들어 내는 세계는 존재와 작용의 갖가지 패턴이 짜내는, 그리고 끊임 없이 똑같은 기본적 패턴으로 자신을 재생시키고 있는 생명적 질서의 세계였다. 만물은 우주의 생명적 질서를 각각 독자적인 형태에서 재현하고 있지만, 그러나 어디까지나 딴 것과의 연관에서만 의미를 드러내는 존재였다. 세계의 근원적인 이해 가능성은 기의 동일성에 바탕하고 있었으나, 기에 의해 형성되는 세계는 부분의 단순한 집합이 아니고, 전체와 여러 부분이 복잡하게 영향을 끼치는 무한 연쇄반응 계이며, 그것을 통해 항상 안정된 질서를 지향하는 호메오스타시스 (homeostasis)였다. 즉, 하나의 유기체였던 것이다.[125]

동아시아 철학은 위에서 언급된 것처럼 유기체 철학의 특성을 지니지만 그것이 전부가 아니다. 그것은 유기체 철학을 넘어서 다른 곳을 지향하고 있다. 라이프니츠, 베르그손 그리고 화이트헤드의 철학 등이 모두 유기체 철학으로 분류되며 이들은 들뢰즈를 포함하여 수많은 현대 철학자들에 영향을 주고 있다. 동아시아의 철학은 분명

---

124 조셉 니담, 『중국의 과학과 문명 Ⅲ』, p.286.
125 야마다 게이지, 『중국 과학의 사상적 풍토』, p.171.

히 이들과 다른 몇 가지 중요한 특징을 갖는다. 첫째로, 서구 철학자들은 절대자 신(神, God)(이 글에서 지금껏 누누이 언급되는 생명의 움직임이라는 의미의 신과 명확하게 구분되어야 한다)의 영역에서 자유로울 수 없었다. 신의 존재에 대한 긍정이나 부정을 떠나서, 그들의 사유 자체의 시발점이 신이므로 신의 존재를 피해 갈 수 없었다. 스스로 자신의 철학을 유기체의 철학으로 규정하며 동아시아의 철학으로부터 영향을 받았다고 기술한 화이트헤드의 신에 대한 이론은 상충되는 현실적 사유의 문제점을 타개하기 위한 일종의 타협이다. 『과정과 실재』에서 그는 "원초적(primordial)인 것으로서 고찰될 경우, 신은 절대적으로 풍부한 가능태의 무제한적인 개념적 실현(conceptual realization)이다. 이런 측면에 있어 신은 모든 창조에 앞서(before) 있는 것이 아니고, 모든 창조와 더불어(with) 있다"라고 서술한다. 이에 비해 고대 동아시아에서는 신(God)이라는 개념 자체가 없었다. 당시의 '신(神)'이라는 개념은 생명의 움직임이나 작용을 의미하며 그것은 실체인 본생의 본질적 속성이었을 뿐이다. 둘째로, 유기체는 생체적(organic)인 의미로 제한되는 데 반하여, 동아시아 사유는 훨씬 광범위하게 탄력적이다. 그것은 유기물과 무기물을 구분하지 않는다. 인간을 포함한 우주 만물이 모두 하나에서 비롯될 뿐이다. 모든 현실적 개체도 하나이며, 그것들이 본디 비롯된 하나와 현실적 개체의 하나는 동일하다. 동격이다. 동질이다. 바위와 호랑이에 차이가 있을 수 없다. 유기적이라는 개념의 진정한 의미는 모든 개체 존재가 관련을 맺고 있으며, 존재 하나가 존립한다는 것은 이미 다른 무수한 존재들이 함께 있다는 뜻이다. 그것들은 모두 상관적 체계 위에서만 가능한 존립이다. 셋째로, 모든 만물은 존재 자체에 마땅함을 지닌다. 마땅함을 지녔기에 존립이 가능하다. 『주역』에서 '상기물의(象其物

宜)'라고 할 때, 이는 인간의 사유는 모든 대상과 현상이 지니고 있는 '마땅히 그러함'을 근거로 하고 있음을 의미한다. 의(宜)는 의(義)이기도 하다. 이러한 마땅함은 무수한 하나들이 서로 연관을 맺는 상관관계와 그 작용이기 때문이다. 이는 덕(德)의 드러남이다. 실체인 도가 쓰임으로 드러남이다. 상관관계는 짜임새가 있는 조화와 균형을 갖춘다. 질서와 패턴은 그 양상일 뿐이다. 이를 달성하기 위해서는 그래야 하는 어떤 마땅함이 부여되어야 한다. 동아시아 철학은 이러한 상관관계와 그것이 내포하는 마땅함을 탐구하는 데 진력한다. 모종삼(牟宗三, 1909-1995)이 동아시아 철학을 '도덕적 형이상학'이라고 부르는 이유다. 이때의 도덕은 윤리를 내재성으로 지닌 도와 덕이라는 뜻이다.

동아시아 사상은 짜임새인 리를 바탕에 두고 있다. 그것은 질서와 패턴의 모습으로 현시된다. 이러한 짜임새로 드러나는 모든 현상에 대하여 동아시아인들은 이를 화(和), 중(中), 절(節), 순(順) 등으로 즐겨 표현한다. 이러한 속성을 지닌 리가 동아시아 유가 철학에서 가장 중요한 개념으로 확대된 이유이기도 하다. 북송의 장재는 이렇게 매듭을 짓는다.

생겨남에 앞과 뒤가 있으므로 하늘의 차례(序)라 하고, 작고 큼 그리고 높고 낮음이 나란히 있어 서로 모습을 이루니 이를 일러 하늘의 가지런함(秩)이라고 한다. 하늘이 사물을 낳는 데 차례가 있고, 사물이 모습을 갖추는 데 가지런함이 있다. 차례를 알고 난 후에야 법도가 올바르게 되고, 가지런함을 알고 난 후에야 예가 이루어진다. 사물이 서로 느낄 수 있다 함은 귀신이 베풀고 받는 성질이다. 느끼지 못하는 것도 귀신은 또한 이를 체현하여 무엇이 되어 가게 한다.[126]

우주를 이루는 짜임새는 질서를 지니고 있으며 그것은 중(中)의 조화와 달도(達道)를 지향한다. 또한 그 짜임새는 법도와 예와 관련되며 이는 짜임새의 본질이 마땅함을 기본으로 하고 있기 때문이다. 위의 문장에서 귀신은 유령과 같이 현대적 의미의 무서운 것이 아니라, 순전히 생명의 기운을 머금고 움직이는 어떤 개념적 실체를 가리킨다.

　짜임새의 이러한 지향성이 최고로 이루어져 있는 상태, 그것은 바로 원초의 태허, 태일, 태청이다. 태극도 동일한 부류의 개념적 실체이다. 어떤 생김새일까. 그 모양새는 텅 비어 있음이고, 그 짜임새는 질서와 화평일 것이다. 동아시아의 모든 예술은 전통적으로 이러한 태청의 상태를 지향한다. 태청이나 태극 등은 서구 현대 철학에서 이야기하는 카오스에 갈음하지만 그 의미는 전혀 딴판이다. 우주의 원초적 시작 상태를 가리키는 이러한 개념들이 의미하는 것에 동아시아와 서구는 서로 상반될 만큼 커다란 차이를 보인다. 그렇다고 동과 서의 예술도 그러한 차이를 그대로 보여 준다고 생각되지는 않는다. 시작과 과정의 방식이 다르지만 동일한 인간으로서 그 느낌과 방향은 공통임이 틀림없다. 우리는 대금 독주곡인 「청성 잦은 한 잎」을 듣노라면 바로 이러한 태청의 느낌에 가까이 다가선다. 중국의 고금(古琴) 독주곡 「평사낙안(平沙落雁)」이나 묵으로 그린 산수화가 또한 그러하다. 인도의 루드라 비나(Rudra Veena)로 연주하는 라가(raga) 야만(Yaman)이나 토디(Todi)와 같은 뚜루팟(Dhurupad) 음악도

---

126 張載, 『正蒙』, 「動物」. 生有先後, 所以爲天序; 小大, 高下相並而相形焉, 是謂天秩. 天之生物也有序, 物之旣形也有秩. 知序然後經正, 知秩然後禮行. 凡物能相感者, 鬼神施受之性也; 不能感者, 鬼神亦體之而化矣.

분명 그렇다. 한편으로 서구의 예술은 이러한 느낌을 갖는 데 실패하였을까. 전혀 아니다. 서구의 고전주의와 낭만주의는 근대에 완성도가 높은 예술의 경계에 도달했는데, 그들이 추구한 아름다움은 대체로 태청의 그것과 유사하다. 바흐의 『평균율곡집』이나 『푸가의 기법』이 그러하다. 노발리스(Novalis, 1772-1801)의 『푸른 꽃(Heinlich von Öfterdingen)』이야말로 바로 태청을 여행하는 주인공의 이야기를 기술한다. 이로 보면 예술은 동서의 구분이 없이, 철학이나 종교의 차원을 넘어서 인간을 포함한 우주 근원에 직각적으로 진입한다. 최고의 예술은 경계의 둑을 갖지 않는다. 그것은 그 자체로 흐름이며 서구의 이원론적 사고를 뛰어넘는다.

태청의 처음은 화평하고 순조로웠으며 적막하였고, 그 내용은 진실하고 소박하였으며, 한가하고 고요하며 조급함이 없었고, 흘러 이동을 하더라도 일이 생기지 않았으며, 안으로 도와 합일하고, 밖으로는 의로움에 어울렸으며, 발동이 되면 무늬를 만들고, 흔쾌히 행동을 하면 사물에 도움이 되었다. 그 말은 요약되어 짜임새를 따르고, 그 행동은 간략하여 정황을 따랐으며, 그 마음은 즐거워 허위가 없었고, 모든 일은 간소하여 꾸밈이 없었다. 이런 까닭으로 시일을 택하지도 않았고, 점을 치거나 괘를 보지도 않았으며, 새로운 것을 도모하지도 않았고, 그 끝나는 바를 거론하지도 않았으며, 편안하면 멈추고, 느끼면 행동하고, 천지에 그 몸을 통하였고, 생명의 정기를 음양과 같이하고, 사계절과 하나로 화평하였으며, 태양과 달에 환하게 비추고, 우주 만물과 함께 서로 암수를 이루었다. 이로써 하늘은 덕으로 가득 덮이고 땅은 즐거움을 가득 실으며, 사계절은 그 차례를 잃지 않고, 바람과 비는 재앙을 내리지 않으며, 태양과 달은 맑고 깨끗하여 빛을 더욱 높이고, 오

성은 궤도를 따르며 그 갈 길을 잃지 않는다.[127]

5.3.8. 리와 미 그리고 도덕

군자는 땅의 한가운데 있으며 그 짜임새인 리에 통달하여 바른 자리
에 위치해서 그곳에 몸을 둔다. 아름다움이 그 가운데에 있으니, 그것
은 두 팔과 두 다리에 충만하고, 하는 일 모두에 드러나니, 아름다움이
지극하다.[128]

이 글은 예술의 생김새와 그것을 이루는 짜임새와 모양새를 다룬
다. 문리는 생김새다. 문은 모양새이며, 리는 짜임새다. 짜임새는 그
속성으로 조화와 질서를 갖는다. 우주에서 모든 만물이 마땅함을 지
니고 존립하는 것도 짜임새의 드러남이다. 『주역』에서 짜임새를 직
접 지칭하는 개념으로 리가 나온다. 리의 속성은 패턴화된 부류와
그것들을 동격으로 다룬다. 짜임새의 사유는 언제나 동격화를 바탕
으로 한다. 모두 하나라는 개념적 실체에서 비롯된다. 만물은 각기
모두 하나인데 그 하나는 근원으로서 본생인 하나와 동격이며 동일
성을 지닌다. 리, 즉 우주의 근원적인 짜임새가 갖는 이러한 속성들

---

127 『淮南子』, 「本經訓」. 太淸之始也, 和順以寂漠, 質眞而素樸, 閑靜而不躁, 推移而無
故, 在內而合乎道, 出外而調于義, 發動而成於文, 行快而便於物. 其言略而循理, 其行
俔而順情, 其心愉而不僞, 其事素而不飾, 是以不擇時日, 不占卦兆, 不謀所始, 不議所
終, 安則止, 激則行, 通體於天地, 同精於陰陽, 一和于四時, 明照于日月, 與造化者相雌
雄. 是以天覆以德, 地載以樂, 四時不失其叙, 風雨不降其虐, 日月淑淸而揚光, 五星循
軌而不失其行.

128 『周易』, 「坤卦」 文言傳. 君子黃中通理, 正位居體. 美在其中, 而暢於四支, 發於事業,
美之至也.

이 모두 드러나고 현시될 때, 거기에는 아름다움이 빛난다. 곤괘(坤卦) 문언전(文言傳)에서 말하는 리와 미의 관계가 바로 그렇다.

'황중(黃中)'에서 황은 바로 곤괘를 이루는 땅의 색깔이다. 황은 오행에서 토(土)에 속한다. 흙은 대지를 뜻하기도 하고, 사람들이 살아가는 이 세상 그 자체를 뜻하기도 한다. 그것은 후설의 '생활 세계(Lebenswelt)'에 상응하기도 한다. 또는 하이데거가 말하는 대지에 해당된다. 생활 세계는 인간의 눈길이나 행동이 미치는 모든 영역이다. 역에 해당되는 개념이다. 황은 또한 다섯 가지 색인 청(靑), 백(白), 적(赤), 흑(黑), 황(黃) 중에서 가운데에 위치한다. 황은 역(易)에서 중앙을 가리킨다. 다시 말해서 황중의 황은 대지를 이루는 어떤 문양이나 모습이다. 한마디로 모양새다. 그것은 바로 문(文)이다. 황중은 군자가 역에서, 우주 만물을 포함하는 인간의 현실 세계에서, 문으로 모양새를 지닌 세상 한가운데 자리 잡고 있는 것을 의미한다. 역이 드러내는 모양새의 중앙에 자리를 잡고 리에 통달한다는 것은 군자가 우주 만물의 생김새인 문리(文理)를 깨닫고 있음을 의미한다. 달도(達道)의 경계다. 군자는 그런 깨달음의 경계에 자리를 잡고 있다. '통리(通理)'는 짜임새에 통하여 열려 있음을 말한다. 짜임새의 드러남과 열림을 바라본다. 그것은 '열어 밝혀진다.' '열어 세우는' 능동적인 상태는 아니지만 대지의 열림에 긍정적이고 순응적이다. 당연히 아름다움, 다시 말해서 덕이 그 가운데 가득하다. 이러한 덕의 아름다움이 사지에 충만하고 그가 하는 일마다 그 아름다움이 드러난다. 그런 아름다움이야말로 최고의 아름다움이라 하겠다. 이 문장에서 군자를 예술가로 바꾸어도 크게 무리가 없다. 군자나 예술가나 모두 하나를 지니고 있다. 그 하나는 동일하다. 겉으로 인위적으로 드러내는 것이 다를 뿐이다.

하이데거도 『예술의 근원』에서 예술에서의 아름다움과 진리를 논하면서, 그것들은 존재와 세계 그리고 대지와 밀접한 상관성을 지니고 있음을 밝힌다. 반 고흐가 그린 어느 촌 아낙네의 작업 구두 한 켤레를 예로 들면서 설명하고 있다.

> 예술 작품에서는 존재자의 진리가 자신을 작품 속으로 정립하고 있다. 정립(Setzen)이란 이 경우 서 있음에로 가져옴(zum Stehenbringen)을 말한다. 하나의 존재자, 즉 한 켤레의 촌 아낙네의 구두가 작품 가운데서 자신의 존재 밝음 속에 서 있게 된다. 그리하여 존재자의 존재가 자신의 지속적인 반짝임(Scheinen) 속에 나선 것이다. 진정 그러하다고 하면 예술의 본질은, 존재자의 진리의-작품-속으로의-자기-정립(das sich-ins-Werk-Setzen-der Wahrheit des seienden)이라 할 수 있겠다. (중략) 예술 작품은 그 자신의 고유한 방식으로 존재자의 존재를 개시한다. 작품 속에는 존재자의 진리, 즉 개시(Eröffnung)이자 들추어냄(Entbergen)으로서의 진리가 일어난다.[129]

하이데거의 말은 서두에 우리가 인용한 곤괘 문언전을 연상하게 한다. 이를 확대하면 존재자로서의 구두는 모든 만물에 적용될 수 있다. 군자와 구두를 같은 선상에서 다루기는 쉽지 않다. 군자는 우주를 구성하는 삼재에서 하나의 축을 이루고 있기 때문이다. 그러나 순수 존재자이며, 모두 '하나'라는 점에서 커다란 차이는 없다. 그것들은 모두 세계에 자리를 잡고 있다. 세계는 곤(坤)이요, 황중(黃中)의 황은 곤을 상징적으로 드러내는 색이다. 황중에서 군자는 리와

---

129 마르틴 하이데거, 『예술의 근원』, 오병남·민형원 공역, 예전사, 1996, pp.41-45.

통하고 있다. 하이데거는 진리라 기술하지만 여기서는 실제로 짜임 새로의 리다. 그 리는 한편으로 후대의 주희처럼 우주 전반을 관통 하는 리로 생각될 수 있다. 군자는 곤을 곤이게 한다. 하이데거의 표 현을 빌리자면 "열어 세운다." 그 의미는 이해되지만 실제로 동아시 아에서 군자는 그렇게 능동적이지 않다. 순응하며 합일을 할 따름이 다. "작품은 작품으로 존재하면서 하나의 세계를 열어 세운다. 그러 면서 작품은 세계의 열림이 끊이지 않도록 지속시킨다. (중략) 작품 의 작품 존재에는 세계의 열어 세움이 속한다."[130]

세계라는 개념이 중요하다. 하이데거는 지적한다. 그가 말하는 세 계는 우주에서 물적인 대상으로 지구를 뜻하는 것이 아니라, 인간이 숨을 쉬며 살아가는, 후설이 말하는 바로 그 생활 세계이다. 사물은 즉물적인 대상으로의 사물이 아니라 인간이 접촉하고 사용하는 도 구로서의 사물만이 의미를 지닌다. 인간은 이러한 세계를 대지 위에 구축하고 있다.

작품이 스스로 되돌아가는 곳, 그리고 이 되돌아감 가운데서 작 품이 나타나게 해 주는 그것을 우리는 대지라고 불렀다. 대지는 나 타남과 동시에 스스로를 감추어 간직하는 것(das Hervorkommend-Bergende)이다. 대지는 스스로를 바깥으로 드러내지 않는 것, 그러면 서 지칠 줄 모르는 근면한 것이다. 이러한 대지 위에서 그리고 그 속 에서 역사적 인간은 세계 가운데서의 자신의 거주를 근거 짓는다. 작 품은 하나의 세계를 열어 세우면서(aufstellen) 대지를 불러 세운다 (herstellen). 여기서 불러 세움은 그 말의 엄격한 의미에 따라 생각되

---

130 마르틴 하이데거, 『예술의 근원』, pp.53-55.

어야만 한다. 즉 작품은 숨는 대지 자체를 세계의 열려진 터 가운데로 밀어 넣으면서 또한 그곳에서 대지를 보존한다는 말이다. 작품은 대지를 하나의 대지이게 한다(Das Werk läßt die Erde eine Erde sein).[131]

"대지 위에서 그리고 그 속에서 역사적 인간은 세계 가운데서의 자신의 거주를 근거 짓는다"라는 글귀는 "군자는 땅의 무늬 가운데 있으며 그 짜임새인 리에 통달하여 바른 자리에 위치해서 그곳에 몸을 둔다"와 맥을 같이한다. 하이데거는 역사성과 인간의 세계로 국한하여 이야기하지만 동아시아는 인간뿐만 아니라 이 땅의 모든 생명체를 함께 생각한다. 하이데거도 "대지의 사물들 자체는 전체적으로 본다면 서로서로 공명하는 화합(ein wechselweiser Einklang) 가운데로 흘러간다"고 말한다. 그러나 그에게 "세계와 대지는 본질적으로 서로 다르다." "세계와 대지의 대립은 투쟁(Streit)을 이룬다." "세계는 대지 위에 근거하고, 대지는 세계에 두루 걸쳐 우뚝 솟아 있다. (중략) 세계는 대지 위에 안식하면서 대지를 끌어올리고자 애쓴다. 그것은 스스로 개시하는 것이기에 어떠한 폐쇄도 참아내지 못한다. 반면 대지는 감추면서 간직하는 것이기에 그때그때의 세계를 자신 가운데로 끌어들여 자신 가운데 묶어 두고자 하기" 때문이다.[132]

하이데거의 이러한 사유는 동아시아의 그것과 결정적으로 차이를 빚어낸다. 첫째로, 하이데거의 경우, 인간을 주축으로 하는 생활 세계는 이미 어떤 주체성과 독립성을 지니고 대지를 대상으로 설정하고 있다. 생활 세계가 능동적으로 대지를 간섭하며 영향력을 행사하

---

131 마르틴 하이데거, 『예술의 근원』, p.55.
132 마르틴 하이데거, 『예술의 근원』, pp.56-58.

려 한다. 그 둘은 이미 맞서 있다. 동아시아에서 세계와 대지의 대립을 있을 수가 없다. 대대(對待)일 수 있지만 그것은 합일을 바탕으로 한다. 본디 둘이 하나다.

대인은 하늘과 땅과 더불어 그 덕을 합하며, 해와 달과 그 밝음을 합하고, 사계절과 그 차례를 합하며, 귀신과 그 길흉을 합한다. 하늘에 앞서도 하늘이 거스르지 않으며, 뒤에 있어도 하늘의 때를 받드니, 하늘조차 거스르지 않는데 하물며 사람에서 그럴까? 귀신에서 그럴까?[133]

군자는, 예술가는 하늘과 땅과 더불어 그 덕을 합하고, 해와 달과 더불어 밝음을 합하고 사계절과 그 차례를 합한다. 무엇보다 우주의 근원적인 힘과도 합일한다. 귀신은 우주의 본체인 본생이 지니는 생명의 움직임이 드러나는 양상을 말한다. 그 움직임이 인간에게 미치는 영향에 따라 길흉이 생긴다. 모든 것이 하나다. 모든 것이 서로 상치(相馳)되지 않는다. 본원이 하나이니 대립이나 투쟁이 있을 리가 없다. 하늘과 땅, 귀신과 인간, 그 모두가 하나다.

둘째로, 역에는 절대자 신이 존재하지 않는다. 하이데거는 그리스 아크로폴리스 언덕에 솟아 있는 파르테논 신전을 언급한다. 그곳에 신은 현존한다. 신은 우뚝 솟아 버티면서 스스로를 경계 지우며 그 주위에 생활 세계를 드러내 보인다. 신이 있음으로써 생활 세계의 모든 존재자들이 모습을 드러낸다. 생활 세계에 속하는 모든 생명

---

133 『周易』, 「文言傳」. 夫大人者, 與天地合其德, 與日月合其明, 與四時合其序, 與鬼神合其吉凶. 先天而天弗違, 後天而奉天時, 天且弗違, 而況於人乎? 況於鬼神乎?

체들이나 현상들은 이미 신과 경계를 달리하고 있다. 하이데거에게 신, 인간과 생활 세계, 대지 등은 모두 개별적이다. 주체와 객체, 정신과 물질 등 그리스 전통에 따른 이원화 개념이 근원적으로 뿌리가 깊다. 이와 달리, 역의 개념은 위대하다. 그것은 생활 세계를 의미하는 것이지만 그 경계 안에 하늘(天)과 땅(地)이 모두 들어 있다. 천과지는 실체를 의미한다. 그것은 도이기도 하다. 천을 상징하는 건(乾)은 개념이다. 지의 개념은 곤(坤)이다. 건곤은 모두 인간의 개념이다. 실체인 하늘과 땅이 인간의 개념으로써 상징화되어 역의 세계에 산입된다. 굳이 말한다면 하늘은 서구적 의미에서 신은 아니지만 그에 상응하는 위치를 점한다. 그것은 오로지 인간의 생활 세계 내에서 고려될 때만 의미가 있다. 도는 체요, 덕은 용이다. 천은 도일 수 있지만, 그것의 쓰임인 덕이 역에서 드러나야만 천이다. 건곤은 개념으로서 바로 덕을 구체적으로 드러내 준다. 하늘이 하늘이게끔 만드는 것은 바로 덕이 드러나기 때문이다. 화이트헤드는 하이데거에서 한 걸음 더 전진한다. 그는 신의 존재를 부정하는 시대에, 절대자 신을 하나의 현실적 개체로 인식하고, "신은 절대적으로 풍부한 가능태의 무제한적인 개념적 실현(conceptual realization)이다. 이런 측면에 있어 신은 모든 창조에 앞서(before) 있는 것이 아니고, 모든 창조와 더불어(with) 있다"[134]고 주장한다. 그의 이야기에는 이미 동아시아 사유가 짙게 드리우고 있다.

역에서도 하늘은 첫머리를 열고 있다. 건괘가 역의 으뜸이기 때문이다. 그것은 한마디로 원, 형, 이, 정이다. 건괘의 상은 말한다. 그러한 하늘의 움직임은 언제나 굳건하다. 하늘이 그렇기 때문에 군자

---

[134] 화이트헤드, 『과정과 실재』, p.650.

는 스스로 힘쓰고 쉬지 않는다.[135] 건괘 문언전은 원, 형, 이, 정의 의미를 풀이한다.

으뜸은 선의 맏이요, 형통은 아름다움의 모임이다. 이로움은 의로움의 조화이며, 올곧음은 일의 줄기이다. 군자는 인을 갖추어야 사람들의 맏이가 되고, 아름다운 모임이어야 예에 합한다. 사물을 이롭게 해야 그 뜻과 조화를 이루고, 올곧음을 지켜야 일의 줄기일 수 있다. 군자는 이 네 가지 덕을 행하는 사람이다. 그러므로 건은 으뜸, 형통, 이로움, 올곧음이다.[136]

으뜸인 하늘은 시작이면서 형통하는 것이다. 이롭고 올곧다 함은 본성이며 실정이다. 하늘이 시작하여 아름다운 이로움으로 세상을 이롭게 할 수 있으나 그 이로움을 말하지 않으니 그 이로움이 크도다. 위대하구나, 하늘이여. 강직하고 굳건하며 가운데에 있고 올바르니 그 순수함이 지극히 정미하다. 육효가 발휘되니 널리 그 실정에 통한다. 때때로 여섯 마리 용을 타고 하늘을 다스린다. 구름이 떠다니고 비가 내리니 세상이 화평하다.[137]

하늘을 상징하는 건괘는 이미 역의 전체 방향과 성격을 제시하고

---

135 『周易』, 「乾卦」. 象曰: 天行健, 君子以自强不息.
136 『周易』, 「乾卦」. 文言曰: 元者善之長也, 亨者嘉之會也, 利者義之和也, 貞者事之幹也. 君子, 體仁足以長人, 嘉會足以合禮, 利物足以和義, 貞固足以幹事, 君子行此四德者, 故曰: 乾, 元亨利貞.
137 『周易』, 「乾卦」. 乾元者, 始而亨者也; 利貞者, 性情也. 乾始能以美利利天下, 不言所利, 大矣哉. 大哉乾乎, 剛健中正, 純粹精也; 六爻發揮, 旁通情也; 時乘六龍, 以御天也; 雲行雨施, 天下平也.

있다. 원, 형, 이, 정으로 정의되는 개념으로서 하늘인 건은 인간이 살아가는 세상을 아름다운 이로움으로 이끈다. 모든 것이 조화롭고 형통하며 올곧아서 세상이 화평하다. 『중용』에서도 이를 강조한다. "『시경』에 이르기를 '오직 천명만이 찬란히 빛나 그침이 없다'라고 했는데 이는 하늘이 하늘이 된 까닭을 말한 것이다(詩云維天之命, 於穆不已, 蓋曰天之所以爲天也)"라고 말한다. 이에 땅은 하늘에 상응하여 화합한다. 하늘은 양이요, 땅은 음이다. 음양이 하나로 서로 화합한다. 건괘에 이은 곤괘는 말한다.

지극하다, 으뜸 되는 땅이여! 만물이 이를 바탕으로 생겨나니 이내 하늘을 이어받아 따른다. 땅은 두터워 만물을 싣고 있으며, 그 덕이 모두 합하니 끝이 없고, 널리 끌어 품으니 빛나고 크다. 온갖 생명체가 모두 형통한다.[138]

땅은 지극히 부드럽고 그 움직임은 강하다. 지극히 고요하며 그 덕은 온 곳에 가득하다. 뒤편에서 그 위치를 얻어 언제나 그러함을 갖는다. 만물을 머금으며 그 성장 변화는 빛이 난다. 땅의 도는 순종함이구나, 하늘을 이어받아 때때로 행한다.[139]

역을 설정하는 건과 곤이 아름답게 묘사되고 있다. 하늘과 땅은 실체로서 도체(道體)이지만 동시에 그 쓰임으로써 덕인 건곤을 개념

---

138 『周易』, 「坤卦」 文言傳. 彖曰: 至哉坤元, 萬物資生, 乃順承天. 坤厚載物, 德合无疆, 含弘光大, 品物咸亨.

139 『周易』, 「乾卦」. 文言曰: 坤至柔而動也剛, 至靜而德方, 後得主而有常, 含萬物而化光. 坤道其順乎, 承天而時行.

으로 갖는다. 그 덕이 온 세상에 아름답게 드러나고 넘쳐 난다. 땅은 하이데거의 대지처럼 닫혀 있거나 폐쇄되어 있지도 않으며 인간의 생활 세계에 전혀 맞서지 않는다. 그것은 '만물을, 인간을 비롯한 모든 생명체를 그 안에 품는다(含萬物).' 그리고 그것이 생활 세계에서 드러내는 실제 모습은 아름답기 그지없다. "생생(生生)의 변화는 빛이 난다(化光)." 그것은 만물을 낳고 낳으며 변하고 성장한다.

이러한 건곤을 인간의 생활 세계 안으로 끌어들인 역은 위대하다. 후설의 생활 세계나 하이데거의 세계나 대지 등도 개념이지만 역은 이 모든 개념을 품으면서 동시에 뛰어넘는다. 신의 영역까지 현실적인 세계 안으로 끌어내리며 인간을 하늘과 땅과 더불어 삼재의 하나로서 바라본다. 떨어져서 바라본다는 의미가 아니다. 안과 밖이 따로 있지도 않고, 주체와 객체의 구분도 없다. 안이면서 밖이다.

역 그리고 하늘과 땅은 평준함이 있어 하늘과 땅의 도를 짜고 묶는다. 우러러 하늘의 모양새를 바라보고, 굽어서 땅의 짜임새를 살핀다. 이렇게 해서 어둠과 밝음의 까닭을 알게 된다. 본디 시작이 있고 되돌아감은 끝이다. 그러므로 죽음과 삶의 이야기를 안다. 알맹이 기가 사물이 되고 떠도는 혼이 변화를 이룬다. 이렇게 해서 우주 생명의 움직임(귀신)의 정황이나 상태를 안다. 하늘과 땅은 더불어 서로 비슷하여 어긋나지 않는다. 앎은 만물에 두루 미쳐서 도는 천하를 제도한다. 그러므로 허물 되지 않는다. 옆으로 가도 넘쳐흐르지 않으니 하늘을 즐거워하고 천명을 안다. 그러므로 염려하지 않는다. 편안히 살며 인에 돈독하다. 그러므로 사랑할 줄 안다. 하늘과 땅의 변화를 두루 감싸지만 지나쳐 감이 없으며, 세세하게 만물을 이루어 가지만 빠뜨리지 않는다. 낮과 밤의 도에 통하여 앎이 있으니 생명의 움직임은 방향이 없

고 역은 몸이 없다.[140]

우주 만물, 또는 역의 본체는 도다. 그 도는 하늘과 땅을 거느린
다. 그것들이 나타내는 것이 바로 문과 리로서, 모양새와 짜임새다.
문리는 도체의 본질이다. 역을 통해서 "하늘의 모양새를 바라보고
굽어서 땅의 짜임새를 살핀다." 모양새와 짜임새가 합하여 생김새를
이룬다. 우주 만물을 이루는 모든 생명체는 생김새를 지닌다. 생김
새는 무엇일까. 그것의 본체는 생명이다. 그 생명의 으뜸은 본생이
다. 그것은 정신을 거느린다. 정은 생명의 힘이요, 신은 생명의 움직
임이다. 정신이 역에 충만하다. 그것은 어느 하나라도 "지나쳐 가거
나 빠뜨리지 않는다(不過, 不遺)."

본생이 구체적으로 드러내는 생김새는 그 본질이 낳고 낳음이다.
"낳고 낳음이 바로 역이기도 하다(生生之謂易)." 그것은 또한 하늘과
땅이 갖는 커다란 덕이기도 하다. "천지의 덕이 바로 생명이요, 낳
고 낳음이다(天地之大德曰生)." 그것은 또한 아름다움이며 선이기도 하
다. 하나는 둘이 되는데 그것은 음양이다. 한 번 음하고 한 번 양한
것이 바로 도다. 이를 이어 가는 것이 선이다.[141] 이 선과 미는 동아

---

140 『周易』, 「繫辭傳」. 易與天地準, 故能彌綸天地之道. 仰以觀於天文, 俯以察於地理,
是故知幽明之故, 原始反終, 故知死生之說. 精氣為物, 遊魂為變, 是故知鬼神之情狀,
與天地相似, 故不違. 知周乎萬物, 而道濟天下, 故不過. 旁行而不流, 樂天知命. 故不
憂. 安土敦乎仁, 故能愛. 範圍天地之化而不過, 曲成萬物而不遺, 通乎晝夜之道而知,
故神无方而易无體.

141 『周易』, 「繫辭傳」. 一陰一陽之謂道, 繼之者善也, 成之者性也. 仁者見之謂之仁, 知
者見之謂之知, 百姓日用而不知, 故君子之道鮮矣. 顯諸仁, 藏諸用, 鼓萬物而不與聖人
同憂, 盛德大業, 至矣哉. 富有之謂大業, 日新之謂盛德, 生生之謂易, 成象之謂乾, 效法
之為坤, 極數知來之謂占, 通變之謂事, 陰陽不測之謂神. 한 번 음하고 한 번 양하는 것
을 도라 하며, 그것을 이어 감이 선이고, 그것을 이루어 감이 성이다. 어진 사람은 그

시아에서 언제나 호환적으로 사용되는 개념이다. 하늘과 땅이 실제 쓰임으로 드러내는 것 중에서 가장 큰 것이 바로 생명의 낳고 낳음이며 이어 감이다. 그러한 땅의 한가운데서 건곤의 생김새를 터득한 군자 또는 예술가는 그 자체로 아름다우며 동시에 우주 만물의 아름다움을 철저하게 체득한다. 그것은 아름다움이다. 동시에 그것은 선이기도 하다. 군자는 역을 이루는 상을 읽는다. "성인은 이 천하의 깊은 면을 보고 그 겉으로 드러나는 모습을 헤아려서 그 사물이 그래야 함을 본뜨니 그런 까닭에 상이라 부른다(聖人有以見天下之賾, 而擬諸其形容, 象其物宜, 是故謂之象)." 상(象)은 만물에 이미 주어져 있음이다. 베르그손의 이미지처럼 사물이 본디 지니고 있다. 군자처럼 예술가도 이를 감응하여 읽는다. 그 상을 예술의 도구를 통하여 구체적인 생물체인 작품으로 드러낸 것이 바로 예술 작품이다. 거기에는 선과 미가 있으며 마땅함이 공존한다. 그 마땅함은 우주의 본체인 도체가 용(用)인 덕으로 드러냄이다. 선과 미 그리고 도덕이 작품에 살아 있어야 한다. 바로 이러한 요소들이 짜임새를 이루며 그 결과물이 생김새로 작품이다. 역은 생활 세계를 끌어안으며, 그 세계는 인간과 만물의 관계를 드러낸다. 그 관계가 바로 짜임새다. 그 짜임새는 모양새라는 작품으로 나타나며 그것의 전체 생김새가 갖는 의미는 바

것을 보고 사랑(仁)이라 하고, 아는 사람은 그것을 보고 앎이라고 한다. 백성들은 나날이 쓰면서도 알지 못하니 군자의 도는 드물다. 사랑(인)에서 드러나며, 생활의 쓰임 속에 감추어져 있고, 만물을 고동치게 하면서, 성인과는 다르게 아무런 염려를 갖지 않으니, 성대한 덕과 커다란 과업이 지극하도다. 풍요로움을 갖추니 커다란 과업이라 하고, 나날의 새로움을 성대한 덕이라 한다. 낳고 낳음을 역이라 하고, 꼴을 이루어 감을 건이라 하며, 이를 본떠 이루어 냄을 곤이라 한다. 수를 끝까지 하여 다가올 미래를 아는 것을 점이라 하고, 변화에 통하는 것을 일이라 한다. 음양은 헤아릴 수 없어 신이라 한다.

로 미와 선 그리고 도덕이다.

5.4. 예술과 문리

예술 작품은 문리를 갖는다. 생김새를 지닌다. 그 생김새는 모양
새인 문과 짜임새인 리다. 서구에서는 패턴을 이야기한다. 예술은
과정이요, 흐름이다. 강물의 흐름처럼 그것은 생김새를 보여 준다.
사람들은 임의적으로 예술을 그 흐름의 결과물인 생김새에 따라 시
문학, 음악, 회화 등으로 갈래를 친다.

시문학은 모든 예술 갈래의 근저를 이룬다. 동아시아 시문학에서
도 문리에 대해 숱한 이야기가 나온다. 몇 가지 예를 들어 본다. 북
송의 소식은 상리(常理)를 말한다. 상리는 어떤 당연하고 일정한 짜
임새를 뜻한다. 예술의 모든 분야에서 극성기를 이룩한 당은 그 시
문학에서도 정점을 이루었다. 당을 이은 송은 상대적으로 유학을 중
심으로 철학이 발전한 시대다. 개념화의 영향으로 시문학도 이러한
추세를 반영하여 당시(唐詩)가 지닌 서정적인 면보다도 철리(哲理)가
뚜렷하게 드러난다. 메마르고 맛이 부족하다. 당시가 주정적(主情的)
이라면 송시는 주지적(主知的)이다. 북송의 소식(蘇軾, 1036-1101)은 지
금으로 말하면 정치가, 고위 관료, 시인, 수필가, 평론가, 서예가, 화
가 그리고 철학자이다. 그가 중국의 인문과 예술에 미친 영향은 막
대하다. 소식은 리를 강조한다. 상리다. 짜임새라 읽었지만 이미 그
의 리에는 리학적(理學的)인 면이 다분히 배어 있다. 그는 리가 리로
서 끝나면 안 된다는 것을 깨닫고 있다. 그가 '리취(理趣)'를 이야기하
는 까닭이다. 리에도 어떤 세(勢)나 취(趣)가 있음이다. 상리에 대한
소식의 직접적인 언급은 그림과 관련되어 나타난다. 그는 당시 문동
(文同)의 그림에 대해서 논한다. 문동은 대나무 그림에 정통했는데

소식은 그를 좋아하는 이유가 바로 짜임새에 있다고 말한다. 그것은 상리(常理)요 순리(順理)였다.

　나는 일찍이 그림을 이렇게 논했다. 사람, 동물, 궁궐, 기물 등에는 모두 일정한 형상이 있고, 산이나 바위, 대나무, 나무, 물결, 안개에 이르러는 비록 일정한 형상은 없지만 상리(常理)가 있다. 그렇다 해도, 일정한 형상을 잃게 되면 그 잃는 정도로 그쳐 그 전체를 그르치지는 않지만, 만약 상리가 부적절하다면 그것을 폐기하게 된다. 그 형상이 일정하지 않기에 그 리(理)에서는 신중하지 않으면 안 된다. 세상의 화공들은 간혹 그 형상을 세세하게 모두 그려 내지만 그 리에 이르게 돼서는 고매한 사람이나 남다른 재능을 가진 사람이 아니라면 판별할 수 없다.[142]

　그는 회화에서 이형사신(以形寫神)을 강조하기도 하는데, 이때의 신(神)은 바로 생명의 움직임으로서 그것은 짜임새를 지닌다. 역의 짜임새와 우주 만물은 상통한다. 누누이 지적했듯이 동아시아에서 운위되는 짜임새의 속성은 움직임이다. 흐름이다. 고정된 것이 아니다. 그것은 정(精), 다시 말해서 생명의 힘이나 기운을 받아 움직인다. 힘을 받아 언제나 변하고 화하는 짜임새다. 그림을 구성하는 형상을 그려 낸다면 그 형상, 또는 모양새는 반드시 힘을 지닌 움직임으로 짜임새를 드러내야 함이다. 소식이 말하는 상리는 이러한 힘

---

142 蘇軾, 『蘇東坡全集』, 卷31. 余嘗論畵, 以爲人禽宮室器用皆有常形, 至於山石竹木水波煙雲, 雖無常形而有常理. 常形之失, 人皆知之, 常理之不當, 雖曉畵者有不知. 雖然, 常形之失, 止於所失, 而不能病其全, 若常理之不當, 則擧廢之矣. 以其形之無常, 是以其理不可不謹也. 世之工人, 或能曲盡其形, 而至於其理, 非高人逸才不能辨.

(勢)을 지닌다. 그가 상리와 리취를 이야기했지만 송대 시문학의 전반적인 경향은 리를 중심으로 흘러간다.

명은 주자학이 거의 국학으로 숭배된다. 비슷한 시기에 건립된 조선왕조도 이를 받아들인다. 이에 반발하여 왕양명의 심학이 발생하고 예술 분야에서 공안파가 등장한다. 명말 청초에는 이를 이어받아 왕부지가 기를 강조하는 유물론을 제시하고 청의 전성기에 대진(戴震, 1724-1777)이 기학(氣學)을 확립한다. 왕부지는 시를 평하면서 신리(神理)라는 개념을 꺼낸다.[143]

주제 하나, 사람 하나, 일 하나, 사물 하나 등을 정하고 그것으로부터 형상과 모양을 찾고, 비유와 유사함을 찾으며, 시의 문채를 찾고, 옛날의 사실을 찾는다. 이는 마치 둔한 도끼로 상수리나무를 쪼개어 그 껍질 부스러기들만 이리저리 흩날리는 것과 같으니 어찌 그런 움직임으로 한 가닥 생김새(文理)라도 얻겠는가. 의(意), 즉 마음의 뜻을 주로 하고, 세(勢)는 그다음이다. 세는 마음의 뜻 한가운데 있는 신리(神理)이다.[144]

이때 신리의 의미는 생명의 움직임이 갖는 어떤 짜임새다. 세(勢)는 어떤 힘이며 기운이다. 세는 생명의 힘이 지니고 있는 기운이다. 신리는 세로서 어떤 움직임의 힘을 갖는다. 왕부지는 시를 지음에 있어 고식적으로 너무 형식적인 요소에 매달리는 것을 경계하고 있

---

143 이후 인용문은 조성천, 『왕부지 시가 사상과 예술론』, 역락, 2008을 참고했다.
144 王夫之, 『淸詩話』 上冊, 『薑齋詩話』. 把定一題, 一人, 一事, 一物, 於其上求形模, 求比似, 求詞采, 求故實; 如鈍斧子劈櫟柞, 皮屑紛罪, 何嘗動得一絲文理? 以意爲主, 勢次之. 勢者, 意中之神理也.

다. 이 문장에서 문리를 문의 리라고 하지 않고, 문리를 하나의 개념어로 해서 생김새라고 읽고 싶다. 문을 문장으로 읽는 것이 아니라, 시도 문이지만 이때 문의 본디 의미는 무늬를 드러내는 모양새이기 때문이다. 모양새와 짜임새는 나뉘는 것이 아니라 본디 생김새의 속성이다.

생명의 움직임이 나타내는 짜임새가 하늘과 땅 사이에 흐르니, 하늘과 땅이 그 볼 것 하나를 제공한다. 커서 밖이 없고 작아서 끝이 없다. 글을 쓰기 전에, 마음의 뜻을 만들기 시작할 때, 이미 알 수 없는 그 무엇이 스스로 존재하고 있다.[145]

하늘과 땅 사이의 생명체들이 지닌 오묘함은 바로 생명의 움직임과 그 형상이 하나로 합해져 있음이니, 형상에서 생명의 움직임을 얻게 되면 그 형상은 생명의 움직임이 아닌 것이 없는 것이므로 그것은 사람도 되고 사물도 되며 귀신과 다른 것이다. 마치 오로지 황홀만이 남아서 지성이 그 눈과 귀를 버리는 것과 같다. 비유하자면 화가가 한결같이 붓끝의 묵기(墨氣)로 신리를 곡진하게 다하면 결국 필묵만 남고 사물의 형체는 사라지게 되니 그 사물 자체가 없게 된다.[146]

왕부지는 『주역』에 주석을 달았고, 다른 유학자들과 달리 기를 적

---

145 王夫之,『船山全書』14,『古詩評選』. 神理流於兩間, 天地供其一目, 大無外而細無垠. 落筆之先, 匠意之始, 有不可知自存焉.

146 王夫之,『船山全書』14,『唐詩評選』. 兩間生物之妙, 正以神形合一, 得神於形而形無非神者, 爲人物而異鬼神. 若獨有恍惚, 則聰明去其耳目矣. 譬如畫者, 固以筆鋒墨氣曲盡神理, 乃有筆墨而無物體, 則更無物矣.

극적으로 인식했던 장재의 『정몽(正蒙)』을 가장 새롭게 그리고 정확하게 해석한 인물이다. 그가 살던 명 말 청대에는 공안파(公安派) 예술운동에 이어 양주화파(揚州畫派)와 같은 새로운 예술의 움직임이 강하게 잉태되고 있었다. 그는 전환기에 살다 간 사람이었다. 그는 송명 이학을 중심으로 하는 예술 경향을 강력하게 거부하고 리보다는 기를 중심으로 하는 사유를 전개한다. 신리라는 개념은 그러한 사유의 일환이다. 인용한 왕부지의 문장에서 리를 짜임새로 옮기고 있지만, 송대에 이르러 리는 짜임새라는 개념을 넘어 어떤 철리를 내포하는 형이상학적 개념으로까지 확대된 상태였다. 주희는 리가 본디 짜임새에서 비롯된 것임을 인식하고 있었지만 그럼에도 그가 말하는 리의 개념은 이미 이정(二程) 형제의 천리(天理) 개념을 포괄하면서 철학적으로 더 나아간다. 왕부지는 이런 경향에서 이탈하여 새로운 개념을 재확인하고자 하였다. 그가 말하는 리는 순자가 말하는 리에 가깝다. 그것은 사물과 현상이 갖는 어떤 실제적인 짜임새다. 신유학의 리에서 다시 내려와 리가 짜임새의 의미를 강하게 갖는 본래의 개념으로 되돌아온다.

리가 철학을 비롯해서 순수예술까지 엄청난 영향을 미친 시대는 바로 송이었다. 송의 시인들을 포함한 예술인들은 대부분 관료이면서 철학이나 학문에 정통하였다. 구양수를 비롯해 왕안석, 소식, 범성대 등은 고위 관료이면서 학문에 일가견을 이룬 사람들이었고 수많은 시 작품과 평론을 남긴 사람들이다. 그들은 그림에도 정통하였으며 소위 문인화(文人畵)의 전통은 실제로 송대에 시작되었다. 소식이 대표적인 인물이다. 이는 당대(唐代)의 유명한 시인들인 이백이나 두보, 맹호연 등이 거의 시 짓기에만 매진하고, 학문과는 크게 관련이 없는 것과 다르다. 송대의 시인들을 비롯한 지식인들은 대체로 이학에 정통하였으므로 그들의 시에는 어쩔 수 없이 리어(理語)가 드러난다. 이때의 리어는 짜임새라는 의미보다 철학적·논리적·개념적인 면이 더 강하다. 리어와 관련하여 리취(理趣), 리장(理障)이라는 개념도 나오는데, 리장은 리가 지나쳐 시 작품이 전체로 메마르고 경직된 상태를 말한다. 리가 시로서의 품격에 걸림돌이 된다. 리취는 리가 드러나 있지만 순수 시적인 요소가 여전히 살아 있음을 뜻한다. 『창랑시화(滄浪詩話)』를 지은 남송의 엄우(嚴羽) 같은 사람은 송대의 이러한 시적 경향을 신랄하게 비판한다.

왕부지가 이야기하는 신리의 세는 이미 위진시대 유협의 『문심조룡』에 거론된다. 유협은 제30장 「정세(定勢)」에서 말한다.

실정(實情)은 서로 다른 곳에 이르니, 글의 모양새는 변화하기 마련이어서 서로 다르게 기술된다. 실정에 따라 글의 생김새를 세우지 않을 수 없으므로, 생김새는 어떤 힘을 이루어 간다. 세, 즉 힘이란 어떤 이로움을 타면서도 제약이 있음이다. 화살은 활을 떠나 곧게 날아가면서도 산골짜기에서는 굽고 여울에서는 돌아드니 이는 절로 그러한 성질일 뿐이다. 동그라미는 원형의 생김새니 그 힘은 저절로 굴러갈 것이요, 사각형은 네모난 형태이니 그 힘은 저절로 안정될 것이다. 문장의 생김새가 갖는 힘은 이와 같을 따름이다.[147]

유협은 체(體)와 세(勢)를 언급한다. 우주 만물의 실정은 각기 다

---

147 劉勰, 『文心雕龍』 30章 「定勢」. 夫情致異區, 文變殊術, 莫不因情立體, 卽體成勢也. 勢者, 乘利而爲制也. 如機發矢直, 自然之趣也. 圓者規體, 其勢也自轉. 方者矩形, 其勢也自安. 文章體勢, 如斯而已.

양한 면을 지닌다. 이것과 저것이 다르고 이곳과 저곳이 구획된다. 그 모양새(文)는 끊임없이 흐르고 변화하므로 모두 특징 있게 드러난다(術). 이런 것들이 합해서 그 생김새(體)를 이룬다. 이러한 생김새에는 어떤 힘이나 기운이 있게 마련이다. 그것은 우주 만물이 지닌 절로 그러한 모습이다. 원형의 사물은 굴러갈 듯한 기세가 있고, 사각형의 사물은 단단하게 자리를 잡은 모습이다. 문장도 이와 마찬가지로 생김새의 기운을 갖는다. 우리는 지금까지 리를 짜임새로 읽고 있다. 그 짜임새는 우주 만물의 짜임새이며 힘과 움직임을 갖고 언제나 변하고 화하며 흐르고 있다. 왕부지가 말하는 신리는 이러한 짜임새와 다름이 아니다.

회화에서도 짜임새가 거론된다. 중국의 회화 전통은 유구하다. 화론도 크게 발전한다. 『역대명화론(歷代名畫論)』을 지은 당의 장언원(張彦遠, 815-879)이 대표적이다. 여기서는 리를 언급하고 있는 11세기 북송의 유도순(劉道醇)의 화론을 예로 든다. 그는 『송조명화록(宋朝名畫評)』에서 육요(六要)와 육장(六長)을 이야기한다. "육요는 기운겸력(氣韻兼力), 격제구로(格制俱老), 변이합리(變異合理), 채회유택(彩繪有澤), 거래자연(去來自然), 사학사단(師學舍短) 등이다. 육요는 그림을 그리는 데 있어 반드시 요구되는 필요조건이다. '기운겸력'은 생동하는 기운이 있어야 하지만 그것은 힘을 지녀야 함이다. '격제구로'는 그림이 모든 형식을 제대로 갖추어야 하며 동시에 생경함을 벗어나 원숙해야 함이다. '변이합리'는 구태의연한 것을 지양하고 색다른 것을 추구하여야 하지만 그럼에도 합당한 짜임새가 있어야 한다. '채회유택'은 모든 색채를 칠함에 있어 윤이 있어야 함이다. '거래자연'은 붓 즉 용필의 오고 감이 저절로 그런 듯해야 함이다. '사학사단'은 옛것을 배우되 본인만의 창의성을 계발하여야 함이다."[148] 이런 이야기들은 이미 앞에서 말한 시문학에서의 짜임새 이론과 그냥 그대로 상통한다. 유협의 세나, 왕부지의 신리도 모두 비슷한 맥락을 갖는다.

　육장이라 함은 '거칠고 황무지 같은 것에서도 필력을 찾아냄(粗鹵求筆)'이 그 하나요, '외지고 막힌 데서 재능을 발휘한 것(僻澁求才)'이 그 둘이요, '세세하고 기술이 있으면서도 힘이 있음(細巧求力)'이 그 셋이요, '미친 듯하고 괴상하지만 짜임새를 찾은 것(狂怪求理)'이 그 넷이요, '묵은 쓰지 않았는데도 칠한 것 같은 것(無墨求染)'이 그 다섯이요, '평범하지만 뛰어남을 얻은 것(平畫求長)'이 그 여섯이다. 이러한 육요를 밝히고 이러한 육장을 찾아낸다면 비록 화권이 상자에 가득 넘치고 벽에 그림이 처마까지 차 있다 해도 저절로 식별이 될 것이다. 대체로 그림을 봄에 있어 그 경계하여야 하는 것을 다스려야 하는데 날이 어둡고 깜깜하며, 바람이 세차게 불고, 집이 음지를 향해 있고 또 저녁이나 밤에 촛불을 켜고 보는 경우에는 제대로 볼 수 없다. 어째서 그런가? 그렇게 한다 하더라도 그 기묘함을 끝까지 볼 수 없고 또 육요와 육장으로 요약하기가 어렵기 때문이다. 반드시 평화롭고 상쾌하고 구름이 걷힌 듯 맑으며, 방은 텅 비어 있어 남쪽으로 향해 있고, 벽을 정면으로 하여 그것을 펼치고, 마땅히 생명의 움직임을 깨끗이 하고 생각을 고요히 한다면 눈으로 그것을 볼 수 있다. 그림을 보는 법은 먼저 그 기상(氣象)을 보고, 후에 그 거취를 정하며, 그다음에 그 뜻을 캐어 보고 마침내 그 짜임새를 찾아낸다. 이렇게 되면 그림이 지닌 자물쇠와 열쇠를 정하게 된다.[149]

---

148 황봉구, 『생명의 정신과 예술—제3권 예술에 관하여』, p.219.

유도순의 육요, 육장 이론은 현대 미학에서도 그냥 받아들여도 될 정도로 격이 높다. 서양에서 본격적인 미학의 발전은 뒤늦게 18세기에 이르러서야 바움가르텐(Baumgarten, 1714-1762)으로부터 시작한다. 유도순의 이론은 서구에서 20세기 들어 등장한 다양한 화파들을 이해하는 데도 긴요하다. 인상파나 입체파와 야수파, 또는 추상주의나 표현주의 회화들은 모두 유도순의 육장을 그대로 지니고 있다. 예를 들어, 반 고흐의 그림들은 기운겸력(氣韻兼力)이나 광괴구리(狂怪求理)를 그대로 실천하고 있다. 기존의 회화 양식을 파격적일 정도로 깨트리는 그의 그림은 괴이할 수 있으나 어디까지나 격제구로(格制俱老), 변이합리(變異合理)의 상태에 있다. 미칠 정도로 비정상이지만 그 안에는 분명 어떤 짜임새가 들어 있다. 동아시아 회화 중에는 사의화로 분류되는 그림들이 있다. 문인화의 전통과 맥을 같이하지만 사의화(寫意畵)는 본격적인 전문 회화로서 그 예술성이 뛰어나다. 그중에서도 최고의 경계를 자랑하는 규모 있는 작품들을 대사의화라고 특별히 지칭한다. 팔대산인이나 서위 등의 사의화들은 불후의 걸작들이다. 이들의 그림은 유도순의 화론을 그대로 실현하고 있는 좋은 본보기다.

유도순의 이론을 비롯한 동아시아 화론들은 모두 짜임새를 중시한다. 동아시아의 산수화를 비롯한 여러 종류의 그림들이 서구의 회

---

149 劉道醇, 『宋朝名畵評』. 所謂六長者, 粗鹵求筆一也, 僻澁求才二也, 細巧求力三也, 狂怪求理四也, 無墨求染五也, 平畵求長六也. 旣明彼六要, 是審彼六長, 雖卷帙溢箱, 壁版周廡, 自然至於別識矣. 大凡觀畵抑有所忌, 且天氣晦冥, 風勢飄迅, 屋宇向陰, 暮夜執燭皆不可觀. 何哉? 謂其悉不能極其奇妙而難約以六要六長也. 必在平爽霽, 虛室面南, 依正壁而張之, 要當澄神靜慮縱目以觀之. 且觀之之法, 先觀其氣象, 後定其去就, 次根其意, 終求其理, 此乃定畵之鈐鍵也.

화와 그 생김새를 다르게 갖는 이유도 짜임새에서 비롯된다. 예를 들어 10세기 석각(石恪)의 「이조조심도(二祖調心圖)」는 감필(減筆)과 갈필(渴筆) 그리고 비백(飛白)의 진수를 보여 준다. 사의화를 포함하는 모든 묵화는 이러한 특징을 갖는다. 적묵(積墨)이나 농묵 등의 여러 가지 기법도 많지만 우리가 특히 주목하는 것은 이런 공간성이나 움직임을 보여 주는 힘의 표현이다.[150] 서구 회화에서 캔버스의 여백은 허용되지 않는다. 화면 전체가 꽉 차 있어야 한다. 동아시아 묵화는 화면의 공간 구성뿐만 아니라 구체적인 대상의 묘사까지도 빈틈의 여백이 자주 보인다. 그런 현상이 바로 문리의 드러남이다.

6. 생김새, 패턴, 문리

예술은 과정이요, 흐름이다. 흐름의 물결에서 어느 순간 매듭이 지어질 수 있는데, 그것이 바로 예술 작품이다. 매듭은 한정되고 규정되며 고정된 것이지만 그것의 본질적 속성은 흐름으로서 끊임없는 변과 화다. 그러한 예술 작품들은 모두 생김새를 갖는다. 패턴이기도 하다. 문리일 수도 있다. 이들 세 가지 단어는 그것들이 서로 다른 언어로 만들어진 것만큼이나 그 의미에서 차이를 지닌다. 생김새는 모양새와 짜임새가 합해진 상태를 일컫는다. 그것은 본디 하나이지만 굳이 모양새와 짜임새로 나눌 뿐이다. 생김새는 본질적으로 움직임을 갖는다. 그것은 우주 만물의 본원인 본생을 그대로 받았기 때문이다. 생김새를 지닌 예술 작품은 언제나 생동성으로 넘쳐 난다. 패턴은 짜임새의 성격이 강하지만 생김새의 짜임새와 달리 그것은 유동적인 면이 부족하다. 고정된 것은 결코 아니지만 고착화 경

---

150 황봉구, 『생명의 정신과 예술―제3권 예술에 관하여』, pp.217-221.

향을 갖는다. 자연(nature)에서도 무수히 발견되지만 무엇보다 인간의 지성적이고도 인위적인 작업이 개재되는 경우가 많다. 차라리 패턴이 모여 동적인 움직임을 만들어 낸다고 생각하는 것이 옳을지도 모른다. 패턴과 리듬을 병행해서 말하지만 리듬은 패턴의 되풀이되는 질서로 생겨난다. 거꾸로 리듬이 패턴을 창출하기도 한다. 어떻게 보면 리듬은 패턴의 하나로서, 그것은 일반적인 패턴의 속성과 달리 언제나 흐르며 움직인다. 리듬은 우주 만물의 생동성을 반영한다. 패턴은 고착화를 지향한다 하더라도 그 본질이 유동적이라 함은 바로 리듬에 기인한다. 생김새는 비유클리드적이고 무정형으로 분할되지 않지만 패턴은 기하학적이며 수리적으로 무한 분열이 가능하다. 생김새는 진흙 덩이지만 패턴은 벽돌이다. 생김새는 두루뭉술하고 모호하지만 패턴은 하나하나 뚜렷하다. 생김새는 전체로 일시에 다가오지만 패턴은 부분과 집합으로 나타난다. 패턴은 서구적 개념의 산물이고 생김새와 문리는 동아시아의 개념들이다. 서구 문명의 발상은 그리스와 헤브라이즘이다. 일찍이 빈켈만(Winckelmann, 1717-1768)은 그리스 예술 작품의 아름다움을 "고귀한 단순함과 고요한 위대성(Edele Einfalt und Größe)"이라고 규정한다. 그리스 조각과 건축들이 이를 대변한다. 생동성과 역동성이 강하게 느껴짐에도 전체적으로 엄격히 절제되고 통제되며 지성에 의해 인위적으로 분할되어 철저할 정도로 관리된다. 이러한 아름다움은 바로 패턴을 바탕으로 하기 때문이다. 문리는 문과 리를 합한 단어이지만, 문리라는 단어의 의미는 생김새와 거의 동일하다. 생김새에 비해 패턴의 요소도 보인다. 생김새의 건축은 부석사로 대표될 수 있다. 문리의 건축으로 자금성(紫禁城)이나 태원의 진사(晉祠) 또는 하북성 융흥사(隆興寺) 등을 들 수 있다. 이들은 크게 열려 있으면서도 닫혀 있고, 언뜻 닫혀 있는 것 같아도 열려 있다. 진사가 대표적이다. 점차 그것들은 후대 사합원 양식으로 정형화되는 모습을 보여 준다. 짜임새가 강조된다. 다만 그것은 문과 리가 걸어온 궤적을 보여 준다. 무엇보다 문리는 철학적 관념으로 진전되면서 리가 떨어져 나온다. 리가 강조된다. 리라는 개념이 본디 지녔던 실재적이고 생생한 요소가 위축되고 추상적으로 의미가 확대된다. 문리가 본디 지녔던 생동성의 의미가 크게 훼손되고 퇴색된다. 그것은 생김새나 패턴 등이 갖는 의미의 차원을 넘어서 다른 경계로 진입한다. 왕부지가 굳이 신리라는 개념을 언급하며 생생불식의 리와 그 움직임의 힘인 세를 강조한 까닭이기도 하다. 그에게 리는 어디까지나 움직임과 실체인 기가 보여 주는 어떤 짜임새이다. 그는 문리에서 리가 본원적인 모습에서 떨어져 너무 멀리 갔음을 직시하고 있다. 왕부지는 노자가 말한 '멀면 되돌아온다(遠日反)'를 따르고 있다.

6.1. 예술 작품의 형식과 내용

위의 설명에도 불구하고 생김새, 패턴, 문리는 일상의 용어 사용에서 호환적이다. 패턴은 짜임새의 개념에 더 가깝다. 문리 역시 리만이 살아남아 그것은 짜임새의 의미로 축소되고 있다. 이러한 상황과 관련해서 우리는 예술에서 흔히 거론하는 형식과 내용이라는 전통적 주제를 언급하지 않을 수 없다. 이 글을 쓰면서 형식이라는 개념을 의도적으로 고정적이고 공간적인 것이며, 일회적 단위로 규정한 바 있다. 형식이라는 개념을 생김새나 문리와 대비하여 도식화하기 위함이었다. 이와 달리, 실제로 형식은 다양한 역사적 해석을 내포하고 있다. 그것은 동적인 요소나 통일성 등을 지닌 것으로 해석될 수 있다. 또한 고정된 것이 아니라 본질적으로 유동성을 지닌 것으로도 간주할 수 있다. 다만 지적하고 싶은 것은 형식은 모양새라는 개념에 상응하지만 그것은 대체로 공간 개념이어서 고착화된 것으로 인식되기 쉽다는 점이다. 형식(form)은 틀이나 모형으로 생각된다. 그것은 일상적으로 겉으로 드러나는 바깥 모습을 가리킨다 (visual appearance). 형식에 상응하는 일반개념들로 형상(形狀, 形相, 形象) 등과 더불어 모형이나 모드(Mode), 또는 도식(scheme)이나 양식 (style)도 있다. 패션(fashion)도 해당된다. 그것은 언제나 안과 밖이라는 개념을 대동한다. 밖을 이루는 형식은 안을 요청하고 그 안은 내용이라 지칭된다. 어떤 대상이나 현상을 형식화할 때, 그 과정은 공간화를 통한 규정과 한정이며 분석이다. 이를 통해 패턴을 추출할 수도 있다. 그것은 동적인 요소를 함의할 수도 있지만 대체로 고정되어 일정하게 겉모습으로 드러난다. 움직임과 관련된 form은 우리말에서도 그대로 '폼'이라 하는데, 이는 동작을 멈추게 했을 때 겉으로 드러나는 모습이다. 예를 들어, 태권도를 배울 때, 태권도의 기본 동작으로 무수한 '폼'을 반복해서 숙지해야 한다. 형식은 움직이지 않는 것이다. 무엇보다 시간의 흐름에 따라 미래에 어떤 동적 변화의 가능성을 갖지 않는다. 새로움보다는 고착화되어 되풀이되며 익숙해진 모습이다. 인간 지성의 요구에 의해, 변과 화에 부정적이거나 받아들이더라도 더디다.

이러한 형식 개념은 어려운 문제를 일으킨다. 형식이 먼저인가 내용이 우선인가 하는 물음이 제기된다. 내용이라는 개념에 대해서 이 글에서는 거의 언급하지 않았다. 현대를 살아가는 우리는 서구의 예술 이론을 받아들이면서 아리스토텔레스에 기원하는 형식과 내용의 이분법에 익숙하다. 그는 사원인을 주장한다. 질료와 형상, 운동과 목적 등이다. 형상은 형식에 해당되고, 질료는 내용을 이룬다. 만물이 그러하고, 예술 작품이 또한 그러하다고 인식된다. 이와 다르게 우리는 예술 작품을 우주를 이루는 무수한 생명체의 하나로 취급한다. 그것은 살아서 숨을 쉰다. 그것은 부분으로 나뉠 수 없다. 나뉘는 순간 그것은 목숨을 잃는다. 그것은 생김새를 지닌다. 만물이 개개로 생김새를 갖듯이 작품도 생김새를 지닌다. 그것은 하나로서 모든 생명체가 그렇듯이 전일성을 지닌다. 그것은 지속하지만 끊임없이 흐르며 변화한다. 생김새가 형식을 속성으로 갖는다고 말할 수 있지만 그때 형식은 모양새에 해당하는 동적인 개념이다.

이 글에서 내용을 굳이 언급하지 않았던 이유는 생김새나 문리는 모양새와 짜임새를 본질적으로 거느리고 있으며, 그것들이 이미 내용에 해당되는 특질을 보여 주기 때문이다. 내용이 무엇인가 묻는다면 그것은 우주 만물이나 그 현상을 대상으로 할 수도 있다. 세부적으로는 특정 스토리, 사건의 전개 또는 그것들이 표방하고 있는 사랑이나 인간의 희로애락 등을 꼽을 수 있을 것이다. 그것들은 모두 인간의 생활 세계에 속하는 현상들 중의 일부다. 한마디로 모든 내용은 역(易)의 범위 내로 한정된다. 역은 생김새를 낳는다. 역은 생김새로 이루어져 있다. 역과 생김새는 언제나 유동한다. 생김새는 모양새와 짜임새를 속성으로 갖는다. 그것은 형식과 내용이라는 대척점이 없다.

언어로서 내용이라는 단어 그 자체는 개념이다. 개념은 무수한 개체나 현상으로부터 추출되어 보편화의 과정을 갖는다. 현실의 무수한 현상이 그대로 내용이 될 수는 없다. 그것은 보편화된 어떤 개념이어야 한다. 보편화된 개념은 이미 형상이다. 보편화는 선택과 버림의 과정이다. 그 결과물은 개개의 대상들로부터 추출된 공통 요소로서 고정되어 멈춘 것들이다. 결과 후에 있을 수 있는 변화는 배제된다. 그것은 정지되어 형상을 갖는다. 동아시아의 생김새는 상(象)을 근거로 한다. 흐름이다. 변화이다. 방향이 없다. 이에 비해 형식과 내용은 이미 그 개념이 멈춰 있는 상태다. 그것들은 모두 형상으로 겉모습을 지닌다. 형식과 내용이라는 이분법은 언제나 이러한 모순을 피할 수 없다. 이러한 이분법은 마치 신과 인간, 정신과 물질, 주체와 객체, 안과 밖 등의 이원화하는 의식구조와 맞물려 있다. 서구의 사유는 언제나 이원화를 바탕으로 한다. 이는 그리스 플라톤의 이데아와 헤브라이즘의 신에서 비롯된다. 인간의 현실 세계는 이데아의 등불에 비친, 어두운 동굴 속의 그림자들에 불과하다. 인간은 절대자 신에 의한 창조물이며 인간은 신과 하나가 될 수 없다.

　형식과 내용은 하나다. 본디 하나다. 정호(程顥, 1032-1085)가 주장한 대로 안과 밖이 본디 하나다. 안과 밖이라는 용어를 사용하는 순간 이미 그것은 하나라는 동일성을 상실한다. 생김새는 그것 자체로 하나다. 예술 작품은 하나의 생김새를 갖는다. 하나가 둘이 된다. 부분으로 나뉨이 아니다. 둘을 이루는 각기의 하나는 실제로 본디 하나와 동일한 하나다. 그 생김새가 드러내는 모양새와 짜임새는 이미 숱한 현실적 이야기들을 보여 준다. 모양새와 짜임새는 하나의 각기 다른 측면에서 말하는 것이다. 그것들은 둘이 아니다. 하나가 둘로 쪼개지는 것이 아니다. 서구의 입체파 화가들이 하나의 대상을 여러 측면으로 그려 내고 이를 다시 하나의 평면 위에 합쳐 하나의 그림을 완성하는 경우와 비슷하다. 한 사람이 옆모습, 앞모습, 뒷모습 등으로 보이지만 그들은 본디 한 사람이다. 모래는 항시 덩어리다. 나누는 것이 크게 의미가 없다. 조그맣거나 적거나 많거나 막연히 구별할 수 있지만 별 의미를 지니지 않는다. 한 알의 모래를 보기 위해서 모래사장에 나아가 모래더미를 들여다보며 하나하나 헤아리지 않는다. 이미 모래사장이나 모래더미가 바로 모래알 하나와 동일하기 때문이다. 산조 가락이 흘러나올 때, 그것은 전체로 하나이며 생김새를 지닌다. 그 생김새를 파악하는 감상자는 그 생김새가 내포하고 있는 소위 내용물을 임의대로 해석해도 된다. 생김새만 느끼고 파악하면 충분하다. 그것은 모양새와 짜임새로 진행되며 그 과정에 참여하면서 감상자는 즐거움을 만끽한다. 그 가락의 내용이 무엇인가 하는 물음은 불필요하다.

내용이 형식을 규정한다고 말한다. 반대로 형식이 내용을 한정한다고 이야기한다. 이는 옳고 그름의 문제가 아니다. 이는 순수예술과 목적예술을 가르는 기준이 된다. 여기서 순수예술이라 함은 예술이 탄생하는 원점의 상태를 가리킨다. 그것은 이미 잃어버린, 인간에게 어떤 미지의 생김새를 지닌 예술일 수 있다. 그 생김새는 본질적인 느낌을, 의식화되기 이전의 상태를 간직했을지도 모른다. 무엇보다 예술을 장르로 나누는 상황이 아니었을 것이다. 그것에는 형식과 내용이라는 개념을 적용할 수 없었을 것이다. 형식과 내용이라는 이분법을 적용하는 순간, 모든 예술은 이미 어떤 의도나 목적을 잠재적으로 품는다. 형식과 내용은 시간의 흐름에 따라 쌓여 간다. 인간의 문화와 문명이 점차 발전될수록 그 형식과 내용은 새롭게 변화하는 양태를 띠면서도 동시에 기존의 것들을 고수하려는 경향이 강화된다. 예술 이외의 목적이 제시되기도 한다. 그러한 목적은 대체로 그 시대의 정치, 경제, 사상, 종교, 교육 또는 도덕과 관련된다. 그것은 강요되기도 한다. 형식과 내용이 고정적인 경향을 가질 때, 그것은 한편으로 유행일 수 있다. 예술을 향유하는 대중이 가장 선호한다는 이유로 그것은 쏠림 현상을 나타낸다. 창작에서, 예술의 형성 과정에서, 형식과 내용이 먼저 요구된다면 그 예술은 흐름을 멈춘다. 흐름이 막히거나 왜곡되거나 숨이 막혀 질식이 될 것이다. 예술은 누차 강조했듯이 흐름이요 과정이다. 또한 그 흐름은 아무런 방향이나 목적도 갖지 않는다. 그것은 생명의 힘이나 움직임에 따라 생겨나기 때문에 그것의 본질 또한 생명의 그것과 동일하다.

예술의 역사를 훑어보면, 순수예술을 원점으로 왼쪽에 놓을 때 이것은 점차 다양성을 띠며 선을 따라 오른쪽으로 고정된 목적을 향하여 한없이 걸어왔다. 순수예술은 목적예술의 모습을 차츰 강하게 갖추며 그 색깔을 고정적으로 뚜렷이 한다. 이는 예술의 기원이나 발전과 무관치가 않다. 예술은 인간과 그 사회의 산물이기 때문이다. 인간의 사회 문화가 다양성을 띠며 고도로 발달될수록 형식과 내용은 여러 가지 변모된 모양새들을 드러내게 된다. 장르의 구분은 결과적이다. 시대의 흐름에 따라 장르는 그 폭을 더욱 넓히고 있다. 이러한 흐름을 꼭 부정적으로 평가할 이유는 없다. 다만 예술성의 강도를 감안한다면 순수예술이 그 본원의 예술성을 더 강하게 지녔을 것이다. 순수라 함은 예술을 잉태하는 느낌과 상에 가장 가깝다는 것을 의미한다. 지성보다는 감각적 요소가 더 많다. 인위적 작업이 최소화되어 있다. 원점에 가까운 것으로 무용이나 음악 등이 있고 그다음에 회화와 시문학 그리고 산문문학 등이 따를 수 있다. 나아가서 공예와 조각 그리고 건축 또는 설치미술 등이 포괄적으로 선의 폭을 넓게 확장하며 이어 갈 수 있다. 어찌 보면 인간의 오감 중에서 예술이라 규정되지 않은 감각은 후각과 미각이다. 아마도 멀지 않은 미래에 후각을 바탕으로 향수나 분위기의 창출이 예술로 간주될 것이다. 특히 미각을 위한 요리는 분명 예술이라고 단정할 수 있다. 예술 장르의 구분은 인위적이다. 그 구분은 형식과 내용에 따른다. 시대의 요구와 목적에 따라 새로운 형식과 내용이 나타나게 되면 먼저 그것은 대중으로부터 예술인가 아닌가 하는 판단을 요청한다. 갈등의 폭이 커질 수 있다. 인간 사회에서 무엇인가를 예술 작품이라 지칭하는 것은 이미 사회가 익숙하게 수용할 수 있는 고정된 형식과 내용을 갖추었다는 이야기다. 이러한 흐름 속에서 순수예술이 오른쪽으로 이동하는 선의 추동력이 커진다. 그 폭이 커질수록 생명의 강도는 옅어진다. 예술이 생명의 움직임과 힘을 생생하게 드러내는 것이라면 그 강도가 희미해진다는 것은 예술성이 약화된다는 의미가 된다. 이는 예술 평가의 기준이 된다. 이에 대해서도 여러 가지 시각의 차이를 보일 수 있다. 서구 문화와 동아시아의 평가 기준이 다르고, 시대에 따라 또한 입장이 다르고, 사람에 따라 그 의견이 다르다. 대체로 이러한 의견들은, 이 글을 포함해서, 후설의 말처럼 그냥 의견(doxa)이다.

한편으로 우리는 예술의 미래에 낙관적이다. 예술의 본질이 생명의 흐름이라면, 그것은 스스로 부정적인 요소를 감싸 안을 것이다. 서구적 철저한 논리의 부정적 요소는 본디 없다. 빛과 그림자처럼 모든 것은 서로 상존의 대대의 관계를 이루고 있을 뿐이다. 어떤 목적이 정해져 있어서 그런 것이 아니라 생명 그 자체는 낳고 낳음을 이어 가는 것이므로, 그 흐름에 빗겨 나가는 상황이 일어나지 않는다는 이야기다. 현대를 과학이 지배하는 시대라고 말한다. 기계적이고 인위적 지성이 인류의 역사를 관장하는 것처럼 보인다. 그렇다고 지성이나 이성이 생명의 흐름에 반하는 것은 결코 아니다. 그것은 본질적으로 긍정적이며 다만 어두운 그림자를 지니고 있을 뿐이다. 모든 실체는 그림자를 지닌다. 그림자는 빛의 부재이거나 빛의 강도가 약화되어 있음이다. 생명도 예외가 아니다. 그것은 생명의 흐름에 필연적으로 부수되는 것이며 실제로 생명체가 그것을 존속하는

데 크게 일조를 한다. 없으면 안 되는 요소다. 예술은 본원적으로 생명의 힘이나 흐름을 갖는다. 그 흐름 속에서 빛과 그림자는 함께 흐른다.

6.2. 건축의 예

예술의 원점에서 멀어질수록 형식의 틀은 더욱 뚜렷해진다. 건축은 양식을 지닌다. 그것은 철저할 정도로 인위적 설계에 의존한다. 무엇보다 그것은 예술 작품이기 이전에 인간의 생활 세계에서 뚜렷하게 목적을 지닌 구조물이다. 그것들이 예술성을 지닌다고 판단하는 것은 전혀 별개의 문제다. 베드로 성당이나 광장의 주랑은 모두 종교적 상징물이다. 베르사유의 건물들이나 정원, 베이징의 자금성 등은 일차적으로 모두 왕가의 궁전일 뿐이다. 베르니니는 분명히 스스로가 예술가이므로 주랑을 설계하면서 그것에 예술적인 아름다움이 있어야 한다고 생각지는 않았을 것이다. 그것은 부차적이며 부산물에 불과하다. 동아시아의 무수한 불교 사찰도 마찬가지다. 사람들은 불국사에서 예술적 아름다움을 만끽한다고 하지만 그것은 후대에 그런 의미가 부여되었기 때문이다.

베드로 성당이나 불국사에서 형식은 무엇이고 내용은 무엇일까. 여기서도 차이점이 드러난다. 형식과 내용을 굳이 구분하는 서구 문화에서 베드로 성당이나 광장의 주랑은 전체적으로 통일성을 이루나 그것은 부분으로 배열된다. 비례와 배열의 가지런함이 아름다움을 일으킨다. 그것은 분석적이고 논리적이어서 지성의 능력을 요청한다. 형식은 기하학적이어서 그것은 건물 자체에도 필요한 것이지만 이를 지어내는 사람들의 사유에도 요구된다. 그 형식은 도형으로서 공간적으로 규정된다. 이러한 형식은 빈틈없이 잘 짜인 패턴들의 조합이다. 주랑을 이루는 기둥들은 이미 패턴이다. 그것은 도리아식이거나 이오니아식 또는 코린트식의 기둥머리로 장식되어 있을 것이며, 배불뚝이 기둥이거나 직선의 기둥일 것이다. 그 기둥들의 간격은 한 치의 오차도 허용되지 않는다. 광장은 원형이며 배열도 원형이다. 성당의 거대한 지붕도 둥그렇다. 우주 공간이 원형으로 규정된다. 이도 패턴이다. 여기서 내용은 무엇일까. 종교일까? 예배일까? 이런 목적에 부응하는 편의성일까? 내용을 운위하기에는 물음이 공허하다. 말할 수 있다면 그것은 건축의 목적이 바로 내용이다. 예술보다 선행하는 것이 목적이며, 이는 순수예술과 거리가 멀다. 건축은 근본적으로 인간의 생활 세계에서 구축되는 실용적인 예술이다. 그것은 용도의 적합성과 효율성을 고려해야 한다. 예술의 본질과 다르게 수많은 규정과 한정이 요구된다. 그만큼 예술성의 순도는 미약해지기 마련이다.

불국사의 가람 배치는 특이하다. 가람의 전체적인 배치는 일견 질서가 있고 조화를 이루고 있으며 그 각각의 구축물은 논리적이고 배열적이다. 그러나 자세히 들여다보면 건물 배치가 모두 불함산이라는 더 큰 자연물과 어우러지고 있다. 배치되는 건물들은 모두 여러 개의 영역으로 나뉘는데 그 영역은 공간의 높이가 다르게 불규칙하고 다리로 이어져 있다. 전혀 획일적이지 않다. 서로 다르지만 그럼에도 잘 조화되고 있다. 역사 기록에 의하면 당시 경주는 잘 구획된 도시였다고 한다. 아마도 당나라의 영향이 절대적이었을 것이다. 당나라의 수도 장안의 거리와 건축물들, 특히 궁성과 사찰들은 모두 정연한 질서를 갖추고 있다. 서구의 건축물과 다를 것이 크게 없다. 사합원 양식도 방형(方形)의 공간 구조가 겹치거나 연속적으로 배열된다. 배열이 서구의 건축처럼 비례를 보여 준다. 약간의 차이가 있다면 앞과 뒤를 터놓아 이어지며 그것은 네모형의 막힘에 커다란 숨구멍으로 작용한다. 공간 배열에 숨통을 열어 놓아 건물의 경직성을 완화시키고 숨을 쉬게 한다.

우리의 건축물은 사뭇 다르게 발전하는데 고려 때 지어진 부석사를 보면 불국사의 가람 배치가 한편으로 보여 주었던 각 건물의 독립성이나 주위 환경과의 어울림, 불규칙 속에서도 이루어 내는 조화 등의 특징이 더욱 뚜렷해진다. 다른 한편으로 불국사가 지녔던 체계적 질서, 또는 기하학적 구성은 완전히 사라지고 없다. 부석사는 그저 무한으로 열려 있는 가람 배치다. 부석사에서 건축예술의 형식과 내용을 운위하게 되면 난점에 부딪힌다. 우리가 생김새를 강조하는 이유가 동아시아 건축에서도 드러난다. 건축예술은 근본적으로 공간예술이며 형식화를 가장 중요한 요소로 갖는다. 그 목적은 신앙의 공간이다. 하지만 그것이 강조되면 될수록 예술성의 강도는 미미해진다. 이를 피하기 위해 동아시아 건축은 '열림의 미'를 요청한다. 부석사의 가람 배치와 그것을 이루는 건물들의 양식은 바로 열림의 미가 충만하다. 그곳에 서 있으면 불교 신자가 아니더라도 아름다움을 만끽한다. 건물들의 빽빽한 배열도 없고 이런저런 아무렇게나 본디 그러한 것처럼 널려 있다. 건물 하나만 바라보아도 추녀까지 내려오는 지붕의 곡선은 멀리 아스라이 바라보이는 산등성이의 선과 비례하며 무한으로 달려간다. 그것이 바로 부석사의 생김새다. 형식과 내용을 굳이 따질 필요가 없는, 생체로서, 살아서 숨을 쉬는 생명체로서 부석사가 내보이는 생김새다. 생김새의 부석사는 그냥 전체로, 직각적으로, 하나로, 전일성을 지닌 그 무엇으로 다가온다.

조선 시대에는 원림(園林) 문화가 있었다. 담양 소쇄원(瀟灑園)이 대표적이다. 그것은 전체로 보아 하나의 예술 작품이다. 한국 건축과 정원 예술의 최고봉이라 할 수 있다. 우주는 생김새를 갖는다. 우주를 이루는 만물이나 현상 등도 모두 생김새를 지닌다. 소쇄원이 자리를 잡은 성산(星山) 일대는 별뫼라 불리는 지역이다. 이 지역에는 소쇄원 이외에도 식영정(息影亭), 환벽당(環碧堂), 명옥헌(鳴玉軒) 등이 위치해 있다. 명옥헌에서 봄에 붉은 꽃을 피워 대는 배롱나무 군락은 가히 절경이다. 이곳의 지세와 산세도 모두 생김새를 갖는다. 이러한 생김새들이 모두 하나다. 이들과 어울려 소쇄원도 생김새를 가감 없이 드러내며 한곳을 떠맡아 자리 잡고 있다.

소쇄원은 내원과 외원으로 나뉘는데, 통상적으로 내원에만 관심이 집중된다. 실제로 내원과 외원의 구획은 크게 의미가 없다. 소쇄원의 생김새는 그냥 하나로, 그것을 둘러싸고 있는 자연 경물과도 본디 하나이기 때문이다. 소쇄원의 생김새가 갖는 특징은 여러 가지이지만 무엇보다 중요한 것은 열려 있음이다. '열림의 미'다. 이곳에는 형식과 내용을 적용하기가 마땅치 않다. 소쇄원은 별서(別墅)다. 정자와는 다르게 살림집과 정자의 기능이 모두 있다. 굳이 소쇄원의 내용을 이루는 것들이 담장, 건물, 계곡, 대나무 숲 등이라고 지칭할 수 있을까. 또는 그것들이 구성하는 인간과 자연의 합일 상태라고 말할 수 있을까. 그러한 설명은 거의 무의미하다. 내용이라는 것들이 소쇄원의 생김새에 이미 녹아들어 사라지고 없기 때문이다. 주인이 주로 거처하는 제월당(霽月堂)과 그 아래 광풍각(光風閣)은 담으로 구분되어 있다. 두 건축물의 간격은 그리 멀지 않은데도 서로 왕래하려면 담을 통과해야 한다. 그런데 이 담을 직선으로 뚫지 않고 밖으로 나가 몇 차례 굽어 흐르는 담을 따라가야 한다. 내외가 없다. 구획과 안팎이 소멸되고 있다. 무엇보다 담에 매듭이 없다. 흐르다가 멈춘다. 그것이 전부다. 소쇄원 내원 구역, 건물과 계곡 등을 크게 둘러싸고 있는 담은 도대체가 용도가 불분명하다. 외부인이나 도적의 침입을 막는 것도 아니고, 대지를 나누어 너와 나의 영역으로 구획 짓는 것도 아니다. 그것은 그냥 거기에 있다. 계곡 위를 가로지르며 그 밑으로 계류가 있다. 담은 담이되 막힘이 없다. 열려 있다. 광풍각도 삼면의 벽을 틀 수 있다. 사면이 벽이지만 삼면이 들어열개문으로 되어 있어 높이 들어 올리면 된다. 들어열개문도 의미가 있다. 일상적으로 문은 닫히거나 열려도 문이다. 문의 모습을 그대로 갖는다. 광풍각의 문은 문이되 문이 아니다. 들어열개문을 들어 올려 천정의 위치에 놓으므로 사람의 시야에서 사라진다. 문이 사라진다. 그 대신에 모든 방향이 탁 트여 주위 경관과 하나가 된다. 모든 것이 열려 있음이다. 소쇄원의 미적 요소는 이외에도 많지만 우리가 주목하는 것은 통상적인 형식과 내용이라는 면에서 바라보는 원(園)이다. 한마디로 형식과 내용은 불필요하다. 고착화된 패턴을 갖추고 있다고 말하기도 어렵다. 패턴은 일정하다. 소쇄원이 패턴을 가졌다면 그것은 다른 원림에도 적용 가능하다. 그러나 소쇄원의 생김새, 즉 모양새와 짜임새는 오로지 소쇄원만의 것이다. 재생과 복제가 불가능하다. 형식의 특질은 복제와 모방인데 소쇄원은 소쇄원으로 끝난다. 소쇄원의 한가운데 계류가 흘러간다. 그것은 공간을 소리로 채운다. 소리 속에 사람들의 소리는 스며들어 사라진다. 봄이면 소쩍새가 운다. 달빛도 소리를 낸다. 여름이면 폭풍우에 계곡의 소리는 더욱 커진다. 겨울의 계류는 얼어붙더라도 우리에게 어떤 소리를 전한다. 모든 것이 소쇄원의 생김새다. 소쇄원의 아름다움은 그 생김새에 있다. 그 생김새는 모양새와 짜임새를 갖고 있을 뿐이다. 그 모든 것들이 있는 둥 없는 둥 흘러간다. 우주의 흐름에 소쇄원도 흐르고, 그곳에 몸을 둔 주인이나 과객도 흐른다. 그들은 모두 다른 게 아니라 하나로 동일한 생김새를 갖는다.

6.3. 회화의 예

회화에서는 어떨까. 동아시아에서 회화가 가장 융성했던 곳은 중국이다. 그들의 회화 이론도 고도로 발전되어 있다. 한마디로 중국의 그림에는 문리가 있다. 그림은 생김새이며 그것은 모양새인 문과 짜임새인 리를 갖는다. 모양새와 짜임새의 본질은 움직임과 변화다. 고정된 것이 아니며 한정되지도 않는다. 그 범위는 인간의 사유가 닿을 수 있는 한도까지 무한하다. 문리는 실정(實情)을 드러낸다. 이때 정(情)은 우주 만물의 현실적인 실제의 정이기도 하고, 인간의 경우 그 정은 희로애락 등의 칠정일 수 있으며, 또한 느낌을 총칭하는 것일 수도 있다. 이 모든 것이 상(象)으로서 문이 되고, 그것은 또한 짜임새로 리를 지닌다.

그림은 이러한 정(情)과 상(象)을 표현한다. 중국의 화론들은 오래 전부터 이를 여러 가지 측면에서 바라보면서 그 의미를 기술한다. 위진시대 고개지(顧愷之, 345-406)는 이형사신(以形寫神)이나 전신(傳神)을 강조한다. 형상을 그리지만 생명의 움직임이 드러나야 함이다. 전신은 화가와 대상이 서로 그 생명의 기운과 움직임을 공유해야 한다는 의미다. 사혁(謝赫)은 육법을 이야기하는데 가장 중요한 항목이 기운생동(氣韻生動)이다. 역시 기와 움직임에 역점을 두고 있다. 화가인 종병(宗炳, 375-443)에게 그것은 '창신(暢神)'이다. 그는 말한다. "생명의 움직임을 펼칠 뿐이다. 생명의 움직임을 새롭게 하여 펼쳐 내는 것보다 앞선 것이 무엇이겠는가?"[151] 중국의 화론사에서 처음으

---

[151] 宗炳, 『畵山水序』. 暢神而已. 新之所暢, 孰有先焉?

로 완성된 체계로 서술된 것이 바로 당나라 장언원(張彦遠)의 『역대명화기』다. 그는 회화의 품격을 다섯 가지 등급으로 나눈다. 그것의 기준은 자연(自然), 신(神), 묘(妙), 정(精), 근세(謹細)이다. 위진시대와 당을 거치면서 이러한 경향은 확고해진다. 평가의 항목을 이루는 개념들은 형식이나 내용과 직접적으로 연관되는 것이 없다. 여기서부터 동아시아의 예술은 그 가치관과 평가에 있어 서구 문화예술의 중추 개념을 이루는 리얼리티와 근본적으로 엇갈린 방향으로 진전된다. 장언원이 최하위 등급으로 꼽는 것이 바로 리얼리티에 필요한 정과 근세다. 문리에 있어서 짜임새의 진정한 의미는 대상의 구체적인 모습이 아니다. 리는 별자리(constellation)와 같아서 그것을 이루는 개개의 별이 관건이 아니라 무리 지어 빛나는 별들의 군집이 드러내는 짜임새다. 별자리는 20세기 발터 벤야민이 거론한 개념이기도 하다. 그것은 역사의 별자리다. 서로 멀리 떨어져 있는 개개의 별들이 눈앞에 하나의 짜임새를 이루며 보이듯이, 역사도 그러하다. 우리는 얽히고설킨 흐름의 역사에서 짜임새를 읽는다. 그 본질적 의미에는 차이가 있지만 우리가 이 글에서 말하는 짜임새와 일맥상통한다. 그 짜임새는 생명의 힘을 반영하여 기운이 있고 흐르며 움직인다. 그것이 바로 전신이나 창신의 신이다. 장언원이 자연을 신보다 앞세운 것은 도가의 영향이다. 도법자연(道法自然)이다. 하지만 자연이나 신이 함축하는 의미에서 그것들은 생명을 공유한다. 송대 황휴복은 일(逸), 신(神), 묘(妙), 능(能)을 거론한다. 일(逸)이 등장한다. 일은 자연과도 상통한다. 자연은 절로 그러함인데, 일은 아무런 걸림이 없는 경계를 뜻한다. 원의 예찬은 일기(逸氣)와 일필(逸筆)을 강조한다. 이러한 화론들은 송대 곽약허나 곽희 그리고 송도순을 거쳐 청대 석도(石濤, 1641-1720)에 이르러 그 정점을 찍는다. 그는 『고과화

상어록(苦瓜和尙語錄)』에서 '일화(一畵)'라는 개념을 제시한다. 그것은 일획이 아니다. 그렇다고 도가에서 이야기하는 도를 칭하는 하나도 아니다. 그것은 순수한 마음의 경계를 뜻한다. 그가 이야기하는 하나는 마음으로서 둘이 아닌 하나로서 만법이 하나임을 말한다. 화가는 그러한 마음의 경계에 들어서야 함이다.

이러한 화론이 실제 그림들의 어떤 면을 바라보았기에 나왔을까. 리얼리티에 입각해서 동아시아 그림을 바라보면 얼토당토 이해되지 않는 것들이 한둘이 아니다. 첫째, 바라보는 각도가 다르다. 서구의 회화는 투시원근법을 사용한다. 화가의 눈은 고정된 한 지점에 머무른다. 거기서부터 먼 곳까지 시야가 확대되며 거리에 비례하여 대상은 크기가 다르게 된다. 이와 달리 곽희의 삼원법(三遠法)은 고원(高遠), 심원(深遠), 평원(平遠)을 말하는데 아래에서 위로 보거나, 전면에서 후면을 보거나, 가까운 곳에서 먼 곳을 바라보는 것이다. 놀라운 것은 통상적으로 이들 세 가지가 하나의 화면에 펼쳐진다는 사실이다. 이런 화법이 극적으로 확대되어 실제 그림으로 나타난 것이 조선의 겸재가 그린 「금강전도」이다. 삼원법에 더하여 공중에서 금강산 전체를 내려다본다. 부감법(俯瞰法)이다. 그것은 마음의 경계에서 바라보는 산이기도 하다. 실경산수(實景山水)와 마음의 산수가 하나다. 둘째로, 공간을 완전하게 채우지 않는다. 이는 도처에서 드러난다. 우선 붓의 기법에서도 나타난다. 갈필(渴筆), 감필(減筆) 또는 비백(飛白)이 그렇다. 여유와 이간(易簡)을 추구한다. 쉽고 간략함이다. 이간은 역에서 중시하는 개념이다. 만물을 이간으로 읽어야 사람들에게 유효하다. 예술이나 회화도 예외일 수 없다. 서구의 그림들은 주어진 캔버스를 가득 채운다. 빽빽하고 빈틈이 전혀 없다. 화폭에 여백이 있다면 그것은 미완성 작품이다. 투시원근법이나 명암을 반영하는 리얼리티가 중시되어 분석적이고 논리적인 구도에서 약간의 일탈도 허용되지 않는다. 거꾸로 일탈(逸脫)의 일(逸)은 동아시아 회화에서 가장 커다란 덕목이다. 그림은 우주 만물의 일부다. 그림은 이를 반영할 뿐이다. 화폭에서 드문드문 빈 부분은 아무것도 아닌 무가 아니라 만물이 그러하기 때문에 유다. 여백이 존재함이다. 그 여백은 그 무엇인가를 추가로 언제라도 받아들일 만큼 넉넉하다. 그림을 덧붙여 그릴 수도 있다. 화가 자신이나 감상자가 시나 소감을 적을 수도 있다. 감상자는 보았다는 사실을 남기려 인장을 찍기도 한다. 놀라운 것은 이러한 모든 것이 역사성을 지니며 그림의 일부가 된다는 사실이다. 그림이 생명체로서 살아서 숨을 쉬고 있음이다. 셋째로, 명암이 없거나 미약하다. 그림자가 없다. 그야말로 이형사신으로서 구체적인 형상을 소홀히 하고 있다. 그보다도 그림을 이루는 대상들이 지닌 생명의 힘이나 운동을 읽는 것이 더 중요하다. 넷째로, 색채가 중시되지 않는다. 채색화가 있지만 주류는 아니다. 화조류나 기록화에서 채색이 이루어지는 경우가 많다. 가장 높은 예술적 경계에 도달한 문인화나 사의화는 묵 일색이다. 하나의 색이라도 그것은 천변만화한다. 담묵(淡墨), 농묵(濃墨), 초묵(焦墨), 적묵(積墨), 파묵(破墨), 발묵(潑墨) 등 그 기법의 종류는 한이 없다.

예를 들어 사의화는 생김새를 갖는데, 한 폭의 사의화는 하나의 생김새를 드러낸다. 사의화의 대가인 서위가 그린 『사시화훼권(四時花卉卷)』이나 『잡화권(雜花卷)』에 나오는 대상들은 모두 비정상적이다. 그것들은 대상이 대상이기를 원하지 않는 것처럼 보인다. 사물은 사물의 것이기도 하지만 이를 바라보는 인간의 것이다. 사물이 본디 지니고 있을 어떤 생명력 또는 그 흐름의 운동이 이를 바라보고 느

끼는 화가 자신의 그것과 맞물릴 때, 그림은 힘을 지니고 튀어나온
다. 그것은 바로 짜임새에 다름이 아니다. 짜임새란 사물이 지닌 본
질이기 때문이다. 그 짜임새가 모양새와 어울려 생김새를 드러낸다.
서위의 작품들에는 생김새가 뚜렷하다. 생김새를 뚜렷하게 드러내
는 데 성공함으로써 그의 작품은 평가를 받는다. 그 생김새는 생명
의 드러남이요, 만물의 문리가 드러남이다.

6.4. 음악의 예

음악의 경우도 예외는 아니다. 서구와 동아시아 음악을 구별 짓
게 하는 것은 바로 생김새가 다르기 때문이다. 음악은 정량화된 음
의 구성으로 이루어진다. 음을 규정하는 것으로 높이와 길이, 강약
이 있다. 일정한 시간 길이로 울리는 음은 하나의 음일 수 있고, 여
러 개의 음들을 쌓아 올린 음일 수도 있다. 화음의 구성이 바로 그것
이다. 하나의 음은 다른 하나의 음과 서로 높이를 달리함으로써 음
정의 다양성을 보이기도 한다. 그 음표들이 모여 마디를 이루고 마
디들이 모여 절을 구성한다. 절의 전개가 악곡을 이룬다. 조성도 두
개의 반음을 포함한 7개의 음을 올리고 내리면서 장조와 단조를 만
들어 모두 12개의 조를 구성한다.

이에 비해 궁상각치우의 5음을 주로 하는 음악에서 그 변화는 상
대적으로 그 범위가 좁아진다. 수학적이고 논리적인 면이 강조되는
서구 음악의 구성은 논리의 연역 방식처럼 무한대로 선을 따라, 종
적으로 전진하거나 확대된다. 동아시아의 음악은 음 하나로 세계
를 이룬다. 하나의 음은 독립적인 세계이며 다른 음들의 세계와 어
떤 관계를 맺고 있는가가 더 중요하다. 음 하나가 울리며 농현이나
떨림을 생산할 때, 그것은 울리는 시간 동안 수없이 많은 음가를 지

닌 음들로 연장된다. 그 음들이 지속되고 있을 때, 다른 개체로의 음들은 기다리거나 천천히 추세에 맞춰 움직이며 흐른다. 서구 음악은 논리적 전개로 단선의 흐름이지만, 동아시아 음악은 덩어리로서 문리나 생김새이며 음 하나의 성격이나 여러 개의 음들을 파악하는 것이 중요하다. 파악의 대상은 관계다. 하나의 악기가 곡을 연주할 때, 그 악기기 불어 대는 음 하나는 온갖 변화의 가능성을 갖는다. 분명히 음이 정해져 있음에도 그것은 전후의 음들의 상태를 고려해야 한다. 다른 악기들과의 협주라면 더 어려운 상황이 발생되는데 같은 음이라도 이를 불어 대는 다른 악기의 상태를 감안해야 한다. 한마디로 음이 획일적으로 정해지는 것이 아니라 상대적으로 음가가 달라진다. 음정조차 멋대로 바뀔 수가 있다. 기악곡 분야에서 독주곡에 비해 합주곡의 발전이 어려웠던 이유이기도 하다. 서구에서 음가가 수리적으로 규정되고 그것들을 논리적으로 조합을 하는 방식은 그 크기와 전개에서 제한이 없다. 서구의 음악에서도 음과 음들이 이루어 내는 선율은 서로 수많은 관계를 지닌다. 그 관계는 자연스럽게 흘러가며 정해지는 것이 아니라 작곡가 개인에 의해 세세하게 지시된다. 일탈은 허용되지 않는다. 수많은 악기들이 참여해도 화성이나 화음을 사전에 정해진 조합과 구성으로 체계적으로 전개하면 된다. 다성음악(polyphony)과 대위법(counterpoint)이 대표적인 예다. 논리적으로 조합을 한다거나 이를 체계적으로 전개한다는 것은 결국 패턴의 흐름을 지칭한다.

대위법은 문자 그대로 '점 대 점', 또는 '선율 대 선율'이라는 의미다. 바로크 이전까지는 다성음악이었지만 이후에 동일한 멜로디를 2개 이상의 성부로 연주하는 기법이 발전된다. 바흐는 대위법의 대가로 4성부도 즐겨 사용한다. 그가 작곡한 『골드베르크 변주곡』이나 『푸가의 기법』이 대표적이다. 대위법은 수평적이고 연속적인 전개이며, 화성법은 수직적이고 단면적인 전개다. 카논은 그 방법 중의 하나로 주제의 선율이 나오면 이를 다른 성부들이 같은 선율을 연주하며 연이어 따라 나온다. 푸가는 카논의 한 가지 방식으로 좀 더 복잡한 구조를 갖는다. 화성의 구성, 마디와 절의 일정한 전개 등은 모두 패턴이다. 나아가서 카논이나 푸가는 더 커다란 규모의 패턴을 이룬다.

이러한 패턴들은 구운 벽돌에 비유될 수 있다. 벽돌은 일정한 크기와 모양을 갖는다. 용도에 따라 단단함의 정도인 경도도 정해진다. 여러 가지 색깔도 입힐 수 있다. 일차적인 패턴은 벽돌 하나다. 그것은 사전에 정해진다. 필요에 의해 새로운 패턴이 만들어진다. 가장 기초적인 벽돌들은 집합을 이루어 새로운 패턴을 생성한다. 벽돌의 배열과 조합에 따라 무수한 패턴들이 창출될 수 있다. 악곡의 구성은 여러 악장으로 이루어지는데, 하나의 악장은 주제와 변주, 이들의 되풀이 그리고 간주곡과 코다 등으로 짜인다. 하나의 악장은 다시 스스로 커다란 패턴이 되어 다른 악장들과 더불어 하나의 악곡을 형성한다. 이런 면에서 서구의 음악은 수학적 특성을 지닌다. 논리가 정연하다. 조성의 변화나 다중음을 통한 화성의 구성, 작은 패턴의 배열과 조합을 통한 패턴의 확대 등은 철저할 정도로 분석이 가능하다. 무엇보다 음 하나는 독립적이지 못하다. 그것은 음악의 흐름에서 현실적인 개체로 살아갈 수 없다. 다른 음들과 함께 구성되어야만 음으로서의 가치를 갖는다. 화성을 이루는 음이 그러하고 마디 안의 한 음이 그러하다.

벽돌의 조합이 이루어 내는 크기는 무한하게 공간으로 확장될 수 있다. 서구인들이 벽돌로 거대한 성벽과 성을 세울 수 있는 것처럼, 그들의 음악도 패턴의 다양성의 확대와 그 발전 양상에 따라 변화를 겪는다. 그들의 오라토리오는 규모가 거대하다. 바그너의 악극인 「니벨룽겐의 반지」는 방대한 음악 서사시다. 기악곡에 있어서도 19세기 후반부에 이르러 규모의 확대가 절정에 달한다. 브루크너나 말러의 교향곡들이 그렇다. 특히 브루크너의 악곡들은 완정한 형태의 벽돌과 그 조합들로 가득하다. 그때까지의 교향곡의 모든 완성된 전통이 고스란히 녹아 있다. 전통을 유지하면서도 브루크너가 사용하는 패턴의 소요량은 엄청나다. 악곡의 길이가 무한대로 늘어난다. 그 장대함이 인간의 염원인 영원과 소통하는 느낌을 일으킬 때, 감상자는 커다란 감명을 얻게 된다.

서구의 음악은 창조적 성격이 강하다. 동아시아 음악이 생겨남의 특성을 갖는 데 비하여 서구 음악은 작곡가라는 주체가 요청된다. 그 주체가 패턴을 발견하거나 새로 만들어서 그 흐름을 주관적으로 엮는다. 주체가 지닌 감성과 지성이 모두 동원된다. 예술 작품의 이미지는 대상이 지닌 이미지임에도 불구하고 대체로 이미 관념화된 주체 작곡가의 이미지로 완전히 변환된다. 이러한 이미지의 표현을 위해 악보가 필요하고 그 악보는 세부적인 사항으로 빼곡하게 지시되고 기술된다. 음악을 이루는 모든 요소가 인위적으로 재단되어 철저하게 수리적으로 규정된다. 벽돌의 크기와 강도, 색채 그리고 그 성분까지도 서술된다. 연주자는 이를 해석한다. 인간의 언어 기호는 한계성을 갖는다. 작곡가가 그의 이미지를 드러내기 위해 온갖 기호 수단을 동원하지만 그것은 실제로 울리는 음과 차이를 드러낸다. 연주자가 기호를 해석하는 것이 서로 다르기 때문이다. 하나의 악곡을 구성하는 모든 기호에 이런 차이가 발생하므로 이러한 현상을 작곡가의 의도대로 통일적이고 일관되게 따르기 위해 지휘자가 요청된다. 지휘자의 해석은 또 다른 차이를 부른다. 이와 달리 중국이나 한국의 전통음악은 집체 음악 양상을 갖는다. 특정한 곡명을 갖는 악곡은 대체로 작곡가가 누구인지 모른다. 그것을 규명할 이유도 없다. 그것은 시간 속에 용해되어 있다. 그것은 창작이라기보다 발견된 것이다. 생겨난 것이다. 생겨남은 연속적으로 이루어진다. 생겨나고 또 생겨난다. 그 생김새는 변화를 겪는다. 굳이 작곡을 운위한다면 그 작업에는 무수한 사람들이 개입되었을 것이다. 멋대로 변주를 하고 남의 가락에 손을 댄다. 그런 것들이 절로 시대의 흐름이나 그들의 공동체가 선호하는 최선의 조합으로 어우러진다. 새로운 악곡이 생겨남이다. 그것은 여전히 과정에 있으면서 변화를 겪는다. 악보는 최소한으로 요청될 뿐이다. 생겨남은 생김새를 갖는다. 그 생김새는 다른 사람들이 알아볼 수 있고 느낄 수 있도록 모양새를 지닌다. 이러한 생김새가 변화의 흐름에 있을 때, 그 변화는 어떤 결의 방향을 드러내는데 그것이 바로 짜임새다.

동아시아 음악 중에서도 특히 한국의 전통음악 시나위는 인도의 라가와 그 생김새가 흡사하다. 라가와 시나위 음악에서, 하나의 악곡으로서 생김새는 무수한 생김새의 짜임새로 이루어진다. 작품의 생김새에 비해 짜임새를 이루는 생김새들은 그 규모가 작지만 생김새라는 것에는 차이가 없다. 완성된 작품도 생김새요, 이를 이루어 가는 작은 생김새들도 생김새다. 모두 생명체로서 독자적으로 숨을 쉬며 흘러간다. 음 하나가 살아 있으며 그것이 생김새다. 라이프니츠의 모나드가 연상된다. 그 음들은 다양하다. 서구처럼 규정되지 않는다. 하나의 음은 그 길이 또는 소리의 크기에서 무한으로 늘어날 수도 있다. 그 음은 길이가 늘어나면서 여러 가지 양상을 보이는데 먼저 그림자를 갖는다. 본체인 음을 따라서 그림자가 길에 따라붙는다. 해의 위치에 따라 그림자의 크기가 달라지는 것처럼 음의 상태에 따라 그림자의 강도와 크기 그리고 지속 시간이 변화한다. 농현(弄絃) 또는 시김새는 이러한 모양새를 드러내는 기법 중의 하나다. 하나의 음은 서구 음악처럼 다른 음들과 관계를 지니며 발전한다. 서구와 동아시아는 그 관계성에서 차이를 보인다.

시나위를 예로 든다. 연주가들인 예인들이 한곳으로 모여든다. 악곡을 연주하기 위함인데 그날 연주하려는 곡목을 정할 수도 있지만 굳이 그럴 이유는 없다. 그냥 한판 놀아 보고 싶은 것이다. 따라서 모여든 예인들에 따라, 그날 그때와 어울리는, 특정한 장소에 적합한, 또는 주위의 구경꾼들의 상황에 맞추어, 적절한 악곡을 선택할 수 있다. 하나의 시나위 합주를 위해서 필요한 악기는 임의적이다. 한두 개 악기가 빠진다고 해서 전체에 미치는 영향은 그리 크지 않기 때문이다. 시나위 합주라는 것이 특정 악곡의 표제가 아니다. 제목이 없음에도 무엇인가 표제가 필요해 그렇게 이름을 붙였을 뿐이다. 도대체 전체 생김새가 모호하고 아득하다. 그냥 시나위다. 악곡은 경기도식 소리 가락이 될 수도 있고, 남도의 산조 가락일 수도 있다. 이들의 임의적인 조합도 가능하다. 놀랍게도 음악을 연주하기 직전에야 예인들은 이에 대해 서로 합의할 수 있다. 연주가 이루어지는 과정도 예측을 불허한다. 천변만화가 가능하다. 그러한 변화는 악곡이 연주되는 공간, 환경, 관중의 감응 정도, 날씨, 심지어는 각 예인의 몸이나 느낌 상태에 따라 그 조합을 달리한다. 대금 연주자의 몸이 불편해 그 불어 대는 소리가 약하면 다른 악기들도 거기에 호흡을 맞춘다. 관중의 반응이 뜨거워 그 열기가 연주장에 가득 차게 되면 시나위 연주는 강도가 높아져 소리가 달리 변한다. 무엇보다 그 연주 길이가 고무줄처럼 늘어난다. 특히 추임새 소리가 여기저기 튀어나온다. 유럽에서 교향곡의 연주회장은 그 많은 인원에도 불구하고 숨소리 하나 들리지 않을 정도로 조용하다. 이는 절대적인 요구 사항이다. 이미 세세하게 규정된 음의 패턴들을 진행하는 과정에서 잡음이 생기면 안 되기 때문이다. 시나위 연주회장은 열린 마당이면 족하다. 음악 자체가 열려 있다. 청중이 내지르는 추임새는 악곡의 일부다. 추임새가 들어간 악곡이야말로 완성도도 더 높다. 감응이 그만큼 강하고 크기 때문이다. 생김새들의 이합집산이 크게 열려 있다. 열림의 미가 충만하다. 그렇다고 짜임새가 없는 것이 아니다. 생김새 자체가 이미 짜임새를 거느리고 있다. 그 짜임새는 밀도가 높다. 시나위 음악이 고조될수록 그 짜임새의 밀도는 촘촘하고 그 강도는 크다. 다만 그 짜임새로 생겨나는 모양새가 느리고 헐거울 뿐이다. 판소리 한판은 하나의 생김새다. 이 생김새는 하나의 작품으로 모양새를 거느리며, 그 모양새는 짜임새의 조합과 변화로 이루어진다.

산조는 시나위의 한 갈래다. 산조를 비롯한 시나위는 대체로 '세틀 형식'을 갖는다. 이는 진양조, 중모리, 자진모리로 구성되는 악곡 형식을 일컫는다. 크게 보아 그렇다는 이야기다. 중중모리도 있고 엇모리, 휘모리도 있다. 이때 형식이라는 용어는 생김새로 새겨야 한다. 형식은 고착화를 의미하지만 생김새는 흐르며 가변적이기 때문이다. 인도의 라가 음악은 알랍(alap), 조르(jor), 잘라(jhala) 등으로 이루어지는데 이는 시나위의 생김새에 상응한다. 그것의 탄력적인 변화는 시나위와 거의 동일하다. 빌라야트 칸이 연주하는 라가 진조티(Raga Jhinjhoti)는 그 길이가 무한이다. 곡은 통상적으로 세틀의 생김새로 엮이는 전반부와 타악기 따블라(tabla)가 반주하는 가트 밴디쉬(Gat Bandish)의 후반부로 이루어진다. 이러한 모양새는 언제든지 변화가 가능하다. 필요하다면 전반부만 연주할 수 있고, 그중에서도 알랍이라는 생김새만 떼어 놓아도 좋다. 그러한 생김새들의 지속 길이도 임의적이다. 성악이나 악기가 독주곡일 때, 통상적으로 땀뿌라(tampura)가 반주를 맡는데, 이 악기는 일정한 음들을 반복적으로 끝없이 되풀이한다. 이 소리는 바로 우주가 소리로 가득 차 있음을 상징한다. 이중주로 연주할 때도, 연주자들끼리 흥이 나면 서로 껄껄대고 웃을 수도 있고, 잠깐 숨을 돌리며 청중과 이야기도 나눈다. 청중은 와자지껄 떠들썩하게 반응을 보여도 좋다. 이 모든 것이 소리다. 음악이 연주되는 하나의 장에서 이 모든 것이 서로 연관을 맺으며 전체 소리를 형성하며 아우라를 만들어 간다. 그것이 최종적이고도 실제적인 음악이다. 이 모든 것들이 짜임새들이다. 이 짜임새들이 이루어 내는 그 장은 또 하나의 생김새다.

6.5. 시문학의 예

예술은 과정으로서 여러 갈래로 끊임없이 흐른다. 문학은 언어를 매개로 하는 예술이며, 모든 갈래의 예술이 마지막으로 합류하는 거대한 강줄기다. 문학 중에서도 시문학은 언어예술 중에서 본원적인 예술성에 가장 가까이 다가서 있다. 예술은 과정이요 흐름이다. 끝없이 변화한다. 이를 뒷받침하는 것은 힘이다. 예술은 생명을 지닌 생명체가 갖는 힘과 움직임에서 비롯된다. 그것들이 만들어 내는 양상에서 예술은 느낌을 바탕으로 한다. 예술성이라 함은 바로 이런 느낌의 성질을 말한다. 느낌의 강도와 그 드러남의 강약에 따라 예술성의 강도도 다르게 나타난다. 느낌은 인간이 지닌 오감에 의해서만 그 모습을 드러내는 것은 아니다. 이미 우주 만물은 그 자체로 느낌을 지니고 있다. 각기 생명체로서 인간이, 그 스스로 본디 지닌 느낌이 우주 만물의 본연의 느낌들과 관계적으로 함께 흐름을 같이

할 때, 개체인 인간에게서 그 느낌들이 하나의 현실적 개체로 새롭게 종합된 느낌으로 파악되어 인간에 의해 예술로 그 생김새를 드러낸다. 이 과정에서 의식이 개입된다. 의식의 가장 구체적이고 현실적인 드러남은 바로 언어에 의해서다. 거의 느낌에 갈음하는 순수 의식도 있지만 대체로 의식은 주체의 형성을 통해, 주체화의 과정을 거치며 이 과정은 바로 언어로 이어진다. 개체와 이를 둘러싸고 있는 환경의 타자들에 의해 약속되고 주어진 언어와 이미 이러한 언어와 결부되어 기호화되는 의식은 점차 그 본원적인 느낌에서 퇴색되어 그 본디 짜임새를 잃어 간다. 그럼에도 인간은 언어를 통해 서로 교류하고 공존한다. 인간의 생활 세계에서 구체적인 지시와 의미를 지니면서 예술화될 수 있는 언어는 다른 예술 분야가 따라올 수 없을 정도로 깊고 다양하며 광범위하다. 언어예술은 크게 나누어 시와 소설, 희곡 등이 있다. 통상적인 분류에 의하면, 시에도 서사시나 극시처럼 사건을 포함하는 것들이 있다. 중국에서 오래전부터 발달한 잡극(雜劇)은 그 문장이 온통 운율이 섞인 구절들이다. 여기서 문학작품의 모양새에 따라 어디까지가 시에 속하는 것인지 규정할 수는 없다. 분명한 것은 서사시나 극시, 또는 잡극 형태의 운문들은 모두 예술성의 강도를 높이기 위해 리듬을 중시한다. 리듬이 시를 이루는 언어의 생김새를 규정한다. 리듬은 내재적인 것도 있고 생김새를 이루는 짜임새로 드러나기도 한다. 리듬 또는 율파(律波)는 본디 우주가 지닌 본질적인 속성이다. 우주 만물은 언제나 흐르며 그것은 파동이다. 그러한 파동들에는 일정한 규격화된 모습이 정해진 것은 아니지만 대부분의 파동들은 그 자체로 일정한 생김새를 보여 준다. 인간의 느낌은 생명체들의 느낌의 되풀이되는 생김새에 반응하며 이를 파악한다. 시인은 이를 예민하게 받아들인다. 시 작품이 애초부터 이러한 리듬을 갖고 만들어지는 이유이기도 하다. 시대의 진전에 따라 언어를 통한 문학예술은 리듬을 지닌 운문보다는 서술이나 기술에 더욱 치중하는 경향을 보인다. 산문으로 이루어지는 문학작품이 대체로 그렇다. 산문에 느낌이나 리듬이 없는 것은 전혀 아니다. 우주 만물의 내재적 리듬은 어디에서나 흐른다. 산문은 그러한 내재적 리듬을 운문보다 오히려 적나라하게 드러낼 수 있다. 그럼에도 그것들은 대체로 모양새나 짜임새를 인위적으로 끌어낸다. 단어의 선택과 문장의 나열, 구성과 종합, 무엇보다 스토리나 사건의 전개 등의 지성적인 작업이 요청된다. 지성은 의식이나 가치관 등의 요소가 개재한다. 그것은 감각이나 또는 감각 이전의 순수 느낌과 가까운 시문학과는 차이가 있다. 리듬은 느낌이다. 이를 제대로 드러내는 예술로는 음악이나 무용 등이 있어 문학은 예술의 강도에서 이를 따라갈 수는 없다.

우리가 예술 작품에서, 또는 문학작품에서 형식과 내용이라는 이분법적인 해석을 지양하는 이유도 여기에 있다. 예술성의 강도가 옅고 흐릴수록 작품의 감상에 있어 느낌이나 직관보다는 의식적인 분석을 요구하는 지성의 역할이 크다. 지성은 분석적이다. 작품을 해석하지 않을 수 없다. 해석은 사람에 따라, 시대에 따라, 또는 주어진 여건에 따라 무한한 변수를 지닌다. 공감을 도출할 기준이 필요하다. 이를 위해 해석의 방법으로 지금까지 고정되고 익숙한, 무엇보다 이에 대해 수많은 이론들이 축적된 '형식과 내용'이라는 개념은 감상자 또는 평론가에게 노고를 덜어 준다. 느낌은 해석이 요구되지 않는다. 느낌에는 형식과 내용을 거론할 수 없다. 그 이전의 상태이기 때문이다. 형식과 내용이라는 칼로 느낌을 재단할 수는 없다. 형식과 내용이라는 개념은 문자 그대로 개념이다.

시어(詩語)들은 개념의 세계에서 멀리 떨어져 있다. 그것들은 느낌의 바다에서 헤엄을 친다. 형식과 내용은 질료와 형상이라는 아주 오래된 그리스철학을 바탕으로 지금껏 당연한 구분으로 받아들여지고 있다. 그것은 안과 밖, 마음과 대상, 주체와 객체 등의 이분법적 개념들과 연관을 맺는다. 시 짓기는 하나를 찾는 과정이요, 작업이다. 우주 만물의 모든 생명체는 하나다. 시인도 하나다. 그 하나는 끊임없이 흐르고 움직인다. 시인은 그 하나의 흐름 속에 들어가 강한 느낌으로 충만하다. 그 느낌을 인간의 언어로 건져 내기 위해 시인은 고군분투한다. 아마도 아득히 '홀황(惚恍)'의 경계에서 헤엄치고 있을 것이다. 언어는 끝내 느낌과 동일한 얼굴을 가질 수 없다. 시인은 이를 절실히 깨닫는다. 느낌의 상태와 가장 잘 어울리는, 또는 적합한 언어를 발견하기 위해, 시간을 초월하며 애를 쓴다. 순간적인 직각으로 발견될 수도 있다. 밤을 새워도 찾지 못할 수도 있다. 수많은 조탁과 뒤바뀜이 있을 수도 있다.

이런 면에서 외국어로 된 시 작품은 그 느낌의 전달에 한계를 지닌다. 발견되고 선택된 모국어의 어휘와 그 배열들에도 이미 느낌의 강도가 제대로 전달되지 않는 상황에서, 외국어로 된 시는 다른 세상에서 나타난 것이다. 그것은 낯이 설다. 느낌은 모두 사라지고, 정색을 하고 이해와 분석을 바탕으로 접근해야 하는 그 무엇이다. 이때의 대상은 시라고 할 수 없다. 그 작품은 그 나라에서, 그 작품이 만들어진 언어를 쓰는 사람에게 시 작품일 뿐이다. 대부분의 사람들이 외국어로 된 시를 좋아한다고 말할 때, 또는 감동을 느낀다고 할 때, 그것은 개념에 가깝다. 개념은 보편적이다. 인간 지성의 작업에 따라, 서로 다른 언어에서 추출될 수 있는 보편성을 갖는다. 그것은 일반화다. 시는 일반화라는 작업과 성질을 본원적으로 거부한다. 따라서 외국어 시를 제대로 감상하려면, 먼저 그 언어에 숙달해야 한다. 모국어로 쓰는 사람만큼은 안 되더라도, 그 언어에 익숙함이 크면 클수록 아마도 그 시가 전달하려는 느낌에 가까이 갈 것이다.

시는 느낌이 빚어낸다. 느낌은 언어 이전이다. 빚어내기 위해서, 생김새를 갖기 위해서 느낌은 언어를 요청할 뿐이다. 그 느낌은 몸짓을, 그림을, 또는 소리를 요청할 수도 있다. 몸짓은 춤이요, 그림은 회화가 되고, 소리는 음악이 된다. 언어로 요청되어 생김새를 최초로, 가장 빠르게 드러내는 것이 바로 시다. 시는 모든 문학의 원류요, 시작이다. 이런 면에서 시는 시상(詩象)이다. 상(象)은 상(像) 이전의 어떤 흐름이나 느낌이다. 상(像)은 의식화되어 구체적인 형상을 지닌 것이요, 상(象)은 아직도 흐름의 변화에 있는 어떤 '-것'이다. 이 글의 서두에서 느낌과 상을 거론한 이유이기도 하다.

우주 만물에는 언제나 느낌이 가득 흐르고 있다. 그 느낌은 무한대의 양태를 갖는다. 인간이 무어라 말할 수 없을 정도로 힘과 움직임을 지니고 흘러가고 있다. 그것의 흐름에는 방향도 없다. 그렇다고 우주 어느 한구석이라도 놓치는 법이 없다. 시인은 이러한 우주의 충만함에 몸을 같이하고 있는 무수한 사람들 중의 하나일 뿐이다. 어느 순간에 그 느낌은 직각적으로 한 사람의 느낌과 연결된다. 전류가 흐른다. 그 사람을 굳이 시인이라 말할 이유는 없다. 그 누군가는 그 느낌을 새로 발견하고, 언어로 이를 드러낼 뿐이다. 그 느낌은 새롭다. 그 느낌은 언어를 빌어 새로운 생김새를 갖는다. 새로운 느낌을 발견한 자와 그 발견된 느낌의 생김새를 공유하게 되는 감상자는 모두 새로움의 빛에 젖어 든다. 그 새로움이 강하면 강할수록 그 시는 사람들에게 회자되고 기억에 오래 남게 된다. 예술성의 강도가 높다는 이야기는 그만큼 새로움의 빛이 강하다는 뜻이다. 새롭다는 것은 어떤 면에서 낳고 낳음, 또는 한 번 음하고 한 번 양한 것을 도(道), 다시 말해서 우리의 생활 세계인 역(易) 그 자체이며, 이를 이어 가는 것이 선과 아름다움이라는 『주역』의 글귀와도 상통한다. "낳고 낳음이 바로 역이다(生生之謂易)." 나무의 새로운 싹이나 꽃봉오리, 어린 아기는 아름답기 그지없다. 사계절의 끊임없는 순환과 변화, 매일 떠오르는 태양은 언제나 낳고 낳음, 그리고 새로움을 일깨운다. 새로움은 낳음이며, 그것은 아름다움의 본질이기도 하다.

시 작품에서 생김새는 거의 직각적으로 감지된다. 소설과 같이 거대한 규모의 문학작품은 그 모양새와 짜임새를 어느 정도 파악한 후에야 그 전체 생김새를 바라볼 수 있다. 여기서 두 개의 시편을 예로 든다. 현대 시문학의 거봉인 미당의 시와 졸시를 나란히 인용하는 것은 어울리지 않는다. 그럼에도 자작시이므로 스스로 그 느낌을 가장 잘 파악하고 있다고 생각해서 감히 여기 싣는다. 무엇보다 두 편의 시는 생명의 힘과 움직임이 새록새록 솟아나는 생김새를 갖고 있다. 서정주의 시는 역사를 느끼게 하는 강인한 흐름이 짜임새로 나타나고, 졸시는 현재 이 순간의 힘과 움직임이 넘쳐 난다. 먼저 서정주의 「풀리는 한강가에서」를 읽는다.

江물이 풀리다니
江물이 무엇하러 또 풀리는가
우리들의 무슨 설움 무슨 기쁨 때문에
江물은 또 풀리는가

기러기같이
서리 묻은 섣달의 기러기같이

하늘의 얼음장 가슴으로 깨치며
내 한평생을 울고 가려 했더니

무어라 江물은 다시 풀리어
이 햇빛 이 물결을 내게 주는가

저 밈둘레나 쑥니풀 같은 것들
또 한 번 고개 숙여 보라 함인가

黃土 언덕
꽃 喪輿
떼 寡婦의 무리들
여기서서 또 한 번 더 바라보라 함인가

江물이 풀리다니
江물은 무엇하러 또 풀리는가
우리들의 무슨 설움 무슨 기쁨 때문에
江물은 또 풀리는가

—서정주, 「풀리는 한강가에서」 전문

　이 시를 읽자마자 생명의 흐름, 반복과 귀일, 대순(大順)과 "본성과 천명의 짜임새를 따르다(順性命之理)", 낳고 낳음의 깨달음과 "하늘과 땅의 커다란 덕은 바로 삶이다(天地大德日生)", 생명체의 신비 등이 한꺼번에 다가온다. 그것들이 전체로 모여 있는 것이 생김새다. 이 시의 생김새는 한마디로 생명체의 삶과 이어 감이다. 인간으로서 삶은 고달프다. 사고(四苦)에 시달리다가 생을 마감하는 것도 서글프다. 세월이 흐를수록 회환과 서러움이 삶의 저 밑바닥에 고여 간다. 생명체로서 대지와 하늘을 의지하면서 살아가는 것이 쉬운 일이 전혀 아니다. 기쁨도 있지만 서러움이 훨씬 더 크다. 인간만 그런 것이 아니다. 추위를 피해 남녘으로 수천 리를 날아가는 "서리 묻은 섣달의 기러기"도 그러하다. 이렇게 어둡고 음울했던 시인이 겨우내 꽁꽁 얼었던 얼음이 풀리는 것을 바라보고 있다. 그 시선에 새삼스레 갑자기 겨울이 어느덧 기운이 다해 사라지며 봄이 오는 모습이 들어온다. 순환이다. 대순이다. 그것은 바로 우주 본성과 하늘의 짜임새다.

시의 모양새는 네 줄로 이루어진 몇 개의 연들이 나열된 모습이다. 각 연들에는 사람들인 '우리들', 강물이나 기러기, 그리고 삶을 다시 이어 주는 햇빛과 물결, 밈둘레나 쑥니풀, 꽃상여와 떼과부 등이 전체 모양새를 보여 준다. 겨울이 지나 어느새 강물이 풀리고 있다. 겨울을 이겨 내는 밈둘레나 쑥니풀은 생명체들이 부르는 생명의 노래요, 꽃이다. 삶에는 어둠이 있다. 겨울이 있다. 그것을 상징하는 것들이 황토 언덕을 올라가는 꽃상여와 죽은 자를 떠나보내는 과부들이다. 이들은 모양새의 어두운 면을 차지한다. 이런 모양새의 결을 따라 흐르는 것이 짜임새다. 대우주 사시 계절의 순환, 죽음과 생명의 엇갈림이 시에 차례로 등장하는 것이 바로 짜임새다. 시를 읽으면 귀일이나 순환 그리고 순응을 나타내기 위해 많은 시어들이 되풀이된다. 되돌이도 있다. 이런 짜임새를 시적으로 강조하기 위해 그 언어들은 영탄조의 어미를 갖는다. '-인가' 하는 어구다. 이런 시의 짜임새는 결국 리듬이나 율동성을 갖추게 한다. 그 속도는 느리다. 강물처럼 천천히 느리게 흘러간다. 무엇보다 시의 전체적인 짜임새가 쉽고 간략하다. 이간(易簡)이다. 우주의 짜임새가 그런 것처럼 시의 흐름이 쉽고 간략한 짜임새를 드러낸다. 원숙한 시인은 시 짓기에 능숙할 뿐만 아니라 그 마음의 깨달음도 이미 강물처럼 세파에 시달리고 씻겨 뼈대만 남았다. 그것도 촘촘하지 않고 둥그런 원을 닮아 천천히 굴러가고 있다.

이 시는 분명히 시인 자신이 객관적으로 눈앞의 실정을 바라보며, 그 느낌을 주체적인 입장에서 나를 기준으로 작성한 작품이다. 각 연이 모두 '-는가'라는 영탄조의 물음으로 끝나는데 이 물음의 주체는 시인 자신이다. 확대하면 시에 나오는 '우리들'은 시인인 나를 포함한 사람들이며, 더 크게는 이 시에 등장하는 모든 생명체들까지 포괄한다. 시인은 개체인 나(我)이지만 우주 만물과의 합일을 깨닫고 있다. 전체적으로 시는 영탄조임에도 조용하고 쓸쓸하다. 강가에서 얼음이 풀리며 흘러가는 한강을 바라보는 시인은 말이 없다. 서늘한 가을 기운이 아직도 가슴에 서려 있다. 느낌으로는 아마도 긴 세월을 겪은 나이일 것이다. 실제로는 이 작품은 서정주가 사십 초반으로 아직 한창 젊음을 향유할 때 생겨난 것이다. 그가 지닌 시성(詩性)과 시재(詩才)를 다시 돌아보게 한다. 그는 삶을 다시 반추하고 있다. 그 느낌의 생각은 좌절이나 절망 또는 한탄이 아니다. 얼음 속을 견디며 다시 새싹을 돋는 생명체로의 밈둘레나 쑥니풀, 이를 바라보고 다시 무엇인가 어떤 힘을 느끼고 있는 생명체로의 시인 자신, 이들이 생명체로 공통적으로 갖고 있는 것은 생명의 힘과 그 움직임이다. 그 움직임은 뜨겁지는 않지만 천천히 깊은 곳에서 위로 스며 올라오고 있다. 예전에도 이미 이런 생명의 기운을 알고 있었지만 이제 새삼스레 한강을 바라보며 다시 이를 절실하게 깊이 깨닫는다. 느낌은 퇴색한 듯이, 지는 햇빛처럼 얕고 여리지만 이를 바라

보는 시인의 마음은 여전히 생명의 기운으로 환하고 밝으며 햇빛 받
은 물결처럼 반짝인다.

　　태양이 갈기는 한낮
　　자외선 경보가 울리는 날엔
　　머리부터 발끝까지 발가벗고
　　햇살을 품으며 걸어라

　　호박잎은 축 늘어지고
　　물망초가 꽃잎을 눈꺼풀로 숨기면
　　햇빛은 척후병으로
　　총을 겨누며
　　뜨거워 흐늘거리는 잎새마다
　　최후의 적까지도 찾는다

　　맞서라
　　유월의 밤꽃은
　　불가사리처럼
　　바닷속 깊은 어둠까지도
　　비린내로 흐느끼고

　　상수리나무는 도토리를 잉태하려
　　태양이 쏘아 대는 총탄을
　　잎새마다 핏빛으로 포옹한다

맞이하라
두 손을 벌리고
끓어오르는 땅의 열기와
어머니의 정기를 빨갛게 흡인하고

걸어라
맨발로
창백한 얼굴아
아스팔트를 치우고
진흙이 말라 갈등의 균열이
비를 기다리고 있는
그 맨살 위로
걸어 보아라

얇고 흰 발바닥에
부르튼 물집은
부끄러워하리니

비 오기 전에
불바다와 태양만이 용솟음치던
옛날의
한 모퉁이 한 자락이라도
뜨겁게 잡아 보아라
　　　—졸시, 「뜨겁게 걸어라」(『새끼 붕어가 죽은 어느 추운 날』) 전문

시의 생김새는 태양처럼 뜨겁게 달아오른 불덩이 같은 삶이다. 불길은 한곳에서만 치솟지 않는다. 여기저기, 마치 화산의 불구덩이가 헤아릴 수 없이 많아 거대한 화염을 쏟아 내듯 시인을 둘러싸고 있는 만물이 생명체로서 삶의 뜨거움에 넘쳐 나고 있다. 그 뜨거운 생김새를 구체적으로 드러내는 모양새는 짧고 힘이 느껴지는 단어로 연을 시작하고 연을 이루는 줄은 가파르다. 구성이 울퉁불퉁하다. 힘이 어디로 향할지 모른다. 여기저기서 튀어나온다. 태양의 햇살, 유월의 밤꽃이나 불가사리, 도토리를 잉태하는 상수리나무, 땅의 열기, 어머니의 정기, 맨발과 대지의 진흙 등이 마구 눈앞에 불거지며 시의 문장과 단어들은 불규칙하게 얼기설기 성글다. 이를 엮어 가는 짜임새는 역설적이다. 흐느적거리는 잎새, 비린내로 흐느끼는 밤나무, 핏빛이 가득한 상수리나무, 물집이 나도록 부르튼 맨발 등이 모양새의 결을 따라서 냄새와 몸짓과 빛을 드러내며 역설적으로 모양새의 면목을 한층 강화한다. 하늘과 땅이 본디 지닌 본성과 그 천명이 아무리 생명의 흐름이라 하더라도 젊은 생명체는 이를 찢어 내듯이 파고들어 이를 확인하려 한다. 그 짜임새의 흐름을 강조하기 위해 시어(詩語)는 명령조의 어구들로 가득하다. 그것은 생명체가 본원적으로 갖고 있는 본생의 명령이다. 만물은 본생을 지닌다. 본생은 하나이지만 만물 개체도 모두 본생을 하나로 갖는다. 그것은 언제나 힘과 움직임을 갖는다. 위의 시는 삶의 과정을 한창 살아가는 생명체의 모습이다.

시의 주체는 시의 밖에 있지 않다. 시인은 시의 움직임을 직접 이끌고 있다. 시인이 밖에서 대상을 쳐다보며 묘사하는 것이 아니다. 그는 시상의 흐름에 몸을 모두 담고 함께 흘러간다. 바라보는 시각에서의 주체는 사라진다. 생명체로의 시인이, 몸과 의식 언어가 나뉘기 전의 하나로서, 생명체가 발가벗고 있는 그대로 숨을 쉬며 살아가는 모양새와 짜임새가 그대로 드러나고 있다. 아직도 과정이 뜨겁게 역동한다. 한참 젊은 모양새다. 그 느낌의 흐름도 상대적으로 빠르고 촘촘하다. 단어 하나가 문장 하나를 이루어 한 줄을 차지한다. 밀도가 높다. 대순을 언급하기에는 아직 가파르다. 쉽고 간략하지 않다. 아직 이간의 경계와는 거리가 느껴진다. 힘이 지나치게 넘쳐 난다. 시에서 언급되는 모든 생명체들이 밑바닥부터 생명의 힘으로 용솟음치고 있다. 단어 하나의 짧은 어휘들이 반복적으로 등장된다. 진행이 되풀이로 빠르다. 이러한 짜임새의 흐름은 역시 리듬을 불러일으킨다. 이때의 리듬은 생명의 박동이다. 그 박동에 따라 시어들이 춤을 춘다. 시의 중반을 넘어서며 나오는 연들은 첫머리가 명령어로 된 하나의 단어다. 그것들이 반복된다. 짧고 강하다. 조선 가곡이 첫머리를 된음으로 시작하듯이 힘으로 앞을 열어젖힌다. 그힘이 운동을 하며 아래로 확산된다. 연에서 그렇고 전 작품에서 그렇다. 그것이 바로 짜임새다.

서정주의 시는 여백이 있다. 느낌은 첫눈에 보이지 않아도 그것은 멀리서부터 천천히 솟아오른다. 완만한 흐름은 느리지만 그것을 뒷받침하는 힘은 오래전부터 존재하는 듯이 강인하다. 무엇인가 한참이나 높이 쌓여 있는 것만 같다. 그 앞에서 시의 생김새는 순응이다. 음지와 양지, 그늘과 햇빛, 어둠과 밝음, 죽음과 생성이 받아들여지고 있다. 그것은 서로 모순이지만 본질적으로 대대(對待)다. 하나다. 그 흐름은 "풀리는 한강가"에서처럼 생명을 낳고 이어 간다. 시 작품의 생김새는 인위적이거나 의도적인 것이 별로 눈에 띄지 않는다. 모양새도 완만히 흐르고 짜임새도 포용하듯이 순하게 흐른다. 반면에 두 번째 인용한 시는 세월을 전혀 의식하지 않는 젊은이의 힘이 넘쳐 난다. 한낮에 뜨겁게 내리쏟는 햇살처럼, 서편으로 지는 해는 상상도 못 한 채로, 순간을 휘젓는 생명의 힘과 움직임에 충실하다. 이를 강하게 느끼며 화산처럼 폭발한다. 삶의 부정적인 요소는 철저히 부수고 배제한다. 오직 삶의 뜨거운 호흡만이 흐른다. 생김새는 젊고 힘이 넘쳐 난다. 두 작품 모두 생명의 생김새를 드러낸다. 우주 만물의 생명체는 모두 각기 서로 다른 생김새를 지닌다. 무엇보다 시인이 발견하는 생김새는 그만의 것이다. 두 작품이 모두 생명을 노래하고 있지만 그 생김새가 다른 이유다.

6.6. 생김새는 본디 열려 있고 느리다

우주 만물을 이루는 개체인 모든 생명체는 생김새를 갖는다. 우주의 궁극적 실체인 본생도 생김새가 있다. 그러한 생김새들은 모두 동격이다. 각 생명체에 본생이 깃들어 있기 때문이다. 모든 생명체는 흐른다. 낳고 낳음을 지속하기 때문이다. "하늘과 땅의 커다란 덕을 삶이라 한다(天地之大德曰生)." 덕은 쓰임이다. 도는 본체다. 본생은 도체로 불린다. 본생은 길을 따라 흐른다. 낳고 낳음을 이어 간다. 흘러가고 있는 길이 바로 도다. 도는 어떻게 생겼을까. 그것은 어떤 생김새를 지니고 있을까. "한 번 음하고 한 번 양한 것을, 또는 하나는 양이고 하나는 음인 것을 도라 하며 그것을 이어 감이 선이고, 그것을 이루어 감이 성이다(一陰一陽之謂道, 繼之者善也, 成之者性也)." 그 모양새와 짜임새는 어떻게 생겼을까.

어진 사람은 그것을 보고 사랑(仁)이라 하고, 아는 사람은 그것을 보고 앎이라고 한다. 백성들은 나날이 쓰면서도 알지 못하니 군자의 도는 드물다. 사랑(仁)에서 드러나며, 생활의 쓰임 속에 감추어져 있고, 만물을 고동치게 하면서, 성인과는 다르게 아무런 염려를 갖지 않으니, 성대한 덕과 커다란 과업이 지극하도다. 풍요로움을 갖추니 커다란 과업이라 하고, 나날의 새로움을 성대한 덕이라 한다. 낳고 낳음을 역이라 하고, 꼴(象)을 이루어 감을 건이라 하며, 이를 본떠 이루어 냄을 곤이라 한다. 수를 끝까지 하여 다가올 미래를 아는 것을 점이라 하고, 변화에 통하는 것을 일(事)이라 한다. 음양은 헤아릴 수 없어 신(神)이라 한다.[152]

위에 인용한 문장들은 인간의 삶이 존재하는 생활 세계와, 인간의 눈길과 상상력이 닿을 수 있는 모든 영역을 합해 역이라 지칭할 때, 그 역의 생김새를 말하고 있다. 그 생김새의 속성인 모양새와 짜임새도 기술하고 있다. 위의 글을 이어받는 「계사전」의 다음 글귀들은 모양새와 짜임새를 더욱 상세하게 표현하고 있다.

대체로 역은 넓고 크다. 따라서 멀리 말하자면 막힘이 없고, 가까이 말하자면 고요하고 올바르며, 하늘과 땅 사이로 말하자면 다 갖추어져 있다. 무릇 하늘은 고요할 때 섞임이 없다. 움직일 때 곧바르다. 이런 까닭에 큼이 생긴다. 무릇 땅은 그 고요할 때 닫혀 있다. 그 움직일 때 열려 있다. 그런 까닭에 넓음이 생긴다. 넓고 큼이 하늘과 땅을 짝하고, 변하고 통함이 사계절을 짝한다. 음양의 도리는 해와 달을 짝하고, 쉽고 간단함의 선이 지극한 덕을 짝한다.[153]

---

152 『周易』, 「繫辭傳 上」. 一陰一陽之謂道, 繼之者善也, 成之者性也. 仁者見之謂之仁, 知者見之謂之知, 百姓日用而不知, 故君子之道鮮矣. 顯諸仁, 藏諸用, 鼓萬物而不與聖人同憂, 盛德大業, 至矣哉. 富有之謂大業, 日新之謂盛德, 生生之謂易, 成象之謂乾, 效法之爲坤, 極數知來之謂占, 通變之謂事, 陰陽不測之謂神.

역은 인간이 인식하는 한도 내에서의 우주다. 우주 만물의 세계가 역이다. 그 역은 한마디로 '넓고, 크다'. '막힘이 없다'. 하늘은 고요함이지만 섞임이 없고 움직일 때 곧바르다. 고요함에는 움직임이 따른다. 정중동(靜中動)이다. 땅도 마찬가지다. 고요할 때 자세를 여민다. 그 움직임은 열려 있다(闢). 『설문해자』에서 벽은 개(開)다. 열다, 열리다의 뜻이다. 역은 열려 있음이다. 낳고 낳음을 이어 가고 있지만 그것은 환하게 열려 있다. 하이데거식으로 말하면 모든 존재의 진리는 공터에서 환하게 열어 밝혀져 다가온다. 열려 있다는 것은 아무런 장애나 방어막도 없고(不禦), 지나쳐 감도 없다(不過). 숨김도 없고 빠트림도 없다(不遺). 움직이지만 열려 있다. 움직임이 있음에도 열려 있다. 움직임으로써 연다. 그것은 언제나 관계를 지닌다. 하나가 둘이 되고 둘이 셋이 되듯이 우주 만물 하나하나는 모두 연관을 갖는다. 연관이 얽히고설키면서 무수한 하나가 생겨난다. 그것이 이것이고, 이것이 그것이다. 네가 나고, 내가 너다. 모두 하나에서 비롯되기 때문이다. 그 하나는 또 다른 하나를 낳는다. 거기에는 아무런 방향이 없다. "음양은 예측할 수 없으므로 신이라 한다(陰陽不測之謂神)." 신은 생명의 움직임이다. 그 움직임의 본질이 음과 양이며 그것들의 변화는 아무런 규정이나 한계가 없다. 울타리도 없다. "모든 우주 현상은 변화와 통한다(通變之謂事)." 역은 낳고 낳음인데 그것의 실제 쓰임은 열려 있고 막힘이 없다. 해가 아침마다 뜨는 것은 이러한 쓰임이 크게 활발한 것임을 드러낸다(日新之謂盛德, 生生之謂易).

---

153 『周易』, 「繫辭傳 上」. 夫易, 廣矣, 大矣. 以言乎遠則不禦, 以言乎邇則靜而正, 以言乎天地之間則備矣. 夫乾, 其靜也專, 其動也直, 是以大生焉. 夫坤, 其靜也翕, 其動也闢, 是以廣生焉. 廣大配天地, 變通配四時, 陰陽之義配日月, 易簡之善配至德.

그 하나는, 우주의 생김새로 그 하나는, 열려 있음과 더불어, 그 짜임새가 느리게 흘러가는 모양새를 드러낸다. 느림과 빠름은 어디까지나 인간의 기준이다. 어떤 면에서 인간이 인식할 수 있는 모든 속도를 빠름의 범주에 넣을 수 있다. 그 빠름은 상대적이다. 우주의 속도가 엄청 느리다고 할 때, 인간의 지성이나 감각이 갖는 모든 속도는 빠르다. 그럼에도 인간이 인지하는 속도는 가장 느린 것일 수도 있다. 원자나 분자의 경우, 그것들의 움직임은 너무 빠르므로 인간의 정상적인 오감 영역을 벗어난다. 느림도 마찬가지다. 우주의 생김새를 인간이 측정할 때, 빛이 일 년에 도달하는 거리를 광년(光年)이라 하는데, 어떤 별은 백억 광년이 넘는다. 그것은 오로지 상상의 거리에 있는 생명체일 뿐이다. 현재 우리의 눈이 망원경을 통해 감지하는 그 별은 이미 백억 년 전의 모습일 뿐이다. 느린 정도가 인간의 능력을 넘어선다. 그 느림은 거의 무의미의 세계에 속한다.

그 느림의 세계에서 낳고 낳음이 이어진다. 해는 나날이 새롭게 뜨고 지며, 봄·여름·가을·겨울의 사계절은 한없이 되풀이된다. 느림이 있기에 인간은 우주의 이런 짜임새를 읽는다. 한 번 음하고 한 번 양한 것이 선이라 했는데, 인간이 인식하는 한도 내에서 그 선의 모양새는 쉽고 간략함이다. "음양의 도리는 해와 달을 짝하고, 쉽고 간단함의 선이 지극한 덕을 짝한다(易簡之善配至德)." 이를 다르게 표현하면 이간(易簡)은 바로 느림의 짜임새다. 느린 것은 언제나 쉽고 간략하다. 이간이 선이라면 바로 느림이 선이다. 요즘 사람들은 느림의 미학을 말한다. 느림이 아름답다는 이야기다. 인간의 생활 세계가 펼쳐지는 역이 느리다는 것은 바로 우리가 사는 모든 세계가 느리다는 이야기이다. 그 느림에서 아름다움을 느끼고 또 찾는다는 것은 바로 현실 세계로서 생활 세계인 역이 아름답다는 말이다. 동아시아에서 전통적으로 선은 미와 동일하게 쓰이는 개념이다. 서구처럼 진선미의 삼위를 정하지 않는다. 선은 미다. 낳고 낳음을 이어 가는 것이 선이라면 그것은 아름다움이다.

예술은 철학이나 과학과 분명히 다르게 구분되는 인간의 활동이다. 예술은 느낌의 세계에 속한다. 이미 말했듯이 느낌은 지성이나 인식 이전의 어떤 상태다. 느낌에서 상(象)이 비롯된다. 예술은 철학적 개념이나 과학의 측정과 달리 느낌의 영역에 속한다. 느낌을 본질로 하는 예술은, 인간의 것이기에, 직각이나 직관으로 우주 본원의 짜임새인 느낌에 곧바로 다가선다. 느낌은 오로지 직각에 의해서만 파악될 수 있음이다. 그 느낌은 인간의 언어로 지칭할 수 없다. 오직 말할 수 있는 것은 그것이 상상할 수 없을 정도로 무한하게 탁 트여 열려 있고, 또 한없이 느리다는 점이다. 역은 열려 있고 느리다. 우주 만물의 생활 세계도 또한 그렇다. 이를 과정으로 파악하고 그 흐름을 인간이 인지할 수 있는 작품으로 드러내는 과정으로의 예술 또한 이를 그대로 반영한다. 모든 예술은 그 본질이 탁 트여 열려 있음이며 또한 느림이다.

시나위는 한국의 전래 음악을 모두 포괄하는 용어이지만 굳이 시나위 합주를 예로 든다면 그것은 한마디로 열려 있음이다. 또한 그것은 대체로 느리다. 시나위에 속한 산조 가락이 그렇듯이 그것은 진양, 중모리, 자진모리 등의 커다란 짜임새로 흘러가지만 전체적으로 느린 모양새를 지닌다. 시나위 합주를 구성하는 악기에는 제한이 없다. 무엇이라도 들어와 가세해도 상관이 없다. 한두 악기가 빠져나가거나 이탈을 한다 하더라도 문제될 것이 없다. 무엇보다 하나의 악기가 제구실을 못 하거나 다른 모양새를 보일 때, 다른 악기들은 이를 즉각 파악하고 그것에 맞춰 어울려 흐른다. 모든 게 유아독존이 아니라 서로 얽히고설켜 그물망이나 칡넝쿨처럼 연관되어 있다. 개체이지만 모두 그 관계를 존중한다. 하나가 하나인 것은 모든 개체가 하나임에 공통 뿌리를 지니고 있기 때문이다. 서구에서 재즈는 다른 음악 장르와 달리 비교적 즉흥적 요소를 많이 드러낸다. 분위기에 따라 하나의 악곡이 드러내는 모양새가 다르다. 관중의 반향이나 연주 환경이나 연주가의 컨디션이 서로 다른 모양새를 갖게 한다. 하나의 곡을 서로 다른 녹음으로 들려주는 이유이기도 하다. 이런 다른 녹음들을 그들은 'Take 1, 2, 3……'으로 분류한다. 우리의 시나위가 바로 그렇다. 즉흥성이 강하다. 열림과 느림의 미학이 만연하다. 시도 때도 없이 그것들은 모양새를 달리한다. 그 연주 길이는 엿가락처럼 멋대로 늘어진다. 그 강도도 마찬가지여서 흥분과 침착함이 악곡의 짜임새를 가른다.

조선 가곡은 삭대엽(數大葉)이라 부른다. 가곡 편수에서 개별적인 곡으로 초삭대엽, 이삭대엽 등이 있다. 삭대엽은 가곡을 그 빠름의 정도에 따라 별도로 부르는 이름이다. 삭대엽은 빠른 곡이라는 뜻이다. 기록에 의하면 조선 중기 이전에는 삭대엽과 더불어 만대엽(慢大葉), 중대엽(中大葉)이 있었다고 한다. 만대엽과 중대엽은 너무 느려서 시대의 흐름에 맞지 않았기 때문에 점차 사라졌다고 했다. 상대적으로 가장 빠른 삭대엽만 살아남았다는 이야기다. 이 삭대엽도 현대를 살아가는 우리의 귀에는 한없이 느리다. 느리기가 상상을 절한다. 서양의 악곡은 통상적으로 메트로놈으로 표시된다. 온음표가 넷으로 나뉘어 그 하나가 사분음표다. 메트로놈 숫자는 일 분에 사분음표가 몇 번이나 이루어지는지를 나타낸다. 느린 속도에 속하는 아다지오는 100-126이다. 더 느린 라르고는 40-69다. 가장 빠르다는 삭대엽은 20 정도라 한다. 서양음악에서 가장 느린 것보다 더 느린 악곡을 가장 빠르다고 한다. 비교가 불가능할 정도로 조선 가곡은 느리다. 시나위도 느리고, 조선 가곡도 느리다. 가곡에서 가사는 그렇게 중요한 위치를 점하지 않는다. 하나의 가곡에는 무수한 가사들이 붙는다. 그 가사들을 이루는 글자 하나하나는 거의 무시될 정도다. 곡에서 한음을 길게 늘어뜨릴 때, 그것은 천변만화하는데 결국 이를 듣는 이는 그 가사를 이루는 문자나 언어의 의미를 잃는다. 잃어버릴 만큼 무한의 세계를 하나의 음이 헤엄친다. 인간의 의미 부여는 없어져도 전혀 문제될 것이 없다. 우주의 본원의 생김새가 그럴 것이다. 삭대엽이 이렇게 느리다면 중대엽이나 만대엽은 도대체 얼마나 느렸을까. 만대엽은 거의 정지된 상태가 아닐까? 그런 음악이 과연 가능할까? 낭만주의자 노발리스가 꿈꾸었던 그런 잃어버린 세계일까. 분명한 것은 그러한 세계는 현재 존재하지 않는다는 사실이다. 느림의 세계에서 이탈하여 현대를 살아가는 우리는 아직도 점점 멀리 빠른 세계로 진입하고 있다. 그것은 우주의 본원적 생김새를 거스르고 있는 것이 아닐까.

서구 음악에서 지휘자는 중요한 위치를 갖는다. 악곡의 흐름에서 열림과 느림의 정도를 지휘자가 이끌어 간다. 교향곡의 연주에서 특히 그렇다. 브루크너의 교향곡은 대체로 다른 작곡가와 다르게 비정상적으로 길다. 문명의 발달로 녹음과 재생이 가능하여 음반이 생겨났다. 과거의 기술로는 음반 하나에 브루크너의 곡 하나를 모두 담을 수 없었지만 현재는 가능하다. 20세기의 유명한 지휘자의 한 사람인 첼리비다케는 브루크너의 느린 악장을 한없이 느리게 연주한다. 예를 들어 8번 교향곡 3악장은 아다지오인데 세부적으로 '장엄하게 느린 속도로, 그러나 너무 완만하지 않게(Feierlich langsam, doch nicht schleppend)'로 지시되어 있다. 1993년, 첼리비다케는 이를 무려 35분의 느린 속도로 지휘한다. 그의 다른 녹음을 보면 27분짜리도 있다. 1976년, 상대적으로 젊은 나이의 녹음이 그렇다. 그를 제외한 모든 지휘자들이 25분 안팎이다. 당대의 또 다른 유명 지휘자인 오토 클렘페러는 가장 짧아서 22분 정도 소요된다. 감상자의 한 사람으로서 나는 첼리비다케의 가장 느린 지휘를 선호한다. 브루크너 8번 교향곡은 서구 음악사에서 고전과 낭만이 마지막으로 장엄하게 마지막을 장식하는 작품이라 할 수 있다. 말러만 하더라도 대변혁이 일어나는 현대와의 중간 다리에 서 있다. 브루크너의 이 작품은 전체적으로 완정한 생김새를 갖는다. 완벽하고 가지런하며 흔들림이 없다. 그만큼 짜임새에도 커다란 변화가 없다. 불협화음을 대량 사용하지만 그 모양새는 크게 다르지 않다. 일견 지루함을 느끼게도 한다. 이 작품의 느낌새는 마치 죽음을 앞두고 죽음에 이르는 상상의 천국 앞에 놓인 다리를 천천히 망망대해를 한없이 걸으며, 쉬다가, 안도하다가 다시 신의 세계인 천국으로 향하는 뜨거운 열정이 강하게 타오르며, 아래 세상에서 일어난 모든 일을 모두 끌어안아, 녹이고, 잊으면서 걸어가는 모습이다. 아마도 그 걸음새는 한없이 느린 모양새일 것이다. 조선 가곡처럼 그 느림 속에 모든 의미가 무의미가 되어간다. 감상자는 이런 한없이 느려 터진 흐름 속에 함께 느낌을 담그며 천국에 조금은 다가선다. 최고의 해석이요, 지휘다.

열림과 느림은 우주 생김새의 본질이다. 우주 생김새를 느낌으로 파악하고 이를 작품으로 표현하는 예술도 과정이지만 그 모양새와 짜임새는 열림과 느림이다. 동아시아 회화가 그러하고, 부석사의 생김새가 그러하다. 조선의 전통 가무(歌舞)가 모두 그렇다. 생김새의 예술은 열림과 느림의 아름다움을 갖는다. 생김새는 절단되거나 고정되지 않으며, 그것은 끊임없이 흐르고 변화한다. 그 생김새를 인간이 인지하는 데 있어서 인간의 능력은 한계에 부딪힌다. 초음파나 적외선을 감지할 수 없듯이 수십 억 년에 걸쳐 변화해 온 생김새의 과정을 이해할 수도 없으려니와, 현재 일어나는 생김새의 흐름도 파악하기가 쉽지 않다. 인간에게 가장 자연스러운 생김새는 천천히 흐르는 생김새다. 그 생김새의 흐름의 속도가 천천히 이루어질 때, 인간은 편안함과 아름다움을 느낀다. 인간은 느림의 존재다. 빛도 아니며 기계도 아니다. 인간의 생김새에 부합되는 생김새로부터 인간은 아름다움을 느낀다. 그 생김새는 느리고 열린 짜임새로 진행된다.

우주는 하나의 생김새다. 그것은 무수한 생김새들을 거느린다. 우주의 분신이라 할 수 있다. 분신이되 그것은 하나의 생명체로서 우주와 동격이다. 본원이고 으뜸인 본생은 하나다. 본생은 개념적 실재요, 실체다. 그것은 생명이다. 하나인 생명이다. 모든 생김새들은 이에서 비롯된다. 우주 현상에는 생명을 지닌 구체적 형상인 생명체들이 넘쳐 난다. 예술은 생명의 흐름이며 그것이 매듭지어져 드러난 것이 예술 작품이다. 작품은 하나의 생김새다. 그 생김새는 모양새와 짜임새를 거느린다. 생김새는 본체요, 모양새와 짜임새는 본질이거나 속성이다. 굳이 말해서 모양새는 형식에 비견되고 짜임새는 내용에 견줄 수 있다. 하지만 모양새는 고정된 것이 아니라 언제나 가변적이다. 그것은 흐른다. 우리가 작품을 흐름의 한곳에 일시적으로 매듭지어진 것이라고 말하는 이유다. 짜임새는 엄격히 말해서 내용이 아니다. 짜임새는 '-결', 또는 '-새'다. 위에서 언급한 시김새, 추임새도 모두 짜임새다. 내용은 형식을 이루는 바탕이라 하지만 하나의 대상이 내용과 형식으로 양분되는 것에는 모순이 있다. 인간을 정신과 육체로 나누는 것과 마찬가지다. 모양새와 짜임새 그리고 생김새는 이미 이 모든 것을 함축하고 있다. 모양새와 짜임새는 하나다. 짜임새가 있어야 모양새가 가능하다. 모양새는 다른 측면에서 짜임새를 보여 준다. 이들이 어떤 선후 관계를 갖는다는 것이 아니라 그것들은 병행해서 공존한다. 이는 필연이다. 분리가 아니라 본디 하나이기 때문이다. 그 하나는 생김새다.

2018년 1월 5일 새벽에

남해 어두운 바다에 깜빡이는 등댓불과 먼 섬의 불빛을 바라보며.

상(象)과 도추(道樞)
—언어와 사유 방식, 그리고 시어(詩語)

　자유가 말했다. 땅의 피리는 수많은 구멍일 뿐이군요. 사람의 피리
는 나란히 붙여 놓은 대나무 관일 뿐입니다. 감히 하늘의 피리에 대해
여쭙습니다. 자기가 말했다. 부는 소리가 만 가지라도 같은 것이 없는
데 그것들이 절로 그럴 뿐이게 하고, 그것들이 절로 그렇게 취해 다 갖
추도록 하니, 그 성난 듯 울부짖는 자, 그는 누구인가?

　子游曰: 地籟則衆竅是已, 人籟則比竹是已, 敢問天籟. 子綦曰: 夫吹萬
不同, 而使其自己(已)也. 咸(悉)其自取, 怒者其誰邪?

—장자[1]

---

1 『장자』, 「제물론」. 영국의 저명한 동양학자인 A. C. Graham은 이 문장들을 달리
배치하고 기존 중국학자들과 달리 읽는다. 己를 已로 읽으며 뒤의 문장을 다시 배열
한다. 子游曰: 地籟則衆竅是已, 人籟則比竹是已, 敢問天籟. 子綦曰: 夫吹萬不同, 而使
其自已也咸, 其自取也怒者, 誰邪？영문은 다음과 같다. "The pipes of earth, these
are the various hollows; the pipes of men, these are rows of tubes. Let me ask
about the pipes of Heaven." "Who is that puffs out the myriads which are never
the same, who in their self-ending is sealing them up, in their self-choosing is
impelling the force into them?"『장자』, 김경희 역, 이학문선, 2014에서는 다음과 같
이 번역되고 있다. "대지의 피리, 이것은 각양각색의 구멍들이군요. 인간의 피리, 이
것은 관들을 나란히 붙여 놓은 것이겠군요. 그렇다면 하늘의 피리에 대해 여쭙겠습니
다." "똑같은 게 하나도 없는 수만 가지 구멍에 숨을 가득 불어넣는 자, 그것들이 스스
로 멈출 때 그것들을 꽉 봉하는 자, 그것들이 스스로 택할 때 그것들에게 힘을 몰아대
는 자, 그자는 누구인가?" 참고로, 김학주는 다음과 같이 번역한다. "자유가 말하였다.
땅의 피리 소리란 바로 여러 구멍에서 나는 것임을 알았습니다. 사람의 피리 소리란
바로 피리에서 나는 것임을 알았습니다. 감히 하늘의 피리 소리에 관하여 여쭙니다.
자기가 말했다. 온갖 물건을 불어서 모두 제각기 다른 자기 소리를 내게 하는데 모두가
그 스스로 작용을 하지만, 성난 듯 소리치는 것은 누가 그렇게 만드는 것이겠느냐?"

1. 상(象)과 언어

언어는 본질적으로 모호하다. 그것은 존재하지만 도대체 얼굴의 윤곽이 뚜렷하지 않다. 그 속셈도 잘 드러내지 않는다. 일상에서 우리는 그것을 쉴 새 없이 접하지만 그것이 무엇인지 잘 모른다. 언어를 구성하는 하나의 단어는 그것이 만들어질 때 무수한 현상이나 사물들을 일괄하는 일반화의 과정을 거친다. 세세하고 개별적인 사실들은 무시된다. 이러한 생략은 대상을 인식하는 오관인 눈, 코, 귀, 입, 촉 등이 하고 있는 작업의 어려움을 덜어 준다. 다섯 가지 감관을 통해 우리는 어떤 무엇을 추출해 낸다. 그것은 감각이라 불린다. 하지만 감각은 감관과 다를 게 없다. 현실적인 형상을 갖고 있는 눈, 코, 귀는 그냥 살덩이이지만 그것들은 물리적으로 무엇인가 접촉하는 순간에 감각으로 기능하는 감관이라는 어떤 실체가 된다. 따라서 감관은 감각이 있어야 감관으로 기능한다. 또한 감각은 그것들 자체로 별도로 있는 것이 아니라 그냥 느낌 자체다. 감각이 있어 느낌이 있는 것이 아니며, 느낌이 있어 감각이 있는 것도 아니다. 느낌과 감각은 하나다. 감각과 느낌은 동의어다. 그 느낌은 이미 대상 자체에도 함께 존재한다. 느낌은 주체화의 과정을 거쳐 의식이 된다. 그 의식은 관념이며 이미지라 불리기도 한다. 느낌은 주체화보다 우선한다. 느낌이 있으려면 대상이 있어야 한다. 그 대상이 속성으로 지닌 느낌이 감관의 느낌과 어우러진다. 마치 금속이 자석을 만나게 되면 자성을 띠며 반응하는 것과 동일하다. 대상이 지니는 무한하게 다양한 느낌들 중에 일부는 주체가 갖는 느낌과 동일하다. 우리는 대상의 느낌 중에서 일부만 취한다.

그 느낌은 상(象)이다. 상은 느낌이다. 상은 무정형이다. 그것은 끊임없이 변화하고 있다. 느낌은 시간과 결부되어 끊임없이 흐르며 시시각각 변한다. 느낌은 그저 막연한 무엇이다. 그 무엇은 우리말로 원초적인 어떤 '것'이다. 우리가 상이라고 일컬을 때, 그것은 말이 된다. 그 말은 이미 한정된 무엇으로 고정된다. 하지만 진정한 의미는 전혀 그렇지 않다. 상은 어쩔 수 없이 취한, 허깨비 같은 상일 뿐이다. 마치 불교에서 공(空)을 거론하는 경우와 유사하다. 공은 실체가 아니며 어떤 현상도 아니다. 그것은 그냥 허사(虛辭)다. 공을 실체로 간주하는 순간, 공은 의미를 지니게 되며 이미 공이 아니다. 공은 그저 공일 뿐이다. 상도 마찬가지다. 상은 이미지가 아니다. 외래어로서 이미지라는 말이 널리 쓰이고 있다. 그 이미지가 갖는 의미의 폭은 넓어 여기저기 두루 쓰인다. 사람마다 이미지를 이야기하지만 그들이 이미지라는 개념을 사용하면서 의도하는 것은 천차만별이다. 여기서 이미지는 의식의 과정에서 의식이 조금이라도 묻어 있는 상태를 가리킨다. 상은 느낌이지만 이 상이 주체화 과정을 거쳐 의식으로 전이된다. 이때 이미지가 형성된다. 이 이미지는 상(像)에 유비된다. 역(易)에서 상(象)은 상(像)이라 했지만 우리는 상(象)과 상(像)은 분명 차이가 있음을 인지한다. 상(象)은 이미지 이전의 느낌의 상태다. 의식과 언어 이전의 상태다. 사람들은 느낌을 의식하게 되고, 의식의 주체는 상(象)을 이미지화하고 이를 기호로 나타낸다. 상(像)이 기호가 되며 그것은 언어가 된다. 상(像)이 변환되어 그것을 지시하는 구체적 기호로서 언어가 될 때, 그 언어는 부동(不動)이지만 그것의 본체로서 상(象)은 실제로 동(動)이다. 정중동(靜中動)이다. 『주역』에서 말하는 "고요하게 움직이지 않다가 느낌이 있어 마침내 통한다(寂然不動, 感而遂通)"는 느낌의 생성과 그것으로 인한 상의 드러남을 말한다.

느낌은 누적된다. 두껍게 쌓이는 층은 의식이라는 주체화 과정에서 결국 개괄을 통해 일반화된다. 그것이 결과적으로 이미지, 또는 상(像), 또는 상(相)을 만들어 낸다. 상(像)과 상(相)은 동의어다. 우리가 흔히 사용하는 낱말, 이미지는 다층적인 의미를 지니지만 모든 이미지보다 선행하는 것은 바로 느낌으로서 상(象)이다. 이미지는 이미 느낌으로부터 추출된 고정형의 그 무엇이다. 느낌이 이미지를 창출한다. 우리는 그것을 상(像)이라고 부른다. 상(像)은 상(象)에서 비롯된다. 상(像)은 상(象)이 이미지로 고착화된 것이다. 그것은 이미 움직이지 않는 어떤 모양을 지닌다. 상(像)은 바로 꼴이다. 이때 상(像)은 상(相)으로 사용되기도 한다. 그것은 모양이기도 하다. 불교에서는 우주 만물의 모든 양상을 상(相)이라고 한다.

틀이 잡힌 모양으로서 상(像)은 의식화된 관념(idea)이다. 관념은 이미지다. 관념으로서 상(像) 또는 이미지가 표출되기 위해서는 무엇인가가 필요하다. 소쉬르를 따르면, 그 무엇은 바로 인간의 언어활동(langage)이다. 이때 느낌으로부터 비롯되어 머릿속에 들어 있는 관념, 또는 상(像)은 발화(發話, parole)로 변용된다. 관념이 표현을 위해 말로 나타나는 것이 parole이다. 그것은 최초의 순수 언어다. 그것이 일반화되어 다른 사람들에게도 전달될 수 있는 구체적인 기호와 그 구성으로 표출된 것이 바로 언어(langue)이다. 상이나 parole은 의식화된 관념에 의해 일반화 과정을 거쳤다. 그것은 주체화된 의식으로서 관념이다. 그것이 특정한 기호를 통해 사회적으로 더 일반화되어 무수한 개체들이 공통으로 사용하는 것이 바로 언어(langue)다. 기표와 기의로 나누기도 하는데, 기표는 표면적으로 음성으로 기호화하여 드러나는 말이고, 기의는 그것이 함축하는 어떤 의미가 되는 내용이다. 이때 기의는 고정된 것이 아니다. 말을 빌려 무엇인가 내용을 드러내고자 했지만 그것은 어떤 숫자처럼 명료한 것이 아니다.

사람들의 대화에서 말귀를 못 알아듣는다고 할 때, 이는 듣는 사람이 바로 기의와 기표의 일치 여부를 확인하지 못한 상태이기 때문이다. 도대체 상(像)부터 무엇인가 잘못되었다. 그것은 흐르고 가변적인 상(象)을 무리하게 고정화시키거나 일반화하려 할 때 이미 예상되었다. 이미지로서 상(像)은 도식화일 뿐이다. 상(象)이 흐르고 가변적이어서 일정하지 않으니 그것으로부터 가공되어 나오는 관념 또는 발화되는 말이 모호하게 되는 것은 당연하다. 인간은 대상과 현상을 인식하고 그것을 기초로 해서 언어를 통해 사유를 구성하고 전개한다. 이때 인간의 사유는 대상이나 현상과 완전히 일치된 상태라 할 수 없다. 이는 언어의 본질적인 한계가 된다. 서양철학에서 인식론은 언제나 진리와 리얼리티를 추구하지만 그것이 과연 무엇인가는 아직도 진행형이다.

일반화는 개연성이다. 가장 그럴듯한 근사치를 구한 것이 개연성이다. 확률이 가장 높은 것일 수도 있다. 우주 만물의 온갖 현상을 기술함에 있어 언어는 일반화의 과정을 거쳐 개연성이 가장 높은 관념을 택한다. 이러한 문제점은 인간의 사유를 필요로 하는 모든 작업에 나타난다. 예술은 말할 것도 없고 정확성을 요구하는 학문의 세계도 마찬가지다. 이는 과학에서도 예외가 아니다. 과학에서의 어떤 진리는 영원불변한 것이 아니라 그 시대가 허용하는 모든 수단을 통해 진리에 가장 가까이 접근해 있다고 추정되는 어떤 사실을 가리킬 뿐이다. 태양이 지구를 돈다는 천동설이 지배하던 시절에는 그것이 진리였다. 당시로서는 개연성이 최고도로 높은 이론이었다. 뉴턴의 물리학은 아인슈타인의 상대성원리가 등장하기 전까지 수백 년 동안 과학에서 참이었다.

과학은 그래도 언어에 비해 그 정확도가 한결 높다. 무엇을 규정하기 위해 과학은 함수방정식과 같은 온갖 수치를 동원한다. 수학에서 기호는 공리를 바탕으로 연역적인 방법으로 사용되기에 우리는 그것의 결과에 대해 거의 의문을 지니지 않는다. 언어는 그것을 이루는 기호 자체가 모호한 과정을 통해 만들어진다. 그것은 대체로 귀납법적으로 추출된다. 오차가 있을 수 있다. 차이는 무시된다. 공통 요소만 남긴다. 공통 요소라 하는 것도 실상은 근사치이거나 비슷하게 닮은 것을 의미할 뿐이다. 결과로서 공통 요소는 사람들 사이에 하나의 약속으로 정해진다. 사람들은 약속된 의미를 공유한다. 이러한 약속이 크게 확대되면서 구성 요소를 만들어 체계를 갖추게 된다. 그것은 하나의 어족(語族)에 속하는 언어가 된다. 그 언어가 사용되는 세계는 한정된다. 한국어는 한반도에 사는 한민족의 언어다. 그 언어는 프랑스에서 통용될 수 없다. 프랑스인들에게 그 언어는 약속된 것이 전혀 아니기 때문이다.

무엇보다 언어는 상(象)을 이야기하려 하지만 그것은 이미 저 멀리 떨어져 있다. 공간상으로만 그런 것이 아니라 시간상으로도 이미 상(象)은 흐르고 지나가기 때문에 상(像)과 기호의 과정을 겪을 때, 이미 상(像)은 고착화된 결과물로 드러나기 때문이다. 더구나 상(象)을 일으키는 존재들이나 갖가지 현상은 동일한 것이 없다. 만물은 모두 개별적이기 때문이다. 개별적이라고 하지만 규격화된 그 무엇이 아니다. 만물은 흐른다. 그것은 마치 가스 덩어리처럼 가변적이다. 무엇보다 그것은 멈추어 기다리는 것이 아니라 언제나 흐르며 변화한다. 그것은 절단되어 단면으로 제시될 수가 없다. 구성 요소가 모호하므로 그것들의 결과물은 언제나 명약관화하지 않다.

'짐승'이라는 단어는 동물 중에서도 네발 달린 생물을 가리킨다. 짐승이 구체적으로 코끼리인지 사자인지는 중요하지 않다. 짐승보다 한 단계 더 구체화된 사자라는 단어는 암놈인지, 수놈인지, 아니면 점박이가 있는 놈인지를 가르쳐 주치 않는다. 사물을 가리키는 단어만이 그런 것이 아니다. '아프다'는 느낌이다. 이 느낌의 단어는 도대체 수치로 표현할 수가 없을 정도로 막연하다. 얼마나 아픈가? 어디가 아픈가? 왜 아픈가? 단어 하나에서 확실하게 추출할 수 있는 것은 아무것도 없다. '파랗다'는 무엇을 가리키는가? 푸르다, 푸릇푸릇하다, 새파랗다, 푸르스름하다. 이 단어들은 파랗다와 어떻게 다른가. 파랗다가 초록색의 의미로 사용되기도 하고, 청색을 가리키기도 하는데 이를 어떻게 설명해야 할까? 녹과 청이 합한 청록색은 또 무엇인가? 물리적으로 색은 무한 분열이 가능하다. 빛과 물기와 질료라는 함수에 의해 그것들은 또 다르게 변한다. 색의 무한한 변화라는 혼돈으로부터 사람들은 물러나지 않는다. 사람들은 수만 가지 가능한 색들의 가변성을 획일적으로 절단하고 고정시켜 일반화하여 색의 이름을 정한다. 단순화를 통해 색의 명칭은 한정되고, 그 수를 헤아릴 수 있다. 그것은 독단적이어서 어느 색의 이름을 호칭할 때마다 듣는 이는 자기 멋대로 해석한다.

단어는 그 의미가 불확실하고 모호하며 애매하다. 그런 단어들로 이루어지는 언어는 언제나 해석이 필요하다. 개념(concept, Begriff)의 탄생은 상황을 더욱 복잡하게 한다. 인류는 관념(Idea)을 발전시키기 시작했다. 관념은 변주를 겪는다. 다양한 변화가 이루어진다. 언어로 이루어지는 관념은 그 스스로 진화하기도 한다. 관념에서 관념이 도출되고 그 관념은 새로운 의미의 내용을 지닌다. 관념이 부풀어 오른다. 덕지덕지 의미의 층들이 퇴적된다. 하나의 관념은 다른 사람에 의해 새로운 의미를 부여받기도 한다. 이때 우리는 그런 특정 관념을 개념이라 지칭한다. 개념은 일종의 창조다. 새로운 기표를 하나 정해 놓고 그것에 이런저런 의미를 붙인다. 그 기표를 제대로 읽어 내기 위해서는 퇴적된 관념의 층, 그것들이 변천해 온 역사, 새롭게 탈바꿈한 의미를 부여한 사람의 기의를 제대로 이해해야 한다. 하나의 개념은 그것 자체로 한 개체에 의해 순수하게 창조되는 경우는 없다. 모든 개념은 역사성을 지니기 때문이다. 과거의 어떤 개념이 시간의 경과에 따라 진화하면서 본래의 개념에 새로운 의미가 부가되었기 때문이다.

개념은 일반화 과정을 거친다. 그것은 역사의 과정을 통해서 하나의 체계를 형성한다. 모든 담론은 체계화된 의미를 지닌 개념들로 사유 체계를 구성한다. 그러한 개념 체계는 점점 추상화의 강도를 높이게 된다. 관념 철학은 이러한 체계적인 개념들을 바탕으로 이루어지며, 궁극적으로 헤겔이 언급했듯이 "정신(Geist)이 전체다." 그것은 바로 절대정신이기도 하다. 이러한 정신 체계는 동일성(Identität)을 구축한다. 아도르노는 이러한 동일성의 사유 체계를 정면으로 비판하고 비동일성(Nichtidentität)을 강조한다. 획일적 사유를 거부하고 그동안 강제된 동일성 속에서 소홀하게 감추어졌거나 무시되었던 비동일적인 요소를 발굴한다. 하지만 그의 작업은 개념의 완전한 부정이 아니라 개념에 대한 새로운 개념의 창출이다. 개념의 유동성과 흐름을 인식한다. 질 들뢰즈가 말하는 리좀(rhizome)이라는 개념도 마찬가지다. 그는 이미 영토화된 개념의 뿌리가 확산되는 것을 거부하고 그 뿌리로부터 탈출하여 새로운 영토를 발굴한다. 탈영토화, 탈코드화이다. 새로운 개념의 창출이다. 철학하기의 본질은 바로 개념의 창출이기도 하다. 이들의 새로운 사유는 모두 이미 동아시아 상(象)의 본질에 가까이 위치한다.

현실에서 만나는 개념은 복잡한 지층과 지형을 가진 모습으로 나타난다. 무엇보다 기의라는 것 자체가 이미 어떤 상(像)이나 이미지를 가리키며, 그보다 우선하여 이미지의 근원이 되는 상(象)이 존재한다. 상(象)의 본질은 가변적이다. 따라서 모든 개념은 상(象)의 속성에 준하여 항시 유동한다. 그 개념은 고정화될 수 없다. 개념을 해석한다는 것은 사진처럼 어떤 절단된 순간의 한 단면일 뿐이다. 영화는 무수하게 절단된 사진들을 연이어 만든 필름의 움직임에 따라 이루어진다. 해석은 이런 필름을 구성하는 어떤 특정한 단면의 사진에 불과하다. 수많은 해석이 가능하다. 따라서 모든 개념은 임의적으로 해석될 수 있다. 한편으로 이런 특성으로 인하여 개념은 우리의 상상의 세계를 확장해 준다. 해석이 해석을 낳기 때문이다. 해석 그 자체가 진화할 수 있음이다. 해석의 뿌리가 되는 개념은 무한한 우주에서 그 영토를 확장한다. 상상은 개념을 통하여, 개념은 상상을 통하여 어두운 우주에 빛을 투사하여 새로운 영역을 개척한다. 인간의 지성이 창출한 가장 획기적인 무기는 바로 개념의 군단이다. 개념은 새로운 현상을 이해하는 데 함수로 작용할 수도 있다. 개념은 그것 자체로 발광체가 되어 어둠을 헤치고 새로운 대상과 현상을 이끌어 낸다. 새로운 개념은 새로운 시간의 변화에 걸맞을 수도 있다. 개념은 언제나 발견과 창조와 변화를 끌어낸다. 모든 개념이 궁극적으로 언어로 기술된다. 언어와 개념으로 구성되는 논술은 언제나 해석을 요청한다. 해석학이 성립되는 이유다.

2. 원형이정(元亨利貞)과 언어

인간이 언어를 창출한 것은 필연적이다. 그것은 인간 자신만의 능력에서 비롯된 것은 아니다. 우주 만물의 이치가 바로 그러했기 때문이다. 인간은 삼재(三才)의 하나로서 하늘과 땅과 함께 우주 만물을 구성한다. 우주 만물은 도대체 어떻게 시작하고 어떻게 모습을 갖추었을까. 이때 우리는 빅뱅 이론과 같은 물리학적 물음을 던지는 것이 아니다. 동아시아 고전 중의 하나인 『주역』은 이런 물음에 대해 수많은 개념을 창출하여 풀어 나간다. 그것은 언어의 시작과 관련된다.

『주역』은 건괘(乾卦)로 시작된다. 건괘의 경(經)은 "乾, 元亨利貞"이다. 『주역』의 첫머리인 '원형이정'을 어떻게 해석하느냐가 중요하다. 첫머리 자체가 이미 두루뭉술하고 모호하다. 앞선 세대인 김경탁은 "건은 크게 통하니 곧고 발라야 이롭다"라 번역했다. 현재를 살아가는 정병석은 "건은 크게 형통하고, 점을 쳤는데 이로운 점이 나왔다"로 이해한다. 『주역』은 수천 년 간 동아시아 지식층의 커다란 관심사였다. 엄청난 분량의 서로 다른 해석이 상존한다. 이를 고증학적으로 따져 보고 분석하는 것은 크게 의미가 없다. 나는 이렇게 해석한다. "하늘은 으뜸이요, 통하며, 이롭고, 올바르다." 건이 가리키는 하늘은 실체이며 원형이정은 속성으로 본질이다. '으뜸(元)'이 되는 하늘은 만물의 창시자로서 시초이며 본원이고, 궁극적 실재로서 만물의 바탕임을 가리킨다. 단전(彖傳)의 "크도다, 하늘의 으뜸이여, 만물이 이에 비롯되다(大哉乾元, 萬物資始)"는 이를 가리킨다. 건은 하늘을 가리킨다. 하늘은 천(天)이다. 천은 우주 만물에서 실재로의 하늘이다. 실재이면서 우주 만물의 하나이지만 동시에 우주 만물을 가능하게 하는 본원이기도 하다. 이를 가능하게 하는 것은 자연이라 부른다. 하늘은 서양의 신(God)에 갈음하는 위치를 갖지만, 그것의 본질은 자연이다. 절로 그러함이다. 자연을 통해 하늘은 우주 만물의 존재를 가능하게 한다. 무엇보다 놀라운 것은 이러한 하늘이 인간에게도 내재한다는 사실이다. 인간뿐만 아니라 모든 만물이 이를 지닌다. 스피노자의 신론(神論)은 그 시작에 있어 동아시아와 맥을 같이한다. 건은 하늘을 상징하는 기호다. 건(乾)은 『주역』이라는 체계 안에서 하늘을 가리키는 괘를 뜻하는 기호다. 이로 인해 건은 그것이 가리키는 하늘의 위치만큼 중요해서 『주역』에서 가장 으뜸이 되는 자리에 위치한다.

'형(亨)'은 만사형통의 의미를 지닌다. 형은 조화를 뜻할 수도 있다. 그것은 우주 모든 실체의 원만(圓滿)일 수도 있다. 화이트헤드가 말하는 '만족(satisfaction)'이라는 개념이 이에 가깝다. 장자가 말하는 '천균(天鈞)'일 수도 있다. 형은 두루 통하고 두루 미친다. "느낌이 있어 마침내 통한다(感而遂通)"의 통이다. 우주 창조에서 생명의 기는 어디 한구석도 지나치는 법이 없으며(不過), 어떤 미물도 빠트리지 않는다(不遺). 이미 우주 만물은 조화와 균형을 이루고 있다. 그것은 완성되어 원만함을 지닌다. 멈추고 끝났다는 의미의 완성이 아니다. 본디 성(成)의 진정한 의미는 이루어 가고 있음이라는 과정의 상태를 가리킨다. 완성은 하나의 국면을 가리키며, 그것은 지속되는 과정에서 하나의 개체가 성숙에 이르렀다는 의미다. 완성은 종료가 아니라 끝없이 되풀이되면서 이어지고 있는 흐름 속의 그 무엇일 뿐이다. 완성은 되풀이다. 하늘은 바로 그것을 가능하게 한다. 바로 하늘은 형(亨)이며 모난 것이 없이 만물과 통함이다. 이때 만물을 이루는 모든 존재자는 형의 상태에 이른다. 이 존재자는 바로 생명체이며 그 생명체는 우주의 본원인 본생을 지닌다. 생명체로 우주에 존재함은 그 자체가 이미 형이다. 인간도 그중의 하나다. 인간이 옷깃을 여미어 성(誠)이라는 개념을 우주의 본원으로 인식하는 이유이기도 하다.

'이(利)'는 이로움이다. 이로움이란 생명이 흐르는 데에 도움이 된다는 의미다. "낳고 낳음을 역이라 한다(生生之謂易)." 만물은 본생(本生)의 산물이다. 본생을 통해 모든 만물은 생명을 부여받아 생명체로 실재한다. 낳고 낳음을 끊임없이 이어 간다. '하나'는 둘이 되는데, 그 둘은 앞서의 하나가 나뉜 것이 아니라 그 하나와 동일한 것으로 둘이다. 본생의 본질이 그렇다. 그것은 음양(陰陽)일 수도 있다. 음양의 대대(對待) 작용은 만물을 생성한다. "하나는 음이고 하나는 양인 것을 도(道)라 하고, 이를 이어 감이 선(善)이며, 이를 이루어 감이 성(性)이다. 어진 사람은 이를 보고 그것을 사랑(어짊)이라고 한다."[2] 도체(道體)는 성체(性體)이며, 여기서 성체는 바로 인체(仁體)가된다. 우주 만물의 궁극적 본체가 바로 인체로 그것은 바로 사랑이며 선(善)이기도 하다. 하늘은 바로 이를 가능하게 한다. 하늘에 의해 "만물이 비롯된다(萬物資始)." 따라서 이(利)는 사랑을 바탕으로 하며 사랑에서 비롯된다. 낳고 낳음을 가능하게 하고 생명체가 완성으로 이루어 감이 인체인데, 그 사랑은 무엇 하나라도 지나치거나 빠트림이 없이 세세하고 신실하다. 어느 한 곳이라도 미치지 않음이 없다. 그것은 바로 성(誠)이기도 하다. 성(誠)과 사랑은 동체다. 하늘은 사랑으로 충만하다. 하늘은 그 스스로 만물을 창시하였기 때문에 새끼를 낳은 어미처럼 사랑을 본질적으로 지닌다. 공자가 말하는 인(仁), 부처가 말하는 대자대비, 예수가 강조하는 사랑, 죽음을 앞둔 말년에 베르그손이 거론한 사랑, 이 모든 것들은 공통점을 지닌다. 그것은 바로 하늘의 사랑이며 성(誠)이기도 하다. 본생은 흐른다. 흐름의 과정이 바로 낳고 낳음이다. 낳고 낳음을 통해 본체인 본생이 결국 사랑으로 변전되는 것은 동아시아 사유의 위대한 점이다. 유물

---

2 『周易』, 「繫辭傳」. 一陰一陽之謂道, 繼之者善也, 成之者性也. 仁者見之謂之仁. 참고로 一陰一陽은 몇 가지로 해석될 수 있다. '한 번 음하고 한 번 양한 것을', '하나의 음과 하나의 양이' 등이다.

론에 갇힌 현대 서구 철학자들은 베르그손과 몇 사람의 예외를 빼고
는 대개 유물론의 울타리에 갇혀 사랑의 세계를 그저 신비함으로 치
부한다. 과거 마르크시즘 사회의 중국의 일부 학자들이 북송의 위
대한 유학자 장재(張載)를 유물론자로 규정하기도 했지만 그것은 견
강부회이다. 장재의 한 측면만을 바라본 결과이다. 무엇보다 장재는
성(性), 성(誠), 인(仁), 도(道)를 모두 동일한 본체로 인식한다. 동아
시아 사유는 언제나 사랑과 성(誠)으로 귀결된다.

  '정(貞)'은 무엇일까. 정은 곧음 또는 올바름이다. 그것은 순수함
을 지닌다. 순일함은 우주 본체의 덕성이다. 우주 본체는 바로 본생
이다. 순일하다 함은 본생이 '하나'와 합일되어 있음이다. 정은 잡스
러운 것이 미치지 못함을 말한다. 그것은 윤리적 성격도 지닌다. 동
아시아 형이상학은 언제나 윤리와 분리될 수 없다. 윤리는 실생활에
서 적용되는 규범이나 준칙이다. 사람으로서 사회생활을 하며 지켜
야 하는 어떤 원칙이 있는데 윤리는 그러한 법칙을 세세하게 규정한
다. 근본 바탕의 원리로서, 윤리를 규정하고 한정하는 것이 바로 도
와 덕이다. 도는 본체요, 덕은 쓰임이다. 하늘인 건(乾)은 본체로 작
용한다. 본체인 건의 속성이 바로 올바름이다. 그 올바름이 바로 윤
리를 이끌고 간다. 다시 말해서 우주는 우리와 무관한 것이 아니라
우리의 존재와 그 존재가 삶을 꾸려 나가야 하는 사회의 다른 존재
들과의 모든 관계를 올바름이라는 덕성을 기초로 해서 운용한다. 이
미 그렇게 만들어져 있음이다. '건, 원형이정'에서 건은 본체를 가리
킨다. 원형이정은 서술어로서 그것은 본체의 속성을 풀어낸다. 건은
도체(道體)이며, 원형이정은 쓰임(用)으로서의 덕(德)이다.

  건괘에서 이러한 경을 풀기 위해 단전은 다음과 같은 의미심장한
문장을 덧붙인다. 그 단사(彖辭)는 다음과 같다.

크도다, 으뜸 되는 건이여! 만물이 이로부터 시작하고 이내 하늘을 통괄한다. 구름이 떠다니고 비가 내리니 온갖 생명체가 흘러가며 형상을 이룬다. 커다란 밝음이 끝나고 시작하며 여섯 자리가 때에 맞춰 이루어 가니 때를 타고 여섯 마리 용이 하늘수레를 몬다. 건의 도는 변하고 화하니, 각기 모든 생명체가 그 받은 바 성(性)과 명(命)을 바로 하고, 커다란 조화를 보존하고 합하니, 이내 이롭고 곧바르다. 먼저 온갖 생명체를 내놓으니 온 세상이 편안하게 느낀다.[3]

번역이 쉽지가 않다. 번역에 앞서 올바른 해석이 요구된다. '품물유형(品物流形)'은 우주의 궁극적인 본체인 태허에서 만물이 창조되고 그 만물들이 종(種, species)으로 분류됨을 가리킨다. 이미 태초부터 분류가 시작되며 그것은 언어를 요청한다. '유형(流形)'은 우주와 만물이 모두 흐르며 그 흐름에서 형상들이 나타남을 가리킨다. 동아시아는 생성 철학이 기본이다. 플라톤의 이데아나 기독교의 절대자 신처럼 어떤 고정된 상(相)을 갖지 않는다. '대명종시(大明終始)'의 해석이 구구하다. 나는 우주가 형성되는 과정에서 태양이나 달이 생기고 그것들의 주기적인 순환은 처음과 끝남을 가능하게 하였다고 생각한다. 해와 달에서 비롯된 어둠과 빛의 변화와 흐름이 바로 인간이 인식할 수 있는 시(時)의 탄생이다. 대명(大明)은 일월을 비롯한 우주 전체가 모습으로 밝게 드러남을 가리킨다. 그러한 대명도 뜨고 진다. 밝다가 어둡다. 어둡다가 밝다. 시작과 끝남이 맞물려 있다.

---

3 『周易』, 「乾卦」. 彖曰: 大哉乾元, 萬物資始, 乃統天. 雲行雨施, 品物流形, 大明終始, 六位時成, 時乘六龍以御天. 乾道變化, 各正性命, 保合大和, 乃利貞. 首出庶物, 萬國咸寧.

돌고 돈다. 반(反)이며 귀(歸)이기도 하다. 육위(六位)는 동서남북과 상하로 해석될 수 있다. 육효(六爻)는 현상의 모든 가능태다. 대명은 절로 그러한 자연이며, 우주 만물은 시작과 끝남을 되풀이한다. 오면 가고, 낳으면 되돌아간다.

"乾道變化, 各正性命, 保合大和, 乃利貞. 首出庶物, 萬國咸寧"라는 문장은 『주역』의 핵심적인 구절이다. '건도변화(乾道變化)'는 우주의 궁극적인 본체인 하늘의 도는 끊임없이 변과 화의 과정을 겪으며 흘러가고 있음을 말한다. 이러한 흐름 속에서 만물은 각기 명(命)과 성(性)을 지닌다. 명은 본생에 의해 생명이 주어짐이다. 모든 만물은 본생의 하나로 본생과 동일하다. 이는 명이다. 성은 본성(nature)의 뜻이 아니라 우주 본체로서의 성(性)이다. 본체인 성체(性體)이다. 주자가 말하는 리(理)도 이에 해당된다. 개체인 생명체가 부여받는 성은 우주 본체로서 '하나'인 성과 동일하다. 나는 이 성을 생명으로서 우주의 본체인 본생이라고 해석한다. 그것은 『중용』에서 말하는 것처럼 "하늘에 의해 주어진다(天命之謂性)." 만물 각기는 그것을 받아 스스로 위치를 분명히 올바르게 세움(正)이다. '보합대화(保合大和)'에서 보합은 만물이 모두 우주 본체인 본생과 하나임을 의미한다. 본생은 우주의 궁극적 실재이며 개별 생명체들도 모두 본생을 동일하게 지닌다. 두 개의 서로 다른 것이 합해 있는 것이 아니라 본디 하나임을 뜻한다. 이를 통해 필연적으로 우주 만물은 화(和)를 갖춘다. 이는 결과적으로 원형이정에서의 이와 정을 가능하게 한다. 이는 생명의 낳고 낳음을 이어 가는 데 도움이 된다. 정은 올바름이요 순일함이다. 이런 과정들을 통해 "처음으로 숱한 만물이 그 모습을 드러내게 되며, 온 세상이 평안함을 이룬다(首出庶物, 萬國咸寧)."

우주 만물의 형성 과정을 건괘가 개략적으로 기술하였다면, 그 과정은 구체적으로 어떻게 진행되었을까? 그 과정 자체가 이미 언어의 생성과 연관된다. 「계사전(繫辭傳)」은 역경의 의미를 전체적으로 풀이한다. "방향이 있어 비슷한 것들이 모이고, 사물은 무리를 지어 나뉘며 길함과 흉함이 생긴다. 하늘에는 '것'을 이루어 가고, 땅에는 생김새(모습)가 이루어지며, 변과 화가 나타난다(方以類聚, 物以群分, 吉凶生矣. 在天成象, 在地成形, 變化見矣)."(「계사전 상」 1장) 나는 여기서 상(象)을 순수 우리말인 '것'으로 번역한다. '것'이야말로 무정형이요, 천변만화의 잠재태를 지닌 흐름이다. "역은 것이다. 것은 꼴이다(易者, 象也; 象也者, 像也)."(「계사전 하」, 3장) 사물은 물리적으로 비슷한 것끼리 나뉘며 이때 언어가 나타난다. 길흉은 느낌이다. 사물과 느낌을 통해 '것'이 드러나며, 그것은 모습을 갖추기 시작하고 변화의 흐름에 들어선다. 구체적 현상이나 사물로서 드러나는 것은 상(像)으로서 이미지이며 꼴이다. 이미지를 드러내기 위해 언어가 나타나고, 그것은 진화하며 다양성을 지니게 된다. 「계사전 하」에는 이러한 과정이 구체적으로 설명되고 있다.

옛날 포희씨가 임금 노릇을 할 때다. 우러러 하늘에서 '것'을 관찰하고, 굽어보아 땅에서 본뜬 법칙을 관찰했다. 새와 짐승의 무늬 그리고 함께 땅의 마땅한 도리를 관찰했다. 가까이는 자기에서 취하고, 멀리는 사물에서 취하였다. 이에 처음으로 팔괘를 만들었으니 이로써 신명의 덕에 통하고 이로써 만물의 실상을 분류하였다.[4]

---

4 『周易』, 「繫辭傳 下」 2章. 古者包犧氏之王天下也, 仰則觀象於天, 俯則觀法於地, 觀鳥獸之文, 與地之宜, 近取諸身, 遠取諸物, 於是始作八卦, 以通神明之德, 以類萬物之情.

포희씨는 특정 인물을 가리키는 것이 아니라 상징적으로 인간 일반을 말한다. 이 문단은 세 가지 문장으로 나눌 수 있다. 첫째는 "仰則觀象於天, 俯則觀法於地, 觀鳥獸之文, 與地之宜"로 동사 '바라보다(觀)'와 네 개의 목적어로 구성되어 있다. 바라보는 대상은 하늘에서 '것(象)', 땅에서 '본뜬 법칙(法)', '동물을 비롯한 자연에서의 생물들의 모양(文)', 그리고 세상만사가 발생하는 땅에서 '마땅한 도리(宜)' 등이다. '것'은 느낌을 지니고 끊임없이 흐르며 변화하는 본체로서 하늘이 드러내는 그 무엇이다. 땅은 하늘과 대대(對待)를 이루며, 우주 만물이 드러내는 여러 현상에서 공통되는 근본적인 원칙을 보여 준다. '문'은 무늬다. 문채이기도 하다. 문채는 모양과 빛깔이다. '무늬'는 '것'과 '법칙'이 만들어 내는 무수한 변양을 인간이 인식하기 위해 일반화시킨 것이다. 언어는 바로 이 '무늬'에서 형상화된 것이다. 문자 그대로 상형(象形)문자가 나타난다. '의'는 마땅함이다. 그래야 함이다. 인간이 살아가고 있는 땅은 어떤 법칙만 보여 주는 것이 아니라 일종의 정언명령도 드러낸다. 동아시아의 사유는 언제나 도와 더불어 덕을 설정하고, 그 덕은 우주 만물이 천균(天均)을 이루도록 하며, 만물을 구성하는 모든 개체들은 그 관계에서 마땅함을 바탕으로 해야 한다.

두 번째 문장은 "近取諸身, 遠取諸物"이다. 사람들이 위의 네 가지 대상을 어떻게 읽었는지 설명한다. 그것은 바라봄(觀)으로 시작된다. 바라봄은 눈만을 의미하지 않는다. '바라봄'은 오관 전체를 아우르며 대표하고 있을 뿐이다. 대상의 느낌과 바라봄의 느낌은 동일하다. '근취제신(近取諸身)'에서 신(身)은 아(我)다.[5] 그것은 개체로서

---

5 『爾雅』 1,043. 卬, 吾, 台, 予, 朕, 身, 甫, 余, 言, 我也.

아의 느낌을 설명한다. '원취제물(遠取諸物)'은 대상이 지니는 느낌으로부터 취한다는 뜻이다. 아의 느낌과 대상의 느낌은 본디 하나다. 하나의 이미지는 내가 스스로 창출하는 것이 아니다. 감각은 나에게만 있는 것이 아니라 사물 자체에 이미 실재한다. 사물이 지닌 감각과 나의 감각은 동일하다. 그 감각은 느낌으로 일원화된다. 내가 나 자신만을 들여다보아도 이미 그 느낌이 있다. 사물을 통해서 그 느낌을 일깨울 수도 있다. 어떤 경우에든 그것은 하나로 통한다. 이는 『대학』에 나오는 격물치지(格物致知)의 뜻과도 관련된다. 다만 사물을 바라보는 것뿐만 아니라, '근취제신(近取諸身)', 즉 가까이는 자신에게서 취한다는 것은 격물치지(格物致知)를 왕수인의 격(格), 치(致), 성(誠), 정(正)으로 이해함이다.[6] 맹자의 반신이성(反身而誠)도 이에 다름이 아니다. 『대학』에 "그 뜻을 성실하게 하려는 사람은 먼저 그 앎을 실천해야 한다(그 앎을 끝까지 이르게 해야 한다). 앎을 실천한다 함은(끝까지 이르게 함은) 사물을 바로잡음(사물을 맞아 드러나게 함)에 있다. 사물을 바로잡은 후에야 앎이 지극해진다(사물을 맞아 드러나게 한 후에야 앎이 지극해진다)(欲誠其意者, 先致其知. 致知在格物, 物格而後知至)"라는 문장이 나온다. 여기에서 격물(格物)과 치지(致知)라는 개념의 해석에서 주희와 왕수인은 커다란 차이를 보인다. 인용문에서 괄호 표시 안의 글은 주희의 해석이다. 주희는 그 유명한 격물보전(格物補傳)을 통하여 격물은 '사물에 나아감'으로, 치지는 '그 이치를 끝까지 따져 본다'는 뜻으로 이해한다. 왕수인은 격물을 '사물을 바로 함'으로, 치지는 '앎을 실현함'으로 해석한다. 주희는 리를 궁구하지만, 왕수인은 마음을 중심으로 한다. 『주역』은 동아시아 사상의 원류라 할 수 있다. 앞에서

---

6 황봉구, 『생명의 정신과 예술—제2권 생명에 대하여』, 서정시학, 2016, pp.800-807.

취한 "가까이는 자기에서 취하고, 멀리는 사물에서 취하였다(近取諸身, 遠取諸物)"라는 문장은 이미 주희와 왕수인의 서로 다른 시각을 훌쩍 넘는다. 그것은 안과 밖이 일치함이다. 정호가 말하는 '일본(一本)'의 의미를 지닌다.

셋째 문장은 결론이다. 나 자신이나 사물 현상을 바라봄으로써, 상(象), 법(法), 문(文), 의(宜)를 인식한다. 이에 따라 역(易)은 팔괘로 나뉜다. 이러한 인식 과정을 통하여 '신명(神明)', 즉 생명의 밝게 드러남을 깨닫게 되며, 우주 만물의 온갖 느낌이나 그 움직임의 실상을 터득하고 보편화하여 분류하게 된다. 바로 64괘와 그 괘들이 지니는 효(爻)다.

다시 말해서 멀고(遠) 가까움(近)은 본디 하나다. 이런 느낌을 통해 팔괘, 즉 관념을 추출한다. 그 관념은 이미 꼴(像)이다. '것'에서 '꼴'이 나온다. 그것은 '문(文)'이기도 하다. 팔괘는 언어와 비슷하다. 그것은 기호다. 움직임과 변화를 내포하고 있는 기호다. 그 기호는 바로 생명체를 창출하는 '생명의 움직임(神)'에 통한다. 신은 정신, 즉 생명의 힘과 생명의 움직임에서 움직임을 맡는다. 힘과 움직임으로 만물이 이루어지며, 그것들이 흘러가며 천변만화하는 것을 상(象)이라 한다. 땅에서는 법을 이룬다. 법은 인간이 만드는 것이 아니다. 그것은 이미 땅이, 무한한 대지가 활짝 열려 있으면서 보여 주는 그 무엇이다. 무기물을 포함한 모든 생명체는 일정한 문양을 드러낸다. 그것이 바로 '무늬(文)'이다. 중요한 것은 이 모든 것들에 언제나 '마땅함(宜)'이 요청된다는 점이다. 무한한 시간에도 '시의(時宜)'가 있으며, 무한한 공간에도 '천균(天均)'이 있다. 팔괘는 구체적 양상이다. 팔괘를 통해, 또는 언어와 같은 상징 기호를 통해 만물은 분류됨이다. 분류를 통해 인간은 생명체로서 삶을 구성하고 영위한다.

언어 없이 우리는 우주를 상상할 수 없다. 모든 사유는 언어로 풀이해야 그 존재 가치를 얻는다. 과학을 포함한 모든 학문이 그렇다. 예술도 예외는 아니다. 역(易)은 인간이 직접 인식하거나 상상할 수 있는 우주의 모든 가능성을 망라한다. 구체적 사물이나 사건 또는 모든 현상을 아우른다. 이때 역은 언어로 대변된다. 언어는 우리 인간이 생각하는 우주 그 자체일 수 있다. 『계사전』에 나오는 다음의 문장은 역 또는 언어가 어떤 것인가를 풀이하고 있다. 역은 언어보다 더 궁극적인 개념이지만 쉽게 생각해서 역을 언어로 간주하여 문장의 뜻을 살펴본다.

역은 가는 것을 밝게 드러내고, 오는 것을 살핀다. 나타난 것을 미분하고, 어두운 것을 밝혀낸다. 열어서 이름에 값하고, 사물을 변별해서 말을 바르게 하며 말귀를 판단해서 모두 갖춘다. 그 이름을 부르는 것들은 작지만, 그것들이 종류를 취함은 크다. 그 뜻은 원대하고, 그 말귀는 문채를 지닌다. 그 말은 세세하나 중(中)이며, 그 일은 벌려 있으나 은미하다. 세상에 궁금함이 있어 백성들을 구하여 행하게 하고, 잃고 얻음에 따른 갚음을 밝힌다.[7]

가고 옴(왕래)은 우주의 이치다. 무시무종(無始無終)으로 시작도 없고 끝도 없지만, 태어남이 있고 돌아감이 있다. 언어는 이 모든 것을 드러내고 살펴 밝힌다. 우주의 모든 현상에서 모습으로 드러나는 것

---

7 『周易』,「繫辭傳 下」 6章. 夫易, 彰往而察來, 而微顯闡幽, 開而當名, 辨物正言, 斷辭則備矣. 其稱名也小, 其取類也大. 其旨遠, 其辭文. 其言曲而中, 其事肆而隱. 因貳以濟民行, 以明失得之報.

들을 잘게 나누어 인식하고, 어두운 구석을 밝게 드러나게 한다. 우주 만물이나 현상은 언제나 열려 있어서 그것은 마땅히 나름의 이름을 지닌다. 마치 하이데거가 말한, 어두운 숲속의 열려진 공터에서 진리가 스스로를 열어 밝히며 걸어 나오는 것과 흡사하다. 이에 사물들이 인식되고 그에 걸맞은 언어가 형성된다. 말은 분별이 있어 무엇이라도 지칭할 수 있다. 그 이름은 실제로 한계성을 지녀 보잘것이 없다 하더라도, 그것이 개괄하는 분류는 크다. 그 뜻은 원대하고 그 기호의 구성들은 뚜렷한 양태를 갖는다. 그 말들은 세세하기 이를 데 없지만 그러면서도 과하게 지나치지 않다. 언어가 가리키는 세상의 일들은 마구 널려 있지만 실상을 보면 그 진정한 뜻은 모호하게 은폐되어 있다. 이렇게 모호함이나 궁금증이 많은 우주 만물에서 언어는 사람들을 구한다. 행동할 수 있게 해 준다. 사람들에게 잃고 얻음이 업보로 따르고 있음을 밝혀 준다. 이로 보면 우리 인간은 태어날 때부터 언어의 테두리로부터 벗어날 수 없다. 언어 그 자체가 이미 우주다. 우주는 언제나 손에 잡힐 듯하면서도 벗어난다. 언어로 설명할 수 있을 것 같아 보이지만 우리는 모르는 것이 너무 많다. 장님이 코끼리 다리 만지듯 그 일부만을 파악한다.

3. '-적(的)'

철학자들이 끊임없이 새로운 개념을 창출하거나 또는 기존의 개념에 새로운 의미를 부가하는 이유는 우주와 그 현상의 불확실성을 제거하기 위한 노력이다. 이를 위해서 언어는 자꾸만 새로운 모습을 갖추며 진화한다. 언어의 사용은 분석과 논리, 그리고 수학적인 치밀함을 요구한다. 하지만 그 노력은 유한하다. 그 한계와 유한성을 깨닫고 다른 방향으로 깨달음에 접근하는 경우가 있다. 동아시아 철학에서 '직각(直覺)'을 거론하는 이유다. 범인들이 직각을 경험하여 깨달음의 경계에 도달하기는 어렵다. 보통의 사람들은 그저 일상의 생활에서 사용하는 일상 언어로 무엇인가를 표현하는 데 그칠 뿐이다. 언어의 속성대로 그냥 두루뭉술하게 넘어가기가 십상이다.

우리말에 한자어에서 비롯된 '적(的)'이 바로 그렇다. '적'은 한자에서 본디 과녁을 뜻한다. '적당하다'라는 말은 기준 없이 어느 정도 맞는다는 뜻이 아니라, 과녁을 맞히는 것처럼 틀림이 없다는 의미다. 적확(的確)이나 적중(的中)이라는 말이 바로 그렇다. '적'에서 비롯되어 가장 널리 쓰이는 단어는 아마도 '목적(目的)'일 것이다. 목적은 눈의 시선이 갖는 과녁을 가리킨다. 앞에, 또는 미래에 놓여 있어 취해야 할 어떤 대상이다.

이런 '적'이 어느 날, 조사의 형태로 마구 쓰이기 시작했다. 중국이나 일본을 비롯한 모든 동아시아 국가들이 '-적'을 남용하고 있다. 한국어의 경우에는 근대화 과정을 겪으면서 갑작스레 그 사용 빈도가 최고조에 달했다. 서구 문화와 문물을 받아들임에 있어, 그것들을 지칭할 수 있는 단어나 개념어가 형성되지 않은 형국에서 어쩔 수 없이 급조한 언어가 바로 '-적'이다. 서구 단어에 상응하는, 그 단어가 내용으로 갖는 개념에 일치하는 우리말이 없었기 때문이다. 무엇인가 명료하지 않거나 얼렁뚱땅 넘어갈 때 우리는 '-적'을 특정 단어의 말미에 붙인다. 언어의 본질이 그 태생부터 모호한데, 그 쓰임에 있어 사람들은 아무런 의식도 없이 '-적'을 붙여 매듭을 짓고자 한다. 그것은 서술어로서 무엇인가 밝혀 규정짓는 것이 아니라 모호함을 한술 더 뜨는 격이다.

'적'이 조사로 사용될 때, 그것은 다양한 용도를 지닌다. 보통 그것은 소유격으로 사용된다. '-의'와 동일한 조사가 되는 경우다. 이때 굳이 '-의'를 사용하지 않고 '-적'을 붙이는 것은 분명히 언어 사용에 문제가 있다. 흥미로운 것은 '-적'의 사용처가 그리 간단치 않다는 사실이다. 훨씬 다양한 용도로 '-적'은 사용된다. 예를 들어 '-적'은 앞의 명사를 형용사의 성격으로 바꾼다. 이는 영어에서 -sh, -tic, -ous 등에 상응하지만 영어의 이런 어미들은 어디까지나 형용사의 위치를 벗어나지 않는다. 우리의 '-적'은 그 범위가 훨씬 넓다. 니체의 저작 중의 하나인 『인간적 너무나 인간적』은 독일어 원어로 "Menschliches, Allzumenschliches"이다. 이는 정확히 '인간적인 것, 너무나 인간적인 것'이라는 의미로 형용사가 명사화된 것이다. '인간 정말로 인간'으로 쓰면 될 터인데, 굳이 형용사와 명사형을 사용한 까닭이 무엇일까. 우리말의 '-적'은 참으로 신기하게 니체의 의도를 모두 포함하며 확대된다. 우선 그것은 그냥 인간을 가리킨다. 그것은 '인간답다'로, 인간이 아니지만 인간과 비슷하다라는 의미도 된다. 그것은 인간의 속성을 가리킨다. 그것은 인간과의 관계성을 지닌 것이기도 하다. 그것은 인간의 상황에 놓여 있음을 뜻할 수 있다.

북한에서 발간된 『조선말대사전』은 '-적'을 다음과 같이 풀이한다.

-해당 내용을 가진다: 결과적.

-해당 대상이나 내용에 속하거나 관계를 지닌다: 문헌적, 일시적.

-속성을 가지거나 속성을 가진 대상다운 (것): 모성적.

-내용이나 작용이 일어나거나 실현되는 (것): 감각적, 감성적.

-수법이나 방법 형식 등으로 하는 것: 투기적, 논쟁적.

-그런 자격이나 인격자로 하는 것: 교육자적.

-대상이나 내용을 가질 만한 것: 일차적, 고전적.

-내용에 직접 비길 만한 것: 건설적.

－대상에 속하거나 그런 성격 특징을 가진 것: 사회주의적.

가히 만물상자다. 두루뭉술하다. '－적'은 어디에 붙든 살아서 움직인다. 적응력이 뛰어나다. 언어는 살아서 움직이는 생명체다. 그것은 진화한다. 진화는 자연선택의 이론을 따른다. 주어진 환경에서 가장 적응력이 높아 생존의 가능성이 높은 방향으로 진화는 흐른다. 사용되지 않는 어휘나 어법은 세월이 흐르며 일상의 생활에서 사라진다. 그것은 고어(古語)가 된다. 고어는 화석이다. 특정 언어를 놓고 맞다 틀리다는 성립할 수 없다. 그것에는 가치 기준을 통한 평가도 통하지 않는다. 우리말의 문장에 '－적'이 빈번하게 사용된다고 해서 그것이 잘못된 것은 아니다. 굳이 문장의 아름다움을 논한다면 그것은 취향이나 선호도에 따라 취사선택되거나 그 빈도가 조정될 수 있다. '－적'은 현재 환경에 가장 적응력이 뛰어난 어휘소일 뿐이다. '－적'이 일본의 영향을 받은 일본어의 잔재라든지, 그것이 한자에 기반을 둔 부적절한 조사라고 이야기해도 소용이 없다.

그보다 우리는 '－적'이라는 말을 통해 우리의 사유 양태를 돌아볼 수 있다. 우리의 전통 사유 방식은 언어가 형성되는 모습과 닮아 있다. 바로 일반화를 선호한다는 점이다. 일반화하는 방식에는 두 가지가 있다. 먼저 아래에서 위로 올라가는 방식이다(bottom up). 서양의 사유 방식이 기본적으로 그렇다. 이는 무수히 개별적이고 세부적인 사항에서 공통분모를 추출하여 일정한 무엇을 정한다. 분류다. 대표적인 사례가 생물의 분류다. 그것은 종(種, species), 속(屬, genus), 과(科, famlily), 목(目, order), 강(綱, class), 문(門, phylum), 계(界, kingdom) 등으로 영역이 확대되며 올라간다. 생물은 동물과 식물로 나뉜다. 동물이 바로 계(界)라 할 수 있다. 이 방법은 합리적이고 논리적이다. 세부 사항을 중시한다. 현실의 실재성(reality)도 받아들인다. 이 방법은 미분(微分)과 적분(積分)을 되풀이한다. 그 방향은 선형(線形)의 모습을 취한다. 선을 따라 기다랗게 늘어진다. 들뢰즈의 리좀조차도 선형을 따라 일어난다. 탈영토화하여 새로운 영역을 만드는 도주선이나 탈주선은 모두 선을 따라 움직인다. 서양에서 사유의 선은 위로 그리고 멀리 한없이 수렴의 과정을 거친다. 도달점은 없다. 절대자 신은 언제나 길을 초월하는 위치에 있다. 아래로는 한없이 세세하게 깊이 들어갈 수 있는 장점이 있다. 그러나 새로운 사실이 드러나면 곤혹스럽다. 단순 세포의 생물 중에는 그것이 동물인지 식물인지 규정지을 수 없는 경우가 있다. 논리적으로 명약관화한 분석을 중시하는 서구의 사유 방식이 난관에 부딪히면 돌파구를 찾지 못하는 이유다. 선형의 흐름은 갈래 길에서 부정적인 요소를 만나게 되면 그것을 받아들이지 못하고 거부하거나 되돌아선다. 또는 대립의 국면을 취하게 된다. 서구의 이원화의 사유 방식은 그 뿌리가 깊다. 헤겔의 정반합(正反合)을 통한 변증법은 이를 타개하기 위한 방편이다.

두 번째는 동아시아의 사유 양태이다. 그것은 위에서 아래로 내려간다(top down). 이는 무작정 하나에서 시작한다. 그 하나가 무엇인지 따져 보지 않는다. 모호하고 막연한 하나를 출발점으로 한다. 그저 하나가 본디부터 절로 그렇게 주어져 있으며(자연), 이로부터 밑으로 내려간다. 수렴이 아니라 확산이다. 우주론에서 그것은 그냥 혼돈이다. 태허라 불리는 것은 혼돈이다. 이때 혼돈은 서구적 의미의 카오스를 가리키지 않는다. 혼돈은 그것 자체로 '하나'이며 완성된 본체다. 여기서 완성은 끝남이 아니다. 완성은 동일성의 본체를 유지하며 또 다른 완성으로 흘러간다. 카오스에 상응하는 태허는 언제나 흐르고 있다. 서구인들은 그것을 혼란스럽고 신비스러운 그 무엇으로 간주한다. 서구 문화에서 사유가 존립하여 더 나아가려면 그 혼돈은 파악되어야 한다. 명확한 인식이 필요하다. 근대 철학을 수립한 데카르트는 언제나 '명석판명(distinct and clear)'을 강조했다. 혼돈은 "주체를 지닌 인간의 사유"(우리는 근대화 과정에서 이를 '정신'이라는, 새로운 의미를 지닌 급조어로 번역했다)에 의해 절단되어야 한다. 그것이 막연한 덩어리라 하면 그것은 측정되고 분석되거나 분할되어야 한다. 잘라 낸 것은 평면으로 펼쳐져야 인간의 사유가 그것에서 깃발을 꽂고 사유의 흐름을 시작할 수 있다. 사유의 선형은 그런 절단된 면에서 시작된다. 유물론자인 들뢰즈는 바로 내재성의 평면이나 고른 판이라는 개념을 통해 사유를 전개한다. 궁극적 창조자인 신(God)을 배제한 상황에서 사유 그 자체를 내재성의 산물로 이해하는 것은 필연이다. 동아시아의 경우는 전혀 다르다. 혼돈인 태허가 근원이요, 시작이며 끝이다. 진정한 의미에서 태허 또는 태일은 시작과 끝도 없다. 그것은 오로지 인간의 개념일 뿐이다. 혼돈에서 우주 만물이 빚어진다. 그 혼돈은 둘이 되고, 셋이 되고, 마침내 n으로 확대된다. n은 분류가 되지만 인간 사유에 의한 나뉨이 아니다. 그것은 절로 그렇게 방향을 지우며 흘러갈 뿐이다. 둘로 나뉜다는 것은 수학적으로 동일한 크기의 둘을 의미하는 것이 전혀 아니다. 똑같은 것인지 아닌지는 중요하지가 않다. 나뉘는데 나뉜 것들이 모두 앞의 하나와 동일하다. 서로 다른 덩어리가 둘이지만 각기 모두 본디 앞의 하나와 동격이며 그 본성 또한 동일하다라는 의미다. 그것은 음과 양일 수 있지만 꼭 그렇다고 주장할 이유도 없다. 셋이라도 좋다. 새로운 것이 추가된다면 그것은 그냥 n에 포함된다. 두루뭉술하다. 이현령비현령이다. 포괄적이다. 우리는 이러한 힘과 흐름을 가리켜 정신(精神)이라 부른다. 사유는 이러한 정신이 갖는 본래의 속성에 불과하다. 정신은 흐름의 과정에서, 무한한 영역에서 무한한 사유를 확대한다. 인간에게 주어지는 정신의 무한한 사유가 무한한 영역을 창출한다.

'하나'는 무한하다. 우리는 이 글에서 '하나'를 본생으로 부른다. 그것은 우주의 궁극적 실체이며 본체이다. 수학이나 물리학에서의 하나가 아니다. 그것은 그냥 '하나'다. 그 하나를 중심으로 해서 무한한 경우의 숫자로 무한한 덩어리들이 갈려 나간다. 그 덩어리는 본원의 '하나'와 동일한 본성을 지닌다. 무한하게 퍼져 나가지만 그것들은 어떤 순간에 다시 되돌아온다. 반(反)이요 귀(歸)다. 만물은 각기 모두 본생을 지닌다. 만물이 지닌 본생과 우주의 본체로서 본생은 본디 하나다.

동아시아에서 일반화의 의미는 규격화·고정화·형식화가 아니다. 그냥 개별적인 사실들을 뭉치 덩어리로 단순화함을 가리킨다. 뭉치나 덩어리는 수학과 거리가 멀다. 그것은 분석의 세계에서 가능하지 않다. 그것은 미분화를 허락하지 않는다. 진흙 덩이는 '1 + 1 = 2'가 아니라 1이다. '1 + 1 + 1 + ⋯⋯ n = 1'이다. 우리의 사유는 덩이다. 덩이는 그 모습이 둥글둥글하거나 멋대로 각이 져 있기도 한다. 그 느낌은 물컹물컹하기도 하고 야릇하거나 딱딱할 수도 있다. 뭐가 뭔지 모르겠지만 아무래도 좋다. 아무리 주물럭거려도 덩이는 언제나 덩이다. 덩이는 상대적 요소들이 설정될 수 없기 때문에 차이는 있더라도 차별화하지 않는다. 모든 요소들의 차이는 최소화되거나 은폐된다. 『장자』「제물론」에서 '제물(齊物)'이나 '제일(齊一)'은 평등하다는 개념이 전혀 아니다. 가치 개념이 아니다. 모든 생명체나 모든 실체 또는 모든 현상은 그것들 자체로 절로 그러함의 자연이며, 자족

428

이고, 만족이다. 이때의 만족은 화이트헤드의 개념과 유사하다. 또한 자체로 이루어 감을 갖고 있는 성(成)으로서 자성(自成)이다. 스스로 밝음이라는 자명(自明)이기도 하다. 그것들은 언어로 이루어지는 분별이나 분석의 세계를 벗어난다. 규정이나 분류는 모두 한계를 지닌다.

그럼에도 인간은 언어로 모든 사유를 기술하려 한다. 그것밖에 다른 방법이 없기 때문이다. 사유는 언어다. 사유가 확대되고 있다는 것은 언어가 그만큼 확장을 거듭하며 새로운 의미들이 무수하게 덧붙여지고 있기 때문이다. 인간은 언어의 세계를 떠날 수 없다. 이러한 실상을 제대로 파악하고 있어야 한다. 언어는 모호하기 짝이 없는 덩어리다. 덩이덩이 넝쿨처럼 난맥상을 지닌다. 그것은 혼란이 아니라 그 본질 자체가 그렇기 때문이다. 서구적 사유에서 덩어리는 난맥상을 지닌 혼돈의 세계다. 우주라는 덩어리도 혼돈으로 간주된다. 인간의 지성적인 사유에 의해서 파악되지 않기 때문에 그것은 두려움으로 다가오기도 한다. 동아시아에서 덩어리는 그냥 어떤 무엇이다. 『장자』에 나오는 '대괴(大塊)'는 대지, 지구로 해석될 수 있지만 그것은 그냥 커다란 흙덩어리다. 실존하는 그 무엇이다. 우주도 바로 그렇다. 그것은 굳이 이름을 붙여서 '혼돈', '태허' 또는 '태극' 등으로 불릴 뿐이다. 본체인 우주가 그러하니 언어 역시 그러하다.

'-적'은 바로 이러한 사유 방식의 한 끄트머리를 보여 준다. 새로운 개념은 먼저 커다란 덩이로 다가온다. 둥글둥글한 개념을 파악하기 위해 치밀한 분석이 요구되지만 기존의 사유는 거기에 걸맞게 훈련되지 않았다. 붙잡아야 된다. 시간이 없다. 우선 받아들인다. 모호하지만 그럭저럭 괜찮다. '괜찮다'는 호불호(好不好), 정오(正誤) 그리고 시비(是非)를 모두 끌어안는다. '-적'은 최대한 접근한다. 그 목표가 분명하지 않지만 그래도 가까이 간다. 그렇게 간주된다. '-적'은 혼돈의 덩어리인 실체가 거느리는 구름이다. 실체를 둘러싸는 구름은 여러 모습으로 변한다. 흘러간다. 고정화된 무엇을 거부한다. 진정한 실체에 다가서지 못하는 인간의 사유는 구름의 이름을 무수히 붙인다. 그것들은 그냥 'n'이다. 그것들은 모두 손오공의 머리털처럼 개체가 되면서 '-적'으로 나타나며 그 모습을 이리저리 바꾼다. 역으로 '-적'은 n으로 환원이 가능하다. 이는 덩이로의 귀일(歸一)이다. 동아시아의 언어는 언제나 일원론을 기반으로 하고 있음이다.

4. 도추(道樞)

『장자』「제물론」은 언어의 본질에 대해 언급하고 있다. 언어의 본질이라 하지만 이는 우주의 생성과도 직접적인 연관이 있다. 사유의 속성과도 관계된다. 언어는 결국 우주 본체인 도의 속성으로 나타난다. 그 언어는 또한 우주 만물의 진실한 실정을 그 의미로 담아내고 있음이다. 그 언어는 의도와 달리 한계성을 지닌다. 장자는 이미 수천 년 전에 기표와 기의의 차이를 거론하고 있다. 말이라는 것은 그저 호흡처럼 내쉬는 그 무엇이 아니다. 그것은 이미 발성을 통한 소리로서 어떤 기호다. 그 기호는 의미를 지닌다. 의미를 지니지만 그 말은 개별적이므로 듣는 이에게는 달리 전달될 수 있다. 새 새끼들이 내는 소리는 말일까, 아닐까? 그것은 의미를 지니고 있을까, 아닐까? 의미가 판별될 수 있을까? 무엇보다 참과 거짓 등의 평가가 가능할까? '맞다, 틀리다'라고 이야기하는 것은 어인 일일까? 이런 모든 것들이 도가, 우주의 본체가 드러내는 실상으로의 모습일까?

말이란 내쉬는 소리가 아니다. 말이란 것은 말하고자 함이 있으나 그 말하고자 하는 것은 아직 정해지지 않았다. 그렇다면 말이란 있는 것일까? 그것은 아직 말이 있지 않은 것일까? 그것은 새 새끼 소리와 다르다고 하지만 과연 그 소리와 구별이 될까? 구별이 없는 것일까? 도는 숨어 있는데 참과 거짓이 있을까? 언어는 숨어 있는데 옳고 그름이 있을까? 도는 떠나가므로 존재하지 않는 것인가? 언어가 존재함으로 무엇을 그렇다고 할 수 없는가? 도는 조그만 이룸에 숨어 있고, 언어는 화려함에 숨어 있다. 그러므로 유가와 묵가의 시비가 있게 된다. 이로써 아니다 하는 것을 그렇다 하고 또 그렇다고 하는 것을 아니라고 한다. 아니다 하는 것을 그렇다 하고 또 그렇다고 하는 것은 아니라고 하려면 '밝음'만 한 것이 없다.[8]

도는 은폐되어 있다. 숨어서 보이지 않는데 어떻게 참과 거짓을 논할 수 있을까. 언어는 완전하게 정해지지 않은 것을 무엇이라 한정하고 규정한다. 진정한 언어, 말하고자 하는 것인 실상으로서 언어는 아직 존재하지 않는다. 숨어 있고 은폐되어 있다. 그런데 이미 언어가 있으니 우리는 참과 거짓을 판별할 수가 없다. 도는 끊임없이 흐르고 변화한다. 도는 현실의 조그만 것에서도 이루어지지만 그 도의 본체는 여전히 파악할 수 없다. 언어는 이미 겉으로 화려한 모습을 갖추었지만 그 속사정은 전혀 별개로 숨어 있다. 이런 상황에서 유가와 묵가의 해묵은 논쟁은 모두 부질없는 일이다. 실상을 제대로 파악하려면 '명(明)'이 필요하다. 명은 무엇일까? 그것은 어떤

---

8 『莊子』,「齊物論」. 夫言非吹也, 言者有言. 其所言者特未定也. 果有言邪? 其未嘗有言邪? 其以爲異於鷇, 亦有辯乎? 其無辯乎? 道惡乎隱而有眞僞? 言惡乎隱而有是非? 道惡乎往而不存? 言惡乎存而不可? 道隱於小成, 言隱於榮華. 故有儒墨之是非, 以是其所非而非其所是. 欲是其所非而非其所是, 則莫若以明.

초월적인 깨달음일까? 한마디로 명은 도추다. 명이라는 새로운 개념을 제시하면서, 장자는 또 하나의 개념을 만들어 낸다. 바로 '도추(道樞)'다.

사물은 저것 아닌 것이 없고, 이것 아닌 것이 없다. 저것으로부터 보지 못하고, 스스로 아는 것만으로 무엇을 안다. 그러므로 저것은 이것에서 생겨나고, 이것은 또한 저것 때문에 비롯된다. 저것과 이것은 나란히 함께한다는 이야기다. 비록 생(生)이 있으면 사(死)가 있고, 사가 있으면 생이 있다. 그럴 수 있음이 있으면 그럴 수 없음이 있고, 그럴 수 없음이 있으면 그럴 수 있음이 있다. 옳음이 탓이라면 아님도 원인이고, 아님이 원인이라면 옳음도 있다. 이 때문에 성인은 말미를 따지지 않고 하늘(자연)로 비추어 본다. 이 또한 원인이기 때문이다. 이것은 또한 저것이요, 저것은 또한 이것이다. 저것도 하나의 옳고 그름이요, 이것 또한 하나의 옳고 그름이다. 그렇다면 과연 저것과 이것은 있다고 할 수 있을까? 과연 저것과 이것은 없다고 할 수 있을까? 이것과 저것이 그 상대성을 갖지 않는 것을 일러 도추(道樞)(도의 문지도리)라 한다. 문지도리는 그 동그란 중앙에 끼어져야 그 기능이 시작되며 무궁함에 응할 수 있다. 이 또한 하나의 무궁함이며, 하나의 무궁함이 아니기도 하다. 그러므로 말한다. '밝음'으로 보는 것만 못하다.[9]

---

9 『莊子』, 「齊物論」. 物無非彼, 物無非是. 自彼則不見, 自知則知之. 故曰: 彼出於是, 是亦因彼. 彼是方生之說也. 雖然, 方生方死, 方死方生; 方可方不可, 方不可方可; 因是因非, 因非因是. 是以聖人不由而照之於天, 亦因是也. 是亦彼也, 彼亦是也. 彼亦一是非, 此亦一是非, 果且有彼是乎哉? 果且無彼是乎哉? 彼是莫得其偶, 謂之道樞. 樞始得其環中, 以應無窮. 是亦一無窮, 非亦一無窮也. 故曰: 莫若以明.

동아시아 사상에서 대대(對待)의 관계는 중요하다. 만물이 음양에서 비롯되었듯이 모든 사물이나 현상은 상대적이다. 만물은 상보의 관계를 지닌다. 모든 생명체는 관계로 엮여 있다. 아무런 관계도 갖지 않는 존재인 그런 실체는 우주에 없다. 화이트헤드의 현실적 존재(actual entity)는 파악(prehension)을 통하여 그 존재를 관계의 과정으로 유지한다. 장자가 이야기하고자 하는 관계의 구성이 바로 '유대(有待)'다. 그것은 '자연'이다. 절로 그러함이다. 열자(列子)는 성인의 반열에 오른 사람이지만 하늘을 날기 위해서는 바람의 도움이 필요하다. 그는 여전히 유대의 경계에 머물러 있다. 그러나 최고의 경계인 하늘은 이런 상대성을 넘어선다. 의지함이 전혀 없다. 무대(無待)다. 정말 그럴까? 장자를 주석한 곽상(郭象)은 유대와 무대의 차이를 부정하고 그것은 모두 하나임을 역설한다. 상대적 차이를 인정하는 것이 아니라 유대이든 무대이든 그것 자체로 이미 자연으로 주어진 것이기 때문에 그것의 존재성은 충분하다는 것이다. 개체인 사물이 그 존재성을 충분히 지닌다 함은 소요유(逍遙遊)의 경계를 동일하게 갖는다는 의미다. 장자는 상대성이나 대대의 관계를 부인하지 않는다. 그렇다고 받아들이는 것도 아니다. 그 모든 것이 그저 '천연(天然)'이기 때문이다. 천연이야말로 우주의 핵심이다. 바로 중(中)이기도 하다. 그것을 일러 장자는 '도추'라 부른다.

'추(樞)'는 문의 지도리를 뜻한다. 집을 드나들기 위해서는 문이 필요하고 이를 닫거나 열어야 하는데 바로 지도리가 그 기능을 갖는다. 보통 문설주 기둥과 문짝을 잇는 장치다. 경첩과도 같은 것이다. 지도리는 가운데가 뚫린 구멍에 기다란 막대를 집어넣어 사용한다. 옛날에는 나무를 재료로 사용하기도 하였으나 대부분 쇠로 만든다. 막대 모양을 빼 버리면 문이 기능을 잃는다. 열거나 닫힘이 지도리에 달려 있다. 지도리는 암수로 나뉜다. 두 개 맞잡이로 어우러져야 제대로 기능을 한다. 짝이 없다면 전혀 사용할 수 없다. 대대(對待)다. 상대적이다. 이것과 저것의 나뉨은 바로 지도리와 같다. 이것과 저것이 서로 상대성을 지니지 않은 것, 유대(有待)의 상태를 벗어난 것, 의존함이 필요 없는 것, 짝이 필요하지 않은 지도리, 바로 그것이 도추다(彼是莫得其偶, 謂之道樞). 도의 지도리라는 말이다. 도에는 추가 없다는 이야기가 아니다. 무추(無樞)가 아니다. 도의 지도리는 지도리로써의 기능을 갖고 있지만 일상의 문짝에 보이는 것과 같은 지도리는 아니다. 『강희자전(康熙字典)』에는 추를 본(本) 또는 중(中)이라고 풀이하기도 한다. 그것은 북두칠성의 첫 번째 별을 뜻하기도 한다. 또한 추밀원(樞密院)이라는 단어에서 보듯이 중요하고 핵심적이라는 의미도 지닌다. 우주의 본체는 도(道)다. 도는 상대성을 품고 있지만 그것을 전혀 드러내지 않는다. 현실에서 상대성이 드러나고, 지도리처럼 암수가 짝이 맞아야 기능을 발휘하는 것이 무수히 많다. 추, 지도리는 필요하다. 그럼에도 도는 이를 현시하지 않는다. 그것은 그냥 중(中)이다. 그것은 태허의 본원적인 상태이며, 혼돈이라 불리기도 한다. 또한 그것은 '하나'이기도 하다. 그것은 무한한 'n'을 품는다. 지도리와 같은 상대적 대대의 관계는 n을 구성하는 기능이다.

5. 언어와 사유 방식—들뢰즈의 내재성

하나의 언어는 그것이 사용되고 있는 문화를 기반으로 한다. 각 문화의 사유 방식은 나름대로 특징을 지닌다. 동아시아의 사유는 흐름을 기초로 한다. 흐름은 변화를 상징한다. 그것은 언제나 시간성을 내포한다. 그 시간성이라는 것은 공간적으로 고정된 것이 아니라 베르그손이 이야기하는 지속이다. 흐름은 수치화할 수 없다. 그것은 점의 연속이 아니며 또한 선형도 아니다. 선을 따라 흐르는 것이 전혀 아니다. 절단되어 평면의 면적으로 나타나지 않는다. 입체가 되어 부피를 지니지 않는다.

우주의 본체는 분할되는 것이 아니다. 분할된 무수한 수의 n이 합쳐 하나의 통일 단위를 이루는 것이 도가 아니다. 개체는 그것 자체로 도다. 하나의 실물은 전체를 가리키는 도와 동일하다. 도는 하나다. 우주 만물을 이루는 모든 개체도 하나의 도다. 이때 하나는 모두를 포괄한다. 전체라는 개념은 개체들의 집합을 의미하지 않는다. 전체의 진정한 의미는 온전함이다. 온전함이란 하나로서 순일함을 뜻한다. 궁극적 순수함이 유지되고 있음이다. 그곳에는 인간의 지성이 필요로 하는 분석이나 분할이 없다. 분할이 없으므로 통일성의 추구도 없다. 하나는 그냥 하나다. 우주도 하나의 도이며, 땅을 기어다니는 굼벵이 한 마리도 도의 현시다. 도는 언제나 밝게 모습을 드러내고 있다. 이데아나 무슨 진리처럼 은폐되어 있거나 발견되지 못하여 끊임없이 그것을 찾아 헤맬 필요가 없다. 이런 상황에서 어떠한 구분이나 구별, 또는 다툼은 일어나지 않는다. 개체는 개체로서 차이가 있지만, 도의 현시라는 점에서는 차이가 없다. 도는 온전함이며 끝없이 반복되는 우주의 모든 현상을 포괄한다.

서구의 사유는 전통적으로 실재 또는 리얼리티라는 개념에서 벗어나지 않는다. 이는 플라톤의 이데아(Idea)에서 비롯되고, 헤브라이즘의 절대적 신인 하나님에도 근거를 둔다. 이데아나 신은 진정한 실재이며 본체이다. 합해서 실체(Substance or Reality)다. 하나님이 창조한 우주 만물로서 우리 앞에 드러나 있는 모든 것은 결국 가상(假像)에 불과하다. 플라톤은 동굴의 세계로 이를 비유했다. 데카르트는 근대적 사유의 단초를 열었다. 정신과 물질을 대립시켜 이원화하고 정신을 실체로 간주했다. 스피노자는 신과 자연을 동격화하고 이를 실체로 여겼다. 헤겔에게서 정신(Geist)은 전체가 된다. 그것은 실체이며 본체이다. 시인들을 포함하여 서구의 모든 예술가들은 이러한 사유의 틀에서 벗어날 수 없었다. 그들은 실체를 찾아 끊임없이 방황을 한다. 모든 예술 사조는 진정한 실체 또는 진리를 찾으려는 여러 가지 노력이 그 시대의 패러다임으로 드러난 것에 불과하다. 이와 달리 동아시아의 사유는 '하나'를 기초로 한다. 그 하나는 도나 태극일 수 있고, 또는 혼돈일 수도 있다. 그 하나의 속성은 덩어리이며 그 본질은 자연이다. 모든 사물은 그것 자체로 이미 실체로서 궁극적 실재인 하나와 동격인 또 하나의 실체다. 그것은 동일성의 존재가 아니라 동격의 존재이며, 그것은 개체 생명체로서 비동일성을 지닌다. 개체 하나는 그것 자체로 온전하고 독립적이며 그것 자체로 원인이다. 우주 만물은 개개가 생명체로 비동일성을 갖지만 동시에 본생으로서, 그것은 우주의 본원이며 하나인 본생과 동격이다.

언어는 기본적으로 차이를 읽는다. 그 차이는 도가 본질적으로 지니고 있는 비동일성의 차이가 아니라, 도가 드러내는 우주 현상의 사물들이 보여 주는 현실적인 차이다. 장자가 이야기하는 제일(齊一)의 사물들이 우리에게 보여 주는 이것저것 등의 차이다. 제일의 의미는 도로서, 또는 '하나'로서 모든 사물은 하나라는 이야기다. 그 도는 자연이므로(道法自然), 모든 사물은 그 자체로 원인을 가지며 그드러나는 모습은 천양 각색으로 서로 다르다. 바로 이런 이유로 언어는 구분을 한다. 언어가 비동일성의 만물과 현상을 일반화하는 것은 어떤 인식을 필요로 한다. 언어의 발전은 한편으로 미세화, 분석과 구별을 요구한다. 그것은 필연이다. 언어가 지니는 어휘가 다양한 것은 그만큼 분석을 통해 차이가 구별되었기 때문이다. 언어는 언제나 일정하지가 않다. 언어의 외양은 끊임없이 변하며, 그것들이 실어 나르는 의미도 또한 삭감이나 제거 그리고 덧붙임이나 다층화의 우여곡절을 겪는다. 그것은 살아 움직인다. 불법(佛法)에서의 제행무상(諸行無常)은 언어에도 적용된다. 언어의 이러한 특성은 도의 속성에서 비롯된다. 사물이나 현상은 도를 따라 제일하지만, 다시 말해서 궁극적인 도와 마찬가지로 똑같은 '하나'이지만, 그것의 현실적인 드러남은 일정하지 않다. 도는 언제나 흐르기 때문이며 그 움직임의 방향은 정해지지 않았음이다. 언어는 도의 쓰임으로써 하나의 덕이라 할 수 있다. 이때 덕의 의미는 본질에 따르는 속성이라 할 수 있다. 서구의 사유가 언어를 통해, 진리나 실체를 인식하려 하지만 언제나 난관에 부딪히는 것은 바로 사유의 전개를 뒷받침하는 언어의 본질이 이미 문제점을 지니고 있기 때문이다. 고대 동아시아 사람들은 이러한 근본적인 문제점을 이미 꿰뚫고 있었다. 언어는 상(象)에서 비롯된 것이며 문(文)은 상이 드러내는 무늬에 불과하다. 이름은 상에서 비롯된 상(像)이나 상(相)을 지칭하는 것이지만, 그것은 실제로 상(象)이 지닌 본질적인 내용을 모두 밝히지 못한다. 이름을 부르는 순간, 이름은 따로 존재하는 그 무엇이 되며, 이름이 가리키고자 한 것은 이미 은폐되어 있다. 그것은 바로 노자가 이야기하는 희(希), 미(微), 일(逸)이다. 『노자』의 첫머리는 "道可道, 非常道. 名可名, 非常名"으로 시작한다. 상(象)은 흐름이요, 움직임이다. 그것은 나뉘는 대상이 전혀 아니다. 분석도 허용하지 않는다. 그것은 꾸물거리는 덩어리일 뿐이다. 무상한 언어로 이를 붙잡으려 하는 것은 한계를 지닌다.

장자는 「제물론」에서 말한다.

무릇 도는 처음부터 나눔이 있지 않으며 언어는 처음부터 일정함이 있지 않다. 그런데도 이렇다 하고 구분이 있게 된다. 그 구분을 이야기해 본다. 좌가 있고 우가 있다. 차례가 있고 마땅함이 있으며 나눔이 있고 변별이 있다. 경쟁이 있고 다툼이 있다. 이것을 여덟 개의 덕이라 한다. 세상 밖에서 성인은 존재하되 헤아리지 않으며, 세상 안에서는 성인은 헤아리되 따지지 않는다. 『춘추』는 세상을 다스리는 것을 쓴 책으로 옛 임금들의 뜻인데 성인은 따지기는 하지만 변별하지는 않는다.

그러므로 나눔은 나누지 않음이 있음이요, 변별함은 변별하지 않음이 있음이다. 말한다. 어째서 그런가? 성인은 모든 것을 마음에 품으나 백성들은 그것을 변별함으로써 서로 드러내기 때문이다. 그러므로 말한다. 변별함이란 보지 못함이 있음이다. 커다란 도는 부를 수 없고, 커다란 이론은 말로 할 수 없다.[10]

먼저 "좌가 있고 우가 있다. 차례가 있고 마땅함이 있으며 나눔이 있고 변별이 있다. 경쟁이 있고 다툼이 있다(有左有右, 有倫有義, 有分有辯, 有競有爭)"라는 현상에 주목한다. 앞의 여덟 가지를 덕이라 하는 것은 덕이 도의 용(用)이기 때문이다. 도는 체(體)요, 덕은 용이다. 도의 속성으로서 이러한 여덟 가지 쓰임에 대해 성인은 현실을 초월하여 이를 헤아리지 않고, 현실에 처할 때는 헤아리되 따지지 않는다. 이 문장은 현대사회를 살아가는 우리에게 많은 점을 일깨운다. 여덟 가지 덕을 그냥 '자연'으로 받아들여야 함에도 그것들은 대립되는 개

---

10 『莊子』, 「齊物論」. 夫道未始有封, 言未始有常, 爲是而有畛也. 請言其畛: 有左有右, 有倫有義, 有分有辯, 有競有爭, 此之謂八德. 六合之外, 聖人存而不論; 六合之內, 聖人論而不議; 春秋經世先王之志, 聖人議而不辯. 故分也者, 有不分也; 辯也者, 有不辯也. 曰: 何也? 聖人懷之, 衆人辯之以相示也. 故曰: 辯也者, 有不見也. 夫大道不稱, 大辯不言.

체적 현실로 모습을 드러내고 있다. 지금의 사회는 언제나 좌우를 나눈다. 전 세계가 공통의 현상을 겪고 있다. 무엇이 좌이고 무엇이 우인지 헷갈린다. 하나가 정해지면 다른 것을 맞세우고 좌우로 지칭한다. 대립은 필연으로 인식된다. 만물이 서로 상보 또는 보완적인 관계를 지닌다는 대대의 개념은 상실된 지 오래다. 위에서 이야기한 장자의 '도추'는 먼 꿈나라의 일이 되었다. 좌우대칭은 인간의 숙명일까. 그럴지도 모른다. 모든 동물은 그 모양새가 대칭을 이룬다. 콧구멍도 두 개고, 눈이 두 개며, 입은 하나라 해도 대칭을 이루는 형태다. 우리의 몸이 바로 대칭이다. 두 번째로 사람들은 무슨 일이든 '그래야만 되는 어떤 것'을 찾는다. 바로 '윤(倫)'이다. 순서가 있고 차례가 있다. 계급도 정당화된다. '의(義)'는 마땅함이다. 해야 할 무엇이다. 이러한 윤과 의를 지키기 위해 사람들은 무수한 관습과 제도를 만들고 이를 준수하도록 강요한다. 이를 통해 사회 공동체는 개체에 선행한다. 개체가 본디 지니는 도는 은폐되거나 봉쇄된다. 셋째로, 나눔 또는 구분, 그리고 변별이 생긴다. 나눔은 미시적이다. 그것은 언제나 분할하고 나누며, 세세하게 헤아린다. 상황을 일반화하기 이전에 이미 개개의 상황을 읽어야 한다. 필요하다면 움켜잡고 더 미세하게 나누어야 한다. 원자와 전자 단위로 내려가고 다시 양자나 입자의 단위로 하강한다. 그것은 지성의 치밀한 논리를 요구한다. 지성은 공간화하는 작업을 선호한다. 그래야 고정을 시켜 나눌 수 있기 때문이다. 나뉜 부분들은 차이를 발견하여 차별화한다. 구분한다. 비슷하거나 동일한 것들을 따로 모아 명명을 한다. 이러한 작업은 인간 사회를 구성하는 인간 무리에게도 적용된다. 앞의 좌우 개념과 맞물려 사상과 이념으로 차별화된 인간들은 서로를 적대시한다. 넷째로, 경쟁과 다툼이 일어나는 것은 필연이다. 현대사회는 지성을 중시한다. 이런 이유로 경쟁과 다툼은 더욱 가속도가 붙게 된다. 인간의 삶은 역설적으로 점점 생명에 반하는 방향으로 흐르고 있다.

커다란 도는 이름을 칭할 수가 없다. '대도불칭(大道不稱)'이다. 진정한 변별, 여기서 확대를 하여 다시 말한다면 진정한 깨달음이나 인식은 언어로 이루어질 수 없다. '대변불언(大辯不言)'이다. 불칭(不稱)과 불언(不言)은 동아시아 사유의 특성이다. 이는 우주 형성의 과정에 대한 이해에서 서양과 커다란 차이를 보이는 까닭이기도 하다. 서양은 문화의 양대 기둥인 헬레니즘이나 헤브라이즘 모두가 초월성의 사유를 지닌다. 플라톤의 이데아가 그러하며, 기독교의 절대자 신이 바로 그렇다. 우주는 이들 초월적인 것에 의해 생겨났다. 근대화 과정에서 초월적인 존재는 부정되었다. 실증주의와 과학의 세례를 받은 유물론자들은 우주의 근원에 대해 의문을 풀 수가 없었다. 장자가 지적한 대로 변별을 통해 파고 내려가면 갈수록 보이지 않는 것들이 더 많이 생겨났다. 일단의 현대 프랑스 철학자들은 카오스모스를 설정한다. 그것은 혼돈의 우주를 가리킨다. 그것은 지성이 파악할 수 없는 어떤 두려운 실체였다. 들뢰즈의 경우, 초월성에 대립하는 내재성의 개념을 빌려 온다. 그가 주장하는 '내재성의 평면(plain(or field) of immanence)'이다. 그것은 한편으로 '고른 판(plane of consistency)'으로 불리기도 한다. 내재성의 평면은 들뢰즈가 우주의 모든 현상을 풀이하기 위한 하나의 상수 개념이다. 그는 혼돈을 평면으로 절단한다. 최초의 평면들은 순수하며 잡것이 전혀 없다. 그것은 바로 'CsO', 즉 '기관 없는 몸체(Corps sans Organes)'이기도 하다. 이러한 내재성의 평면으로부터 우주는 시작된다. 그것은 바로 인간 사유의 시발점이기도 하다. 평면에는 다양한 지층이 구성된다. 시간을 경과하며 그것은 복잡하게 구성된다. 퇴적물이 일어나며 지층이 다양해진다. "기관 없는 강렬한 몸체, '도(道)', 내재성의 장을 구성하는 것이 중요하다. 여기서 욕망은 아무것도 결핍하고 있지 않으며, 따라서 어떠한 외적인 또는 초월적인 기준과도 무관하다. 내재성의 장이나 고른 판은 구성되어야만 한다. 그리고 이러한 구성은 아주 다양한 배치물들, 즉 도착적, 예술적, 과학적, 신비적, 정치적 배치물들을 통해 실로 다양한 사회 구성체 안에 존재할 수 있는데, 이러한 배치물들은 결코 같은 유형의 기관 없는 몸체를 갖고 있지 않다. 내재성의 장 또는 고른 판은 한 조각 한 조각 구성되며, 다양한 장소, 조건, 기술 등은 서로에게 환원되지 않는다."[11] 들뢰즈는 이러한 지층들 중에서 세 가지의 지층을 주요한 것으로 지목하고 있다. 그 것들은 바로 서양의 사유를 지배해 온 규범적 틀이다. 들뢰즈는 이러한 세 개의 지층들이 심각한 문제점을 유발하고 있음을 간파하고 있다.

우리와 관련된 세 개의 커다란 지층들, 즉 우리를 가장 직접적으로 구속하고 있는 세 개의 지층인 유기체, 의미 생성, 주체화를 생각해 보기로 하자. 유기체의 표면, 의미 생성과 해석의 각(角), 주체화 또는 예속의 점, 너는 조직화되고 유기체가 되어 네 몸을 분절해야 한다—그렇지 않으면 너는 변태에 불과하게 된다. 너는 기표와 기의, 해석자와 해석 대상이 되어야 한다—그렇지 않으면 너는 일탈자에 불과하게 된다. 너는 주체가 되고, 즉 주체로 고착되고 언표의 주체로 전락한 언표 행위의 주체가 되어야 한다—그렇지 않으면 너는 떠돌이에 불과하

---

11 질 들뢰즈·펠릭스 가타리, 『천 개의 고원』, 김재인 역, 새물결, 2003, p.302.

게 된다. CsO는 지층들의 집합과, (집합에 상대적으로[12]), 고른 판의 성질로서의 탈구(disarticulation)(또는 n개의 분절들(articulations)), 이 평면 위에서의 작용으로서의 실험(기표는 없다! 절대 해석하지 말라!), 운동으로서의 유목(설령 제자리에서라도 움직여라, 끊임없이 움직여라, 움직이지 않는 여행, 탈주체화)을 대립시킨다(oppose).[13]

우리는 인용한 문장으로부터 들뢰즈가 동아시아 사상의 영향을 받았음을 인지할 수 있다. 그가 언급하고 있는 '도'는 본체로서 동아시아 사유가 도달한 궁극적 실재다. 베르그손 이후 생성 철학을 강조하는 그로서는 동아시아 철학이 그 자체 생성 철학임을 깊이 느끼고 있었음이 틀림없다. 특히 내재성의 장과 도를 동일시하는 것이 주목된다. 내재성의 장은 서양철학의 근간을 이루고 있는 원인과 결과(cause and effect)를 돌파한다.

내재성의 장을 '자연'이나 도와 동일한 것으로 설정한 것까지 동아시아와 같은 진행을 보여 주었지만, 구성과 배치물이라는 개념에서부터 서로 어긋난다. 도에 대한 오해가 있다. 들뢰즈는 지성을 다시 끌어들인다. 도대체가 서양의 사유는 지성이 없이는 한 발자국도 전진할 수가 없다. 내재성의 평면이나 고른 판 등으로 동아시아의 자연의 경계에 들어서려 하지만 논리적인 사유로 훈련된 들뢰즈는 그것을 달성할 수가 없다. 그가 말하는 세 개의 지층, 즉 유기체, 의미 생성, 주체화로부터 탈주하여 새로운 영토를 설정하려 하지만 그의 논리는 모순에서 빠져나오지 못한다. 동아시아에서 자연이

---

12 필자가 정확한 이해를 위해 삽입했다.
13 질 들뢰즈·펠릭스 가타리, 『천 개의 고원』, p.306.

라는 개념이 지니는 의미는 노자에 의해 선명하게 드러난다. 『노자』 25장은 말한다. "무엇인가 섞여 이루어지고 있었으니, 먼저 하늘과 땅이 생겨났다. (중략) 나는 그 이름을 알지 못하지만 글자로 나타내어 도라고 말한다. 굳이 그것을 이름하여 크다고 말한다. (중략) 사람은 땅을 본뜨고, 땅은 하늘을 본뜨고, 하늘은 도를 본뜨며, 도는 자연을 본뜬다."[14] 지성을 지닌 사람보다 앞서는 것이 바로 땅이요, 그 땅에 앞선 것이 또한 하늘이다. 하늘을 규정하는 것은 바로 도다. 동아시아에서 도는 궁극적 본체다. 그렇다면 도를 넘어서는 것이 또 있을까. 그것은 바로 '자연'이다. 자연의 의미는 현재 널리 쓰이고 있는 우주 만물을 가리키는 것이 아니다. 자연과학의 자연이 아니다. 그것은 '본디 그러함', '절로 그러함'이다. 원인과 결과의 개념이나 그러한 물음을 벗어난 것이다. 그것은 오로지 직각으로만 인지할 수 있는 그런 것이다. 대승불교에서 말하는 '아알라야식' 같은 경계에서만 깨달을 수 있는 그런 것이다. 그것은 모든 인식 범위를 넘어선다. 그것은 칸트가 말하는 감성—지성—이성—정언명령과 같은 일련의 사슬로부터 벗어나 있다.

이에 반하여 들뢰즈는 물음을 지니는 사유의 경계에서 벗어나지 않는다. 초월성도 인정하지 않는다. 들뢰즈는 서양의 사상을 오랫동안 지배해온 '초월성의 판'을 거부한다. 그가 말하는 판은 순전히 내재성의 판이다.

거기에는 형식이나 형식의 전개는 없으며, 주체와 주체의 형성도 없

---

14 『老子』 25章. 有物混成, 先天地生. (중략) 吾不知其名, 字之曰道, 强爲之名曰大. (중략) 人法地, 地法天, 天法道, 道法自然.

다. 발생은 물론이거니와 구조도 없다. 형식을 부여받지 않았거나 최소한 상대적으로 형식을 부여받지 않은 요소들 간에, 온갖 종류의 분자들과 입자들 간에 운동과 정지, 빠름과 느림의 관계만 있을 뿐이다. 존재하는 것은 '이것임'들, 변용태들, 주체 없는 개체화들뿐이며, 이것들은 집합적 배치물들을 구성한다. 아무것도 자신을 전개하지 않는다. 사물들은 늦거나 빨리 오며, 이들의 속도의 합성에 따라 특정한 배치물을 형성한다. 아무것도 자신을 주체화하지 않는다. 주체화되지 않은 역량들이나 변용태들의 합성에 따라 '이것임'만을 알고 있는 이러한 판은 (조직의 판과 전개의 판에 대립되는) 고른 판 또 조성의 판이라고 불린다. 이것은 필연적으로 내재성의 판이고 일의성의 판이다. 따라서 우리는 자연과 아무런 관계는 없지만 이것을 '자연'의 판이라고 부르기로 한다. 왜냐하면 이 판은 자연적인 것과 인공적인 것 사이에 어떤 구별도 하지 않기 때문이다. 차원들이 아무리 증가한다 하더라도 이 판은 그 위에서 일어나는 것에 대해 보조적 차원도 갖지 않는다. 바로 그렇기 때문에 이 판은 자연적이며 내재적이다.[15]

인칭, 주체, 사물 또는 실체의 양태와는 전혀 상이한 개체화의 양태가 있다. 우리는 그것에 '이것임'이라는 이름을 마련해 놓았다. 어느 계절, 어느 겨울, 어느 여름, 어느 시각, 어느 날짜 등은 사물이나 주체가 갖는 개체성과는 다르지만 나름대로 완전한, 무엇 하나 결핍된 것 없는 개체성을 지니고 있다. 이것들이 '이것임'들이다. 여기에서 모든 것은 분자들이나 입자들 간의 운동과 정지의 관계이며, 모든 것은 변용시키고 변용되는 권력이라는 의미에서 말이다. (중략) 여러 유형의 문

15 질 들뢰즈·펠릭스 가타리, 『천 개의 고원』, p.505.

명 중에서, 동양은 주체성이나 실체성에 근거한 개체화보다는 '이것임'에 의한 개체화를 더 많이 가지고 있다.[16]

들뢰즈의 이야기들은 놀랍게도 동아시아의 현자들의 생각에 근접해 있다. 들뢰즈는 서양의 사상의 기축을 이루는 초월성에서 탈주하여 '내재성'이라는 궁극적 개념으로부터 시작한다. 하지만 그것은 인위적이다. 우리는 들뢰즈가 동아시아의 자연이라는 개념을 어떻게 해석했는지가 궁금하다. 그 역시 동아시아의 자연 개념이 서양의 자연과는 전혀 다른 것임을 파악하고 있다. "우리는 자연과 아무런 관계는 없지만 이것을 '자연'의 판이라고 부르기로 한다. 왜냐하면 이 판은 자연적인 것과 인공적인 것 사이에 어떤 구별도 하지 않기 때문이다." 하지만 여전히 그의 자연은 동아시아의 자연이 아니다. 동아시아의 자연은 우주 만물을 지칭하는 자연(nature)과는 아무런 연관이 없다. 이 단어는 근대화 과정에서 급조된 새로운 개념일 뿐이다. 기호언어로서 모습은 동일하지만 전혀 다른 의미를 지니며 그 의미의 역사도 다르다. 들뢰즈도 이러한 차이를 느끼고 있지만 명확하게 구분하지 못한다. 왜냐하면 사유라는 근본적인 판이 여전히 앞서 있기 때문이다. 도가에서의 자연은 사유를 철저히 부정하는 세계에 존재한다. 또한 사유는 언어이기 때문이다.

들뢰즈의 사유는 내재성의 장이나 고른 판을 카오스에서 추출한다. 이러한 고른 판에 기관 없는 몸체들의 무리가 존재한다. 기관 없는 몸체가 도와 동일시되면서도 도가 기관 없는 몸체로 현시되기까지 여러 단계를 거친다. 바로 내재성이라는 개념을 형상화 또는 이

---

16 질 들뢰즈·펠릭스 가타리, 『천 개의 고원』, p.494.

미지화한 고른 판이나 장 또는 평면 등이다. 동아시아에서 도는 내재성 그 자체다. 혼돈은 바로 도다. 그 도는 '절로 그러한' 자연이기에 물음이 필요 없다. 지성이 요청되지 않는다. 카오스나 혼돈 그리고 도는 모두 내재성의 또 다른 개념어로서 실재다. 정확히 말해서, 내재성의 장이나 고른 판은 그 본성이 도와 마찬가지로 인간의 어떠한 주체 의식이나 인위적인 요소가 배제되어 있는 상태다. 들뢰즈는 이를 사유라는 그물을 통해 한 단계 거쳐 이미지화한다. 그것은 자체로 움직이며 흐른다. 그럼에도 들뢰즈의 구성과 배치물은 인위적이다. 그것은 이미 화이트헤드가 말하는 주체적 형식을 지니고 이루어진다. 들뢰즈는 주체성을 거부하면서도 그 덫에 걸려 있다. 사유는 주체성을 지닌 칼로 혼돈을 절단하는 도구다. 구성은 절단이라는 개념과도 상통한다. 카오스모스를 절단하는 것이 일차적 구성이며, 구성된 고른 판이나 내재성의 평면 위에 구성과 배치물로 인해 지층이 생긴다. 고른 판은 카오스모스를 최초로 절단되기 위해 드러나는 면으로 이해될 수 있다. 내재성의 장 또는 구도, 그리고 고른 판은 카오스모스로부터 사유가 성립하기 위한 사유의 이미지다. 사유가 카오스모스에게 던져 넣어 다시 추출한 하나의 이미지다. 사유의 이미지다.[17]

동아시아에서는 구성이나 배치물에 상응하는 상(象)의 개념이 있다. 상은 혼돈과 직결된다. 매개가 없다. 그러한 상은 가변적이다. 왜냐하면 상은 혼돈의 객상(客象)이기 때문이다. 상을 인간이 만들어

---

17 질 들뢰즈·펠릭스 가타리, 『철학이란 무엇인가』, 이정임·윤정임 역, 현대미학사, 1995, p.58. 내재성의 구도란 사유된 혹은 사유할 만한 어떤 개념이 아니라, 사유의 이미지, 즉 생각하다, 생각을 사용하다, 생각 속에서 나아가다…… 등이 의미하는 바에 관하여 사유가 스스로 품게 되는 그러한 이미지다. 그것은 방법이 아니다.

내는 것이 아니라, 그것은 상의 기본이 되는 도의 추상적인 형상이 드러내 보이는 어떤 모습이다. 그것은 규정되거나 고정되는 것이 전혀 아니다. 상은 부호가 아니라 그것 자체가 어떤 움직임이며 변화다. 들뢰즈의 '기관 없는 몸체'들은 개체로서 그것 자체로 고른 판이나 내재성의 장을 지닌 개체로 이해된다. 그것은 스피노자식의 개체다. 동아시아는 고른 판이나 내재성의 장, 또는 본원적으로 기관 없는 몸체가 구성이나 배치물을 통해 무엇을 이루어 내는 것이 아니라, 모든 개체 즉 기관 없는 몸체들은 도 자체로서, 도와 동일한 것으로 그것 자체의 자족적인 이유를 가진다. 절로 그러함이다. 자연 (自然)이다. 그리고 모든 개체들은 스스로의 본성과 운명을 정립하며 흘러간다. 생성을 하고 변화한다. 고른 판이 탈영토화의 운동 속에 있다는 말은 도의 한 측면을 보여 준다. 도, 그것은 본원적 생명으로 본생이라 불리는데, 그것은 끊임없이 생성을 되풀이하며 흘러간다. 그것은 모두 신(神)으로 표현되는 운동이다.

6. 언어로서의 시어(詩語)

시는 언어로 이루어지는 예술이다. 예술은 느낌을 표현하다. 이때의 느낌은 단순한 감정 등만을 의미하지 않는다. 느낌은 이미 지적한 대로 가장 원초적 출발점이다. 상(象)은 느낌의 일차적 드러남이다. 시는 문학으로서 언어를 매체로 한다. 시는 언어라는 형식화된 부호를 그 구성 요소로 지닌다. 시가 일상 언어와 달리 예술이라면 그 시어는 통상의 언어와 어떤 다른 점이 있을까? 예술이 정신적 과정의 결과물이라고 할 때, 정신의 정과 신은 각기 생명의 힘과 생명의 움직임을 의미한다. 예술의 대상은 생명이며, 예술 작품 자체도 생명을 지닌다. 예술은 생명이 인간이라는 종을 통해 드러내는 한 단면이다. 예술의 표현은 다양하다. 음악이나 회화도 있고 건축도 있다. 현대에 이르러서는 인간의 실생활에 접하는 거의 모든 기술적 도구가 예술화되고 있다. 시는 그중에서도 가장 오래된 예술형식이다. 이는 시가 인간의 언어 생성과 거의 직결되어 있기 때문이다.

언어의 생성은 그것 자체가 시적(詩的)이다. 나는 '시적'이라는 단어에 '-적'이라는 말을 쓴다. 그것은 두루뭉술하다. 포괄적이기도 하다. 시가 무엇인가 구체적으로 규정되기 전에 시적이라는 말은 이미 시성(詩性)을 내포하고 있다. 문(文)은 이미 앞에서 주역을 인용하여 설명하였듯이 만물 현상을 드러내는 문채(文彩)다. 무늬와 색깔이다. 시라는 단어는 엄격히 말해서 두 가지 면을 지닌다. 하나는 시성을 지칭하는 개념어이며, 다른 하나는 현실적 실체로 모습을 드러낸 예술 작품이다. 예술 작품으로서 그것은 '시문(詩文)'이다. 시문의 의미는 시가 갖는 무늬라는 뜻이다. 시문은 지금껏 시와 문장이라고 이해되어 왔다. 그것은 시와 산문을 나눈다. 현대는 모든 예술형식에서 형식이 해체되는 경향을 보이고 있다. 아마도 미래에는 예술에서 특정한 형식과 이를 바탕으로 하는 장르 개념은 사라지거나 퇴색할 것이다. 시의 예술에서도 시와 산문의 경계는 허물어진 지 오래다. 근본적으로 열려 있는 시성이 모든 언어형식을 관통하며 가로지르고 있음이다. 시문은 이제 시가 드러내는 무늬 또는 색깔로 해석되어야 한다. 시와 산문을 합한 것은 '글'로 표기되어야 한다. 글은 예술의 장르로 나뉘는 시와 산문을 포함하여 언어로 쓰인 모든 표현을 포괄한다. 우리는 주장할 수 있다. 모든 글은 예술성을 지니며 그것은 시적이다. 차이가 있음은 오로지 예술성의 강도에서 나타날 뿐이다. 예를 들어, 과학의 논문은 예술성에서 그 크기와 깊이가 작다. 사람들의 일상적인 대화는 예술성을 거의 드러내지 못한다.

시는 시상(詩象)이다. 시상이 바로 시의 본질을 드러낸다. 시는 원초적 느낌이요, 모호한 덩어리다. 혼돈의 덩어리로부터 시는 생성된다. 그것은 언어로 표현된다. 언어는 그 태생이 논리적이고 분석적이다. 그것은 현상을 일반화하여 의미를 지닌 이름을 짓고 단어로만든다. 단어의 나열도 체계적이다. 그것은 어두운 것에 빛을 비추어 의미로 표현한다. 언어는 끊임없이 그 의미들을 확대하고 영역을 넓히며 진화한다. 하이데거는 이에 대해서 이미 근본적인 물음을 던진다. 인간은 우주 만물을 언어로 일반화한다. 그것은 폭력일 수 있음이다. "바로 여기서 우리는 다음과 같은 느낌, 즉 오래전부터 사물의 사물적 측면에는 어떤 폭력(Gewalt)이 가해져 왔다는 느낌, 그리고 그 폭력의 수행에는 사유가 작용하고 있다는 느낌, 또 그 때문에 우리는 사유가 보다 사유적으로 되도록 애쓰기보다는 오히려 사유로부터 벗어나야 하지 않을까 하는 느낌을 갖게 된다."[18] 언어의 진화 방향에는 항시 그늘이 있다. 그 그늘은 진화 방향의 반대로 흐른다. 언어가 진전되면 될수록 반대 방향으로 그늘은 깊어 간다. 그것은 어둠이다. 그 어둠 속에 시의 본디 모습이 숨어 있다. 지성의 빛이 희미하게 비출 뿐이어서 우리는 그것을 정확하게 추출할 수가 없다. 느낌과 느낌을 통한 상상만이 허용될 뿐이다. 그 느낌은 의식 이전의 상태다. 화이트헤드의 말처럼 느낌은 주체화되는 의식 이전에 일어나는 최초의 그 무엇이다. 그곳에는 시비가 없고 정오도 없다. 가치 평가도 존재하지 않는다. 언어의 흐름을 자꾸 거꾸로 거슬러 올라가게 되면 마지막으로 남는 것이 바로 상(象)이다. 그 상은 바로 느낌에서 비롯된다. 언어가 인간에게 밝음이라면 느낌은 언어에게

---

18 마르틴 하이데거, 『예술 작품의 근원』, 오병남·민형원 역, 예전사, 1996, p.25.

어둠이다. 그 느낌은 그 흐름의 깊이와 넓이에서, 그리고 그 강도에서 우주와 같다.

상은 언어의 그늘이다. 언어가 전부 말하지 못하는 그 무엇이다. 언어가 일방적으로 강제하여 닫아 버린 것이다. 그 어둠의 그늘에서 언어와 언어가 구성하는 논리적 사유 체계로부터 탈출해서 피난처로 삼은 시원적 느낌이 살고 있다. 시가 살고 있다. 이때 시는 근원적 생명에 다름이 아니다. 그것은 생명의 힘과 움직임을 갖는다. 바로 정신(精神)이다. 모든 우주 만물이 정신을 지닌 것처럼 인간도 정신을 향유하고 있다. 그것은 이미 주어져 있음이다. 의식과 사유에 의해 물이 들어 엉뚱한 길을 걷고 있는 그런 정신이 아니라 순수하고 원초적인 상태를 지닌 정신이다. 시인은 바로 그러한 정신의 강도가 가장 높은 사람을 가리킨다. 시인은 바로 시가 살고 있는 언어의 그늘을 발견한다. 좀 더 정확히 말하면 시인 안에 이미 내재해 있는 언어의 그늘 세계가 시인이 살고 있는 현실적 언어의 그늘 세계와 하나임을 이룰 때, 안과 밖이 둘이 아님을 깨닫는 순간에 바로 시는 현현한다. 언어의 그늘 밑에서 시가 환하게 걸어 나온다. 스스로 모습을 드러낸다. 그것은 솟아남이다(emerging out). 시는 언제나 열려 있다. 그것은 밝은 빛을 발한다. 환하다. 본디 그것은 숨어 있었던 것이 아니다. 생명의 빛은 이미 우주를 환하게 가득 채우고 있는데도, 인간은 언어와 사유로 인위적으로 그것을 가리고 있었을 뿐이다. 하이데거는 이를 다음과 같이 말한다. "존재자 전체의 한가운데 '어떤 열려진 장(eine offene Stelle)'이 있다. 그리고 거기에 밝음(Lichtung)이 있다. 그 밝음은 존재자 쪽에서 볼 때 존재자보다 더욱 존재적(seiender)이다. 따라서 '저 열려진 중심(die offene Mitte)'이 존재자에 의해 둘러싸여 있다기보다 오히려 '이 밝은 중심(die lichtende

Mitte)'자체가 마치 우리가 알지 못하는 무(Nichts)처럼 뭇 존재를 에 두르고 있다."[19] 시인은 이를 간취할 뿐이다. 바라보고 택할 뿐이다. 간취하고 바라보고 택한다는 것은 의식화된 인간이 사물을 대상으로 놓고 취한다는 의미가 전혀 아니다. 그것은 앞에서 말한 "근취제신, 원취제물(近取諸身, 遠取諸物)"이다. 그것은 주희가 말하는 격물치지다. 또한 맹자가 말하는 "만물개비어아(萬物皆備於我)"이며 동시에 왕양명이 말하는 격물(格物)과 치지(致知)다. 주희와 왕양명은 의미 풀이에서 서로 다른 측면을 보이지만 그것은 둘이 아니라 본디 하나다. 느낌이 마음에 그리고 온 우주 만물에 흐르고 있음이다. 느낌에 있어서 마음과 우주 만물은 안과 밖으로 나뉨이 아니라 그냥 하나다. 그 흐름에는 어떠한 방향도 없다.

시가 바로 그렇다. 시상은 열려 있다. 생명의 빛으로 충만하여 환하다. 시인은 하나의 개체인 생명체로 이를 전일적으로 체화(體化)하고 있다. 시상과 시인은 변화하며 움직이고 있다. 거기에는 지정된 형식이나 체계가 없다. 뿌리도 없다. 본받아야 할 어떤 규범이나 형식도 선행하지 않는다. 그것의 본질은 그냥 느낌이다. 적연부동하다가 일어나는 어떤 느낌이다. 그것은 혼돈이라는 우주의 시원에서부터 무한한 양태로 발생하고 있는 영속적인 운동이다. 그것은 원초적 힘을 지닌다. 바로 신(神)과 정(精)이기도 하다. 인간의 경험적 느낌은 그것에서부터 일부만을 취할 뿐이다. 더구나 느낌이 순수성을 상실한 언어로 표현될 때 그것은 한계를 지닌다. 느낌의 표현은 극히 일부만을 비출 뿐이다. 우리가 부딪히며 살아가는 현실 세계에서 시는 이러한 모호함을 먹고 산다. 시는 그 자체가 상이다. 시를 만날

---

19 마르틴 하이데거, 『예술 작품의 근원』, p.64.

때, 우리는 시어들이 가리고 있는, 깊고 은밀하게 덮여 있는 어떤 세계 속으로 들어간다. 우리는 그것을 시경(詩境)이라고 부른다. 시경 속으로 걸어 들어가 환한 모습으로 그를 반기는 시를 전체로 받아들이면서 시인은 신(神)을 느낀다. 시인은 이를 드러내고자 한다. 그러한 작업이 바로 신명(神明)이다. 신이 나서 이를 드러냄이 바로 신명이다. 시 짓기는 바로 이러한 신명에 다름이 아니다. 시인은 신명이 날 때, 시를 짓는다.

장자가 "도는 처음부터 나눔이 있지 않으며 언어는 처음부터 일정함이 있지 않다(道未始有封, 言未始有常)"고 말할 때 이는 시에도 적용된다. 도는 상의 본체다. 상은 도를 드러내기 위해 어쩔 수 없이 채택된 그 무엇이다. 그것은 본디 아무런 구획도 없다. 나눔이 없다. 인식될 수 없는 그늘이다. 언어는 바로 이 점 때문에 일정하게 고정된 의미를 지닐 수 없다. 언어가 탄생하였더라도 그것은 상을 충분히 드러내지 못한다. 언어는 상을 포착하기 위해 부단히 노력을 경주하며 발전한다. 그 발전의 과정에는 무수한 의미와 개념이 섞여든다. 언어가 역사를 지니는 이유다. 현실에서 시어는 이러한 언어로 이루어진다. 시어에도 기다란 역사의 기억이 도사리고 있다. 그것은 상에 대한 해석의 역사이기도 하다. 상에 대한 언어적인 물음은 결국 도에 대한 물음으로 귀결된다. 따라서 시어는 도의 본체인 생명과 연결되어 있다. 시는 생명에 대한 언어의 표현이다.

시는 시상이다. 상은 흐름의 덩어리다. 덩이덩이 그리고 뭉텅뭉텅 흘러간다. 부피나 면적으로 절단되거나 측정될 수 있는 것이 아니다. 시어는 따라서 언제나 두루뭉술하다. 시어는 하나의 덩어리다. 그 덩어리 속에는 알 수 없는 흐름과 천변만화가 들어 있다. 그것은 언제나 열려 있어서 인간에게 환한 모습으로 다가온다. 시어는 빛이다. 하지만 그 다가옴을 맞이하는 우리의 지성은 이를 전부 파악할 수 없다. 인간의 감각이 일정한 주파수만 인식하듯이 그 빛은 무한히 열려 있지만 인간의 능력 범위를 벗어난다. 시인들은 이를 상상과 사유, 전통과 파괴, 해체와 구성 등의 모든 방법을 동원하여 파악하고자 한다. 그 파악의 도구가 바로 언어다. 따라서 시어를 이루는 언어는 언제나 감각적이고 모호하다. 환청일 수도 있고, 착각일 수도 있다. 아무래도 좋다. 시어를 다루는 순간에, 시인들은 상을 읽었다고 생각하고 있을 것이다. 상은 그저 하나의 단면만 보여 준다. 상은 단면으로 고정되게 나뉘는 것이 아니다. 상은 내재성의 장에 구성되는 들뢰즈의 기관 없는 몸체처럼 규격화되거나 형식화되기 이전의 그 무엇이다. 그것은 전통이라는 뿌리를 지니지 않는다. 시어는 언제나 새로움을 찾아 나선다. 그래야만 변화하고 흐르는 상을 끄트머리라도 잡을 수 있기 때문이다.

시는 시상이다. 시상의 본질적 속성은 시가 바로 생명의 표현이므로 생명의 속성과 거의 다를 것이 없다. 시상을 표현하고 구체적으로 드러내는 것이 바로 시어이며 작품으로서 시다. 따라서 시의 본질적 특징은 바로 시상이 지니는 것과 동일하며 그것은 또한 생명의 다양한 표현이기도 하다. 다시 말해서 생명의 구체적 드러남이 상이며, 그 상이 시적인 모습을 지닐 때 그것을 시상이라 부른다. 시상의 실질적 드러남은 바로 언어를 통해 이루어지며 바로 시어들은 시상을 시라는 노래로 현시한다. 시상의 특징, 다시 말해서 시어의 특징을 간단하게 나열한다면 그것은 전일(全一)하며 제일(齊一)하다. 시상은 '하나'를 지닌다. 그 하나는 바로 생명이다. 생명의 제일성과 전일성은 사물 개체에 어떠한 구별이나 차이를 보이지 않는다. 시인은 바로 이를 터득하고 있어야 한다. 시상은 안과 밖이 따로 없다. 그것은 느낌과 이미지가 이미 사물에 존재하며 동시에 이에 상응하는 내 마음에 존재하기 때문이다. 안과 밖의 나눔은 전일성을 저해한다. 시상은 끊임없이 흐른다. 그것의 생명은 생성과 소멸을 지속하며, 시상은 운동과 힘의 작용을 받는다. 이는 생명의 특징으로서 시상 자체는 이런 이유로 언제나 열려 있고 또 자유롭다. 그것은 정해진 규칙이나 방향이 없다. 그것은 언제나 새로움을 맞이한다. 모든 기존의 형식은 뿌리를 지닌다. 그 형식에서 추출되는 선형의 또 다른 형식은 그저 가면일 뿐이다. 진정한 시상과 시어는 생명을 기반으로 언제나 완전히 탈바꿈한 새로움을 찾는다. 기존의 뿌리에 익숙한 사람들에게 싱싱하게 살아 있는 시어들은 이해하기 어렵다. 새로운 시어들은 언제나 새로운 느낌과 이미지를 제공한다. 그것은 언어의 깊은 그늘에서 환하게 솟아난다. 이러한 시어들은 혼돈과 같은 본원적인 덩어리를 나타내므로 그것은 오로지 상상과 멋대로의 느낌과 사유를 창출한다. 새로운 시어의 해석은 자유다. 해석 또한 열려 있기 때문이다.

2018년 4월 15일

진정 봄인가, 온통 하늘을 덮고 있는 미세먼지에 섬들이 숨어 버린 날에.

예술 평론가에 대하여

1.

현시대는 예술의 시대다. 예술은 생명의 속성인 정신이 일으키는 과정이며 모든 인간은 이제 기본권으로 예술을 향유할 권리를 지닌다. 예술가들만이 예술 작품을 창조하지 않는다. 모든 인간은 본디 예술의 성향을 지니고 태어나며 또 살아간다. 새삼스러운 것이 아니다. 인간이면 누구나 다 지니고 있는 예술성과 예술적 요소들이 눈앞에 현전화되어 우리가 그것을 작품이라고 부를 때, 그 작품의 주체가 되는 사람이 바로 예술가다. 실제 작품을 만들지 않더라도 언제나 잠재적 예술가인 개인들은 삶의 과정인 예술에 적극 참여하며 즐거움을 얻는다. 이런 시대적 경향에 따라 현재 이 땅에는 엄청나게 많은 수의 예술가가 활동하고 있다. 개인들도 예술이라는 욕망을 갖가지 방법으로 충족시키기 위해 예술 세계에 너 나 할 것 없이 뛰어들고 있다. 예술가들의 수가 압도적으로 불어나는 만큼, 예술의 사회적 위치와 역할은 점점 더 상승하고, 예술 작품을 위한 시장은 점차 확대되는 추세에 있다. 예술이 넘쳐 나는 시대에, 사람들은 예술 작품을 마음껏 향유하면서 동시에 예술은 과연 무엇인가라는 물음을 지니게 된다. 왜냐하면 작품의 감상자는 이를 음미하면서 좋아함과 싫어함, 또는 무관심을 표명하게 되는데, 그 이유는 무엇일까 생각하게 되기 때문이다. 어떤 기준이 있을까. 우리가 살아가는 이 세계에서 모든 기준은 상대적이다. 그럼에도 인간은 어떤 잣대를 대기를 좋아한다. 기준을 설정하여 그것에 합당한 작품만을 선택하며 즐긴다. 그것은 아마도 무한하게 쏟아져 나오고 또 발생하는 예술 작품들의 세계에서, 이들을 효율적으로 취사선택하여 인간에게 한정된 시간을 극대화시키려는 노력에 다름이 아니다. 이를 위해 어떤 기준이나 안내가 요청된다. 무엇보다 예술 작품들은 시대의 변천과 더불어 더욱 복잡해지고 다양한 의미를 함축해 왔으며, 그것들이 갖거나 상징하는 의미는 감상자의 느낌이나 이해를 넘어 난해한 경우가 허다하다. 정확한 해석이 요청되는 작품들이 부지기수로 나타났다. 미래의 예측을 불허할 정도로 빠르게 변화하는 시대의 흐름에 따라 예술 작품의 깊이와 폭도 거의 무한대로 확장되고 있는 추세. 한편으로 예술 작품의 가치 자체에 대한 해석도 역사의 흐름과 함께 입장을 달리하거나, 재발견되거나, 또는 새로운 개념의 탄생으로 해석의 방향 자체가 달라지기도 한다. 이러한 상황에서 일반 감상자들에게 어떤 길잡이가 필요하다. 더 지적해야 할 사항이 있다. 평론도 예술 작품이다. 평론가도 예술가다. 이들의 작품인 평론도 무수히 쏟아져 나오며 그것들은 대체로 어떤 경향을 갖는다. 서로 다른 경향을 갖는 평론가들은 하나의 작품에 대해 해석을 전혀 달리할 수 있다. 일반 대중은 이러한 평론들 중에 어떤 것을 선택하는가도 중요하다. 이 역시 평론가들끼리 서로 갑론을박을 벌이게 되는데 사람들은 그런 모습들을 바라보며 선택의 폭을 좁힐 수 있다.

이렇게 다양한 역할을 하는 사람들이 바로 평론가다. 시대의 흐름에 맞춰, 예술 작품이 일반화되어 온 세상을 뒤덮으며 흘러갈 때, 평론은 더욱 활성화되고 그것을 수행하는 평론가는 이제 새로운 직업으로 자리를 잡는다. 학교마다 예술을 학문으로 다루고, 이를 연구하는 교수들도 실제 예술 세계에 평론을 발표하고 있다. 예술가와 평론가는 잠재적 예술가인 일반 대중과 함께 창작이나 전시, 감상 그리고 작품의 유통 등에서 세계를 구성할 수 있을 만큼 예술 시장은 그 규모가 커졌다. 예술 세계는 이제 인간 사회가 점유하는 생활 세계에서 교집합 영역을 가장 커다랗게 확대해 가고 있다. 이 세계는 어떤 면에서 자가발전하는 예술 과정의 숱한 리그를 갖고 항시 수많은 게임을 제공한다. 이러한 현상은 상업화된 자본주의 시대에 거대한 시장을 형성한다. 잠재적 예술가인 대중은 이러한 예술의 소비 시장에 적극 참여한다. 대중은 바로 그들 스스로 예술가가 되며 동시에 감상자로서 소비자가 된다. 예술의 시장 세계에서 중개인으로 가장 중요한 활동을 하는 사람들이 바로 평론가다. 예술품의 경매에서 가격을 정하는 것은 감정사이지만 그들의 판단 기준은 대부분 당대 유수 평론가의 가치 평가에 근거를 둔다. 예술 세계에 몸을 담고 있는 대중도 이러한 평가에 귀를 기울이며 경매에 참여한다.

예술은 여러 분야로 나뉜다. 예술을 영역으로 구분해서 특정 이름을 붙이는 것은 상투적이다. 언어의 일반화되는 보편성이 이를 요구하는 탓이다. 어떻든 문학, 음악, 미술, 건축 등등으로 그 분야는 계속해서 다기화하고 있다. 각 분야는 또 세분화되고 있는데, 예를 들어 음악은 국악, 서양 고전음악, 현대음악, 세계 각 지역의 고유 음악, 대중음악 등등으로 구분되고, 다시 대중음악은 재즈, 팝, 메탈록, 대중가요 등으로 갈래를 친다. 각 갈래는 소세계를 이루며 이러한 소세계는 하나의 독자적인 세계를 구성한다. 소세계는 울타리를 치고 자가발전하는데, 해당 분야에 속한 평론가들은 이 세계가 힘을 보충하여 그들만의 아성을 지속적으로 갖기 위해서 수시로 외부에서 새로운 예술가나 평론가를 수혈한다. 평론가는 이러한 작업을 수행하는 데 중요한 역할을 한다.

2.

모든 인간은 불성을 지니고 부처가 될 수 있듯이 모든 사람은 예술성을 가지고 있다. 그 예술성을 현실화시켜 과정으로 드러내고 있는 사람들이 바로 예술가나 평론가다. 이들은 과정의 결과물로서 무수한 작품을 쏟아 낸다. 평론도 일종의 창작물이므로 예술 작품에 속한다고 할 수 있다. 이렇게 작품들이 넘쳐흐르는 상황에서 평론가는 대중에 앞서 작품들을 평가하고 재단한다. 평론가는 수많은 작품들 중에서 예술성이 높은 것을 발견하거나 골라내어 대중에 소개한다. 또는 대중이 그들의 취향에 어울리지 않아 낯설고 익숙하지 못한 새로운 내용이나 형식을 소홀히 하는 것에 비해 평론가는 새로움을 먼저 인지한다. 새로운 작품이 드러나는 것을 하나의 사건으로 간주하고 대중에게 그것을 소개하기도 한다. 이런 모든 작업은 적절한 해석을 통한 안내일 수도 있지만 더러는 강요이기도 하며 어떤 때는 평론가가 지닌 이념을 따르도록 강제하기도 한다. 그렇다면 평론가가 근거로 삼는 평가의 기준은 무엇일까? 예술성의 강도일까. 예술성이라는 개념은 어떤 의미를 지니는가. 그 기준이라는 것이 오로지 이미 관습화된 어떤 형식이나 구성 등을 바탕으로 하는 작품을 이루는 완성도일까.

사람은 시대와 환경의 영향을 받는다. 예술가와 평론가도 예외는 아니다. 모든 사람은 시대에 의해서 규정되거나 한정된다. 개별 시대는 오로지 지나간 과거의 누적으로만 드러나는 시간개념이며 그것은 일정한 시간의 길이를 공간으로 점한다. 그 시간과 공간에서 발생한 사건과 현상을 기술하게 되면 그 시대의 역사가 된다. 역사는 인간의 시간이 쌓이고 기억되어 기록되는 것이다. 현재는 역사의 일부가 되며 사라진다. 동시에 현재는 역사를 삼키며 밀어낸다. 밀어내고 생기는 텅 빈 공간에는 미래가 잠식해 들어온다. 이러한 흐름을 따라 시대는 생겨나는 과정에 있다. 현재는 미래를 끊임없이 잠식하며 그 침전물은 하나하나 시대를 구성해 간다. 훗날 역사로서 되돌아볼 때 그것이 어떤 시대였는가는 오로지 인간들이 대체로 추출하는 몇 가지 류(類)로써 규정된다. 그것은 포괄적이고, 개연적이다. 어떠어떠하다고 규정된 바로 그것이 그 시대의 특성 또는 경향이다. 규정되어 기술되지 않은 것들은 망각되어 사라진다. 르네상스, 바로크 등은 그러한 특성을 바탕으로 붙여진 시대의 이름들이다. 시대는 시간개념이며, 과거, 현재, 미래처럼 무한한 추상개념이아니다. 하나의 시대는 지속되고 있는 것이 아니라 인위적으로 절단된 일정한 길이의 시간을 말한다. 무한한 과거를 임의로 언제부터 언제까지 구체적으로 절단하여 고정시킨 것이다. 대체로 그 시작이되는 점은 어떤 특정한 사건에서 비롯된다. 그러한 사건을 선택하는 기준은 임의적이며 상대적이다. 그 절단된 길이는 또한 공간을 이루며 시대의 환경을 구성한다. 그렇게 임의의 기준으로 절단된 면에, 일정 길이로 정해진 시간에 만들어진 무수한 예술 작품의 평가는 결과적으로 그러한 상대적인 기준의 영향을 피할 수 없다. 그러나 지금까지 기술한 것들은 모두 지성적인 작업을 거쳐 이루어진다. 시대를 규정하고, 선택된 역사를 기록하며, 류를 추출하며, 시간의 길이를 임의적 기준으로 절단하여 분리시키는 작업에는 모두 지성이 동원된다. 지성은 언제나 분석하고 판단하며 결과물을 만들어 고정시킨다.

예술은 흐름이다. 운동이다. 무형으로서 어떠한 방향이나 목적도 설정되어 있지 않다. 예술이 과정이라면 그 과정은 흐름으로서 느낌의 덩어리로 이루어져 있다. 안개일 수도 있고, 구름일 수도 있으며,

흐르는 강물이나 바람에 파도를 일으키는 바닷물일 수도 있는 것이 바로 느낌의 덩어리다. 그것은 사각형이나 원형처럼 규격화되는 것도 아니고 인간의 지성에 의해 상상력으로 재단되는 그 무엇도 아니다. 인간은 이러한 예술의 원형을 선천적으로 지닌다. 그것이 후성규칙에 의해 생성되었든, 또는 환경으로부터 살아남기 위해 유전자에 본디 내장되어 있든 간에, 사람은 태어나면서 예술의 인자를 갖는다. 모든 인간은 예술성을 본디 원천적으로 갖는다. 예술가는 이러한 예술성을 구체적 형상으로 드러내는 사람을 말할 뿐이다. 이로 보면 예술성의 본질은 생명만을 좇을 뿐이다. 그 생명의 본질은 움직임이다. 힘과 움직임을 지니고 낳고 낳음을 이어 간다. 생명을 지니고 이를 어느 누구보다 절감하는 예술가는 어떠한 규정이나 구속도 본능적으로 거부하게 된다. 고착화, 규격화, 단정, 제한된 공간과 개념 속에 몰아넣는 것 등등은 예술가의 속성과는 모두 거리가 멀다. 예술가는 시대에 의해서 규정되는 어떤 일정한 방향이나 규칙을 싫어한다. 그것들은 억압일 뿐이다. 예술가는 언제나 이러한 일상적일 정도로 일관되게 부과되는 모든 억압에서 탈출한다. 예술의 과정이란 한편으로 이러한 세계의 고착화된 사회 현실이나 규범에 저항하거나 거부하거나 이로부터 탈출하는 것을 말한다. 역사란 한정이다. 역사란 이미 흘러간 시간의 집적을 선택하고 분류하며 규격화하며 그것에 의미를 부여한 것이다. 역사는 우주 만물의 모든 생명체들이 적나라하게 현재적으로 흐르고 있는 상태와는 괴리가 있음이다. 역사는 현재를 잠식한다. 그것은 미래에 다가설 수 없다. 예술은 현재가 역사에 의해 잠식되기 직전의 상태를 표현한다. 예술은 동시에 미래를 향해 열려 있으며 미래와 함께 흐른다. 이렇게 열려 있는 상태에서 예술가는 무엇이라도 될 수 있다. 그것은 자유라기보다는 본디 그렇기 때문이다. 이런 면에서 평론가는 예술가와 간격을 보일 수 있음을 인식해야 한다. 평론가도 예술가이다. 그럼에도 그가 이미 과거형으로 남겨진 예술 작품에만 매달리면서, 그것을 시대와 역사로만 평가하게 되면 그 예술 작품의 본질은 은폐되어 버린다. 평론가가 바라보는 작품은 기존의 과거형으로 존재하지만 그것이 생성될 때의 시간은 현재와 미래였으며 그것에는 아무런 방향이나 목적도 없었으므로 이를 제대로 살펴야 한다. 작품이 이루어지는 과정에서의 생생하고 활발발함을 최대한 다시 살려 내야 한다. 느낌이 갖는 실제적 가치는 오로지 생명의 현재성일 뿐이다. 예술 작품이 위대한 점은 바로 이러한 느낌을 생생하게 다시 현재로 되돌려놓기 때문이다. 이로 보면 예술 평론은 한편으로 언제나 지성의 작업을 통한 규정과 시대화, 역사화, 그리고 다른 한편으로 느낌으로 충만한 예술성과 미래로 뻗어 가는 무규칙성이나 무방향으로 점철되는 예술의 흐름이라는 살아 있는 현재 사이에서 갈등을 빚으며 이루어지는 것이라 할 수 있다.

분명한 것은, 예술가와 평론가는 시간의 흐름과 더불어 모두 시대와 역사에 속하게 된다는 사실이다. 그들은 시대에 의해 한정되며 이미 시대의 어떤 경향을 공유한다. 그 경향은 거대한 흐름으로서 류(類) 또는 속(屬, genus)으로 분류될 수 있다. 하나의 류는 여러 개의 가지나 곁가지의 흐름을 지닌다. 각각의 가지는 종(種, species)을 이룬다. 시대의 류는 복합적이다. 종의 합이 류를 이룬다. 크게 뭉뚱그려 류를 이야기하지만 실제로 그 류는 그 안에 서로 차이가 나는 서로 다른 수많은 종의 특징을 지닌다. 차이는 강도를 지닌다. 때로 서로 다른 특징은 도저히 양립할 수 없을 만큼의 강도를 지니며 대척점에 선다. 이때 류와 종은 다윈의 진화론만을 따르지는 않는다.

다윈은 자연선택과 집중을 주장한다. 돌연변이를 이야기하지만 그것은 어디까지나 류와 종의 시간 줄기를 따라서 일어나는 한계에 속한다.

한편으로 이와 달리, 예술의 흐름은 이러한 변화를 뛰어넘을 수 있다. 예술에서 새로움은 언제나 미지의 것이다. 전혀 예측할 수 없으며, 지성과 연관되는 모든 상상력을 훌쩍 뛰어넘을 수 있다. 『주역』에서 "신(神)은 예측할 수 없다"고 했는데, 이때 신은 생명의 흐름으로서 그것은 어떠한 의미의 연결이나 선적(線的)인 개념의 흐름이 아니다. 예술의 흐름은 선적이 아니라 언제나 가로지르거나 횡적이거나 또는 공중을 날아간다. 흐름이 물길이라면 그것은 높고 낮음을 따르면서도 물의 양이나 세기, 변덕스런 바람, 부딪히는 산이나 평원의 강(强)과 유(柔), 가뭄이나 폭우, 기온에 따른 얼음이나 해빙 등, 헤아릴 수 없는 변수에 의해 정해진다. 차라리 바람의 흐름과도 같다고 할까.

그럼에도 시대를 살았거나 현재 살아가는 모든 사람들은 하나의 종에 해당된다. 예술가와 평론가는 어느 한 종에 속하거나, 또는 스스로 새로운 종을 창조한다. 종이 종에서 이탈하여 새로운 종으로 진화하거나 탈바꿈한다. 이러한 종들은 정신이 드러내는 어떤 특징적인 흐름을 보여 준다. 생명의 힘과 생명의 운동인 정신은 열려 있기 때문에 그 특정의 흐름은 단수가 아니라 수없이 많은 여러 흐름의 하나일 뿐이다. '생명의 힘과 움직임'으로서 정신은 전혀 정해진 방향이 없다. 생명의 흐름은 시대를 초월한다. 모든 시대를 품에 안아 흘러간다. 생명의 흐름 안에 수많은 류와 종이 흘러간다. 그것이 바로 예술의 본질이다. 천재를 부정하는 이유이기도 하다. 사람들은 천재를 운위한다. 천재는 통상적으로 시대를 앞서가는 재능을 지닌 것으로 평가된다. 시간적으로 하나의 시대에 속하지만 그 시대를 넘어서 미래의 다가올 시대로 껑충 뛰어넘는다고 한다. 한마디로 천재는 없다. 존재하지 않는다. 굳이 말한다면 모든 인간은 천재의 잠재성을 지닌다. 어떤 예술가가 그가 살아가는 시대의 류를 가장 극단화시켜 표현할 능력을 지녔거나, 또는 그 시대의 류를 새롭게 특징지어야 할 정도로 어떤 강렬하고 새로운 종을 발견하고 이를 작품에 반영할 수 있을 때, 사람들은 그를 천재라 부를 수 있다. 이미 다른 무수한 사람들도 그와 같거나 비슷한 상태에 들어서 있을 수도 있다. 다만 그 발견하는 느낌의 강도와 표현력에서의 강도가 유난히 돋보일 때, 그것은 보통의 사람들과 차이를 보일 수 있다. 가장 강한 강도를 갖는 사람이 바로 천재라 불릴 수 있지만 그것은 실제로 정확하게 측정될 수 있는 성질의 것이 아니다. 천재라기보다 무수한 여러 사람들을 대변하는 대표자일 수는 있다. 돌연변이일 수도 있다. 하지만 그것도 종에서 종이 분화하는 것으로 진화의 자연선택에 따른 정상적인 흐름일 뿐이다.

특정 시대는 오로지 인간들의 지성이 절단해서 고정시켜 규정한 것에 불과하다. 그것은 인간의 역사의식이 만들어 내는 언어 개념일 뿐이다. 본원적인 예술은 이러한 진화의 과정을 포함하면서도 진화를 훌쩍 뛰어넘는 단계로 진입한다. 다 익은 감이 감나무에서만 떨어지는 것이 아니라 예술가는 하늘에서 감이 우수수 떨어지는 것도 체험한다. 생명의 흐름은 인간이라는 생명체가 지닌 정신의 흐름으로 드러난다. 그것은 헤아릴 수 없이 무수한 함수를 지니고 실체의 현실 세계에서 무한의 양태를 드러낸다. 하나의 종은 하나의 양태일 뿐이다. 평론가는 이러한 사실을 인지하고 체득하는 것에서 나아가, 그가 평론가라는 사실을 잊을 정도로, 그리고 무엇보다 그동안 그가 축적해 온 모든 지식과 견해를 젖혀 두고, 개체로서 본연의 생명체로 환원되어 예술의 흐름에 배를 띄우고, 작품이 이루어지는 그 흐름 자체 속으로 들어가야 할 것이다.

3.

인간의 지속되는 사유 운동은 정신 작용의 일환이다. 그것은 또 다른 정신 작용인 느낌과 사뭇 다르다. 사유는 지성을 요구한다. 지성은 구성적이고, 논리적이며, 개념적이다. 그것은 분석과 결과의 과정을 거쳐 언제나 방향과 목적에 이른다. 결과적으로 그것은 수많은 이념을 형성한다. 이념은 본질적으로 방향성과 목적성을 지닌다. 이념은 지성에 의해 창출된다. 이들 없이 인간은 존립할 수 없다. 생명의 흐름이 본디 무정형이고 방향이 없는 것만큼, 이념의 종류는 무한하며 그것은 생성과 소멸을 되풀이한다. 어떤 이념이 실천과 행동과 연결될 때, 우리는 그 이념을 보통 가치관이나 윤리관으로 부른다. 이것들이 신념으로 강화된다. 신념이나 소신은 데이비드 흄이 지적한 것처럼 생각이나 이념 자체가 변경되는 것이 아니라 그 이념 자체만이 점점 응고되고 강화되어 딱딱해지는 것이다. 이러한 이념이 바로 '주의(主義, ism)'이다. 주의는 시간적으로 진화의 과정을 멈추고 공간화되어 고체의 덩어리로 변한다. 그것은 이미 생명의 정신이 본디 지니는 흐름을 멈춘 상태다. 주의가 된 이념에는 정신의 본질인 무방향의 흐름이 사라지고 없다. 그것이 파급력을 키워 시대의 류를 형성하는 하나의 패러다임이 될 때, 그것은 실제 현실 사회에 커다란 영향을 미친다. 이러한 주의는 신념을 지닌 사람들에 의해 실천으로 옮겨진다. 다수의 인간들이 함께 참여해서 움직이게 되면 사건이 발생하기도 한다. 어떤 경우에 그것은 혁명으로 불리기도 한다. 그것은 역사의 흐름에서 커다란 획을 긋는 사건으로 기록되며 어떤 사건들은 때로 혁명이라고 불린다. 혁명의 본질은 흐름이다. 역사의 흐름이 고착화되어 있거나 한쪽 방향으로만 흐를 때, 혁명은 물길을 바꾼다. 그것은 미래를 맞이하는 사람들에게 새로운 빛을 선사한다. 인류의 끊임없는 발전이 가능한 이유이기도 하다. 그러나 혁명은 때로 어두운 그림자를 지닌다. 지나간 역사에서 무수한 사건이나 혁명이 이를 뒷받침하는 고착화된 신념이나 주의에 사로잡혀 역설적으로 모든 흐름을 멈추게 하고 파괴한다. 이미 만들어진 것만 부수는 것이 아니라 생명의 본질인 흐름까지 막아 버린다. 그들은 분명 새로운 세계를 창출한다고 주장하지만 그들은 이를 거역하는 다른 흐름까지 차단해 버린다. 우주에는 본디 빛과 어둠이 있다고 하면서 이를 합리화할 수는 없다. 새로운 혁명을 위해서는 어떠한 희생도 감수해야 한다고 주장한다면 그것은 생명의 흐름을 역행한다. 역사에서 맑스-레닌주의에 의한 러시아 공산혁명이 대표적인 사례다. 그들은 프롤레타리아 독재를 실현하면서 강압적인 정책을 펼쳤으며 무수한 인명이 살상되었다. 지난 20세기에 발생한 여러 사건 중에서 인명을 인위적으로 부당하게 앗아 간 가장 커다란 것은 나치와 파시즘이라는 전체주의가 일으킨 광란의 전쟁, 그리고 마르크시즘의 세계화에 따른 전 지구적 갈등의 확산과 투쟁의 지속이라 할 수 있다. 이 모두는 무엇보다 인간 사회의 밑바닥 본원에 흐르는 생명의 흐름이 지닌 다양성을 막아 버렸다. 진정한 혁명은 특정인의 신념이나 주의에 의존하지 않는다. 그러한 혁명의 흐름에는 특정 계급이나 주체가 없다. 그것은 생명의 거대한 흐름과 궤를 같이할 뿐이다. 현재 전 세계적인 이념주의는 자본주의다. 자본주의가 현재 세계의 질서를 강요하고 있다. 그것은 물질 중심의 상업과 맞물려 인간의 생명 정신을 억누르고 있다. 그 부조리한 틈새로 세계 곳곳에서 분쟁과 다툼이 끊이지 않고 발생하고 있다. 기존의 수구적인 사회나 신념에 의해 생명의 세계가 압박을 받을 때, 생명의 흐름은 틈을 찾아 분출하게 된다. 그것은 종의 변화와 진화일 수 있다. 자본주의의 틈새가 점점 커지고 강도가 높아지고 있다. 여기저기 새로운 틈새가 열리고 있다. 종교에 의한 갈등, 민족주의에 의한 학살, 국가 간에 첨예하게 발생하는 이해관계의 대립, 무엇보다 다국적 대기업들의 상업적 목적을 위한 잔인하고 비정할 정도의 움직임들, 지구의 세계화에 따른 새로운 이념주의들의 탄생과 소멸 등이 틈새를 뚫고 사건을 산더미처럼 만들어 놓고 있다. 20세기 후반의 사건으로, 캄보디아 크메르 루즈의 이념주의에 의한 대학살, 루안다 종족주의에 의한 후투족의 투치족 학살, 보스니아에서의 종교와 종족에 의한 인종 청소, 기독교 서구 패권주의와 회교 아랍 민족주의의 대립에 의한 무수한 인명의 살상과 숱한 국지전 등이 아직껏 현재진행형으로 기록되고 있다. 한편으로 산업혁명 이후에 점차로 기술혁명은 그 폭을 넓히고 있고, 또한 그 변화의 속도도 빨라지고 있다. 예컨대 IT와 AI의 발전은 이제 인간의 지성을 넘볼 단계에 이르렀다. 그것은 생명체인 인간의 진화에 분명히 영향을 주고 있다. 이는 생명의 흐름이 본디 예측을 할 수 없는 것임을 다시 한 번 깨닫게 한다. 그 흐름은 멈추지 않는다. 그러한 흐름은 시대의 류나 종의 한계를 훌쩍 뛰어넘는 진화일 수 있다. 어느 날, 네발로 기어 다니던 인간이 직립하고 두 발로 걷게 된 진화의 사건에 비견되는 진정한 혁명이 일어날 수 있다.

  어느 하나의 종에 속한 인간은 현명하기 때문에 필요에 의해서, 또는 주어진 환경의 변화에 의해서 종을 바꾸어 선택하기도 한다.

여기서 중요한 점은, 하나의 종에 속한 예술가나 평론가는 대개 그 종이 가지고 있는 흐름을 추종한다는 사실이다. 이는 언제나 문제점을 지닌다. 흐름의 물결이 거셀 때 많은 사람들은 알지 못하는 사이에 그 흐름에 휩쓸려 살아간다. 그 흐름은 이념이다. 예술가가 하나의 흐름에 불과한 이념을 좇을 때 그 작품들은 대체로 폐쇄적인 편향성을 지닌다. 그 이념이 이미 흐름이 멈추어 고착화된 '-주의(主義, ism)'라면 사태는 한층 심각하다. 결과적으로 그 작품은 인위적이고 부자연스러운 강제성을 내포한다. 읽는 이로 하여금 작가의 이념 성향을 따르고 이해하도록 생경하게 강요한다. 이는 예술 작품의 생동하는 본질에 전혀 어울리지 않는다. 오히려 예술을 갉아먹으며 예술의 생명성과 자연스러운 진화를 방해한다. 평론가의 입장은 더욱 사납다. 왜냐하면 특정한 종을 따르는 평론가는 종의 일반적인 기준에 따라 무엇인가를 가치 평가하고 우열을 가리며, 열위에 있다고 판정되는 것을 거부하거나 경시하기 때문이다. 그들은 이를 텍스트로 고정시킨다. 어찌 보면 '-주의'는 평론가들이 만들어 내는 것이 분명하다. 생명의 흐름에서 새로움을 언제나 찾으려는 예술가들은 무엇인가 새로운 것을 발견하게 되면 놀라움에 그것을 예술 작품으로 형상화한다. 아마도 그들이 발견한 것은 생명의 흐름이 지닌 뜨거운 불꽃일 것이다. 생명의 불꽃은 생생하고 강렬해서 이를 발견한 예술가를 뒤흔든다. 예술가는 이를 재현하고자 하지만 그리 쉬운 일이 아니다. 처음에는 크게 마음에 들지 않아서 비슷한 것들을 계속 만들게 된다. 유사한 현상도 새롭게 찾아 발굴해서 표현하기도 한다. 한 사람이 아니라 여러 예술가들이 이런 예술 활동을 보여 줄 때, 평론가는 그들의 작품으로부터 어떤 공통점을 추출한다. 그리고 무엇이라고 규정한다. 그 무엇이 그 시대의 경향으로 드러나면 평론가는 그러한 현상을 하나의 '-주의'로 새롭게 부르기 시작한다.

종은 류에 속한다. 하나의 류는 무수한 종을 지닌다. 류는 어느한 시대의 주요 경향을 가리킨다. 한 시대는 인류의 역사에서 수많은 시대의 연속 중에서 하나의 절단면에 불과하다. 이런 광대하고다양한 세계를 생각한다면 하나의 시대와 류, 하나의 종에 국한되어무엇인가를 사유하고 집착하여 그것을 기준으로 삼아 스스로 얽매이는 것은 생명 정신에 반한다. 예술 정신에도 어긋난다. 예술 정신의 근원은 바로 생명 정신이다. 진정한 예술은 생명 정신을 투영하며 예술 작품은 이를 드러내야 한다. 생명은 열려 있다. 우주는 언제나 상대성을 지닌다. 그것은 대대(對待)의 원리일 수도 있다. 음양이그렇다. 음이 있으므로 양이 있고, 양이 있으므로 음이 있을 뿐이다. 그 음양은 언제나 자리를 바꿀 수도 있다. 예술은 생명을 표현한다. 그 생명은 언제나 열려 있으며 하나의 종에 의해 한정될 수 없다. 흐르지 않고 고정되어 변하지 않는 고체 덩어리의 '주의'의 이념이 붙박을 자리가 전혀 아니다.

평론가는 이러한 사실을 철저히 인지한 다음에 예술 작품을 해석하고 평가해야 한다. 혹자는 말할 수 있다. 어떤 평론은 평가가 아니라 단지 독자의 이해를 돕기 위한 해석일 뿐이라고. 순수한 해석은존재하지 않는다. 해석을 나열하는 모든 텍스트는 이미 어떤 가치평가의 기준을 지니고 있다. 의미를 기술하는 작업은 이미 어떤 시발점이나 방향을 지닌다. 평론이라는 개념어는 이미 어떤 기준을 지니고 평가함을 가리킨다. 기준점이나 척도가 없을 수 없다. 모든 기준은 이미 하나의 종에 속해 있다. 평론이 이러한 기준만을 따르고있다면 진정한 평론이 아니다. 모순된 이야기이지만 순수 평론의 방향과 목적은 생명의 흐름을 좇아가는 데 있다. 기준에 의거하는 작업이지만 그 기준에 얽매여서는 안 된다. 다양한 기준을 포섭해야 한다. 진정한 평론의 본질은 기존의 종이 지닌 보편화된 기준을 넘나들며 자유로운 생명의 흐름을 분명하게 인식하는 데 있다. 어떤 면에서 인식을 넘어서 평론 자체가 생명의 흐름이 되어야 한다. 평론가는 어느 특정 작품을 해설한다. 해설은 기존의 개념을 바탕으로 분석하고 분해하여 감상자들의 이해를 돕는다. 예술 일반에 대해 많은 경험과 지식을 가진 평론가로서 특정 예술 작품에 대한 일반 대중의 이해를 도모한다. 그러나 이러한 작업은 평론에 따르는 부수적인 작업과 효과일 뿐이며 그것은 전혀 평론의 본질이 아니다.

진정한 평론은 그 자체로 예술이어야 한다. 예술은 생명의 흐름을 표현한다. 낳고 낳음을 이어 가는 생명의 흐름은 언제나 뜨겁고 강렬하다. 그것은 불꽃으로 타오르며 빛을 뿜는다. 그 불꽃은 무한한 양태를 갖는다. 하나의 불꽃이 아니라 헤아릴 수 없을 만큼의 불꽃들이 있다. 예술가가 그중의 하나를 발견하고 사람들에게 보여 주는 것이 바로 예술가가 작품을 창조해 내는 과정이다. 이때의 발견은 주체 의식을 지닌 작가가 불꽃을 대상으로 바라보는 것을 의미하지 않는다. 그 불꽃에는 객체와 주체가 없다. 작가가 불꽃이 된다. 불꽃이 된 작가는 그때 생명처럼 그냥 열려 있다. 이 열려 있는 불꽃 작가가 인간의 현실 세계에서 어떻게 드러나는 것인가는 그 어떤 것도 규정할 수 없다. 그냥 '되기'일 뿐이다. 춤이나 음악 그리고 회화나 문학은 어디까지나 사후에 임의적으로 선택되어 이루어지는 모습일 뿐이다. '되기' 능력과 감응성이 유달리 뛰어난 평론가 역시 이러한 불꽃을 동시에 인식하고, 그 자신의 마음에 내재적으로 타오르고 있는 불꽃과 연결하여 자신만의 생생한 평론을 만든다. 이것이 평론가의 진정한 임무다. 이러한 작업은 어느 특정 예술 작품을 빗대어 평론이라는 그 자신의 새로운 예술 작품을 창출하는 일이기도 하다.

4.

개체로서 시대를 살아가면서, 사회 구성원의 하나로서 종의 선택은 필연이다. 그 종이 아무리 한계를 지니고 편향성을 갖는다 하더라도 평론가는 하나의 종을 선택하거나 그것에 휩쓸리게 된다. 존재는 언제나 하나의 세계에 내부적으로 속해 있다. 그렇다면 평론가가 갖는 종으로의 기준은 어떻게 선택되어야 하는가? 이미 아래에 넓게 퍼져 있는 무수한 종들 사이에서 어떤 계기에 의해서 하나의 종을 찾고 선택하였다 하더라도 그 종은 무수한 개연성의 종들의 하나일 뿐이다. 서로 다른 잡다한 종들은 부분집합을 서로 공유하는 교집합을 지닐 수 있지만 결국은 모두 한계를 지닌다. 뒤집어 이야기하면 어떤 평론이라도 편향성을 배제할 수 없다. 하나의 종은 그 제한된 세계 내에서 하나의 견해를 갖게 된다. 그것은 어디까지나 개연성을 지닌 견해일 뿐이다. 그것은 단견일 수도 있으며 그냥 의견(doxa)일 수도 있다. 우연히 교집합을 확대하여 더 커다란 세계로 나아갈 수도 있다. 종의 견해는 대체로 그들만의 세계에 국한된다. 따라서 이러한 단견이나 한계를 지닌 견해를 최대한 제거하고 어떤 무작위의 지평에 도달하려면 우리는 종들의 상층으로 계속해서 거슬러 올라가야 한다. 마지막에 도달하는 하나의 경계에 다시 위치해야 한다.

서구의 평론가들에게 그런 궁극적 종점은 플라톤의 이데아나, 또는 기독교의 절대 유일신이다. 중간 기착지는 예를 들어 데카르트의 코기토나 칸트의 이성이라고 할까. 이러한 종착지들은 그것들 자체로 여러 점·선·면을 구성하고 그것들이 다시 모여 하나의 평면을 이룬다. 평면이 집적되어 층을 이루어 지층을 만들고 그것은 역사의 흐름과 함께 주름지며 습곡이 된다. 들뢰즈가 말하는 '내재성의 평면'은 바로 이런 평면들 중에서 가장 본원적이고 궁극적인 평면이다. 그것은 서구 문화의 주요 흐름이 발원되어 형성되기 시작한 근거지를 말한다. 들뢰즈의 평면은 플라톤의 헬레니즘과 기독교의 헤브라이즘을 뛰어넘어 어떤 유물론적 현실을 반영한다. 그 평면은 하나의 시발점을 이룬다. 그것은 출발점이다. 점에서 선이 이끌려 나오고, 그 선은 지속되어 길이를 지니며, 그 선은 유럽이라는 공간이 되는 면을 점유한다. 그 평면으로부터 시작된 선들은 면과 부피를 갖추어 무수한 '지층'을 이루고, 각 지층은 복잡다단한 '주름'을 지닌다. 지층과 주름의 변화가 기록되는 것이 역사이다.

동아시아에서 현재를 살아가고 있는 우리도 세계화 경향에 따라 이미 패권화된 서구 문화의 지층 속으로 침투하여, 그 지층의 구조를 숙지하며, 그 지층이 갖는 습곡을 따라가며, 그것의 길을 좇는다. 무엇보다 당혹스러운 것은 지층은 하나가 아니며 무수한 지층이 존재한다는 사실이다. 여기서 우리는 역사적 사실을 도외시할 수 없다. 서양의 평면들이, 지구 전체에서 유럽이라는 일부 공간을 점하는 곳에서 일어난 지역적 역사를 토대로 형성된 평면들이, 어느 날 제국주의의 흐름에 편승하여 동아시아에 그 전모를 드러내며 찾아온 것이다. 한반도의 경우, 지엽적인 사실들을 제외한다면 대체로 1894년에 일어난 동학운동과 갑오경장이 그 분기점으로 기록된다. 이미 그 이전에 봉건제도의 온갖 폐해와 암암리에 침투하고 있던 자본주의 세력으로 사회적 압력이 커지고 있던 상황이었다. 이때를 계기로 대한제국 자체의 근대화 작업과 일본 군국주의의 침투가 시작되면서 서구의 문화 평면들이 대거 모습을 드러낸다. 현재도 사람들은 세계화를 운위하고 있지만 이는 이미 역사적으로 오래전에 그 현상이 시작되었다. 본디 세계화는 미국을 포함하는 유럽의 패권주의가 그들의 정치적·사회적 영향을 전 세계적으로 확대하고 강요하는 것을 말한다. 중요한 것은 이러한 사건의 전후가 현실 세계의 역사적 흐름에서 분절되고 깊은 단층으로 쪼개어져 있다는 점이다. 이 땅을 살아가는 평론가들은 대체로 19세기 이전의 역사적 상황을 거의 거론하지 않는다. 그 시대와 그 장소에서 살아오던 사람들을 서양의 평면을 기초로 하는 서양의 개념과 언어로는 제대로 기술할 수 없었기 때문이다. 근대화 이전의 시대적 문제의식을 비판적으로 검토하여 이를 담아내려는 노력조차 기울이지 않고 오로지 잊거나 포기한다. 그들에게는 오로지 소위 세계화된 서구의 평면들과 지층 그리고 주름만이 보일 뿐이다. 예를 들어 시를 비롯한 한국문학의 역사는 현대문학사라는 이름으로 대략 과거 백 년 간의 사실만을 기록한다. 역사가 이어지는 것이 아니라 절단되어 동떨어진 두 개의 세계로 나뉘고, 다른 세계에 대한 몰이해로 인해 전체 문학사는 왜곡되고 있다. 이는 현재를 살아가는 당대 문학계의 비극이기도 하다.

근대에 이르기까지 동아시아는 위에서 이야기한 평면과 완전히 다른 세계의 평면을 이루고 있었음이 틀림없다. 아마도 평면 자체가 존재하지 않았을지도 모른다. 사유의 작위의 의해 만들어진 내재적 평면이라는 개념이나 이에 비롯한 점·선·면은 동아시아 사유 방식에 어울리지 않는다. 동아시아라는 세계의 내부에서 숨을 쉬던 사람들이 갑작스레 새로운 평면에서 시작하여 그것으로부터 형성된 수많은 지층들 사이로 걸어 들어간다. 하나의 지층은 숲속의 나무 한 그루에 불과하다. 이때 그들은 전혀 낯선 사람이며 대개 그들은 지층들과 주름들의 숲에서 길을 잃고 헤매게 된다. 어려서부터 숲에

472

서 태어났지만 약속과 사전 규정을 통해 지층의 틈새로 길을 내서 이에 익숙한 유럽인들은 커다란 어려움 없이 숲을 빠져나간다. 숲에서 길을 잃지 않으려면 개개의 나무도 파악해야 하지만 그보다도 우선 숲 전체를 쳐다보아야 한다. 실제로 동아시아인들은 인위적인 길을 만들기보다 숲 전체를 통찰하는 능력이 뛰어나다. 그럼에도 점·선·면으로 절단되고 분해되어 구체화된 숲길을 숙지한다는 것은 쉬운 일이 아니다. 낯선 이방인들이 이러한 능력을 갖는 것은 전혀 쉬운 일이 아니다. 동아시아인들은 길을 만들거나 기존의 길에 적응하기보다는 차라리 숲 전체를 품어 길과 숲이라는 이분법을 벗어나려 할 것이다. 어찌했든 현실에서 이러한 어려움은 예술에서도 그 모습을 드러낸다. 서구 회화 예술에서 점·선·면은 중요한 근간이다. 그들의 회화가 중세 이후에 원근법을 도입하고, 명암을 중시하며, 다시 눈앞의 세계를 좀 더 정확하게 재현하기 위해 점·선·면의 구성이 동원된다. 점·선·면을 강조하고 이를 회화에 본격적으로 반영한 사람은 세잔느다. 그의 그림은 지층과 주름으로 이루어진 현실의 대상과 모습을 구성적으로 분해하여 제시한다. 점·선·면은 기하학의 요소다. 서구의 사유는 기하학적이다. 반면에 동아시아의 그것은 대수학적이다. 세잔느의 그림으로부터 입체파를 비롯한 20세기의 무수한 화파가 갈려 나왔음은 주지의 사실이다.

동아시아 세계 내부에서 우리는 마지막 경계 또는 종점을 궁극적 '하나'로서 본생이라 부른다. 그것은 내재성의 평면을 훌쩍 뛰어넘는다. 마지막 또는 종점이라는 어휘는 이때 적합하지 않다. 굳이 들뢰즈의 언어를 차용한다면 '시작과 끝이 없는, 언제나 중간일 수도 있는' 본원적이고도 원초적인 카오스라고 할까. 이런 개념들은 서구 사상의 특징처럼 아래에서 위로 거슬러 올라가는 경우에 해당되는 말들이다. 반대로 동아시아에서는 처음 또는 시점(始點)이라는 말이 더 적확하다. 카오스가 아니라 혼돈이나 혼명(混冥)이며, 태허나 태초 또는 태극이다. 이때의 혼돈은 시원적이며, 안정되고, 조화와 균형을 갖춘 만물의 어머니다. 이러한 조화와 균형은 천균(天均)이라 일컬어진다. 이때의 천은 하늘을 의미하면서 동시에 '절로 그러함의 자연'을 뜻하기도 한다. 위에서 아래로 내려온다. 하나가 여럿이 된다. 들뢰즈에게 우주는 카오스의 상태이다. 그는 여기에 내재성의 평면을 창출하여 그것을 카오스모스라 부른다. 카오스는 혼란인 동시에 미지로서 불확실하고 두려운 그 무엇이며 인간의 사유를 초월한다. 카오스모스는 인위적이지만 질서를 구축한다. 스피노자에게 유일한 실체인 신은 모든 사유의 근원이지만, 들뢰즈는 신을 허용하지 않는 대신에 카오스를 상상한다. 카오스와 사유는 서로 어울리지 않는다. 사유의 본질은 지성이다. 지성은 그 속성이 혼돈을 거부한다. 이때의 혼돈은 혼란스러움 그 자체이기 때문이다. 이러한 혼돈을 지성이 규정하기 위해서 지성은 혼돈을 절단한다. 데카르트에서 비롯된 근대 서구의 전통은 언제나 지성을 앞세운다. 혼돈이 지성에 의해서 임의적으로 절단된 평면이 바로 '내재성의 평면'이요, '고른 판'이다. 여기에 문제점이 드러난다. 사유는 혼돈을 앞설 수 없다. 왜냐하면 사유는 혼돈에서 비롯된 것이기 때문이다. 혼돈에서 논리적으로 사유가 생성된 것이 아니라 그것은 요청된 것이다. 현재를 살아가는 인간의 지성이 그 존립의 정당성을 확보하기 위해 혼돈을 추정하고 그로부터 사유를 요청했을 뿐이다. 이를 보완하기 위해 들뢰즈는 내재성이라는 개념을 거론한다. 내재성은 어떤 생명체에 본디 내부적으로 갖추어져 있는 그 무엇이다. 이는 초월성과 대립되는 개념이다. 신을 거부하는 유물론자로서 사유의 실타래를 풀기 위해 요청한 개념이다. 그 사유가 또 다른 추정인 혼돈을 시공간적으로 절단한다. 절단은 무엇에 의해 주어진 절단이 아니라 인간의 사유에 의한 절단이다. 그는 내재성의 평면에 근원과 힘을 부여하고 인간을 뛰어넘는 하나의 '추상'을 설정한다. 유물론자로서 그는 이를 '추상적 기계'라 부른다. 이때의 기계는 어떤 물품을 제작하는 기계의 의미보다는 메커니즘을 함축하는 무형의 어떤 것으로 기능적인 면을 가리킨다. 아마도 인간의 지성이 그 원형적인 모습을 보인다면 그것이 바로 추상적 기계일 것이다. 무수한 지층 위에 성층권이 있으며 이 성층권에 추상적 기계가 있어 고른 판을 구성한다. 고른 판에서 생성되고 형성되어 뻗어 나간 것들이 바로 지층이다. 들뢰즈는 이러한 지층들을 이미 영토화되었거나 재영토화된 것으로 간주한다. 지층들 사이에는 여전히 내재성의 평면이 남겨 놓은 힘이 흐르고 있어서 그것은 지층들에서 벗어나 이로부터 탈주하여 고른 판으로 회귀하는 성향이 있다. 이것이 바로 탈영토화의 움직임이다. 그렇게 도주하여 귀결되는 것은 고른 판이다. 그것은 하나의 절단면으로 그 자체가 한계를 지닌다.

동아시아의 세계는 본디부터 생성의 철학이 그 주류를 이룬다. 들뢰즈의 카오스에 유비되는 우주의 궁극적 실재는 혼돈의 태허다. 그것은 개념적 실재이지만 실체이며 사유에 의해 절단될 수 없다. 베르그손이 지적한 대로 지속이 절단되어 공간화되면 그것은 본원을 상실한다. 태허는 하나의 절단된 면으로 대체될 수 없다. 사유를 위해 굳이 절단된다면, 태허는 무한의 수만큼이나 많은 평면을 지닐 것이다. 태허는 문자 그대로 그냥 태허다. 그것은 절단을 허락하지 않는다. 태허는 내재적 평면을 초월한다. 내재적 평면은 인위적 요청 사항이며 궁극적 실재가 아니다. 무엇보다 동아시아 유가의 현자들은 그 태허, 또는 유가의 용어를 사용한다면 태극을 안(內)에서 발견한다. 진정한 내재성은 자신의 성(性)이다. 성 자체는 바로 들뢰즈가 말하는 내재성의 평면, 또는 고른 판에 유비될 수 있지만 그것보다는 더 본원적이다. 성은 절단되어 평면이 되기 전에 존재하는 본체다. 그것은 들뢰즈의 카오스와 본질적으로 다른 혼돈, 또는 태극이다. 우주의 성(性)은 그것들과 동일한 본체를 지닌다. 인간의 주체의식은 필요가 없다. 왜냐하면 인간이 지닌 성이나 밖(外)의 성은 서로 다른 것이 아니라 본디 하나이기 때문이다. 본생은 안과 밖이 없음이다. 내외합일(內外合一)이다. 내와 외가 합쳐 하나가 되는 것이 아니라, 본디 하나인 본생이 안과 밖으로 드러날 뿐이다. 북송의 유학자인 정호(程顥)는 '일본(一本)'을 주장한다. 하늘과 사람이 본디 하나라는 이야기다. 안과 밖의 구분도 필요 없이 본디 하나라는 뜻이다. "하늘과 사람은 그 사이에 단절이 없다(天人無間斷)." "하늘과 사람은 본디 둘이 아니므로 반드시 합한다고 말할 필요가 없다(天人本無二, 不必言合)." 천인합일이라는 말도 어폐가 있음이다.

동아시아의 현자들은 우주의 시원으로 태허를 운위한다. 태허는 태초, 태극 등의 여러 이름으로 불린다. 그것은 혼돈이기도 하다. 이때 혼돈은 혼란스럽다거나 어지러워 갈피가 전혀 없다는 뜻이 아니다. 그것은 움직임으로 가득 차 있으며, 생명의 기운으로 넘쳐 난다. 그것은 모든 가능성을 품고 있는 궁극적 시초이기도 하다. 서구의 카오스처럼 두려움의 대상이 아니라 인간이 갈망하는 태화(太和)의 상태다. 유가에서 태허는 리(理)요, 성(性)이다. 마음(心)이기도 하다. 더 나아가 그것은 성(誠)과 인(仁)까지 그 개념의 극단을 넓힌다. 어떤 인위적인 평면에서 출발하는 것이 아니라 우주의 궁극적 실재인 성이나 천리가 지닌 무한한 가능태를 하늘의 움직임을 통하여, "적

연부동(寂然不動), 감이수통(感而遂通)"하며, "품물유형(品物流形), 각정
성명(各正性命)"한다. 풀이하면, "고요하게 가만히 움직이지 않고 있
다가, 느낌이 있어 마침내 통한다", "온갖 생명체가 흘러가며 형상을
이루고, 각기 모든 생명체가 그 받은 대로 성과 명을 바로 한다"라는
뜻이다.

아리스토텔레스는 질료와 형상을 이야기하며 운동인과 목적인도
거론한다. 이로부터 사물의 가능태라는 개념이 빚어진다. 가능태는
본질과 속성이 사물이라는 모든 개체에 내포되어 있다. 그것이 특정
목적인에 의해 운동을 함으로써 현실에 드러난다. 이에 비해 성(性)
이나 천리(天理)의 태허는 그 자체로 움직인다. 특정한 목적이나 방
향이 정해져 있지 않다. 그 자체로 '가만히 있다가 움직인다.' 그 자
체로 무수한 변용을 지니고 무수한 양태로 드러난다. 스피노자가 말
하는 신과 자연 사물의 관계와 유사하다. 다만 스피노자와 다른 점
은 이러한 변용과 양태의 원인이 신 자체가 아니라 바로 원초적 느
낌이며 바로 음양의 움직임으로 생성되는 느낌이다. 스피노자는 실
체로서 신을 운위하고 자연 만물의 모든 개체는 바로 실체인 신의
속성을 드러낸 양태라고 규정한다. 신은 실체이며 자연은 그 드러남
이다. 자연에 속한 하나의 사물은 바로 자연의 속성을 양태로 드러
내고 있으며 그것은 신의 또 다른 모습일 뿐이다. 이는 범신론적 경
향을 보여 주고 있다. 이는 원시 애니미즘과 다르다. 우리가 말하는
본생과도 다르다. 스피노자에게 우주의 궁극적 실재는 오로지 하나
의 신이다. 신은 하나다. 그 신이 만물로 현현하지만 그 만물은 실
체인 신 자체가 아니다. 만물은 신의 속성이나 양태를 드러내고 있
을 뿐이며 만물은 신의 내부에 모두 들어 있다. 마치 손오공이 머리
털을 한 줌 뽑아 던지면 수많은 손오공이 모습을 드러내는 것과 마

찬가지다. 그러나 각기의 손오공은 본디 본체인 손오공이 전혀 아니다. 그것은 실체로서 하나뿐인 본래의 손오공의 속성을 보여 주고 있는 형태로서의 손오공일 뿐이다. 스피노자의 경우, 결국 우주는 유일한 실체인 신의 의지와 목적대로 진행된다. 스피노자는 신을 실체로 설정함으로써 목적을 벗어날 수 없다. 신이 주체이며 창조주이기 때문에 그것은 목적을 지닌다. 스피노자의 주장에는 우주의 생성 원리가 목적론으로 변질될 우려가 있다. 그것은 결정론으로 오도된다. 라이프니츠의 예정조화설도 결과적으로 신의 뜻을 반영한다. 이와 달리 원초적 느낌은 본디 그렇게 그냥 있음이며, 무목적·무방향으로 절로 그러하고, 절로 흐르며, 그것은 순수 느낌으로서 인간의 이성이나 감각에 선행한다. 그것은 화이트헤드의 원초적 느낌(feeling)에 상응한다.

우리는 궁극적 실재요, 실체로서 리와 성에 비견되는 것으로 본생을 주장한다. 본생은 문자 그대로 본원적 생명이다. 그것은 우주의 궁극적 본원이며 실재이다. 그것은 우주와 모든 생명체에 내재한다. 시대의 한정을 뛰어넘는, 시대를 초월하는 그 무엇인가가 사람에게도 내재되어 있음이다. 그 내재되어 있는 것이 바로 생명이다. 그 생명의 본원이 본생이다. 모든 생명체는 생명을 지니며 그것은 본생이다. 그것은 시대의 류와 종을 모두 넘어선다. 본생이 있으므로 생명체가 생성되며, 생명체로서 인간은 일정한 시대에 류와 종을 구성하고 생존해 간다. 이렇듯 각자 개체로서 모든 사람은 본생을 내재하고 있다. 사람은 세계에서 다른 만물과 더불어 본생을 내재적으로 가지며, 이를 현재적으로 현현하는 구체적이고도 현실적인 하나의 양태다. 사람은 본생의 드러남이다. 생명 사상은 동서고금을 막론하고 진부할 정도로 널리 퍼져 있다. 그 생명 사상은 누구라도 이해할 수 있을 만큼 널리 알려져 있지만 역설적으로 그 진실을 캐 보면 생명이 무엇인가는 막연할 정도로 답을 할 수가 없다. 그것은 규정을 거부한다. 인간의 사유가 필요로 하는 시공간적인 개념이 아니다. 그것은 실재이지만 방향이 없고 목적도 없는 순수한 흐름이기 때문이다. 생명체들과 그것들이 구성하는 우주는 오로지 본생의 현현으로서, 그것은 방향도 없고, 목적도 없으며, 끊임없이 흐르며 변화한다. 본생은 하나이다. 그것은 다수로서 하나이다. 다원성을 지닌 하나이다. 우주 만물의 모든 개체는 본생의 현현이지만 그 개체 자체는 하나의 엄연한 실체로 본생이다. 우주도 본생이요, 나무 한 그루도 본생이다. 그 본생은 동일하다. 우주 만물들의 본생을 모두 합한 것이 우주의 본생은 전혀 아니다. 본생은 하나이지만 만물 개체 모두는 본생을 지닌다.

5.

평론가들은 생명체로서 본생이다. 그들은 모두 인간으로서 본디 이러한 본생을 내재적으로 각기 지니고 있음을 깨닫고 있어야 한다. 이 본생은 구체적 현사실인 생명체로 드러난다. 생명체가 열려 있음에도 모든 평론가는 사회의 구성원으로서 시대의 경향을 지닌다. 이러한 한계를 극복하기 위하여, 또는 그 편향성을 최대한 축소하기 위해서, 대체적으로 위로 거슬러 올라가 그 접점을 가장 좁은 면적으로 축소한다. 이는 다시 말해서 어떤 평론가라도 궁극적으로는 편향성을 완전무결하게 탈피할 수 없음을 의미한다. 문자 그대로 최소화된 점을 가질 수 있다면, 우리는 그 최소화된 점이 순수하고 본원적인 양태를 지니고 본생에 가장 가까이 있는 것이라고 추정한다. 아마도 서구적 의미에서 대부분의 종들과 그것들에 속한 사람들은 점으로부터 시작된 선과 평면을 위쪽으로 계속 올려 보낼 것이다. 그러한 노력은 귀중하다. 그럼에도 그러한 과정은 시시포스(Sisyphos)의 신화를 되풀이함이다. 무엇보다 정치적·사회적 갈등이 난무하는 현실에서 이를 수습하고 땜질하기 위하여 이들 혼란과 혼선의 세계로부터 점차 위로 거슬러 올라가는 것은 궁극적으로 해결이 되지 않는다. 그것은 이원론의 함정에서 벗어나지 못하고 여전히 허우적거리는 서구적 사유 방식일 뿐이다. 이러한 절차를 생략해야 한다. 후설이 지적하는 것처럼 '자연적 태도'에서 비롯된 모든 경험적 사실을 괄호 안에 넣고 유보시켜야 한다. 순수한 '직각(直覺)'이 요청된다. 본생인 하나에서 시작하는 것이다. 이때의 직각은 칸트가 말하는 자아를 지닌 주체의 '직관(Anschauung)'이 아니다. 부처가 말하는 제법무아(諸法無我)의 그런 깨달음이다.

더 바람직한 것은 동아시아처럼 우주 만물이나 현상이 위에서 그냥 아래로 퍼져 내려왔음을 깨닫는 것이다. 그것은 '성층권'을 포함한 모든 우주 전체를 넘어서는, 아마도 빅뱅에 상응하는 하나의 시점(始點)이며 동시에 시점(視點)으로서 그것은 조그만 점이지만 그 앞으로 무한하게 확대된 전경(前景)을 끌어들이고 수용한다. 예를 들어, 이러한 과정이 끝까지 진행되어 궁극적 경계에 도달한 것이 바로 대승기신론의 '여래장자성청정심(如來藏自性淸淨心)'이다. 청정심은 바로 진여(眞如)와 생멸(生滅)의 두 가지 문을 지니고 있다. 그것들은 구분이 되지만 동시에 구분을 허용하지 않는다. 진여문과 생멸문은 하나다. 이러한 깨달음은 위에서 아래로 내려오기 때문에 어떠한 갈등도 야기하지 않는다. 현사실적 세계에서 그러한 갈등과 대립이 보인다면 청정심은 다시 그들을 끌어안고 포용한다. 갈등의 세계는 무명(無明)의 강도가 높아져 생멸문만이 드러나기 때문이다. 이때 무명에 가려 숨어 있던 진여는 무명을 훈습하여 변환한다. 무명이 진여가 된다. 일심개이문(一心開二門)은 언제나 '하나'가 서로 다르게 차이가 있는 모든 것을 긍정하고 받아들인다. 이런 사상 경향은 예술 형식을 결정짓기도 한다. 원근법이나 명암, 그리고 세세하고 정확한 표현을 중시하는 서양화의 기법에 비해 동아시아 회화는 여백을 존중한다. 무엇보다 시점(視點)을 위에 둔다. 위에서 전체를 하나로 내려 본다. 하나의 시점은 눈앞에 실제적으로 보이는 전경과 그것을 넘어선 뒤쪽의 후경, 그리고 심지어는 과거의 실제가 관념으로 남아 있는 숱한 표상들까지 한꺼번에 하나의 평면에 포괄한다. 삼원법(三遠法)이 그러하며 부감법(俯瞰法)이 또한 그러하다. 정선의 「금강산전도」는 좋은 사례다.

모든 평론가들은 자기가 현재 속하고 있는 본래적인 종이 무엇인가를 '위에서' 또는 가능한 시공간 전체로 직시하여야 한다. 어떤 토대의 끈이나 선이 있어서 그것을 따라 그것이 가는 방향으로 쳐다보는 것이 아니라, 민들레 씨앗처럼 무한의 공간을 정해진 것이 없이 바람 부는 대로 자유롭게 바라보아야 한다. 북송의 유학자인 소옹의 용어인 '반관(反觀)'이 필요하다. 서구의 사유 방식을 따라 아래에서 위로 향하는 것도 선택의 하나로서 그 노력에는 커다란 가치가 부여된다. 하이데거가 말하는 용어를 쓴다면 현재 속하고 있는 종은 '비본래적인' 것일 수 있다. 본디의 '본래적인' 것을 찾아야 함이다. '그들'에 '빠져 있던' 존재에서 현존재로 되돌아서야 한다. 질 들뢰즈의 표현을 따른다면 이미 '영토화'된 것에서 탈주의 선을 따라 벗어나야 한다. 그것이 '재영토화'되더라도, 제한되고 규정되는 텍스트의 틀에 다시 갇히게 되더라도 그 작업은 이루어져 한다. 무수한 '지층'이 지니고 있는 습곡인 '주름'에서 본디 갖고 있는 '내재성의 평면' 또는 '고른 판'으로 발길을 되돌려야 한다. 아마도 무수한 지층들 위에, '성층권'에 어떤 '추상적 기계'가 있을지 모른다. 눈길은 그곳으로 돌려져야 한다. 이러한 눈길이나 발걸음의 운동은 바로 '리좀'의 형식을 지닌다. 그것은 방향이 정해져 있거나 규정되어 있음이 아니다. 가르쳐 줄 일이 전혀 아니다. 하이데거처럼 본래적인 모습을 찾을 때, 들뢰즈처럼 리좀의 운동을 할 때, 평론가는 평론에 있어서 최대한의 공평성을 얻을 수 있다. 공평성이라는 개념이 모호하지만, 이는 다시 말한다면 무수한 개체들이 함께 갖고 있는 교집합의 영역이 그만큼 커진다는 것을 의미한다. 우리는 이미 위에서 들뢰즈의 작업, 그가 내세우는 내재성의 평면과 그곳으로부터 시작되는 리좀의 운동이 어떤 인위적 한계를 갖는다고 지적하였다. 그럼에도 불구하고 우리가 현사실적으로 '처해 있는', 그리고 '빠져 있는' 상황에서 일차적으로 이런 고른 판으로 다시 회귀하려는 노력은 긍정적으로 평가되어야 한다. 그것이 중간 기착지에 지나지 않을지라도 반관을 통하여 지층에서 벗어나려는 충동과 이를 실천하는 행동은 요구된다.

이러한 교집합이 드러날 때, 현존재가 본래적인 존재로 마주할 때, 내재성의 평면으로 다시 되돌아갔을 때, 평론가는 그곳에서 다시 무엇인가 현실의 한계와 오류를 감지할 것이다. 동시에 미망이나 어둠 속에서, '텅 빈 어떤 공터'에서 무엇인가가 환하게 '열어 밝혀져 있고', 그것이 스스로 걸어 나오고 있음을 발견할 것이다. 아마도 그것은 직각일 것이다. 그때 평론가가 바로 직각을 통하여 발견하는 것은 본생의 개념일 수도 있다. 그것은 바로 생명 정신이다. 본생이 지니고 생동하며 움직이는 생명 정신이다. 그것은 칸트의 말처럼 우리의 감관을 통한 감각을 초월하거나, 이성까지도 도달하지 못하는 어떤 예지체라고 주장할 필요는 없다. 우리는 자신이 본생 자체임을 직각적으로 깨닫기 때문이다. 맹자가 우리의 내재적인 본성을 깨달으면 하늘의 성도 깨달을 수 있다는 이야기는 그래서 우리를 공감하게 한다. 우리가 생명 사상을 되짚어 다시 살려 내는 장소가 바로 여기에 있다.

6.

우리 모두는 아직 규정되지 않은 어떤 시대를 살아가고 있다. 우리 자신이 이어지고 지속되는 역사의 흐름 속에서 스스로 참여하며 시대를 만들어 가고 있다. 어떤 환경이 천차만별의 모습으로 주어져 있으며, 우리는 그 속에서 살아가고 있다. 그 드러나는 양태는 경향일 수 있으며 류일 수 있다. 예술가와 평론가도 마찬가지의 삶을 살고 있다. 대개의 예술가들과 평론가들은 이런 제한된 여건 내에서 늘 하던 대로 통상적인 모습만을 작품으로, 평론으로 보여 준다. 아마도 그것이 소위 시류에 따르는 것이며 시류에 적합한 것일 게다. 그래야만 그것은 거대한 소비 시장으로 이루어진 예술 시장에서 값을 받으며 소비될 수 있다. 그러한 류에 부응해야 작품과 평론들이 소위 인정을 받을 것이며, 그것은 결과적으로 상업성과 연결되어 그들을 일상생활에서 삶을 영위할 수 있도록 만들어 준다. 그 시류는 여러 갈래의 커다란 줄기 또는 종을 형성한다. 사람들은 그 하나를 택하고 각각의 줄기들은 상반된 입장을 가진다. 그들은 서로 자기들의 영역을 넓히고 그 줄기를 강화하기 위하여 투쟁을 한다. 투쟁의 과정에서 상대는 평가절하되고 배척된다. 이러한 투쟁 운동을 뒷받침하는 이론적 무기가 바로 이념주의다. 이념이 주의가 될 때, 그 이념은 한 개체만이 지닌 것이 아니라 이미 수많은 개체들이 공유하는 집단화된 이념으로 변질되어 있다. 이러한 동아리는 굳건하다. 그 강고한 세계에 한 개체가 몸을 담으면 그만큼 흔들림 없이 편한 상태가 된다. 그 세계에 몸을 담은 개체들은 서로 지원하며 유대성을 한층 더 강조한다. 하나의 이념주의가 그 선명성을 강화할 때, 그것은 때로 상업적으로도 유효하다. 선명성이 진하게 드러나는 선동적인 이념주의가 상업성이나 자본과 만날 때, 그것은 이 현실 세계의 대립을 부추기고 갈등을 야기한다. 이러한 현상의 극단화된 사례가 바로 20세기 전반의 나치즘과 파시즘이다. 그것의 본질은 상업적 자본주의와 정치적 전체주의의 결합이다. 이념주의에서 비롯된 이러한 현상은 그 내용과 모습을 달리하여 우리의 현대 역사를 물들이고 있다. 동시에 서로 다른 이념주의들이 나타나 패권을 다투기도 한다. 이러한 과정에서 언제나 선명성과 선동성은 자기 오류를 더욱 강화하며 사회를, 일반 대중의 삶을 오도하며 좀먹고 있다. 시류에 따르는 종의 세계에서 사람들과 일부 평론가들은 언제나 '그들'이며 그들은 그 세계에 '빠져 있고' '처해 있다.' 그것은 비본래적인 태도이며 결코 본래적인 현존재의 모습이 아니다.

이념주의는 하나의 종을 표방한다. 그들의 종만이 우월하다. 다윈의 자연선택과 적자생존의 논리가 여기에도 적용된다면 이념주의는 생존의 가능성이 크게 강화된다. 이념주의는 언제나 목적을 지닌다. 이러한 명제는 꼭 부정적인 것은 아니다. 인간의 모든 사상은 실제로 이념이다. 이념은 목적을 당위성으로 갖는다. 이념은 발전한다. 이념은 본디 고착된 것이 아니다. 이념의 근본적인 바탕이 정신 활동이라면, 그 정신은 바로 생명의 흐름이요 힘이다. 정신은 우주의 근원적인 실재인 생명이 지닌 본질이다. 인간은 그러한 끊임없는 흐름을 진보(progress)라 한다. 그것이 갖는 본질적 속성은 자유(liberty)라고 불리는데, 이는 생명의 정신은 방향이 없이 언제나 열려 있으며, 우주에 존재하는 무기물을 포함한 모든 생명체에 깃들어 있기 때문이다. 인간의 지성은 언제나 해석하고 규정한다. 지성은 진보에 방향과 목적을 설정한다. 이때부터 진보라는 개념은 인간의 것으로 제한되고, 그것은 본디 생명의 본질에서 어긋나기 시작한다. 예를 들어, 인간에게 진보의 방향이란 인간다움의 존엄성을 획득하는 길이다. 이념은 바로 그 가능성을 획득하기 위한 중요한 수단이다. 진보란 무엇인가를 자세하게 물어야 하지만 여기서 간단히 정리한다면, 지성을 지닌 인간에게 진보는 목적으로 향하는 전진이다. 그러한 전진을 위하여 이념은 방향을 설정한다. 이념이 신념이 되면 한번 정해진 목적과 방향은 변경되거나 수정될 수 없다. 이때 생성되는 이념주의는 이념이 한층 강화되어 개념으로만 끝나는 것이 아니라 생활과 현실에 그 모습을 실현하고자 한다. 그것은 윤리 강령으로 드러나며 결국 실천적 행동과 직결된다. 목적을 향해 전진하기 위하여 모든 수단을 강구하여 행동으로 움직이게 된다. 그것에는 잘못 이해된, 방향이 고착화된 정신이 뒷받침된다. 이때의 정신은 정신을 이루는 한 요소인 지성에 해당되며, 그것도 정신의 본질에 역행하는 지성일 뿐이다. 정신이 본디 생명의 힘과 생명의 움직임이라면 모든 생명체가 생존을 위해 어떤 힘과 움직임이 있음은 필연이다. 모든 생명체는 정신을 지닌다. 그 정신이 드러나 생명체가 능동적으로 움직이는 것을 우리는 행동이라 하고, 그 행동을 정신이 요구하여 이루어지게 하는 것을 바로 실천이라고 한다. 이념주의는 잘못된 지성에서 비롯된 빗나간 이념이다. 잘못된 이념은 잘못된 행동과 실천으로 이어진다. 이념주의가 무서운 것은 바로 이런 실천적인 삶을 더욱 강도 높게 요구하기 때문이다. 이때 이념주의는 흐름이 닫히고 고착되어 버린, 따라서 생생하게 '활발발(活潑潑)'한 생명 정신이라 할 수 없는, 허깨비와 같은 것으로, 결국 그것이 신념을 넘어 종교적인 신앙으로 진전되게 된다. 그것은 마침내 그것의 뿌리인 생명에게 총부리를 겨누는 것도 마다하지 않는다.

우리는 역사적으로 서구 사상이 온통 이념주의로 덧칠되어 있음을 직시한다. 그것들의 뿌리는 플라톤과 기독교다. 플라톤은 현실 세계를 이데아가 비친 동굴의 그림자로 해석한다. 현실 세계에서 진리는 없다. 사람이 살아가는 현실 세계에서 진리라 불리는 것은 모두 허상일 뿐이다. 전통적인 서구 철학에서 진리는 인식과 대상의 일치를 말한다. 이때의 인식은 눈앞에 어떤 대상이 실제로 있는가 없는가 하는 문제에만 국한되지 않는다. 인식은 궁극적으로 판단이다. 판단은 이미 사물과 이를 감지하는 주체와의 관계를 함축한다. 이러한 관계는 이미 경험을 거친다. 경험론의 한계를 극복하기 위한, 칸트의 선험철학이나 후설의 판단중지를 거친 순수자아 등의 이야기는 모두 진리와 연관된다. 그들은 크게 보아 플라톤의 전통을 따르고 있을 뿐이다. 플라톤은 이데아를 설정한다. 이데아만이 진정한 리얼리티가 된다. 현실적 세계의 모든 사물의 실체로서 원형이 이데아다. 예술가는 따라서 사물의 원형인 이데아를 찾아 이를 표현해야 한다. 서구 예술의 역사에서 리얼리티를 재현하는 문제가 가장 중요한 이슈가 된 이유이기도 하다. 정치적·사회적으로 그것은 유토피아의 세계일 것이다. 근대에 이르러 유토피아나 이데아의 세계는 변신을 거듭하여 그것은 구체적으로 '자유·평등·평화·인권' 등이 실현되어 있는 세계가 된다. 이는 결과적으로 이념주의자들이 설정하는 목적의 세계다. 그것은 언어적이고 개념적인 세계이지만 그들은 아랑곳하지 않는다. 기독교의 천국도 마찬가지다. 이 현실 세계를 떠나 천국에서 진정하고도 영원한 삶을 누릴 수 있다. 지상의 이 세계는 오로지 천국을 향한 노력의 디딤돌로써만 이해되어야 한다. 이를 위해 걸림돌이 되는 것은 제거되어야 한다. 이는 좌와 우의 구분이 없이 모두에 해당된다. 이념주의는 보수와 진보라는 편 가르기를 멋쩍을 정도로 초월한다. 좌도 우도 모두 진정한 리얼리티로서의 이데아를 찾아 헤맨다. 투쟁과 전쟁을 불사한다.

수많은 이념주의들이 변주를 하면서 명멸하였다. 아직도 그것들은 강하게 새로운 모습으로 진화하고 있다. 이념주의는 또 다른 이념주의를 부른다. 하나의 이념주의는 하나의 종이다. 그 종의 번식과 생존을 위하여 종은 투쟁한다. 그것은 우주 세계에서 울타리를 두른다. 견고한 성채를 쌓아 모든 해로운 적으로부터 생존을 위하여 방어를 한다. 필요하다면 공격을 한다. 방어는 공격이다. 이러한 모든 것은 아마도 본생의 생명이 갖고 있는 수많은 양태 중의 하나일 것이다. 화이트헤드식으로 말하면 현실적 존재가 존재 성립을 위해, '합생'을 위해 '파악'을 할 때 '느낌의 과정'에서 '부정적인 것은 배제한다'. 그래야만 순전히 온전하게 현실적 존재는 '주체적 형식'을 지니게 되고 '만족'을 이룬다. 이념주의 역시 부정적인 것을 배제한다. 그들의 목적과 합일되는 것만 받아들이고 순화의 강도를 높인다. 이념이 지닌 순수의 강도가 최고도로 이루어질 때, 그들은 '불사'나 '영원성'을 획득한다. 이를 위해 현실적으로 주어진 삶이나 생명체로서의 목숨도 내던진다. 그들은 '충실성'을 강조하며 그러한 행위를 불꽃이라 찬양한다. 찬양은 바로 행동 실천을 위한 거대한 유혹이다.

이는 생명이 지닌 여러 양태의 일환이지만, 결국 생명의 근본을 이탈하여 역설적으로 생명을 향하여 창을 겨눈다. 이 점이 중요하다. 생명이 갖는 내재적 정신의 영역은 무한한데, 바로 그 무한성에서 가장 어두운 면을 취하여 인간 지성이 이념이라는 허울을 내세워 극단화하여 좁은 시공간으로 모든 사유를 집어넣는다. 모순이요, 부작용이다. 이러한 어두운 그림자는 역사적으로 수많은 사례를 보여 준다. 특히 이러한 현상은 정치적·사회적으로 더 도드라지게 나타난다. 예술 문화 또한 그 영향을 벗어날 수 없음은 당연하다. 서구 근대화에서 종교개혁을 필두로 한 무수한 종교전쟁, 봉건 체제를 무너뜨린 크롬웰의 공화정 혁명과 프랑스 대혁명, 근대 산업혁명으로 새롭게 정립된 상업주의, 물신주의 그리고 자본주의, 20세기 초의 사회주의 운동과 공산주의 혁명, 공산주의의 세계적인 확대와 수없이 일어난 국지적 내란들, 무엇보다 마르크시즘에서 파생된 극단적 사회주의 리얼리즘이라는 예술운동, 나치 전체주의와 이탈리아 파시즘, 그리고 일본 군국주의의 등장, 그들에 의해 자행된 학살, 그리고 보편적 예술의 전면적인 탄압, 모택동의 문화대혁명, 피델 카스트로와 체 게바라로 상징되는 남미의 사회주의 혁명, 2차 대전의 전후 질서에 항거하는 1960년대의 미국과 서구 유럽의 학생운동, 러시아 공산주의 체제를 무너뜨린 시민혁명, 극단적 이슬람 운동인 IS, 최근 발칸반도와 중동에서 여전히 발생하고 있는 민족주의와 종교적 인종주의 그리고 이에 따른 대량 학살, 그리고 인류 역사에서 현대에 들어 확고하게 자리를 잡은 국가주의 등이 열거될 수 있다.

이러한 세계사적인 사건 이외에도 우리는 우리 자체의 최근 역사에서도 유사한 사례를 찾을 수 있다. 일제 강점에 의한 전체주의와 군국주의, 해방 후 미국을 위주로 한 서구 문화의 유입과 전통 유교 사회의 붕괴, 산업화에 따른 자본주의 체제의 정립과 강화, 독재와 4.19 혁명, 군부 쿠데타와 군사독재, 이를 무너뜨린 1980년대 시민혁명, 사상의 자유를 통한 사회주의 또는 마르크시즘의 이해와 수용, 이러한 사상 경향에서 비롯된 사회주의 리얼리즘의 득세와 참여 예술의 득세, 좌파와 우파의 편 가르기에 따른 일반 시민들의 소외와 정치에 대한 무관심, 포스트모더니즘의 유행, 가장 최근의 태극기 부대의 등장과 그들의 섬뜩한 외침과 신념 등이 그렇다. 이러한 정치적·사회적으로 이루어진 급격한 변화 속에서 예술가들은 그 운동을 선취적으로 느끼고 주창하거나 실천으로 옮겼다. 이러한 변화는 역사의 흐름에 커다란 변동을 일으켰다. 역사의 기록은 더욱 복잡해지기 시작했다. 수많은 갈래의 흐름이 생겨나고 예술가들은 각기 그들의 견해를 표명했다. 수많은 종의 탄생이었다. 그중 가장 강력한 종은 정치적·사회적 경향을 띤 것이었다. 예술 작품은 더 이상 한 개인의 서정만을 표현해서는 한계를 지니며 그것은 공동체로서의 사회와 더 나은 세상을 위하여 실천적이어야 한다. 그것은 이념이었다. 예술가는 그것을 표현해야 하며 텍스트가 그냥 텍스트로 머물러 음풍농월만 해서는 안 된다. 이때부터 예술에서 리얼리티는 새로운 개념으로 전환된다. 이미 언급했듯이 리얼리티는 현실에서의 진리를 가리킨다. 그것은 예술에서도 재현(representation)되어야 한다. 원천적으로 플라톤의 이데아와 연결되는 개념으로 그것은 서구 예술의 근간을 이루어 왔다. 19세기 후반에 그 개념은 변곡점을 지난다. 고야나 쿠르베의 작품 등을 기점으로 정치적·사회적 현실, 꿈이나 가식 또는 환상이 아닌 우리 눈에 생생하게 드러나고 있는 현실 그 자체를 의미하기 시작한다. 그것은 고발이기도 하다. 현실을 숨기지 않고 드러냄으로써 정치적·사회적인 목적을 위한 가장 효과적인 수단으로 등장한다.

7.

근대의 이 땅에서 시인 김수영이 이러한 경향을 대표적으로 드러낸다. 그는 1968년 이른 나이에 불의의 사고로 세상을 떠났지만, 1980년대를 거쳐 1990년대를 지낸 당시 학생들과 젊은이들의 우상이었다. 그들을 목적적으로 인도하는 것은 바로 김수영의 현실 부정과 새로운 세계를 향한 끊임없는 부르짖음이었다. 김수영 자신은 행동으로 실천하지 못했지만 '온몸으로'라는 강렬한 구절을 남겼다. 그 우상의 그림자는 강도가 약해지기는 하였지만 아직도 여전히 끈질기게 명맥을 유지하고 있다. 21세기 들어서 벌써 이십 년 가까이 흐른 지금에도, 1980년대 후반 민주화 운동 당시의 학생이었던 사람들이 사회를 이끌어 가는 중추 세력이 되었고, 그들은 아직도 젊어서 형성된 하나의 종이나 이념주의를 추종하고 있다. 또 실천과 이념은 하나이기에 그것을 행동으로 옮기려 노력하고 있다. 그것은 이제 그들에게 상투적으로 일상화된 실천 운동이 되었다. 완전히 재영토화된 상태인 것이다. 그들이 그렇게 주장하였던 리좀은 역설적으로 숨을 멈추고 움직이지 않고 있다. 탈주할 수 있는 출구를 자신들이 가로막고 있다. 체 게바라는 목숨을 다할 때까지 이념을 좇아 행동으로 실천했다. 오로지 죽음만이 그를 새로운 세계로 인도할 수 있었을 것이다.

한편으로, 새로운 변혁을 요구하는 세력을 못마땅하게 바라보는 사람들도 있었다. 대개는 기득권층으로서 기존 정치인들이나 자본가 그리고 군부 등이 해당되지만 그보다는 변화를 두려워하거나 새로운 질서에 전혀 어울리지 못하는 소시민들이 대부분이었다. 그들은 무엇보다 이념이라는 것에 무지하거나 무관심하다. 하루하루를 생존하기에 바쁜 노동자이거나 장사치들로서 새로운 변화를 위한 운동에 할애할 수 있는 여력이 없었다. 좌파 이념주의자들이 보기에 그들에게 동조하지 않거나 침묵을 지키는 자들은 적이었다. 또한 거대한 농어촌 사회도 소위 보수 세력의 근거지로 간주되었다. 현실적으로 이는 한국전쟁이라는 동족상잔의 뼈아픈 경험이 그 원인이기도 하다. 기득 정치권은 공산주의에 맞서 나라를 지킨다는 명목으로 빨갱이라는 개념을 만들고, 수많은 사람들을 빨갱이에게 동조했다는 명목으로 탄압했다. 이 개념은 확대되어 기존 질서를 붕괴시키며 변혁을 꾀하는 이들을 모두 빨갱이로 몰아세우는 데 악용되었다. 이는 우리 현대사의 아픈 지점이다. 여기서 한국 사회는 진보와 보수라는 갈래로 나뉘고, 이도 저도 아닌 사람들을 편 가르기로 몰아세우기도 했다. 공산주의도 이념주의이지만, 이를 극단적으로 배척하고 좌파와 함께 엮어서 이 사회에서 청산해야 할 세력으로 간주하는 소위 보수주의도 이념주의의 전형이다. 아직도 그 그림자는 짙어서 현재 이 순간에도 태극기 부대라는 사람들이 극성스럽게 활동 중이다. 우주는 흐름이다. 우주는 생명으로 천변만화하며 흐른다. 그 흐름에는 어떠한 방향이나 목적도 존재하지 않는다. 이념주의는 이를 거스른다. 흐름이 멈추고 고인다. 고착화되면 그것은 천천히 그 내부부터 곪아 가며 썩어 간다.

이는 비극이다. 이데아와 현실, 신과 인간, 정신과 물질. 인간과 자연 등의 이원론에서 비롯된 이념주의로 점철된 서구 사상이, 이념주의의 현대판으로, 유럽의 기존의 정치 질서와 자본이라는 지배 세력에 항거하는 사회주의적 이념이, 그리고 미국의 한국전쟁 참여 이후에 급속도로 그 세력을 당연한 것으로 강화한 천민자본주의가 완전히 청산되지 못한 친일 잔존 세력과 지주와 자본가와 결탁하면서 맞물려 정치에 간섭하는 자본주의적 정치 이념이, 근대화 과정의 머나먼 한국 땅으로 유입되면서 현실에 일어난 하나의 현상이다. 그것들은 이 땅에 뿌리를 갖지 않는다. 그것은 한반도의 '본래적'인 양상이 전혀 아니다. 이는 특히 일부 지식인들이 남과 북의 이념과 체제가 다른 현실에서, 일제강점기가 외부 세력에 의해 강제적으로 끝나고 정치, 사회, 경제 등 모든 분야에 나타난 공백의 상태에서, 공산주의가 확대되면서 민족 간의 전쟁이라는 사건을 발생하게 한 상황에서, 무엇보다 이를 타개하기 위해 이상적으로 어떤 목적을 설정하면서, 이를 저해하는 당시의 독재 세력에 항거하는, 역사의 필연인 당위성을 강하게 등에 업고, 이를 기회로 삼아 그들이 목표로 하는 이념을 향해 전진하면서 생긴 갈등의 결과물이다. 당시 압도적인 다수의 국민이 반독재와 진정한 민주주의의 확립, 그리고 경제 불균등의 해소 등을 강력하게 희구하고 있었고, 그것은 시대의 흐름이며 요청이었다. 4.19 혁명이 대표적이다. 지식인들이나 학생, 일반 시민들과 노동자 모두가 새로운 개혁과 운동에 적극 참여하였다. 이는 우리 사회에 커다란 긍정적 결과를 이루어 냈다. 양지에는 상대적으로 그림자가 나타나는 것일까. 새로운 움직임의 그늘에 많은 부작용이 발생하였고, 이러한 정치사회운동에 편승하여 특히 이념주의자들이 등장하기 시작하였다. 좌와 우, 또는 진보와 보수는 각기 기치를 선명하게 내걸기 시작했다. 그것은 갈등의 갈림길이었다. 그것은 힘의 투쟁이었으며 권력 배분의 싸움이 될 단초를 마련하고 있었다. 많은 국민들이 오히려 이런 현상에서 소외되었다.

이러한 현상은 예술계에서도 커다란 변화를 일으켰다. 구체적인 예를 든다면 문학에서 계간 잡지를 출간하는 몇 개 출판사를 중심으로 문단을 이끌어 온 작가들과 비평가들이라 하겠다. 그들은 문학잡지를 통하여 우리 문단에, 나아가서 전체 예술계에 그리고 정치·사회 모든 분야에서 막강한 영향력을 발휘하였다. 사회의 혼란을 거부하고, 새로운 변화를 두려워하며, 기존에 획득한 권리를 고수하려는 보수 성향의 잡지들은 문학에서도 새로운 실험을 주저하고 보류하였다. 그들은 대체로 문학의 형식과 내용에 있어 전통을 지키려 했다. 이와 달리 진보 성향의 잡지들은 새로운 실험을 했지만 이를 적극적으로 정치 현실에 활용했다. 더 나은 삶을 위해 현실을 타파하거나 개혁하고 싶은 대중 또는 민중에 영합하여 그들은 상업적으로도 커다란 성공을 거두었다. 그들은 그들이 그렇게도 비판했던 천민자본주의와 그 상업적 체제의 본질을 꿰뚫어 파악해서, 오히려 이를 적극 활용하며 그들의 힘을 넓혀 나갔다. 이렇게 양극단으로 치달으며 그들은 유유상종으로 이합집산의 과정을 겪으면서, 어느 한편의 총합은 우리 사회에서 하나의 커다란 권력이 되었다. 그들의 권력이 커지면 커질수록 우리 사회의 좌와 우의 대립은 격화되었고, 대립이 심화하는 정도에 비례하여 권력은 다시 힘을 부풀렸다.

그들이 모든 현상을 기술하고 해석하며 나름대로 방향을 제시할 수 있었던 '틀'은 바로 서구의 이념주의였다. 예를 들어, 대체로 젊은 세대로 형성되어 현실에서의 활동이 왕성한 진보주의자들은 정치적·사회적으로 의식화된 경향을 강하게 지니고 있었고, 리얼리즘 문학과 같은 실천문학 또는 참여문학이 아니면 공허하거나 무가치한 것이라고 주장하며 그들만의 배타적인 세계를 형성하였다. 이때의 리얼리즘이라는 개념은 거의 사회주의적 리얼리즘에 다가선 것이었다. 이러한 경향은 예술 전반으로 확대되어 회화에서도 1960년대 무차별하게 도입되었던 서구의 추상주의는 어느덧 밀려나고 사실적인 그림이나 또는 19세기 프랑스 들라크루아의 「민중을 이끄는 자유의 여신」이나 스페인 고야의 「1808년 5월 3일」과 유사한 민중미술이 대두되었다. 본디 고야의 사실적 그림들은 전제적 권력에 대한 항거이거나 고발이었다. 그것은 역사의 엄정한 요구이기도 했다. 이에 비해 20세기 후반의 이 땅의 리얼리즘은 특정한 이념에 물이 들어 그 본질이 잘못 퇴색된 것이었다. 한편으로 본래의 리얼리즘은 낭만적인 요소도 지녔다. 이룰 수 없고 다가갈 수 없는 무엇을 항시 동경하기에 현실을 도피하거나 부정하거나, 좀 더 진취적이라면 머리를 질끈 동여매고 온몸으로 항거하거나 하는 그런 속성을 가졌다. 이러한 성향들이 뒤섞여 음악에서도 마당놀이를 바탕으로 한 민중 음악이 등장하였다. 대부분의 민중 시위에 반드시 등장하는 것은 바로 마당놀이에 필수적인 악기들인 꽹과리나 북 그리고 징 등이었다. 이러한 경향은 하나의 종을 이루었다. 그것은 지난 수십 년 간 마치 쥐라기 시대의 공룡과 같이 이 땅을 지배하는 종이었다. 이러한 상황에서도 진정한 리얼리즘을 반영한 예술 작품들이 등장하기도 했다. 그 대표적인 작품이 바로 박경리의 대하소설 『토지』다. 역사에서 소위 근대화의 분수령인 동학운동부터 일제 강점에서 해방될 때까지 이 땅에서 일어난 삶의 이야기들을 가장 극적으로 그리고 사실적으로 그려 낸 것이 바로 『토지』다. 거기에는 좌와 우, 지주와 농민, 당시의 모든 사회계층이 구별됨이 없이 동일하게 생명을 지닌 존엄한 생명체로 묘사되고 있다. 생명 정신의 사상이 작품 전체에 충만하다. 이 작품에서 작가 박경리는 인간을 포함한 모든 생물이나 무기물까지도 생명을 지닌 생명체로 받아들이고 있다. 동시에 그녀는 역사의식과 사회의식에 투철하다. 편벽되지 않은 그녀의 작가 정신은 진실로 순수 리얼리즘의 발현이다.

20세기 후반 사르트르에서 비롯되어 마르크시즘의 영향이 강한 프랑스 철학은 이 땅의 젊은이에게 커다란 영향을 미쳤다. 한마디로 그들이 주장하는 이념주의는 진보와 개혁과 혁명이었다. 현실 세계에서 그들이 전진하는 길에 장애물은 숱하게 많았으며 장벽은 높았다. 구호를 외치고 힘을 내야 했다. 장애물은 제거되어야 했다. 이를 위해서는 강인한 의지 그리고 실천적인 행동이 요구되었다. 이를 반대하는 무리는 배척되었으며, 그들의 의견에 동조하지 않는 사람은 적이었다. 그래야만 했다. 어정쩡해서는 실천을 할 수가 없음이다. 투쟁을 하려면 투지가 필요하다. 필요하다면 피도 볼 수 있어야 한다. 결과적으로 그들은 좁은 구멍으로, 아주 짧고 얕은 세계로 빨려 들어가고 말았다. 이러한 현상은 아직도 계속되고 있다. 우리는 관념적인 지식인들이 취하는 이런 극단적인 현상을 아직도 여전히 실존하는 일부 프랑스 철학자들에게서 발견한다. 어떤 면에서 프랑스 철학의 일부 경향은 실천을 강조하면서도 그 결과는 실제 현실과 괴리된 상태에서 거꾸로 극단적인 관념의 유희라는 부작용을 불러일으키고 있다. 이러한 이념주의는 예술 세계에서 더욱 강도 높게 주창되었다. 이념이라는 말이 내포하고 있듯이 그것은 사유에서 비롯되며 사유를 가장 선명하게 구성하는 사람들은 바로 지식인들이다. 그중에서도 감성이 높은 사람들은 예술가들로서 그들은 한번 각인된 것을 그 어떤 지식인들보다 강도 높게 드러낼 능력을 지닌다. 따라서 예술가들은 언제나 이러한 이념주의를 실천하는 선봉 부대에 배치된다.

이념은 실천을 수반한다. 이념과 이념주의는 엄연히 구분이 되어야 한다. 인간의 모든 정신적 결과물은 이념이다. 그 이념은 공허하게 껍데기에 불과한 표상이나 관념에 머물지는 않는다. 그것은 생명체인 인간이 정신과 육체라는 서구적 개념으로 나뉘기 전에, 그러한 구분이 없이 전일한 몸(신(身)=아(我))인 인간 자체의 실천과 행동을 요청한다. 그것에는 신앙의 실천이든 도덕적 수행 과정이든 실천적 과정이 수반된다. 동아시아는 내성외왕(內聖外王)의 덕목을 중시한다. 앎과 깨달음의 지혜는 언제나 실천으로 옮겨져야 한다. 왕양명은 지행합일(知行合一)을 주창하였다. 지식이 있어 행동을 하는 것이 아니라 앎 그 자체가 바로 행동이다. 불교의 경우, 여섯 바라밀을 요구하며 그중에서도 가장 중요한 것이 보시(布施)다. 베풂이다. 대승은 그 의미가 하나의 수레를 타고 함께 감이다. 보살은 중생을 적극적으로 제도한다. 우리는 조선의 서산대사 휴정과 사명대사 유정을 기억한다. 그들은 깊은 산사에서 선정(禪定)에 진력하던 스님들이었다. 속세를 떠난 사람들이다. 부처님의 최종 깨달음은 자비이며 대승이다. 그들의 깨달음은 속세와 괴리되지 않는다. 만법이 긍정된다. 그들은 왜적의 침입과 참상에 분연히 일어선다. 이러한 전통은 이 땅에서 면면히 이어져 왔다. 가까이로는 한용운과 김지하가 그 예라고 할까. 인류의 역사와 그것을 수놓는 무수한 사건들은 바로 이러한 이념의 모험이요, 실현이다.

이념주의는 이념만을 본다. 헤겔식으로 말한다면 이념이 전체다. 이렇게 극단화된 이념은 이념을 가능하게 하는 정신과 정신의 근원인 생명을 망각한다. 정신은 다시 말하지만 생명의 힘과 그 움직임이다. 지식인들은 지성을 지닌다. 그 지성은 정신이 지닌 여러 가지 속성의 하나에 불과하다. 긍정과 부정의 양면을 지닌 지성이 그 근원인 정신을 참월하고 다시 정신의 근원인 생명까지도 침탈하여 부정하거나 없애려 하는 것은 비극이다. 서구의 이념은 인본주의를 주창한다. 인권은 존엄하다. 인간은 자유·평등·평화를 누릴 권리가 있다. 이러한 인본주의가 인간의 삶에 인간됨의 어떤 여유를 가능하게 한 것은 사실이다. 인본주의 그 자체는 자연을 대척점에 놓고 우주에서 인간을 중심으로 설정한다. 이는 현대에 이르러 점점 더 많은 부작용을 산출하고 있다. 이념은 이념주의를 낳는다. 이념주의는 실천을 요구한다. 목적을 실현하기 위하여 필요하다면 그들이 내세우는 인본주의에 거슬러 인간을 해친다.

특정한 이념주의는 방해가 되는 것을 제거하려 한다. 더욱 무서운 것은 그들의 이념에 반대하는 사람들뿐만 아니라 중립적인 견해를 가진 사람들, 그리고 심지어는 무관심한 사람들까지도 모두 적으로 삼는다는 사실이다. 그들의 세계에 들어오지 않는 사람들은 모두 적이며 그들은 척결되어야 한다. 이로 인해 역사적으로 수많은 인명들이, 그리고 생명체들이 목숨을 잃었다. 목숨보다 선행하거나 더 귀중한 것은 존재하지 않는다. 자기가 낳은 자식들이 부모를 향해 창을 겨누고 실제로 찔러 죽음에 이르게 하는 형국이다. 여기에는 좌와 우가 따로 없다. 1968년, 이 땅에서 벌어진 무장 공비 침투와 어린이 이승복의 죽음은 당시 한반도의 정치 상황을 그대로 대변한다. 무고한 인명을 살상하고 사회에 혼란을 초래한 북한의 행동은 무조건 잘못된 것이다. 하지만 이를 빌미로, 평창에 이승복 기념관까지 세워 이를 기리며 소위 '나는 공산당이 싫어요'라는 구호를 모든 국민에게 외치도록 강요한 남한의 정권도 엄청난 잘못을 저지른다. 정치와 사회의 개혁과 변화를 요구하는 시대의 흐름을 외면하고, 진보 성향을 갖고 사회 개혁을 행동으로 실천하려는 사람들을 모두 무차별하게 좌익으로 낙인찍어 탄압했다. 인간은 본디 양면성을 지닌다. 한편으로 언제나 새로움을 찾으며 변화를 추구한다. 다른 한편으로 이미 획득한 것은 변함없이 그대로 간직하고 싶어 한다. 이러한 갈등이 사회적으로 확대되어 대립적인 정치 세력으로 드러난다. 사회는 이를 진보와 보수의 양극으로 규정하고 그 대립의 강도를 심화시킨다. 그것은 불필요한 가름이다. 그것들은 본디 음과 양처럼 우주의 대대(對待) 현상임에도, 어떤 하나는 다른 하나가 없으면 존재할 수 없음에도, 서로 보완 상태인 공존으로 존재함에도, 사람들은 한쪽으로 쏠림을 강요한다. 이때 진보이든 보수이든 서로 반사적으로 이념주의로 극단화된 실천과 행동은 언제나 생명에 반하여 파국을 불러온다. 근대 역사에서 나치 전체주의나 파시즘 등의 극우와 공산주의 극좌는 양극단으로 인류의 불행이었다. 극단적인 이념주의는 언제나 폭력으로 끝을 맺었다. 무엇보다 독재 정권은 언제나 이러한 대립과 갈등을 그들의 정권 유지에 악의적으로 활용한다. 독재 정권은 모든 이념주의 활동에 우선하여 그들의 정권 유지에 전념한다. 대립하는 이념주의는 언제나 그러한 정권에 의해 이용을 당하며 많은 희생을 지불한다.

8.

생명 정신은 동아시아가 오래전부터 그 주류로서 갖고 있는 본래적인 사상이다. 생명은 그 근원이 본생이다. 모든 생명은 본생이다. 생명을 지닌 생명체는 우주 만물을 이룬다. 생명체 중에서도 유기체로 호흡을 하는 것을 우리는 생물이라고 지칭한다. 생명은 정신을 그 속성으로 지닌다. 정신은 생명의 작용이다. 그 정신이 가장 강도 높게 시현된 것이 바로 인간이다. 인간은 몸을 지니고 있지만 그것은 정신과 별개의 것이 아니다. 생명의 힘과 움직임, 바로 정신이 작용하여 만들어 낸 것이 몸이기에 몸은 이원화의 한 축이 아니며 몸과 정신은 분리될 수 없는 하나다. 우주 만물이나 모든 현상에는 이러한 정신이 넘쳐 난다. 생명의 힘과 움직임이 곳곳에 한 곳도 빠트림이 없이 꿈틀대거나 용솟음치고 있다. 그것은 베르그손이 말한 대로 '생명의 약동'이며 맹자가 언급한 대로 '활발발(活潑潑)'이다.

이념은 정신이 지니고 있는 여러 기능 중의 하나다. 이념의 근원은 정신이요, 정신을 낳는 것은 본생이다. 이념주의는 하나의 종에만 국한되어 있다. '주의(ism)'를 버려야 한다. 이념의 순수 모습으로 돌아가야 한다. 이념은 본생의 개념을 벗어나서는 안 된다. 모든 이념은 생명의 숨결이 느껴져야 한다. 무수하게 서로 다른 형상의 꽃을 피우더라도 그 서로 다른 형상들이 교집합으로 지녀야 하는 것은 바로 생명이다. 생명 사상도 또 다른 하나의 이념주의라 할 수 있다. 그러나 생명 사상을 이념주의라고 규정하는 것은 정신이 또는 '이념이 전체다'라는 명제를 먼저 내걸었을 때 가능한 말이다. 그 명제보다 선행하는 것이 바로 '우주는 생명이다'라는 명제이다. 생명의 근원적인 실재는 바로 본생이다. 본생은 본체이고 전체이기도 하다. 정신은 생명의 본질로서 속성에 불과하다. 이념이 전체가 되는 것은 불가능하다. 오로지 생명만이 전일(全一)하다. 그 생명이 갖는 능력(power)이 정신이며, 이념은 정신이 드러내는 숱한 양태 중의 한 현상일 뿐이다.

예술은 정신의 작용이 이루어 가는 과정이며, 예술 작품은 그 결과물이다. 평론가는 이 명제를 분명히 인식해야 한다. 우리는 이 글에서 평론과 평론가는 무엇인가를 해석하고 있다. 그 해석의 기준으로 이념이 아닌 본생의 정신을 거론하고 있다. 정신은 생명의 힘과 그 움직임이다. 예술 작품의 평가의 가장 근원적인 기준으로 생명을 제시하고 있음이다. 예술은 무엇보다 신명(神明)을 표출하여야 함이다. 신명은 생명의 움직임이 밝게 드러나고 있음을 의미한다. 예술 작품에 있어 가치 평가의 기준은 한 작품에 생명의 기운, 신명 또는 생명의 약동이 드러나는 강도의 크기에 달려 있다.

동아시아의 역사를 보면 실제로 모든 예술 작품의 평가 기준은 생명과 직결되어 있다. 위진남북조시대에 고개지는 이형사신(以形寫神)

과 전신(傳神)을 주장하였고, 사혁은 육법 중에 기운생동(氣韻生動)을 제일로 거론하였다. 또한 화가인 종병은 창신(暢神)을 운위하였다. 당대 최고의 비평가라 할 수 있는 장언원은 회화의 가치 평가에서 그 등급의 기준으로 자연(自然), 신(神), 묘(妙), 정(精), 근세(謹細)를 들었는데 자연과 신이 가장 중요하였다. 송대에 이르러 황휴복은 사격(四格)을 주장하였는데 그 순서는 일(逸), 신(神), 묘(妙), 능(能)이었다. 곽약허는 기운비사(氣韻非師)를 이야기하였다. 원나라 예찬은 일기(逸氣)를 가장 중요시하였다. 이러한 전통은 면면히 계승되어 명대 서위는 사형이열영(舍形而悅影)을 실천에 옮겨 뛰어난 걸작을 무수히 남겼다.[1]

위에서 거론된 모든 평가 개념들은 생명과 관련되어 있다. 신(神)은 생명의 움직임이다. 기운(氣韻)은 생명의 본원인 본생이 지니고 있는 힘 또는 기라 할 수 있다. 창신(暢神)은 신을 고양함이다. 자연(自然)은 서구에서 말하는 만물을 뜻하는 것이 아니라 스스로 원인이 되는, 자기원인을 의미하는 것이며 결국 이는 '절로 그러함'을 뜻한다. 자연의 최고 경계는 천연(天然)이다. 일(逸)은 방일(放逸)이며 이는 생명의 속성이다. 생명은 자유롭게 열려 있으며 규정되지 않는다. 일은 조야(粗野)함과 방일함이며, 거칠고 원초적이며, 순수하고 고정된 틀이 없음이다. 이러한 모든 가치 개념들은 결국 생명을 제일의 원리로 보는 동아시아 사상에서 비롯된다. 자기원인으로서 실재하는 것은 서구에서는 신밖에 없다. 동아시아의 자연은 바로 궁극적 실재의 참모습을 반영하고 있다. 사유에 의한 내재적 평면을 설정할 이유가 전혀 없다. 태허, 또는 본생, 성이나 도, 그리고 리는 이

---

1 황봉구, 『생명의 정신과 예술─제3권 예술에 관하여』, 서정시학, 2016, pp.197-237.

미 모든 만물과 현상을 잉태하고 또 현실화하는 근원이기 때문이다.

이로 보면 근대 서구 예술에서 리얼리티를 하나의 커다란 기준으로 삼는 것은 동아시아의 평가 기준과 얼마나 멀리 떨어져 있는가? 그것은 완전히 다른 세계의 기준이다. 20세기 들어 정치적·사회적인 의미가 리얼리티에 씌워지면서 리얼리티는 현대 예술의 중요 척도로써 한 시대를 풍미하였다. 당의 장언원은 리얼리티에 상응하는 '정(精)'이나 '근세(謹細)'를 최하 등급으로 분류한다. 정밀하거나 아주 세세한 것은 크게 가치가 없음이다. 송의 소식은 "대상을 비슷하게 그리는 것으로 그림을 논한다면 그 보는 것이 어린아이와 다름이 없다"고 이야기한 바 있다. 이는 근대까지 서로의 세계가 완연히 달랐기 때문이다. 세잔은 사물이나 풍경을 있는 그대로, 무엇보다 대상과 인식이 일치한다는 진리 개념에 근거하여 참을 그려 내려 했다. 그가 생트빅투아르 산을 수십 번 반복하여 그린 이유이기도 했다. 결국 그는 내면의 세계로 돌아갔다. 입체파는 눈이 앞을 바라보는 그대로 그리지 않았다. 눈이 보는 것은 그저 사물의 앞모습에 불과하다. 그들은 사물을 여러 가지 각도에서 바라보는 수많은 경우의 수로 분해한다. 하나의 분해는 믿을 만하고, 이런 부분들의 합은 바로 사물의 참모습이다. 진리는 다름이 아닌 실재(reality)다. 이렇게 진리를 찾으려는 경향에 덧붙여 20세기 초 불어 닥친 정치사회 혁명은 회화로 하여금 인간 세계의 살아가는 현실의 참모습을 표현하도록 요구하였고 그 결과물이 리얼리즘이었다. 이와 달리 동아시아 전통 회화는 완전히 다른 우주의 세계였다.

예술은 미를 추구한다고 한다. 미를 예술의 척도로 삼는 것 또한 서구의 전통에서 유래한다. 그들은 진·선·미를 구분한다. 동아시아에서 미와 선은 거의 같은 개념이다. 왜냐하면 가치 평가의 근원이 생성 철학이기 때문이다. 무엇보다 그 생성 철학은 도와 덕을 가장 중시하고 있기 때문이기도 하다. 여기서 도와 덕은 윤리가 아니다. 도는 우주의 궁극적 실재이며 덕은 용(用)이다. 이 용의 하나로서 윤리는 인간의 관습이나 제도 등을 아우르는 어떤 규범이지만 도와 덕은 이를 훨씬 넘어서는 차원이다. 그것은 한편으로 시대에 따라 변화하는 윤리의 방향과 구체적인 모습을 규정하는 어떤 원리이다. 한마디로 동아시아에서 선(善)은 생생불식(生生不息)이다. 이는 "낳고 낳음이 그치지 않는다"는 뜻이다. 『주역』에는 이러한 사상들이 잘 드러나 있다. 그 낳고 낳음은 찬란히 빛이 난다. "빛남이 그침이 없다(於穆不已)." "하나는 음하고 하나는 양하는 것을 도라 하고 그것을 이어 감을 선이라 한다(一陰一陽之謂道, 繼之者善也)." "낳고 낳음을 역이라 한다(生生之謂易)." "하늘과 땅의 커다란 덕은 낳고 낳음이다(天地之大德曰生)." 빛이 나기에 그것은 선이면서 아름다움이다. 실제로 한자 미(美)는 선(善)과 호환되어 사용된다. 동아시아에서 아름다움이란 바로 낳고 낳음의 생성이요, 개체가 생명체로서 생명에 의해 주어진 길을 걸어가며 개체로서 완성을 이루어 가는 것을 말한다. 그 완성은 오로지 도를 깨닫고 덕을 수양하는 것을 통해서 이루어진다. 이때 완성은 끝남이 아니라 새로운 생성을 위한 시작이기도 하다. 완성은 화이트헤드의 '만족'에 비견된다. 이로 보아 우리는 동아시아 예술의 평가 기준은 위에서 언급한 리얼리티, 또는 그 파생 개념인 리얼리즘과 근본적으로 괴리가 있음을 알 수 있다. 그렇다면 어떤 기준이 더 우월한가? 이러한 물음은 우문일 수밖에 없다.

현재 이 땅에서 살아가는 평론가는 자신의 위치를 어디에 설정하여야 하는가? 현시대는 동서의 구분이 없을 정도로 세계화되는 경향을 지니고 있다. 그것은 생명의 현상이다. 물은 위에서 아래로 흐른다. 자연스럽다. 생명은 모든 것을 포용한다. 동서가 다를 리 없다. 다만 우리가 강조하고 있는 것은 이미 위진시대 유협이 말한 '법고창신(法古創新)'이다. 현실적 존재는 기존에 존재하였거나 존재하고 있는 어떤 다른 현실적 존재를 파악하고 합생을 도모한다. 그것은 필연이다. 하나의 존재는 유아독존일 수 없다. 이때의 창신(創新)은 선이나 계통을 따라 새로운 모습을 보이는 것만 의미하지 않는다. 그것은 오히려 기존의 존재하는 것에서 전혀 다른, 진화의 계통으로도 설명될 수 없을 정도로 파격적인 변화를 포함한다. 과학에서 생명체의 기원을 설명할 때, 미토콘드리아라는 독자적 생명체가 또 다른 생명체인 세포 속으로 들어가 서로 기능을 보완하며 완전히 새로운 세포를 생성하고, 그로 인해 현재의 생물들이 진화해 왔음을 지적한다. 하나의 생물이 본디 두 개의 생명체로 이루어지는 공생이다. 이 땅을 살아가는 평론가들 중의 일부는 본래적인 뿌리가 없이 마치 지구가 아닌 우주 어디에선가 날아온 것처럼 비본래적인 경향에 몰두하거나 빠져 있다. 물론 그것도 가능하며 받아들여야 할 현상의 하나다. 그럼에도 우리는 공존과 공생을 거론한다. 외계인이 나타나 지구에 사는 인간들이나 생명체를 받아들일 수 없다면 그것은 파국을 초래하는 비극이다. 세계의 현실과 달리 이 땅에서 유독 섣부르게 극단으로 치달은 이념주의를 경계해야 하는 이유이기도 하다.

서구 사상에 경도된 그들이 읽어야 하는 것은 들뢰즈와 같은 생성의 철학이다. 서구의 언어대로 내재성의 평면을 운위하려면 바로 그들이 함몰되어 있는 지층들 사이에서 새로운 흐름을 찾아 탈주를 해야 한다. 내재성의 평면으로 되돌아가 그 평면이 무엇인가도 새삼스럽게 확인을 해야 함이다. 들뢰즈가 거론하는 평면은 본디 움직임이고 흐름이다. 그런데도 현실에서 주어지거나 상상되는 평면은 왜 흐름을 지속하지 않고 왜 공간적으로 고착되어 있는가도 되물어야 한다. 동아시아라면 생성의 흐름들에서 하나가 아니라 무수하게 존재할 수 있는 그러한 평면들을 넘어 진정한 본원이 무엇인가를 묻고 찾아야 한다. 들뢰즈가 주장하는 내재성의 평면은 역동적이다. 그것은 기하학적 평면이 아니라 어떤 판이다. 생명의 놀이가 충만한 판이다. 들뢰즈는 놀랍게도 '도(道)'를 언급한다. 그에게 '도는 내재성의 장이며, 기관 없는 강렬한 몸체'에 해당한다. 도는 우주의 궁극적 본체임에도 서구의 사유가 전혀 미치지 않고, 또 이해하지도 못하는 그런 것이다. 왜냐하면 도로부터 신(God)과 같은 실체를 상정할 수 없기 때문이다. 도에는 주체와 객체가 없다. 기관 없는 강렬한 몸체의 의미는 기관 각각이 존재하지 않는다는 것이 아니라 구분이 요청되지 않는 그런 상태를 가리킨다. 들뢰즈가 말하는 내재성의 장이나 평면은 서구 철학의 근간을 이루는 원인과 결과(cause and affect)를 돌파한다. 그곳에는 리좀이 산다. "하나의 리좀은 어떤 곳에서든 끊어지거나 깨어질 수 있다. 모든 리좀은 분할선들을 포함하는데, 이 선들에 따라 리좀은 지층화되고, 영토화되고, 조직되고, 의미화되고, 귀속된다. 하지만 모든 리좀은 또한 탈영토화의 선들도 포함하고 있는데, 이 선들을 따라 리좀은 끊임없이 도주한다. 분할선들이 하나의 도주선 속에서 폭발할 때마다 리좀 안에는 단절이 있게 된다. 하지만 도주선은 리좀의 일부이다. 분할선과 도주선은 끊임없이 서로를 참조한다. 바로 이런 이유로 해서 우리는 이원론이나 이분법을 설정할 수 없다. '좋음'과 '나쁨'이라는 조악한 형식으로도 말이다. 우리는 끊어도 보고 도주선도 그려 본다. '좋음'과 '나쁨'은 능동적이고 일시적인 선별의 소산일 뿐이며, 이 선별은 항상 갱신되어야 한다."[2] 이러한 생각을 바탕으로 들뢰즈는 현실이 다양체들로 구성되어 있음을 주장한다.

다양체들은 현실이며, 어떠한 통일도 전제하지 않으며, 결코 총체성으로 들어가지 않으며, 절대 주체로 되돌아가지도 않는다. 총체화, 전체화, 통일화는 다양체 속에 생산되고 출현되는 과정들일 뿐이다. 다양체들의 주요 특징은 독자성이라는 다양체의 요소들, 되기의 방식인 다양체의 관계들, '이것임'(즉 주체 없는 개체화)이라는 다양체의 사건들, 매끈한 공간과 시간이라는 다양체의 시공간, 다양체의 현실화 모델인(나무형 모델과 반대되는) 리좀, 고원들을 형성하는 다양체의 조성판(연속적인 강렬함의 지대들), 그리고 고원을 가로지르고 영토들과 탈영토화의 단계들을 형성하는 벡터들에 따라서도 달라진다.[3]

들뢰즈는 하나를 거부한다. 수많은 개체들의 통합도 전제하지 않는다. '둘이 되는 하나(一者), 그리고 넷이 되는 둘……이라는 법칙'을 인정하지 않는다. 여기서 그가 말하는 일자로의 하나는 동아시아 사상에서의 하나와는 다르다. 들뢰즈의 하나는 계통적이고 계열적인 의미를 갖는다. 그것은 무수한 다자들이 위로 올라가며 통일되고 통합되어 수직 상승하며 하나의 점으로 귀결되는 것을 가리킨다. 전체와 부분의 관계를 지닌다. 다르게 이해하더라도 그 최대치는 스피노자가 주장하는 모든 자연 사물은 실체로서의 신의 속성을 갖는다는 이야기다. 동아시아에서 말하는 일자이며 다원적이다. 자연 사물의

---

2 질 들뢰즈·펠리스 가타리, 『천 개의 고원』, 김재인 역, 새물결, 2003, p.24.
3 질 들뢰즈·펠리스 가타리, 『천 개의 고원』, p.5.

예술 평론가에 대하여   505

개체는 그것 자체가 다원적 하나이며, 그것은 본생으로서, 우주의 궁극적 실체인 본생과 동격이며 동일하다. 우주의 본체로 상정되는 본생은 눈앞에 굴러다니는 돌멩이나 개미 한 마리와 동일한 본생이다. 어쨌든 들뢰즈가 총체성, 전체성, 통일성 등은 생명의 흐름으로 드러난 다양체 속에서 이루어지는 과정일 뿐이라고 주장할 때, 그의 이야기는 동아시아의 사유와 맥을 같이한다. 이러한 사유를 바탕으로 가져야만 동서가 구분되지 않고 포용될 수 있으며, 서구의 이원론에 벗어나 현실에서 일어나고 있는 갈등을 치유할 수 있을 것이다. 이 땅에서 점점 도를 더해 가고 있는 좌와 우, 또는 진보와 보수 등의 대립은 생명의 세계가 갖는 진정한 모습과 달리 대체로 개념적이고 이념적인, 생명의 약동을 잊어버린 딱딱한 지성의 결과물이다. 이를 더욱 부추긴 것은 지식인이나 이를 선도한 예술인이나 평론가들이 아닐까? 생명에는 좌와 우가 없다. 방향이 없음이다. 열려 있음이다. 본생은 열려 있음이다. 본생의 가장 커다란 덕은 사랑이며 그것은 낳고 낳음을 이어 갈 뿐이다. 생명이 생명체로 지속함이다. 이를 반영하여 현실의 생활 세계에서도 사랑이 충만함을 깨닫고 이를 드러내야 한다. 평론가가 해야 할 일은 바로 이러한 치유가 이루어지도록 실천적 행동을 하는 것이다. 이러한 행동에 선행하는 것은 물론 제대로 정립된 가치관과 사유 방식이다.

이 땅을 현재 살아가는 평론가는 새삼스레 자신을 되돌아봐야 한다. 맹자는 자기를 알면 하늘을 안다고 했다. 북송의 정호는 '일본(一本)'을 주장하며 안과 밖이 없다고 주장했다. 안과 밖을 운위하는 것 자체가 이미 하나가 아니다. '불이(不二)'는 불교에서 말하는 깨달음만이 아니다. 세상의 이치가 그렇다. 나아가서 본생의 흐름이 그렇게 나타나고 있다. 움직이는 생물 중에 대부분의 동물들은 정면에서 바라보면 대칭 구조를 갖는다. 왼쪽 눈이 있으면 오른쪽 눈이 있다. 코와 입은 하나라 해도 그것은 정중앙에 있으며 그 모양 자체는 대칭이다. 지렁이도 그러하고 물고기도 대칭 구조이며 사자와 호랑이도 그렇다. 공중을 날아가는 새들도 그렇다. 두 개의 눈은 좌와 우로 배치되어 있지만 그것은 대립의 관계가 아니라 서로 상보의 관계다. 대대(對待)와 합일(合一)이다. 이러한 용어는 인간의 개념일 뿐이다. 호랑이는 본디 호랑이일 뿐이다. 그냥 하나로서 호랑이다. 좌와 우를 거론하는 것 자체가 하나에 미달하고 있다. 그 하나는 본질적으로 다원성을 지닌 하나다.

현재를 살아가는 한 사람으로서 나는 메탈 밴드인 툴(Tool)의 음악을 즐겨 듣는다. 그들은 노래와 기악, 인공적인 소리, 리듬의 변주, 빛과 색채를 적극 활용하는 무대조명, 그들이 발간하는 앨범과 공식 비디오 등을 통하여 음악의 새로움을 추구한다. 그들의 세계에서 한 가지 분명하게 느끼는 것은 프랙탈의 세계다. 정형화되지 않으면서도 끊임없이 다양한 대칭을 구성하며 흘러가는 그들의 프랙탈은 대대와 합일을 상징한다. 그들이 고뇌에 차서 울부짖는 소리를 내지를 때 그것은 프랙탈의 세계에서 만인을 차별 없이 포용한다. 그들의 음악은 이념을 훌쩍 뛰어넘는다. 오직 들리는 것은 소리다. 그 소리는 다름이 아닌 생명체가 우주에서 호흡을 하며 살아가는 소리다.

9.

지금까지 우리는 예술가와 평론가를 이야기하며 주로 관념적인 면만을 따져 보았다. 그것은 예술 작품의 근원적 본질이 무엇인가를 이해할 때, 평론도 하나의 예술로서 제대로 그 존립 가치를 얻을 수 있다고 생각하기 때문이었다. 대체로 평론은 그 작품이 지닌 전반적인 생김새를 다룬다. 생김새는 모양새와 짜임새를 거느린다. 전통적의미로 그것은 형식과 내용일 수 있다. 그 구성과 배열의 방식을 거론하며 작가의 기술적인 면도 검토한다. 그것은 보통 솜씨라 불린다. 일종의 테크닉이다. 글을 짓는 솜씨, 그림을 그리는 솜씨, 조각을 빚어내는 솜씨 등이 그렇다. 솜씨가 서투르면 그 작품은 평가를받지 못한다. 이러한 솜씨는 대체로 손기술과 같은 도구적 솜씨를지칭하는 것이지만 다른 경우도 있다. 솜씨를 가르는 기준 중의 하나는 무엇보다 기존의 관행으로 정착된 특정 예술형식에 얼마나 가깝게 작품을 만들어 냈느냐이다. 예술은 본디 모방이라 했다. 모방에는 두 가지가 있다. 하나는 대상의 리얼리티를 얼마나 그럴듯하게재현했는가라는 의미다. 이는 서구 예술사에서 가장 중요한 화두의하나다. 그것은 전통적 서구 미학의 근간이기도 하다. 다른 하나는완벽한 재현을 위해 이미 수없이 사용되어 왔던 기술의 모방이다.이는 앞선 기술을 그대로 모방하여 답습하면 본디 목적인 재현에 가까이 갈 수 있다는 믿음을 근거로 한다. 시간과 수고가 절약된다. 초보자에게 커다란 도움이 된다. 동아시아 회화에서 임모(臨摹)는 반드시 거쳐야 할 과정이었다. 임모는 그대로 베끼거나 옆에 두고 흉내를 내어 비슷하게 그려 보는 것이다. 방(倣)은 앞서 보았던 그림을 떠올리며 나름대로 자신의 그림을 한번 그려 보는 것이다. 심지어 이름난 화가라 할지라도 '방(倣)'이라는 명목으로 과거 명화를 다시 나름대로의 새로운 시각으로 그려 보고는 했다. 평론가들이 우선적으로 바라보고 해석하는 모방은 겉으로 드러나는 외관이나 형식에서의 유사성이다. 예를 들어 정형시라 하면 그 정형시가 요구하는형식에 걸맞아야 한다. 표현주의 그림이라면 그것이 통상적으로 표방하는 개념에 어울려야 한다. 동아시아에서 말하는 방의 진정한 의도는 서구의 예술에서 강조하는 재현과는 거리가 멀다. 재현은 대상을 가장 가깝게 모사한다. 모방은 앞선 작품을 최대한 비슷하게 재현한다. 이와 달리 방(倣)은 형식에 국한되지 않는다. 형식과 내용을 넘어서는, 서위가 주장하는 사형이열영(舍形而悅影)의 경계에 다가섬이다. 그것은 '하나'의 생김새를 지닌, 그 자체로 이미 생명체로 존재하는 작품에 은폐되어 흐르는 생명의 힘과 움직임을 간취함이다. 앞선 작품이 지니고, 그 작품의 작가가 밑바닥부터 지녔던 생명의 힘과 움직임을 그 양상이 다르더라도 본질적으로 동일하게 터득함이다. 그래야만 그림을 그릴 수 있음이다. 그것은 주체와 객체라는 이분법을 넘어서, 안과 밖이 생명으로 하나임을 깨닫고, 그 생명의 흐름을 현상의 하나로, 청나라 화가 석도가 주장하는 '일화(一畫)'로 드러내는 것을 말한다. 그것은 유비와 계열을 넘어선다. 구조적 대립이나 구성도 넘어선다. 그 모든 것이 그냥 생명의 흐름으로 관통하기 때문이다. 그것은 모든 것을, 특히 예술의 과정을 횡단하거나 가로지른다.

한국 문단에서 서정시는 뜨거운 감자였다. 서정시가 무엇인가. 어떠해야 되는가에 대해서 무수한 논란이 있었고 지금도 진행 중이다. '서정시(抒情詩)'는 문학의 이론에서 어떤 특정한 형식이나 내용을 지닌 시문학의 형태를 지칭하는 개념어다. 그럼에도 이 개념어가 시문학 전체를 대변하는 위치를 점하고 마치 시와 동일한 것으로 간주되어 온 경향이 있었다. 뒤집어서 이야기한다면 시는 서정시가 되어야 하며, 서정시가 바로 시라는 생각이다. 이는 근대화 과정에서 서구의 문학 이론을 받아들이며, 앞서 비슷한 경험을 한 일본의 사례를 거의 그대로 답습하며 발생한 것이다. 서사시의 역사가 빈천하거

나 거의 전무한 동아시아 문학에서 서양의 서사시와 구별되는 서정
시 개념을 그대로 차용한 것이다. 서양에서 시(poem)를 가를 때, 서
정시(lyrics)는 서사시(epic)에 대응하는 개념일 뿐이다. 대체로 그러
한 쟁점들은 내용보다는 형식에 치중된다. 분명히 말하지만, 형식
과 내용은 구분되는 것이 아니다. 굳이 엄격하게 나눌 이유가 없다.
형식과 내용은 하나의 몸이다. 몸이 몸 전체로 드러날 뿐이다. 몸은
'하나'로 그것은 생명체다. '하나'는 생김새로 드러난다. 우주 만물은
모두 독자적인 생김새를 갖는다. 짜임새와 모양새가 어우러져 생김
새를 내보인다. 생김새의 본질은 흐름이다. 그것은 정형화되지 않는
다. 그것은 내용과 형식의 합이 아니다. 내용과 형식이라는 개념은
모두 흐름을 멈춘 상태에서 붙여진 이름이다. 흐름은 멈춰 고착화된
장벽을 필연적으로 무너뜨린다. 우리는 금세기 초에 한국 시단에 나
타난 소위 미래파 시들에서 이러한 흐름을 엿볼 수 있다. 그들은 말
하고 싶은 것들을 기존의 형식으로는 제대로 표현할 수가 없었다.
그들은 마음이 흐르는 대로, 마음이 내키는 대로, 심지어 사유가 사
유를 부르는 대로, 텍스트가 텍스트를 불러오는 대로, 텍스트를 쓰
는 손가락이 멋대로 흐르면 그냥 그대로 좋아서 텍스트를 기술했다.
어떠한 모양을 의도적으로 겨냥하지도 않으며 또한 어떤 모습이 될
것이라고 상상하지도 않는다. 이렇게 최종적으로 드러난 모습은 전
혀 새로운 형태의 시가 되었다. 그것들은 한마디로 새로운 생김새였
다. 새로운 모양새와 새로운 흐름의 짜임새를 갖는 생김새들이었다.
그들은 모든 형식을 가로지른다. 형식이 무엇인지 의식할 이유가 없
다. 그들은 기존의 형식들이 쌓여 있는 덩어리를 부수면서, 울타리
를 넘거나 깨뜨리면서, 그리고 도랑이 있으면 훌쩍 뛰어넘으면서 통
과한다. 형식들은 허깨비로 멈춰 있지만 그들이 만들어 내는 시의

생김새는 살아서 흐를 뿐이다. 부글부글 생명의 흐름이 끓어오르는 대로 좇아갈 뿐이다. 그 흐름은 지그재그일 수도 있다. 정해진 선을 따라 움직이는 것이 아니라 삼차원으로 공중을 날아다니는 것일 수도 있다. 사차원의 시간도 흡입한다. 새로운 생김새가 발견된다. 짜임새도 드러난다. 이때 짜임새는 우주의 순리(順理)를 의미한다. 그것은 흐름의 '결'일 뿐이다. 생김새가 짜임새를 갖추어 드러남은 모양새라 불린다. 그 모양새는 흐름이 순간적으로 절단되어 모습을 드러낼 때 붙이는 이름이다. 모든 작품은 일순 모양새로 매듭지어진다. 그 매듭은 붙박이가 아니라 순전히 인간의 지성이 설정하는 매듭이다. 매듭인 작품은 모양새를 갖지만 그 모양새의 본질은 흐름이다. 미래파라는 명칭은 어느 평론가가 붙인 것이다. 미래파는 새로운 흐름을 읽고 있었다. 그것은 새로움의 발견이라기보다 본디 그래야 했던 것이며, 본디 그러한 흐름이 그 시대를 살아가는 모든 사람에게 주어져 있음에도 일부 시인들이 이러한 현상을 조금 앞서 인지했을 뿐이다. 그들의 느낌의 강도가 더 크고, 밀도가 높았을 뿐이다. 그것은 그냥 흐름이었다. 현실적 결과를 놓고 하나의 개념으로 규정하며 명칭을 붙이는 것은 인간의 지성에 의해 언제나 요청되면서도 그러한 명명 작업은 위험하다. 그것은 즉각적으로 새로운 흐름에 족쇄를 걸어 놓고 흐름을 방해한다. 이런 면에서 미래파라는 명칭은 부적절하다. 그들의 작업은 미래에나 나올 만한 엉뚱한 것도 아니며, 그들의 시가 미래를 지향하는 것도 아니다. 그들은 오로지 그들이 살아가는 현재를 다룬다. 견딜 수 없을 정도로 강하게 다가오는 현재의 느낌의 흐름을 문자언어로 드러냈을 뿐이다. 다만 그 문자언어들의 생김새가 과거의 그것들과 달랐을 뿐이다. 잘못된 규정은 대립만을 부추길 뿐이다. 시에서 상극적인 대립이란 존재하지 않는다.

시의 본질은 언제나 가변적이어서 이러한 대립이 지속될 수 없다. 시는 언제나 초극(超克)과 초극(超極)의 상태다. 생명의 흐름이 따르는 길은 그냥 멋대로 저절로 뻗쳐 나간다. 서정시와 미래파라는 이름들은 모두 시의 본질을 거스른다. 시의 본질은 시상(詩象)일 뿐이다. 시는 시상이다. 시상이 현실에서 시의 생김새로 어떻게 드러나는가 하는 경우의 수는 우주 만물이 각기 어떻게 생겨났는가에 상응한다.

이렇게 보면 평론가는 작품을 비평함에 있어서 해설만 해서는 부족하다. 해설만 하는 경우에 그것은 평론이 아니라 그냥 설명이다. 독자의 기초적인 이해를 도모하는 데 끝난다. 비평은 해설을 바탕으로 하지만 거기에서 한 걸음 더 나아가야 한다. 겉으로 드러나는 형식에만 치중해서는 안 된다. 작가가 살았던, 살아가고 있는 시대의 흐름을 느끼거나 선취해야 한다. 그러한 본질적인 것들은 어떤 모습으로든 생명의 근원과 연관되지만 그게 아니더라도 평론가는 작품 속에 내재해 숨어 있는 불꽃을 간취해야 한다. 만일에 그 불꽃이 희미해서 잘 보이지 않고 숨어 은폐되어 명맥만 유지하고 있다면 평론가는 거기에 그의 가슴에 간직하던 기름과 불꽃을 부어 넣고 덧붙여서 그 불꽃을 활성화시켜야 한다. 그 불꽃이 활활 타오르게 해서 일반 감상자들 자신들도 본디 지니고 있는 불꽃으로 번지게 만들어야 한다. 평론이 또 하나의 예술 작품이 되는 이유이기도 하다. 또 한 가지는 평론가 자신의 불꽃이 두드러지게 활성화되어 평론에 그 삶을 보여 주어야 한다. 이때의 불꽃은 들뢰즈가 말하는 리토르넬로에 상응한다. 리토르넬로는 우주에 가득 차 있는 소리다. 그 소리는 무한한 영역에 걸쳐 퍼져 있다. 그 소리는 리듬도 지니며 빛과 어둠의 흐름을 모두 갖는다. 예술가가 이 리토르넬로의 일부를 취할 때, 그것을 형상화할 때, 그것은 예술 작품이 된다.

여기에는 '되기'가 요청된다. 이때의 되기는 들뢰즈의 '되기'이다. 들뢰즈는 '여성-되기', '아이-되기', '동물-되기'를 비유적으로 거론한다. 그러한 되기는 비일상적이고, 비계열적이고, 또한 비구조적이며, 비현실적이다. 그것은 상상의 것일 수 있지만, 전혀 그렇지가 않다. 그것은 비현실적이라 하지만 가장 현실적이다. 되기는 먼저 평론가가 자신을 내려놓고 망아(忘我)의 개체로 작품과 작가에 다가섬이다. 장자가 말하는 '오상아(吾喪我)'의 경계가 여기에도 적용될 수 있다. 나라는 주체 의식을 잊되 존재로서만 나는 있음이다. 그것은 후설의 환원일 수 있다. 기존의 모든 것을 괄호 안에 넣고 순수의식에 도달한다. 그것은 화이트헤드의 원초적 느낌일 수도 있다. 들뢰즈에 의하면 자기가 갖고 있는 '나무-뿌리'에서 벗어나 리좀의 상태로 전환해야 한다. 리좀의 상태에서 되기는 "계통적 생산이나 유전적 재생산과는 멀리 떨어져 있다."[4]

되기(=생성)는 결코 관계 상호 간의 대응이 아니다. 그렇다고 해서 유사성도, 모방도, 더욱이 동일화도 아니다. (중략) 되기는 진화, 적어도 혈통이나 계통에 의한 진화는 아니다. 되기는 계통을 통해 아무것도 생산하지 않는데, 모든 계통은 상상적인 것이기 때문이다. 되기는 항상 계통과는 다른 질서에 속해 있다. 되기는 결연(alliance)과 관계된다. 만일 진화가 참된 생성들을 포함한다면, 그것은 어떠한 가능한 계통도 없이, 전혀 다른 생물계와 등급에 있는 존재자들을 이용하는 공

---

4 질 들뢰즈·펠리스 가타리, 『천 개의 고원』, p.460.

생이라는 광활한 영역에서다.[5]

들뢰즈는 되기의 상태에 존재하는 자를 '아웃사이더'라고 부른다. 그것은 일상의 존재자들과 다른 '특이자'이다. 특이자는 "개체도 종도 아니며, 그저 변용태들만을 운반할 뿐이다." 특이자로서 아웃사이더는 "선형적이지만 다양체적인 가장자리에서 와서 가장자리를 넘어가는 어떤 것"이다. 그것은 "충만하고, 끓어오르고, 부풀어 오르고, 거품을 일으키며, 전염병처럼 번져 간다. 그것은 하나의 현상이지만, 가장자리 현상이다."[6] 되기와 변용은 무리들과 다양체들의 특징이다. "무리들, 다양체들은 끊임없이 상대방 속으로 변형되어 들어가며, 서로 상대방 속으로 이행한다. 다양체는 통일이나 이해의 중심에 의해 규정되지도 않는다."[7] 아웃사이더는 무리와 다양체를 떠나지 않는다. 오히려 그것들의 가장자리에 머물면서 주위를 맴돈다. 되기와 변용은 끊임없는 흐름이다. 그것은 '크로노스'의 세계를 거부하며 이탈한다. 크로노스의 세계는 형식화되고 고착화되어 있다. 흐름이 멈춰 있는 상태다. 그러한 세계는 주체 의식을 지닌 지성이 지배한다. 그것은 비대해지면서 그것을 낳게 한 생명의 흐름에 우선하고자 한다. 그것은 변용을 두려워한다. "크로노스, 그것은 사물들과 사람들을 고정시키고 형식을 전개하고 주체를 한정한다."[8] 크로노스는 규정되고 한정된 개체다. 예술가나 평론가는 이러한 크

---

5 질 들뢰즈·펠리스 가타리, 『천 개의 고원』, p.453.
6 질 들뢰즈·펠리스 가타리, 『천 개의 고원』, p.465.
7 질 들뢰즈·펠리스 가타리, 『천 개의 고원』, p.473.
8 질 들뢰즈·펠리스 가타리, 『천 개의 고원』, p.496.

로노스의 세계에서 벗어나야 한다. 예술의 본질은 언제나 무규정성, 무한정성, 무방향성, 무목적성이며 그것은 흐름이다. 평론가를 포함하는 예술가는 언제나 되기와 변용의 상태에서 흘러가야 한다. 평론가는 생명체로서 하나의 개체다. 이때의 개체는 크로노스 상태의 개체도 아니며, 규정된 것으로의 류나 종에도 속하지도 않는다.

들뢰즈는 스피노자를 끌어온다. 스피노자에게 실체로서 실재하는 것은 신만이 유일하다. 우주 만물은 신의 변용이나 양태일 뿐이다. "개물(個物, res particulares)은 단지 신의 속성의 변용 혹은 신의 속성을 특정한 방식으로 표현하는 양태에 지나지 않는다."[9] 인간도 신의 속성의 어떤 변형이다. "인간의 본질은 신의 속성의 어떤 변형으로 구성된다."[10] 우주 만물은 바로 이러한 신의 속성을 지닌 실재적 요소들이다. 들뢰즈는 신을 '고른 판 또는 조성의 판'으로 갈음한다. 여기서 들뢰즈는 스피노자의 결정론적인 성향에서 벗어나 그의 사유를 차별화한다. 절대자 신으로 귀결되는 일원성을 넘어선다. 자연은 신의 속성이라는 범신론적 체계에서 한 걸음 더 나아가 '내재성의 고른 판'을 설정하고 그것을 리좀권으로 간주한다. 리좀권은 움직임의 세계이며 흐름이다. 그것은 구체적 형태를 갖지 않지만 다양체들을 갖는다. 그것들은 "파도들이며 진동들이고, 움직이는 가장자리들"이다. "실재적인 요소들은, 이 궁극적 부분들은 수에 의해 규정되지 않는다. 그것들은 항상 무한성에 의해 나아가기 때문이다. 오히려 그것들이 겪게 되는 속도의 정도와 운동과 정지의 관계에 따라 특정한 '개체'에 귀속되는데, 이 '개체' 자신은 더 복잡한 또 다른 관

---

9 스피노자, 『에티카』, 강영계 역, 서광사, 1990, p.54.
10 스피노자, 『에티카』, p.92.

계 속에서 다른 '개체'의 부분이 될 수 있으며, 이러한 일이 무한대로 계속된다. 각 개체는 하나의 무한한 다양체이며, 전체 '자연'은 다양체들의 완전히 개체화된 다양체이다."[11] 개체는 크로노스의 개체가 아니라 흐름과 변용의 개체다. 다양체가 개체이다. 여기서 다른 각도이기는 하지만, 우리는 장자의 제물론을 환기할 수 있다. 모든 개체들은 상대적이지만 상대적 기준들은 어디까지나 인위적인 것이며, 그들은 본디 그러하며 서로 다른 다양성을 지닌다. "천하는 가을의 짐승이 갖는 털 한 올보다 크지 않다고 할 수도 있고, 태산을 작다고 할 수도 있다." 도대체 "도는 본디 나눔의 영역이 있는 것이 아니다. 말은 본디 언제나 그러함이 있는 것도 아니다(夫道未始有封, 言未始有常)." 붕이라는 거대한 새는 날개 한 짓으로 물을 쳐서 삼천 리나 튀게 하고, 빙빙 돌며 회오리바람을 타고 9만 리나 올라간다. 그럼에도 그것은 태풍이 불어야 남극으로 갈 수 있다. 바람에 의존함이 있다. 유대(有待)이다. 펄쩍 뛰어 봐야 커다란 나무에도 오르지 못하고 되돌아 떨어지는 작은 새나 쓰르라미도 유대이다. 한계가 있음이다. 날개는 바람이 있어야 존재 가치를 갖는다. 만물은 관계성으로 서로 엮여 있으며 서로 의존한다. 의존함이 전혀 없는 무대(無待)란 있을 수 없다. 이런 면에서 만물을 이루는 모든 개체는 제일성(齊一性)을 지닌다. 이때의 제일이라는 의미는 만물이 동일하다는 뜻이 전혀 아니다. 만물은 개체이지만 관계적 존재이며, 개체와 개체는 동일하지 않지만 서로 관계를 갖고 의존한다는 면에서 제일함이다. 모든 개체는 다른 개체와 다른 비동일성을 갖는다. 이러한 개체들은 모두 다양체이며 자연 그 자체도 다양체이다.

---

11 질 들뢰즈·펠릭스 가타리, 『천 개의 고원』, p.482.

개체들이 고른 판에서 살아간다. 그것들은 고른 판에서 무한하게 펼쳐지는 실재적 요소이며 실체이다. 들뢰즈의 이러한 생각은 화이트헤드의 현실적 개체(actual entity)의 생성 과정에 대응한다. 화이트헤드의 현실적 개체(존재)(actual entity)는 "사물(thing), 있는 것(being), 존재(entity)의 의미"를 지니며, 그것은 "창조성(Creativity), 다자(多者, many), 일자(一者, one)"와 동의어로 풀이된다.[12] 이때의 일자(one)는 수학의 하나가 아니라 일자성(oneness)이다. 그러나 화이트헤드와 달리 들뢰즈의 고른 판은 형식들이 전개되고 주체들이 형성되는 그런 판이 아니다. 화이트헤드의 현실적 개체는 느낌을 거쳐 의식화되고 주체화의 과정을 걷는다. 들뢰즈의 고른 판에서는 "형식을 부여받지 않은 요소들 사이에 빠름과 느림만이, 주체화되지 않은 역량들 사이에 변용태들만이 존재한다."[13] "거기에는 형식이나 형식의 전개는 없으며, 주체와 주체의 형성도 없다. 발생은 물론이거니와 구조도 없다. 형식을 부여받지 않았거나 최소한 상대적으로 형식을 부여받지 않은 요소들 간에, 온갖 종류의 분자들과 입자들 간에 운동과 정지, 빠름과 느림의 관계만 있을 뿐이다."[14]

이러한 되기는 생성의 철학인 『주역』과도 상통한다. 신(神)은 생명의 흐름이다. 그것은 멈추지 않고 지속한다. 그것은 무목적성이고 방향이 없음에도 우주를 가득 채우며 흘러간다. 빠트림이 전혀 없다. 그것은 전혀 예상을 할 수 없다. 「계사전」에 나오는 "신은 방향이 없으며 어떠한 구체적으로 한정된 형상이나 몸체를 갖지 않는다(神

---

12 화이트헤드, 『과정과 실재』, 오영환 역, 민음사, 2007, p.83.
13 질 들뢰즈·펠리스 가타리, 『천 개의 고원』, p.508.
14 질 들뢰즈·펠리스 가타리, 『천 개의 고원』, p.505.

無方而易無體)", 또는 "음양은 전혀 예측할 수 없기에 신이라 한다(陰陽不測之謂神)"와 같은 글귀가 이를 보여 준다. 한마디로 "변화하며 통하는 것은 바로 시간을 따름이다(變通者, 趣時者也)." 흘러감이다. 지속함이다.

되기는 동아시아의 샤머니즘을 연상하게 한다. 샤먼, 무당은 신의 매개자다. 이때 신은 포괄적인 의미로, 그것은 서구의 절대자인 신보다는 무형의 힘을 지닌, 우주 만물을 생성시키는 힘과 움직임에 가깝다. 만물은 개체로서, 생명체로서 그러한 신을 내재적으로 지니며, 무당은 보통 사람들과 달리 그러한 신을 사람들의 눈앞으로 불러올 수 있다. 무당이 무당의 고깔을 누군가에게 덮어씌우면 그 사람은 무당이 지칭하는 신이 된다. 죽은 망자가 된다. 이러한 되기에는 전혀 차별이 없어서 무당에 의해 누구나 죽은 망자가 되어, 그 입장에서 이야기를 할 수 있다. 이 글에서 예술가와 평론가를 거론하고 있는데, 바로 이들은 신통력을 지닌 고깔을 품 안에 소유한 무당들이다. 그들은 죽은 망자가 될 수도 있고, 부엌 신, 빗자루 신처럼 어떠한 사물을 상징하는 신이 될 수 있다. 어떠한 하찮은 미물이라도 신을 지니며, 고깔을 쓰게 되면 그 부름을 받아 그 미물로 환치될 수 있다. 평론가는 작가가 되기도 하고, 작품 속의 주인공이 될 수도 있다. 평론가는 우주를 가득 채우며 흐르고 있는 신의 강물 속에 풍덩 몸을 던진 상태에서 강물과 함께 떠내려가는 무수한 군상의 실존과 삶을 공유한다.

평론가는 예술가이다. 평론은 또 하나의 예술 작품이다. 평론가는 예술 세계에서 무수한 예술 작품들을 만난다. 그 작품을 빚어낸 작가들은 고인도 있지만 현재를 살아가는 사람들도 있다. 평론가는 이들 모두와 대면한다. 망자와 산자를 모두 맞이함이다. 이때 평론가는 바로 무당이 된다. 무당이지만 세습무가 아니라 강신무(降神巫)가 된다. 진정한 평론가는 세습무처럼 가계를 이어 굿의 형식에 정통한 것으로 그치지 않는다. 신내림과 신들림을 통해 무(巫)가 되어야 함이다. 평소에 멀쩡하던 사람이 갑자기 신들림에 휩싸여 신열을 앓는다. 신이 내린 것이다. 이때의 신은 어떤 구체적인 신(God)을 의미하지 않는다. 그것은 천신(天神)일 수 있지만 이 또한 어떤 구체적 형상을 지닌 신을 가리키지 않는다. 무당이 되라고 내리는 신은 불꽃이다. 활활 타오르는 불꽃이다. 생명의 불꽃이다. 그것은 바로 우주 만물을 빚어내는 생명의 힘과 움직임이다. 우리는 그것을 본생이라고 부르지만, 무당에게 내리는 신은 본생의 또 다른 모습으로 어떤 주술적이고도 신비한 느낌을 자아낸다. 그것은 개념일 수도 있지만 인간의 삶에서 현실적으로 영향을 끼치고 있는 신이기도 하다. 이러한 신의 능력은 포괄적이다. 만물은 모두 신을 지니고 있음이다. 무당은 이러한 신을 일상을 살아가는 사람들보다 한결 강하게 느끼고 소유한다. 인간 사회의 일상에서 숨겨져 있어 겉으로 드러나지 않는 신의 구체적 현현을 가능하게 한다. 신이 내리고, 신이 들려서, 무당은 신명을 펼쳐 낸다. 신명은 바로 신을 밝게 드러냄이다. 굿을 하면서 굿 마당에 둘러앉은 모든 사람들에게 신을 내보인다. 무당은 굿 마당을 한껏 신으로 가득 찬 공간으로 만든다. 그 속에서 사람들은 누구나 할 것 없이 무당이 원하거나 시키는 대로 신의 경계에 들어선다. 각기 본디 지니고 있는 신이 무당의 인도에 의해서 갑자기 활력을 얻어 활짝 뻗쳐 나온다. 신들림이다. 특정한 망자를 위한 전라도의 씻김굿에서, 강원도의 오구굿에서, 서울 경기의 새남굿에서, 무당의 이끌림에 의해 사람들은 망자의 혼으로 건너간다. 혼이 씌운 상태에서 중얼거리고, 떠들어 대며 춤을 추고 노래한다. 평론가는 무당처럼 만인(萬人)이 될 수 있다. 무당은 만신(萬神)이라 불리기도 한다. 만신은 만 개의 신이다. 불교에서 말하는 중생처럼 만신은 우주 만물의 모든 가능한 생명체를 가리킨다. 하물며 인간 세계를 무리 지어 살아가는 사람들은 말할 것도 없다. 무당은 만신으로 만신을 모시며 동시에 만신이 될 수 있다. 그 어느 누구도 될 수 있음이다. 또한 무당은 굿 마당에 있는 어느 누구나 할 것 없이 망자의 혼으로 만들 수 있다. 이처럼 무당은 모든 사람이 될 수 있으며, 동시에 굿거리 마당의 모든 사람들을 원하는 대로 망자의 신으로 만들 수 있다. 이해하는 수준이 아니다. 타자를 공감하는 정도를 훌쩍 뛰어넘어 무당은 어느 누구가 된다. 특히 망자의 경우가 그렇다. 저승 세계로 건너간 사람을 불러내는 정도를 넘어서 저승의 망자 자체가 된다. 되기의 강도가 가장 극단화된 상태에까지 도달함이다. 망자의 혼을 달래는 해원(解冤)이 이루어지는 순간이다. 평론가가 작가와 작품을 맞이해서 바로 이렇게 해원의 경계에 이르는 무당이 될 때, 그 평론가는 하나의 작품과 작가를 서술하는 단계를 넘어서 스스로 하나의 독자적인 예술 작품을 빚어낸다. 평론가는 무당으로서, 신들림의 상태에서 예술 작품을 이끌어 또 하나의 작품을 새롭게 창조함이다. 예술가는 강신무의 속성을 지니고 있다. 평론가도 또한 예술가로서 강신무의 경계에 이를 때, 그 평론은 하나의 살아 있는 예술 작품이 된다.

이와 유사한 맥락에서, 들뢰즈는 '세상 모든 사람 되기'를 언급한다. 그것은 "분자적 성질을 가지고 우주와 놀이를 하는 것이다. 세상 모든 사람 되기는 세계 만들기이며, 하나의 세계 만들기이다. 모방적이지도 않고 구조적이지도 않으며, 우주적이다. '기하학적 비례'를 계산하지도 않는다. 자연의 본질을 이루는 선과 운동만을 지니고 있다가 뽑아낸다." "이 세계에서는 세계 '그 자체'가 생성되고 우리는 세상 모든 사람이 된다."[15]

모든 예술 작품은 되기의 과정과 흐름에서 추출된다. 이때의 되기는 유비나 유추가 아니다. 닮은 것을 추출해 내는 것이 아니다. 계열화도 아니다. 구조화도 아니다. 서위의 사의화(寫意畵)들은 모두 되기를 거친다. 그가 눈을 흠뻑 뒤집어써서 축 휘어져 늘어진 대나무의 줄기와 잎가지를 그릴 때, 뒤엉킨 듯이 얽혀 있는 포도나무와 포도 알들을 농묵으로 일필휘지로 그려 낼 때, 농익어 터져 파열되는 석류 열매를 그릴 때, 또한 이런 모든 것들을 오로지 흑과 백 그리고 임의의 여백으로만 그릴 때, 그는 소리를 듣는다. 그는 소리가 된다. 소리를 들으며 그 자신도 소리가 된다. 그것들은 그림의 형상들이 아니다. 그것은 움직임이요, 흐름이다. 어둠과 빛일 수도 있다. 그것들은 우주 만물이 갖는 흐름에서 하나의 순간적인 상(象)일 수 있지만 그것은 구체화된 사물 형상이 이루어지기 전의 그 무엇이다. 그것은 그냥 '것' 또는 '거시기'이다. 누구나 모두 쳐다보고 이해할 수 있는 생김새들을 넘어선다. 서위의 되기는 일상적인 되기의 차원을 넘어선다. 새로운 경계로 들어선다. 동아시아 미학에서 그것은 '의경(意境)'이라 불리지만 실은 그것은 개념 이전의 원초적 느낌의 상태다. 아마도 서구 사람들은 서위를 특이자로, 또는 아웃사이더라고 부를 것이다. 한 가지 유념할 것은 동아시아 예술에서 아웃사이더라는 개념은 부적절하다. 왜냐하면 사람은 누구나 아웃사이더의 잠재성을 지니고 있기 때문이며, 한편으로 인간이라는 생명체 그 자체가 아웃사이더이기 때문이다. 눈에 덮여 깊숙이 허리를 굽힌 대나무

---

15 질 들뢰즈·펠릭스 가타리, 『천 개의 고원』, pp.530-531.

는 그 자체로 이미 작가가 되어 있다. 인간이 되어 있다. 또한 거꾸로 화가는 이미 대나무가 되어 있음이다. 그들 모두가 소리를 만들어 낸다. 거기에는 주체와 객체, 또는 작가와 대상이라는 구분 영역이 존재하지 않는다. 형상을 규정하는 어떠한 형식도 주어지지 않는다. 그저 생명체가 지닌 생명의 힘과 그 흐름만이 있을 뿐이다.

베토벤의 후기 현악사중주들도 그렇다. Op.130이나 Op.131은 기존의 현악사중주들이 갖는 형식, 예를 들면 4개의 악장, 각 악장이 지니는 주제와 변주 등의 일정한 구성을 파괴한다. 어떤 면에서 그것은 파괴가 아니라 새로운 차원으로 훌쩍 날아간다. 베토벤은 우주만물 깊숙이 솟아 나오는 소리를 그의 내면을 통해 들었음이다. 그의 가슴에 가득 차 있는 소리들과 어울려 그 소리들은 새로움을 지닌 생김새로 탄생한다. 우주를 꽉 채우며 흘러가는 소리들 중에 베토벤은 그가 생생하게 현재형으로 들은 소리들을 그가 가진 능력이 허용하는 한도 내에서 음악으로 표현한다. 전통적으로 내려오는 현악사중주 형식은 그에게 의미가 없다. 네 개의 악기를 빌려 오되 그들의 조합과 전개는 어디까지나 그가 들은 소리를 제대로 표현하는 데 맞춰진다. 사중주는 보통 4개의 악장으로 이루어지며, 첫 악장은 알레그로, 2악장은 안단테, 3악장은 스케르초, 4악장은 피날레로 구성되는 것이 통상적이다. 베토벤의 작품은 이들을 해체한다. Op.131을 굳이 나눈다면 그것은 7개의 악장으로 되어 있다. 첫 악장부터 알레그로 대신에 아다지오로 운을 뗀다. 네 번째 악장은 그야말로 그 자체로 하나의 생김새를 지닌 작품일 수 있다. 그것의 빠르기를 보면, Andante ma non troppo e molto cantabile — Andante moderato lusinghiero — Adagio — Allegretto — Adagio ma non troppo e semplice — Allegrotto로 표시된다. 고전음악에서 이렇게 복잡하고 길게 빠르기를 지시하는 것은 그 유례가 없다.

  20세기 후반에 등장한 로큰롤, 또는 록 메탈이라 불리는 음악은 그야말로 무정형의 음악이다. 기타를 비롯하여 등장하는 악기들이 임의적이다. 게다가 그 악기들은 마음대로 전기 증폭기에 연결되어 소리의 크기와 음색을 제멋대로 조작할 수 있다. 신디사이저를 비롯한 각종 음성 제조기를 사용할 수도 있다. 필요하다면 전통 악기도 추가하고 보컬에 합창까지도 집어넣을 수 있다. 생활 세계에서 울리는 자동차 경적 소리, 아기 울음소리, 건물이 무너지는 소리, 총소리나 대포 소리 등 그 무엇이든 음악의 한 구성 요소를 이룰 수 있다. 한마디로 메탈 밴드들의 음악은 그 구성과 전개에 있어서 예측을 불허한다. 무한의 조합이 가능하다. 위에서 언급한 베토벤의 빠르기 변형 정도는 아무것도 아니다. 리듬의 변이는 듣는 이들이 따라갈 수 없을 정도로 변화무쌍하다. 우주는 파동으로 이루어져 있다고 말할 수 있지만 몇 가지로 정형화되거나 통일적인 리듬은 존재하지 않는다. 그것은 상상할 수 없을 만큼, 무한의 경우의 수만큼 가능하다. 그러다가 조용한 호수나 바다가 펼쳐지기도 한다. 우주의 변화하는 모습이 그러할까. 좋은 예가 있다. 현재를 살아가는 메탈 밴드인 툴(Tool)의 첫 번째 앨범 『Undertow』는 모두 10개의 트랙이 실려 있다. 곡들은 시끄러울 정도로 전개된다. 마지막 트랙 「disgustipated」에 이르러 예기치 않은 반전이 일어난다. 이 곡은 러닝 타임이 약 16분이다. 곡의 중간에서 약 8분 정도가 특이하다. 일종의 '숨겨진 트랙(hidden track)'이라 할 수 있다. 트랙의 앞부분에서 보컬의 노래가 들리다가 갑자기 곡이 멈춘다. 그렇게 느껴진다. 하지만 실제로는 아주 저음의 여린 소리가 깔려 있다. 앨범 내내 높은 볼륨에 젖어 있던 감상자들은 이를 놓치기가 십상이다. 오디오기기가 고장이 났던가 아니면 앨범이 불량 제품일 것이라고 생각하기 쉽다. 갑자기 뚝 떨어진 볼륨은 청취자를 거의 고려하지 않는다. 귀를 세심하게 기울여야 소리가 들린다. 그것은 놀랍게도 여름밤이나 가을밤에 들리는 여치나 귀뚜라미, 또는 이름을 알 수 없는 무수한 풀벌레들의 소리들이다. 지속적으로 일정하게 들리는 것 같으면서도 그 소리에는 셈여림과 굴신(屈伸)의 파동이 있다. 율파다. 캄캄한 밤에, 인간의 소리들이 모두 잠들어 조용한 세계에서 생명의 조그만 불꽃을 태우며 거대한 합창의 연주를 끈질기게 지속하고 있다. 우주가 생명체들의 소리로 충만하다. 갑자기 풀벌레 소리들이라니. 곡의 마지막 부분에는 다시 인간의 보컬이 울린다. 그 목소리를 구성하는 문자들의 의미는 신비스럽고 난해하다. 이미 이들의 악곡에는 정형이라는 것은 상상할 수도 없다. 악기나 보컬이라는 제한이 이들의 음악 사전에는 없다. 우주를 구성하는 율파의 모든 소리들이 그들의 촉각 안으로 들어온다. 밴드의 구성원들은 풀벌레가 된다. 되기의 흐름에는 울타리가 없다. 한계가 없다. 마지막 트랙은 인간의 노래이면서 동시에 풀벌레의 노래이다. 풀벌레의 노래와 인간의 노래에 어떠한 차이가 있을까. 무한한 가능성의 소리들이 모두 그들의 곡을 위한 소재일 수 있다. 구성도 또한 마찬가지다. 임의적이면서도 매우 계획적이기도 하다. 청중의 예측을 불허하는 곡의 전개는 상상을 절한다.

되기는 과거에 매달리지 않는다. 과거는 완전히 소멸된 것이 아니라 이미 현재에 삽입되어 그 모습을 숨겼음이다. 숨을 쉬고 살아가는 현재가 전체다. 예술은 현재를 표현한다. 클래식은 이미 과거형의 음악이다. 창조와 예술은 '반-기억'이다. 헤비메탈이나 재즈를 비롯한 현재를 살아가는 음악은 언제나 그냥 진행형이다. 헤비메탈의 세계에는 무수한 변화가 일어나고 있다. 수없이 많은 밴드들이 나타나고 또 사라진다. 살아서 지속하는 밴드들은 그들의 모습을 끊임없이 바꾸고 있다. 그들은 되기의 강물에 몸을 맡기고 있다. 되기가 죽어 가고 다시 태어난다. 되기의 숨소리들이 넘쳐 난다. 밴드들이 되기의 강물을 타고 흘러가는 모습은 너무나 다양해서 혼란스러울 정도다. 그들을 전체로 개관한다는 것은 실제로 거의 불가능하다. 그럼에도 사람들은 어떤 기준을 내세워 분류를 한다. 인간의 지성은 언제나 그렇듯이 예술에 잣대를 들이대고 싶어 한다. 헤비메탈의 세계 안에서 헤아릴 수 없이 많은 종이 분류된다. 그 종들에는 이름이 붙여진다. 얼터네이티브 메탈(Alternative Metal), 프로그레시브 메탈(Progressive Metal)을 필두로 수많은 종들이 있으며[16], 개개의 종은 다시 분화된 여러 개의 분파를 이루며 새로운 이름을 얻는다. 그만큼 이 음악은 현재를 살아가며 예측을 불허할 만큼 빠르게 변화하며 생생하게 살아서 움직이고 있음이다. 앞서 얘기했듯이 "변화하며 통하는 것은 바로 시간을 따름이다(變通者, 趣時者也)." 그들은 현재 우주에서 흘러가는 소리를 일부라도 듣고 이를 음악으로 옮기고 있다. 나는 최근에 메탈 밴드인 툴(Tool), 데프톤즈(Deftones), 드림 시어터(Dream Theater) 등의 음악들을 자주 듣는다. 그들의 음악은 부정형이며, 현재진행형으로 흐르고 있다. 그들의 음악을 이루고 있는 느낌은 이미 저 깊이 바닥까지 도달해 있다. 어둠에 고인 인간의 무거운 느낌이 빛을 받아, 소리로 변해 폭발하고 있다. 목소리는 이미 악기

---

16 위키피디아에 수록된 주요 이름을 알파벳 순으로 나열한다. 각 단어 뒤의 metal은 생략한다: alternative, avant-garde, black, christian, death, doom, extreme, folk, glam, gothic, grindcore, grunge, industrial, latin, metalcore, neoclassical, neue deutsche Härte, post, power, progressive, speed, stoner, thrash, traditional heavy 등이다.

소리처럼 하나의 음으로 전환되고 있다. 그 음들을 구성하는 문자들이 지니는 의미도 한층 시적(詩的)이다. 기존의 형식에 얽매여 진부한 텍스트를 늘어놓는, 소위 문단의 수많은 시편들보다 호소력이 훨씬 높다. 폐부를 가르는 울부짖음과 회색빛 우울함, 또는 사랑의 광란이 한껏 어우러진다. 메탈 밴드들은 생명체로서 그들의 느낌을 따라 율파를 찾아 나선다. 우주의 근원적인 율파가 그들을 마중한다. 마중물로 악곡이 탄생한다. 이러한 만남의 느낌을 현시대를 살아가는 어릿광대 밴드들이 소리로 변환시켜 듣는 이의 느낌을 한층 타오르게 한다. 핑크 플로이드(Pink Floyd)나 킹 크림슨(King Crimson)은 이미 고전이 되어 가고 있다. 우리는 현재를 중시한다. 현재는 존재한다기보다 그냥 느낌이다. 그 느낌이 흔들리며 흘러가는 것, 바로 그 소리를 듣는다.

우주의 소리는 들뢰즈에게 리토르넬로이다. 그것이 음악과 직접적으로 연관될 이유는 없다. 인간이 들을 수 없는 소리의 영역은 과학적으로 기술될 수 있다. 그 영역은 무한대이며 종류도 무한대다. 음악은 인간의 영역이다. 그러나 "언제 음악이 시작되는지는 아무도 모른다. 리토르넬로는 오히려 음악을 방해하고 몰아내거나 음악 없이도 지내게 하는 수단이라고 할 수 있다. 하지만 음악이 존재하는 것은 리토르넬로가 존재하기 때문이며, 음악이 내용으로서 리토르넬로를 붙잡고 탈취하여 표현의 형식 안에 집어넣기 때문이며, 음악이 리토르넬로와 블록을 이루어 그것을 다른 곳으로 데려가기 때문이다."[17] 베토벤이나 헤비메탈 밴드들은 이러한 리토르넬로의 흐름에 함께 있으며 그 흐름을 음악 기호로 형상화했을 따름이다. 그들

---

17 질 들뢰즈·펠릭스 가타리, 『천 개의 고원』, p.568.

에게 리토르넬로는 전체로 다가오며, 이 느낌이 펄펄 살아 있는 상황에서, 과거로부터 내려오며 이미 화석이 되어 버린 형식은 전혀 관심 밖이다. 기억으로 점철되어 이미 주어진 형식을 따라 구성되는 음악은 리토르넬로와는 거리가 멀다. 베토벤이 작곡하는 과정에서 리토르넬로와 그것을 형상화하는 방법은 전혀 사전에 규정되지 않는다. 그것이 바로 진정한 되기의 본질이다. 우주는 소리로 가득 차 있다. 그것은 율파다. 인간은 그중에서 일부만을 취한다. 그 음 하나는 우주를 지칭할 수도 있다. 지아친토 셀시가 하나의 음으로, 그 자체가 이미 생명체인 하나의 음으로, 또 다른 생명체인 하나의 악곡을 작곡할 수 있었던 이유이기도 하다. 동아시아의 악곡들은 여러 음들을 쌓아 화성을 이루거나, 또 비율에 따라 구조적으로 전개되지 않는다. 그것들이 음 하나하나를 길게 지속하며 곡을 구성한다. 지속의 흐름에서 음 하나는 무한한 변신을 시도할 수 있다. 살아서 움직이는 음 하나는 그 자체가 이미 생명체로서 새로움의 길을 걷는다. 창작으로의 생성은 반-기억이다. 반-형식이다. 반-규정이다. 그것은 나무성의 반대인 리좀으로 이루어진다.[18]

되기는 일종의 감정이입을 요청한다. 그러나 감정이입은 닮음이나 유비이며 그것은 어떤 면에서 평행을 이룬다. 평론가가 작품을 이해하고 그것에 대해 기술할 때, 작품을 구성하고 있는 주인공의 이야기, 또는 선율의 전개나 회화의 구성은 감정이입의 단계에만 국한되지 않는다. 인간이 지닌 감정의 폭은 깊으며 무한하게 넓다. 겉으로 드러나지 않더라도 그 모든 것을 현현하는 가능성이 인간에게 잠재되어 있다. 평론가는 이를 활성화시킬 줄 알아야 한다. 아니 어

---

18 질 들뢰즈·펠리스 가타리, 『천 개의 고원』, p.556.

떤 면에서 작품을 접하고 들어갈 때 의식이나 판단은 모두 뒤로 밀어 놓고 순전히 본래의 느낌만을 지닌 채로 작품의 세계로 진입해야 한다. 세계는 다양하다. 무한한 변수가 있다. 되기의 방향은 본디 정해져 있지 않다. 무수한 인물상이나 무수한 사건들이 현실을 이루어 흐르는 것만큼이나 되기의 드러남은 그 끝을 헤아릴 수가 없다. 되기의 폭이 크고 넓을수록 우리는 그 평론가의 가능성이 그만큼 다양해지고, 그러한 평론가에 의해 만들어지고 창작되는 평론은 그 자체로 생명체가 되어 숨을 쉬며 흐를 수 있다고 생각한다. 순수한 되기는 어떠한 이념이나 편견 또는 주어진 현실의 조건 등에 우선한다. 삶이 삶을, 생명체가 생명체를, 본생이 본생을 만난다. 그들은 서로 다른 본생으로 본생을 공유한다. 평론가가 처음에는 선택한 세계에서, 작품이나 작가라는 새로운 세계에서, 평론가는 선택할 당시 지녔던 어떠한 기준도 벗어난 상태로 그가 새롭게 속하는 그 세계 속에서 순수한 느낌을 갖는다. 새롭게 나타난 평론가의 느낌이 작품의 느낌들과 어우러진다. 느낌들이 교차한다. 교집합의 공간이 생긴다. 그 공간은 작품에 대한 열린 마음이다. 그곳에서 평론은 출발한다. 교집합의 느낌이 강할수록 평론가는 힘차게 걸어간다. 무엇보다 평론가 자신의 불꽃이 점화된다. 본디 있었던 불꽃이 작품의 불꽃과 만나서 새로운 불꽃을 만들어 낸다. 이렇게 만들어진 불꽃은 또 하나의 생명체로서 작품이 된다. 평론은 해설에만 머무는 것이 아니라 이렇게 생명을 지닌, 활활 타오르는 불꽃을 지닌 새로운 작품의 창출이기도 하다.

또한 평론가는 그 인식의 지평을 활짝 열어야 한다. 현대 과학은 눈부시게 발전하였다. 과학은 철학 그리고 예술과 함께 인류의 문화를 이끌어 가는 원동력이다. 과학은 존중되어야 한다. 과학은 어디까지나 개연성의 학문이다. 완전성이나 보편성에 도달할 수 없다. 우주에 완전함이란 없다. 그것은 개념에 불과하다. 과학은 어디까지나 인간이 우주를 이해하고 받아들이기 위한 도구이다. 그것은 나아가서 인간의 생존에 커다란 도움을 주는 데까지 발전해 왔지만 동시에 인류의 존재 여부를 결정지을 수 있을 만큼 독자적인 힘을 축적해 왔다. 그것은 역설적으로 인류에게 커다란 위협으로 부상했다. 과학 만능은 진정한 과학에 위배된다. 진화론을 바탕으로 발전한 생물학을 지나치게 신봉해서도 안 된다. 유물론이 득세하여 그것만이 유일 철학으로 맹위를 떨치는 상황에서 생물학은 또 다른 유물관을 창출하며 인간의 지성을 압박하고 있다. 생물학으로 환원을 주장하는 것은 또 다른 이념주의의 탄생이다. 생물학이 모든 과학을 포함하여 인간의 문화를 지배하려는 시대가 다가오고 있다. 이미 복제 동물이 탄생했다. 인간도 복제가 가능하지만 기존 세계의 윤리가 이를 보류하고 있을 뿐이다. 자연선택의 진화론을 훌쩍 넘어서 이제 인간은 신의 위치에서 진화를 결정할 수 있는 지점에 다다랐다. 위험하다. 철학은 개념의 학문이다. 그것은 사유와 지성을 바탕으로 한다. 그것은 인간의 삶에 지혜를 준다. 삶의 완성도를 높이기 위해서 철학은 계속 다른 모습으로 변모하며 발전해야 한다. 완성도의 끝은 존재하지 않는다. 그것은 그냥 흐름이기 때문이다. 비현실적인 형이상학이 인간의 완성도를 마무리하거나 그 방향을 결정해 주지는 않는다. 그것은 오로지 도덕적 형이상학의 모습을 갖출 때, 지혜로서 그 기능을 발휘한다. 개념과 형이상학이 인간에게 기여하는 것은 바로 이러한 지혜를 불리며 동시에 인간 존재 그 자체를 긍정할 수 있게 만들기 때문이다.

과학이나 철학과 달리, 예술은 아직도 인간이 생명체로서 우주에 존재를 지속할 수 있는 가능성을 여전히 간직하고 있다. 예술은 모든 매듭을 푼다. 예술은 열려 있어서 모든 문제점이 예술 속에서 자유롭게 용해될 수 있다. 그렇다고 예술에서 예술 지상주의나 만능주의는 존재하지 않는다. 예술을 위한 예술은 존재하지 않는다. 예술은 어디까지나 우주의 생명체의 일원인 인간에게만 유효하다. 인간은 우주를 이루는 삼재(三才)의 하나일 뿐이다. 예술은 인간의 위에 존재하지 않으며 인간은 예술을 거느린다. 종교도 예술과 비슷하다. 인간 위에 종교가 군림해서는 문제가 있다. 현실적인 유물론자들이 종교를 거부하는 이유이기도 하다. 종교는 신비주의에 직결된다. 신비주의는 그 모습이 닫혀 있음이다. 생명은 본디 열려 있음이다. 그것은 흘러가고 있음이다. 무수한 종교가 있으며 하나의 종교에 인류 전체가 걸려 있는 것이 아니다. 종교는 예술처럼 어떤 인간에게 어떤 순기능을 발휘하고 있다고 이해해야 한다. 이때 우리는 모든 종교를 편견 없이 받아들일 수 있다. 예술가와 평론가는 이러한 제반 문제점을 적어도 최소한 한 번쯤은 열린 마음으로 인식해야 한다. 그다음 과정에서 그들이 어떤 길을 택할 것인가는 순전히 그들의 자유다. 생명체가 걸어가는 길은 언제나 아무런 장애 없이 환하게 열려 있음이다.

10.

바람직스러운 평론가가 되기 위해 어떤 노력을 기울여야 할까. 이 또한 답이 있을 수 없고 기준을 정할 수가 없다. 평론은 예술이며 그것에는 정해진 기준이나 규칙이 없음이다. 그것은 본디 활짝 열려 있음이다. 굳이 지금껏 이야기한 것을 요약해 본다. 첫째로, 자신이 본생의 현현으로서 하나의 생명체임을 인식한다. 우주 만물의 모든 개체도 본생이며, 인간 개개도 본생으로 생명체이며, 평론가 자신도 본생이다. 둘째로, 본생의 속성을 인지한다. 본생의 현실적 나타남인 모든 생명체는 흐름이며 파동을 지닌다. 그것은 느낌이며, 이미지가 되기도 하는데 소리나 색깔, 빛 등으로 변환되어 우주에 가득하다. 인간에게 그것들은 감각이나 지각을 자극한다. 인간은 본디 욕망을 지닌다. 욕망은 심리적 변화의 흐름으로 드러나지만 그렇게 단순하지가 않다. 감각 또는 지각이 욕망과 어우러져 나타나는 결과는 그 방향을 전혀 예측할 수 없다. 생명의 특성은 다양하다. 그것은 열려 있으며 전일(全一)하며 제일(齊一)하다. 그것은 안과 밖이 따로 없다. 그것은 생명과 소멸을 지속한다. 그것은 생명의 약동으로 언제나 충일하다. 그것은 운동이며 작용하는 힘이기 때문이다.[19] 이러한 힘과 운동의 구체적 모습은 파동으로 나타난다. 우주는 파동으로 가득하다. 우리는 그러한 파동을 율파라 부른다. 인간은 현명해서 그 율파로부터 일정한 형태의 리듬을 읽어 낸다. 리듬은 어디까지나 인간이 유형화한 파동이다. 그 리듬은 바로 생명의 율파가 보여 주는 일부 모습이다. 그것은 빛으로도 전환될 수 있고, 소리로도 바뀔 수 있다. 그것이 음파라면 우주 공간은 온통 음의 출렁거림이 넘쳐난다. 원효대사가 이야기한 것처럼 그런 음들은 본디 하나의 음에서 모두 비롯된다. 부처는 일음(一音)이며 원음(圓音)이기도 하다. 그것은 일심(一心)이기도 하다. 우리에게 일음은 본생이다. 일음이 무한의 양태를 보여 주고 그것이 다양한 소리로 바뀐다. 들뢰즈의 리토르넬로는 바로 이러한 음의 파동을, 생명의 힘과 움직임이 출렁거리는 것을 어떤 느낌으로 인지하고 또 힘으로 파악하는 데서 비롯

---

19 황봉구, 『생명의 정신과 예술─제2권 생명에 대하여』, 서정시학, 2016, pp.187-227.

된다. 들뢰즈를 비롯하여 이러한 서구의 사유는 동아시아에 비해 늦어도 한참이나 늦었다. 예술가와 평론가는 스스로 지닌 율파와 우주 만물에 가득 흐르는 율파를 느껴야 한다. 평론가는 그가 발견한 율파를 음이나 색채, 또는 문자언어로 변환시켜야 한다. 예를 들어 현대음악가 지아친토 셀시의 음악을 듣게 되면 우리는 우주의 근원적인 율파가 무엇인가를 어렴풋이나마 깨달을 수 있다. 이러한 율파의 느낌은 지성에 의한 파악이 아니라 직각으로 느껴진다. 세 번째로, 느낌을 깊고 다양하게 지녀야 한다. 모든 느낌은 모든 인간에게 공통이다. 인간뿐만 아니라 그러한 느낌은 모든 우주 만물이 지니고 있다. 교집합으로서 이러한 느낌이 평론가에 의해 최대로 공유될 때, 평론가는 그 느낌을 텍스트로 생생하게 드러낼 수 있음이다. 천재는 불필요하다. 천재라는 개념은 인위적이다. 모든 사람이 불성을 지니듯 모든 인간은 느낌을 지니며 예술적 소양을 지니고 있다. 모든 사람은 예술이 현재 실현되는 그 과정 자체에 속해 있으며 다만 예술가나 평론가는 상대적으로 그 강도가 높을 뿐이다. 여기서 느낌은 감관의 기능인 감각이나 그 감각이 갖는 표상 또는 이미지를 의미하지 않는다. 느낌은 생명의 힘과 움직임이 갖게 되는 원초적 느낌이며 그것은 순수 그 자체로서 모든 경험적 사실이 배제된다. 경험에 의해서 추출되는 이념은 전혀 느낌이 될 수 없다. 넷째로, 무엇보다 사랑을 깨달아야 한다. 우주는 사랑으로 충만하여 있음을 인지한다. 동아시아에서 우주의 궁극적 실재는 사랑이다. 말년의 베르그손이 이야기하는 사랑도 이에 상응한다. 그것은 직각으로 깨달을 수 있다. 불교에서 부처는 일심으로 대자대비의 현현이며, 그 일심인 청정심이 우주의 궁극적 실재이다. 이때 만법은 실체로서 긍정된다. 만물을 대자대비로 받아들임이다. 이는 대단히 중요한 깨달음으로서 생멸문이 진여의 일심과 다르지 않을 때 모든 현실은 긍정되고 수용된다. 따라서 대립이 있더라도 극복될 수 있으며 인간 생활 세계의 모든 편향된 이념이나 갈등을 넘어설 수 있음이다. 느낌의 궁극적 근원과 그 구체적 드러남은 사랑이나 자비임을 깨달아야 한다. 느낌은 어느 특정 개체의 감정이나 감각으로 국한되는 것이 아니다. 느낌은 사랑이며 사랑에서 느낌이 비롯된다. 사랑은 모든 인간의 교집합이며, 실제로 사랑은 창조 그 자체로 우주 만물을 실현하는 본생과 동일한 실체임을 자각해야 한다. 이러한 교집합으로, 모든 개체의 근원으로 사랑을 느껴야만 평론가는 예술 작품을 이해하고 공감을 할 수 있으며, 어떠한 작품이라도 차별 없이 사랑을 표현할 수 있다. 평론가는 바로 사랑으로 비롯된 예술 작품을 다시 사랑이라는 교집합의 매개를 통하여, 다시 제3자로서 그 역시 사랑을 내재적으로 지닌 감상자에게 그 사랑을 앞의 작품과 연결시키는 작업을 하는 사람이다. 다섯 번째로, 사랑과 느낌이 일구어 내는 '것'으로의 상(象)을 읽을 능력을 지녀야 하며 그것을 '꼴'인 상(像)으로 현실화하여 표현해야 한다. 이는 예술가나 평론가가 공통으로 지녀야 하는 사항이기도 하다. 내재성의 평면은 아마도 상(象)에, 그리고 상(像)은 무수한 지층에 상응한다. 예를 들어, 시는 시상(詩象)이며, 시상이 언어인 상(像)으로 구체화된 것이 바로 시 작품이다. 여섯 번째로, 예술가와 더불어 평론가는 일시적이라도 장자의 예술 정신의 세계로 들어가야 한다. 그 세계는 "허정염담(虛靜恬淡)—조설정신(澡雪精神)—심재좌망(心齋坐忘)—오상아(吾喪我)—조철견독(朝徹見獨)—제물론(齊物論)—합일(合一)—소요유(逍遙遊)"[20]에 이르는 전일적인 과정이

---

20 황봉구, 『생명의 정신과 예술—제3권 예술에 관하여』, pp.282-320.

예술 평론가에 대하여 533

다. 열거된 개념들은 단계별 발전이나 전개 또는 상승이 아니다. 모두가 하나의 다른 모습일 뿐이다. 후설이 이야기하는 순수의식의 경계도 이에 유비된다. 불교의 돈오의 세계와도 상통한다. 달리 말해서 이념이 갖는 경험적 세계의 모든 편향성을 벗어나야 함이다. 특정한 이념에 젖어 있는 사람들에게 이러한 경계는 마냥 두루뭉술할지도 모른다. 하나의 세계를 이해하기 위해서는 먼저 틀을 깨야 한다. 스스로 닫은 문을 활짝 열어젖히고 숨을 들이쉬며 나와야 한다. 사유는 언제나 고정된 틀을 선호하지만 우화(羽化)는 전혀 다른 세계의 언어를 요청한다. 이때 평론가는 최대한 태허 혼돈의 세계로 진입하며 공평성과 보편성에 근접한다. 들뢰즈의 카오스는 생성의 철학으로 태어난 것이지만 그럼에도 일부 부정적인 측면을 지닌다. 그는 주체와 객체의 구분을 거부하지만 그럼에도 불구하고 카오스의 혼돈을 탈피하기 위하여 주체의 형식을 빌려 온다. 주체 형식은 언제나 스스로 합리화하는 긍정적인 측면을 지니고 있는데 이 주체가 지성의 힘으로 카오스를 절단한다. 그 절단된 면이 고른 판이요 내재성의 평면이다. 이때 고른 판은 이미 고른 판이 아니다. 그것은 주체의 입김이 불어넣어진 평면이다. 평론가는 내재성의 평면을 추상으로 설정할 것이 아니라 동아시아의 개념인 태허의 혼돈 그 자체로 진입하여 합일해야 한다. 일곱 번째, 구체적으로 모든 경향의 작품들을 수용하고 이해한다. 여기서 경향이라고 할 때 그것은 관념적 요소뿐만 아니라 내용과 표현의 양식 모두를 포함한다. 이 책에서 주장하는 개념어를 사용한다면 모든 생김새를 이해하고 받아들임이다. 생김새는 형식과 내용을 포괄하는 개념이다. 이와 관련하여 앞서 기술한 들뢰즈의 '모든 세상 사람 되기'는 적절하고 유효하다. 생명의 힘과 운동이 내포하고 있는 우주의 온갖 파동과 리듬은 그것을 발견하는 예술가와 평론가에 따라서 천차만별의 양태로 드러날 수 있다. 인간의 인지능력에는 한계가 있다. 그들은 그들이 본 것만을 그들 나름대로 이해하고, 또 그들에게 가장 적절하다고 판단되는 이념과 그에 걸맞은 형식을 취하여 작품을 창조한다. 이렇게 만들어지는 모든 작품에 절대적인 우열이란 있을 수 없다. 차이가 있다면 그 파동의 크기와 깊이, 무엇보다 강도가 다를 뿐이다. 바다의 파도는 힘이 크면 클수록 파고가 높고 그 물결이 거칠다. 거대한 파도는 그 꼭대기인 파도머리가 하얗게 부서진다. 이러한 파도머리를 형상화하는 것이 바로 예술 작품이다. 특히 여러 가지 이념을 다양하게 함축하고 있는 작품들을, 하나의 이념만을 잣대로 삼아 절대 평가할 수는 없다. 평론가는 모든 이념들의 교집합을 이루는 생명 정신에 투철해야 한다. 그 정신도 절대적이며 완전성에 도달한 기준이라고는 결코 말할 수 없다. 우주가 태허 혼돈이며 그것이 생명의 정신으로 충만하다면 그것의 개체인 평론가 역시 그 세계에 몸을 담고 있음이 틀림이 없다. 그것이 어떤 모습으로 형상화되더라도 그것은 생명이 일구어 낸 하나의 현상이다. 따라서 모든 생명의 현상은 받아들여져야 한다. 부처가 모든 중생이, 인간을 포함한 생물뿐만 아니라 무기체를 포함한 모든 만물을 중생이라 일컬으며, 그것들이 만들어 내는 모든 현상을 긍정하며 '일심개이문(一心開二門)'의 경계에 이르듯이, 이러한 경계에서 만법을 긍정하듯이, 평론가는 어떤 다른 종이 써내는 것이라도, 그것이 자기가 택한 종의 이념에 상반되는 것이라도 긍정하고 이해해야 한다. 보잘것없는 미물이라도 그것은 생명체의 하나다. 그것은 장자가 붕새나 쓰르라미의 비동일성을 거론하면서도 그것들은 생명체로 제일성을 지닌다고 주장하는 이유이기도 하다. 편견에 의한 배척은 금물이다. 화이트헤드의 부정적인 면을 배제하는 파악은 이때 그 한계를 지니며 그것은 어디까지나 이원론의 한계를 받는 사상일 뿐이다. 대승불교는 공(空)을 극복하고 만법을, 우주 만물의 모든 존재와 현상을 긍정한다. 만법이 실재함이다. 여덟 번째, 위의 모든 사실에도 불구하고 현실적으로 평론가는 텍스트라는 문자 구성의 기술에 숙달해야 한다. 텍스트의 구성과 표현은 일차적으로 기술(技術)이다. 기술이 부족하면 숙련된 작품의 완성도를 따라갈 수가 없음이다. 사유를 상징으로 구성하는 시인보다 오히려 논리적 기술이나 해석에 더 높은 완성도가 요구되며 평론가는 오랜 훈련을 통해서 이러한 단계에 진입하여야 한다. 현재 예술(Art)이라는 어휘는 서구에서 본디 테크닉이었음을 기억해야 한다. 장자의 예술 정신이 작품으로 구체적으로 드러나려면 이러한 기술을 토대로 하여야 함을 상기해야 한다. 마지막 아홉 번째로, 예술가와 평론가는 그 자신들이 '활발발'한 '생명의 약동'을 정신과 육체의 대립을 초월해서 하나인 '몸' 전체로 느끼고 이를 모든 표현에 반영해야 한다. 이때의 몸은 메를로-퐁티가 주장하는 대로 '살'을 지닌 전체로의 몸이다. 이는 생명의 본질적인 속성으로 모든 종의 세계들이 교집합으로 갖고 있다. 그것은 원초적이고 순수하다. 그것은 시작과 끝이 없다. 존재하는 것은 오로지 생명의 흐름이라는 과정뿐이다. 예술가 또는 평론가에게 눈길이 있다면 그 눈길의 시점(始點)은 흐름의 중간일 뿐이다. 그러한 시점(視點)과 시점(時點)에서, 현실로 전개되는 현상, 그것들이 예술화하여 드러나는 작품들을 바라볼 때, 그 작품들 속에서 차이는 있지만 전체로는 인류의 탄생부터 반복되고 있는 생명의 동일성이 그 모습을 드러낸다. 평론가는 이를 자각하고 이를 끌어내어 보여 주어야 한다. 만일 작품을 굳이 평가한다면 그 유일한 기준은 바로 이러한 '생명의 활발발함'의 강도일 뿐이다. 그 강도가 높아 전달력이 강하면 그 작품은 예술성을 크게 지니며 그 강도가 약한 것은 상대적으로 예술성이 약화된다. 하지만 모두 생명체가 펴낸 편린들에는 다름이 없다. 평론가가 대자대비로 모든 작품을 어루만져 주어야 함이다. 평론가나 예술가를 포함한 인간이 굳이 구체적으로 한정된다면 그것의 원리는 생명으로서 그것은 바로 사랑이요 대동(大同)이다.

2017년 2월 12일부터 14일 작성,
2019년 7월 10일 글을 수정 보완하다.

비가 한없이 내리다. 멀리 섬들이, 과거의 생각들이 빗속에 잠겨 사라지고 있다. 빗방울 하나하나가 창가에 부딪히며 흘러내린다. 사라짐이다. 아마도 이 글의 수많은 단어들도 사라지리라.